隨園詩話箋注

中冊

一

白下布衣朱草衣(1)，少時有「破樓僧打夕陽鐘」之句，因之得名。晚年無子，卒後葬清涼山。余為書「清故詩人朱草衣先生之墓」，勒石墳前。余宰溧水，蒙見贈云：「疊為花縣一江分(2)，來往惟攜兩袖雲。待客酒從朝起設，告天香每夜來焚。自慚龍尾非名士，肯把豬肝累使君(3)？卻喜循良人說遍，填渠塞巷盡傳聞。」〈郊外〉云：「亂鴉多在野，深樹不藏村。」〈與客夜集〉云：「羈身同海國，歸夢各家鄉。」〈大觀亭〉云：「長江圍地白，老樹隔朝青。」〈晚行〉云：「土人防虎門書字，水屋叉魚樹有燈。」〈贈某侍御〉云：「朝罷宮袍多質庫(4)，時清諫紙盡鈔書。」

【箋注】

(1) 白下：南京的別稱。朱草衣：朱卉。見卷三・一一注(4)。

(2) 花縣：為縣治的美稱。見卷二・三一注(6)。

(3) 龍尾：裴注《三國志・魏書》卷十三：「《魏略》曰：（華）歆與北海邴原、管寧俱遊學，三人相善，時人號三人為『一龍』，歆為龍頭，原為龍腹，寧為龍尾。」豬肝：典出閔貢，字仲叔，東漢太原人。世稱節士。客居安邑，家貧，日買豬肝一片，屠者或不肯。安邑令聞之，勅吏常給。仲叔聞而嘆曰：「閔仲叔以口腹累安邑耶？」遂去客沛。

(4) 質庫：典押當鋪。唐・杜甫〈曲江〉詩之二：「朝回日日典春衣，每日江頭盡醉歸。」

二

隨園地曠，多樹木，夜中鳥啼甚異，家人多怖之。予讀王葑亭進士〈平溝早發〉云(1)：「怪禽聲類鬼，暗樹影疑人。」先得我心矣！其他佳句，如：「大星高出樹，殘月細流溪。」「月斜人影忽在水，風過秋聲正滿山。」「滿帽黃花逢醉客，一肩紅葉識歸樵。」皆妙。

【箋注】

(1)王葑亭：王友亮。見卷六・六六注(3)。

三

湖州潘進士立亭(1)，名汝晟，詩宗韓、杜，五古尤佳。〈偶成〉云：「靜士難為介，靜女難為媒(2)。嫁容靜女醜，交面靜士羞(3)。盛年易畹晚，獨抱無驛郵(4)。桃李非我春，蒲柳非我秋。鶴老心萬里，鵬怒翼九州。未免笑樊援，豈屑伍喧啾(5)？搜春潤章句(6)，摘卉膏吟哦。非無蘭茗玩(7)，風騷旨已譌。詩濤與詩骨，韓、孟兩嵯峨(8)。昆體逮鐵體(9)，滔滔同一波。金天削秀華，碧海鳴神鼉(10)。義色少姚佚，吉詞無淫頗(11)。褒中南風手，請為《南風歌》(12)。寥寥發古響，羯鼓如予何(13)？」潘宰直隸某縣，以迂緩故，幾被劾矣。適傅忠勇公平金川歸(14)，潘獻《鐃歌》，公大誇賞，乃改為卓薦(15)。

【箋注】

(1) 潘立亭：潘汝晟，一作汝誠，字立亭。清湖州歸安（今浙江吳興縣）人。乾隆二年進士。官福建松溪知縣。

(2) 靜士：即靜君，謂隱士。亦指沉靜穩重的青年男子。介：居間牽引傳達。靜女：嫺雅貞靜的女子。

(3)「嫁容」句：以容貌嫁人，靜女以為醜。「交面」句：與他人交面，靜士以為羞。

(4) 晼晚：形容日落昏暗的樣子。此指盛年易衰。「獨抱」句：獨自有所懷抱，無處也無須傳遞。

(5) 樊掾：即籬笆。掾，通椽，籬柱。借指樊籬間的燕雀。喧啾：喧鬧嘈雜。此指喧鬧嘈雜者。

(6) 搜春：韓愈〈薦士〉：「搜春摘花卉，沿襲傷剽盜。」

(7) 蘭苕：蘭花。此喻詩文風格小巧美麗。

(8) 韓孟：唐・韓愈和孟郊。

(9) 昆體：西昆（崑）體。見卷一・一三注(6)。鐵體：即鐵崖體。元・楊維楨自號「鐵崖」。在元代後期詩風趨向委瑣靡弱之際，楊鐵崖提倡古樂府。作詩耽嗜瑰奇，風格險怪，有浪漫主義色彩，詩體以古樂府為長。承學之徒，流傳沿襲，槎牙鉤棘，號為「鐵體」。

(10) 金天：秋天，秋空。神鼉（tuó）：揚子鱷。

(11) 義色：莊重的容色。姚佚：輕浮放蕩的習氣。淫頗：疑為「淫詖（bì）」。指佞詞淫說，邪僻不正之語。

(12) 褎中：袖中。褎，同褏，古袖字。南風：古樂曲。相傳虞舜所作。黃庭堅〈次韻謝子高讀淵明傳〉：「袖中政有南風手，誰為聽之誰為傳。」

(13) 羯鼓：西域樂器。傳入中國，盛行于唐開元、天寶年間，玄宗親作數十首羯鼓獨奏曲。如予何：能對我怎麼樣？

(14)傅忠勇：傅恒。見卷八・三六注(2)。

(15)卓薦：因卓異而被舉薦。

四

鮑進士之鍾，字雅堂，詩人步江之子(1)。詩有父風，而清逸處，往往突過前人。〈秋雨乍晴〉云：「箬帽芒鞋準備秋(2)，稍晴便擬看山遊。江潮入郭無三里，溪水到門容一舟。亭午白雲開野徑(3)，夕陽黃葉下僧樓。閑身自笑如閑鶴，欲度前峰卻又休。」五言如：「一鳥掠溪鏡，四山明畫簾。」「魚跳重湖黑，蒲喧急雨來。」七言如：「道心靜似山藏玉，書味清于水養魚。」「翻書細檢遺忘事，撥火閑尋未過香。」「岸柳帶鴉明遠照，塔鈴和月語清宵。」皆可愛也。雅堂嘗言：「作七古詩，雅不喜一韻到底。」余深然其言。顧寧人云(4)：「詩轉韻方活，《三百篇》無不轉韻。」

【箋注】

(1)鮑之鍾：見卷二・四九注(6)。鮑步江：鮑皋。見卷一・四〇注(5)。

(2)箬帽：以箬竹葉和篾編成的寬邊帽。芒鞋：以芒莖皮編織成的草鞋。

(3)亭午：正午。

(4)顧寧人：顧炎武。見卷三・七注(2)。

五

秦中詩人楊子安鸞見訪(1)，適余外出，歸後見貽一冊。〈雪霽〉云：「寒瘦自性情，苦吟工未能。晚晴窗上日，先曬硯池冰。」〈聞砧〉云(2)：「滿院苔痕合(3)，重門樹影深。」

【箋注】

(1) 楊鸞：字子安，號迂谷，別號可詩老人。陝西潼關人。乾隆四年進士。歷任四川犍為、湖南長沙等縣知縣。其詩高亮明秀，深情宛摯。有《邈雲樓詩文集》。

(2) 砧：洗衣時用來輕搥衣服的杵石，此指砧聲。

(3) 苔痕合：指人跡稀少。也許只剩搥衣人。

六

余宰江寧時，所賞識諸生秦澗泉、龔雲若、涂長卿(1)，俱登科第。而流落不偶者，惟車靜研與沈瘦岑(2)。沈工古文，不為詩。車詩有可存者。〈河南道中〉云：「三月春陽淡不濃，老冰如石漱寒風。蹇驢覓路人家遠，日暮山坳虎眼紅。」〈農家〉云：「築場如鏡草堆山，繞屋黃花映碧潭。閑倚茅簷看客過，南人北去北人南。」

【箋注】

(1) 秦澗泉：秦大士。見卷一・四二注(6)。龔雲若：龔孫枝。見卷四・五九注(2)。涂長卿：涂逢豫，字長卿，

一字蕁溪，號懌堂。上元（今江蘇南京）人。乾隆二十四年舉人。官眉州知州。有《林於閣詩鈔》。（王昶《蒲褐山房詩話》）

(2) 車靜研：車研，字靜年、善源。清江蘇上元（今南京）人。有《綠松花石山房集》。本書卷一三・六〇提到車研。疑「靜研」字有誤。應為同一人。沈瘦岑：沈石麟，字瘦岑。江蘇江寧人。與吳敬梓有交遊。

七

寶應王孟亭太守，為樓村先生之孫(1)。丁卯，見訪江寧。攜胡床坐門外(2)，俟主人請見乃已，遂相得甚歡。聘修江寧志書，朝夕過從。嘗言樓村先生教人作詩，以「三山」為師：一香山、一義山、一遺山也(3)。有從子嵩高(4)，字少林，少年倜儻，論詩不服乃伯，而服隨園。〈大梁懷古〉云(5)：「搖落偏驚旅客魂，秋風回首眺中原。三花樹色開神嶽，萬里河聲下孟門(6)。形勝鬱盤終古在，英雄慷慨幾人存？信陵策士俱黃土，獨有侯生解報恩(7)。」太守諱箴輿。

【箋注】

(1) 王孟亭：王箴輿。見卷二・七六注(1)。樓村：王式丹。見卷二・七六注(3)。

(2) 胡床：一種可以折疊的輕便坐具。又稱交床。

(3) 三山：香山白居易、義山李商隱、遺山元好問。

(4) 王嵩高：字海山，號少林。江蘇寶應人。乾隆二十八年進士。官至廣西慶遠知府，歸主揚州安定書院。有《小樓詩集》。

(5) 大梁：古地名。戰國魏都。在今河南省開封市西北。隋唐以後，通稱今開封市為大梁。

(6) 三花樹：即槃多樹，又名思維樹，原產印度。《齊民要術》卷十引錄《嵩山記》曰：「嵩寺中忽有思惟樹，即貝多也。有人坐貝多樹下思惟，因以名焉。漢道士從外國來，將子於山西腳下種，極高大。今有四樹，一年三花。」神嶽，即指嵩山。孟門：古山名。即龍門之上口。《水經注》引《淮南子》曰：「龍門未闢，呂梁未鑿，河出孟門之上，大溢逆流，無有丘陵，高阜滅之，名曰洪水。大禹疏通，謂之孟門。」

(7) 信陵：戰國時魏昭王之少子無忌，安釐王的異母弟，封在信陵（今開封市），故稱信陵君。謙恭好士，門客三千。曾竊符救趙。侯生：戰國魏隱士侯嬴，家貧，七十歲，在大梁夷門做看門人。信陵君謙恭下士，待侯嬴為上賓。侯生以倨傲為「禮」，終以奇計獻信陵君竊符救趙（趙國平原君的夫人是信陵君的姐姐）。信陵君依計而行，侯嬴遂刎頸自殺，為知己者死。

八

揚州張哲士與蔣秋涇交好(1)。蔣尤自負，作〈遊山〉一首，程魚門誇為「小謝」(2)。勃然怒曰：「分明『大謝』，何小之有？」〈留別哲士〉云：「竟掛秋帆決計行，關心天未倚閭情(3)。便歸只好留三月，浪跡無端已半生。人世乘除蒼狗幻(4)，名山期許白頭成。殷勤相屬還相慰，愁聽西風雁一聲。」哲士〈寄懷〉云：「戀友心空切，寧親去敢遲？才為三夕別，已是百回思。避日簾仍下，追涼榻未移。不知江上

路，秋暑可曾衰？」哲士詠〈胭脂〉云：「南朝有井君王入，北地無山婦女愁(5)。」以此得名，人呼「張胭脂」。

【箋注】

(1)張哲士：見卷七·一九注(4)。蔣秋涇：蔣德，字敬持，號秋涇。浙江秀水人。雍正十三年舉人。有《秋涇集》。

(2)程魚門：見卷一·五注(1)。小謝：謝朓。見卷一·二二注(4)。

(3)倚閭：倚門，謂父母望子歸來之心殷切。

(4)蒼狗：白雲蒼狗，典出杜甫詩「天上浮雲如白衣，斯須改變如蒼狗」。比喻世事變化無常，出人意料。

(5)「南朝」句：南京雞鳴寺內有胭脂井。相傳井欄石脈有胭脂痕，故名。隋兵攻佔金陵時，陳後主與寵妃張麗華等匿于井中，遂被俘。又名辱井。真乃江山墜入胭脂井。「君王入」一作「君王辱」。「北地」句：據宋·程大昌《演繁露》，《史記·匈奴列傳》《索隱》引《西河舊事》曰：「匈奴既失二山(二山為祁連山燕支山也)，乃歌云：『亡我祁連山，使我六畜不蕃息；失我燕支山，使我婦女無顏色。』」據說胭脂源于匈奴燕支山，此山遍生燕支花，嫁婦時採花取汁，以為飾。單于之妻為「閼氏」，意即「燕支」，言其可愛如燕支花。

九

中州李竹門過隨園(1)，見贈云：「園在六朝山色裏，一笻先要問高臺(2)。碧梧葉響秋將至，紅藕花香

客正來。」其詩頗清。惜年甫三十而卒。余愛其〈詠鞭〉云：「一事思量轉惆悵，不能行到祖生先(3)。」〈郊外〉云：「山勢趁潮多北向，人心如雁只南飛。」

【箋注】

(1) 李竹門：李長生，字竹門。清河南夏邑人。

(2) 笻（qióng）：手杖，笻竹做的手杖。代指行蹤。

(3) 祖生：祖逖，字士稚。東晉范陽遒人。與劉琨同為司州主簿，中夜聞雞起舞，並有英氣。西晉末大亂，南徙後，為豫州刺史，力求北伐。曾率部渡江，中流擊楫，誓復中原。終因憂憤而卒。劉琨曾與親舊書曰：「吾枕戈待旦，志梟逆虜，常恐祖生(指祖逖)先吾著鞭耳。」（見《世說新語・賞譽下》）後因以「祖生鞭」勉人努力進取。

蕪湖施長春，曼郎少年，有衛叔寶之稱(1)。余宰江寧時，秦澗泉屢為致意(2)，云：「將渡江求見。」已而病亡。有〈上塚歌〉云：「白楊樹，城東路，野草萋萋葬人處。挈榼提壺出郭行(3)，可憐今日又清明。富家塚高高傍嶺，貧家塚低低亞畛(4)。塚中貧富人不同，一樣酒澆不能飲。暝煙慘澹日西斜，挈榼提壺還返家。一線陰風旋不定，紙錢飛上棠梨花。」

【箋注】

(1) 施長春：施之勳，室號長春草堂。清江蘇鎮洋人。有《長春草堂遺詩選》。曼郎：曼麗男子。衛叔寶：美男子衛玠。見卷二・三三注(4)。

(2) 秦澗泉：見卷一・四二注(6)。

(3) 挈榼（kē）提壺：指攜帶酒食。榼，古時盛酒的器具。

(4) 畛（zhěn）：田間的小路。

一一

吳門顧星橋進士，詩才清冠等夷(1)。家有月滿樓，藏書萬卷，海內知名之士，無不交投縞紵(2)，予目為今之鄭當時(3)。〈龍潭〉一律云：「微風緩緩送江聲，最好龍潭道上行。碧樹數叢堪作障，青山一半不知名。閒情轉向塵中得，幽景偏宜客裏生。晚覓茅齋投一宿，花前試看酒旗輕。」進士名宗泰。

【箋注】

(1) 顧星橋：顧宗泰，字景嶽，號星橋。元和（今江蘇蘇州）人。乾隆四十年乙未科二甲十三名進士。官高州知府。工詩文，家有月滿樓，藏書萬卷，文酒之會幾無虛日。有《月滿樓集》。清冠等夷：在同輩中居於第一。

(2) 縞紵（gǎozhù）：縞，白絹。紵，苧麻布。春秋吳公子季札與鄭國子產一見如故，季札以縞贈子產，子產以紵贈季札。（《左傳・襄公二十九年》）後以此指深厚友誼，或相互饋贈。

(3) 鄭當時：字莊。西漢陳郡（今河南淮陽）人。以任俠自

喜，聲聞梁楚間。好黃老之學，喜結交士人。景帝時任太子舍人，常置驛馬于長安諸郊，延留故友，請謝賓客。武帝時任濟南太守、江都相、大司農。曾為客所累，免官，贖為庶人。旋任丞相長史，遷汝南太守卒。

一二

姚申甫方伯與沈永之觀察(1)，本中表親，姚姊嫁沈。二人年少時，與余同肄業書院，每見方伯家遣僮擔盒，供其子婿。二人同登鄉、會科。沈寄姚詩云：「辛勤二老訓喃喃，愛婿猶如愛長男。甘脆每教常健飯，苦吟猶記許分甘(2)。」沈殿試二甲第三，姚二甲第二，自後官階沈必差姚一級：姚為觀察，沈為太守；沈為觀察，則姚為方伯矣。沈又寄詩云：「平生每好居人後，今日還應讓弟先。」余將赴廣西金撫軍之聘(3)，姚賦詩相留曰：「就使將軍重揖客(4)，何如南國有詞人？」後四十年，姚竟巡撫廣西。余寄書云：「不料當日所謂『將軍』，即此時之閣下，惜我不能來作揖客耳！」永之在書院寄內詩云：「深院蝶嬌無語坐，小園花嫩捲簾看。」為掌教楊文叔先生所賞(5)。

【箋注】

(1) 姚申甫：姚成烈。見卷三・五三注(2)。沈永之：沈榮昌，字永之，號省堂。浙江歸安（今浙江吳興縣）人。乾隆十年進士。歷官蘭州知府、平涼知府、陝西督糧道、雲南驛鹽道、江西督糧道。有《成吉堂詩集》。

(2) 分甘：本謂分享甘美之味，後亦以喻慈愛、友好、關切等。

(3) 金撫軍：金鉷。見卷一・九注(2)。

(4) 揖客：舊時指僅行拱手禮而不作跪拜的人，即平揖不拜之客（常見於書面語）。

(5) 楊文叔：楊繩武。見卷二・六〇注(1)。

一三

余在都時，永之引見滿洲學士春臺(1)。春自云：「年三十時，目不識丁。從一禪師靜坐三月，頗以為苦。一夕，提刀欲殺禪師。仰頭見月，忽然有悟，賦詩便工。」〈塞外〉云：「野水吞人面，青山甕馬聲(2)。浮雲連帽起，殘雪帶鞭行。」殊雄偉。公愛永之與枚，以為兩少年必貴。每至，必留飲、留宿，遣妾捧觴。

【箋注】

(1) 春臺：見卷六・七三注(9)。

(2) 吞：寫水中倒影用「吞」，奇特。甕：一種小口大肚瓦器。此喻青山。名詞做動詞用，絕妙。

一四

桐城相公七十生辰(1)，余與諸翰林祝壽。宴罷，各賜詩扇一柄，詩寫〈田園雜興〉云：「不識風塵勞

擾，但知雲水盤桓。買畚偶來城市(2)，祀神一著衣冠。」「小橋流水村近，疏柳長堤路斜。車馬不聞叩戶，雞豚自識還家。」「煙生茅屋雲白，雨過菱塘水新。今歲秋田大稔(3)，稻苗高過行人。」「竹屋正臨流水，槿籬曲繞閑亭。此是吾廬本色，被人偷作丹青。」「作苦最憐田婦，布衣椎髻無華。饁餉並攜稚子(4)，採桑不摘閑花。」公終身富貴，而詩能淡雅若此。

【箋注】

(1)桐城相公：張英。見卷二・五五注(3)。

(2)畚（běn）：撮土或垃圾等物的用具。

(3)大稔（rěn）：大豐收。

(4)饁餉（yèxiǎng）：往田野送飯食。

一五

嚴公瑞龍作湖北布政使，續《漢上題襟集》(1)，招諸詩人唱和，亦公卿雅事也。傅辰三〈感春〉云(2)：「恰恰春分二月半，分春妙手愛東君(3)。但愁過卻花朝後，一日春容減一分。」「月落參橫夜向晨(4)，半醺花意欲留人。夜闌莫怯風吹袂，為愛梅花不惜身。」〈大雨戲作〉云：「雨師一夕興淋漓(5)，筆尖亂點西窗紙。初猶落落蝌蚪分，繼則盈盈垂露似(6)。須臾漫漶一片濕，直似秦碑沒字體。」殊有東坡風趣。沈樹德〈落花〉云(7)：「飛燕蹴歸簾影裏，

遊魚吹起浪花中。」葉聲木〈送人〉云(8)：「吹酒涼風穿樹過，破煙水月隔樓生。」

【箋注】

(1) 嚴瑞龍：字淩雲。清保寧府閬中人。康熙五十九年進士。由翰林院改御史，轉給事中。有直聲，不避權貴，僚屬憚之。典試福建，得蔡新等才士。後以鴻臚寺卿授山西按察使，遷湖北、湖南布政使，升湖北巡撫，與湖南巡撫阿里袞互劾解任。《漢上題襟集》：即唐・溫庭筠、段成式、余知古在漢水旁以詩相唱酬所得詩集名。

(2) 傅辰三：字星烈，號未孩。清浙江仁和（今杭州）人。

(3) 東君：司春之神。

(4) 參（shēn）：參星。即獵戶座的七顆亮星。一說天空中明亮而接近的三星。

(5) 雨師：古代傳說中司雨的神。

(6) 蝌蚪：蝌蚪書，古文字體的一種。筆劃多頭大尾小，形如蝌蚪。垂露：垂露書，指筆劃如垂露之象。

(7) 沈樹德：字申培，號畏堂（一作畏齋）。浙江歸安（今湖州）人。乾隆九年舉人。有《慈壽堂詩文集》。

(8) 葉聲木：葉誠，字聲木，號臯亭。浙江仁和人。乾隆三十七年進士。官寧波府教授。有《瑞石山房詩文集》。

一六

康熙壬寅，余七歲，受業于史玉瓚先生(1)。雍正丁未，同入學。先生不甚作詩，而得句殊雋。〈偶

成〉云：「好鳥鳴隨意，幽花落自然。」〈病中〉云：「廿年辛苦黔婁婦，半世酸辛伯道兒(2)。」終無子。余為葬于葛嶺(3)。

【箋注】

(1) 史玉瓚：史中，字玉瓚。清浙江杭州人。祖籍溧陽。諸生。自學成才。在袁枚家教私塾十年。

(2) 黔婁婦：戰國時魯國人黔婁的妻子，名施良娣，知書達禮，寧願嫁給貧寒的黔婁為妻。布衣荊釵，下田耕作，仁慈儉約，苦度一生。此自喻其妻。伯道兒：鄧攸，字伯道。東晉平陽襄陵人。歷任河東吳郡和會稽太守，官至尚書右僕射。永嘉末，因避石勒兵亂，攜子侄逃難，途中屢遇險，恐難兩全，乃全其侄，棄其子，縛於樹而去。終竟無嗣。後用作嘆人無子之典。此為自嘆。

(3) 葛嶺：名山勝地。位於浙江省杭州市西湖之北寶石山西面。

一七

沈歸愚尚書(1)，晚年受上知遇之隆，從古詩人所未有。作秀才時，〈七夕悼亡〉云：「但有生離無死別，果然天上勝人間。」〈落第詠昭君〉云：「無金贈延壽(2)，妾自誤平生。」深婉有味，皆集中最出色詩。六十七歲，與余同入詞林。〈紀恩〉詩云：「許隨香案稱仙吏，望見紅雲識聖人(3)。」

【箋注】

(1) 沈歸愚：沈德潛。見卷一・三一注(3)。

(2) 延壽：毛延壽。西漢京兆杜陵人。善畫人像，美醜逼真。相傳元帝曾命畫宮女像，諸宮女皆賄賂之，獨王嬙（昭君）不肯，乃醜化其像。

(3) 香案：放置香爐和燭臺的條桌。此指香案吏，宮廷中隨侍帝王的官員。仙吏：仙界、天庭的職事人員。聖人：對帝王的尊稱。

一八

與余同薦鴻詞者(1)，有戶部主事尚庭楓(2)，號茶洋，陝西人。為人詭誕不羈，忽而結駟連騎(3)，忽而布衣藍褸。賦詩有奇氣，如：「落花平地二尺厚，芳草如天萬里青。」「月華照樹有烏鵲，雲氣上天如白羊。」皆警句也。

【箋注】

(1) 鴻詞：即博學宏詞。見卷一・九注(3)。

(2) 尚庭楓：多作尚廷楓。見卷七・八一注(3)。

(3) 結駟：指乘駟馬高車。足見顯貴。

一九

余愛誦金壽門「故人笑比庭中樹，一日秋風一日疏」之句(1)。杭堇浦先生曰(2)：「此句本唐人高蟾：『君恩秋後葉，一日一回疏。』(3)不足為壽門奇。壽門佳句，如：『佛煙聚處都成塔，林雨吹

來半雜花。』詠〈苔〉云：『細雨偏三月，無人又一年。』乃真獨造。」余按古人佳句，都有所本：陳元孝(4)：「池花對影落，沙鳥帶聲飛。」本李群玉(5)：「沙鳥帶聲飛遠天。」梁藥亭(6)：「龍虎片雲終王漢，詩書餘火竟燒秦。」仿唐人：「半夜素靈先哭楚，一星遺火下燒秦(7)。」楊誠齋(8)：「不知落得幾多雪，作盡北風無限聲。」仿唐人：「流到前溪無一語，在山作得許多聲(9)。」

【箋注】

(1)金壽門：金農。見卷三・七二注(2)。

(2)杭堇浦：杭世駿。見卷三・六四注(1)。

(3)高蟾：唐河朔人。僖宗乾符三年進士。昭宗乾寧間為御史中丞。《全唐詩》卷一〇收其詩。

(4)陳元孝：陳恭尹。見卷三・六三注(1)。

(5)李群玉：字文山。唐澧州（今湖南澧縣）人。舉進士不第，以布衣游長安。薦詩于宣宗，授弘文館校書郎，不久去職。其詩善寫羈旅之情。

(6)梁藥亭：梁佩蘭。見卷七・一四注(14)。

(7)「半夜」聯：出自唐・唐彥謙〈新豐〉詩。

(8)楊誠齋：宋・楊萬里。見卷一・二注(1)。所引詩句出自〈慶長叔招飲一杯未釂雪聲璀然即席走筆賦十詩〉其一。

(9)「流到」聯：此有誤。仍為楊誠齋詩，題為〈宿靈鷲禪寺〉。

二〇

閨秀李金娥詠〈路上柳〉云(1)：「折取一枝城裏去，教人知道是春深。」湖州高氏小女有一聯云(2)：「也知春色歸人早，鄰女釵邊有杏花。」

【箋注】

(1) 李金娥：未詳。所引詩句：一說為元・貢性之（師泰之族子）〈湧金門見柳〉詩（顧嗣立《元詩選》二集辛集、《四庫全書・南湖集》）。一說為明・僧左省〈詠柳〉詩（《四庫全書・鄭開陽雜著》）。

(2) 高氏小女：未詳。

二一

相傳江寧南城外瑞相院後叢竹中，為馬湘蘭墓(1)。望江魯雁門題詩云(2)：「葉飄難禁往來風，未肯輸懷向狡童(3)。畫到蘭心留素素，死依僧院示空空。知音卓女情雖切，薄倖王郎信未終(4)。一點憐才真意在，青青竹節夕陽中。」「絕世英雄寄女妝，荊家曾說十三娘(5)。年來文士動相擠，始識伊人不可忘。零露似熏香豆蔻，百花想見繡衣裳。平生除拜要離塚(6)，到此才焚一瓣香。」嚴侍讀冬友曰(7)：「瑞相院前之墓，少時亦誤以為湘蘭；後往訪之，見題碣云『新安貞女某氏之墓』。碑陰載為某商人之妾，商人不歸，守貞而死。以為湘蘭，有玷逝者矣！」陳楚筠製錦曾效長吉體(8)，為詩證明其

事，云：「古釵耿耿蝕黃土，千歲老蟾嘯秋雨。蒼茫落日掩平坡，風入黃蒿作人語。新安山高江水遙，卷葹原不生倡條(9)。貞魂夜號月光曉，兒童莫賦西陵草(10)。」

【箋注】

(1) 馬湘蘭：馬守真，字月嬌，號湘蘭。金陵人。明代詩人、畫家。原為秦淮歌伎，受人欺負時，文學家王雅登幫她脫離困境。湘蘭欲以身相許，王已年老，以年齡相差太大推卻。湘蘭對王關懷備至，交誼甚深。最後燃燈拜佛，端坐而終。有《湘蘭子集》、《三生傳》、《曲錄》等。

(2) 魯雁門：魯筆，字雁門，號蘇青，一號榆谷。清安徽望江人（《楚辭達》、乾隆三十三年《望江縣誌》、黃山書社《望江縣誌》）。諸生。科場屢受挫，遂閉戶著書。於學無所不窺，尤邃六書韻律、諸內典，又工真草各家書法。在詩文中常流露反清情緒，曾被通緝。有《見南齋詩文集》、《楚辭達》。

(3) 狡童：滑頭少年。

(4) 卓女：漢朝卓文君聞琴知音，夜奔司馬相如，終生相托，當壚賣酒為生。此以卓女比馬女多情。薄倖王郎：相傳宋代王魁曾發下盟誓與妓女桂英相愛，而得中狀元後，即背誓負心，另娶名門之女為妻。後以王魁為負心漢的典型。此喻王雅登。

(5) 十三娘：唐朝蘇州女商荊十三娘，因慕進士趙中行，遂同載歸揚州。趙有一友人，其愛妓被人奪。荊娘得知後，遂以豪俠之氣為友人一舉報仇。

(6) 要離：春秋時吳國人。吳公子光既弒王僚，又謀殺王子慶忌。要離獻謀，使吳斷其右手，除其妻子，然後詐以負罪出奔，見慶忌於衛。取得信任，刺中慶忌要害後，

離亦自盡。

(7) 嚴冬友：嚴長明。見卷一・二二注(6)。

(8) 陳製錦：見卷一・三五注(1)。長吉體：指唐代詩人李賀作品所獨有的風格意境。李賀詩熔鑄詞采，善於運用神話傳說，語言新奇瑰麗。

(9) 卷葹：亦作卷施，一種小草。晉・郭璞〈卷施贊〉：「卷施之草，拔心不死。屈平嘉之，諷詠以比。」倡條：婀娜多姿的楊柳枝條。用以比喻歌伎、妓女的身材與舞姿，亦婉指歌伎、妓女。

(10) 西陵：此西陵乃在錢塘江之西，為南齊蘇小小之墓。莫賦西陵草，即否認是歌伎馬湘蘭墓。

二二

余過京口，丹徒宰徐天球(1)，字天石，貴州人，見示詩集。一別之後，遂永訣矣。余愛其〈風箏〉一絕云：「誰向天邊認塞鴻，但憑一紙可騰空。任他風信東西轉，百丈遊絲在掌中(2)。」

【箋注】

(1) 徐天球：字卿石，號未庵。湖北廣濟人。乾隆十年進士。官威縣知縣、四川順慶府同知，終丹徒縣令。有《未庵詩鈔》。（據《光緒丹徒縣誌》、《同治廣濟縣誌》）

(2)「任他」二語：有餘意，含哲理。

二三

沈光祿子大、許明府子遜(1)，二人齊名。沈如：「竹光晨露滑，池靜夜泉生。」許如：「鐘聲涼引月，江氣夕沉山。」真少陵也。行役絕句，有相同者。沈云：「惟有夢魂吹不斷，月明猶自逆風歸。」許云：「明月有情應識我，年年相見在他鄉。」子遜先生與余為忘年交，論詩尊唐黜宋，失之太拘。有某少年，故意抄宋詩之有聲調者試之，先生誤以為唐，少年大笑。余贈云：「前生合是唐宮女，不唱開元以後詩(2)。」

【箋注】

(1) 沈子大：沈起元。見卷六・九〇注(1)。許子遜：許廷鑅。見卷三・二九注(5)。

(2) 開元：唐玄宗年號，其間政局穩定，經濟繁榮，文化昌盛，國力富強。史稱開元之治。

二四

松江王太守名祖庚，與乃祖文恭公同日生(1)，故號生同。丁未進士，終身以不入詞館為恨。兩子皆入翰林，而先生不樂也。與彭芝庭尚書，同出尹文端公門下(2)。有〈納涼聞笛〉云：「碧空如水淨無雲，斗轉參橫夜欲分。長笛不知何處起，好風偏送此間聞。江梅片片傷春暮，岸柳絲絲綰夕曛。曲罷無端倍惆悵，階前涼露濕紛紛。」亦同余召試友也。

【箋注】

(1)王祖庚：字孫同，一字南汀，號礪齋。華亭（今上海市松江）人。雍正五年進士。乾隆時舉鴻博不遇。乾隆十二年任平定知州，官至寧國知府。有《礪齋詩鈔》。文恭公：王頊齡，字顓士，號瑁湖。華亭人。康熙十五年進士。累官至武英殿大學士、太子太傅。有《四恩堂集》等。

(2)彭芝庭：彭啟豐。見卷七・一一注(2)。尹文端：尹繼善。見卷一・一〇注(3)。

二五

學人之詩，吾鄉除諸襄七、汪韓門二公而外(1)，有翟進士諱灝、字晴江者(2)，〈詠煙草五十韻〉警句云：「藉艾頻敲石(3)，圍灰尚撥爐。乍疑伶秉籥(4)，復效雁銜蘆。墨飲三升盡(5)，煙騰一縷孤。似矛驚焰發，如筆見花敷。苦口成忠介，焚心異鬱紆(6)。穢驚苓草亂，醉擬碧筩呼(7)。吻燥寧嫌渴，唇津漸得腴。清禪參鼻觀，沆瀣潤嚨胡(8)。幻訝吞刀並，寒能舉口驅(9)。餐霞方孰秘，厭火國非誣(10)。繞鬢霧徐結，蕩胸雲疊鋪。含來思渺渺，策去步于于(11)。」典雅出色，在韓慕廬先生〈煙草〉詩之上(12)。又，〈薄暮驟雨〉云：「黑雲鬱鬱西南來(13)，狂飆挾勢驚奔雷。夕陽倉卒收不及，劃住半壁青天開。」句殊奇險。

【箋注】

(1)諸襄七：諸錦。見卷四・四六注(1)。汪韓門：汪師韓。見卷四・三注(7)。

(2)翟灝：字大川，號晴江。浙江仁和（今杭州）人。乾隆十九年進士。官金華、衢州府學教授。博通經史，旁及諸子百家、山經地志。有《無不宜齋詩文稿》、《通俗編》、《湖山便覽》等。

(3)「藉艾」句：憑藉艾葉做的艾絨頻頻敲擊火石點燃火媒。

(4)秉籥（yuè）：手持吹籥。籥，古代一種管樂器，有吹籥、舞籥。此喻煙槍之類器具。

(5)「墨飲」句：《通典》載，北齊策秀才，書有濫劣者，飲墨水一升。山谷〈次韻楊明叔〉云：「睥睨紈袴兒，可飲三斗墨。」此藉以諷刺吸煙者。

(6)鬱紆：愁苦蘊結於胸中。

(7)碧筩（tǒng）：指碧筩杯，亦作「碧筒杯」。碧筒是對荷葉柄的形象說法。唐・段成式《酉陽雜俎》：「取大蓮葉置硯格上，盛酒二升，以簪刺葉，令與柄通，屈莖上輪菌如象鼻，傳吸之，名為碧筩杯。」此處擬吸煙。

(8)鼻觀：鼻尖。此指嗅覺。沆瀣（hàngxiè）：沆瀣漿。即醒酒湯蔗漿、白蘿菔漿，喻吸煙後如飲了沆瀣漿一樣的感覺。嚨胡：即喉嚨。

(9)「幻詫」句：幻覺幻象之間，驚詫好像是在作吞刀並吐火的雜技表演。「寒能」句：喻吐煙狀。

(10)餐霞方：指修煉神仙的法術。即餐霞飲露之術。厭火國：古傳在讙朱國的南邊，其人猴身黑色，口中能吞火吐火，吃的全是火炭。厭，足飽之意。（《山海經》）此處喻吸煙者。好像真的見到了厭火國。

(11)于于：徐徐而行、自得自足的樣子。

(12)韓慕廬：韓菼。見卷五・五〇注(4)。

(13)齾齾（yà）：參差起伏的樣子。

二六

余自幼聞姨母章氏，嫁非其偶，時誦「巧妻常伴拙夫眠」之句，不知何人所作。後閱謝在杭集(1)，方知故是謝詩。其詞曰：「癡漢偏騎駿馬走，巧妻常伴拙夫眠。世間多少不平事，不會作天莫作天。」

【箋注】

(1)謝在杭：謝肇淛，字在杭，號武林、小草齋主人。福建長樂人。明萬曆二十年進士。歷官工部郎中、廣西右布政使。能詩。有《北河紀略》、《文海披沙》、《五雜俎》、《小草齋集》、《小草齋詩話》等。

二七

從弟鳳儀〈旅店〉云(1)：「迎面有山皆客路，問心無日不家鄉。」呂柏岩有句云(2)：「天果有涯行易盡，家雖無路夢常通。」

【箋注】

(1)袁鳳儀：未詳。

(2)呂柏岩：呂宣曾，字揚祖，號伊蔚、柏岩。河南新安人。康熙五十三年舉人。授湖南永興知縣，擢直隸靖州知州。有《儀禮箋》、《柏岩文集》、《伯岩詩集》等。

二八

余知江寧時，和尹公「通」字韻云：「身如雨露村村到，心似玲瓏面面通。」史文靖公聞之(1)，笑曰：「畫出一個尹元長(2)。」

【箋注】

(1) 史文靖：史貽直。見卷四・四一注(3)。

(2) 尹元長：尹繼善。見卷一・一〇注(3)。

二九

長沙太守陳焱(1)，陝西人，與余在蘇州花宴甚歡。〈口號〉云：「此地若教行樂死，他生應不帶愁來。」未二年，竟卒。然他生無愁，亦可知矣！

【箋注】

(1) 陳焱：陝西盩厔人。雍正二年進士陳慶門子。監生。乾隆三十三年任長沙知府。三十五年任蘇州海防同知。有政聲。

三〇

某公子惑溺狹斜(1)，幾於得疾，其父將笞之，公子獻詩云：「自憐病體輕於葉，扶上金鞍馬不知。」父為霽威(2)。所惑者亦有句云：「朝朝梳洗臨江水，一路芙蓉不敢開。」又曰：「世間未有無情物，蠟燭能癡酒亦酸。」

【箋注】

(1) 惑溺：指男女感情上的迷惑沉溺。狹斜：原指小街曲巷，後指娼妓活動的地方。

(2) 霽威：收斂威怒。

三一

方敏恪公六十一歲生兒(1)，當八月十四日，賦〈得子〉詩云：「與翁同甲子(2)，添汝作中秋。」

【箋注】

(1) 方敏恪：方觀承。見卷一・三〇注(8)。

(2) 同甲子：古代以天干和地支遞次相配紀年，六十年為一輪循環。生在同一個循環點上為同甲子。

三二

余酒席歌場乘人鬥捷之作，多不載集中。乙未二月，避生日於蘇州，有舊識女校書任氏(1)，以扇索詩。余題云：「隔年相見倍關情，樓上金燈樓下箏。難得相逢好時節，再遲三日是清明。」「小市長陵路狹斜，當簷一樹碧桃花。果然六十非虛度，半醉天台玉女家(2)。」校書喜，次日引余見其第四妹。妹亦持扇索詩。余題云：「玉立長身窈窕姿，相逢從此惹相

思。雲翹更比雲英弱(3)，知是瑤臺第四枝。」「若非月姊通消息，爭得玄霜見少君(4)？一樣珍珠兩行字，替他題上藕絲裙。」嗣後，任家姊妹，逢能文之客，必歌此四章，不落一字，亦慧人也。余初意慶六旬，欲仿康對山集名妓百人(5)，唱《百年歌》，而不料稱觴之日(6)，僅得五人。御史蔣用庵同席(7)，後將往杭州，留詩見贈云：「喜是尋芳到未遲，唐昌觀裏正花時(8)。芝蘭九畹春如許(9)，卻讓芝房第一枝。」謂芝仙校書。「風月東南屬主盟，買花親自載花行。未知桃葉曾迎否，先占揚州小杜名(10)。」「壽域歡場不易全，介眉見說有初筵(11)。分明一樣稱觴酒，纖手扶來便欲仙。」「館娃回首夢虛無(12)，又掛風帆西子湖。不識玉釵羅袖畔，可曾閑憶到狂夫？」余後四年，再過蘇州，任氏姊名翠筠者，持舊扇相示，紙已破矣，猶裝裹護持，為余唱曲。余感其情，再題二絕云：「四年前贈扇頭詩，多謝佳人好護持。不是文君才絕世，相如琴曲有誰知(13)？」「為儂重唱《玉瓏玲》，嚦嚦鶯聲繞畫屏。一曲歌終人一世，那堪頭白客中聽？」

【箋注】

(1) 女校書：校書本為官名。後用來稱有才華能詩文的女歌舞艺人。

(2)「半醉」句：相傳東漢・劉晨、阮肇二人到浙江天台山采藥迷路，遇二仙女，半年始歸。

(3) 雲翹雲英：皆為傳說中的仙女。樊雲翹，三國時吳人劉綱妻，精通道術。雲英，即與唐朝裴航秀才藍橋相會之雲英。雲翹曾賦詩向裴航預示藍橋會雲英。此處非實

指，而是泛指仙女，喻稱任氏姊妹。

(4)月姊：月亮，嫦娥。喻女校書任氏。玄霜：傳說中的一種仙藥。唐代裴鉶《傳奇・裴航》：「一飲瓊漿百感生，玄霜搗盡見雲英。」

(5)康對山：康海。見卷八・五注(8)。

(6)稱觴：舉杯祝酒。

(7)蔣用庵：蔣和寧。見卷一・六五注(15)。

(8)唐昌觀：寺廟名。唐代所建，在京城長安安業坊內，以唐玄宗之女唐昌公主命名的寺觀。舊有玉蕊花。有女子攜小僕取花，舉轡百餘步，已在半天矣。方悟神仙之游。此處借喻名妓遊隨園。

(9)芝蘭：芷和蘭。皆香草。九畹：指蘭花所生之地。

(10)桃葉：晉・王獻之妾名。緣于篤愛，王曾作《桃葉歌》。此喻指多情女子。揚州小杜：指唐・杜牧。此喻袁枚。

(11)壽域：謂人人得盡天年的太平盛世。介眉：以介眉壽，祈求長壽的意思。

(12)館娃：指館娃宮。吳王夫差專為西施在蘇州靈巖山建造避暑離宮館娃宮。

(13)文君：漢・卓文君。相如：漢・司馬相如。

三三

蘇州太守孔南溪(1)，風骨冷峭，權貴不敢以情干(2)。青樓金蕊仙以事掛法(3)，一時交好，無能為之道地。乃遣人至白下，求余關說。余與金甚疏，僅半面耳。竊念書中語倘不佯為親狎，轉生孔之疑，乃寄札云：「僕老矣，三生杜牧，萬念俱空；只花月因

緣，猶有狂奴故態。今春到治下，欲為尋春之舉，而吳宮花草，半屬虛名。接席銜杯，了無當意。惟女校書金某，含睇宜笑，故是矯矯於庸中。遂同探梅鄧尉而別(4)。刻下接蕭娘一紙(5)，道為他事牽引，就鞫黃堂(6)，將有月缺花殘之恨。其一切顛末，自有令甲(7)，憑公以惠文冠彈治之(8)，非僕所敢與聞。只念此小妮子，蕉葉有心，雖知捲雨；而楊枝無力，只好隨風。偶茵溷之誤投(9)，遂窮民而無告。似乎君家宣聖復生(10)，亦當在『少者懷之』之例，而必不『以杖叩其脛』也(11)。且此輩南迎北送，何路不通？何不聽請于有力者之家，而必遠求數千里外之空山一叟(12)？可想見夫子之門牆，壁立萬仞；而非僕不足以替花請命耶？元微之詩云(13)：『寄與東風好擡舉(14)，夜來曾有鳳凰棲。』敬為明公誦之。」孔得札後，覆云：「鳳鳥曾棲之樹，托擡舉於東風；惟有當作召公之甘棠(15)，勿剪勿伐而已。」二札風傳一時。未二年，余又往蘇州。過京口，已解纜矣，丹徒徐令挽舟相留(16)，道：妓戴三與太守淮樹章公司閽者狎(17)，章知之，逐閽人，而不罪戴。戴往城隍廟焚香還願，一廟讙然。章怒其張揚，嚴檄拘訊，將使荷校以狥(18)。徐婉求不聽，乞余解圍。余召見戴三，則霧鬢風鬟，春秋老矣。然馬骨千金(19)，不可以不援手也。草札與太守云：「昔錢穆父刺常州(20)，宴客將笞一妓，妓哀請。錢云：『得座上歐陽永叔一詞，故當貸汝(21)。』歐公為賦一闋，遂釋之。僕雖非永叔，而公則今之穆父也。請為二章，以當小調。詞曰：『東風吹散野鴛鴦，私爇神前一瓣

香。為祝長官千萬福，緣何翻惱長官腸？』『樊川行矣一帆斜，那有情留子夜家(22)？只問千秋賢太守，可曾幾個斫桃花(23)？』」交書徐公，即掛帆還白下。終不得消息，心殊惓惓。半月後，章寄函來，開看只七字曰：「桃花依舊笑東風(24)。」

【箋注】

(1)孔南溪：孔傳炣。見卷六・八〇注(2)。

(2)干：請求。

(3)金蕊仙：未詳。

(4)鄧尉：山名。在今蘇州市西南。漢有鄧尉，曾隱居於此，故名。以產梅著稱。

(5)蕭娘：出典《南史・臨川靖惠王蕭宏傳》。原為諷刺貌美而怯弱的蕭宏。後用來泛指美麗多情的女子。此指金蕊仙。

(6)鞫（jū）：審訊。黃堂：指太守衙中的正堂。

(7)令甲：指法令。

(8)惠文冠：冠名。相傳為趙惠文王創制，故稱。此指治獄法冠。

(9)茵溷：墊褥與糞坑。以飛花喻人生。見卷六・一三注(6)。

(10)宣聖：漢平帝元始元年追謚孔子為「褒成宣尼公」。自漢以來，歷代帝王皆尊孔子為聖人，後詩文中多稱孔子為宣聖。

(11)以杖叩其脛：用手杖敲他（指孔子的舊友原壤）的小腿。語出《論語・憲問》。

(12)空山一叟：袁枚自稱。

(13)元微之：唐・元稹。見卷一・二〇注(11)。

(14)擡舉：扶持，照料。

(15)召公：《史記・燕召公世家》：「召公巡行鄉邑，有棠樹，決獄政事其下，自侯伯至庶人各得其所，無失職者。召公卒，而民人思召公之政，懷棠樹不敢伐，歌詠之，作〈甘棠〉之詩。」後遂以「甘棠」稱頌循吏的美政和遺愛。

(16)徐令：徐天球。見本卷二二注(1)。

(17)章公：章攀桂（1736-1804），字華國，一字淮樹。安徽桐城人。乾隆中官甘肅知縣，累擢江蘇松太兵備道。有吏才，精地理學，善治水。後緣事褫職居江寧。有《選擇正宗》。司閽（hūn）：守門人。

(18)荷校：以肩荷枷。即頸上帶枷。狗（xùn）：順從。

(19)馬骨千金：喻憐惜人才。用燕昭王欲求賢才典。

(20)錢穆父：錢勰，字穆父。宋杭州臨安人。為官剛正清廉。與蘇軾曾同任翰林學士。

(21)歐陽永叔：歐陽修。見卷四・四七注(1)。貸汝：寬恕你。

(22)樊川：唐詩人杜牧的別稱。見卷一・三一注(5)。子夜：樂府吳聲歌曲中女子名。

(23)桃花：語意雙關。既指樹，亦喻人。

(24)「桃花」句：唐・崔護〈題都城南莊〉詩句，寫對一位女子的懷戀。

三四

漢陽戴喻讓詩(1)，有奇氣，出吾鄉陳星齋先生門下(2)。有〈臨漳曲〉云：「暮雲深，霸橋逝(3)；水天橫，歌臺廢。玉龍金鳳已千年，古瓦還鐫『銅雀』

字(4)。賣履分香兒女情(5)，讀書射獵英雄氣。如何橫槊對東風，老年想作喬家婿(6)？」末二句，老瞞在九泉亦當笑倒(7)。又，〈詠雪〉云：「未添庾嶺三分白，預借章臺一月花(8)。」

【箋注】

(1)戴喻讓：見卷七・二〇注(4)。

(2)陳星齋：見卷一・五〇注(1)。

(3)暮雲：唐・溫庭筠〈過陳琳墓詩〉：「石鱗埋沒藏春草，銅雀荒涼對暮雲。」霸橋：一作灞橋。在今陝西西安市東郊灞河上。《三輔黃圖》卷六：「漢人送客至此橋，折柳贈別。」宋・程大昌《雍錄》卷七：「唐人以送別者多于此，因亦謂之銷魂橋。」唐・李白〈憶秦娥〉：「年年柳色，灞橋傷別。」此詩詠臨漳，借「暮雲」、「霸橋」詠漢魏歷史陳蹟，並非眼前景象，有起思古幽情之意。

(4)銅雀：曹操于建安十五年春，造銅雀臺成，設宴慶賀。臺正臨漳河，左邊名玉龍臺，右邊名金鳳臺。

(5)賣履分香：曹操〈遺令〉：「餘香可分與諸夫人，不命祭。諸舍中無所為，可學作組、履賣也。」指曹操臨死戀念所愛的姬妾。

(6)橫槊：橫持長矛。唐・元稹〈唐故檢校工部員外郎杜君墓係銘〉：「曹氏父子鞍馬間為文，往往橫槊賦詩。」蘇東坡〈前赤壁賦〉稱曹操「釃酒臨江，橫槊賦詩，固一世之雄也」。喬家婿：《三國演義》第四十八回，曹操橫槊賦詩時說：「吾今年五十四歲矣……新構銅雀臺于漳水之上，如得江南，當娶二喬置之臺上，以娛暮年，吾願足矣。」

(7)老瞞：曹操小名阿瞞。

(8) 庾嶺：即大庾嶺，以盛開梅花著稱，又稱梅嶺，得梅最先。章臺：為漢代長安歌妓聚居之所。「章臺柳」典出唐・韓翃與妓女柳氏之故事。此處以柳絮喻雪。

三五

邵子湘作《韻略》(1)，以「江」、「陽」為必不可通。余讀《史記・龜筴傳》、韓昌黎〈此日足可惜〉及李翺〈祭韓公〉諸篇(2)，「江」、「陽」皆通。猶以為彼固合「東」、「青」、「庚」而通之甚廣，未足據也。及讀岑嘉州〈陪狄員外早秋登府西樓〉一篇云(3)：「常愛張儀樓，西山正相當。車馬隘百井，里閈盤三江。」此短篇五古也，唐人用韻甚嚴，何濫通乃爾？因而廣考之，方知子湘之陋。《尚書》：「論道經邦，燮理陰陽。」《戴記》：「無服之喪，以畜萬邦。」此「六經」通「江」、「陽」之證也。《孔雀東南飛》云：「東家第三郎(4)，窈窕世無雙。」樊毅《西嶽碑》云(5)：「其德休明，則有禎祥。荒淫臊穢，篤災必降。」《柳敏碑》云(6)：「山陵元室，建斯邦兮；不飭不凋，隕履霜兮。」《三國志》楊戲〈蜀君臣贊〉云(7)：「保據河江，家破軍亡。」《晉語》云：「二陸三張，中興過江。」《宋書・大社之祝》曰：「地德普施，惠存無疆。乃建大社，以保萬邦。」漢《紫玉歌》云：「一日失雄，三年感傷。雖有眾鳥，不為匹雙。」荀勗〈正德舞歌〉云(8)：「煥炳其章，光乎萬邦。」庾信〈柳遐

墓銘〉云(9)：「起茲禮數，峻此戎章。長離宛宛，刷羽淩江。」《吳越春秋・河梁歌》云：「諸侯怖懼皆恐惶，聲傳海內威遠邦。」呂溫〈昭陵功臣贊〉云(10)：「經綸八方，晏海澄江。」李翰〈裴旻射虎贊〉云(11)：「弧矢之說，以威四方。群虎既夷，狄人來降。」此漢、唐樂府通「江」、「陽」之證也。至宋諸大家，尤不勝屈指。

【箋注】

(1) 邵子湘：邵長蘅，字子湘，自號青門山人。江蘇武進人。康熙間遊京師，與名士結交。清初以古文辭有聲於世。與侯朝宗、魏叔子號海內三布衣。詩學唐宋。有《青門集》。

(2) 李翱：字習之。隴西成紀（今甘肅秦安東）人，一說趙郡人。唐貞元十四年進士。官至山南東道節度使。從韓愈學古文，自成一家，哲學受佛教影響很深。著《復性書》。卒諡文，世稱李文公。有《李文公集》。

(3) 岑嘉州：岑參。唐荊州江陵（今湖北江陵）人，郡望南陽（今屬河南）。天寶五年載進士。兩次出塞新疆，任節度府掌書記、節度府判官。後曾出任嘉州（今四川樂山）刺史。以邊塞詩名世。有《岑嘉州集》。

(4) 東家：應為「云有」。

(5) 樊毅：字仲德。後漢河南人。辟公府，除防東長、中都令，遷弘農太守。復華山下民租。漢靈帝光和二年十月立華嶽碑。

(6) 柳敏碑：東漢建寧二年十月立。舊在忠州（今重慶），久佚，傳世皆偽本。此引數語，與現存碑文，略有所異：「山陵玄室，建斯邦兮。先人修質，尚約清兮。汶飭不雕，陝處臧兮。」（《四川歷代碑刻》）

(7) 楊戲：字文然。三國蜀犍為武陽（今四川彭山東）人。為丞相諸葛亮器重。後從姜維征魏，內心不服姜維，酒後流露，免為庶人。著有《季漢輔臣傳》。

(8) 荀勗（xù）：字公曾。西晉潁川潁陰（今河南許昌）人。魏末，參司馬昭軍事。司馬炎代魏，加散騎常侍、衛將軍，遷尚書左僕射。精通音律，熟諳典籍。著《中經新簿》。明人輯《荀公曾集》。

(9) 庾信：見卷三・七一注(5)。

(10) 呂溫：字和叔，一字化光。唐河中（今山西永濟）人。貞元十四年進士。參加王叔文革新集團。官至戶部員外郎。後被李吉甫貶為道州刺史，轉衡州。有《呂衡州集》。此處所引出自〈淩煙閣勳臣頌〉：「為爪翼肺腸，經綸八方。自南徂東，晏海澄江。」

(11) 李翰：字子羽。唐趙州贊皇人。初為衛縣尉，入為侍御史，累遷左補闕，以本官充翰林學士。善古文，博涉經籍。此處所引「弧矢之說」，《全唐文》為「弧矢之設」。題目全名為〈裴旻將軍射虎圖贊〉。旻，一作旻。

按：所舉韻例，屬「江」韻的是江、邦、雙、降諸字；屬「陽」韻的是當、陽、喪、郎、祥、霜、亡、張、疆、傷、章、惶、方諸字；二者可以通押。

三六

余作駢體文，押曹丕「丕」字為上聲(1)，為人所嗤。不知「丕」與「不」通，又與「負背」通，不止「攀悲切」也。《書》曰：「是有丕子之責於天。」《史記》作「負字」。《索隱》引鄭氏曰：

「丕讀為負。」《石經》、《尚書》亦作「負子」。惟今之韻書，捃摭淺漏，未經收拾。沈存中笑香山押「餓殍」為夫(2)。又笑杜牧之〈杜秋〉詩「厭飫不能飴」(3)，誤飴糖之飴，作飲噉用。不知杜牧之用「飴」字，本東漢〈童謠〉：「飴我大豆烹芋魁。」又，晉〈盛彥傳〉：「婢使蠐螬炙飴之。」香山之押「殍」作平聲，本《唐韻》「敷」字下收「殍」，作「撫俱切」。猶之今平韻不收「糾」字，而嵇康《琴賦》亦竟作平聲押也(4)。

【箋注】

(1) 丕：讀pī，《集韻》攀悲切，平聲，脂韻。《廣韻》敷悲切。不、丕，原為一字，後分化。「不」讀fǒu，方久切，上聲，有韻。

(2) 沈存中：沈括，字存中。宋錢塘（今杭州）人。仁宗嘉祐八年進士。任翰林學士。傑出科學家。博學善文，有《夢溪筆談》、《長興集》等。香山：白居易。殍：讀piǎo，《廣韻》平表切，上聲，小韻。又芳無切，幽部。又讀bì，《廣韻》符鄙切，上聲。

(3) 杜牧之：即杜牧。飴：讀yí，《廣韻》與之切，平聲。作糖漿、美食解。亦通「貽」，作贈送解。所引杜牧詩，與貽同。

(4) 糾：今音讀jiū或jiǎo，一為平聲，一為上聲。中古音，皆為上聲。《廣韻》居黝切，上聲，黝韻。《集韻》舉夭切，上聲，小韻。上古音，皆為幽部。嵇康：見卷八・七五注(2)。嵇康所押平聲，為上古音。

三七

《玉臺新詠》實《國風》之正宗(1)，然有不可學者，如湘東王〈春日〉(2)，一句用兩「新」字。鮑泉、沈約有詩八首(3)，以五言一首為題，如「秋衰悲落桐」之類，反覆千言，殊覺可憎。為唐人試帖賦得題所自仿也(4)。

【箋注】

(1) 玉臺新詠：是繼《詩經》、《楚辭》之後的重要詩歌總集。南朝徐陵編。

(2) 湘東王：南朝梁元帝蕭繹。見卷七・四五注(7)。

(3) 鮑泉：字潤岳。南朝梁東海（今山東郯城一帶）人。少為湘東王通直侍郎。後任信州刺史、郢州長史。湘東王〈春日〉詩，每句都有一個或兩個「春」字，鮑泉應制唱和詩每句都有一個或兩個「新」字。沈約：見卷三・四三注(6)。

(4) 試帖賦得：見卷七・四七注(4)、注(5)。

三八

人無酒德，而貪杯勺，最為可憎。有某太守在隨園賞海棠，醉後，竟弛下衣，溲於庭中。余次日寄詩戲之云：「客是當年夷射姑，不教虎子掔花奴(1)。但驚贏者此陽也，誰令軍中有布乎(2)？頭禿公然幘似屋，心長空有腹如瓠(3)。平生雅抱時苗癖，日縛衣冠射酒徒(4)。」

【箋注】

(1) 夷射姑：春秋時魯定公二年，邾莊公與夷射姑飲酒，夷射姑出外小便，曾敲守門人，後守門人以水灑於庭中，說是清洗夷射姑的尿，想讓邾莊公給以報復。虎子：即便壺。花奴：唐・南卓《羯鼓錄》：「明皇嘗聽琴，未終，遽止之曰：速令花奴持羯鼓來，為我解穢。」汝南王李璡小名花奴，善羯鼓。

(2)「但驚」句：用《國語》「陽人不服晉侯」典，「此羸（弱小）者陽（陽樊人）也，未狎（馴習）君政」，「武不可覿（炫耀），文不可匿」。詩中以此典與某太守開玩笑。語含戲謔。「誰令」句：蘇軾詩〈董卓〉中有句「豈信車中有布乎」，原意謂：王允與呂布謀誅卓，有人書呂字於布，荷而行市，歌曰「布乎」，有告卓者，卓不悟。

(3) 幘似屋：幘（zé），包頭巾。竹林七賢之一劉伶迎客時赤身裸體，把房屋當作他的衣服。腹如瓠：陸游〈莫辭酒〉：「愁去疾亦平，便腹如瓠壺。」

(4) 時苗：字德胄。三國時巨鹿人。出為壽春令，居官歲餘，牛生一犢，及去官，以犢是淮南所生，留之。射酒徒：《獨異志》：「漢時苗為壽春令，謁治中蔣濟。濟醉不見之。歸而刻木人，書『酒徒蔣濟』，以弓矢射之。」

三九

年家子龔友(1)，青年好學，來誦其〈白門小住〉云(2)：「秋生黃葉聲中雨，人在清溪水上樓。」余為嘆賞。臨別，忽向余正色云：「友不好名，先生切勿以友詩告人。」余雅不喜，曰：「此子矜情作態，局

面太小。」已而竟不永年。

【箋注】

(1) 年家：科舉時代同年登科者兩家之間的互稱。龔友：字劍戍。清江蘇宜興人。

(2) 白門：南京的別稱。

四〇

余〈哭鄂制府虛亭死節〉詩云(1)：「男兒欲報君恩重，死到沙場是善終。」乙酉天子南巡，傅文忠公向莊滋圃新參誦此二句(2)，曰：「我不料袁某才人，竟有此心胸。聞係公同年，我欲見之，希轉告之。」余雖不能往謁，而心中知己之感，惻惻不忘。第念平生詩頗多，公何以獨愛此二句？後公往緬甸，受瘴得病歸，薨。方知一時感觸，未嘗非讖云。

鄂公拈香清涼山，過隨園門外，指示人曰：「風景殊佳。恐此中人，必為山林所誤。」有告余者。余不解所謂。後見宋人〈題呂仙〉一絕曰：「覓官千里赴神京，得遇鍾離蓋便傾(3)。未必無心唐社稷，金丹一粒誤先生。」方悟鄂公「誤」字之意。

【箋注】

(1) 鄂制府：鄂容安。見卷一・四五注(1)。制府為總督的尊稱。此處指在伊犂被陷，與叛軍力戰，自盡。

(2) 傅文忠：傅恒。見卷八・三六注(2)。莊滋圃：莊有恭。見卷一・六六注(8)。

(3) 鍾離：八仙之一鍾離權，又稱漢鍾離，字雲房，號正陽子。唐咸陽人。世傳唐人呂洞賓，詣京師應舉，遇鍾離翁於岳陽，便傾蓋相交，授以仙訣，遂不復之京師。此處所引詩見《鶴林玉露》。

四一

宋劉子儀為夏英公先得樞密(1)，乃詠〈堠子〉詩曰(2)：「空呈厚貌臨官道，更有人從捷徑過。」本朝朱草衣詠〈雪〉云(3)：「正愁前路迷樵徑，先有人行路一條。」陳古漁〈看桃花〉云(4)：「回頭莫羨人行處，曾向行人行處來。」

【箋注】

(1) 劉子儀：劉筠。見卷五・七一注(2)。夏英公：夏竦，字子喬。宋江西德安人。父與契丹兵力戰而死，錄竦為潤州陽縣主簿。由賢良方正，累官樞密使，封英國公。罷知河南府，遷武寧軍節度使，進鄭國公。卒謚文莊。平生好學，然性貪婪，尚權術。有《文莊集》。樞密：樞密使的簡稱。

(2) 堠（hòu）子：古時築在路旁用以分界或計里數的土壇。每五里築單堠，十里築雙堠。

(3) 朱草衣：朱卉。見卷三・一一注(4)。

(4) 陳古漁：陳毅。見卷一・五二注(3)。

四二

同年李竹溪棠，性誠慤(1)，而詩獨清超。〈感懷〉云：「罷官便有閒人集，才老旋生後輩嫌。」〈得家書〉云：「急開翻惱緘封密(2)，朗誦頻教句讀差。」其子燧年十歲時(3)，余命屬對「水仙花」，渠應聲曰「羅漢松」。平仄雖不協，而意境極佳，遂大奇之。歸河間後見懷云：「韋司風味陶潛節(4)，野鶴閑雲伴此身。四海聲名雙管筆，六朝花柳一家春。鬚眉每向詩中見，函丈偏從夢裏親(5)。此日著書深幾許，瓣香心事屬何人(6)？」末二句，其自命亦不凡矣。

【箋注】

(1) 李棠：見卷八・三〇注(7)。誠慤（què）：厚誠，樸實。

(2) 緘（jiān）：書函。

(3) 李燧（1753-1825）：字東生，號青墅。清直隸河間人。官浙江下砂頭場鹽課大使。有《青墅詩稿》。

(4) 韋司：韋應物，唐京兆萬年人。歷官洛陽丞、京兆府功曹、滁州刺史、江州刺史、左司郎中、蘇州刺史，世稱韋蘇州。交遊甚廣，詩名頗著，以田園詩最著稱，高雅閑淡，自成一家。後人將其與陶淵明並稱為陶韋。

(5) 函丈：本指講席，後專為弟子對老師的敬稱。

(6) 瓣香：一瓣心香。佛教用語，指心中虔誠能感通佛祖，就同焚香一樣。後亦指對某人師承或敬仰的虔誠心情。

四三

杭州張有虔先生(1)，年九十三，皇上欽賜舉人。余自幼蒙提攜，故求其詩，不得。得其子名濟川號南皋生者〈微雨〉云(2)：「無聲著林木，有色引莓苔。」〈欲雪〉云：「風號平野急，雲重暮山連。」

【箋注】

(1) 張有虔：生平如上。餘未詳。

(2) 張濟川：字東之，號南皋生。清浙江仁和（今杭州）人。諸生。有《南皋詩鈔》。

四四

有人誦常州汪玉珩詠〈淚〉佳句云(1)：「江干斑竹牆陰草，壺內紅冰鏡裏潮(2)。」余以為不如其第一首云「商女含愁歌一曲，楚妃無語過三年」更覺耐想(3)。又〈偶成〉云：「高閣對層巒，屋角煙蘿接。山雨欲來時，蕭蕭下黃葉。」

【箋注】

(1) 汪玉珩：字玉珍，號夷畦、朱梅軒。清江蘇宜興人。諸生。有《朱梅軒文鈔》。

(2) 斑竹：一種莖上有紫褐色斑點的竹子，也叫湘妃竹。晉・張華《博物志》卷八：「堯之二女，舜之二妃，曰湘夫人，帝崩，二妃啼，以涕揮竹，竹盡斑。」紅冰：喻淚水。形容感懷之深。五代王仁裕《開元天寶遺事・

紅冰》：「楊貴妃初承恩召，與父母相別，泣涕登車，時天寒，淚結為紅冰。」

(3) 商女：指唱悲涼歌曲的歌女。楚妃：指春秋時楚人息嬀（息夫人），楚文王滅息，納之，生二子，然終未嘗與文王通一言。見卷三・七〇注（5）。

四五

胡稚威云(1)：「詩有來得、去得、存得之分。來得者，下筆便有也；去得者，平正穩妥也；存得者，新鮮出色也。」

【箋注】

(1) 胡稚威：胡天游。見卷一・二八注(1)。

四六

劉霞裳與余論詩曰(1)：「天分高之人，其心必虛，肯受人譏彈。」余謂非獨詩也，鐘鼓虛故受考，笙竽虛故成音。試看諸葛武侯之集思廣益，勤求啟誨。此老是何等天分？孔子入太廟，每事問。顏子以能問於不能，以多問於寡(2)。非謙也，天分高，故心虛也。

【箋注】

(1)劉霞裳：見卷二・三三注(2)。

(2)顏子：顏淵。見卷五・七九注(3)。所謂「以能」、「以多」，為曾子語。見《論語・泰伯》。

四七

梁文莊公之兄啟心(1)，字守存，入翰林後，即乞歸養。其子山舟侍講(2)，亦早乞病，使其弟敦書仕於朝(3)。一門家風如此。守存除夕約同人遊吳山，不果，乃寄詩云：「何堪歲盡復遷延？夙約都為俗事牽。多謝分吟留一席，不妨屬和待明年。空山響答千門爆，落日寒迷萬瓦煙。想見諸公高會處，下方人指地行仙(4)。」〈除夕〉云：「舊賜官袍聊一著，新頒春帖懶重書。」〈晚過山庵〉云：「清依古佛原無夢，老笑秋蟲尚有絲。」山舟性不近婦人，不宴客，亦不赴人之宴。惟余還杭州，則具華饌，一主一賓，相對而已。故余〈寄懷〉云：「一飯矜嚴常選客，半生孤冷不宜花。」山舟有〈反遊仙〉云：「漫說長生有秘傳，餐芝絕粒幾經年。登仙直是尋常事，雞犬由來亦上天。」「瑤林瓊樹生來有，玉宇雲樓望裏深。上界不聞阿堵貴(5)，道人偏要煉黃金。」「曾侍朝正三殿來，遙瞻旌節下蓬萊(6)。如何一片飛鳧影(7)，也被人間網得回？」「賺他劉阮是何人(8)，畢竟迷樓莫當真。我是天台狂道士，桃花多處急抽身。」「擾擾蜉蝣奈若何(9)，寸田尺宅竟蹉跎。自從偷吃嵇康

髓，只覺胸中塊壘多(10)。」

【箋注】

(1)梁文莊：梁詩正（1697-1763），字養正，一字養仲，號薌林。浙江錢塘人。雍正八年進士。歷任戶部、兵部、刑部、吏部尚書，官至東閣大學士，加太子太傅。卒諡文莊。有《錢錄》、《矢音集》、《西清古鑒》等。梁啟心（1695-1758）：初名詩南，字首存，一字蔎林。梁文濂之子，梁詩正之兄。早年與弟自相師友。乾隆四年進士，改庶吉士。乞養垂歸二十年奉事衰父，不復出。高宗憐其孝，即家授編修。有《南香草堂詩集》。

(2)梁山舟：見卷三・三二注(3)。

(3)梁敦書：乾隆間由蔭生累遷員外郎。歷任知府、鹽驛道、按察使、布政使。官至署兵部右侍郎。

(4)地行仙：語出佛書《楞嚴經》。五代張筠居洛陽，以聲色自娛，人稱地仙。後常用以指貪圖安樂享受的人。亦指遊戲人間、逍遙自得的人。

(5)阿堵：六朝及唐人常用的指稱詞。相當於這或這個。

(6)三殿：清宮三殿為太和殿、中和殿、保和殿。蓬萊：唐代大明宮內有紫宸、蓬萊、含元三殿，統稱為蓬萊三殿。此借指清宮。

(7)飛鳧（fú）影：《後漢書・方術傳・王喬》載，河東人王喬為葉令，傳說每月朔望自縣裏去謁見皇帝，而不見車騎，乃密令太史伺察，總是有一雙野鴨從東南飛來。派人舉網捕圍，卻得到一隻舄（鞋）。後用此典稱地方官。

(8)劉阮：劉晨和阮肇。傳說二人天台山遇仙。見卷三・三二注(9)。

(9)蜉蝣：比喻淺薄狂妄的人。

(10) 嵇康：見卷八・七五注(2)。《晉書・嵇康傳》：「(嵇)康又遇王烈，共入山，烈嘗得石髓如飴，即自服半，餘半與康，皆凝而為石。」塊壘：比喻胸中鬱結的愁悶或不平之氣。

四八

尹望山相公(1)，四督江南。諸公子隨任未久，多仕於朝。惟似村以秀才故不當差(2)，常侍膝下，詩才清絕。余駢體序中，已備言之。猶記其訂余往過云：「清談相訂菊花期，正慰幽懷入夢時。空谷傳書鴻屢至(3)，閒庭掃徑僕先知。關心尚憶他鄉客，時以詩寄三兄。因病翻添數首詩。聞道芒鞋將我過，倚欄只恨月圓遲。」〈絢春園〉云：「莫喚池邊貪睡犬，隔林恐有看花人。」乙酉別去，庚子八月忽奉太夫人就蕪湖觀察兩峰之養(4)，重過隨園。見和云：「迎人雞犬閑如舊，滿架琴書賣欲無。」〈臨別〉云：「故人垂老別，歸舫任風移。退一步來想，斯遊本不期。」似村，名慶蘭。

【箋注】

(1) 尹望山：尹繼善。見卷一・一〇注(3)。

(2) 似村：慶蘭。見卷二・三七注(1)。

(3) 空谷：空曠幽深的山谷。多指賢者隱居的地方。

(4) 兩峰：慶玉。見卷四・三二注(1)。

四九

張松園方伯不甚作詩(1)，而落筆新穎。見張素雲女校書扇上有余贈詩(2)，乃題其後云：「小住青樓醉好春，偶教蹤跡落紅塵。昨宵月下看歌扇，忽見文星照美人。」

【箋注】

(1) 張松園：張朝縉，字毓屏，號松園。清江蘇如皋人。性慷爽，才識過人。援例授福建沙縣知縣，歷官廈門同知、廣東按察使、浙江布政使。（嘉慶十三年刊《如皋縣誌》卷十七列傳二）

(2) 張素雲：未詳。女校書：雅稱妓女有文才者。

五〇

嘉禾徵士曹廷樞古謙，與葛卜元同教習宗學(1)。葛北方人，長於考據，自負博雅。而曹專工詞章。二人不相能。虞山蔣公、滿洲世公(2)，各有所庇，遂相參劾。古人洛、蜀之分(3)，皆由門下士起也。曹詩自佳，詠〈春雨〉云：「兩兩溪邊水鳥呼，漸看簷際濕模糊。憑欄花重紅疑滴，隔座山橫翠欲無。吟苦莫愁春冷淡，病多偏穩睡工夫。捲簾自愛虛無景，未要瀟湘入畫圖(4)。」

【箋注】

(1) 曹廷樞：字古謙，號六薌、謙齋。浙江嘉善人。幼承家學。乾隆時由副貢舉博學鴻詞。好古工詩。有《謙齋詩集》。葛卜元：未詳。宗學：滿族宗室子弟讀書和學習八股文之所。

(2) 蔣公：應指蔣溥。見卷二・四七注(2)。世公：未詳。

(3) 洛蜀之分：指二程（程顥、程頤）洛學與三蘇（蘇洵、蘇軾、蘇轍）蜀學之分。

(4) 瀟湘：湘江與瀟水的並稱。多借指今湖南地區。宋代宋迪以瀟湘風景，畫了八幅山水畫，時稱「瀟湘八景」。

五一

杭州柴南屏先生，名謙(1)，作中書時，和聖祖〈冬至〉詩(2)，有「雪花欲共梅花落，春意還同臘意舒」之句。聖祖謂有翰苑才，超升御史。余與其曾孫景高交(3)，先生年八十餘矣，詠〈西湖〉云：「月出慣留歌舞席，風生不送別離船。」

【箋注】

(1) 柴謙：字存抑，號南屏。浙江仁和人。康熙五十五年由貢生考授內閣中書，遣刑部主事，擢福建道監察御史。有《儆曙齋詩稿》。

(2) 聖祖：即康熙帝。

(3) 柴景高：字行之，號鹿柴。浙江仁和人。乾隆十六年進士。官貴州安南知縣。少負才名，與袁枚相頡頏，人稱鴛鴦才子。

五二

世有口頭俗句，皆出名士集中：「世亂奴欺主，時衰鬼弄人。」杜荀鶴詩也(1)。「今朝有酒今朝醉，明日無錢明日愁。」羅隱詩也(2)。「一朝權在手，便把令來行。」崔戎〈酒籌〉詩也(3)。「閉門不管窗前月，分付梅花自主張。」南宋陳隨隱自述其先人詩也(4)。「大風吹倒梧桐樹，自有旁人說短長。」宋人笑趙師睪欲附范文正公祠堂詩也(5)。「晚飯少吃口，活到九十九。」古樂府也。見《七修類稿》所引。「難將一人手，掩得天下目。」曹鄴詩也(6)。「易求無價寶，難得有情郎。」女真蕙蘭詩也(7)。「一舉首登龍虎榜，十年身到鳳凰池。」張唐卿詩也(8)。「平生不作皺眉事，世上應無切齒人。」邵康節詩也(9)。「兒孫自有兒孫福，莫與兒孫作馬牛。」徐守信詩也(10)。「是非只為多開口，煩惱皆因強出頭」；「自家掃去門前雪，莫管他家瓦上霜」：並見《事林廣記》(11)。「黃泉無客店，今夜宿誰家(12)？」見唐人逸詩。

【箋注】

(1) 杜荀鶴：字彥之。唐末池州石埭人。大順二年進士。工律絕，詩風淺易。有《唐風集》。

(2) 羅隱：唐詩人。見卷八・四二注(2)。

(3) 崔戎：字可大。唐博陵安平人。舉明經。官諫議大夫、劍南宣撫使、給事中、華州刺史、兗海沂密觀察使。李商隱曾在其幕中。

(4)陳隨隱：陳世崇，字伯仁，號隨隱。宋撫州崇仁人，一作臨川人。陳郁子。任皇城司檢法。入元不仕。有《隨隱漫錄》。所引為其父陳郁詩句。

(5)趙師睪：字從善。宋宗室。孝宗淳熙二年進士。官至工部尚書。凡四尹臨安府，有能聲。然以諂附權貴，為時論所鄙。所引詩句，是宋人朱萬年作。

(6)曹鄴：字業之。唐桂林陽朔人。宣宗大中四年擢進士第。歷官太常博士、吏部郎中、洋州刺史等。

(7)女真：女道士。蕙蘭：唐・魚玄機字，有才思，咸通中為李億補闕侍婢，愛衰後，隸咸宜觀為女道士。魚玄機集中作〈寄鄰女〉詩，《北夢瑣言》謂是怨李億詩，《太平廣記》卷百三十引《三水小牘》謂是玄機獄中作。

(8)張唐卿：字希元。青州人。北宋仁宗景佑元年進士第一人登科。期集興國寺，題句於壁。另一說為宋太宗朝泉州劉昌言〈上呂蒙正〉詩，是一首七律。

(9)邵康節：邵雍，字堯夫。宋河北范陽人，遷河南共城（今河南輝縣百泉）。後居洛陽安樂窩，耕稼自給，被召授官，不赴。創「先天學」。卒諡康節。有《皇極經世》、《觀物篇》、《先天圖》、《伊川擊壤集》等。

(10)徐守信：宋海陵（今江蘇泰州）人。年十九入天慶觀為道士，發運使蔣之奇以神公呼之。徽宗崇寧二年賜號虛靜沖和先生。

(11)事林廣記：宋・陳元靚編。所引在卷九「警世格言」中。

(12)「黃泉」二語：五代・江為〈臨刑詩〉。一說明・孫蕡〈臨刑詩〉。

五三

河督姚小坡，作別駕時(1)，以「祭葬」二字命題。余宰江寧時，無子，〈詠祭〉云：「血食滿天下，但看所樹恩(2)。羞將好魂魄，饑飽仗兒孫。」

【箋注】

(1) 姚小坡：姚立德，字次功。浙江仁和人。乾隆元年以蔭生授主事，歷官江寧通判、景州知州、山東按察使、河東河道總督，加兵部尚書銜。後奪官留任，分守東昌。乾隆四十八年卒。（詳《清代河臣傳》）。按：袁枚與姚小坡曾多次書信來往，稱其為「刺史」、「尚書」。「小坡」疑為號。別駕：官名。州刺史的佐吏。

(2) 血食：所謂鬼神享受牲牢的祭祀。所樹恩：指在世時所建樹的恩德。

五四

余作庶常時，寓年家花園(1)。同年吳自堂與其兄飛池借寓園中(2)。飛池與吳女金娘有三生之約(3)，畏妻不敢聘。金寄詩云：「殘淚未消和影拭，舊書重展背人看。」詩既佳，書法亦秀媚。

【箋注】

(1) 庶常：官名。即翰林院庶吉士。年家：科舉時代同年登科者之間的互稱。

(2) 吳自堂：疑為吳嗣富，字鄭公，號崑田。浙江錢塘人。乾隆四年進士，選庶吉士。散館授編修。有《玉壺齋

稿》。「自堂」應為號。吳飛池：吳龍光，字彥和，號飛池、斗墟。浙江錢塘人。諸生。官南路同知。有《澶州吟稿》、《寶田堂詩文遺稿》、《定林詩草》。

(3)金娘：未詳。

五五

雲間沈大成(1)，字學子，皓首窮經，多聞博學，嘗見古廟有九原丈人之碑，不知所出。後閱《十洲記》，始知乃海神，司水者也。因作〈九原丈人考〉一篇。〈贈邵檀波〉云：「異書勘後兼金重，古硯磨多似臼深(2)。」〈即事〉云：「樓頭風定鐘初動，湖上雲開舫漸行。」

【箋注】

(1)沈大成：見卷二・五二注(1)。

(2)臼（jiù）：泛稱搗物的臼狀容器。

五六

浙中遂昌教諭王世芳(1)，字芝圃，年一百十歲，入都祝太后萬壽，賜翰林侍講銜。還鄉，陳太常星齋贈詩云(2)：「華皓何來雲水頭？寵加新秩返扁舟(3)。酒錢未卜憑誰與？壺藥翻叨為我投。薄宦夢驚山北檄，散仙行逐海東鷗。獨留佳話傳臺閣，曾與耆英大父游(4)。」王面長尺許，腰若植鰭(5)。自言：

「少居鄉，遭耿逆之變(6)。與諸妹豆棚閑坐，一妹頭忽不見，蓋為飛炮擊去也。」與第三子同來，白髮飄蕭，背轉傴僂。問其長子。曰：「不幸夭亡矣。」問夭亡之年。曰：「八十五歲。」乾隆辛未，聖駕南巡，有湖南湯老人來接駕，年一百四十歲。皇上先賜匾額云「花甲重周」。又賜云「古稀再度」。

【箋注】

(1)王世芳：字芝圃，又字徽德，別號南亭。清浙江天台人。少時有勇力，應募為兵，後棄兵為農，且耕且讀。年四十九補博士弟子員。五十八歲成諸生。八十一歲出貢。九十六官遂昌訓導。乾隆辛巳授國子監司業，庚寅加翰林院侍講。

(2)陳星齋：陳兆崙。見卷一·五〇注(1)。

(3)新秩：新官職。

(4)耆英：年老德高之英才。大父：稱祖父輩。

(5)植鰭：豎起的魚鰭。形容人枯瘦背脊弓曲貌。

(6)耿逆：指耿精忠。見卷八·五九注(1)。

五七

余夏間惡蚊，常誤批頰甚痛，而蚊乃飛去。偶讀葉聲木〈譙蚊〉詩(1)，不覺大快。詞曰：「虎狼偶食人，人猶寢其皮。獨怪蚤蝨咬，嗜人甘如飴。蟣蝨我自生，自孽將怨誰？蚤出塵土間，跳梁亦暫時。爾蚊何為者？薨薨聲殷雷(2)。訂盟如黠將，歃血遣佽飛(3)。聚昏更為市，利析秋毫微。穿衣巧刺繡，中膚

驚卓錐(4)。深入石飲羽(5)，潛侵劍切泥。三伏涼夜好，清風吹滿懷。時方愛露坐，鳴鏑一聲來。誤憒自批頰，悵望空徘徊。亦或中老拳，磔裂殲渠魁。無奈苦搔癢，汗黏變瘡痍。咄咄么麼蟲，陰毒乃如斯。長喙不擇肉，呼吸若乳兒。怪底入夏瘦，毛孔成漏卮。安得通身手，左右時交揮！」葉諱誠，錢塘孝廉。

【箋注】

(1)葉聲木：葉誠。見本卷一五注(8)。譙（qiào）：譴責。

(2)薨薨（hōng）：象聲詞。衆蟲齊飛聲。

(3)佽（cì）飛：舊指古代劍士。漢代用以稱武官，取其輕便若飛的意思。佽飛令，官名。掌收狩獵稅事務。

(4)卓椎：直插錐子。

(5)飲羽：指中箭深入到箭尾上的羽毛。《呂氏春秋・季秋紀・精通》：「養由基射兕中石，矢乃飲羽。」

五八

王安崑，字平圃(1)。予少在都中，與交好，常宿其家，見其題尤貢甫〈墨竹〉云(2)：「幾個琅玕幾點苔(3)，勝他五色筆花開。分明滿幅蕭蕭響，似帶江南風雨來。」〈買竹〉云：「南郊過雨綠生香，底事勞人買竹忙？我一出城君入市，兩邊風味各分嘗。」又，〈送羅兩峰歸邗上兼示舍弟瘦生〉云：「別時冰雪到時春，萬樹寒梅照眼新。邂逅若逢江上客，已歸須勸未歸人。」

【箋注】

(1) 王安崑：字平圃。清河北河間人。工書，嗜古，收藏甚富。

(2) 尤貢甫：尤蔭（1732-1812），字貢父（貢甫），號半人、水村等，後自稱半灣詩老。江蘇儀徵人。工詩，善寫蘭竹。乾隆中從和碩禮親王出塞，有《出塞詩鈔》，袁枚為之作序。另有《黃山集》。

(3) 琅玕：傳說中的仙樹。一說崑崙山上樹名。此處喻所畫竹。

五九

余宰沭陽，有宦家女依祖母居，私其甥陳某，逃獲。訊時值六月，跪烈日中，汗雨下，而膚理玉映。陳貌寢(1)，以縫皮為業。余念「燕婉之求，得此戚施(2)」，殊不可解。問女何供。女垂淚云：「一念之差，玷辱先人，自是前生宿孽(3)。」其祖母怒甚，欲置之死。余以卓茂語，再三諭之(4)。笞甥，而以女交還其家。搜其篋，有〈閨詞〉云：「蕉心死後猶全捲，蓮子生時便倒含。」亦詩讖(5)也。隔數月，聞被戚匪胡豐賣往山東矣。予至今惜之。嘗為人題畫冊云：「他生願作司香尉，十萬金鈴護落花(6)。」

【箋注】

(1) 貌寢：相貌醜陋。

(2)「燕婉」二語：語出《詩經・邶風・新臺》。原意為：想追求美滿的婚姻，卻得到一個駝背醜陋的人。

(3)宿孽（niè）：舊有的罪孽。

(4)卓茂：字子康。漢南陽宛人。初任丞相府史，官至太傅，封褒德侯。為人寬仁恭愛，樂道推實，其治民，舉善而教，不能則勸，口不出惡言。認為「律設大法，禮從人情」。諭：告知。

(5)詩讖（chèn）：謂所作詩無意中預示了後來發生的事。

(6)司香：明內侍官名，多由宦官擔任。負責燒香等事宜。金鈴：護花鈴，唐玄宗時，寧王李憲好聲樂，風流蘊藉，每逢春天，就讓人在後花園中用紅絲在花枝上密綴金鈴，令園吏拉動絲繩，驚走鳥鵲。後用此典指惜花。此處又用於人。

宰江寧時，有南鄉錢貢甫之子某(1)，買張某妻陳氏為妾，得價後，屢詐不遂，遂來控官。余召訊之。錢燒窰，張為其採煤者也，貌如石炭，妻嫣然窈窕。錢美少年，能詩。余意天然佳偶，欲配合之，而格於例，乃發官媒(2)，免其笞。有役某素黠，探知官意，密授錢計，仍買歸焉。錢故鄉居，事過後，余不便再問消息。後十餘年，余游牛首山，路見鬑鬑者(3)，率三嬰兒，捧香伏地。問何人。曰：「錢某也。年來妻亡，扶陳氏為正室。此三兒皆其所生。某亦入上元學矣。妻聞公游山，命我來謝。」獻詩云：「酬恩兩個山村雀，含著金環沒處尋(4)。綠葉成陰滿枝子，費公多少種花心！」

【箋注】

(1) 錢貢甫：未詳。

(2) 官媒：舊時衙署中擔任媒妁等事的婦女。

(3) 鬑鬑（lián）：鬢髮疏長的樣子。

(4) 金環：漢時楊寶曾救治遭鴟梟襲擊的黃雀，後黃雀傷癒飛走。某夜有黃衣童子贈楊寶白環四枚。後以黃雀銜環比喻報恩。

六一

李笠翁詞曲尖巧(1)，人多輕之。然其詩有足采者。如〈送周參戎之浦陽〉云：「儒將從來重，君其髯絕倫。三遷無喜色(2)，百戰有完身。灰裏求遺史，刀邊活故人。仙華名勝地，細柳正堪屯(3)。」〈婺寧庵〉云：「誰引招提路(4)，隨雲上小峰。飯依香積煮(5)，衣倩衲僧縫。鼓吹千林鳥，波濤萬壑松。《楞嚴》聽未闋(6)，歸計且從容。」尤展成贈云(7)：「十郎才調本無雙(8)，雙燕雙鶯話小窗。送客留髡休滅燭，要看花影照銀釭(9)。」

【箋注】

(1) 李笠翁：李漁，原名仙侶，字謫凡，號天徒，後改名漁，字笠鴻，又號笠翁。祖籍浙江蘭溪，生長於江蘇如皋。順治八年，移家杭州，康熙元年，從杭州遷居金陵（今江蘇南京）。芥子園是他在金陵的別業，命名取「芥子納須彌」之義。晚年他又舉家遷回杭州，「買山而隱」。有《笠翁十種曲》、《閒情偶寄》等。

(2) 三遷：指提拔升遷迅速。同「一歲三遷」。

(3) 細柳：漢文帝時，周亞夫率軍駐紮在長安附近的細柳，以軍容壯嚴著名。後以細柳營美稱軍營。

(4) 招提：原為四方僧的住處，後泛指寺院或僧房。引申指出家僧侶。

(5) 香積：香積廚，寺裏的廚房，取香積佛國香飯之意。

(6) 楞嚴：指佛經《楞嚴經》。

(7) 尤展成：見卷一・六二注(3)。

(8) 十郎：唐詩人李益小字十郎。此為借用。當時人譽稱李漁為李十郎。

(9) 留髡（kūn）：漢・淳于髡一日參加宴會，會後主人送走其他客人獨留淳于髡痛飲。銀釭（gāng）：銀燈。

六二

杭州姚君思勤、黃君湘圃、吳君錫麒八九人(1)，同作《新年百詠》，俱典雅，而吳詩尤超。〈門神〉云：「問爾侯門立，能知深幾重？」倪經培云(2)：「爵封萬戶外，秩滿一年中。」姚詠〈拜年〉云：「履吉弓鞋換(3)，催妝歲燭然。勝常稱再四，利市乞團圓。」〈風菱〉云：「面目為誰槁？心腸到底甜。」黃詠〈爆竹〉云：「買來還縮手，畢竟讓人工。」〈面鬼〉云：「一半頭銜用，幾重顏甲生(4)。」皆佳句也。金雨叔宗伯為題辭云(5)：「回首辭家十載餘，舊鄉風土夢華胥(6)。卷中重認新年景，卻認初來占籍居(7)。」

【箋注】

(1) 姚思勤：字春漪，號桂棠。清浙江仁和人。有《東河棹歌》一卷。黃湘圃：室號桐華館。清錢塘（今杭州）人。有《夏中正分箋》。吳錫麒（1746-1818）：字聖徵，號穀人。錢塘（今杭州）人。乾隆四十年進士。授編修，官右贊善、侍講侍讀、國子祭酒。曾主講於揚州、安定等書院。工詩詞，駢文最著名。有《有正味齋集》。

(2) 倪經培：倪懷經，原名經培，榜名經鋤，字右觀，號竹觀。錢塘（今杭州）人。乾隆四十四年舉人。任景寧教諭。

(3) 履吉：踐履吉祥，常用作新春祝頌。

(4) 顏甲：顏，臉皮；甲，鐵甲。臉皮如鐵甲。指臉皮厚。

(5) 金雨叔：金甡（shēn），字雨叔。錢塘(今浙江餘杭縣)人。乾隆七年狀元及第。授修撰，三遷侍講學士。二十二年，直上書房，擢詹事，再遷禮部侍郎。金甡直講席十七年，直諒誠敬，所陳說必正義法言，諸皇子皇孫皆愛之。以疾歸，生平以廉儉方正稱。

(6) 華胥：古代神話中無為而治的理想國家。常比喻夢境。

(7) 占籍：上報戶口，入籍定居。

六三

《清波雜誌》載(1)：「元祐間，新正賀節，有士持門狀遣僕代往，到門，其人出迎，僕云：『已脫籠矣。』諺云『脫籠』者，詐閃也(2)。溫公聞之(3)，笑曰：『不誠之事，原不可為！』」及前朝文衡山〈拜年〉詩曰(4)：「不求見面惟通謁，名紙朝來滿敝

盧。我亦隨人投數紙，世情嫌簡不嫌虛。」可見賀節投虛帖，宋朝不可，明朝不以為非：世風不古，亦因年代而遞降焉。

【箋注】

(1)清波雜誌：宋代史料筆記。周煇著。

(2)脫籠：春節拜訪不親自前往，讓僕人拿著馬嚼子，每到一家，就敲幾聲門，把名帖留下，表示已登門。脫籠，是京城對弄虛作假的俗稱。詐閃：詐偽欺騙。

(3)溫公：宋・司馬光。見卷二・一二注(8)。

(4)文衡山：文徵明，初名璧，字徵明，以字行，更字徵仲，號衡山居士。長洲(今江蘇蘇州)人。明代書畫家、文學家。詩宗白居易、蘇軾。有《甫田集》等。

六四

余有詩不入集中者，嫌其少作未工也。然終竟是爾時一種光景，棄之可惜，乃追憶而錄之。九歲〈詠盤香〉云：「空梁無燕泥常落，古佛傳燈影太孤。」十五歲〈詠懷〉云：「也堪斬馬談方略，還是騎牛讀《漢書》(1)。」〈題田古農《賣書買劍圖》〉云：「丈夫窮後疑無路，猶有神仙作退步。」〈舟行〉云：「山雲猶辨樹，江雨暗移春。」〈詠柳〉云：「新絲買得剛三月，舊雨吹來似六朝。」〈落花〉云：「莫訝萬枝隨雨盡，須知一片自天來。」〈無題〉云：「紅豆相思多入骨，綠蘿著處便生根。」在都中，〈為徐相國耕籍應制〉云(2)：「水到公田龍脈

轉，風翻仙仗杏花飛(3)。」頗為相公稱許。〈和金沛恩〈詠昭君紙鳶〉〉云：「玉門春老恨難忘(4)，猶逐東風謁漢王。環珮影沉天漠北，琵琶聲在白雲鄉(5)。素絲解作留仙帶，細雨彈成墜馬妝(6)。莫怪洛城多紙貴，畫圖終日對斜陽。」

【箋注】

(1) 斬馬：諸葛亮為了顧全大局，揮淚斬馬謖。騎牛讀《漢書》：《新唐書・李密傳》：「（李密）聞包愷在緱山，往從之。以蒲韉乘牛，掛《漢書》一帙角上，行且讀。」

(2) 耕籍：古時每年春耕前，天子、諸侯舉行儀式，親耕籍（藉）田，種植供祭祀用的穀物，並以示勸農。歷代皆有此制，稱為耕籍禮或籍田禮。

(3) 公田：公家之田。封建官府控制的土地。仙仗：指皇家相府儀仗。

(4) 玉門：宮闕。或指玉門關，或為代指邊關。李白《王昭君二首》：「一上玉關道，天涯去不歸。」史無記載昭君出塞經過玉門關。

(5) 白雲鄉：見卷五・一三注(2)。

(6) 留仙帶：留仙裙的帶子。留仙裙，有縐折的裙。典出《趙后外傳》。墜馬妝：斜綰在一邊的髮髻。

六五

丁卯冬，余宰江寧，以公事往揚州，阻風燕子磯(1)。宏濟寺僧默默(2)，年九十餘，導余遊山；並

出西林、桐城兩相國及諸公卿詩相示(3)。余亦贈四律而別。後辛未南巡，默默接駕(4)。上問其年。奏曰：「一百二歲。」上笑曰：「和尚還有二十年壽。」隨賜紫衣。默默謝恩而出。乾隆二十年，竟圓寂矣。方知天語之成讖也。高文定公贈以詩云(5)：「默默僧年八十餘，麥塍猶愛荷春鋤。抬頭見客心先喜，款坐烹茶意自如。千尺娑羅庭外樹(6)，兩朝丞相壁間書。救生舟送風帆穩，利涉長江信不虛(7)。」

【箋注】

(1)丁卯：乾隆十二年。燕子磯：見卷八·五六注(1)。

(2)默默：如上。餘未詳。

(3)西林：指鄂爾泰。見卷一·一注(7)。桐城相國：指張英。見卷二·五五注(3)。

(4)辛未：乾隆十六年。接駕：迎接皇帝。

(5)高文定：高斌。見卷二·四七注(8)。

(6)娑羅：相傳釋迦牟尼逝世於娑羅樹下，故佛教視為聖樹。

(7)利涉：指舟楫順利渡水。

六六

陶貞白云(1)：「仙人九障(2)，名居一焉。」余不幸負虛名。丁丑，過書肆，見有作〈金陵懷古〉詩者，姓王，名顛客，假余序文。詩既不佳，序亦相稱，余一笑置之。後三年，再過書肆，見《清溪唱酬

集》一本，載上海彭金度、碭山汪元琛、太倉畢瀧等(3)，共三十餘人；前駢體序，亦假我姓名。詩序俱佳，不能無訝。因買歸，示程魚門(4)。程笑曰：「名之累人如此。雖然，如魚門之名，求其一假，尚未可得。」後十年，集中王陸禔、曹錫辰、徐德諒、范雲鵬四人(5)，都來相見。而諸君子則終未謀面。姑錄數首，以志暗中因緣。范〈采菱曲〉云：「采蓮莫采菱，菱角刺儂手。采菱莫采蓮，蓮心苦儂口。刺手苦儂苦不深，苦口兼欲苦儂心。」汪〈金陵雜詩〉云：「清江一曲鴨頭波，相約湔裙踏淺莎(6)。雙槳月明桃葉渡，但聞人語不聞歌。」

【箋注】

(1) 陶貞白：陶弘景，齊梁時著名隱士。見卷一・四六注(22)。

(2) 九障：指影響得道的多種障礙。

(3) 彭金度：字若春，號皖蜚。清上海高行鎮人。弱冠遊庠，中歲肆力於詩。有《平分煙靄草堂詩稿》、《東皋吟》、《北堂覆瓿稿》，纂《臨清州志》。汪元琛：清徐州府碭山人。《同治徐州府志》載：孫文瑞選《同聲詩鈔》八卷收有汪元琛詩。畢瀧：字澗飛，號竹癡。清鎮洋（今江蘇太倉）人。畢沅弟。工詩、畫，富收藏。

(4) 程魚門：程晉芳。見卷一・五注(1)。

(5) 王陸禔：見卷五・五二注(5)。曹錫辰：字北居，自號畏壘山人。清江蘇上海人。監生。性通脫，喜交遊。輯《國朝海上詩鈔》，著《畏壘山人稿》。徐德諒：字尹遠。清崑山諸生。有《五知堂集》。范雲鵬：字淩滄，號立堂、綠君。清浙江寶山人。有《百城樓詩集》。

(6) 鴨頭波：綠波。鴨頭色綠，形容水色。湔（jiān）裙：古代的一種風俗。《北史・竇泰傳》：「（竇泰母）遂有娠。期而不產，大懼。有巫曰：『度河湔裙，產子必易。』」

六七

王西莊光祿(1)，為人作序云：「所謂詩人者，非必其能吟詩也。果能胸境超脫，相對溫雅，雖一字不識，真詩人矣。如其胸境齷齪，相對塵俗，雖終日咬文嚼字，連篇累牘，乃非詩人矣。」余愛其言，深有得於詩之先者。故錄之。

【箋注】

(1) 王西莊：王鳴盛（1722-1797），字鳳喈、禮堂，別字西莊，晚年自號西沚。江蘇嘉定（今屬上海）人。乾隆十九年進士。授編修，累官內閣中書兼禮部侍郎，遷光祿寺卿。辭官後，居蘇州三十年。有《十七史商榷》、《蛾術編》、《耕養齋詩文集》、《西沚居士集》等。

六八

丙辰，余將赴廣西。吾鄉有孔先生者，年八十餘，贈詩云：「畫眉聲裏推篷坐(1)，不是看山便讀書。」

【箋注】

(1) 畫眉：鳥名。眼圈白色，向後延伸呈蛾眉狀。故名。鳴聲婉轉悅耳。篷：車船篷窗。

六九

張宮詹鵬翀受今上知最深(1)。侍值乾清門，方宣召，而張已歸。上以詩責之云：「傳宣學士為吟詩，勤政臨軒未退時。試問〈羔羊〉三首內，幾曾此際許委蛇(2)？」命依韻和呈，聊當自訟(3)。張奉旨呈詩，上喜，賜以克食(4)。張進謝恩詩，有「溫語更欣天一笑，翻教賜汝得便宜」之句。後數日，和上〈柳絮〉詩，托詞見意云：「空階勻積似鋪霜，忽起因風上玉堂(5)。縱有別情供管領，本無才思敢輕狂。散來欲著仍難起，飛去如閑恰又忙。剩有鬢絲堪比素，蜂黏雀啄底何妨？」〈嘲春風〉云：「封姨十八正當家，牆角朱幡弄影斜(6)。掃盡亂紅無興緒，強將餘力管楊花。」先生詠物詩，尤為獨絕。如集中〈泥美人〉、〈雁字〉、〈粉團〉、〈玉環〉諸題，皆能不脫不黏，出人意表。少時游楚南，太守張蒼厓懋贈以序云(7)：「好窮七澤之遊，勿遽吞吾雲夢(8)；試問郢中之客，誰能和汝《陽春》(9)？」

【箋注】

(1) 張鵬翀：見卷一・六五注(6)。上：皇上。

(2) 羔羊：《詩經・召南・羔羊》：「退食自公，委蛇委

蛇。」委蛇（yí）：雍容自得貌。

(3)自訟：自責。

(4)克食：即克什。滿語，原義為恩，賜予。指皇帝恩賜之物。

(5)玉堂：宮殿的美稱。或稱官署。宋以後亦稱翰林院。

(6)封姨：神話裏的風神。稱封十八姨。朱幡：相傳從元旦起，作一面繪有日月五星圖文的朱紅旗幡，立在苑東，可以免災。

(7)張蒼厓：張懋（亦作張楙）。直隸人。康熙六十年任長沙府知府。

(8)雲夢：古藪澤名。在今湖北潛江市南。後範圍擴大。司馬相如〈子虛賦〉：「吞若雲夢者八九，其于胸中曾不蔕芥。」

(9)郢中：郢都。借指古楚地。陽春：原指戰國時楚國的高雅歌曲名。後用以泛指高雅的曲子。戰國楚．宋玉〈對楚王問〉：「客有歌於郢中者，其始曰『下里巴人』，國中屬而和者數百人；其為『陽春白雪』，國中屬而和者不過數十人。」

七〇

康熙庚子，常熟杜昌丁入藏(1)，過瀾滄百里，其部落曰估倧，有小女名倫幾卑，聰慧明艷，能通漢語。昌丁來往，屢主其家，見輒呼「木瓜呀布」。「木瓜」者，尊稱也；「呀布」者，猶言好也。彼此有情。臨行，以所掛戒珠作贈，揮淚而別。歸語士大夫，咸為憮然。沈子大先生作詩云(2)：「估倧小女年

十六，生長胡鄉服胡服。紅罽窄衫小垂手，白毹貼地雙趺足(3)。漢家天子撫窮邊，門前節使紛蟬聯。慧性早能通漢語，含情何處結微緣？杜郎七尺青雲士，仗劍辭家報知己。匹馬翩翩去復回，暫借估倧息行李。解鞍入戶詫嫣然，萬里歸心一笑寬。笑迎板屋藏春暖，絮問游蹤念夏寒。自言去日曾相見，君自無心妾自憐。妾心如月常臨漢，君意如雲欲返山。私語閑將番字教，烹茶知厭酪漿羶。雨意綢繆俄十日(4)，誰言十日是千年？留君不住歸東土，恨無雙翼隨君舉。聊解胸前瑪瑙珠，將淚和珠親贈與。一珠一念是妾心，百回不斷珠中縷。塵起如煙馬如電，珠在君懷君不見。黃河東流黑水西，脈脈空懸情一線。」

【箋注】

(1) 杜昌丁：字望之、松風，號蔗林。江南青浦（今上海市青浦縣）人。少有文譽。做雲貴總督蔣陳錫幕僚時曾赴西藏。雍正四年順天副貢生。任福建浦城知縣、永春知州。有《藏行紀程》。袁枚以為常熟人，不知何據。

(2) 沈子大：沈起元。見卷六・九〇注(1)。

(3) 紅罽（jì）：紅色毛織品。小垂手：古樂舞。舞者舞而垂其手。白毹（yú）：白色的毯子。雙趺足：雙腳盤在膝上。指打坐。

(4) 雨意綢繆：雲情雨意親密纏綿。民國本「雨」作「兩」，亦可解。

七一

郭暉遠寄家信(1)，誤封白紙。妻答詩曰：「碧紗窗下啟緘封(2)，尺紙從頭徹尾空。應是仙郎懷別恨(3)，憶人全在不言中。」

【箋注】

(1)郭暉遠：未詳。賴其妻之詩而留其名。

(2)緘封：書信封口。

(3)仙郎：美稱丈夫。

七二

蘇州謝滄湄老於遊幕(1)，為淮關榷使年希堯之上客(2)。有得意句云：「惟有鄉心消不得，又隨一雁落江南。」每旅夜高吟，則聲淚俱下。〈過惠山〉云：「路轉弓彎三里賒(3)，好風猶趁半帆斜。鶯聲滿店二泉酒(4)，春雨維舟一樹花。白髮來遊嗟已晚，青山如畫欲移家。幾時來傍禪燈宿，惠麓雲中汲井華(5)。」

【箋注】

(1)謝滄湄：謝淞洲，字滄湄，號林村。清長洲（今蘇州）人。布衣。工書畫，精鑒賞。雍正時召至內府鑒別書畫。以病罷歸。遊幕：舊稱離鄉作幕賓、幕友。

(2)年希堯：字允恭。清廣寧（今遼寧北鎮縣）人，隸屬漢軍鑲黃旗。官至內務府總管，加都察院左都御史銜。後削職。有《視學精蘊》、《算法纂要總圖》等。

(3) 賒：遠。

(4) 二泉：惠州最有名的泉為白水山湯泉、羅浮山寶積寺卓錫泉。

(5) 井華：清晨新汲的水。所謂井水新汲，療病利人。

七三

徵士王載揚(1)，吟詩以對仗為工，有句云：「百五正逢寒食節，十千誰醉美人家(2)？」愛余〈滕王閣〉詩「阿房有焦土，玉樓無故釘(3)」一聯。湖州徐階五先生〈贈沈椒園〉詩云(4)：「詩派同初白，官情共軟紅(5)。」以沈乃初白先生外孫故也。王亦愛而時時誦之。徐知予於未遇時。記其〈關山月〉一首云：「大牙旗捲夕陽殘，旋見城邊湧玉盤(6)。鼓角無聲霜氣肅，山河流影鏡光寒。白頭漢將占星立，紅淚胡姬倚馬看(7)。淨掃煙塵天闕迥(8)，清輝多處是長安。」先生名以升，雍正癸卯翰林，官臬使。

【箋注】

(1) 王載揚：王藻。見卷四・三四注(1)。

(2) 百五：冬至後一百五日，即有疾風甚雨，謂之寒食，禁火三日。十千：曹植詩句「美酒斗十千」。

(3) 阿房：秦阿房宮。舊稱項羽焚燒阿房。

(4) 徐階五：徐以升，字階五，號恕齋。浙江德清人。雍正元年進士。官至廣東按察使。有《南陔堂詩集》。

(5) 初白：查慎行。見卷三・一二注(1)。軟紅：軟紅塵。原

指帝都車馬揚起來的紅色塵土，後用來泛指都市的繁華喧鬧。

(6) 大牙旗：指旗竿上飾以象牙的大旗。多為主帥標識旗，亦為儀仗用旗。玉盤：月亮。

(7) 占星：根據星辰，推算命運。令人想起蘇武、李陵。胡姬：指邊關地區少數民族少女。

(8) 天闕：京城，帝都。

七四

興化鄭板橋作宰山東(1)，與余從未識面，有誤傳余死者，板橋大哭，以足蹋地。余聞而感焉。後廿年，與余相見於盧雅雨席間(2)。板橋言：「天下雖大，人才屈指不過數人。」余故贈詩云：「聞死誤拋千點淚，論才不覺九州寬。」板橋深于時文，工畫，詩非所長。佳句云：「月來滿地水，雲起一天山。」「五更上馬披風露，曉月隨人出樹林。」「奴藏去志神先沮，鶴有饑容羽不修(3)。」皆可誦也。板橋多外寵(4)，常言欲改律文笞臀為笞背。聞者笑之。

【箋注】

(1) 鄭板橋：鄭燮。見卷五・五三注(2)。

(2) 盧雅雨：盧見曾。見卷二・九注(1)。

(3)「奴藏」聯：是滿洲人常建極的詩句。鄭板橋在濰縣時曾書寫並粘貼在書齋裏。此誤為鄭詩。

(4) 外寵：男寵、男色的婉稱。

七五

戴雪村學士典試順天(1)，為忌者所傷，落職家居。其飲酒如長鯨吸海，卒以此成疾，亡沅州。〈立秋〉云：「沅州秋信悄然生(2)，旅思無煩雁到驚。月落尚餘山桂白，露零先著海棠清。夢如蝶不離紋簟，靜覺蛩都就畫楹(3)。愧是上方旬日住，禪觀曾未遣微情(4)。」〈鎮遠〉云(5)：「泉脈自來簷可接，箐端時暝雨旋傾(6)。只愁歸說人難信，安得吟成更畫成？」

【箋注】

(1) 戴雪村：戴瀚。見卷一・六四注(5)。

(2) 沅州：治所在龍標（今湖南洪江黔城鎮）。

(3) 紋簟（diàn）：帶花紋的竹席。蛩（qióng）：蟋蟀的別名。

(4) 上方：住持僧居住的佛室。亦借指佛寺。微情：隱藏而不顯露的感情。

(5) 鎮遠：縣名。位於貴州省東部，地居鎮陽江北岸，形勢扼要，交通便利，為黔東門戶。

(6) 箐（jīng）：大竹林或樹木叢生的山谷。

七六

杜茶村為國初逸老(1)，人多重其五律。余以為襲杜之皮毛(2)，甚覺無味。獨愛其詠〈海棠〉一句云：「全樹開成一朵花。」

【箋注】

(1)杜茶村：杜濬，字于皇，號茶村。明末清初黃岡（今屬湖北）人。明崇禎十二年鄉試副榜。避亂流轉于南京、揚州。家貧，好詩嗜茶，尚氣節。有《變雅堂詩文集》。

(2)襲杜：沿襲杜甫。皮毛：指表面的東西。

七七

晁君誠詩(1)：「小雨愔愔人不寐，臥聽羸馬齕殘芻(2)。」真靜中妙境也。黃魯直學之云(3)：「馬齕枯萁喧午夢(4)，誤驚風雨浪翻江。」落筆太狠，便無意致。

【箋注】

(1)晁君誠：晁端友，字君成。北宋鉅野（今山東巨野）人。進士及第。官上虞、杭州新城知縣，著作佐郎。有《晁氏新城集》。

(2)愔愔：安和，深靜。齕（hé）：咬，吃。芻（chú）：餵養牲畜的草料。

(3)黃魯直：黃庭堅。見卷一・一三注(6)。前人對此聯詩，有不同看法。宋・葉夢得《石林詩話》云：「一日憩於逆旅，聞傍舍有澎湃鞺鞳之聲，如風浪之歷船者，起視之，乃馬食于槽，水與草齟齬於槽間而為此聲，方悟魯直之好奇。然此亦非可以意索，適相遇而得知也。」

(4)萁：讀jī。應為萁，讀qí，豆莖。

七八

隱仙庵道士周明先善琴(1)，能詩，離隨園甚近，年未五十亡。余錄其佳句云：「神仙樂事君知否？只比人間多笑聲。」「竹間樓小窗三面，山裏人稀樹四鄰。」「壁琴風過聞天籟，香碗灰深裊篆煙(2)。」「雨中破壁蝸留篆，醉後餘腥蟻起兵。」又：「新筍成時白晝長。」七字亦妙。

【箋注】

(1) 周明先：未詳。

(2) 篆煙：繚繞彎曲如篆字紋般的輕煙。

七九

姑蘇隱者殷如梅(1)，字羽調，詠〈桃花〉云：「望去分明臨水岸，開殘容易逐楊花。」詠〈梅〉云：「自是歲寒松竹伴，無心要占百花先。」〈謝人惠佛手啟〉云(2)：「數來千指，屈伸總是無名；看去兩枝，大小豈能垂手？」〈憎蚊〉云：「以啟其毛，何堪供汝流歠(3)？不濡其味，亦且驚我虛聲。」

【箋注】

(1) 殷如梅：一作殷如海。字羽調，號果園。元和（今江蘇吳縣）人。乾隆間諸生。有《綠滿山房集》。

(2) 佛手：即佛手柑。果實狀如半握之手。可入藥。

(3) 流歠（chuò）：大口喝湯而湯水從口角流下。

杭州多高士。梁秋潭先生因從子詩正貴(1)，後遂不鄉試，恥以官卷中故也。〈垂釣〉云：「一溪新漲失前汀，照見青山處處青。香餌自香魚不食，釣竿只好立蜻蜓。」〈題《采芝圖》〉云：「山間石上爛生光，曾受青城道士方。自采自餐還自壽，不來朝市說珍祥。」宋杏洲先生〈詠槐花〉云(2)：「寄語世間諸舉子，不應才到此時忙(3)。」周徵士西穆〈湖上〉云(4)：「野鷗導我有閑意，新柳笑人成老夫。」施文學竹田〈湖心亭〉云(5)：「六時但有蘋風至(6)，五月來看梅雨晴。」

【箋注】

(1) 梁秋潭：梁文泓，字秋潭，號龍泓，又號深甫。清浙江杭州人。諸生。性孤介，工書，擅詩古文。從子：侄兒。詩正：即梁詩正。見本卷四七注(1)。

(2) 宋杏洲：未詳。

(3)「寄語」聯：唐・李淖《秦中歲時記》：進士下第，當年七月復獻新文，求拔解，曰：「槐花黃，舉子忙。」

(4) 周西穆：周京。見卷三・六四注(2)。

(5) 施竹田：施安。見卷三・六四注(2)。

(6) 六時：子、寅、辰、午、申、戌，為陽生六時。按氣候區劃為一年六時，一年分為六個階段，每階段為四個節氣。此處指所有時間。蘋風：秋風。因蘋很輕，容易搖動，古人以為是起風的地方，而蘋開花的季節在秋天，故用來比喻秋風。此處又借指涼爽的風。

八一

余讀《漢書》，雅不喜董廣川(1)，而最喜賈太傅(2)。偶讀錢竹初〈洛中懷古〉云(3)：「南來莫再尋遺宅，第一人才是賈生。」蘇州薛皆山云(4)：「一篇〈鵩賦〉離形相，才子回頭是道人(5)。」二詩皆推崇太傅，實獲我心。

【箋注】

(1) 董廣川：董仲舒。西漢廣川（今河北棗強）人。漢代哲學家、政治家。主張罷黜百家，獨尊儒術。曾任江都相、膠西王相。後託病辭官，專事修學著書。有《春秋繁露》、《舉賢良對策》等。

(2) 賈太傅：賈誼。見卷二・五〇注(2)。

(3) 錢竹初：錢維喬，字樹參，號竹初。江蘇武進人。乾隆二十七年舉人。知鄞縣，有政聲，不久賦歸。能詩善畫，工曲。有《竹初詩文鈔》及傳奇《鸚鵡媒》、《乞食圖》。

(4) 薛皆山：薛起鳳。見卷二・四六注(7)。前文作「皆三」。

(5) 鵩賦：賈誼撰。多老莊之言。鵩（fú），一種鳥，古認為不祥之鳥。道人：指老莊道徒。

八二

余幼時遊西湖，見酒樓號五柳居者，壁上題詩甚多，不久即圬去。惟西穆先生一首(1)，墨瀋淋漓，字寫〈爭坐位帖〉，歷七八年如新。酒樓主人及來游者皆護存之，敬其為名士故也。題是〈冬日同樊榭放舟湖上，念欒城、赤梟都已下世，彌覺清遊之足重也，分韻同作〉(2)，云：「一角西山雪未消，鏡光清照赤闌橋。小分寒影看梅色，半入春痕是柳條。閑裏安排塵外跡，酒邊珍重故人招。孤煙落日空臺榭，歲晚重來話寂寥。」後四十年，余再至湖上，則壁詩無存。西穆、樊榭，久歸道山，而酒樓主人，亦不知名士為何物矣！惟陳莊壁上有蔣用庵侍御〈酬王夢樓招遊〉一首云(3)：「六朝風物正妍和，珍重烏篷載酒過。一串歌珠人似玉，四圍巒翠水微波。狂夫興不隨年減，舊雨情于失路多。爭奈嚴城宵漏急(4)，未知今夜月如何。」

【箋注】

(1) 西穆：周京。見卷三・六四注(2)。

(2) 樊榭：厲鶚。見卷三・六一注(1)。欒城：沈嘉轍，字欒城。清浙江錢塘（今杭州）人。諸生。與人同撰《南宋雜事詩》及《南宋紀事詩引用書目》。赤梟：吳焯。見卷三・六〇注(6)。

(3) 蔣用庵：蔣和寧。見卷一・六五注(15)。

(4) 嚴城：戒備森嚴的城池。宵漏：指代夜間。漏，古計時器。

八三

吾鄉詩有浙派，好用替代字，蓋始于宋人，而成于厲樊榭(1)。宋人如：「水泥行郭索，雲木叫鈎輈(2)。」不過一蟹一鷓鴣耳。「歲暮蒼官能自保，日高青女尚橫陳(3)。」「含風鴨綠鱗鱗起，弄日鵝黃嫋嫋垂(4)。」不過松、霜、水、柳四物而已。廋詞謎語(5)，了無餘味。樊榭在揚州馬秋玉家(6)，所見說部書多，好用僻典及零碎故事，有類《庶物異名疏》、《清異錄》二種。董竹枝云(7)：「偷將冷字騙商人。」責之是也。不知先生之詩，佳處全不在是。嗣後學者，遂以「瓶」為「軍持」，「橋」為「略　」，「箸」為「挾提」，「棉」為「芮溫」，「提燈」為「懸火」，「風箱」為「扇隤」，「熨斗」為「熱升」，「草履」為「不借」；其他「青奴」、「黃奶」、「紅友」、「綠卿」、「善哉」、「吉了」、「白甲」、「紅丁」之類，數之可盡，味同嚼蠟。余按《世說》：「郝隆為桓溫南部參軍(8)。三月三日作詩曰：『娵隅躍清池(9)。』桓問何物。曰：『魚也。』桓問：『何以作蠻語？』曰：『千里投公，才得蠻部參軍，那得不作蠻語？』」此用替代字之濫觴。《文選》中詩，以「日」為「耀」，「靈風」為「商飆」，「月」為「蟾魄」，皆此類也。唐陳子昂出(10)，始一洗而空之。

【箋注】

(1)厲樊榭：厲鶚。見卷三·六一注(1)。

(2)「水泥」二語：宋・林逋句。「水泥」作「草泥」。郭索：蟹爬行時的聲音。借指蟹。鉤輈（zhōu）：鷓鴣鳴聲。

(3)「歲暮」二語：宋・王安石〈紅梨〉詩句。蒼官：松或柏的別稱。青女：傳說中掌管霜雪的女神。借指霜雪。

(4)「含風」二語：宋王安石〈南浦〉詩句。鴨綠：指水波。鵝黃：指柳條。

(5)廋（sōu）詞：隱語。

(6)馬秋玉：馬曰琯。見卷三・六〇注(3)。

(7)董竹枝：董偉業，字恥夫，號愛江。祖籍瀋陽，流寓揚州甘泉。生活於乾隆年間。作《揚州竹枝詞》九十九首。人稱「董竹枝」。鄭板橋稱其為良友。

(8)郝隆：字佐治。東晉汲郡人。為征西大將軍桓溫南蠻參軍。曾有仰臥袒腹「曬書」故事。桓溫：字元子。東晉譙國龍亢(今安徽懷遠西北龍亢集)人。官琅邪太守、荊州刺史，都督荊、司等四州諸軍事。後以大司馬專擅朝政。

(9)娵（jū）隅：古代西南少數民族稱魚為娵隅。

(10)陳子昂：字伯玉。唐梓州射洪（今屬四川）人。文明元年進士。官終右拾遺。世稱陳拾遺。為初唐詩歌革新之先驅。對糾正梁陳以來靡麗遺習，厥功甚偉。其散文亦開古文運動之先河。

八四

寶意先生(1)：「恩同花上露，留得不多時。」萬柘坡(2)：「相逢似春雪，一夜不能留。」元微之(3)：「傷心落殘葉，猶識合昏期。」三詩意味相

似。

【箋注】

(1) 寶意：商盤。見卷一・二七注(7)。

(2) 萬柘坡：萬光泰。見卷一・五二注(1)。

(3) 元微之：唐・元稹。見卷一・二〇注(11)。此處所引為〈感小株夜合〉中的詩句。合昏：指合歡樹至暮而合其葉，亦諧音合婚，反襯自己（元稹）喪偶。

八五

李穆堂先生詩(1)，以少作為佳，位尊後，有率易之病。予所喜者，皆其未第時及初入翰林之作。〈東平州看杏花〉云：「斷雲斜日過東平，楊柳風來葉葉輕。莫為春陰便惆悵，杏花如雪更分明。」〈落葉〉云：「寒來千樹薄，秋盡一身輕。」〈即事〉云：「欲問春深淺，桃花淡不言。」〈湯泉〉云(2)：「漢井炎方熾，周京德肯涼？」〈日暮〉云：「鳥聲隔屋山初暗，燈影當窗紙未溫。」〈驛鋪〉云：「短堞一空雞絕唱，敗槽百齧馬無聲。」晚年不屑為此種詩，亦不能為此種詩。

【箋注】

(1) 李穆堂：李紱。見卷四・七三注(4)。

(2) 湯泉：此所寫湯泉應是湯山溫泉，位於江寧縣湯山鎮湯山東坡，距南京市中山門東約五十多里。南朝劉宋時期，江夏王劉義恭曾寫過一首〈湯泉銘〉，文曰：「秦

都壯溫谷，漢京麗湯泉。英德資遠液，喧波起斯源。」將南京湯山溫泉和西安臨潼的相傳秦始皇和漢代帝王洗浴過的驪山溫泉相提並論。袁枚亦在湯山溫泉沐浴並留詩一首題為〈浴湯泉〉。此處所引詩句寫聯想，與西周鎬京的漢井、周朝的恩德聯繫起來寫湯泉，富有深長意味。

八六

王阮亭尚書未遇時，受知於先達某(1)，故詩集卷首，即錄其所贈五古一篇，用「蕭豪」韻。穆堂未遇時，受知於阮亭(2)，故哭阮亭五古一篇，亦用「蕭豪」韻。姜西溟〈哭徐健庵司寇〉詩(3)，用張文昌〈哭昌黎〉韻(4)，想見古人聲應氣求，後先推挽之盛。

【箋注】

(1) 王阮亭：王士禎。見卷一・五四注(1)。先達：有學問、道德的前輩。因先我而聞道，故稱為先達。

(2) 穆堂：李紱。見卷四・七三注(4)。

(3) 姜西溟：姜宸英（1628-1699），字西溟，號湛園。浙江慈溪人。工詩古文，精書法。康熙三十六年一甲三名進士，授編修，年已七十。兩年後充順天鄉試副考官，以科場案牽連下獄，病死獄中。有《湛園詩稿》、《葦間詩集》、《西溟文鈔》。徐健庵：見卷二・五五注(5)。

(4) 張文昌：唐・張籍，字文昌。原籍吳郡，少時僑寓於和州烏江（今安徽和縣）。德宗貞元進士。曾任太常寺太祝、水部員外郎、國子司業。有《張司業集》。

八七

吾鄉文學曹芝(1)，字荔帷，以好名貧其家。中年遽亡，詩稿甚富。〈宿隨園〉見贈云：「蓬藋年年靜掩扉，好風吹上芰荷衣(2)。青山一覺鶴同夢，白髮滿頭花打圍(3)。肯與凡禽爭飲啄？果然天馬脫鞍鞿。陶歸邴罷關何事？出處如公世所稀(4)。」

【箋注】

(1) 曹芝：字莖九，號荔帷。清浙江錢塘人。諸生。有《洗句亭詩鈔》。

(2) 蓬藋（diào）：兩種草名。借指貧者所居草野或草屋。芰荷衣：屈原〈離騷〉：「制芰荷以為衣兮，集芙蓉以為裳。」後世遂以芰荷衣為高士清潔高尚的象徵。

(3) 打圍：四面圍起來。

(4) 陶歸邴罷：陶淵明歸隱，邴丹罷官。漢博士邴丹，字曼容。琅琊人。養志自修，為官不肯過六百石，輒自免去。出處：出仕和隱退。

八八

丁丑春，陳古愚袖詩一冊(1)，來告予曰：「得一詩人矣。」適黃星岩在山中(2)，三人披讀，乃常州董潮、字東亭者所作也(3)。其〈京口渡江〉云(4)：「輕帆如葉下吳頭(5)，晚景蒼茫動客愁。雲淨蕪城山過雨，江空瓜步雁橫秋(6)。鈴音幾處煙中寺，燈影誰家水上樓？最是二分明月好，玉簫聲裏宿揚州。」想

見其人倜儻。癸未閱邸抄，知與香亭同中進士，入詞館。予方喜相交之日正長。不料散館後，竟病卒。余因思未見其人，先吟其詩而相慕者，一為蔣君士銓，一為陶君元藻(7)，皆隔十餘年，欣然握手。惟董君則始終隔面。渠未必知冥冥中有此一知己也，嗚呼！

【箋注】

(1) 陳古愚：陳本直，字畏三，號古愚。清元和（今蘇州舊城區）人。貢生。有《覆瓿詩草》。

(2) 黃星岩：黃之紀。見卷三・四六注(1)。

(3) 董潮：見卷八・九注(1)。

(4) 京口：今江蘇鎮江。

(5) 吳頭：今江西北部，春秋時是吳、楚兩國交界的地方，處於吳地長江的上游。

(6) 蕪城：古城名。即廣陵城。故址在今江蘇省江都縣境。瓜步：一作瓜埠。古地名。在今江蘇六合縣東南瓜步山下，因名。濱滁河東岸。古時南臨大江。

(7) 蔣士銓：見卷一・二三注(2)。陶元藻：見卷一・三〇注(10)。

八九

曹澹泉詩(1)：「含雨花如抱恨人。」方子雲云(2)：「向日花如暴富人。」陳古愚云(3)：「新綠樹如人少年。」三人調同而各妙。

【箋注】

(1) 曹澹泉：曹言路。見卷六・八注(3)。

(2) 方子雲：方正澍。見卷一・四五(6)。

(3) 陳古愚：見上則注(1)。

九〇

湖廣彭湘南廷梅，與長沙陳恪敏公交好(1)，過隨園時，年已七十，即席賦詩，有「落日紅未盡，遙山青欲來」之句，余愛賞之。在秦淮河口占云：「秦淮河畔亂沙汀，芳草魂生六代青。春去雨中人不惜，杜鵑啼與落花聽。」湘南畫小像：一叟坐室中，旁有偷兒，持斧穴洞而窺，號「竊比于我老彭圖(2)」。見者大笑。〈秋夕宿憑虛閣〉云：「尋幽住此山，秋聲即吾性。一閣銜夕陽，半江紅不定。淡淡暮雲低，漠漠松陰暝。遙見隔林燈，寒空生遠映。」

【箋注】

(1) 彭廷梅：字湘南。清湖南攸縣人。署懷慶府河內縣丞，任天津府南皮縣丞。頗具才幹。工詩。入京，客居慎郡王邸，命選「國朝詩」。有《擊空吟集》。（據同治十年刊《攸縣誌》）陳恪敏：陳鵬年。見卷二・二二注(2)。「恪敏」應為「恪勤」。

(2) 老彭：《論語・述而》：「述而不作，信而好古，竊比于我老彭。」老彭，說法不一，有說是商賢大夫，蓋信古而傳述者。有說是兩個人，老，是老子；彭，是彭祖，名彭籛。

九一

昔人稱王粲精思，不能有加於宿構(1)，故拙速不如巧遲。此言是也。然對客揮毫，文不加點，亦是樂事。余平生所見敏於詩者四人：前輩中，一為宮詹張南華鵬翀，一為學士周蘭坡長發(2)；同學中，一為侯夷門嘉繙，一為金進士兆燕(3)。俱可以擊缽聲終，萬言倚馬。乙丑，予宰江寧，侯為貳尹，招之小飲，侯即席有「龍蟠虎踞江山助，璧合珠聯文字交」之句，惜忘其全篇。後得狂易之疾，死鎮江黃太守署中。秦澗泉哭以詩云(4)：「客傳京口訃音來，無際愁雲望不開。妻子半船歸海嶠，圖書千帙付蒿萊(5)。龍蛇應有前生夢(6)，宇宙誰為曠世才？懊惱人天今異路，新詩定已滿泉臺(7)。」又曰：「若使九原真及第，勝教五斗戀微官(8)。」

【箋注】

(1) 王粲：字仲宣。東漢末山陽高平(今山東鄒縣)人。蔡邕見而奇之，倒屣相迎。往荊州依劉表，不為所重。歸曹操，魏國既建，官侍中。善屬文，有詩名，為建安七子之一。所作〈七哀詩〉、〈登樓賦〉頗著名。宿構：亦作「夙構」。形容寫詩文迅速，像預先擬好了一樣。

(2) 張南華：張鵬翀。見卷一・六五注(6)。周蘭坡：周長發。見卷五・二五注(6)。

(3) 侯夷門：侯嘉繙。見卷一・二四注(2)。金兆燕：見卷五・一七注(3)。

(4) 秦澗泉：見卷一・四二注(6)。

(5) 海嶠：海邊多山的地方。蒿萊：雜草。此指拋棄。

(6) 龍蛇：此指「歲在龍蛇」。《後漢書・鄭玄傳》：五年春，夢孔子告之曰：「起，起！今年歲在辰，來年歲在巳。」既寤，以讖合之，知命當終。——後以「歲在龍蛇」指賢人年壽將盡。

(7) 泉臺：墳墓。

(8) 九原：九泉，傳說人死後居住的地方。五斗：五斗米，喻指小官的官俸。

九二

余散館出都，走別南華先生(1)。先生取紙，疾書〈送別〉云：「清時重民牧，臨御簡良才(2)。經術平生裕，文章我輩推(3)。醉辭鵷鷺侶，吟向鳳凰臺(4)。民力東南急，君其保障哉。」「眷言桑梓近，鄭重惜分襟。暫輟〈三都〉筆，將聽〈五袴吟〉(5)。風流為政美，愷悌入人深(6)。千里同明月，相思寄好音。」

【箋注】

(1) 南華：張鵬翀。見卷一・六五注(6)。

(2) 民牧：此指治理民眾的地方長官。臨御：君王治理朝政。簡：選擇。

(3) 推：推崇，推重。

(4) 鵷鷺：鵷與鷺飛行時排列整齊有序。比喻朝官整齊的行列。鳳凰臺：相傳劉宋元嘉間有異鳥集於山，當時被看作鳳凰，遂築此臺。其故址在今南京市南。此指袁枚將要去江寧做知縣。

(5)三都筆：西晉・左思博學善文，作〈三都賦〉，爭相傳抄，致使洛陽紙貴。此比袁枚。五袴吟：東漢廉范遷蜀郡太守，舊制禁民夜作，以防火災。范乃毀削先令，但嚴使儲水而已。百姓以為便，歌之曰：「廉叔度，來何暮。不禁火，民安作。昔無襦，今五袴。」

(6)愷悌：和樂寬厚，平易近人。

九三

癸酉夏五，周蘭坡、潘筠軒兩學士同飲隨園(1)，見案上有東坡詩，擷之，笑曰：「我即用其仇池石韻(2)，序今日事，可乎？」余曰：「幸甚。」磨墨申紙，日影未移，詩已畢矣。曰：「千章夏木清(3)，一雨洗濃綠。前月游隨園，林巒看未足。北牖貪晝眠，人誚邊韶腹(4)。雲開峰黛妍，水長波紋蹙。窈窕離市塵，疏狂狎樵牧。恐費十千沽，何曾再三瀆(5)？榴火吐紅蕤，林篁削青玉。老友中州歸，陳人案前伏(6)。相約飲無何，聯吟日可卜。為愛好軒楹，不辭屢徵逐(7)。絕類仲蔚園，恍入子真谷(8)。無酒君須謀，有魚我所欲。看鋤邵圃瓜，敢顧周郎曲(9)。劇喜天已晴，莫訝客不速。」

【箋注】

(1)周蘭坡：周長發。見卷五・二五注(6)。潘筠軒：潘乙震。見卷八・一〇一注(4)。

(2)仇池石：蘇軾對所藏仇池石，寫了數首同韻詩。此處即用其韻。

(3)千章：千株大樹。

(4)邊韶腹：漢代邊韶曾白天睡覺，弟子嘲笑他肚子大，懶得讀書只想睡覺。邊韶聽了回答弟子，肚子大是裝滿五經，飽讀書籍，睡覺是在想事情。

(5)瀆：貪求。

(6)陳人：舊人，故人。此為自指，猶言老朽。

(7)徵逐：汲汲於吃喝享樂的追求。

(8)仲蔚園：東漢・張仲蔚，平陵人。博學多才，安貧樂道，隱居不仕，住的地方長滿蓬蒿。後以仲蔚園為貧士隱居的典故。子真谷：揚雄《法言》：「谷口鄭子真（名樸），耕於巖石之下，名震京師。」後以子真谷口喻指隱士隱居之處。

(9)邵圃瓜：漢代廣陵人邵平，原為秦東陵侯，入漢後隱居在長安城東郊種瓜，瓜有五色，很甘美。人稱邵瓜，或東陵瓜。顧周郎曲：即周郎顧曲。《三國志・吳書・周瑜傳》：「瑜少精意於音樂，雖三爵之後，其有闕誤，瑜必知之，知之必顧，故時人謠曰：『曲有誤，周郎顧。』」後遂以「顧曲」為欣賞音樂、戲曲之典。

九四

棕亭在江氏秋聲館即席和余四絕云(1)：「坐對名山列綺筵，籬花爭艷暮秋天。百年傳得詩人宅，先把黃金鑄浪仙(2)。」「近郭遙峰左右當，帆檣歷歷遠天長。女牆穿過疏林外(3)，放出殘霞襯夕陽。」「山腰奇石最伶俜，矮作闌干曲作屏。選得雲根坐吹笛(4)，新聲分與萬家聽。」「惠郎中酒眼波斜(5)，一曲清歌遏眾嘩。安得將身作么鳳(6)，香叢長伴刺桐花？」

【箋注】

(1)棕亭：金兆燕。見卷五・一七注(3)。秋聲館：揚州江春館名。江春，見卷八・五注(10)。

(2)浪仙：賈島，字閬仙，一作浪仙。唐范陽人。初為僧，名無本。後還俗。官長江縣主簿、普州司倉參軍。工詩，與孟郊齊名。其詩以苦吟著稱，愛琢字煉句，為賈浪仙體。唐末詩人李洞酷慕賈島，遂銅鑄島像，常焚香叩拜，念賈島佛。賈島詩對清代「浙派」也頗有影響。

(3)女牆：庭院四周的短牆。

(4)雲根：山石。

(5)惠郎：乾隆三十九年，揚州鹽商江春於秋聲館中主持蔣士銓著《四弦秋》首演。座上袁枚、金兆燕贈詩旦色惠郎。旦色，即旦角。

(6)么鳳：一種體態輕盈的五色鳥。愛集於桐花，以飲朝露。古人摹擬它的動作，創么鳳舞。

九五

善寫客情者，昔人詩，如：「只因相見近，轉致久無書(1)。」「近鄉心更怯，不敢問來人(2)。」善寫別情者，如：「可憐高處望，猶見故人車(3)。」「相看尚未遠，不敢遽回舟(4)。」

【箋注】

(1)「只因」聯：唐・張蠙〈寄友人〉：「長疑即見面，翻致久無書。」

(2)「近鄉」聯：唐・宋之問〈渡漢江〉。一作李頻詩。一

作沈佺期詩。

(3)「可憐」聯：唐・岑參〈夏初醴泉南樓送太康顏少府〉。「猶」作「遠」。

(4)「相看」聯：唐・祖詠〈別怨〉：「相看尚不遠，未可即回舟。」

九六

「為學心難足，知君更掩扉。」項斯〈贈友〉詩也(1)。「一點村前火，誰家未掩扉。」唐山人〈村行〉詩也(2)。兩押「扉」字，均妙。

【箋注】

(1)項斯：字子遷。唐台州臨海（今屬浙江）人。會昌四年進士。官丹徒縣尉。此處所引為〈送歐陽袞歸閩中〉詩句。

(2)唐山人：唐末西川隱士唐求，有詩名，時人稱之為唐山人。此處所引應為嚴維〈秋夜船行〉詩，一作儲嗣宗詩。（據《全唐詩》）

九七

何南園館于汪氏(1)，其尊人禮之甚至(2)，後其子非解事者，而苛責館課轉嚴。南園賦詩云：「急管繁弦《子夜》聲，宮商強半不分明(3)。老夫聽慣開元曲(4)，聽到殘唐刻刻驚。」

【箋注】

(1)何南園：何士顒。見卷一・三七注(1)。館：就館，教私塾。

(2)尊人：指長輩。

(3)子夜：指《子夜歌》。樂府吳聲歌曲。相傳晉時女子名子夜者造此聲，後人更為四時行樂之詞，謂之子夜四時歌。宮商：五音中的宮、商二音。引申為音樂、音律。強半：大半。

(4)開元：唐玄宗的年號。此指盛唐。

九八

詩有音節清脆，如雪竹冰絲，非人間凡響，皆由天性使然，非關學問。在唐則青蓮一人(1)，而溫飛卿繼之(2)。宋有楊誠齋(3)，元有薩天錫(4)，明有高青邱(5)。本朝繼之者，其惟黃莘田乎(6)？

【箋注】

(1)青蓮：李白。

(2)溫飛卿：溫庭筠。見卷二・六注(4)。

(3)楊誠齋：楊萬里。見卷一・二注(1)。

(4)薩天錫：薩都剌，亦作薩都拉，字天錫，號直齋。回族。元雁門（今山西代縣）人。後遷居京師大都（今北京市）。泰定丁卯右榜三甲進士，從此宦遊二十餘年。有《雁門集》。

(5)高青邱：高啟。見卷一・五四注(2)。

(6)黃莘田：黃任。見卷四・四九注(1)。

九九

吳魯齋賢(1)，宰甘泉，有惠政。不幸無子，四十而殂。其詩稿失散，僅記其〈送友〉云：「遙知白髮相思苦，馬上逢人便寄書。」〈過洛陽〉云：「最羨少年能挾策(2)，至今天子重書生。」〈衙齋偶成〉云：「候吏解投山客刺，奚童不掃印床花(3)。」〈京江〉云(4)：「揚子江頭月正明，夜深風露怯淒清。鄰舟有客橫吹笛，似說故人離別情。」

【箋注】

(1) 吳賢：字思焉，號魯齋。安徽休寧人。乾隆二十一年舉人。任常州督捕通判、蘇州管糧同知，又任丹陽、荊溪、江都、金匱、元和五縣知縣。居恒手不釋卷，尤工詩。（詳袁枚〈元和縣知縣吳君墓誌銘〉）

(2) 挾策：手拿書本。喻勤奮讀書。

(3) 候吏：地方衙署職掌迎送賓客的官吏。山客：對山居之人的稱呼，含有敬意。此處指平民。刺：名刺，名帖，名片。奚童：僮僕。印床：放印章的文具。文吏或文人的日常用具。

(4) 京江：指長江流經今江蘇鎮江市北的一段。因鎮江古名京口而得名。

偶見晚唐人辭某節度七律一首(1)，前四句云：「去違知己住違親，欲策羸驂屢逡巡。萬里家山歸養

志，十年門館受恩身。」讀之一往情深，必士君子中有至性者也。恨不友其人於千載以上。惜不能記其全首與其姓名。他日翻擷《全唐詩》，自能遇之。

【箋注】

(1) 此為唐・黃滔〈下第東歸留辭刑部鄭郎中諴〉詩：「去違知已住違親，欲發羸蹄進退頻。萬里家山歸養志，數年門館受恩身。鶯聲歷歷秦城曉，柳色依依灞水春。明日藍田關外路，連天風雨一行人。」

一

江寧吳模(1)，字元理，應童子試時，年才十三，舉止端肅。因喚入署，啖以果餌。旋即入泮(2)。邑中名士沈瘦岑(3)，以女妻之。嗣後十年，不復相見。詩人李晴洲告予曰(4)：「元理小秀才，近詩日佳。比其外舅，騃騃欲度驊騮前矣(5)。」誦其〈迎秋〉一首云：「碧天靄靄暮山晴，一片秋心趁月明。暑退漸教葵扇棄，風高已覺葛衫輕。繞階草色籠煙淡，隔樹蟬聲咽露清。為讀〈離騷〉更漏永，幽蘭時有暗香迎。」未幾，元理來，讀余《外集》，呈二律云：「陶令無官通刺易，崔儦有室入門難(6)。」又曰：「傳有其人應久待，我生雖晚未嫌遲。」是年，與周青原同受知于學使李鶴峰(7)，拔貢入都。予喜，賀以詩云：「人誇籍湜居門下，我道班楊在意中(8)。」

【箋注】

(1) 吳模：字元理。清江寧（今南京）人。乾隆三十三年舉人。

(2) 入泮：古代學宮之內有泮水，故稱學宮為「泮宮」，童生初入學為生員則稱為「入泮」。

(3) 沈瘦岑：見卷九・六注(2)。

(4) 李晴洲：李朗。曾為官掌地方教育。在揚州常與詩友唱和。（據李斗《揚州畫舫錄》）

(5)「騃騃」語：東晉・王珉，少有才藝，善行書，名出兄珣右。王獻之戲語說：弟書如騎騾，騃騃欲度驊騮前。

(6) 陶令：以陶潛喻袁枚。通刺：通報傳遞來訪者的姓名或名片。崔儦（biāo）：字岐叔。清河武城(今山東武城)

人。少以讀書為務，嘗署其戶曰：「不讀五千卷書者，無得入此室。」北齊時歷殿中、膳部、員外三曹郎中。入隋後官至員外散騎侍郎。用此典贊袁枚讀書之多。

(7) 周青原：周發春。見卷四·七四注(1)。李鶴峰：李因培。見卷二·四九注(2)。

(8) 籍湜：唐代文學家張籍、皇甫湜的並稱，兩人都是韓愈的學生。班楊：漢·班固、揚雄的並稱，兩人是漢代的大賦家。

二

余以紫玻璃鑲窗，一時詠者甚多。太倉聞省謙云(1)：「一天花氣鏡邊浮，朵朵晴霞入望收。檻外電光何處雨？山中暮色最宜秋。」尤貢父云(2)：「四面有山皆夕照，一年無日不花光。」

【箋注】

(1) 聞省謙：聞益，字省謙，一字錦峰，號星聚。清江蘇鎮洋人。由廩貢歷任含山教諭、清河訓導。工經義，善詩歌。（《鎮洋縣誌》）

(2) 尤貢父：尤蔭。見卷九·五八注(2)。

三

江寧高廟僧亮一工栽菊(1)，能使月月有花。戊辰秋，席武山別駕招余同蔣用庵侍御、姚雲岫觀察(2)，同往賞花。用庵分得「有」字韻，詩云：「天地之大

何不有？造化乃出山僧手。山僧一手種菊花，花高十尺大如斗。四時群卉遞凋殘，僧寮月月如重九。石頭城外普陀庵，相思半載遊終負。初冬髯八書相招，盍簪花下中山酒(3)。座客呼僧相愕眙(4)，問訊神方乞誰某。僧云我絕尠師傳，蘊崇只在三時厚(5)。料寒量燠細鋤泥，剔穢芟蕪重縛帚。雨無苦濕晴無乾，如期各有神明壽。此言雖小可喻大，士夫身世宜遵守。萬物從來栽者培，枯菀紛紛都自取(6)。東風桃李劇芳妍，此時可保穠華否？經得冰霜受得春，畢竟此花能耐久。坐中聽者大軒渠(7)，花亦從旁如點首。街鼓催人月到窗，籃輿還帶餘香走(8)。」

【箋注】

(1) 亮一：如上。餘未詳。

(2) 席武山：未詳。別駕：職官名。為州刺史的佐官，因隨刺史巡行視察時另乘車駕，故稱為別駕。蔣用庵：蔣和寧。見卷一・六五注(15)及卷三・五三注（1）。姚雲岫：姚成烈。見卷三・五三注(2)。

(3) 髯八：應指席武山。盍簪：朋友相聚。中山酒：指濃鬱香醇、可使人久醉不醒的美酒。

(4) 愕眙（chì）：驚視的樣子。

(5) 尠：少。同「鮮」。蘊崇：積聚，堆積附着苗根，讓其發酵肥土。三時：春、夏、秋三季農作之時。

(6) 枯菀：茂盛與枯萎。比喻優劣榮辱。

(7) 軒渠：歡笑的樣子。

(8) 籃輿：竹轎。

四

「關防」二字，見《隋書·酷吏傳》，原非作官者之美名。故余知江寧時，記室史正義苕湄(1)，時出狎遊。予愛其才，而不禁也。其〈南歸留別得青字〉云：「浪跡深慚水上萍，漫勞今夜餞郵亭。鬢從久客無多綠，燈入離筵分外青。海國歸帆隨候雁，天涯知己剩晨星。何時載得蘭陵酒，重向紅橋共醉醒(2)？」又曰：「酒沽雙屐雨，人坐一庭煙。」

【箋注】

(1) 史正義：字苕湄，號雲麓。清浙江海寧人。貢生。生平足跡幾半天下。有《雲麓詩存》、《捕蝗要法》。

(2) 蘭陵酒：李白〈客中作〉：「蘭陵美酒鬱金香，玉碗盛來琥珀光。」紅橋：揚州遊覽勝地之一。

五

六安秀才夏寶傳(1)，生而任俠，出雅雨盧公門下(2)。盧謫戍軍臺，僮僕無肯隨者。夏奮曰：「我願往。」竟策馬出塞。三年後，與盧同歸。盧再任轉運，為捐學正一官，所以報也。程魚門題其《橐中集》云(3)：「磨刀冰作石，暖客火為衣。」盧亦有句云：「手僵常散轡，淚凍不沾衣。」可想見塞外之苦矣。乾隆庚子科，以年過八十，欽賜舉人。陳古漁贈句云(4)：「八旬鄉榜無消息，一紙天書有姓名。」又曰：「三徵尚卻連城聘，一諾能輕萬里行。」

【箋注】

(1) 夏寶傳：夏之璜，原名畹，字湘人，一字寶傳，晚號考夫。清安徽六安人。年八十二欽賜舉人。有《塞外槖中集》。

(2) 雅雨：盧見曾。見卷二・九注(1)。

(3) 程魚門：程晉芳。見卷一・五注(1)。

(4) 陳古漁：陳毅。見卷一・五二注(3)。

六

蘇州顧祿百(1)，張匠門先生外孫也(2)。晚年不遇，為歸愚先生權記室(3)。凡先生酬應之作，皆顧捉刀(4)。〈詠紅葉〉云：「秋樹忽春色，曉山皆暮霞。」余常嘆陸放翁臨終時，猶望九州恢復，而終於國亡家破，不遂其願。祿百有句云：「散關鐵馬平生願，愁絕他年家祭時。」

【箋注】

(1) 顧祿百：顧詒祿，字祿百，號花橋、瑗堂。清長洲（今江蘇蘇州）人。貢生。沈德潛學生。以善古文辭著名於時。有《虎丘山志》、《寒讀偶編》、《吹萬閣集》、《瑗堂文述》、《瑗堂詩話》。

(2) 張匠門：張大受。見卷四・三九注(8)。

(3) 歸愚：沈德潛。見卷一・三一注(3)。

(4) 捉刀：指代人作文或頂替人做事。

七

蔣心餘太史居金陵時(1)，除夕，夢與余登清涼山，得句云：「三春花鳥空陳跡，六代江山兩寓公(2)。」聞山寺鐘鳴，擲筆而寤。

【箋注】

(1) 蔣心餘：蔣士銓。見卷一・二三注(2)。

(2) 寓公：古稱失其領地而寄居他國的諸侯。後泛指寄居他鄉且具有官吏身份的人。此指蔣與袁。

八

唐人詩曰：「欲折垂楊葉，回頭見鬢絲(1)。」又曰：「久不開明鏡，多應為白頭(2)。」皆傷老之詩也。不如香山作壯語曰：「莫道桑榆晚，餘霞尚滿天(3)。」又，宋人云：「勸君莫惱鬢毛斑，鬢到斑時也自難。多少朱門年少子，被風吹上北邙山(4)！」

【箋注】

(1)「欲折」二語：未詳何人詩。宋・徐鉉有〈柳枝詞十首座中應制〉，其七：「醉折垂楊唱柳枝，金城三月走金羈。年年為愛新條好，不覺蒼華也似絲。」此意味相類。

(2)「久不」二語：唐・王建〈望行人〉。

(3)「莫道」二語：唐・劉禹錫〈酬樂天詠老見示〉。非白居易詩。

(4)「勸君」四語：元・蔣正子《山房隨筆》載為蔣復軒〈鑷白髮〉詩。

九

杭州布衣何琪(1)，字東甫，〈詠簾鈎〉云：「高牽纏臂金無色，誤觸搔頭玉有聲(2)。」〈金銀花〉云：「可能華屋開常好，只恐柴門種亦難(3)。」

【箋注】

(1) 何琪：字東甫，號春渚、湘硯生、小山居士、南灣漁叟。清錢塘（今杭州）人。布衣。能詩，工書法。有《小山居詩集》。

(2) 纏臂金：手鐲子。搔頭玉：玉搔頭，女子的首飾，玉製的髮簪。

(3) 華屋：華美的房屋。代指豪富人家。柴門：代指貧窮人家。

一〇

學問之道，四子書如戶牖(1)，九經如廳堂(2)，十七史如正寢(3)，雜史如東西兩廂，注疏如樞闑(4)，類書如廚櫃(5)，說部如庖湢井匽(6)，諸子百家詩文詞如書舍花園。廳堂正寢，可以合賓；書舍花園，可以娛神。今之博通經史而不能為詩者，猶之有廳堂大廈，而無園榭之樂也。能吟詩詞而不博通經史

者，猶之有園榭而無正屋高堂也。是皆不可偏廢。

【箋注】

(1)四子書：即四書。宋・朱熹取《禮記》中的〈大學〉、〈中庸〉二篇，合以《論語》、《孟子》，並為之章句集注。

(2)九經：九種儒家經籍：《周禮》、《儀禮》、《禮記》、《左傳》、《公羊傳》、《穀梁傳》、《詩經》、《書經》、《易經》。

(3)十七史：《史記》、《漢書》、《後漢書》、《三國志》、《晉書》、《南史》、《宋書》、《南齊書》、《梁書》、《陳書》、《北史》、《魏書》、《北齊書》、《周書》、《隋書》、《新、舊唐書》、《新、舊五代史》，即為十七史，實際為十九部正史，因宋人習慣稱為十七史，故沿用舊稱。正寢：居室的正屋。

(4)注疏：對經書章句的注解和再疏解之學。樞闑（niè）：泛指門戶。樞，門戶的轉軸。闑，門橛。古代門中央所豎的短木。又指門檻。

(5)類書：輯錄各門類或某一門類的資料，並依內容或字、韻分門別類編排供尋檢、徵引的工具書。

(6)說部：指古代小說、筆記、雜著一類書籍。庖湢（bì）：即廚房浴室等生活設施。井匽：排除污水穢物的水池和水溝。

按：據錢鍾書《談藝錄》，此條應有所本。明・田藝蘅《玉笑零音》：「人之為學：四書其門牆也，五經其堂奧也，子史其廊廡也，九流百家其器用也。居不可以不廣，學不可以不博。」

一一

江寧涂爽亭(1)，善小兒醫，能詩，年九十餘。有句云：「船底水鳴風力大，蘆中雁語月光高。」余小女病危，爽亭活之，因來往甚歡。辛丑九月，以書來訣，一切身後事，親自檢校。予挽聯云：「過九秩以考終(2)，從古名醫，都登上壽；痛三號而未已，傷吾老友，更失詩人。」

【箋注】

(1) 涂爽亭：涂澂如，字爽亭。清江蘇上元人。年少習武。工岐黃。閉戶著書。有《爽亭詩集》。袁枚序之。

(2) 九秩：九十。考終：享盡天年。

一二

或傳程魚門〈京中移居〉詩云(1)：「勢家歇馬評珍玩(2)，冷客攤錢問故書。」予笑曰：「此必琉璃廠也(3)。」詢之，果然。因記商寶意移居(4)，周蘭坡與萬晴初訪之(5)，見門對云：「豈有文章驚海內；從無書札到公卿(6)。」萬笑曰：「此必商公家矣。」詢之果然。

【箋注】

(1) 程魚門：程晉芳。見卷一・五注(1)。

(2) 勢家：有權勢的人家。

(3) 琉璃廠：位於北京和平門外，是北京一條著名的文化

街，以古玩、字畫、古籍、手工藝製品、文房四寶等文化產品的銷售而享譽國內外。

(4)商寶意：商盤。見卷一・二七注(7)。

(5)周蘭坡：周長發。見卷五・二五注(6)。萬晴初：萬光泰。見卷一・五二注(1)。

(6)「豈有」聯：前句是杜甫《有客》中句，後句是方干〈書桃花塢周處士壁〉中句，為「更無書札答公卿」。

一三

王菊莊孝廉(1)，名金英，性孤冷而工詩，有「殘雪墜仍起，如塵空際盤」之句。余尤愛其〈楊柳店夢歸〉云：「征騎尚棲楊柳岸，歸魂已到菊花莊。杖藜父老聞聲喜，停織山妻設饌忙。生菜摘來猶帶露，新醅篘得已聞香(2)。堪憐稚女都齊膝，羞澀牽衣立母旁。」〈掌教永平書院〉云：「生徒散後庭階靜(3)，知己逢來禮法疏。」〈邗溝〉云(4)：「負郭人家堤下住，酒帘颺出樹梢頭。」

【箋注】

(1)王菊莊：見卷一・五注(4)。

(2)醅（pēi）：酒。篘（chú）：過濾(酒)。

(3)生徒：學生，門徒。

(4)邗（hán）溝：也稱邗水、邗江、邗溟溝等。春秋時吳王夫差為爭霸中原，引江水入淮以通糧道而開鑿的古運河。

一四

魯星村「貓迎落花戲，魚負小萍移」(1)，與宋笠田「護籬小犬吠生客，曝背老翁調幼孫」之句(2)，皆詩中有畫。魯〈沙橋道上〉云：「山下竹林林下屋，門前溪水帶花流。」王蘭泉方伯〈雲陽驛〉云(3)：「明月似霜霜似雪，雲陽驛外夜三更。」二句相似。

【箋注】

(1) 魯星村：魯璸。見卷三・三七注(2)。

(2) 宋笠田：宋樹穀。見卷四・三〇注(1)。

(3) 王蘭泉：王昶。見卷二・五二注(2)。

一五

予有句云：「開卷古人都在眼，閉門晴雨不關心。」龔旭開〈登石臺〉詩云(1)：「短牆南畔接煙林，啼罷山禽又海禽。甚日晴明甚日雨，不曾出戶不關心。」抑何暗合耶？龔有《連理枝》詞云：「曉尚衣衫薄，未許開簾幙(2)。小婢來言：東風料峭，動花鈴索(3)；海棠軒外石闌邊，有風箏吹落。」

【箋注】

(1) 龔旭開：龔元超。見卷三・一五注(2)。

(2) 簾幙：用於門窗處的簾子與帷幕。幙，同幕。

(3) 花鈴：指用以驚嚇鳥雀的護花鈴。

一六

山陰布衣茅商隱(1)，客死汴城，桑弢甫為梓其詩(2)。〈晚村〉云：「帶聲鴉易樹，偶語客歸村。」〈山行〉云：「郭外髑髏眠野草，墳前翁仲戴山花(3)。」皆佳句也。越中故事：娶新婦至，必選處女迎之，號曰「伴姑」。茅吟曰：「十六作伴姑，含情語鄰姆(4)。今日新嫁娘，問年才十五！」

【箋注】

(1) 茅商隱：茅逸，字商隱，號少菊。清山陰（今浙江紹興）人。得年四十，不娶無子。有《轉蓬集》、《少菊詩鈔》。

(2) 桑弢甫：見卷三‧二九注(2)。

(3) 翁仲：傳說秦始皇初兼天下，有長人（巨人）見於臨洮，其長五丈，足跡六尺，仿寫其形，鑄金人以象之，稱為「翁仲」。後遂稱銅像或墓道石像為「翁仲」。此詩見《兩浙輶軒錄》卷二十八，題為〈郭外〉，五律非七律，無「郭外」、「墳前」四字。

(4) 鄰姆：鄰家以婦道教女子的女師。

一七

王進士又曾(1)，字穀原，詩工遊覽。〈同人看白蓮〉云：「船窗六扇拓銀紗，倚槳風前落晚霞。依約前灘涼月曬，但聞花氣不看花。」「皋亭來往省年時，香飲蓮筒醉不辭(2)。莫怪花容渾似雪，看花人亦鬢成絲。」〈遊陶然亭〉云：「岸蘆迸筍妨游屐，林

蝶翻灰浣袷衣(3)。」「春濃轉怕形人老，官冷真宜伴佛閑。」皆傳誦一時。有《丁辛老屋集》。

【箋注】

(1) 王又曾：字受銘，號轂原。浙江秀水（今嘉興）人。乾隆十九年進士。官刑部主事。乞歸後浪跡于東南諸省。秀水派詩人之一。有《丁辛老屋集》。

(2) 省年：過年時探望、問候尊長。蓮筒：碧筒杯。碧筒是對荷葉柄的形象說法。見卷九・二五注(7)。

(3) 遊屐（jī）：出遊時穿的木屐。亦代指遊蹤。袷衣：夾衣。

一八

岳水軒名夢淵(1)，為督撫上客。居與隨園相近，丁丑秋，忽作詩會，大集名流，其豪氣猶勃勃可想。〈江行〉云：「荻港人維雪裏舟，雪花飛較荻花稠。篷窗人醉荻中臥，時被雪花飛上頭。」〈荷花〉云：「蘭舟載麗人，搖入荷花蕩。亭亭紅粉姿，花與人相仿。其中有蓮的(2)，心苦惟儂賞。欲以擲奉郎，生憎金釧響(3)。」兩詩有古樂府遺音。

【箋注】

(1) 岳水軒：岳夢淵，字嶼渟，號水軒，又號白門倦翁。河南湯陰人，僑居江蘇上元。乾隆時諸生。嘗助永保、準泰等政務，為一時名幕。工詩。有《海桐書屋詩鈔》。

(2) 蓮的：亦作蓮菂，即蓮實。

(3) 生憎：偏恨，生怕。金釧：金製臂鐲。

一九

金江聲觀察(1)，名志章，在吾鄉與杭、厲齊名(2)。〈壬子月夜登虎邱〉云(3)：「一片深宵月，明明照虎邱。松杉交影靜，蘋藻上階流。夜舫吹簫客，春燈賣酒樓。他鄉有朋好，竟夕此淹留。」庚辰年，余過虎邱，山僧出此詩見示，不知余故觀察年家子也。尤愛其〈過冷水鋪〉云：「白鷗傍槳自雙浴，黃蝶逆風還倒飛。」〈宿靈隱〉云：「窗虛暗覺雲生壁，夜靜時聞雨滴階。」

【箋注】

(1) 金江聲：金志章。見卷三・六四注(2)。

(2) 杭厲：杭世駿（見卷三・六四注(1)）、厲鶚（見卷三・六一注(1)）。均為杭州人。

(3) 虎邱：在江蘇省蘇州市西北，亦名海湧山。相傳吳王闔閭葬此。

二〇

或問：「劉勰言陸機『亦有鋒穎，而腴詞勿剪，終累文骨(1)』。近日才人，如寶意、魚門(2)，時蹈此病。」余曉之曰：「韋端己云(3)：『屈、宋亦有蕪詞，應、劉豈無累句(4)？但須精選斯文者，食馬留肝，烹魚去乙可耳(5)。此《極玄集》之所由作也(6)。』」

【箋注】

(1)劉勰：見卷二・一五注(1)。著《文心雕龍》。陸機：字士衡。西晉吳郡吳縣華亭（今上海市松江）人。曾任平原內史，世稱陸平原。重要著作為〈文賦〉。鋒穎：喻指才幹卓越、氣勢淩厲。腴詞：指繁冗的文辭。

(2)寶意：商盤。見卷一・二七注(7)。魚門：程晉芳。見卷一・五注(1)。

(3)韋端己：韋莊，字端己。唐末五代時京兆杜陵（今陝西西安市東南）人。年近六十中進士。晚年入蜀中，唐亡，王建稱帝，任宰相。有《浣花集》。

(4)屈宋：指戰國時楚國詩人屈原和宋玉。應劉：指東漢末應瑒、劉楨。均工詩文，名列建安七子。

(5)食馬留肝：《漢書・儒林傳・轅固傳》：上曰：「食肉毋食馬肝，未為不知味也；言學者毋言湯、武受命，不為愚。」乙：魚腮骨。《禮記・內則第十二》：「魚去乙，鱉去醜。」注：「乙，魚體中害人者名也，今東海鰫魚有骨名乙，在目旁，狀如篆乙，食之鯁人，不可出。」

(6)極玄集：唐詩總集。唐・姚合編選。多為中唐五言詩，偏于大曆才子清雋一路詩風。人評為所錄作品皆精當，特有鑒裁。但未錄李杜岑高作品。

二一

漢杜欽兄弟，任二千石者十人(1)。欽官最小，名最著。韓文公之孫袞中狀元後(2)，人但知布衣方干(3)，不知狀元韓袞。甚矣！人傳不在官位也！唐人詩曰：「孟簡雖持節，襄陽屬浩然(4)。」簡之名自

在浩然下。然余到桂林，見獨秀峰有簡題名，筆力蒼古。今之持節者，如孟簡其人亦少矣。

【箋注】

(1) 杜欽：字子夏。西漢南陽杜衍（今河南南陽市西南）人。學業精進，名動長安。盲一目，故不好為吏。深博有謀，大將軍王鳳常與議政。以優遊不仕卒。二千石：漢制，郡守俸祿為二千石，即月俸百二十斛。世因稱郡守為「二千石」。

(2) 韓袞：字獻之。河南河陽（今河南孟縣南）人。韓愈的孫子。唐懿宗咸通七年狀元及第。性剛好嗜酒，恃才傲物，才華橫溢。但正史無傳，餘事不詳。

(3) 方干：見卷七・四〇注(4)。

(4) 孟簡：字幾道。唐德州平昌（今山東商河西北）人。舉進士、宏辭連中，累遷倉部員外郎。元和中，官至山南東道節度使。曾出任襄州刺史，因賄賂事被貶。現存詩九首，存文四篇。浩然：孟浩然，唐襄州襄陽（今湖北襄樊）人。世稱孟襄陽。早年隱居鹿門山。年四十，應進士不第。張九齡辟為從事，未幾，返鄉。工詩，山水田園詩派代表人之一，與王維齊名。此引二詩句為張祜〈題孟處士宅〉語。

二二

薛中立幼時見蝴蝶(1)，詠詩云：「佳人偷樣好(2)，停卻繡鴛鴦。」大為乃翁生白所賞(3)。且云：「宋時某童子有句云：『應是子規啼不到，致令我父不還家(4)。』都是就一時感觸，竟成天籟。」

【箋注】

(1)薛中立：清江蘇吳縣人。薛雪子。餘未詳。

(2)倫樣：取為繡花用的底樣。

(3)生白：薛雪。見卷二・一九注(1)。

(4)「應是」二語：宋江西鄱陽人張吉詩句。

二三

閨秀少工七古者，近惟浣青、碧梧兩夫人耳(1)。碧梧詠〈李香君媚香樓〉云(2)：「秦淮煙月板橋春，宿粉殘脂膩水濱。翠黛紅裙競妝裏，垂楊勾惹看花人。香君生長貌無雙，新築紅樓喚媚香。春影亂時花弄月，風簾開處燕歸梁。盈盈十五春無主，阿母偏憐小兒女。弄玉雖居引鳳臺，蕭郎未遇吹簫侶(3)。公子侯生求燕好，輸金欲買紅兒笑(4)。桃花春水引漁人，門前繫住遊仙棹。奄黨纖兒想納交，纏頭故遣狡童招(5)。那知西子含顰拒，更比東林結社高(6)。樓中剛耀雙星色，無奈風波生頃刻。易服悲離阿軟行，重房難把臺卿匿(7)。天涯從此別情濃，錦字書憑若個通？桐樹已曾棲彩鳳，繡幃爭肯放遊蜂？因愁久已拋歌扇，教坊忽報君王選。啼眉擁髻下妝樓，從今風月憑誰管？《柘枝》舊譜唱當筵，部曲新翻《燕子箋》(8)。總為聖情憐靦腆，桃花宮扇賜簾前。天子不知征戰苦，風前且擊催花鼓。阿監潛傳鐵鎖開(9)，美人猶在瓊臺舞。銀箭聲殘火尚溫，君王匹馬出宮門。西陵空自宮人泣，南內誰招帝子魂(10)？最是秦淮古

渡頭，傷心無復媚香樓。可憐一片清溪水，猶向門前嗚邑流(11)。」碧梧即孫雲鳳，和余〈留別〉詩者。有妹蘭友，名雲鶴(12)，亦才女也。詠指甲作《沁園春》云：「雲母裁成，春冰碾就，裹住葱尖。憶綠窗人靜，蘭湯悄試；銀屏風細，絳蠟輕彈。愛染仙葩，偶調香粉，點上些兒玳瑁斑。支頤久，有一痕鈎影，斜映腮間。　　摘花清露微粘，剖繡線，雙虹掛月邊。把《霓裳》暗拍，代他象板；藕絲白雪，搯個連環。未斷先愁，將修更惜，女伴燈前比並看。消魂處，向紫荊花上，故逞纖纖。」

【箋注】

(1) 浣青：錢孟鈿。見卷五・五五注(1)。碧梧：孫雲鳳。見卷二・三一注(2)。

(2) 李香君：見卷八・七七注(7)。

(3) 弄玉：人名，相傳為春秋秦穆公女，嫁善吹簫之蕭史，日就蕭史學簫作鳳鳴，穆公為作鳳臺以居之。後夫妻乘鳳飛天仙去。此處比李香君。蕭郎：此即蕭史。相傳為春秋秦穆公時人，善吹簫，能致孔雀白鶴於庭。穆公以女弄玉妻之。後借指情郎。

(4) 侯生：侯朝宗。見卷八・七七注(6)。紅兒：猶紅顏。指美女。

(5) 奄黨：以宦官為主結成的幫派。即明宦官魏忠賢一黨。纖兒：猶小兒。含鄙視意。此指魏忠賢黨阮大鋮，屏居金陵時，謀結交侯方域。事詳《李姬傳》。纏頭：指贈送的羅錦等財物。狡童：姣美的少年僕人。

(6) 東林：明萬曆間，吏部郎中顧憲成革職還鄉，倡議重修無錫東林書院，並與高攀龍等人在書院講學，對朝政多所評議，而名流回應，聲名大著，因被目為「東林

黨」。天啟中，宦官魏忠賢專權。東林諸人堅決與之相抗，並遭到嚴酷迫害。

(7) 阿軟：唐長安著名妓女。此指李香君。臺卿：後漢趙岐字臺卿，嘗逃難四方，自匿姓名，遇安丘孫嵩，藏岐於複壁中數年。此指侯方域。

(8) 柘枝：一種古樂府舞曲歌辭。燕子箋：明末佞臣阮大鋮所著傳奇劇本。阮生平見卷八・五八注（1）。

(9) 鐵鎖：鐵鎖沉江，典出《晉書・王濬傳》。後用來表示雖防御嚴密卻不能扭轉敗亡之勢。

(10) 西陵：此指明帝王陵墓。南內：指明皇城中的小南城。

(11) 嗚邑：形容聲音低沉淒切。

(12) 孫雲鶴：字蘭友，一字仙品。清浙江錢塘人。按察使孫嘉樂女，嫁縣丞金瑋。工詩善畫，猶擅詞，兼長駢體，詩文與姊雲鳳齊名。有《春草閣》、《聽雨樓詞》。

二四

梁文莊公弟夢善(1)，字午樓，生富貴家，而娟潔靜好，《孟子》所謂「無獻子之家者也」(2)。年十五，舉於鄉，六上春闈(3)，不第，出宰蠡縣，非其志也。年過四十而卒。〈出都〉一首，便覺不祥。其詞云：「何處人間有雁聲？暮雲無際且南征。西風禾黍臨官道，落日牛羊近古城。生意漸如衰柳盡，浮生只共片帆輕。勞勞蹤跡年年是，淒絕天涯此夜情。」詠〈熏爐〉云：「夢去恰疑懷墮月，抱來錯認玉為煙。」〈飲沈椒園太史家〉云：「微吟韻許追前輩，中酒身還耐薄寒。」〈述懷〉云：「洗馬清羸潘令

鬢(4)，外人剛認一愁無。」皆清詞麗句，楚楚自憐。亦有壯語，如：「出塞不辭三萬里，著書須計一千年。」恰不多也。

【箋注】

(1) 梁夢善：字兼士，號午樓。錢塘人。乾隆十八年舉人。官蠡縣知縣。有《木雁齋詩鈔》。

(2) 無獻子之家者：語見《孟子・萬章下》。自己心目中並不存有自己家世（大夫）的觀念。孟獻子，魯國大夫仲孫蔑，謚號獻。

(3) 春闈：唐宋禮部試士和明清京城會試，均在春季舉行，故稱春闈。猶春試。

(4) 洗馬：在馬前作前驅。清羸：清瘦羸弱。潘令鬢：晉・潘岳〈秋興賦〉序：「余春秋三十有二，始見二毛。」後因以「潘鬢」謂中年鬢髮初白。潘岳，字安仁。西晉滎陽中牟人。舉秀才。任河陽、懷縣令。勤於政績。負才不得志。後累遷為給事黃門侍郎。美姿儀。善詩賦，詩與陸機並稱。有《潘黃門集》輯本。

二五

國初逸老某〈贈妾〉云：「香能損肺熏宜少，露漸沾花採莫頻。」王健庵妻張瑤英〈示兒〉云(1)：「教兒寶鴨休添火，龍腦香多最損花(2)。」瑤英有《繡墨詩集》，余已為刊刻矣，茲再錄其佳句。〈送健庵〉云：「縱無多路情難別，須念衰親游有方。」〈病目〉云：「豈為愁多清淚落，卻緣煙重午

炊遲。」〈偶成〉云：「無夢不愁雞唱早，有書只望雁飛過。」「荒院草刪三徑闊，破窗風入一燈危。」「蛛知網濕添絲急，月待雲開到檻遲。」

【箋注】

(1) 王健庵：袁枚外甥。見卷八・一一注(2)。張瑤英：亦作張瑤媖、張瑤瑛。字巘舟，室號繡墨齋。清浙江仁和（今杭州）人。嫁王健庵。隨園女弟子。袁為其刻印《繡墨詩集》。

(2) 寶鴨：即香爐。因作鴨形，故稱。龍腦香：龍腦香樹樹幹中所含的油脂的結晶。味香，其純粹者，無色透明。俗稱冰片。

二六

戊戌春，余在杭州。兩姬置酒，招女眷遊西湖。瑤英以詩辭云：「呼女窗前看刺鳳，課兒燈下學塗鴉(1)。韶光一刻難虛擲，那有閑看湖上花？」既而，遣人劫之(2)，曰：「娘子不來，怕作詩耶？」果飛輿而至，到湖心亭，書二十八字云：「釀花天氣雨新晴，一片清光兩岸平。最好湖心亭上望，滿堤人似水中行。」

【箋注】

(1) 刺鳳：指描花繡鳳。塗鴉：比喻書畫或文字稚劣。

(2) 劫：威逼；脅迫。

二七

李宏猷秀才設帳尹制府署中(1)。詠〈新竹〉云：「節已淩雲未出頭。」未幾病重，薦其友周青原入署相代(2)。青原來見，袖中出〈西園池上〉詩云：「目不窺園已浹旬(3)，小池春漲綠鱗鱗。得魚鳥勝垂綸客，臨水花如照鏡人。欲掃閒庭苔莫損，偶扳芳樹蝶相親。笑余三月裘還著，只為調停病起身。」末句，余略為酌改，周欣然辭出。良久，聞門外尚有吟哦聲，則以肩輿未至，故得意而徐步呻吟也。其風趣如此。後官中書，在京師寄懷云：「我如脫銜駒，恣意騁原隰。不讀五千卷，輒入崔儦室(4)。又如餂丹鼠，吐腸還自悼(5)。空得成連師，未諳《水仙操》(6)。川雖難學海，磁則曾引針。千秋一瓣香，頂禮優鉢林(7)。」

【箋注】

(1) 李宏猷：未詳。設帳：指設館授徒。尹制府：尹繼善。見卷一・一〇注(3)。

(2) 周青原：周發春。見卷四・七四注(1)。

(3) 浹旬：一旬，十天。

(4) 崔儦：見本卷一注(6)。

(5) 餂丹鼠：唐鼠。東漢成固人唐公房學道得仙，入雲臺山，合丹服之，白日升天。雞鳴天上，狗吠雲中。惟以鼠惡，留之，鼠乃感激，以月晦日，吐腸胃更生。故時人謂之唐鼠也。（《水經注》）餂（tiǎn），誘取。自悼：獨自追悔。

(6) 成連：春秋時著名琴師。傳說伯牙曾學琴于成連，三年

未能精通。成連因與伯牙同往東海中蓬萊山，使聞海水激蕩、林鳥悲鳴之聲，伯牙嘆曰：「先生將移我情。」從而得到啟發，技藝大進，終於成為天下妙手。水仙操：伯牙所作琴曲名。操，曲類名稱，如散、弄、序、引之類。

(7) 優缽林：即指優缽羅、優缽剌，梵語音譯，意譯為青蓮花、黛花、紅蓮花，佛家視為清淨智慧的象徵。

二八

金陵妓郭三為訟事(1)，江寧王令拘訊之。香亭為關說求免(2)。王覆札云：「昨承簡翰，誠恐狼藉花枝；欲於園中立五彩幡，使封家十八姨莫逞其勢(3)。然弄郭郎者，只是逢場作戲；須俟上臺時，看作如何扮演，再理會下場，可耳。」香亭乃寄詩云：「一波才定又生波，屢困風姨可奈何？不是花奴偏惹事(4)，總緣柳弱受風多。」「登場更比下場難，牛鬼威風色已寒。要識李夫人面目，何如留待帳中看(5)？」

【箋注】

(1) 郭三：未詳。

(2) 香亭：袁樹。見卷一・五注(3)。

(3) 封家十八姨：古時神話傳說中的風神。亦稱封姨、封家姨、十八姨 、封十八姨。

(4) 花奴：唐玄宗時汝南王李璡的小名。璡嘗戴砑綃帽打曲，上自摘槿花一朵，置於帽上。著處二物皆極滑，久之方安。遂奏《舞山花》一曲，花不墜。（《太平御覽》卷五八三）

(5) 李夫人：漢・李延年妹。妙麗善舞，得幸于漢武帝。早卒，帝乃圖其形，掛於甘泉宮，思念不已。方士少翁言能致其神，夜張燈設幃，令帝坐他帳中遙望，見一妙齡女子如李夫人貌。

二九

秦郵沈均安(1)，字際可，官江右，以廉潔稱。能詩工書。由贛邑令擢蓮花廳司馬。〈留別邑人〉云：「民稱張旭書堪寶，我比時苗犢並無(2)。」

【箋注】

(1) 秦郵：高郵縣的別稱。秦時於此築臺置郵亭，故名。沈均安：字際可，號朗齋。江蘇高郵人。隨祖入京。中乾隆六年順天鄉試副車。官江西蓮花廳同知。工書能詩。

(2) 張旭：字伯高。唐吳人。官左率府長史。精通楷法，以草書知名，世稱「草聖」。嗜酒語顛，行為奇特，相傳醉後狂走而後下筆，故又稱「張顛」。時苗：三國時人。見卷九・三八注(4)。作者自比。

三〇

真州鄭中翰澐(1)，字晴波，新婚北上，〈留別閨中〉云：「來年春到江南岸，楊柳青青莫上樓(2)。」其同年周舍人發春喜誦之(3)。時有陳庶常濂(4)，與周相善，而未識鄭。一日公宴處，周、鄭俱在，陳忽語周曰：「昨聞有人贈內之句，情韻絕佳，當是晚唐

人手筆。」周急叩之。則所稱者，即鄭詩也。鄭聞而愕然。周因指鄭示陳曰：「此即賦『楊柳青青』之晚唐人矣！」三人大笑。真州程灌夫亦有句云(5)：「春風自綠垂楊色，何事羈人怕倚樓(6)？」

【箋注】

(1) 鄭澐（yún）：字晴波，號楓人。江蘇儀徵人。乾隆二十七年舉人。三十年南巡召試，賜內閣中書。歷官杭州知府、浙江督糧道、溫州知府。有《玉句草堂詩集》、《夢餘集》、《鷗翥集》。

(2)「楊柳」句：暗用唐・王昌齡〈閨怨〉詩意：「閨中少婦不知愁，春日凝妝上翠樓。忽見陌頭楊柳色，悔教夫婿覓封侯。」

(3) 周發春：見卷四・七四注(1)。

(4) 陳濂：字澄之，一字周庵，號春田。河南商邱人。乾隆三十一年進士。散館授編修。

(5) 程灌夫：似為程元基，字邑東，號蘭渚。江蘇儀徵人。乾隆三十四年進士。授庶吉士，散館授檢討，充咸安宮總裁。有《蘭渚制藝》、《西翠軒詩鈔》、《桐風蕉雨山房集》。（按：查《儀徵縣誌》，程元基小傳中有「與前輩葉花南、柏蘊臯、袁簡齋諸名宿遊」，故疑此處所說程灌夫即其人。大約「灌夫」為其別號之一。）

(6) 羈人：即旅人。此處暗用唐・趙嘏〈長安秋望〉：「殘星幾點雁橫塞，長笛一聲人倚樓。」

三一

寶意先生告余云(1)：「已卯秋，過龍潭，見旅壁題詩四絕，清麗芊綿，後書『桂堂』二字，橫胸中數十載，終不知其為誰。題作〈秦淮偶興〉云：『淡黃楊柳曉啼鴉，絲雨溫香濕落花。應有鮰魚吹雪上，水邊亭子正琵琶。』『水榭湘簾特地清，朝煙上與曲欄平。舊時紅豆拋殘處，只恐風吹子又生。』『籬門過雨綠煙鋪，檀板金尊俗有無(2)？小艇已將煙月去，人間空說女兒湖(3)。』『鱗鱗碧瓦照春萊，眢井宵深鳥語哀(4)。第一林泉誰省得(5)？數枝猶發舊宮槐。』」

【箋注】

(1)寶意：商盤。見卷一・二七注(7)。

(2)檀板：樂器名。檀木制的拍板。金尊：酒尊的美稱。

(3)女兒湖：高啟題〈劉松年畫〉詩「日斜出遊女兒湖」。

(4)春萊：春天叢生的雜草。眢井：枯井。無水的井。

(5)第一林泉：明・鄭普〈恭跋第一林泉後〉：明太祖游息之所，南京苑外花園，修竹千竿，老樹百餘，本土山一堆，環湖石數層，上有御亭，一屋僅數楹，旁立「第一林泉」一石。此文以志明太祖之儉質。

三二

冬友自言(1)：「九歲時，侍先大父過淮(2)，舟中人限『吞』字韻為詩，多未穩。予有句云：『橫橋風定帆全卸，小艇潮來勢欲吞。』大父曰：『此子將來必無患苦。』或問其故。曰：『凡詩押啞韻而能響者(3)，其人必貴；押險韻而能穩者(4)，其人必安。生平以此衡人，百不失一。』大父諱謦，字星標(5)。」

【箋注】

(1)冬友：嚴長明。見卷一・二二注(6)。

(2)大父：祖父。

(3)啞韻：讀起來不響亮的韻。如四支、十四鹽兩韻中多啞字，須擇而用之。

(4)險韻：用艱險澀僻的字作為韻腳，亦稱僻韻、尖叉韻。大約難以組詞的字多為險韻。但如能組詞自然渾成，毫無牽強湊泊痕跡，便既穩且響。

(5)嚴謦：字星標。清江寧人。曾以耆士在大將軍年羹堯幕府。（袁枚《小倉山房文集・書馬僧》）

三三

吳中七子中(1)，趙文哲損之詩筆最健(2)。丁丑召試，與吳竹嶼同集隨園(3)，愛誦余「無情何必生斯世？有好都能累此身」一聯。後從溫將軍征金川，死難軍中。過襄陽時，以〈懷諸葛故居〉詩四首見寄

云：「洵美躬耕地，千秋一草廬。勳名微管亞，出處有莘如(4)。巾服漁樵裏，川原戰陣餘。西風渭濱路，尚憶沔南居(5)。」「四海占龍臥，蕭條一畝宮。泊如明厥志，行矣慎吾躬。變化遭非偶，棲遲道豈窮？可知〈出師表〉，慷慨本隆中。」「崔、徐二三子(6)，來往定欣然。逸事風塵外，高評月旦前。襟期〈梁甫曲〉，生計漢陰田。當日如終隱，鴻妻亦最賢(7)。」「宇宙聲名大，遺蹤錦水長。人歌千尺柏，公念百枝桑(8)。涕尚沾遺老，魂應戀故鄉。溪毛如可薦(9)，此地合祠堂。」

【箋注】

(1) 吳中七子：指清蘇州、上海一帶的詩人曹仁虎、王鳴盛、王昶、錢大昕、趙文哲、吳泰來、黃文蓮。七人時相唱和，因沈德潛選《吳中七子詩選》行世而得名。

(2) 趙文哲：字升之，一作損之，號璞庵。江蘇上海人。乾隆帝南巡，召試獻詩，賜舉人，授內閣中書，入直軍機處。官至戶部主事。後從軍滇蜀時殉難。有《媕雅堂集》、《娵隅集》等。

(3) 吳竹嶼：吳泰來。見卷八・一一注(1)。

(4) 微管：春秋時，管仲相齊桓公，霸諸侯，一匡天下，孔子曰：「微管仲，吾其被髮左衽矣。」語見《論語・憲問》。後遂用為頌揚功勳卓著的大臣的典故。有莘：古國名。宋李光撰《讀易詳說》卷一說：「如伊尹耕有莘之野，必待三聘而後行。諸葛亮臥草廬之中，必待三顧而後見。蓋先則迷惑而失道，後則順而得常。此人臣進退去就之大節也。」

(5) 沔南：古時稱漢水為沔水。此指漢水之南。《水經注》云：「沔水又東逕隆中，歷孔明舊宅北。」諸葛亮的岳

父黃承彥為沔南名士。

(6) 崔徐：崔，即崔州平，東漢開涿郡安平人。太尉崔烈子。建安初曾與諸葛亮遊。亮自比管仲、樂毅，時人莫之許而州平信然。徐，即徐庶，三國時潁川人。東漢初平中，客居荊州，與諸葛亮相友善。後薦亮於劉備。

(7) 鴻妻：據《後漢書・逸民傳・梁鴻》載：梁鴻之妻孟光，有賢德，鴻食，光舉案齊眉。後以「鴻妻」借指賢德之妻。此指諸葛亮妻黃氏女。

(8) 百枝桑：《三國志・蜀書》卷五：初，亮自表後主曰：「成都有桑八百株，薄田十五頃，子弟衣食，自有餘饒。至於臣在外任，無別調度，隨身衣食，悉仰於官，不別治生，以長尺寸。若臣死之日，不使內有餘帛，外有贏財，以負陛下。」及卒，如其所言。

(9) 溪毛：溪邊野菜。語出《左傳・隱公三年》：「苟有明信，澗溪沼沚之毛……可薦於鬼神，可羞于王公。」

三四

江賓谷在楚中寄信托家人山莊栽樹云(1)：「老去菟裘身後塚(2)，他年都要此中來。」何言之親切而有味也！〈漢上喜晤汪丈〉云：「他鄉執手感前盟，白髮垂肩閱變更。問舊可堪皆後輩，抱書猶記拜先生。漸成安土如秦贅(3)，別後添丁盡楚聲。客況中年復誰遣，一尊寒雨故人情。」

【箋注】

(1) 江賓谷：江昱。見卷三・二一注(1)。

(2) 菟（tù）裘：地名。在今山東省泗水縣。《左傳・隱公

十一年》：「羽父請殺桓公，將以求大宰。公曰：『為其少故也，吾將授之矣。使營菟裘，吾將老焉。』」後因以稱告老退隱的居處。

(3) 安土：安居本土。秦贅：秦代男子家貧無以為婚者，得入贅婦家。後因以借指贅夫。

三五

香亭弟隨叔父健磐公(1)，生長廣西。叔父亡後，余迎歸故里。年十五，即見贈云：「坐無尼父為師易，家有元方作弟難(2)。」又，〈即目〉云：「山氣騰空欲化雲。」余早知其能詩也。孤甥陸建(3)，號豫庭，字湄君，幼為余所撫養，與香亭同歲。己巳春，余辭官，挈兩人讀書隨園，時相唱和。後予官秦中，二人過隨園見憶。香亭云：「共尋幽徑訪柴扉，遙見高臺出翠微。蠟屐重臨秋色冷，青山如故客情非。枯荷帶雨碧連水，荒蘚盈庭綠染衣。滿樹寒鴉鳴不已，斜陽煙草更依依。」豫庭云：「自別青山兩載餘，風光較昔更何如？竹梅添種階前樹，詩史空堆架上書。窗外葉飛人去後，天邊月冷雁來初。灞橋此日秋風早(4)，應向江南憶故廬。」豫庭贅于宿州刺史張公處。張名開士(5)，字軼倫，杭州壬戌進士，歷任有循聲。謂豫庭曰：「作時文則我教卿，作詩則卿教我。」豫庭年三十餘，以瘵亡。張忽忽不樂，如支公之喪法虔也(6)，月餘亦亡。豫庭贈婦翁云：「喜我絳紗深有托，半為嬌客半門生(7)。」贈婦云：「未有肉

能憑我割，不妨酒更向卿謀。」張詩亦佳，〈宿華嚴寺〉云：「竹裏琴聲秋澗落，定中燈火石床分(8)。」〈感懷〉云：「臣心自問清如水，世道尤難直似弦。」

【箋注】

(1) 香亭：袁樹。見卷一・五注(3)。健磐公：袁鴻。見卷一・九注(1)。香亭父。卒時，香亭僅十歲。

(2) 尼父：尊稱孔子。東晉・謝尚八歲神悟夙成。或曰：「此兒一座之顏回也。」尚答曰：「坐無尼父，焉別顏回？」席賓莫不嘆異。（詳《晉書》列傳第四十九）。元方：劉義慶《世說新語・德行》載：東漢・陳寔有兩個兒子，陳紀字元方，陳諶字季方。元方之子與季方之子各論其父的功德，相爭不下。去問陳寔，寔說：「元方難為兄，季方難為弟。」意思是兩人見識才智難分高下。此處所云「作弟難」，是謙稱自己不如袁枚兄。

(3) 陸建：見卷四・五五注(2)。

(4) 灞橋：在西安東約十公里的灞河上，居於交通要衝，是送往迎來的必經之處，為長安名勝。袁枚於乾隆十七年赴官秦中，曾居長安。

(5) 張開士：字軼倫。浙江仁和人。乾隆七年進士。官銅陵知縣、宿州知州，擢常德府知府。未之官卒。（袁枚〈常德府知府張公傳〉）

(6) 支公：即晉高僧支遁。見卷三・五一注(7)。法虔：法虔是支道林莫逆之交。《世說新語・傷逝》：支道林喪法虔之後，精神隕喪，風味轉墜。常謂人曰：「冥契既逝，發言莫賞，中心蘊結，余其亡矣！」

(7) 嬌客：女婿。門生：弟子，學生。

(8) 定中：指參禪入定之中，是一種心念惟安定在一物件上，而餘念不生的境界。

三六

余三妹皆能詩，不愧孝綽門風(1)；而皆多坎坷，少福澤。余已刻《三妹合稿》行世矣，茲又抄三人佳句，以廣流傳。三妹名機(2)，字素文。〈秋夜〉云：「不見深秋月影寒，只聞風信響闌干。閒庭落葉知多少，記取朝來著意看。」〈閒情〉云：「欲捲湘簾問歲華，不知春在幾人家。一雙燕子殷勤甚，銜到窗前盡落花。」他如：「女嬌頻索果，婢小懶梳頭。」「怕引遊蜂至，不栽香色花。」皆可誦也。遇人不淑，卒於隨園。香亭弟哭之云：「若為男子真名士，使配參軍信可人(3)。無家枉說曾招婿，有影終年只傍親。」豫庭甥哭之云(4)：「誰信有才偏命薄，生教無計奈夫狂。」「白雪裁詩陪道韞，青燈說史侍班姑(5)。」

【箋注】

(1) 三妹：袁棠、袁杼、袁機。袁枚編有《袁家三妹合稿》。孝綽：劉孝綽，本名冉，字孝綽，小字阿士。南朝梁彭城（今江蘇徐州）人。官至秘書監。三個妹妹分別嫁琅邪王叔英、吳郡張嵊、東海徐悱，並有才學。

(2) 袁機：字素文。浙江錢塘人。袁枚第三妹。皙而長，端麗為姊妹之冠。愛讀書，喜針衽。嫁如皋高繹祖。高氏躁戾佻險，狎邪賭博。袁機常遭毆打，且將負而鬻。訟官後，歸居母家。長齋至卒。年僅四十。手編《列女傳》三卷，有《素文女子遺稿》。

(3) 可人：稱人心意。

(4) 豫庭：陸建。見卷四・五五注(2)。

(5) 道韞：謝道韞。東晉陳郡陽夏（今河南太康）人。是謝安的侄女，安西將軍謝奕之女，左將軍王凝之妻。幼時因有詠雪名句「未若柳絮因風起」，被稱為「詠絮才」。後用作女子有詩才之典，常稱才女為謝娘。班姑：班昭。東漢史學家班固之妹。字惠班，一名姬。扶風郡（今陝西境內）人。嫁曹世叔。有博才，入召東觀藏書閣，並為皇后、貴人師，號稱曹大家（讀gū。通「姑」）。

三七

四妹名杼(1)，字靜宜。〈遊雞鳴寺〉云(2)：「蒼蒼煙樹帶斜暉，石塔層巒傍翠微。無復蕭梁宮殿在，臺城猶見紙鳶飛。」〈秋園踏月〉云：「藹藹山光映碧空，參差樹影亂西風。蘆花幾朵明如雪，吹在橫橋曲澗中。」他可誦者，如：「描花嫌紙窄，學字借書抄。」「賓鴻雲作路(3)，蟋蟀草為城。」「畫閣偏聞雛燕語，亂書常被懶貓眠。」〈課女〉云：「花簪一朵休嫌少，字課三張莫厭多。」〈挽葛姬〉云：「斷線幾條猶委地，南樓一榻已生塵。」

【箋注】

(1) 袁杼：字靜宜，又字綺文。嫁松江諸生韓思永，其夫客死異鄉，兒子又病故。後遷居隨園，清修禮佛。其詩多悲涼之音。有《樓居小草》。

(2) 雞鳴寺：明洪武初建。在今江蘇南京市城區北隅雞鳴山上，北臨玄武湖，西倚鼓樓。南朝梁武帝蕭衍曾在此建同泰寺。後毀於兵火。

(3) 賓鴻：即鴻雁。語本《禮記・月令》：「季秋之月……鴻雁來賓。」

三八

堂妹棠(1)，字秋卿，嫁揚州汪楷亭(2)。家頗溫飽，伉儷甚篤。詠〈燕〉云：「春風燕子今年早，歲歲梁間補舊草。華堂叮囑主人翁，珍重香泥莫輕掃。吁嗟乎！千年田土尚滄桑，那得雕梁常汝保？」余讀之不樂，曰：「詩雖佳，何言之不祥也！」已而竟以娩難亡。又二年，楷亭亦卒。妹〈寄二兄香亭〉云：「鵬程人與白雲齊，君獨年年借一枝(3)。聞道故交多及第，更憐歸客尚無期。琴書別後遙相憶，雪月窗前寄所思。常對芙蓉染衣鏡，堪嗟儂不是男兒。」〈于歸揚州〉云：「不堪回憶武林春(4)，嬌養曾為膝下身。未解姑嫜深意處，偏郎愛作遠遊人。」「綠楊堤畔行遊子，紅粉樓中冷翠帷。為問秦淮江上月，今宵照得幾人歸？」亡後，香亭哭以詩云(5)：「最苦高堂念，懷中小女兒。至今傳死信，未敢與親知。書遠摹多誤，人稠語屢歧。調停兩邊意，暗泣淚如絲。」

【箋注】

(1) 袁棠：字去扶，號秋卿。浙江錢塘人。貢生健磐女，袁枚堂妹。適揚州汪楷亭。年三十八以難娩亡。詩風淵雅，志潔情深。有《繡餘吟稿》、《盈書閣遺稿》。

(2) 汪楷亭：汪孟翊，字楷亭，一字慵園。清揚州人，祖籍徽歙。補博士弟子。

(3) 一枝：《莊子・逍遙遊》：「鷦鷯巢于深林，不過一枝。」後用以比喻棲身之地。

(4) 武林：舊時杭州的別稱，以武林山得名。

(5) 香亭：袁樹。袁枚從弟。見卷一・五注(3)。

三九

余在蘇州，四妹〈寄懷〉云(1)：「長路迢迢江水寒，蕭蕭梅雨客身單。無言但勸歸期速，有淚多從別後彈。新暑乍來應保重，高堂雖老幸平安。青山寂寞煙雲裏，偶倚闌干忍獨看？」余讀之淒然。當即買舟還山。四女琴姑(2)，從妹受業。妹贈以詩云：「有女依依喚阿姑，忝為女傅教之無(3)。欲將古典從容說，失卻當年記事珠。」妹嫁韓氏，生一兒，名執玉(4)，十四歲詠〈夏雨〉云：「潤回青簟色，涼逼採蓮人。」學使竇東皋先生愛之(5)，拔入縣學。未一年，得暴疾亡。目將瞑矣，忽坐起問阿母曰：「唐詩『舉頭望明月』，下句若何？」曰：「低頭思故鄉。」嘆曰：「果然！」遂點頭而仆。故妹哭之云：「傷心欲拍靈床問，兒往何鄉是故鄉？」

【箋注】

(1) 四妹：即袁杼。見本卷三七注(1)。

(2) 琴姑：袁枚第四女。嫁江蘇浦口汪履青。

(3) 忝：用作謙詞。

(4) 執玉：後更名袁宗琦，字雲卿。諸生。十五歲夭亡。

(5) 竇東皋：竇光鼐（1720-1795），字元調，號東皋。山東諸城人。乾隆七年進士。官至左都御史、上書房總師傅。歷督學政。詩文宗韓杜。有《省吾齋詩文集》。

四〇

詩有情至語，寫出活現者。許竹人先生督學廣西(1)，〈接弟石樹凶問〉云(2)：「望書眼欲穿，拆書手欲爭，抱書心忽亂，隔紙字忽明。揮手急屏置，忍淚雨暗傾。老親中庭立，念遠心懸旌(3)。病訊百計匿，矧可聞哭聲(4)？違心方飾貌，哀抑喜且盈。趨言夢弟至，所患行已平(5)。」

【箋注】

(1) 許竹人：許道基。見卷三・二四注(3)。

(2) 凶問：噩耗。

(3) 懸旌：掛在空中隨風飄蕩的旌旗。喻心神不安。

(4) 矧（shěn）可：怎麼能夠？

(5) 平：平復，康復。

四一

隨園每至春日，百花齊放。家中內子及諸姬人，輪流置酒，為太夫人壽。太夫人亦嘗設席作答。余有句云：「高堂戒我無他出(1)，阿母明朝作主人。」蓋

實事也。香亭〈同賞梅〉詩云(2)：「為愛梅花敞綺筵，闔家春聚畫堂前。忽憐香氣傳風外，卻喜花開在雨先。人影共分千竹翠，簾光高捲一山煙。知他萬片隨雲去，還赴璚樓宴列仙(3)。」嗚呼！自先慈亡後，此席永斷；而香亭亦遠宦粵中矣。

【箋注】

(1)他出：外出，往其他地方。

(2)香亭：袁樹。見卷一・五注(3)。

(3)璚樓：瓊樓。璚，同瓊。

四二

江寧城中，每至冬月，江北村婦多渡江為人傭工(1)，皆不纏足，間有佳者。秦芝軒方伯席上集唐句戲云(2)：「一身兼作僕，兩足白於霜(3)。」

【箋注】

(1)傭工：受雇為人做工。

(2)秦芝軒：秦承恩，字芝軒。江蘇江寧（今南京）人。乾隆二十六年進士。由編修累擢陝西、江西巡撫，官至刑部尚書署直隸總督。參與纂修《會典》。

(3)「一身」句：未詳何人詩。「兩足」句：李白《浣紗石上女》。「於」為「如」。

四三

桐城詩人分詠古鏡：方正瑗云(1)：「絕代應憐顏色少，六宮曾識舊人多。」姚孔鋅云(2)：「相對不知何代物，此中曾老幾朝人？」皆佳句也。姚又有句云：「病後精神當酒怯，靜中情性與香宜。」

【箋注】

(1) 方正瑗：字引除，號方齋。清江南桐城（今安徽桐城縣）人。康熙五十九年舉人。官至潼商道。其詩古茂純正。有《連理山人詩鈔》、《方齋補莊》。

(2) 姚孔鋅：字道沖，號歸園。清江南桐城人。受方正瑗舉薦，授知縣，歷韶州、贛州知府。有《抱影軒詩選》、《南陔詩選》、《叱馭集》、《心香齋詩選》。（據道光十四年《桐城續修縣誌》）。

四四

余己未座主(1)，為泰安相國趙公仁圃(2)。公以長垣令有政聲，受知世宗，晉秩卿貳(3)。平生愛時文(4)，雖入綸扉，猶手校成、宏諸大家(5)，孜孜不倦。〈晚泊小米灘〉一絕云：「回橈艤艇傍平沙(6)，客路停舟便是家。坐久鳥驚山吐月，話長人喜燭生花。」作令時以勘災故，足浸水中三日，故病跛。每入朝，許給扶以行(7)。諱國麟，山東人。

【箋注】

(1) 己未：乾隆四年。座主：明清時，舉人、進士稱其本科主考官或總裁官為座主。或稱師座。

(2) 趙仁圃：趙國麟，字仁圃。山東泰安人。康熙四十五年進士。曾官直隸長垣知縣、永平知府、福建布政使、安徽巡撫，官至文華殿大學士，兼禮部尚書。

(3) 卿貳：次於卿相的朝中大官。

(4) 時文：時下流行的文體。舊時對科舉應試文體的通稱。唐宋時指律賦。明清時特指八股文。

(5) 綸扉：猶內閣。成宏：明代年號成化與宏（弘）治的並稱。此處為避乾隆名諱，改弘為宏。成化年間，經王鏊、謝遷、章懋等人提倡，八股文逐漸形成比較嚴格的程式。到宏（弘）治年間，有錢福、董玘。形成八股文的黃金時期。

(6) 艤艇：使船靠岸。

(7) 給扶：給予扶侍之人。古時君主賜給大臣的一種禮遇。

四五

余習國書(1)，讀十二烏朱，受業於鄒泰和學士(2)。記其〈丁香〉一首云：「春空煙鎖綴星星，兩樹瓊枝占一庭。交網月穿珠絡索，小鈴風動玉冬丁。傍簷結密人難折，拂座香多酒易醒。只恐天花散無迹，擬將湘管寫娉婷(3)。」又，〈白雲寺〉云：「飛鳥沒邊孤塔見，亂山缺處夕陽明。」先生戊戌翰林，和雅謙謹。有愛貓之癖，每宴客，召貓與兒孫側坐，賜孫肉一片，必賜貓一片，曰：「必均，毋相奪

也。」督學河南，按臨商丘畢(4)，出署，失一貓，嚴檄督縣捕尋。令苦其煩，用印文詳報云：「卑職遣幹役四人，挨民家搜捕，至今逾限，憲貓不得(5)。」

【箋注】

(1) 國書：本國的文字。遼、金、元、清王朝統治者各稱其本族的文字為國書，也叫國字。以別於漢字。如元稱蒙文，清稱滿文等。

(2) 鄒泰和：鄒升恒。見卷一・六五注(2)。

(3) 湘管：以湘竹製作的毛筆。

(4) 商丘：今河南商丘市。

(5) 憲：此為對上司的尊稱。

四六

陝西薛寧庭太史(1)，與江寧令陸蘭村為同年(2)。丙戌到白門相訪，偕公子雨莊與其師高東井泛舟秦淮(3)，作詩云：「衣帶一條水，蘭舟小亦佳。南朝留勝覽，北客壯吟懷。綽約虹橋束，參差畫檻排。衝炎偶然出，記取始秦淮。」「誰與偕來者？詩人高達夫(4)。看山揮玉麈(5)，忘暑對冰壺。乍可清談足，寧教佳句無？士龍君弟子，架筆也珊瑚(6)。」

【箋注】

(1) 薛寧庭：一作薛寧廷，字補山，號雒間山人。陝西雒南人。乾隆二十二年進士，改庶吉士。有《雒間山人詩鈔》。

(2) 陸蘭村：陸允鎮。見卷二・七七注(2)。

(3) 高東井：高文照，見卷二・六七注(3)。

(4) 高達夫：唐詩人高適，字達夫。此處代指高東井。

(5) 玉麈（zhǔ）：玉柄麈尾。東晉士大夫清談時常執之。

(6) 士龍：陸雲，字士龍。西晉吳郡吳縣人。曾任浚儀令，有能名。官至大將軍右司馬。此喻指江寧縣令陸蘭村。珊瑚：喻俊才。

四七

金陵承恩寺僧行舉(1)，能詩。有句云：「雨晴雲有態，風定水無痕。」其師闌乘有五絕云(2)：「香氣透窗紗，風輕日未斜。午堂春睡起，雙燕下含花。」又有句云：「才展《金剛經》了了，《金剛經》夾小吟箋(3)。」余嘗云：「凡詩之傳，雖藉詩佳，亦藉其人所居之位份。如女子、青樓，山僧、野道，苟成一首，人皆有味乎其言，較士大夫最易流布。」

【箋注】

(1) 行舉：字偉然，號介庵。清全椒（今屬安徽）人。居金陵承恩寺。能詩，喜遊，朝禮普陀、九華諸聖。有詩數千首。

(2) 闌乘：未詳。

(3) 了了：清楚，明白。吟箋：指寫詩用的紙。

四八

余改官江南，賦〈落花〉詩，祁陽中丞內幕程南耕愛而和之(1)。記數聯云：「燕壘漫教留粉在(2)，馬蹄幾度踏香來。」「升沉我已參名理，落莫人還惜異才(3)。」程名嗣章，綿莊先生之弟(4)，中年病聾。每來，則以筆代口，先以一函相訂。故余贈句云：「見面預安雙管筆，焚香先捧一函書。」

【箋注】

(1) 祁陽：縣名。今屬湖南永州。中丞：指御史中丞或巡撫。內：府內。幕：幕僚。程南耕：程嗣章，字元樸，號南耕。清上元（今江蘇南京）人，一說安徽歙縣人。有《明儒講學考》。

(2) 燕壘：燕子的窩。

(3) 落莫：冷落，寂寥。

(4) 程綿莊：程廷祚。見卷五‧一一注(2)。

四九

朱學士筠(1)，字竹君，考據博雅，不甚吟詩。有〈登湖樓〉一律云：「載月來登湖上樓，飄然便可御風遊(2)。帆如不動暮天沒，岸竟欲斜秋水流。何寺一聲孤磬遠？長空萬點亂鴉愁。酒杯頻勸君何苦，未使春波負秀州(3)。」

【箋注】

(1) 朱筠：見卷六・二九注(1)。

(2) 御風：乘風飛行。

(3) 秀州：今浙江嘉興市。

五〇

姊夫王貢南，名裕琨(1)，〈雨過富春〉云：「歷亂如絲小雨微，相呼舟子授蓑衣。魚爭新水穿萍出，鳥怯寒風貼地飛。宿霧半藏臨澗屋，好花多落釣魚磯。紛紛魚艇隨波散，撒網閑歌何處歸？」〈寄內〉云：「好奉慈姑勤菽水，莫同邱嫂戛杯羹(2)。」余時年十四，愛而記之。即健庵父也(3)。

【箋注】

(1) 王裕琨：字貢南。杭州人。袁枚的大姐夫。

(2) 菽水：豆與水。指所食唯豆和水，形容生活清苦。詩文中常以「菽水」指晚輩對長輩的供養。邱嫂：長嫂，大嫂。戛杯羹：碰擊用具和食品。喻指鬧彆扭。

(3) 健庵：王家駿。見卷八・一一注(2)。

五一

海寧許鐵山惟枚(1)，與余同官金陵，一時有「二枚」之稱。余已薦牧高郵，而許猶有待，意有所感，和余〈河房宴集〉詩云：「朱簾斜捲晚風前，楊柳蕭

疏隔岸煙。一樣樓臺都近水，向南明月得來先(2)。」〈園梅〉云：「臘盡還微雪，春來尚薄寒。迎風飛片易，背日坼苞難。疏蕊明高閣，低枝韻小欄。莫教吹短笛，我正倚闌干。」許性嚴重，秦淮小集，坐有歌郎(3)，君義形於色，將責其無禮而笞之。余急揮郎去，而調以詩云：「惱煞隔簾紗帽客，排衙花底打鴛鴦(4)。」

【箋注】

(1) 許鐵山：許惟枚，字鐵山，號南臺。浙江海寧人。康熙五十六年進士。工書法。歷上元、崇明縣令，行取工部主事。有《味菜軒詩鈔》。上元縣與江寧縣同屬江寧府管轄，兩縣治地合起來稱金陵。

(2)「一樣」二語：宋・范仲淹知杭州，兵官皆被薦，獨蘇麟為外邑巡檢，未見收錄，乃上詩曰：「近水樓臺先得月，向陽花木易為春。」公即薦之。

(3) 歌郎：唱挽歌的人。有時酒樓宴會上也請來唱其他歌曲。

(4) 排衙：舊時主官升座，衙署陳設儀仗，僚屬依次參謁，分立兩旁，謂之排衙。鴛鴦：此指鴛鴦客，兩人共坐一張桌子飲宴，稱為「鴛鴦客」。鴛鴦，亦比喻艷妓。此為開玩笑。

五二

同試鴻博陳魯章士璠(1)，杭州人，以諸生中式，即授庶常(2)。〈途中紀事〉云：「月映湖光分外明，蘆花影裏一舟橫。夜深聞有鄉音在，曉起開篷問姓名。」

【箋注】

(1) 陳士璠：字魯章，號魯齋、泉亭。浙江錢塘人。乾隆元年由諸生應鴻博試，列二等，授庶吉士。官至瑞州知府。工書法。為詩直抒胸臆而氣骨自遒。有《夢碧軒詩鈔》。（《杭州府志》卷一百四十六文苑三）

(2) 諸生：指已入學的生員。中式：科舉考試合格。中式者為舉人。庶常：即翰林院庶吉士。

五三

毛西河言(1)：「古人詩題，所云『遙同』者，即遙和也(2)。謝朓〈同謝咨議〈銅雀臺〉詩〉、盧照鄰〈同紀明〈孤雁〉詩〉(3)，皆是和詩，非同遊也。」

【箋注】

(1) 毛西河：毛奇齡。見卷二・三六注(3)。

(2) 遙和：謂在遠處和答他人詩作。有的同韻，有的不同韻。

(3) 謝朓：見卷一・二二注(4)。盧照鄰：字昇之，自號幽憂子。唐幽州范陽（今北京）人。曾為鄧王（李元裕）府典簽、新都縣尉。初唐四傑之一。有《盧昇之集》。

五四

見吳小仙畫《騎驢圖》題云(1)：「白頭一老子，騎驢去飲水。岸上蹄踏蹄，水中嘴對嘴。」顧赤芳題云(2)：「張果倒騎驢(3)，不知是何故。為恐向前差，忘卻來時路。」慶兩峰〈落齒〉云(4)：「無端一齒落，探口不知故。且喜剛者亡，免與世齟齬(5)。」

【箋注】

(1) 吳小仙：吳偉，字士英、次翁，號魯夫、小仙。明傑出畫家。江夏（今湖北武昌）人。宏治時，授錦衣百戶，呼為畫狀元。工畫人物山水。世稱「江夏派」。

(2) 顧赤芳：顧景星（1621-1687），字赤方，號黃公。蘄州（今湖北蘄春）人。明貢生，入清不仕。學識淵博，詩文雄贍。有《白茅堂集》、《黃公說字》、《讀書集論》等。

(3) 張果：張果老，八仙中年紀最大的一個。初實有其人，為唐玄宗時一江湖術士。俗傳其倒騎毛驢，乃宋・潘閬之事附會於此。

(4) 慶兩峰：慶玉。見卷四・三二注(1)。

(5) 齟齬（jǔyǔ）：不相投合，抵觸。

五五

乙亥年，高文端公為江寧方伯(1)，過訪隨園。余上詩云：「鄰翁爭羨高軒過(2)，上客偏憐小住佳。」亡何，巡撫皖江，將瞻園牡丹移贈隨園(3)。余謝云：

「忘尊偏愛山林客(4)，贈別還分富貴花。」兩詩俱以摺扇書之。後戊子年，公總制兩江，招飲，席間出二扇，宛然如新。余問：「公何藏之久也？」公笑曰：「才子之詩，敢不寶護？」余自念平日受人詩扇，不下千百，都已拉雜摧燒；而公獨能愛惜如此，不覺感嘆，因再作詩獻。有句云：「舊物尚存憐我老，愛才如此嘆公難。」後公薨于黃河工所，口吟云：「夢中還有夢，家外豈無家？」

【箋注】

(1) 高文端：高晉。見卷六・四一注(1)。

(2) 高軒過：唐・李賀在東都寓居時，韓愈、皇甫湜前來造訪。李賀援筆輒就〈高軒過〉詩，自此有名。軒：大夫以上官員所乘車。過：造訪。

(3) 瞻園：南京明中山王徐達府邸花園，清改為藩司衙門花園。

(4) 忘尊：忘掉自己的尊貴身分。《藝文類聚》卷三十一：「歐陽建答棗腆詩：『居盈思沖，在貴忘尊。』」

五六

張葯齋宗伯予告還桐城(1)，兄文和公為首相(2)，作詩送云：「七十懸車事竟成，輕車遠稱秩宗清(3)。幾人引退能如願？先我歸休覺不情。圖籍開緘珍手澤，墓田作供好躬耕。阿兄他日還初服(4)，拄杖花前一笑迎。」周長發太史和云(5)：「從古人倫重老成，秩宗真不愧寅清(6)。引年久切歸田志(7)，予告

翻增戀闕情。萬卷縹緗藏古篋(8)，一犁煙雨課春耕。龍眠山色春如黛，知有群仙抗手迎(9)。」清真綿麗，一時和者，皆不能及。

【箋注】

(1) 張葯齋：張廷璐。見卷二・六三注(1)。予告：凡大臣因病、老准予休假或退休的都叫予告。

(2) 文和公：張廷玉。見卷一・一注(12)。

(3) 懸車：致仕。古人一般至七十歲辭官家居，廢車不用，故云。輕車：輕快的車子。形容載物少。秩宗：掌宗廟祭祀的官。

(4) 初服：未入仕時的服裝，與「朝服」相對。

(5) 周長發：周蘭坡。見卷五・二五注(6)。

(6) 寅清：語出《尚書・虞書・舜典》：「夙夜惟寅，直哉惟清。」後世多以「寅清」為官吏箴戒之辭，謂言行敬謹，持心清正。

(7) 引年：謂古禮對年老而賢者加以尊養。後用以稱年老辭官。

(8) 縹緗：指書卷。縹，淡青色；緗，淺黃色。古時常用淡青、淺黃色的絲帛作書囊書衣，因以指代書卷。

(9) 龍眠：山名。在安徽桐城西北，與舒城、六安接界。抗手：舉手，施禮。

五七

乾隆癸酉，尹文端公總督南河(1)。趙雲松中翰入署(2)，見案上有余詩冊，戲題云：「八扇天門詄蕩

開(3)，行間字字走風雷。子才果是真才子，我要分他一斗來(4)。」

【箋注】

(1) 尹文端：尹繼善。見卷一・一〇注(3)。

(2) 趙雲松：趙翼。見卷二・三三注(3)。

(3) 天門：天機之門。指心。詄（dié）蕩：天體廣闊無際貌。

(4) 一斗：宋・無名氏《釋常談・卷中・八斗之才》：「文章多謂之八斗之才，晉・謝靈運嘗曰：『天下才有一石，曹子建獨佔八斗，我得一斗，天下共分一斗。』」

五八

先師史玉瓚先生(1)，以硃筆書〈僕固懷恩傳〉後云(2)：「懷恩本不負君恩，青史何曾照覆盆(3)？萬里靈州荒草外(4)，至今夜夜泣英魂。」余時七歲，偷讀而記之。

【箋注】

(1) 史玉瓚：史中。見卷九・一六注(1)。

(2) 僕固懷恩：唐肅宗、代宗時大將。鐵勒族僕骨部人。在平安祿山叛亂中，懷恩隨從郭子儀屢立戰功。官至開府儀同三司、尚書左僕射兼中書令、上柱國、大寧郡王。其一門子弟均效忠唐朝，戰死者多達四十六人。但最後卻引吐蕃兵反唐，卒於軍中。歷史上一種觀點認為僕固懷恩是因居功自傲，怨未獲重用。另一種觀點是僕固懷恩是因程元振一夥宦官羅織陷害、代宗處事不公，被逼而叛。

(3) 覆盆：覆置的盆。謂陽光照不到覆盆之下。此處喻無處申訴的沉冤。

(4) 靈州：古州名。轄地約在今寧夏回族自治區靈武一帶。

五九

余紹祉布衣有〈黃山〉詩四首(1)。警句云：「松生絕壁不知土，人住深厓只見煙。」又曰：「山中人習聞天樂，石上松曾見古皇(2)。」余遊黃山，至佳處，嘆其言之果然。

【箋注】

(1) 余紹祉：字子疇，號元邱、凝菴居士。清江西婺源人。明代南京太僕寺卿余一龍之孫。善古文，工行草。有《晚聞堂集》。

(2) 天樂：指自然界和諧的音響，高天之樂，天籟。古皇：亦稱「古皇氏」。傳說中的有巢氏之號。此處寫松之古老。

余過蘇州，許穆堂侍御極誇方大章名夔者之詩(1)，蒙以詩冊見投。七古學少陵，頗有奇氣；七律似明七子(2)。錄其〈題內子桃源放舟小照〉云(3)：「碧桃灣裏聽鳴榔(4)，水複山重路渺茫。過此便為仙

世界，來時還著嫁衣裳。雲中雞犬應同聽，月下房櫳好對床。願種秫杭三十畝，畫眉窗下話羲皇(5)。」尹文端公有紫騮馬，騎三十年矣，憐其老斃，以敝帷瘞之(6)。穆堂吊以詩云：「萬里雲霄空悵望，一生筋力盡馳驅。」又曰：「朽骨漫留賢士口，敝帷應念主人恩。」尹公讀之泣下。

【箋注】

(1) 許穆堂：許寶善，字斅虞，一字穆堂。青浦(今屬上海)人。乾隆二十五年進士。官福建道監察御史。工詞曲、詩文。有《穆堂詞曲》、《自怡軒樂府》。方大章：方燮，字大章、子和，號臺山。清福建南安人，僑居吳中。諸生。工詩古文，擅長八法。

(2) 少陵：杜甫。見卷一・一三注(4)。明七子：見卷一・三注(3)。

(3) 內子：古代稱己之妻或人之妻為內子。

(4) 鳴榔：敲擊船舷使作聲。用以驚魚，使入網中，或為歌聲之節。

(5) 秫杭：秫（shú）粱米、粟米之黏者。多用以釀酒。杭（jīng），一種黏性較小的稻。羲皇：即伏羲氏。古代傳說中的三皇之一。

(6) 敝帷：破舊的帷帳。宋・蘇軾〈別黃州〉詩：「病瘡老馬不任鞿，猶向君王得敝幃。」瘞（yì）：埋葬。

六一

人閒居時，不可一刻無古人；落筆時，不可一刻有古人。平居有古人(1)，而學力方深；落筆無古人，而精神始出。

【箋注】

(1)平居：平日，平素。

按：此指為詩既要繼承古人，又不依傍古人。繼承與創新，妙在辯證統一。

六二

萍望張宏勳名棟(1)，自號看雲山人，工詩善畫，與余在長安，有車笠之好(2)。同譜中，如沈椒園、張少儀、曹麟書(3)，俱顯貴。莊容可官至大學士(4)；而宏勳終不一第。晚依揚商汪怡士以終(5)。有《看雲樓詩集》。〈閨怨〉云：「鏡臺寂寂掩芳塵，又換深閨一度春。除卻殷勤花上鳥，他鄉應少勸歸人。」〈郊外〉云：「春來是處足春遊，風轉長堤草色柔。客過不須頻勒馬，花扶人影出牆頭。」

【箋注】

(1)張宏勳：張棟（1705-1778），字鴻勳，一字玉川，號看雲。清江蘇吳江平望人。國子生。鄉試未中，專工詩畫。詩學少陵、香山，自饒風趣。有《看雲吟稿》。（光緒十三年《平望志》卷八文苑第十四頁）

(2) 車笠：喻貴賤貧富不移的深厚友誼。

(3) 沈椒園：沈廷芳。見卷一・六五注(11)。張少儀：張鳳孫。見卷四・一注(5)。曹麟書：見卷二・六九注(1)。

(4) 莊容可：莊有恭。見卷一・六六注(8)。

(5) 汪怡士：未詳。

六三

余有汪甥蘭圃(1)，名庭萱，亦能詩，為貧所累，未盡其才。有句云：「潮落岸從洲外露，風高雲向嶺頭平。」又：「楊柳護田蒙綠霧，桃花隔水墜紅雲。」皆妙。

【箋注】

(1) 汪蘭圃：汪庭萱，字蘭圃。附貢生。即袁枚四堂妹袁棠子。父為揚州汪楷亭。（據袁枚〈汪君楷亭墓誌銘〉）

六四

余在端州，豐川令彭翥(1)，字竹林，雲南人，以詩來見。有句云：「一官手板隨人後，萬里鄉心入雁先。」余擊節不已。竹林喜，見贈云：「盛世歲星終執戟，南華隱吏有隨園(2)。」「雲裏笻才雙足峙(3)，鷗邊舫已萬花扶。」

【箋注】

(1) 彭翥：字少鵬，一字南池，號竹林。清乾隆年間蒙化府（治所在今雲南巍山彝族回族自治縣）人。乾隆三十五年舉人，四十六年任廣東封川縣知事，後任香山知縣。平定海盜，立過軍功。終以文弱故，染煙瘴以身殉職。

(2) 歲星：古稱木星為歲星，所在主福，故亦稱福星。常用來比喻給人帶來幸福和希望的人。執戟：秦漢時的宮廷侍衛官。因值勤時手持戟，故名。南華：南華真人的省稱，即莊子。喻指袁枚。

(3) 笻：笻竹宜於製杖，故用以泛稱手杖。

六五

高要令楊國霖蘭坡(1)，作吏三十年，兩膺卓薦(2)，傲兀不羈。與余相見端江(3)，束修之饋(4)，無日不至。聞余遊羅浮歸，乞假到鼎湖延候(5)，以詩來迎云：「山麓峰巒秀色殊，如何海內姓名無？全憑大雅如椽筆，為我湖山補道書(6)。」道書：海內洞天二十四，福地三十六，鼎湖不與焉。「杖履閑從天上來，教人喜極反成猜。飛騎為報湖山桂，不到山門不許開。」及余歸時，送至十里外，臨別泣下，〈口號〉云：「送公自此止，思公何時已？有淚不輕彈，恐溢端江水。」

【箋注】

(1) 楊國霖：見卷八・四一注(4)。

(2) 卓薦：因才能卓異而被舉薦。

(3) 端江：在端州（今廣東高要縣）境內。即在今廣東肇慶市東西江上，亦稱端峽。

(4) 束修：指饋贈的一般性禮物。

(5) 羅浮：羅浮山，在今廣東博羅縣西北。鼎湖：在今廣東肇慶市東北，廣利西南。

(6) 道書：道家或佛家的典籍。

六六

余丙辰到廣西，蒙金撫軍薦入都(1)，今五十年矣。因訪親家汪太守，故重至焉。吳樹堂中丞垣(2)，引余至署，周歷舊遊。余席間稱金公任藩司時，作官廳對聯云：「坐此似同舟，宦情彼此關休戚；須臾參大府(3)，公事何妨共酌商。」用意深厚，有名臣風味。公因誦其鄉人徐公士林作臬司題庭柱云(4)：「看階前草綠苔青，無非生意；聽牆外鵲啼雀噪(5)，恐有冤魂。」真仁人之言。樹堂見和一律，有「洞簫聲重三千玉，〈銅鼓〉詞傳五十春」之句(6)。所云〈銅鼓〉者，丙辰余試鴻博賦題也。金公刻入省志藝文類中，今五十載矣。重得披覽，恍若前生。

【箋注】

(1) 金撫軍：金鉷。見卷一・九注(2)。

(2) 吳垣：字薇次，號樹堂。清山東海豐（今無棣）人。尚書吳紹詩之子。自舉人入貲授兵部郎中。歷官給事中、吏部侍郎、廣西巡撫、湖北巡撫。

(3) 大府：泛指上級官府。明清時亦稱總督、巡撫為「大府」。

(4) 徐士林：字式儒，號雨峰。山東文登人。康熙五十二年進士。授內閣中書。歷官至江蘇巡撫。有賢聲。

(5) 鵑啼雀噪：相傳杜鵑啼血。舊以鵑啼雀噪皆為冤魂所化。

(6) 洞簫：漢·王褒有〈洞簫賦〉。唐·黃滔〈漢宮人誦〈洞簫賦〉賦〉：「十二瓊樓，不唱鸞歌於夜月；三千玉貌，皆吟鳳藻於春風。」此處借來稱讚袁枚的〈銅鼓賦〉。銅鼓：西南邊境雲南廣西等處，有銅鼓出土。或言諸葛亮所造，或言後漢·馬援所遺。

六七

桂林向有詩會。李松圃比部(1)、馬嵰山中翰(2)、浦柳愚山長(3)、朱心池明府(4)、朱蘭雪布衣(5)，時時分題吟詠。余到後，得與文酒之會，同訪名山古剎。臨行時，五人買舟相送，依依不捨，見贈篇什，不能盡錄。僅記心池云：「五十年前跨鶴行，重來無復舊同群。一囊新句千絲雪，萬疊青山兩屐雲。好古不求唐後碣，論文誰撼岳家軍(6)？靈皋健筆漁洋句(7)，才力輸公尚十分。」「卅載心驚絕代才，何緣杖履得追陪？文章真處性情見，談笑深時風雨來。一棹方回仙掌外(8)，片帆又掛楚江隈。湘靈也解延名士，九面奇峰次第開。」柳愚云：「筋力登臨老尚優，每逢佳處輒勾留。誰能鶴髮六千里，來證鴻泥五十秋？舊事略知餘白足(9)，僧明遠，能談金中丞

遺事。殘碑盡搨付蒼頭。聞公欲掛湘帆去，又向衡山作勝遊。」蘭雪云：「六朝偶戀煙花跡，一代先收翰墨勳。」

松圃父丹臣先生少貧(10)，以筆一枝，傘一柄，至廣西，不二十年，致富百萬。松圃詩才清絕，不慕顯榮。父子皆奇士也。〈曉行〉云：「朦朧曙色噪歸鴉，風撼疏林一徑斜。滿地白雲吹不起，野田蕎麥亂開花。」「蘆荻飛花白滿汀，停車小憩水邊亭。前林一線炊煙起，畫斷遙山半角青。」〈秋思〉云：「涼笛聲兼風葉下，歸鴉影帶夕陽來。」

【箋注】

(1)李松圃：李秉禮。見卷六・七五注(5)。

(2)馬嵰山：馬俊良，字嵰山。浙江石門人。乾隆二十六年進士。官內閣中書，後歷主書院講席。有《易家要旨》、《禹貢圖說》、《嵰山詩草》等。

(3)浦柳愚：浦銑，字光卿，號柳愚。清代中葉浙江嘉善人。淡於仕進，積學工文。其學根柢經史百氏，而尤工詩賦。有《歷代賦話》、《復小齋賦話》等。

(4)朱心池：朱錦。見卷六・七三注(10)。

(5)朱蘭雪：朱依真，字小岑，號蘭雪。清廣西臨桂縣人。有《九芝草堂詩存》等。

(6)岳家軍：《宋史・岳飛傳》：「撼山易，撼岳家軍難。」

(7)靈皋：方苞。見卷一・二九注(1)。漁洋：王士禎。見卷一・五四注(1)。

(8)仙掌：華山峰名。在今陝西省華陰縣。

(9) 白足：晉時高僧曇始有異跡，足白，沾水不濕，人稱白足和尚。這裏泛指高僧。

(10) 李丹臣：李宜民，字丹臣，號厚齋。清江西臨川人，後定居廣西桂林。為兩廣著名鹽商。有「富比王侯，園林半城」之稱。

六八

余試鴻詞報罷，蒙歸安吳小眉少司馬最為青盼(1)。五十年來，其家式微(2)。今年遊粵東，過飛來寺，見先生題詩半山亭云：「西徑崎嶇上，東峰宛轉行。半山山過半，飛鳥一身輕。」讀之，如重見老成眉宇。先生諱應棻，弟諱應枚(3)。其封君夢蘇眉山兄弟而生(4)，故一字小眉，一字小潁。小眉巡撫湖北，平反麻城冤獄(5)，為海內所稱。小穎亦官至禮部侍郎。

【箋注】

(1) 吳小眉：吳應棻，字小眉，號眉庵。浙江歸安人。康熙五十四年進士。授編修。官至兵部侍郎。工詩，善畫墨竹。有《青瑤草堂詩集》。

(2) 式微：衰敗。

(3) 吳應枚：字小穎，號穎庵。雍正二年進士。官大理寺少卿。工詩，善畫山水。有《客槎集》、《墨香幢詩》。

(4) 封君：因子孫顯貴而受封典者。蘇眉山兄弟：即蘇軾與蘇轍。宋眉州眉山人。因地而稱蘇軾為蘇眉山。蘇轍因晚歲客居許州潁川之濱號潁（穎）濱遺老。

(5) 痲城冤獄：指湖北痲城涂如松冤案。詳見袁枚《小倉山房文集・書痲城獄》。

六九

李懷民與弟憲橋選《唐人主客圖》(1)，以張水部、賈長江兩派為主(2)，餘人為客；遂號所詠為《二客吟》。懷民〈贈人盆桂〉云：「送花如嫁女，相看出門時。手為拂朝露，心愁搖遠枝。」〈送張明府〉云：「在縣常無事，還家只有身。隨行一舟月，出送滿城人。」憲橋詠〈鶴〉云：「縱教就平立，總有欲高心。」「不辭臨水久，只覺近人難。」〈歷下廳〉云(3)：「馬餐侵皂雪(4)，吏掃過階風。」〈送流人〉云：「再逢歸夢是，數語此生分。」二人果有賈、張風味。

【箋注】

(1) 李懷民：見卷八・三〇注(8)。李憲橋：見卷六・五九注(2)。據《唐詩紀事》，唐末江南詩人張為著《詩人主客圖》。李氏兄弟仿其例，蒐集元和以後諸家五律，重訂中晚唐詩人主客圖。

(2) 張水部：唐・張籍。見卷九・八六注(4)。賈長江：唐・賈島。見卷九・九四注(2)。

(3) 歷下廳：「廳」應為「亭」。在山東濟南。歷下，為濟南的古稱。

(4) 皂：牛馬的食槽。亦泛指牲口欄棚。

七〇

余過大庾，邑宰袁鏡伊欣然相接(1)，自言傾想者三十年。同遊了山(2)，又親送過梅嶺(3)。自誦〈雪〉詩云：「遠近枝橫千樹玉，往來人負一身花。」〈贈人〉云：「雪調靜聽孤唱遠，雲程遙望一痕青。」本籍宣化，故有句云：「山排雲朔從天下，水合桑溈入地無(4)。」皆佳句也。鏡伊名錫衡，乙酉孝廉。有勳貴過境(5)，傔從毆傷平民(6)，鏡伊縛置獄中，取保辜限狀(7)。嗣後過者肅然。

【箋注】

(1) 大庾：今江西大余縣。邑宰：縣令。袁鏡伊：袁錫衡，字鏡伊。宣化（今屬河北）人。乾隆三十年舉人。任武英殿謄錄、大庾縣知縣。

(2) 了山：即雙秀山，在江西南安府城東北二十里，舊名了山。

(3) 梅嶺：即大庾嶺，在今江西大余、廣東南雄二縣之間。

(4) 雲朔：雲州、朔州，今山西北部大同、朔縣一帶。桑溈（此『溈』似應指『媯』）：桑乾河和媯水。媯水在山西永濟縣南，源出歷山，西入黃河。

(5) 勳貴：功臣權貴。

(6) 傔（qiàn）從：侍從，僕役。

(7) 取保：使被告提供擔保者。辜限：責令被告為傷者治療的限期。

七一

山左朱海客先生，名承煦(1)，素無一面。忽遣人投書，署云「上天下大才子某」。余感其意，過京口時(2)，訪于海岳書院。先生已七十矣，留飲再四。余因風揚帆，不克小住。未半年，先生竟歸道山(3)。又六年，遇其子鑾坡於廣州，急索乃翁詩稿，得〈示內〉二句云(4)：「剪刀聲歇栽花後，井臼功餘問字初(5)。」

【箋注】

(1) 朱承煦：字海客，一作海容，號鶴亭。山東青州府益都縣人。乾隆十二年舉人。曾任湖北大冶知縣。主京口海岳書院時年七十。有《鶴亭詩稿》。

(2) 京口：古城名，在今江蘇鎮江市。

(3) 歸道山：歸仙山，死亡的婉稱。

(4) 內：內人，妻子。

(5) 井臼：汲水舂米，泛指操持家務。問字：揚雄多識古文奇字，劉棻曾向揚雄學奇字。後來稱從人受學或向人請教為「問字」。

七二

余病廣州，樂昌令吳公世賢(1)，每公事稍暇，必至床前問訊。余愛其詩筆清麗，可作陳琳之檄(2)。詠〈釣竿〉云：「淇園籊籊折新枝，人到忘機鷗鷺知(3)。風雪寒江應憶我，英雄末路悔拋伊。」〈羽

扇〉云(4)：「常使指揮天下事，不羞憔悴月明中。」〈皮蛋〉云：「個中偏蘊雲霞彩，味外還餘松竹煙。」吳號古心，松江人(5)。

【箋注】

(1) 吳世賢：字古心，號掌平。清江南南匯（今屬上海）人。乾隆十三年進士。知湖南靖州。工畫蘭竹，詩樸厚豪放。有《香草齋集》。

(2) 陳琳：字孔璋。漢末廣陵射陽（今屬江蘇）人。在建安七子中以書檄表章見長。《三國志》裴松之注引《典略》曰：「琳作諸書及檄，草成呈太祖。太祖先苦頭風，是日疾發，臥讀琳所作，翕然而起曰：『此愈我病。』」

(3) 淇園：古代衛國園林名。產竹。在今河南省淇縣西北。《詩經・衛風・淇奧》：「瞻彼淇奧，綠竹猗猗。」周朝衛武公有美德，衛人賦綠竹為興。籊籊（tì）：長而尖削貌。《詩・衛風・竹竿》：「籊籊竹竿，以釣於淇。」忘機：消除機巧之心。常用以指甘於淡泊，與世無爭。

(4) 羽扇：古代儒將的一種裝束，也形容謀士儀態從容。蘇軾《念奴嬌・赤壁懷古》：「羽扇綸巾，談笑間，強虜（檣櫓）灰飛煙滅。」

(5) 松江：今上海松江縣。

七三

海陽令邱公學敏(1)，聞余到端州(2)，即馳書與香亭(3)，必欲一見。果不遠千里，假公事到省，暢談竟日，饋遺殊厚。記其佳句云：「山連齊魯青難了，樹入淮徐綠漸多(4)。」

【箋注】

(1) 海陽：今廣東潮州市。邱學敏：邱學勄（mǐn），字至山，一字河東。浙江鄞縣人。乾隆二十一年舉人。曾在浙中書局參與《四庫全書》纂修，後官廣東保昌、海陽知縣，南澳同知、直隸正定知府。（光緒三年《鄞縣誌》卷四十三）

(2) 端州：今廣東肇慶市。

(3) 香亭：袁樹。見卷一・五注(3)。

(4) 齊魯：戰國時期齊國和魯國的簡稱，亦代稱山東。杜甫〈望嶽〉：「岱宗夫如何，齊魯青未了。」淮徐：江蘇淮州、徐州沿海地區。

七四

魚門太史於學無所不窺(1)，而一生以詩為最。余寄懷云：「平生絕學都參遍，第一詩功海樣深。」寄未一月，而魚門自京師信來，亦云「所學，惟詩自信」，不謀而合，可謂知己自知，心心相印矣。屢托余買屋金陵，為結鄰計。不料在廣州，孫補山中丞招飲(2)，告以魚門歿於陝西畢撫軍署中(3)。彼

此泣下，銜杯無歡。因思畢公一代宗工，必能收其遺稿；然魚門所刻《蕺園集》，僅十分之三耳。記其未梓者：〈書懷〉云：「才難問生產，氣不識金銀。」〈題阮吾山行卷〉云：「無勞嘆行役，行役是閒時。」〈對雪〉云：「鬧市收聲歸闃寂，虛堂斂抱對寒清(4)。」〈乞假〉云：「官書百卷從擔去，病牒三行有印鈐(5)。」嗚呼！此乾隆三十五年，假歸寓隨園，以近作見示，而余所抄存者也。不意竟成永訣！

【箋注】

(1)魚門：程晉芳。見卷一・五注(1)。

(2)孫補山：孫士毅。見卷八・三六注(1)。

(3)畢撫軍：畢沅。見卷二・一三注(4)。撫軍：官名。明清時巡撫的別稱。

(4)虛堂：空闊清靜的廳堂。亦用於比喻虛心，不帶成見。

(5)病牒（dié）：請病假的文書。

七五

余戊午秋闈，與錫山李君時乘(1)，同寓馬姓家，同登秋榜，垂五十年。今歲在粵東，其子邕來見訪，出詩見示。錄〈山居〉二首云：「一從疏世事，終日把犁鋤。村色牛羊外，秋砧水石餘。山深遲刈麥，潭冷不生魚。倘有詩人至，猶堪剪韭蔬。」「閑雲上小樓，落日林塘幽。溪雨蛙聲聚，山風槲葉秋(2)。一囊方朔米，卅載晏嬰裘(3)。便欲煙霞外，將身作隱侯(4)。」

【箋注】

(1) 秋闈：亦稱秋試，明清時鄉試例在秋季八月舉行，故稱。闈，考場。錫山：在江蘇無錫市西郊。此代指無錫。李時乘：江蘇無錫人。乾隆三年順天榜舉人。官鄒縣知縣、東平知州。

(2) 槲（hú）：即柞櫟。落葉喬木。

(3) 方朔：用漢代東方朔長安索米典。晏嬰裘：春秋時齊國輔相晏子崇尚節儉，一件狐皮大衣穿了三十多年，只在出國或參加盛典時穿。

(4) 隱侯：南朝梁·沈約的謚號。沈約居處儉素，立宅東田，矚望郊阜。

七六

余宰江寧時，侯君學詩葦原(1)，年十四，應童子試。後夏醴谷先生屢稱其能詩(2)，終未見也。今宰新會(3)，余往相訪，同遊圭峰望海。讀其詩，長於古風，蓋深于杜、韓、蘇三家者。佳句云：「綠遮人外柳，紅落渡前花。」「狂藥看人頻動色，櫻蒲到老不知名(4)。」

【箋注】

(1) 侯學詩（1726-1792）：字叔起，號葦園。江寧（今江蘇南京）人。乾隆三十六年進士。主豫章、白鹿兩書院教事，前後十年。官至撫州知府。有《梅花草堂詩集》。

(2) 夏醴谷：夏之蓉。見卷八·一〇一注(1)。

(3)新會：今廣東新會市。

(4)狂藥：此為酒的別稱。樗蒱：即「樗蒲」。古代一種博戲。

七七

風情之事，不宜於老；然借老解嘲，頗可強詞奪理。康節先生〈妓席〉云(1)：「花見白頭花莫笑，白頭人見好花多。」余仿其意云：「若道風情老無分，夕陽不合照桃花。」方南塘六十歲娶妾(2)，云：「我已輕舟將出世，得君來作掛帆人。」

【箋注】

(1)康節先生：邵雍。見卷九・五二注(9)。

(2)方南塘：方貞觀。見卷八・九〇注(1)。

七八

余幼居杭州葵巷，十七歲而遷居。五十六歲從白下歸，重經舊廬。記幼時遊躍之場，極為寬展；而此時觀之，則湫隘已甚(1)：不知曩者何以居之恬然也(2)？偶讀陳處士古漁詩曰(3)：「老經舊地都嫌小，晝憶兒時似覺長。」乃實獲我心矣。

【箋注】

(1) 湫隘（jiǎoài）：地勢低窪狹小。

(2) 曩者：從前，以往。恬（tián）然：安然，不在意貌。

(3) 陳古漁：陳毅。見卷一・五二注(3)。

七九

掌科丁田澍先生乞假歸(1)，〈留別都人〉云：「亦知葑菲才無棄，其奈桑榆影漸低(2)？」「論事偶然分洛蜀，交情原自比雷陳(3)。」「曉鐘催去朝天客(4)，過巷車聲枕畔聽。」皆妙。

【箋注】

(1) 掌科：清代置掌科中書，內閣屬官，掌繕書皇帝誥敕。丁田澍：一作丁田樹，字晉占，室號雙桂堂。安徽懷寧人。乾隆十六年進士。授編修，歷河南、山東道御史、給事中、兵部郎中。有《粵遊》、《蜀遊》、《北遊》諸草，詩賦十餘卷。

(2) 葑菲：蕪菁與葍，皆屬普通菜蔬。葉與根可食。但其根有時略帶苦味，人們有因其苦而棄之。後因以「葑菲」用為鄙陋之人或有一德可取之謙辭。桑榆：日落時光照桑榆樹端，因以比喻晚年。

(3) 洛蜀：指洛黨和蜀黨。為宋哲宗時元祐三黨中的兩黨（另一黨叫朔黨）。洛學以程頤為代表，蜀學以蘇軾為代表。雷陳：後漢・雷義與陳重，二人友誼深厚。

(4) 朝天：朝見天子。

八〇

蘇州繆孝廉之惠妻王氏詠〈馬〉云(1)：「死有千金骨(2)，生無一顧人。」〈漫興〉云：「天有風雲常欲暮，山無草木不知秋。」

【箋注】

(1)繆之惠：字敏中。蘇州人。乾隆十二年舉人。

(2)千金骨：戰國時，燕昭王欲求賢才，郭隗以買千里馬為喻，說古代有君王懸賞千金買千里馬，三年後得一死馬，用五百金買下馬骨，於是不到一年，得到三匹千里馬。

八一

桐城馬相如、山陰沈可山(1)，少年狂放，路逢親迎者，不問主人，直造其家，索紙筆。〈替新婦催妝〉云(2)：「江南詞客太翩躚，打鼓吹簫薄暮天。應是天孫今夕嫁(3)，碧空飛下雨雲仙。」「隨郎共枕心猶怯，別母牽衣淚未乾。玉筯休教褪紅粉，金蓮燭下有人看(4)。」娶婦家頗解事，讀之大喜，飲以玉爵，各贈金花一枝。

【箋注】

(1)馬相如：馬樸臣，字相如，一字春遲，號漁山。安徽桐城人。雍正十年舉人。官中書舍人。少即擅詩，遊吳越間。有《報循堂詩鈔》。沈可山：沈堡，字可山，晚號漁莊先生。清浙江蕭山人。諸生。少工詩文。生性不

羈。晚歲歸臥舊廬。有《漁莊詩草》、《步陵詩鈔》、《嘉會堂集》等。

(2) 催妝：舊俗新婦出嫁，必多次催促，始梳妝啟行。賀者賦詩以催新婦梳妝，叫催妝詩。

(3) 天孫：傳說中巧於紡織的仙女。

(4) 玉筯：喻眼淚。金蓮：指女子的纖足。

八二

余最愛言情之作，讀之如桓子野聞歌，輒喚奈何(1)。錄汪可舟〈在外哭女〉云(2)：「遙聞臨逝語堪哀，望我殷殷日百回。死別幾時曾想到，歲朝無路復歸來。絕憐艱苦為新婦，轉幸逍遙入夜臺(3)。便即還家能見否？一棺已蓋萬難開。」〈過朱草衣故居〉云：「路繞叢祠鳥雀飛，依然門巷故人非。憶尋君自初交始，每渡江無不見歸。問疾榻前才轉盼，談詩窗外剩斜暉。絕憐童僕相隨慣，未解存亡欲扣扉。」沙斗初〈經亡友別墅〉云(4)：「千石魚陂占水鄉，四時煙景助清光。弟兄不隔東西屋，賓主無分上下床。鬥酒幾番當皓月，題詩多半在修篁。今朝獨棹扁舟過，回首前歡墮渺茫。」厲太鴻〈送全謝山赴揚州〉云(5)：「生來僧祐偏多病，同往林宗又失期(6)。兩點紅燈看漸遠，暮江惆悵獨歸時。」王孟亭〈歸輿〉云(7)：「漫理輕裝喚小舠，何緣歸興轉蕭騷(8)。老來最怕臨歧語，燈半昏時酒半消。」宗介帆〈別母〉云(9)：「垂白高堂八十餘，龍鍾負杖倚門閭。泣惟

張口全無淚，話到關心只望書。」某婦〈送夫〉云：「君且前行莫回顧，高堂有妾勸加餐。」

【箋注】

(1) 桓子野：桓伊，字叔夏，小字子野。東晉譙國銍縣（今安徽宿縣西南）人。官至護軍將軍。喜音樂，善吹笛。每聞清歌，輒喚「奈何」。

(2) 汪可舟：汪舸。見卷五・四注(2)。

(3) 夜臺：墓穴。

(4) 沙斗初：沙維杓。見卷三・四九注(2)。

(5) 厲太鴻：厲鶚。見卷三・六一注(1)。全謝山：全祖望。見卷五・七三注(4)。

(6) 僧祐：王僧佑，字胤宗。南朝宋琅琊臨沂人。太保王弘侄孫，光祿勳王遠子。《南史》卷二十一：「雅好博古，善《老》、《莊》，不尚繁華。……謝病不與公卿遊。齊高帝謂王儉曰：『卿從可謂朝隱。』答曰：『臣從非敢妄同高人，直是愛閑多病耳。』」林宗：郭泰，字林宗。太原介休（今屬山西）人。東漢卓越儒師。曾在遊歷途中遇雨，折頭巾一角遮雨，衆人爭相仿效，稱為「林宗巾」。此喻指全謝山。

(7) 王孟亭：王箴輿。見卷二・七六注(1)。

(8) 小舠（dāo）：小船。蕭騷：蕭條淒涼。

(9) 宗介帆（原作颿）：宗聖垣，字芥帆（介帆、價藩）。清浙江會稽人。乾隆三十九年舉人。官至廣東雷州知府。工詩。與袁枚、蔣士銓深相契合。有《九曲山房詩文集》。

八三

壬辰年，王光祿禮堂來白下(1)，訪江寧令陸蘭村(2)。予問：「有新詩否？」光祿書〈贈內〉云：「幾載東華不自聊(3)，綠窗並坐感蕭騷。寒閨刀尺陪宵讀，瓦鼎茶湯候早朝。馬磨勞生還憶共，犬臺殘魄可能招(4)？卻嗤割肉容臣朔，但把清齋學細腰(5)。」「一室流塵玉漏窮，更闌深掩小房櫳(6)。何妨放誕時卿婿(7)，聽唱風波欲惱公。天畔登樓長客裏，燈前擁髻只愁中。一龕低處雙棲穩，雪北香南結托同(8)。」又〈從圍〉句云：「日占戊好軍容壯，牡奉辰多典禮偕(9)。」「霜濃牛馬通身白，林凍烏鴉閉口喑(10)。」一用《毛詩》，一用《北史》，俱典雅。

【箋注】

(1) 王禮堂：王鳴盛。見卷九・六七注(1)。白下：南京的別稱。

(2) 陸蘭村：見卷二・七七注(2)。

(3) 東華：明清時中樞官署設在宮城東華門內，因以借稱中央官署。

(4) 馬磨：三國時許靖，受其從弟排擠，不得任官，以馬磨米自給度日。後以此典形容貧寒。犬臺：漢代宮名犬臺宮，在上林苑中，江充曾被召見於犬臺宮。

(5) 朔：東方朔。漢武帝時，一次給大臣分肉，東方朔不待詔拔劍割肉而去，朔未自責而詼諧自譽，反受賞賜。細腰：楚靈王喜歡細腰之人，所以靈王的臣下就吃一頓飯來節食。

(6) 房櫳：窗櫺。

(7) 卿婿：《世說新語・惑溺》：王安豐婦，常卿安豐。安豐曰：「婦人卿婿，於禮為不敬，後勿復爾。」婦曰：「親卿愛卿，是以卿卿；我不卿卿，誰當卿卿？」卿，此指夫妻間親昵的稱呼。

(8) 雪北香南：雪山之北香山之南。指一種無邊無量的境界。

(9) 日占戊好：《詩經・南有嘉魚之什・吉日》：「吉日維戊，既伯既禱。」意謂吉利戊日好時辰，先要祈禱祭馬神。這是寫周王畋獵的詩。牡奉辰多：《詩經・秦風・駟驖（tiě）》：「奉時辰牡，辰牡孔碩。」意謂獵官供奉公鹿以作祭祀，公鹿個個碩大肥壯。這是描寫秦君狩獵盛況的詩。辰牡，古代按時節進獻的雄獸。

(10)「霜濃」句：《北史・列傳第十二》：「（王）晧字季高，少立名行，為士友所稱。遭母憂，居喪有至性。儒緩亦同諸兄。嘗從文宣北征，乘赤馬，旦蒙霜氣，遂不復識。自言失馬，虞候為求覓不得。須臾日出，馬體霜盡，繫在幕前，方云：『我馬尚在。』」

八四

安慶詩人(1)，以「二村」為最。一李嘯村葂，一魯星村璸(2)。魯五言如：「久客神常倦，還家似在舟。」「鳥散雪辭竹，煙消山到門。」「風竹不留雪，冰池時集鴉。」七言如：「舟行忽止冰初合，窗暗還明月未沉。」「避雪野禽低就屋，忘機小鼠漸親人。」皆可誦也。又：「雀浴乘冰缺。」五字亦佳。

嘯村工七絕，其七律亦多佳句。如：「馬齒坐叨

人第一(3)，蛾眉窗對月初三。」「賣花市散香沿路，踏月人歸影過橋。」「春服未成翻愛冷，家書空寄不妨遲。」皆獨寫性靈，自然清絕。腐儒以雕巧輕之，豈知鈍根人，正當飲此聖藥耶？乾隆丙寅，觀補亭閣學，科試上江(4)，點名至嘯村，笑曰：「久聞秀才詩名，此番考不必作《四書》文，作詩二首，可也。」題是〈賣花吟〉。李有句云：「自從賣落行人手，瓦缶金尊插任君(5)。」又曰：「自笑不如雙粉蝶，相隨猶得入朱門。」閣學喜，拔置一等。

【箋注】

(1) 安慶：今安徽安慶市。

(2) 李葂：見卷五、四七注(1)。魯璸：見卷三、三七注(2)。

(3) 馬齒：看馬齒可知馬的年齡，故常以為謙詞，借指自己的年齡。叨：猶忝。表示承受之意。常用作謙詞。

(4) 觀補亭：觀保，字伯容（伯雄），號補亭，姓索綽絡。滿洲正白旗人。乾隆二年進士。官至禮部尚書，兼任鑲白旗蒙古都統，充國史館副總裁。多次典貢舉。有《補亭遺稿》。閣學：內閣學士。上江：明代安徽、江蘇合稱江南，江蘇為下江，安徽為上江。

(5) 瓦缶（fǒu）：小口大腹的瓦器。金尊：金製器具。

八五

朱竹君學士督學皖江(1)，任滿，余問所得人才。公手書姓名，分為兩種：樸學數人(2)，才華數人。次

日，即率黃秀才名戊、字左君者來見(3)，美少年也。其〈京邸夜歸〉云：「入城燈市散，有客正還家。新僕欲通姓，嬌兒不識爺。春光滿茅屋，喜氣上燈花。乍見翻無語，徘徊月正華。」七言如：「小艇自流初住雨，裌衣難受嫩晴風。」殊有風流自賞之意。

【箋注】

(1) 朱竹君：朱筠。見卷六・二九注(1)。

(2) 樸學：清代繼承漢儒學風，致力於經史子學的訓詁考據，被稱為「質樸之學」，簡稱「樸學」，也稱「考據學」。

(3) 黃戊：應作黃鉞（1750-1841），字左君、左田。當塗（今屬安徽）人。乾隆五十五年進士。嘉慶時官至戶部尚書。有《壹齋集》。據《續修四庫全書・壹齋集》，此處所收〈京邸夜歸〉題為〈乙未正月十三日夜歸自京師〉，七言聯題為〈次韻湖亭晚歸〉。

八六

乾隆丙辰，予于李敏達公處，見厲子大先生(1)，時為少司寇。以冢宰文恭公之子(2)，未弱冠即入翰林，詩才清妙。〈歲除和韻〉云：「一年清課為花忙，無事花間倒百觴。日落歸鴉喧古木，家貧饑鶴唳空倉。楸枰靜設遲棋客，彩筆吟成和省郎(3)。官柳未黃桃已爛，春風早晚亦何嘗。」〈獨酌〉云：「萍分雲散故人離，尊酒應憐獨酌時。夜漏漸沉燒燭短，殘書未了引眠遲。羅江春信盆梅報(4)，紙帳宵寒鶴夢

知。皎皎庭除餘落月，屋梁相照此心期。」

【箋注】

(1) 李敏達：李衛。見卷四、七〇注(1)。厲子大：勵宗萬（1705-1759），字滋大（子大），號衣園。直隸靜海（今屬天津）人。康熙六十年進士，入翰林時年僅十七歲。官至內閣學士、禮部侍郎。好詩詞，尤工書法。「厲」，誤。應作「勵」。

(2) 文恭公：勵廷儀，字令式，號南湖。康熙三十九年進士。官至刑部尚書。卒謚文恭。有《雙清閣詩稿》。冢宰，吏部尚書之稱謂。

(3) 楸枰：棋盤。古時常用楸木製作，故稱。省郎：指皇帝的侍從官和中樞諸省的官吏。

(4) 羅江：舊縣名。在四川中部。

八七

金陵曹淡泉秀才(1)，以「一夕春風暖，吹紅上海棠」一聯，為予所賞；遂刻意為詩。〈贈妹〉云：「吾妹何賢淑，能箴女史詞(2)。倩人教織素，隨嫂學蒸梨。母病翻經早，家貧得婿遲。天然心愛好，常誦阿兄詩。」〈傘山道中〉云(3)：「南陌草萋萋，新秋插未齊。投村先問路，隔隴但聞雞。壩斷溪聲急，山高日影低。夜來經雨過，牛跡滿荒堤。」他如：「老牛舐犢沿修埂，雛燕分巢過別家。」「歲逢閏月春來早，山背朝陽雪化遲。」俱妙。

【箋注】

(1)曹淡泉：曹言路。見卷六・八注(3)。

(2)箴（zhēn）：規勸告誡。女史：對知識婦女的美稱。

(3)傘山（傘原作繖）：金陵（南京）棲霞山又名傘山，為金陵四十八景之首。

八八

桐城劉大櫆耕南(1)，以古文名家。程魚門讀其全集(2)，告予曰：「耕南詩勝於文也。」〈聽琴〉云：「香臺初上日(3)，簷鐸受風微。好友不期至，僧廬同叩扉。彈琴向佛坐，餘響入雲飛。余亦忘言說，烏棲猶未歸。」〈獨宿〉云：「江村黃葉飛，猶掩蕭齋臥(4)。時有捕魚人，櫓聲窗外過。」真清絕也。〈哭弟〉云：「死別漸欺初日諾，長貧難作託孤人(5)。」

【箋注】

(1)劉大櫆（1698-1779）：字才甫，又字耕南，號海峰。清安徽桐城人。詩文熔諸家為一體。著有《海峰詩集》、《海峰文集》。

(2)程魚門：程晉芳。見卷一・五注(1)。

(3)香臺：燒香之臺。

(4)蕭齋：此指書齋。見卷六・一一〇注(2)。

(5)託孤：死者以遺留下來的孤兒相託。

八九

蘇州孝廉薛起鳳(1)，字皆三，性孤冷。亡後，彭尺木進士為梓其遺詩(2)。〈過范文正公祠〉云(3)：「憂樂平生事，齏鹹志在斯(4)。由來天下任，只在秀才時。」〈對雪〉云：「天風剪水水爭飛，飛上寒山浣石衣。一夜雪深迷磵道，不知何處叩巖扉(5)。」

【箋注】

(1) 薛起鳳：薛皆三。見卷二・四六注(7)。

(2) 彭尺木：彭紹升（1740-1796），字允初，號尺木，又號知歸子。長洲（今江蘇蘇州）人。乾隆三十四年進士。選知縣不就。有《二林居集》、《一行居集》等。

(3) 范文正：宋范仲淹。見卷一・二七注(5)。

(4) 齏（jī）鹹：指清貧生活。齏，醃菜之類。

(5) 磵道：山谷中的道路。巖扉：巖洞的門。借指隱士的住處。

九〇

金陵龔秀才元超(1)，字旭開，余詩弟子也。〈月夜〉云：「江水洗江月，荻花寒不飛。林園足煙景，屋宇湛霜輝。戍角宵將半，溪船漁未歸。沿堤采芳芷，似勝北山薇(2)。」〈送從兄酌泉夜歸〉云：「前番不識路，聞語碧蘿叢。此次逢招飲，銜杯紅葉中。山深花木好，客妙性情同。歸路誰先醉？應扶白髮

翁。」〈漁家〉云：「輕縠紋生玉溆斜(3)，晚風吹雨濕桃花。紅裙雙腕急搖櫓，前面垂楊是妾家。」

【箋注】

(1) 龔元超：見卷三・一五注(2)。

(2) 芳芷：香草名。北山薇：北山，此指鍾山。薇，菜名。也稱野豌豆。

(3) 輕縠（hú）：輕細的綢。此喻水波。玉溆（xù）：水濱的美稱。

九一

杭州吳飛池，學詩于樊榭先生(1)。先生愛其「紅蓼花深冷葛衣」一句(2)，謂可鐫入印章。其〈澶州雜詩〉云(3)：「晨光黯黯樹稀微，雲帶炊煙濕不飛。多少人家秋色裏，滿天白露漫柴扉。」〈過洛陽問牡丹〉云：「花濃洛下種應真，我卻來時不是春。到耳盡誇顏色好，未開先賞斷無人。」他如：「林間一鳥過，池面數花欹(4)。」「岸仄疑無路，燈明似有村。」「曉月光微難辨樹，西風吹冷不知衣。」皆清脆可喜。

【箋注】

(1) 吳飛池：吳龍光。見卷九・五四注(2)。樊榭：即厲鶚。見卷三・六一注(1)。

(2) 葛衣：用葛布製成的夏衣。

(3)澶（chán）州：古地名，今河南濮陽一帶。

(4)欹（qī）：傾斜。

九二

余祖居杭州艮山門內大樹巷。鄰有隱者桑文侯(1)，鬻粽為業，性至孝，父病膈，文侯合羊脂和粥以進。父死，乃抱鐺而哭(2)。人為繪《抱鐺圖》，徵詩。萬君光泰詩最佳(3)。其詞曰：「羊脂數合米一掬，病父在床惟啜粥。父能啜粥子亦甘，粒米勝於五鼎肉(4)。升屋皋某無歸魂(5)，束薪斷火鐺寡恩。床前呼父鐺畔哭，抱鐺三日鐺猶溫。嗚呼！恨身不作鐺中米，臨歿猶能進一匕，謂鐺不聞鐺有耳。」

文侯之子弢甫先生(6)，性孤癖，能步行百里，棄主事官，裹糧遊五嶽。〈留別袁石峰〉云(7)：「莫定畸人物外蹤(8)，夢魂飛入碧霞重。浮雲形似世情幻，秋樹色添遊興濃。白練橫過天際馬，烏藤直上嶺頭龍。憑將一斗隃麋汁(9)，灑遍天門日觀峰。」〈過華山〉云：「華山門下雨盈盈，玉女秋期會玉京。十萬雲鬟梳洗罷，漫空盆水一齊傾。」〈嵩洛雜詩〉云：「鐵梁大小石縱橫，似步空廊屧有聲。世外多情一明月，直陪孤影到三更。」非深於遊山者不能言。先生名調元。

【箋注】

(1) 桑文侯：桑天顯，字文侯。先世餘姚人，徙家錢塘。里人建孝子祠於觀橋祠前，表以石坊。康熙年間拒海賊有功，授官不就。精岐黃術，施醫。弢甫：見卷三・二九注（2）。

(2) 鐺（chēng）：古代的鍋。有耳和足。

(3) 萬光泰：見卷一・五二注(1)。

(4) 五鼎：古時大夫行祭禮時所用。亦喻高官貴族的豪奢生活。

(5) 升屋臯某：即為死者招魂。《禮記・禮運第九》：孔子曰：「及其死也，升屋而號，告曰：『臯！某復』。」

(6) 弢甫：桑調元。見卷三・二九注(2)。

(7) 袁石峰：袁一智，字廩峰，號石峰。清徽州休寧（今安徽休寧）人。善畫山水。代表作之一是《海天旭日圖》。

(8) 畸（qí）人：神奇的人，仙人。

(9) 隃麋（yúmí）：文墨。

九三

姬傳姚太史云(1)：「詩文之道，凡志奇行者易為工，傳庸德者難為巧(2)。」理固然也；然亦視其人之用筆何如耳。吾族柳村有側室韓氏(3)，年逾二十，即守節教子(4)，居竹柏樓十五年而卒。子又愷請旌於朝(5)，又畫《樓居圖》志痛。一時士大夫詠其事者如雲，號《霜哺遺音集》(6)。此庸行也(7)。余獨愛少

詹錢辛楣七古云(8)：「郊居岑蔚竹柏交，秋霜轢物群英凋(9)。小樓一燈青不搖，課兒夜誦聲咿咬。柳村岳岳古英豪，山邱華屋如驚泡。淑姬寤言矢終宵(10)，手持刀尺敢憚勞？《離鸞別鵠》哀弦操(11)，可憐荻影風蕭蕭。熊丸茹苦勝珍肴，湛侃復見良足褒(12)。竚看紫誥慶所遭，烏頭綽楔榮光高(13)。何圖蕙草謝一朝(14)，樓存人去魂難招！郎君玉立森蘭苕(15)，春暉未報心忉忉。音徽追溯倩畫描，披圖展拜恒號咷(16)。我為歌詠輝風騷。」又，無錫進士顧鈺五律第二首云(17)：「非擬懷清築(18)，蕭然坐一林。竹森環戶翠，柏古落庭陰。晝荻慈親志，登樓孝子心(19)。當年紡績處，傾聽有遺音。」柳村名永涵，蘇州人。

【箋注】

(1) 姬傳：姚鼐（1731-1815），字姬傳，一字夢穀，室名惜抱軒。祖籍餘姚，宋元之際遷安徽桐城。乾隆二十八年進士。歷官兵部主事、刑部廣東司郎中、四庫全書館纂修官。有《九經說》、《惜抱軒全集》等。

(2) 奇行：指不同於凡俗的行為。庸德：平凡普通的道德情操。

(3) 柳村：袁永涵，號柳村。清蘇州人。

(4) 守節：舊指寡婦不再嫁。

(5) 又愷：袁廷檮。見卷七・八注(4)。旌：表彰。

(6) 霜哺：依其遠祖袁重其《霜哺篇》故事，即母守寡、兒盡孝的意思。

(7) 庸行：時常保持平凡的行為，以有利於人。

(8)錢辛楣：錢大昕。見卷二・四四注(4)。

(9)岑蔚：深茂的草木叢。轢（lì）：欺淩。

(10)寤言：對語。矢：陳述。

(11)離鸞別鵠：比喻夫妻離散。古琴曲。

(12)熊丸：以熊膽製成的藥丸。唐・柳仲郢幼嗜學，其母曾和熊膽丸，使夜咀嚥，以苦志提神。見《新唐書・柳仲郢傳》。後用為賢母教子的典故。湛侃：指晉代陶侃母子。母姓湛，侃即陶侃。見卷七・六注（7）及卷一一・一注（1）。

(13)紫誥：指詔書。古時詔書盛以錦囊，以紫泥封口，上面蓋印，故稱。烏頭：借指年少。綽楔：古時樹於正門兩旁，用以表彰孝義的木柱。

(14)蕙草：又稱香草、薰草，古人認為可以薰除邪氣，亦喻君子美德。

(15)蘭茁：蘭花。

(16)音徽：音容。號咷：放聲大哭。

(17)顧鈺：字式度，號蓉莊。無錫（今江蘇無錫縣）人。乾隆五十二年進士。改庶吉士，授禮部主事，歷官至御史。有《蓉莊遺稿》。

(18)懷清：指女懷清臺，俗名貞女山，在四川涪州永安縣東北。據《史記》載，巴郡（今重慶）有個名叫「清」的寡婦，擁有祖上傳下來的大量丹砂礦，秦始皇視其為守業守節的女子，特邀她到咸陽，待以上賓之禮，並築了一座女懷清臺。

(19)畫荻：宋・歐陽修四歲而孤，家貧，母親以荻管畫地寫字，教其讀書。後以「畫荻」為稱頌母教之典。登樓：指登母親生前所居竹柏樓。亦指畫《樓居圖》志痛。

一

古陶太尉、歐陽少師之母(1)，俱以教子貴顯，名傳千古。然兩母之著述不傳。即宣文夫人講解經義(2)，幾與孔子並稱，而吟詠亦無聞焉。近惟畢太夫人(3)，兼而有之。夫人名藻，字于湘，印江令笠亭先生之女(4)，余同徵友少儀觀察之妹也(5)。偶詠〈梅〉云：「出身首荷東皇賜，點額親添帝女裝(6)。」首句本出無心，未幾，秋帆尚書果殿試第一(7)，繼王沂公而起(8)。吉人之詞，便成詩讖(9)，事亦奇矣。太夫人雖在閨閣，而通達政體。尚書出撫陝西，太夫人作詩箴之云：「讀書裕經綸，學古法政治。功業與文章，斯道非有二。汝宦久秦中，洊膺封圻寄(10)。仰沐聖主慈，寵命九重賁(11)。日夕為汝祈，冰淵慎惕厲。譬諸構櫨材(12)，斲小則恐敝。又如任載車，失誠則懼躓(13)。捫心五夜慚，報答奚所自？我聞經緯才，持重戒輕易。教敕無煩苛，廉察無猥細。勿膠柱糾纏，勿模稜附麗。端己勵清操，儉德風下位。大法則小廉，積誠以去偽。西土民氣淳，質樸鮮靡費。豐鎬有遺音(14)，人文鬱炳蔚。況逢郅治隆，陶鈞綜萬類(15)。民力久普存，愛養在大吏。潤澤因時宜，樽節善調理(16)。古人樹聲名，根柢性情地。一一踐履真，實心見實事。千秋照汗青，今古合符契。不負平生學，不存溫飽志。上酬高厚恩，下為家門庇。我家祖德詒，箕裘罔或墜(17)。痛汝早失怙(18)，遺教幸勿棄。嘆我就衰年，垂老筋力瘁。曳杖看飛雲，目斷秦山翠。」讀其詩，可謂

訓詞深厚，不減顏家庭誥(19)。未幾，太夫人就養官署，一路關心，訪察政聲。聞長安父老俱稱尚書之賢，太夫人喜，抵署又賦詩曰：「駿騑乍解路三千，風物琴川慰眼前(20)。到處聽來人語好，頻年豐樂使君賢(21)。」「連朝話舊到更深，不盡婁江望遠心(22)。莫怪老人添白髮，兒童幾輩換鄉音。」「周遭竹嶼與花潭，檻外雲光映翠嵐。盡有瑣窗詩料在，不須回首憶江南。」太夫人受封極品，考終官署。庚子，上巡江、浙，尚書居憂里門，謁於行在，具陳母氏賢行。上賜「經訓克家」四字。尚書建樓於靈巖別業，以奉宸章(23)，當世榮之。有《培遠堂詩集》行世。

《培遠堂集》中，美不勝收，摘其尤者(24)。五古如〈靈巖山館夜坐〉云：「圓景下絕壁(25)，山館忽已暝。石磴靜張琴，雪泉清瀹茗(26)。不知夜已深，月上青松頂。」五律如〈正月十二夜〉云：「銀釭暗畫堂(27)，坐數漏偏長。雁影半牆月，雞聲萬瓦霜。夜吟多遣興，春夢不離鄉。庭下微風起，梅花入幕香。」〈落葉〉云：「微霜零木葉，秋氣乍蕭森。亂逐西風下，多隨涼雨深。紙窗延皎月，苔磴失層陰。偶爾憑欄立，平林露遠岑。」七律如〈小園〉云：「小園半畝寄西城，每到春深信有情。花裏簾櫳晴放燕，柳邊樓閣曉聞鶯。《漢書》舊讀文猶熟，晉帖初臨手尚生。自笑爭心猶未忘，閑招鄰女對棋枰。」七絕如〈探梅〉云：「光福寺前日欲曛，上陽村外望絪緼(28)。千林萬壑浩無際，不辨湖光與白

雲。」〈春殘〉云：「斐几熏爐百衲琴(29)，綠陰門巷畫沉沉。春來小苑無人掃，花落窗前一寸深。」〈松徑〉云：「曲徑彎環石級高，滿亭山色綠周遭。松風似厭泉聲小，自寫雲門百尺濤(30)。」五排如〈雁字〉云：「一片雲藍紙，鴻文絕點瑕。《禽經》殊古雅，羽檄等紛拏(31)。每作纏聯起，何曾敘次差？銜蘆如運筆，遊霧類塗鴉。凡鳥徒貽誚(32)，家雞詎用誇？緘情來塞北(33)，傳信向天涯。四出驚風急，低橫遠岫遮。諧聲呼伴侶，破體遇弓叉。行斷疑從缺，書空點不加(34)。奇姿多縹緲，取勢故欹斜。斂翰停摛藻(35)，臨池戲劃沙。鵝群猶遜巧，鳳策足聯華(36)。水映騰清稿，煙籠護碧紗。掞天才不愧(37)，逸興寄雲霞。」五言絕如〈雨夜〉云：「向晚花冥冥，獨坐理琴譜。一縷茶煙生，疏簾散春雨。」六言絕如〈夏日作〉云：「撥火爐香颺來，捲簾梁燕飛去。吳門六月猶寒，雨在江南何處？」皆有清微淡遠之音，真合作也(38)。其他名句，五言如〈望華〉云：「日生常夜半，雲到只山腰。」〈嘗新茶〉云：「未乾春露氣，猶帶曉雲香。」〈虎邱〉云：「隔花皆有閣，入寺始知山。」〈江村寓目〉云：「山吞將落日，風抵欲來潮。」七言如〈梅花〉云：「獨與白雲如有約，遙疑積雪亦生香。」〈聞蟲〉云：「花徑雨過苔乍冷，豆棚風定月初明。」〈野望〉云：「雨餘霜葉紅於染，風定炊煙白欲凝。」〈靈巖懷古〉云：「香徑花開人去後，屧廊風響月明中(39)。」〈登澄觀樓〉云：「積雪明多能淡日，遠山寒極不生煙。」

【箋注】

(1) 古陶太尉：陶侃，字士行。東晉廬江潯陽人。母姓湛，豫章新淦人。侃少孤貧，母勤紡績以資供給。侃為縣吏，母使交結勝己者。後官至荊、江二州刺史，都督交、廣、寧、江等八州軍事。封長沙郡公。卒謚桓。歐陽少師：歐陽修。見卷四・四七注(1)。母鄭氏，修四歲而孤，母精心教育。家貧甚，常以蘆荻畫地學書。後修以直諫貶夷陵，母言笑自若，處之有素。封韓國夫人。

(2) 宣文夫人：宣文君，姓宋，名字失傳，是太常韋逞之母。南北朝時期秦國（前秦）女經學家。相夫教子，卓有所成。

(3) 畢太夫人：張藻（1712-1779），字于湘。清江蘇青浦（今屬上海）人。知縣張之頊女，畢禮妻，巡撫畢沅母。工詩詞，明經術。有《培遠堂集》。

(4) 印江：位於貴州東北部，今為土家族苗族自治縣。笠亭：張之頊，字孟堅，號笠亭。雍正間以歲貢教習，選貴州印江知縣。

(5) 少儀：張鳳孫。見卷四・一注(5)。

(6) 東皇：指司春之神。點額：據說，南朝宋武帝的女兒壽陽公主，于正月初七在含章殿的屋簷下躺着，有梅花落在額上。宮女紛紛模仿，稱為梅花妝。此處指吉祥之兆，既含妝扮，更含祝願。

(7) 秋帆：畢沅。見卷二・一三注(4)。

(8) 王沂公：王曾，字孝先。宋青州益都人。狀元及第。官至樞密使，拜相。封沂國公。

(9) 詩讖：謂所作詩無意中預示了後來發生的事。

(10) 洊膺：多次受到。封圻：封畿。代指朝廷。

(11) 賁：華美光彩。

(12)欂櫨：柱上承托棟樑的方形短木。即斗拱。

(13)懼躓：害怕處於困境。

(14)豐鎬：周的舊都。

(15)郅治：指以文德使天下大治。陶鈞：指施展治國之才。

(16)樽節：節制，節約。

(17)詒（yí）：遺留。箕裘：《禮記·學記》：「良冶之子，必學為裘，良弓之子，必學為箕。」後以箕裘比喻祖上的事業。

(18)失怙（hù）：喪父。

(19)顏家庭誥：南朝宋·顏延之著《庭誥》。庭誥，指家訓文字。亦泛指家教。

(20)驂騑：指駕車之馬。琴川：江蘇常熟的別名。

(21)使君：尊稱州郡長官。

(22)婁江：即今江蘇瀏河。亦為太倉州的別稱。

(23)靈巖：山名。在蘇州市吳中區木瀆鎮附近。別業：別墅。宸章：皇帝所作的詩文。

(24)尤：最優異。

(25)圓景：月亮。

(26)瀹（yuè）茗：煮茶。

(27)銀釭：銀白色的燈盞、燭臺。

(28)絪縕：古代指天地陰陽二氣交融的狀態。

(29)斐几：帶有文彩的放置小件器物的傢俱。

(30)寫：傾瀉。

(31)羽檄：古代軍事文書，插鳥羽以示緊急，必須迅速傳遞。紛拏：紛雜。

(32)詒誚：讓人笑話。

(33) 緘情：猶含情。

(34) 書空：雁在空中成列而飛，其行如字，故稱。

(35) 摛藻：比喻施展文才。

(36) 鳳策：文辭華美的奏章。

(37) 掞天：光芒照天。

(38) 合作：指詩文書畫合於法度。

(39) 屧（xiè）廊：即響屧廊。春秋時吳宮廊名。廊中地面用梓木板鋪成，行走有聲。

二

仁和沈椒園庭芳，查聲山學士外孫也(1)。其尊甫麟洲先生(2)，宰文昌，被累，戍寧夏。母查太淑人留居嘉善，不從行。椒園每歲南北省親，極行路之苦。有詩云：「秋生紅豆辭南國，春到青銅赴朔方。」「青銅」者，寧夏山名。又：「雲影有心隨望眼，淚痕和線綻征衣。」為厲樊榭孝廉所賞(3)。沈歿後，張少儀有詩哭之(4)，云：「塞上草枯雙淚白，瀛州雲淨一襟清。」「草枯」，用裴子野事(5)，蓋紀實也。觀察尊甫笠亭先生，宰印江，與沈同戍。觀察徒跣萬里，號呼求救，卒獲安全。嗚呼！三君皆與余同舉詞科，而沈、張兩觀察，又同舉詩社于李玉洲先生家(6)，往來尤狎。今皆先後化去(7)。追思六十年中，升沉聚散，音塵若夢，可為於邑(8)！張母顧恭人若憲，即畢太夫人母也(9)。有《挹翠閣集》。與武林林以寧、顧姒齊名(10)。隨官牂牁(11)，卒

於官所。太夫人有〈得黔中信〉二首最淒惻，詩云：「黔中驛使到，腸斷血沾襟。絕域懷歸意，頻年憶女心。不曾虛藥物，猶為寄華簪(12)。淒絕離亭語，迢遙遂至今。」「官舍千山外，飄飄丹旐懸(13)。望雲空白髮，繞膝待黃泉(14)。猶有清吟在，應教彤管傳(15)。阿兄歸日近，負土在明年(16)。」其後，尚書迎養秦關(17)，少儀自滇中解組來署(18)，白頭兄妹，唱和終朝。太夫人又作云：「千里迢遙客乍回，相逢歲盡笑眉開。廿年髮逐梅花白，一夜春隨爆竹來。誰料異鄉逢雁序，細談舊事劃罏灰(19)。殷勤傳語司更者，漏箭城頭莫浪催(20)。」

【箋注】

(1) 沈廷芳：見卷一・六五注(11)。查聲山：查昇。見卷六・八四注(3)。

(2) 尊甫：對他人父親的敬稱。麟洲先生：沈元滄，字麟洲，號東隅。浙江仁和（今杭州）人。康熙四十四年、五十六年兩舉副貢生。查昇以其才華，招之為婿。分纂《佩文韻府》。官廣東文昌知縣，以事戍寧夏，卒於戍所。有《滋蘭堂詩集》。

(3) 厲樊榭：厲鶚。見卷三・六一注(1)。

(4) 張少儀：張鳳孫。見卷四・一注(5)。

(5) 裴子野：字幾原。河東聞喜（今屬山西）人。南朝梁武帝時官至著作郎兼中書通事舍人，終鴻臚卿。遭父憂時曾離職，居喪盡禮，每之墓所，哭泣處草為之枯。

(6) 李玉洲：李重華。見卷四・三九注(2)。

(7) 化去：指死亡。

(8) 於邑：憂鬱煩悶。

(9) 顧恭人：顧英，字若憲，號蘭谷。清長洲（今江蘇蘇州）人。知縣張之頊室，道員鳳孫母。有《挹翠閣詩鈔》。恭人，古時命婦封號之一。明清四品官員之妻的封號。後亦多用作對官員妻子的尊稱。畢太夫人：張藻。見本卷一注(3)。

(10) 林以寧：字亞清。清浙江錢塘（今杭州）人。進士林綸之女。善書畫，工詩文。有《墨莊詩文鈔》、《鳳簫樓集》等。顧姒（1665-1705）：字啟姬。清浙江杭州人。少尹顧策雲女。諸生鄂曾室。工詩，並精音律。有《靜御堂集》、《翠園集》。

(11) 牂牁（zāngkē）：古郡名。在今貴州貴陽附近，一說在今貴州凱里縣西北。

(12) 華簪：華貴的冠簪，為貴官所用，故常用以指顯貴的官職。

(13) 丹旐：舊時出喪所用的紅色銘旌。

(14) 繞膝：多用於形容子女侍奉父母。黃泉：舊指人亡後的陰間。

(15) 彤管：筆，文墨。

(16) 負土：背土築墳。古代認為是一種孝義的行為。

(17) 尚書：指畢沅。見卷二・一三注(4)。迎養：謂迎接尊親同居一起，以便孝養。

(18) 解組：謂辭免官職。

(19) 雁序：比喻兄弟。劃罏灰：憶舊的典故。唐・羅鄴〈冬日旅懷〉：「幾多悵望無窮事，空畫爐灰坐到明。」

(20) 司更：巡夜打更。漏箭：古代漏壺的部件，用作計時。

三

吳中詩學，婁東為盛(1)。二百年來，前有鳳洲，繼有梅村(2)；今繼之者，其弇山尚書乎(3)？〈過吳祭酒舊邸〉詩云：「我是婁東吟社客，瓣香私淑不勝情(4)。」其以兩公自命可知。然兩公僅有文學，而無功勳；則尚書過之遠矣！尚書雖擁節鉞(5)，勤王事，未嘗一日釋書不觀，手披口誦，刻苦過於諸生。詩編三十二卷，曰《靈巖山人詩集》。靈巖者，尚書早歲讀書地也。

【箋注】

(1) 婁東：江蘇太倉舊稱。

(2) 鳳洲：明王世貞。見卷一・二五注(3)。梅村：明末清初吳偉業。見卷四・三四注(4)。

(3) 弇山尚書：畢沅。見卷二・一三注(4)。

(4) 瓣香私淑：私自敬仰而未得到直接的傳授。

(5) 節鉞：符節和斧鉞。古代授予將帥，作為加重權力的標誌。

四

蔣用庵有句云(1)：「花以春秋分早晚，天於才命各升沉。」斯言是也。然有才無命，終不能展布經綸。徐英公遣將(2)，必用方面大耳者，曰：「取彼福力，成我功名。」余按：嵩陽，毒地也，代公到而龍

遠徙(3)。樂陽，苦泉也，房豹臨而味變甘(4)。此其明效也。天子知𢍰山尚書最深(5)，故中州奇荒，移公于秦中；荊州水災，移公于楚省。公所到處，便能變醨養瘠(6)，元氣昭回：古今人若合一轍。然非有至誠慘怛之懷(7)，亦不能上格天心，而下孚民望。公有〈荊州述事〉詩十首，仁人之言，不愧次山〈舂陵行〉(8)。今錄其八，云：「一色長天接混茫，登高無地問蒼蒼。突如禍比焚巢慘，蠢爾危於破釜忙。海市應開新聚落，渚宮重見小滄桑(9)。最憐豸繡烏臺客，披髮何由訴大荒(10)？魯侍御贊之，全家陷沒。」「涼飆日暮暗淒其，棺翣縱橫滿路歧(11)。饑鼠伏倉餐腐粟，亂魚吹浪逐浮屍。神鐙示現天開網，聞水患前數日，江上時有神鐙來往。息壤難堙地絕維(12)。那料存亡關片刻，萬家骨肉痛流離。」「浪頭高壓望江樓，眷屬都羈水府囚。人鬼黃泉爭路出，蛟龍白日上城遊。悲哉極目秋為氣，逝者傷心淚迸流。不是乘桴便升屋，此生始信即浮漚(13)。」「生生死死萬情牽，騷客酸吟〈哀郢〉篇(14)。慈筏津迷登彼岸，濫觴勢蹶竟滔天(15)。不知骨化泥塗內，只道身經降割前(16)。此去江流分九派，魂歸何處識窮泉(17)？」「雲夢蒼茫八九吞，半皆餓口半遊魂。鮫綃有淚珠應滴，鼇足無功極恐翻(18)。救急城填成死劫，劈空刀落得生門。若非帝力宏慈福，十萬蒼靈幾個存？」「手敕親封遣上公，勤民堂陛一心通(19)。金錢內府催加賑，版築《冬官》記《考工》(20)。直欲犀然窮罔象，肯教鶉結哭鴻濛(21)？宵衣五夜批章奏，饑溺真如一己同。」「大工重議築方城，免使蚩氓祝癸庚(22)。涼

月千家嫠婦淚(23)，清霜萬杵役夫聲。蟻生漸整新槐穴，虎旅重開舊柳營(24)。我有孝侯三尺劍(25)，誓將踏浪斬長鯨。」「江水茫茫煙靄深，紙錢吹滿掛楓林。冤埋魚腹彈湘怨，哀譜鴻嗚寫楚吟。南國鄭圖膏雨逮，西風潘鬢鏡霜侵(26)。莫嗟病骨支離甚，康濟儒生本素心。」

【箋注】

(1)蔣用庵：蔣和寧。見卷一・六五注(15)。

(2)徐英公：徐世勣，字懋功。唐開國功臣，高祖賜國姓李，名李勣。封英國公。

(3)嵩陽：嵩山之南。代公：唐肅宗至德二載（西元757年），郭子儀於新店（今河南三門峽市西南）大敗嚴莊、張通儒等十五萬人，迫使安慶緒渡黃河，退回相州。東都洛陽光復。郭子儀以功加司徒，封代國公。後由郭曖襲封。郭子儀，華州鄭縣（今陝西華縣）人。鎮壓安史之亂主要將領。傑出的政治家、軍事家。曾任朔方節度使、兵部尚書、太尉中書令，封汾陽郡王，稱郭汾陽，亦稱郭令公。傳說嵩陽西南岡嘗出毒霧為災，田穀不秋，郭汾陽率軍登其上以壓之，毒因以息，里人遂立廟紀念。金光宗完顏珣元光二年，鞏縣令趙琢撰文，由漫流村彭澤立碑一通。

(4)房豹：字仲幹。北齊清河人。任樂陵太守時，郡治瀕海，水味多鹹苦，豹命鑿一井，遂得甘泉，遐邇以為政化所致。《北齊書》有小傳。

(5)弇山尚書：畢沅。見卷二・一三注(4)。

(6)變醨（lí）養瘠：謂使薄酒變醇，瘠土養得肥沃。比喻改變不良狀況。

(7)慘怛：憂傷，悲痛。

(8)次山：唐·元結。見卷二·四注(3)。

(9)渚宮：春秋楚國宮名。代指湖北江陵。

(10)豸繡烏臺：借指監察、執法官。大荒：荒遠的地方；邊遠地區。

(11)棺翣（shà）：古代出殯時的棺木和狀如掌扇的棺飾。

(12)息壤：古代傳說的一種能自生長，永不減耗的土壤。堙（yīn）：指堵塞洪水。

(13)乘桴：乘坐竹木小筏。浮漚：比喻生命如浮在水面上的泡沫易生易滅。

(14)哀郢：屈原哀念楚國郢都百姓流離失所的作品。

(15)濫觴：此指泛濫。

(16)降割：降災。

(17)窮泉：猶九泉。指墳墓。

(18)鮫綃：傳說中鮫人所織的絹紗。鼇足：傳說中女媧用作天柱的大龜四足。

(19)勤民堂陛：勞苦百姓與朝廷。

(20)版築：指土木工程的營造。冬官：指按古制設置掌管工程的官職。考工：指按照《考工記》之類書的要求記述職官考工的工種和具體內容。

(21)犀然：犀燃燭照。指洞察幽微。罔象：傳說中的水怪。鶉結：鶉衣百結。形容衣服破爛不堪。鴻濛：大水泛濫，天地混沌。

(22)方城：長城。蚩氓：敦厚老實的人。癸庚：原是軍糧的隱語，也泛指口糧。祝癸庚，意謂禱告着借貸錢糧。

(23)嫠（lí）婦：寡婦。

(24)虎旅：勇猛的軍隊。柳營：漢·周亞夫將軍，治軍謹嚴，駐軍細柳，號細柳營。後因稱嚴整的軍營為「柳營」。

(25) 孝侯：周處。卷一・四六注(32)。

(26) 鄭圖：《宋史・鄭俠傳》載，鄭俠任監安上門職務時，以所見居民流離困苦之狀，令畫工繪成流民圖上奏，宋神宗看了以後，第二天下了責躬詔，罷去方田、保甲、青苗諸法。後以「鄭俠圖」代稱流民圖。省稱鄭圖。潘鬢：晉・潘岳三十二歲雙鬢斑白，後因以「潘鬢」謂中年鬢髮初白。

五

古名臣共事一方，賡唱疊和(1)，最為佳話。唐白太傅刺杭州(2)，而元相觀察浙東(3)，彼此以詩往來，為昇平盛事。近日，秋帆尚書總督兩湖(4)，適蒙古惠椿亭中丞來撫湖北(5)，致相得也(6)。尚書知余作《詩話》，因寄中丞詩見示，讀之欽為名手。僅錄其〈過哈密〉云：「西扼雄關第一區，鞭絲遙指認伊吾(7)。當年雁磧勞戎馬(8)，此日人煙入版圖。路向車師雲黯淡(9)，天連吐谷雪模糊(10)。寒威陣陣催征騎，不問村醪尚有無。」〈過潼關〉云：「百二秦關萬古雄(11)，片帆黃水渡西風。馬嘶沙岸寒濤外，人倚山城夕照中。眼界一時窮古磧，爪痕三度笑飛鴻(12)。余自湟中往返，並此凡三次。來朝又入華陰道，飽看霜林幾樹紅。」〈果子溝〉云：「山勢嶙峋水勢西，過溝百里屬伊犁。斷橋積雪迷人跡，古澗堆冰礙馬蹄。驛騎送迎多舊雨(13)，征衫檢點半春泥。數間板閣風燈裏，猶有閒情倚醉題。」中丞早歲工詩，後即立功青海、伊犁及天山南北，凡古之月支、鄯善，

足跡殆遍。以故以所見聞，彰諸吟詠，宜其沉雄古健，足可上淩七子(14)，下接黃門矣(15)。

中丞詩不專一體，亦有清微委婉得中唐神味者。如：〈靜坐〉云：「夕陽留戀最高枝，簾影垂垂小困時。夢裏不忘身是客，鏡中怕見鬢如絲。黃花秋綻東籬早，紫塞人憐北雁遲。悄爇一爐香靜坐(16)，篆煙縷縷結相思(17)。」〈秋宵〉云：「離懷輕易豈能休？打疊新愁換舊愁。宿酒大都隨夢醒，殘燈多半為詩留。月扶花影偏憐夜，風得棋聲亦帶秋。漸覺宵寒禁不起，笑披鶴氅也溫柔。」〈過華峰題壁〉云：「主人愛客獨超群，小隊招邀過渭、汾。三十六峰無所贈，隨緣分與一溪雲。」〈題畫〉云：「誰家亭子碧山巔，白板橋通屋幾椽。遠樹層層山半角，杖藜人立夕陽天。」其他佳句，如：「柳圍雙沼水，花掩一房山。」「渡口雲連春草碧，波心浪湧夕陽紅。」皆可傳也。

【箋注】

(1)賡唱疊和：以詩歌相贈答唱和。

(2)白太傅：白居易。

(3)元相：元稹。

(4)秋帆：畢沅。見卷二・一三注(4)。

(5)惠椿亭：惠齡，薩爾圖克氏，字椿亭，號瑤圃。蒙古正白旗人。由繙譯官至川陝總督。謚勤襄。曾任右都御史（中丞），乾隆五十八年巡撫湖北。與畢沅以詩往來，關係甚密。

(6)相得：彼此投合。

(7) 伊吾：古地名。故城在今新疆哈密。

(8) 雁磧：北方邊塞地區。

(9) 車師：古西域國名。

(10) 吐谷：吐谷渾。古西陲國家，今青海省幾全為其疆域。

(11) 百二秦關：指關中山河險固之地。百二，以二敵百。一說百的一倍。

(12) 爪痕：以「鴻爪」比喻往事留下的痕跡。

(13) 舊雨：老友的代稱。

(14) 七子：指明朝以詩文名世的前七子、後七子。見卷一・三注(3)。

(15) 黃門：陳子龍。參見卷三・二八注(7)。黃門，官名，給事中的別稱。

(16) 爇（ruò）：焚燒。

(17) 篆煙：爐香的煙縷。

六

湖北陳望之方伯(1)，為其年檢討之後人(2)，詩才清妙，綽有家風。官楚時，適與畢、惠兩公共事，可謂天與詩人作合也。第方伯詩(3)，余只錄見贈佳句入三卷中，此外未窺全豹。忽有松江廖某持《養鶴圖》見題，中有方伯一絕云：「美人自結歲寒盟，入座雲山照眼明。料理鶴糧門盡掩(4)，松花如雨撲簾旌。」清脆絕塵。嘗鼎一臠，亦可知味矣。

【箋注】

(1) 陳望之：陳淮，字望之。河南商丘人。乾隆十八年拔貢。累官湖北布政使，擢貴州巡撫、江西巡撫。工書善鑒。方伯：明清時布政使稱方伯。

(2) 陳其年：陳維崧，字其年，號迦陵。江蘇宜興人。康熙間舉鴻博一等，授檢討。與修《明史》。有《湖海樓詩集》、《迦陵文集》、《迦陵詞》。

(3) 第：只是。

(4) 鶴糧：指隱居修道者的口糧。

七

畢尚書宏獎風流(1)，一時學士文人，趨之如鶩。尚書已刻黃仲則等八人詩(2)，號《吳會英才集》。此外，尚有吳下張琦(3)，字映山者，亦在幕中。生平不甚讀書，而工作韻語。五言如詠〈簾〉云：「西北小紅樓，湘簾懶上鈎。織成千縷恨，添得一層愁。夜逗玲瓏月，風穿瑣碎秋。爐香隔不斷，偷出畫簷浮。」七律如〈登妙高臺〉云(4)：「海門中折大江開，浩浩風濤白雪堆。樓閣自盤飛鳥上，淮、徐爭送好山來。千秋吊古空搔首，二月懷人正落梅。滿池江湖雙白眼，與誰同覆掌中杯？」〈夏日感懷〉云：「笠澤湖邊是我家(5)，釣竿魚艇足生涯。酒泉戀酒不歸去，開過幾番菡萏花？」和人〈寒食憶舊〉云：「春好因尋方外交(6)，小樓高出萬松梢。山童遙指向予笑，開士作家如鳥巢(7)。」「六橋春水曲還通，載酒舟行夕照中。指點鶯聲好樓閣，小桃斜出一枝紅。」「醉筆燈前雜草行，已聞遙巷一雞鳴。登床倘有夢歸去，好趁半街殘月明。」〈遊鸝園〉云(8)：「峰巒曲折水淙淙，花映藩籬竹映窗。最好小亭東北望，青山缺處露秋江。」五言絕句詠〈溫泉〉云：「欲訪阿房跡(9)，平原煙樹昏。楚人一炬後，贏得水長溫。」

映山弟名瑗(10)，字慕蘧，予於吳門見之。聽其言，令人不衣自暖；詩有家風。〈道中〉云：「人家屈曲居山腹，客騎盤旋走樹頭。」〈舟中〉云：「遠灘沙漲疑分港，順水帆飛似逆流。」〈應山道中〉云(11)：「危峰有路人煙少，破廟無門水鳥棲。」〈黃鶴樓〉云：「巴蜀浪歕天欲濕，荊襄雲起樹全無。」〈題高校書小照〉云：「胭脂山接楚王宮(12)，人好先知境不同。一閣岧岧闌曲曲(13)，春深門閉百花中。」

【箋注】

(1) 畢尚書：畢沅。見卷二・一三注(4)。

(2) 黃仲則：黃景仁。見卷七・二一注(2)。

(3) 張琦：字映山。清江蘇吳縣人。有《蒼雪山房集》。與張惠言弟同名，非一人。

(4) 妙高臺：在江蘇鎮江金山最高峰妙高峰上。

(5) 笠澤：太湖的別名。

(6) 方外：指仙境或僧道的生活環境。此指方外之人。

(7) 開士：對僧人的敬稱。

(8) 鸝園：即湖北武昌府城內劉園，因山而構，建於乾隆癸丑歲，題曰鸝園。

(9)阿房：秦朝宮名阿房宮，故址在今陝西長安縣西北。

(10)張瑗：字蘧若，一字慕蘧。安徽祁門人。康熙三十年進士，改庶吉士。授編修，歷官江南道監察御史。有《潛虯齋續刻大小題稿》、《寶廉堂集》。

(11)應山：在湖北省中部。今廣水市（縣級）。

(12)胭脂山：在安徽天長縣城西北隅，日光掩映，赤色燦爛，故名。

(13)岧岧（tiáo）：高貌。

八

王夢樓從雲南歸(1)，嘗誦寶意先生〈憶舊〉一絕云(2)：「鶯花庭院綺羅年(3)，箏語琴心記不全。剩有舊時金屈戌(4)，畫樓深鎖五更天。」

【箋注】

(1)王夢樓：王文治。見卷二・三〇注(1)。

(2)寶意：商盤。見卷一・二七注(7)。

(3)綺羅：指繁華生活。

(4)金屈戌：門窗上銅製的環紐、搭扣。

九

上元有任東白者(1)，〈哭方行之〉云：「此日曾無杯酒奠，夜臺應諒故人貧(2)。」陳古漁為予誦而傷之(3)，未幾任亦死。

【箋注】

(1)上元：縣名。在今江蘇南京。任東白：任爕，字東白，一字理堂（一作理亭）。清上元人。庠生。貧甚。與方苞少子方行之為莫逆之交。

(2)夜臺：陰間。

(3)陳古漁：陳毅。見卷一・五二注(3)。

一〇

隱僻之典，作詩文者不可用，而看詩文者不可不知。有人誦明季楊維斗先生詩(1)，曰：「『吾宮蘿蔔火，咳唾地榆生。』所用何書？」余按，《北史》：「魏昭成皇帝所唾處，地皆生榆。」「蘿蔔火」不知所出。後二十年，閱《洞微志》(2)：「齊州有人病狂，夢見紅裳女子，引入宮中，歌曰：『五靈樓閣曉玲瓏，天府由來是此中。惆悵悶懷言不盡，一丸蘿蔔火吾宮。』旁一道士云：『君犯大麥毒也。少女心神，小姑脾神，知蘿蔔制麵毒，故曰火吾宮。火者，毀也。』狂者醒而食蘿蔔，病遂愈。」夏醴谷先生督學楚中(3)，歲試題〈象日以殺舜為事〉(4)。有一生文云：「象不徒殺之以水，而並殺之以火也。不徒殺之於火，而又殺之以酒也。」幕中閱文者大笑，欲批抹而置之劣等。夏公不可，曰：「恐有出處，且看作何對法。」其對比云：「舜不得於母，而遂不得于父也；舜雖不得于弟，而幸而有得于妹也。」通篇文亦奇警。夏公改置一等，欲召而問之，而其人已遠出矣。余按：舜妹敤首與舜相得(5)，載《帝王世紀》。祖君彥檄煬帝云(6)：「蘭陵公主逼幸告終(7)，不圖敤首之賢，反蒙齊襄之恥(8)。」是此典六朝人已用之。惟以酒殺舜，不知何出。又十餘年，讀馬驌《繹史》(9)，方知象飲舜以藥酒，見劉向《列女傳》(10)。

【箋注】

(1)楊維斗：楊廷樞。見卷二・六〇注(8)。

(2)《洞微志》：志怪小說。北宋・錢易著，錢塘（今杭州）人。

(3)夏醴谷：夏之蓉。見卷八・一〇一注(1)。

(4)象：舜異母弟，很得其父瞽瞍的寵愛，性情桀傲，日以殺舜為事。

(5)敤（kě）首：名嫘。父屢欲殺舜，敤首常保護，尤善娥皇女英。

(6)祖君彥：隋散文家。范陽（今河北涿州）人。曾為李密記室，書檄多出其手。此處所引檄文題為〈為李密檄洛州文〉。

(7)蘭陵公主：字阿五，是高祖隋文帝的第五個女兒，楊廣妹。煬帝即位，逼其改嫁，不從，憂憤而卒。

(8)齊襄：指春秋時齊國國君齊襄公，女弟為魯桓公夫人，齊襄與魯桓夫人私通。

(9)馬驌：見卷三・二七注(10)。《繹史》成書於康熙九年。

(10)劉向：見卷七・四三注(2)。

一一

許太夫人〈夜坐〉云(1)：「瘦削吟肩詩滿腔，春燈獨坐影幢幢。可憐落月橫斜照，畫稿分明印紙窗。」畢太夫人〈夜坐〉云(2)：「晚睡才興理鬢鴉(3)，侍兒擎到雨前茶。愛看寫月桃花影(4)，移上紅窗六扇紗。」兩題兩詩，工力悉敵。

【箋注】

(1)許太夫人：徐德音。見卷二・五三注(5)。

(2)畢太夫人：張藻。見本卷一注(3)。

(3)鬢鴉：形容鬢髮黑如鴉色。

(4)寫：映照。

一二

嚴東有選《宋人萬首絕句》(1)，採取最博。余流覽說部，嫌有遺珠，為錄數十首，以補其缺。未及交付，東有已亡。乃仿王漁洋《池北偶談》採宋絕句之例以補之(2)。其題、其作者姓名，俱不省記也。其詩云：「鎮日尋春不見春，芒鞋踏遍隴頭雲。歸來偶過梅花下，春在枝頭已十分。(3)」「昨日廚中乏短供，嬌兒啼哭飯籮空。阿娘搖手向兒道，爺有新詩上相公。(4)」「十年山館始圍牆，竹裏開門筍最長。一輛小車行得過，不愁花露濕衣裳。(5)」「行盡疏籬見小橋，綠楊深處有紅蕉。分明眼界無分別，安置心頭

不肯消。(6)」「白頭波上白頭翁，家逐船移浦浦風。一尺鱸魚新釣得，兒孫吹火荻蘆中。(7)」「桃花雨過碎紅飛，半逐溪流半染泥。何處飛來雙燕子？一時含到畫梁西。(8)」「金針刺破南窗紙，偷引寒梅一陣香。螻蟻也知春富貴，倒拖花片上宮牆。(9)」「白雲山上白雲泉，泉自無心雲自閑。何必奔流下山去，又添波浪在人間。(10)」「與郎相期月上時，及至月上郎不知。妾在平地見月早，郎在深山見月遲。(11)」「風急雲驚雨不成，覺來春夢甚分明。當時苦恨銀屏影，遮隔仙娥只聽聲。(12)」「寄語沙邊鷗鷺群，也須從此斷知聞。諸公有意除鈎黨，甲乙推排恐到君。(13)」「浪靜風平月正中，自搖柔櫓駕孤篷。若非三萬六千頃，把甚江湖著此翁？(14)」「小桃無主自開花，煙草茫茫帶晚霞。幾處敗垣圍故井，向來一一是人家。(15)」「校獵山陰幾度春，雕弓羽箭不離身。於今老去渾無力，看見飛鴻指示人。(16)」「鳴鶻直上三千尺，風緊秋高雪正乾。碧眼胡兒三百騎，盡提金勒向雲看。(17)」「花前灑淚臨寒食，醉裏回頭問夕陽。不管相思人老盡，朝朝容易下西牆。(18)」「桑麻不擾歲常登，邊將無功吏不能。四十二年如夢醒，春風吹淚過昭陵。(19)」「繡袖翻翻上翠裀，舞姬猶是舊精神。座中莫怪無歡意，我與將軍是故人。(20)」「相思無路莫相思，風裏楊花只片時。惆悵深閨獨歸客，曉鶯啼斷落花枝。(21)」「囑咐花香莫過牆，隔牆人正繡鴛鴦。聞香定要停針線，繡不成雙不寄將。(22)」「花飛一片減春光，恰逐春風送夕陽。莫放珠簾遮燕子，好教含得上雕

梁。(23)」「春風永巷閉娉婷，長使青樓誤得名。不惜捲簾通一顧，怕君著眼未分明。(24)」「南鄰北舍牡丹開，年少尋芳日幾回。惟有君家老松樹，春風來似未曾來。(25)」「霧裏江山看不真，只憑雞犬認前村。渡船滿板霜如雪，印我青鞋第一痕。(26)」「牛渚磯邊渺渺秋，笛聲吹月下中流。西風不識張京兆，畫得蛾眉如許愁！(27)」「未得霜晴不是晴，霜晴無復點雲生。鷺鷥不遣魚驚散，移腳惟愁水作聲。(28)」「竹裏茅茨竹外溪，粼粼白日護魚磯。想因日日來垂釣，石上蓑衣不帶歸。(29)」「春山靈草百花香，誰識仙家日月長。滿院莓苔綠陰匝，棋聲何處隔宮牆？(30)」「田家汩汩水流渾，一樹高花明遠村。雲意不知殘照好，卻將微雨送黃昏。(31)」「小白長紅又滿枝，築球場外獨支頤。春風自是人間客，主張繁華得幾時。(32)」「月團新碾瀹花瓷，飲罷呼兒課《楚詞》。風定小軒無落葉，青蟲相對吐秋絲。(33)」「夜涼吹笛千山月，路暗迷人百種花。棋罷不知人換世，酒闌無奈客思家。(34)」「胡虜安知鼎重輕？指蹤先自漢公卿。襄陽耆舊惟龐老，受禪碑中無姓名。(35)」「欲掛衣冠神武門，先尋水竹渭南村。卻將舊斬樓蘭劍，買得黃牛教子孫。(36)」「一年春事又成空，擁鼻微吟半醉中。夾道桃花新雨過，馬蹄無處避殘紅。(37)」「簾裏孤燈覺晚遲，獨眠留得畫殘眉。珊瑚枕上驚殘夢，認得蕭郎馬過時。(38)」「淡黃越紙打殘碑，都是先王御製詩。白髮內人含淚讀，為曾親見寫詩時。(39)」

【箋注】

(1)嚴東有：嚴長明。見卷一・二二注(6)。

(2)王漁洋：王士禎。見卷一・五四注(1)。

(3)宋・某尼〈悟道詩〉。據《鶴林玉露》。

(4)宋・張球〈上呂申公詩〉。據《青瑣詩話》。

(5)明・劉麟〈山居〉。

(6)唐・李茂復〈馬上有見〉。

(7)唐・鄭谷〈淮上漁者〉。

(8)宋・劉次莊〈敷淺原見桃花〉。

(9)〈宮人詩〉。據趙翼《簷曝雜記》。

(10)白居易〈白雲泉〉。字句有出入。

(11)明代民歌。

(12)傳說為唐明皇夢楊貴妃所作詩。

(13)唐庚〈白鷺〉。(另題作〈謫居羅浮〉)鉤黨：謂相牽引為同黨。

(14)宋・張端義〈賦秋江圖〉。

(15)戴復古〈淮村兵後〉詩。

(16)李山甫〈贈宿將〉。

(17)柳開〈塞上〉。

(18)韓偓〈夕陽〉。

(19)劉信叔〈過仁宗陵〉。

(20)邵伯溫〈李代席上有感〉。

(21)《侯鯖錄》：小碧箋題詩。

(22)未詳。

(23)未詳。

(24)陳師道〈放歌行〉。

(25)張在〈題青州龍興寺老柏院〉。

(26)楊萬里〈庚子正月五日曉過大皋渡〉。

(27)姜夔〈過垂虹〉，一題作〈牛渚〉。

(28)楊萬里〈城頭秋望〉。

(29)路德章〈遊寒岩釣磯〉。一作游次公〈漁父〉詩。「白日」應作「白石」。

(30)尤袤〈遊閤皁山〉。一作劉遂初詩。

(31)鄭獬〈絕句〉。

(32)晏幾道〈與鄭介夫〉。

(33)秦觀〈秋日〉。

(34)歐陽修〈夢中作〉。

(35)呂居仁〈絕句〉。

(36)姚嗣宗〈題閬中驛舍〉。

(37)張公庠〈道中〉。一說李元膺〈遊春詩〉。

(38)丘氏〈寄夫〉。

(39)高翥〈恭跋思陵宸翰拓本卷後〉。

一三

唐開元之治，輔之者：宋璟以德(1)，姚崇以才(2)，張說以文(3)：皆稱賢相。本朝巡撫蘇州者：湯潛庵以德(4)，宋牧仲以文(5)：皆中州人也。近日中州胡雲坡司寇秉臬蘇州(6)，繼二公而起，政簡刑清，屢開文宴，一時名士如平瑤海太史、顧星橋進

士(7)，時時過從。余至吳門，必招赴會。公領尚書後，都中猶寄懷云：「過江名士久推袁，吳下相逢月滿軒。鸞掖文章留舊價(8)，倉山著述綜群言。平生契合惟元老，半世棲遲為壽萱(9)。我上燕臺每南望(10)，最關情處是隨園。」後又寄〈扈從紀事詩〉十二首來，不作頌揚泛語，自出心裁。〈從圍〉云：「一望燈光列星斗，始知身在五雲邊。」想見待漏晨趨，身傍九霄之光景。「策馬上山尋別路，忽聞絕壑響松濤。」想見熱處冷行，不爭衝要之識力。至於「才過殘月又新月，幾度排班看打圍」，則又明寫湛露龍光、晝日三接之恩榮焉(11)。有札命余和韻。余以詩貴清真；目所未瞻，身所未到，不敢牙牙學語，婢作夫人：故不敢作也。

【箋注】

(1) 宋璟：見卷八・八七注(5)。

(2) 姚崇：字元之。唐陝州硤石（今河南三門峽觀音堂）人。應下筆成章舉，授濮州司倉參軍。歷三朝宰相。後引宋璟自代，史稱姚宋。卒謚文獻。

(3) 張說：見卷二・六注(1)。

(4) 湯潛庵：湯斌。見卷四・九注(1)。

(5) 宋牧仲：宋犖（1634-1713），字牧仲，號漫堂、西陂。河南商邱人。康熙間，以大臣子入官，歷任黃州通判、江蘇巡撫，官至吏部尚書，加太子少師。有《西陂類稿》、《筠廊偶筆》、《綿津山人詩集》等。

(6) 胡雲坡：胡季堂（1729-1800），字升夫，號雲坡。河南光山人。胡煦子，乾隆時以蔭生授順天府通判。歷官刑部、兵部尚書，直隸總督。卒賜莊敏。有《培蔭軒文

集》。秉臬：謂執掌刑法。

(7) 平瑤海：平聖台，字瑤海，號確齋。浙江山陰（今紹興）人。乾隆十九年進士，選庶吉士。歷官金溪知縣、廣州府同知。有《揞黑豆集》。顧星橋：顧宗泰。見卷九・一一注(1)。

(8) 鸞掖：猶鸞臺。門下省的別稱。唐・楊汝士詩句：「文章舊價留鸞掖，桃李新陰在鯉庭。」

(9) 壽萱：奉養母親。

(10) 燕臺：指戰國時燕昭王所築的黃金臺。故址在今河北省易縣東南。相傳燕昭王築臺以招納天下賢士，故也稱賢士臺、招賢臺。

(11) 湛露龍光：《詩經・小雅・湛露》：「湛湛露斯，匪陽不晞。」又《小雅・蓼蕭》：「既見君子，為龍為光。」此處指皇帝的恩澤和風采。晝日三接：一日之間，三度接見。

一四

檇李顧牧雲流寓襄陽(1)。一日獨遊隆中，憑弔武侯遺跡，避雨臨龍岡，見山腰有茅庵，一叟出迎，風貌奇古。正欲與言，則庵側蹲一猛虎，顧驚且仆。老翁笑曰：「子無懼，此虎已歸依我作弟子矣。」且曰：「知子能詩，盍題數言見贈(2)？」顧辭以目疾。翁取几上芋與食，命瞑坐一刻，開眼，果察秋毫。顧異之，即題石壁云：「一衣一缽一軍持(3)，雲水天涯任所之。莫笑道人無侶伴，新收猛虎作童兒。」「偶向山前咒毒龍，風雷欲拔萬株松。須臾明月當空起，

歸到茅簷打晚鐘。」翁留宿庵中，臨別，曰：「明年正月上寅日，吾開丹爐，與子服一粒，體輕成仙，勿忘此囑！」次年，及期赴約，行未十里，風雪大作，山無行徑，又恐老翁不在，猛虎獨存，悵悵而返。後十餘年，目漸昏，體漸衰，悔從前向道之心不勇。又賦詩云：「老堪嗟，駐顏何處覓丹砂？老堪惱，五官雖具無一好。凋零渾似過時花，憔悴不殊霜後草。手頻戰，頭屢顛，行來蹩躠足不前(4)。自憎容貌改，人惡性情偏。吁嗟乎！我今八十已如此，愁煞蓬萊千歲仙。」

【箋注】

(1) 檇（zuì）李：又作「醉李」、「就李」，在今浙江嘉興市西南。舊時用為嘉興別稱。顧牧雲：顧文煒。見卷五・二〇注(1)。

(2) 盍（hé）：何不。

(3) 軍持：澡罐或淨瓶。僧人游方時攜帶，貯水以備飲用及淨手。

(4) 蹩躠（biéxiè）：行走歪斜的樣子。

一五

《毛詩・伐木》章有「求其友聲」之語。杜陵有「文章有神」之句。余初不信此言，後歷名場五十年，方知古人非欺我也。戊申八月，年家子許香岩告余云(1)：其同鄉程菽園明府(2)，宰武進。六月望

後，苦熱，移楊桑影山房，讀《小倉山房詩》而愛之。夜夢題後云：「吟壇甌北及新畬(3)，盟主當時讓本初(4)。摶古為丸知力大，愛才若命見心虛。仙人偶戲蓬壺頂(5)，下士爭酣墨瀋餘(6)。格調不能名一體，香山竊比意何如？」滿洲詩人法時帆學士與書云(7)：「自惠《小倉山房集》，一時都中同人借閱無虛日；現在已抄副本。洛陽紙貴，索詩稿者坌集(8)，幾不可當。可否再惠一部，何如？」外題拙集後云：「萬事看如水，一情生作春。公卿多後輩，湖海有幽人(9)。筆陣驅裙屐(10)，詞鋒怖鬼神。莫驚才力猛，今世有誰倫？」此二人者，素不識面，皆因詩句流傳，牽連而至；豈非文字之緣，比骨肉妻孥，尤為真切耶？又有皖江魯沂者(11)，見贈云：「此地在城如在野，其人非佛亦非仙。」卻切隨園。菽園名明愫，孝感人。時帆名式善，滿洲人。

【箋注】

(1) 許香岩：許兆桂，字香岩。清湖北雲夢人。廩貢生。歷游薊北、楚南、粵西，晚年僑寓金陵。有《夢雲樓集》。

(2) 程菽園：程明愫，字菽園（菽，一作菽。此據《光緒孝感縣志》）。湖北漢陽府孝感人。乾隆二十六年進士。曾任浙江餘姚知縣、江蘇華亭知縣、山東萊州府平度州知州。

(3) 甌北：清詩人趙翼，號甌北。見卷二・三三注(3)。新畬：蔣士銓。見卷一・二三注(2)。

(4) 本初：三國時袁紹，字本初。曾被推為盟主。此喻指袁枚。

(5)蓬壺：即蓬萊。古代傳說中的海上仙山。

(6)墨瀋：猶墨蹟。

(7)法時帆：法式善（1752-1813），姓烏爾濟氏，原名運昌，字開文，號時帆、梧門。蒙古正黃旗人。乾隆四十五年進士。官翰林院侍講學士、國子祭酒。有《陶廬雜錄》、《清秘述聞》、《槐廳載筆》、《存素堂詩文集》、《八旗詩話》。

(8)坌（bèn）集：聚集。

(9)幽人：幽居之士。

(10)裙屐：借指衣著時髦的富家子弟。

(11)魯沂：安徽當塗人。乾隆年間拔貢。官邳州知州。

一六

有僧見阮亭先生(1)，自稱應酬之忙，頗以為苦。先生戲云：「和尚如此煩擾，何不出家？」聞者大笑。余按：楊誠齋有句云(2)：「袈裟未著嫌多事，著了袈裟事更多。」

【箋注】

(1)阮亭：王士禛。見卷一・五四注(1)。

(2)楊誠齋：宋・楊萬里。見卷一・二注(1)。

一七

虞山趙再白孝廉作詩(1)，如武侯出師，志吞吳、魏，而氣力不足。摘其〈中秋呈鄂文端公〉云(2)：「樓虛貯月光常滿，水闊涵星影自稀。」可謂頌揚得體。〈真州朝陽樓〉云：「萬重山去圍如海，千里江來折到樓。」〈自嘲〉云：「名士本來如畫餅，古人原不好真龍(3)。」又，〈渡江〉有「水立不動天無容」七字(4)，殊奇。曾為余誦鄂公未遇時句云：「一飯便留客，得錢仍與人。」相公氣局之大，早可想見。

【箋注】

(1)趙再白：趙森。見卷二・一注(2)。

(2)鄂文端：鄂爾泰。見卷一・一注(7)。

(3)「名士」聯：用畫餅充饑和葉公好龍典。

(4)無容：儀容不加修飾。此指天驚恐失色。杜甫文有「九天之雲下垂，四海之水皆立」句。

一八

齊田駢不屑仕宦(1)，而家甚富。或戲之曰：「臣鄰女貌稱不嫁，行年三十而有七子；不嫁則不嫁，然而嫁過畢矣。今先生設為不宦(2)，訾養千鍾(3)；不宦則不宦，而宦過畢矣。」孫芷亭仿其意(4)，詠〈息夫人〉云(5)：「無言空有淚，兒女粲成行(6)。」

【箋注】

(1) 田駢：戰國時代齊國人，為稷下學者之一。

(2) 設為不宦：意謂發誓決不做官。

(3) 訾養千鍾：指錢財俸祿很多。鍾，古代計量器具或單位。

(4) 孫芷亭：孫廷銓（1616-1674），山東益都人，別號沚亭。明崇禎進士。入清後官至吏部尚書。有《顏山雜記》、《漢書臆》等。

(5) 息夫人：春秋時息國君主的妻子，出生于陳國(今河南淮陽縣)的媯姓世家，又名息媯，因容顏絕代又稱為「桃花夫人」。後楚王滅了息國，將她擄去，在楚宮生有二子，終日默默無言，含恨至死。此處所引詩句，以詼嘲出之。

(6) 粲：衆多。

一九

沈永之與余同榜(1)，五十年，官雲南驛鹽道，乞病歸，途中信來，道生一女；適余生阿遲。念二人俱是么豚暮鷚(2)，遂相訂為婚。沈寄詩云：「天留蔗境與公嘗(3)，六十逾三學弄璋(4)。」又曰：「蘭譜同年交最舊(5)，錦綳合璧事尤奇(6)。」未幾，沈來山中，云：「女為旁妻殷氏所出，本籍江寧，父某，康熙間作雲南守備，僑居滇中，年八十餘，聞沈失配，願以女供箕帚(7)。沈辭年老。殷強嬲不已(8)。問何故。曰：『我本江南人，墳墓現在金陵。公南人也，以女從公，庶幾留江南一脈耳。』」吁！當殷翁起念

時，豈料真有余之僑居江寧者一段因緣哉？天下事巧湊之奇，往往如此。為賦〈感婚〉長篇，中數句云：「果然此老嬉遊處，安置他家女外孫。萬里合教青鳥使，一函先報白頭人。」殷夫人號稱國色，攜其女來隨園相婿；故又云：「嬌娃抱出珠相似，阿母同來花見羞。」沈得詩，以示梁瑤峰相公(9)。公連讀此二句，音較響。胡雲坡尚書在座(10)，不覺大笑。

【箋注】

(1)沈永之：沈榮昌。見卷九・一二注(1)。

(2)么豚（tún）暮鷚（liù）：喻晚年所生的子女。豚，豬。鷚，小雞。

(3)蔗境：喻人的美好晚景。

(4)弄璋：指生兒子。

(5)蘭譜：此指同年登科。

(6)錦繃：指錦製的繈褓。

(7)箕帚：掃除工具，古人借指妻妾。

(8)嬲（niǎo）：糾纏。

(9)梁瑤峰：梁國治。見卷一・三〇注(9)。

(10)胡雲坡：胡季堂。見本卷一三注(6)。

金陵太守謝鍠(1)，抵任時，索余對聯。余贈云：「太守風清，江左依然迎謝傅(2)；先生來晚，山中久已臥袁安(3)。」陳省齋先生繼其父(4)，署守鎮江。

余代作對聯云：「守郡繼先人，問江水長流，剩幾個當年父老；析薪綿世澤(5)，願黃堂少住(6)，留一枝此日甘棠(7)。」

【箋注】

(1) 謝鍠：順興府大興（今北京城內）人。雍正八年進士。任江寧知府。

(2) 謝傅：晉・謝安。卒贈太傅。見卷一・五六注(4)。此代指謝鍠。

(3) 袁安：字邵公。東漢初期汝陽郡汝陽縣（今河南商水）人。曾為河南尹、太僕、司徒。治政賢明。子孫世代公卿，為東漢著名大族。此處袁枚戲稱自己。

(4) 陳省齋：陳夢雷(1651-1723後)，字則震，號省齋。福建侯官人。康熙九年進士。有《松鶴山房集》、《閑止書堂集》。

(5) 析薪：此指繼承父業。

(6) 黃堂：指知府、太守。古時稱太守的廳堂為黃堂。

(7) 甘棠：稱頌為官美政的典故。見卷九・三三注(15)。

二一

偶過竹林寺，見題壁云：「曉來一雨動新涼，獨展殘編坐竹房。無數風枝墮殘滴，紅闌干外即瀟湘(1)。」或云：「此近人趙魯瞻詩也(2)。」

【箋注】

(1) 瀟湘：湘江與瀟水一帶。指產斑竹的神話勝地。

(2) 趙魯瞻：趙泰，字魯瞻，號怡雲。清浙江錢塘人。諸生。官平湖訓導。有《怡雲集》。

二二

李方膺明府善畫梅(1)，性傲岸，而與余交好。歿後，其子某見贈云：「記得先君交兩友，一子才子一梅花(2)。」殊有風趣。有郭耕禮者(3)，嫌其稱父執之字為不恭(4)。余曰：「『仲尼祖述堯、舜(5)。』子思且字其祖矣(6)，何不恭之有？」

【箋注】

(1) 李方膺：見卷七・四注(1)。

(2) 子才：袁枚字子才。

(3) 郭耕禮：陝西涇陽人。康熙五十二年舉人。宿遷縣丞。

(4) 父執：父親的朋友。字：人的表字。與本名意義相關的另一名字。

(5) 仲尼：孔子名丘，字仲尼。此處所引為子思的話。（見《禮記・中庸第三十一》）

(6) 子思：即孔伋。戰國時魯國陬邑人。孔子之孫。孟子發揮其學說，形成思孟學派。後被尊為「述聖」。

二三

桐城張文和公七十壽辰(1)，上賜對聯云：「潞國晚年猶矍鑠(2)；呂端大事不糊塗(3)。」梁文莊公乞假養親(4)，上賜詩云：「翻祝還朝晚，卿家慶更深(5)。」常州陳文恭公某相國挽聯云(6)：「執笏無慚真宰相(7)；蓋棺還是舊書生(8)。」

【箋注】

(1)張文和：張廷玉。見卷一・一注(12)。

(2)潞國：文彥博。見卷二・六注(5)。歷仁、英、神、哲四朝，任將相五十年。封潞國公。

(3)呂端：字易直。宋幽州安次人。宋太宗時累拜右諫議大夫、參知政事，後拜相。卒謚正惠。經歷北宋太祖、太宗、真宗三朝。有人認為他糊塗，太宗說「端小事糊塗，大事不糊塗」。上二典比張文和。

(4)梁文莊：梁詩正。見卷九・四七注(1)。

(5)卿家：你家。

(6)陳文恭：陳宏謀。見卷八・七八注(1)。

(7)執笏：古時行君臣之禮時手執笏板。

(8)蓋棺：古指亡故。常用「蓋棺論定」指一個人的是非功過到死後才能做出結論。

二四

予幼時，大母常為予言(1)：大父旦釜公(2)，性豪俠，與沈遹聲秀才交好(3)。秀才中表楊大姑，有文君夜奔之事，托先祖為之道地(4)。楊纖足，夜行不能逾溝。先祖助沈，為扶而過之。事發，藏匿余家。大姑纖腰美盼，吐屬嫻雅。大母亦憐愛之。母家訟於官。太守某惡其越禮，鬻與駐防旗下(5)。大姑佯狂披髮，自啖其溺。旗人不能容。沈暗遣人買歸，終為夫婦，生一女而亡。後閱《香祖筆記》載此事，稱武林女子王倩玉者(6)，蓋即楊氏，諱其姓為王也。其寄沈《長相思》一曲云：「見時羞，別時愁，百轉千回不自由；教奴爭罷休！　懶梳頭，怕凝眸，明月光中上小樓：思君楓葉秋！」

【箋注】

(1) 大母：祖母。

(2) 大父：祖父。見卷二・七二注(1)。

(3) 沈適聲：沈豐垣，字適聲，號柳亭。清浙江錢塘（今杭州）人。諸生。有《蘭思詞》。

(4) 道地：代人事先疏通，以留餘地。

(5) 鬻：賣。旗下：此指編入滿清旗籍的人。

(6) 王倩玉：清武林（今杭州）人。沈豐垣表妹。本姓楊。

二五

戊申過虞山(1)，竹橋太史薦士六人(2)。孫子瀟〈長干里〉云(3)：「門前春風其來矣，珠箔無人自捲起(4)。」〈對酒〉云：「黃金能買如花人，不能買取花時春。」陳聲和〈西莊草堂〉云(5)：「水高帆過當

窗影，風起花傳隔岸香。」〈偶成〉云：「生怕曉風吹絮落，願為殘燭照花眠。」皆少年未易才也(6)。

【箋注】

(1) 虞山：在今江蘇常熟縣城西北。乾隆五十三年，袁枚經過此地。

(2) 竹橋：吳蔚光。見卷一·四一注(3)。

(3) 孫子瀟：孫原湘(1760-1829)，字子瀟，晚號心青。昭文(今江蘇常熟)人。嘉慶十年進士。為翰林院庶吉士、武英殿協修官。有《天真閣集》。

(4) 珠箔：珍珠綴成的簾子。

(5) 陳聲和：字葉宮，號筠樵。江蘇常熟人。乾隆間廩貢生。年三十卒。有《響琴齋集》、《筠樵詩鈔》、《綺園吟》等。

(6) 未易才：難得的人才。

二六

余不耐學詞，嫌其必依譜而填故也。然愛人有佳作。老友何獻葵之長郎名承燕者(1)，其〈壽內〉云(2)：「紙閣蘆簾偕老，欣欣十載於茲。算百年荏苒，三分去矣；半生辛苦，兩個同之。弄杼秋宵，檢書寒夜，常伴窗前月半規。慚相對，把青雲穩步，望了多時。　　今宵喜溢雙眉，是三十平頭設帨期(3)。記去年壽我，一杯新釀；我今壽爾，一曲清詞。爾本荊釵(4)，我非紈袴(5)，風味儒家類若斯。還堪笑，笑梅花繞屋，又放枝枝。」〈春雨〉云：「簾外輕寒

傍曉多，試問鸚哥，春色如何？為言昨夜雨婆娑：紅了庭柯，綠了簷蘿。　　流水茫茫捲逝波，春事蹉跎，花事蹉跎。尋芳休待楚雲過，放下香螺(6)，披上煙蓑。」〈留鬚〉云：「馬齒頻加(7)，鵬程屢蹶，還容爾面添何物？丈夫欲表必留鬚(8)，試問那個些兒沒？　　窺鏡多慚，染羹誰拂(9)？鬑鬑博得羅敷悅(10)。從今但擬學詩人，閑吟便好將他捋。」〈詠眼鏡〉云：「非關四十視茫茫，也欲借君光。自從與子，囊中相處，一鑒休亡。　　誰為白眼誰青眼，相對總無妨。閱人世上，觀書燈下，只怕心盲。」〈吸煙美人〉云：「吐納櫻唇，氛氳蘭氣，玉纖握處堪憐。脂香粉澤，分外覺清妍。豈是陽臺行雨，剛來自十二峰邊？闌干外，風鬟霧鬢，猶自繞雲煙。　　流連，怎禁得相思暗結，閑悶難捐？算消遣春愁，此最為先。怪底鴛鴦繡倦，停針坐，便爾情牽。恰喜有知心小婢，一笑遞嬋娟。」〈無題〉云：「遮遮掩掩，心下難拋秋一點。微露鞋尖，妾隔珠簾郎轎簾。　　簾垂人遠，只道西風吹不捲。風更風流，不捲簾兒誓不休。」記黃仲則有〈禽言〉斷句云(11)：「誰是哥哥？莫喚生疏客。」尖新至此，令人欲笑。

【箋注】

(1)何獻葵：何廷楧，字獻葵，號西舫。浙江仁和人。乾隆十二年順天舉人。官如皋知縣、海州知州。長郎：舊時尊稱他人長子。何承燕：字以嘉，號春巢、六橋詞客。浙江仁和人。乾隆三十九年順天副貢。官東陽教諭。好為詩，尤工詞曲。有《春巢詩鈔》。

(2)壽內：為妻子祝壽。

(3) 平頭：齊頭，整，不帶零頭。帨（shuì）：佩巾。古代女子出嫁時，母親所授。

(4) 荊釵：荊枝為釵，指女子家貧。

(5) 紈袴：指富貴人家子弟。

(6) 香螺：指酒杯。

(7) 馬齒：謙指自己的年齡。

(8) 表：特出，迥異於衆貌。

(9) 染羹：本指以手指染羹品嘗，用《左傳・宣公四年》「染指」典故，後泛指品嘗食品。

(10) 鬑鬑（lián）：鬚髮稀疏貌。〈陌上桑〉：「為人潔白皙，鬑鬑頗有鬚。」羅敷：古代美女名。

(11) 黄仲則：黄景仁。見卷七・二一注(2)。

二七

皇甫古尊在金陵市上(1)，得金字扇一柄，乃前朝名妓徐翩翩所書(2)。扇尾署名曰：「金陵蕩子婦某」。古尊喜甚，求題於厲太鴻先生(3)，得《賣花聲》一闋，云：「花月秣陵秋(4)，十四妝樓(5)。青溪回抱板橋頭。舊日徐娘無覓處(6)，芳草生愁。金粉一時休，團扇誰留？嬭人只有小銀鈎(7)。句尾可憐書『蕩婦』，似訴漂流。」余讀之，不覺魂消，亦以《揮扇士女圖》索題。先生為填《南鄉子》，云：「思夢髻慵梳，鸜鵒驚回依井梧。扇影似人人似月，圓初。十六盈盈十五餘。　並蒂點紅蕖(8)，更有關心好句書。不用近前頻掩面，生疏。水院雲廊見也

無？」

【箋注】

(1)皇甫古尊：未詳。

(2)徐翩翩：字飛卿，一字驚鴻。明代金陵人。晚嫁江陰郁生。郁卒，還秣陵為尼。（《明詩綜》）

(3)厲太鴻：厲鶚。見卷三・六一注(1)。

(4)秣陵：在今江蘇江寧東南。

(5)十四妝樓：明洪武中，南京官妓所居有十四樓。

(6)徐娘：指南朝梁元帝妃徐昭佩。與侍者暨季江私通，季江嘗曰：徐娘雖老，猶尚多情。後用來稱女子年老風韻猶存。此指徐翩翩。

(7)殢（tì）：滯留。銀鈎：比喻遒媚剛勁的書法。

(8)紅蕖：紅蓮。

二八

心餘未入翰林時(1)，彼此相慕未見，寄長調四首來。其《賀新涼》云：「記向秦淮水，問何人、小樓吹笛。勸人愁死，雨皺嵐皴多偃蹇(2)，我與蔣山相似(3)。白下柳、又添憔悴(4)。卻到江山奇絕處，遇雙鬟、都唱袁才子(5)。情至者，竟如此！　羅衫團扇傳名字，比風流、淮南書記，蘇州刺史(6)。常聽東華故人說(7)，腸斷江南花底。何苦較、天都人世(8)。樓閣虛無平等看，謫塵寰、終是神仙耳。花落恨，莫提起。」《百字令》云：「才人為政，羨

宦成、三十居然不朽(9)。互聽參觀如善射，轉側皆能入彀(10)。遊戲奇情，循良小傳(11)，千里傳人口。西清餘子(12)，旁觀且袖雙手。　底事拋擲西湖，勾留南國，展放林端牖？六代青山橫淺黛，都做袁家新婦。酒客清豪，名姬窈窕，小令歌紅豆。香名艷福，幾人兼此消受？」《夢芙蓉》云：「忽拜魚書貺(13)，有十分思憶，十分惆悵。不曾相識，相識如何樣。泛詞源春漲，十隊飛仙旗仗(14)。情至文生，縱編珠組繡(15)，排比亦清曠。　眼底金剛紛變相(16)，問誰能寂坐蓮幢上(17)？低首前賢，焉敢角瑜、亮(18)？幾人憐跌宕，難覓酒樓歌舫。一卷新詞，待求君按節(19)，分遣小紅唱(20)。」《邁陂塘》云：「揀鄉山、絕無佳處(21)，躬耕又乏南畝。塵容俗狀真難耐，待覓灌夫行酒(22)。尋犀首(23)。奈淚灑黃壚(24)，漸失論文友。小人有母，但北望京華，徘徊小院，寂寞倚南斗。　食肉者、俊物粗才都有。半是望秋蒲柳。東塗西抹年華改，說甚色絲齏臼(25)。牛馬走、約丁字簾前(26)，共剪春盤韭。故人歸否？唱『山抹微云』(27)，『大江東去』(28)，準備捉秦九(29)。謂碉泉同年。」

【箋注】

(1)心餘：蔣士銓。見卷一・二三注(2)。

(2)皴（cūn）：皺縮。偃蹇：委曲，屈曲。

(3)蔣山：即南京鍾山，又名紫金山。

(4)白下：古地名。後用為南京的別稱。

(5)袁才子：指袁枚。

(6) 淮南書記：指唐人杜佑。見卷一・三一注(6)。比袁枚文名。蘇州刺史：指白居易。劉禹錫有詩句「蘇州刺史例能詩」（〈白舍人曹長寄新詩，有游宴之盛，因以戲酬〉）。這裏用來比袁枚詩名。

(7) 東華：借稱中央官署。

(8) 天都：天上，帝都。

(9) 三十：指袁枚三十三歲辭官退隱。

(10) 入彀：比喻合乎程式和標準。

(11) 循良：善良。

(12) 西清：清代宮內南書房的別稱。餘子：其餘的人。

(13) 魚書貺（kuàng）：指他人給與的書信或詩文。

(14) 飛仙旗仗：喻詩文豐富多彩，超俗不凡。

(15) 編珠組繡：形容文采。

(16) 金剛：喻指在座的衆同僚。

(17) 蓮幢：以佛家的蓮花臺比各人的座位。

(18) 瑜亮：三國周瑜、諸葛亮。

(19) 按節：擊節，打拍子。

(20) 小紅：指歌女。

(21) 鄉山：家鄉的山，借指故鄉。

(22) 灌夫：漢代人。武帝時為淮陽太守。性任俠，愛交遊，剛直好酒。

(23) 犀首：戰國時魏武官名。公孫衍曾任此職，故亦號曰犀首。《史記・張儀列傳》曾提及犀首好飲，後亦指無事好飲之人。

(24) 黃壚：原指南朝黃公酒壚，後用為悼念亡友之辭。

(25) 色絲齏臼：用《世說新語》「黃絹幼婦，外孫齏臼」典，意謂絕妙好辭。

(26) 牛馬走：舊時自謙之詞。丁字簾：地名。在南京利涉橋畔。歌舞藝人聚居地。

(27) 山抹微云：秦觀《滿庭芳》句。

(28) 大江東去：蘇軾《念奴嬌》句。

(29) 秦九：原指宋・秦觀。此借指秦磵泉。見卷一・四二注(6)。

二九

乾隆戊辰，李君宗典(1)，權知甘泉(2)，書來，道女子王姓者，有事在官，可作小星之贈(3)。予買舟揚州，見此女於觀音庵，與阿母同居，年十九，風致嫣然，任予平視，挽衣掠鬢，了無忤意(4)。欲娶之，而以膚色稍次，故中止。及解纜，到蘇州，重遣人相訪，則已為江東小吏所得。余為作《滿江紅》一闋云：「我負卿卿，撐船去、曉風殘雪。曾記得庵門初啟，嬋娟方出。玉手自翻紅翠袖，粉香聽摸風前頰。問姮娥何事不嬌羞，情難說。　　既已別，還相憶；重訪舊，杳無跡。說廬江小吏公然折得(5)。珠落掌中偏不取，花看人採方知惜。笑平生雙眼太孤高，嗟何益！」

【箋注】

(1) 李宗典：字鴻遠。安徽懷寧人。監生。乾隆十四年任甘泉知縣，補徐州通判，擢金山海防同知。

(2) 甘泉：縣名。在今江蘇揚州。

(3)小星：妾的代稱。

(4)忤意：違逆心意。

(5)廬江：縣名。在安徽。

三〇

隨園四面無牆，以山勢高低，難加磚石故也。每至春秋佳日，士女如雲；主人亦聽其往來，全無遮攔。惟綠淨軒環房二十三間，非相識者，不能遽到(1)。因摘晚唐人詩句作對聯云：「放鶴去尋三島客(2)，任人來看四時花。」

【箋注】

(1)遽：遂，就。

(2)三島：傳說中的蓬萊、方丈、瀛洲三座海上仙山。此指遠地。所摘詩句是杜荀鶴〈題衡陽隱士山居〉第二聯。

三一

舒城沈生本陛(1)，字季堂，年已艾矣(2)。戊申秋，以詩求見。各體俱工。古風如〈白石山〉、〈古柏行〉等篇，詩長不能備錄。五言如〈西施洞〉云：「香草美人遠，春山古洞寒。」見贈云：「記吟詩句從黃口(3)，得傍門牆已白頭(4)。」俱妙。餘三首，已采入《續同人集》中。其祖名長祚者(5)，康熙間舉

鴻博，有《竹香園集》。〈過友人草堂〉云：「春雲遮不盡，柳色認君家。到徑聽微雨，開門見落花。古心徵直諒(6)，閑語及桑麻。飯量年來減，村醪莫更賒。」〈哭友〉云：「修短難將理問天(7)，人間福慧應難全。他生好向空王乞(8)，少占才華自永年。」

【箋注】

(1)沈本陛：字季堂。清安徽舒城人。增廣生。詩各體俱工。

(2)艾：年長，老。

(3)黃口：兒童。

(4)門牆：高師之門。

(5)沈長祚：字芝田。康熙南巡召試欽取一等，南書房辦事。丁艱歸里。後以外孫廬江胡觀瀾貴貤贈中憲大夫。有《竹香園集》。（光緒三十三年《續修舒城縣誌》）

(6)徵：求。嘉慶本作「微」。微：精微。直諒：正直誠信。

(7)修短：長短，指人的壽命。

(8)空王：佛的尊稱。乞：乞求。

三二

張南垣以畫法壘石(1)，見者疑為神工。吳梅村、黃梨洲皆為之傳(2)，載文集中。太倉蘺薋園，為王麟洲奉常別業(3)，園中假山，南垣遺製。後歸弇山尚書(4)，為奉母地，更名靜逸園。畢太夫人〈秋日閒居

詩〉題五律云(5)：「勝跡留城市，幽居得小園。吾生澹相寄，往事漫追論。人憶烏衣舊(6)，名憐香草存(7)。只今耽靜逸，秋景滿丘樊(8)。」「字摹王內史(9)，詩愛鄭都官(10)。石色青書幌(11)，花陰冷畫闌。池魚一二寸，庭竹兩三竿。于此端居好，身閑夢亦安。」「地迴人稀到，風清暑罷侵。竹簾香細細，桐閣綠愔愔(12)。隱几時看畫(13)，安弦靜譜琴。夜涼明月上，掃石坐深林。」「磴小花枝密(14)，廊深書舍藏。有時翻秘帙(15)，隨意坐匡床(16)。詩遇前春稿，爐凝隔夜香。庭前蹲石丈(17)，親見歷滄桑。」

【箋注】

(1)張南垣：張漣，字南垣，以字行。華亭（今上海松江）人，後定居秀州（今浙江嘉興）。為明代畫家、園藝建築大師。

(2)吳梅村：吳偉業。見卷四・三四注(4)。黃梨洲：黃宗羲。見卷三・一九注(1)。

(3)王麟洲：王世懋，字敬美，別號麟州。明嘉靖三十八年進士。官至南京太常少卿。別業：別墅。

(4)弇山：畢沅。見卷二・一三注(4)。

(5)畢太夫人：張藻。畢沅母。見本卷・一注(3)。

(6)烏衣：貧窮時所穿衣服。

(7)香草：比喻寄情深遠的詩篇。

(8)丘樊：指園圃。

(9)王內史：王羲之。見卷三・三六注(4)。

(10)鄭都官：晚唐詩人鄭谷。見卷二・一二注(1)。曾任都

官郎中，世稱「鄭都官」。

(11)書幌：書帷。亦指書房。

(12)綠愔愔：綠得幽深。

(13)隱几：伏在几案上。

(14)磴：石徑，石級。

(15)秘帙：稀見的書籍。

(16)匡床：方正安適的床。

(17)石丈：用宋人米芾「拜石」典，石丈為奇石的代稱。

三三

金陵秋試之年，上下江名士畢集。余止而觴之(1)，各有贈詩，約三千餘首。其尤佳者，梓入《續同人集》矣。尚有斷句可采者，如：虞山王陸禔云(2)：「叢叢著述皆千古，草草功名只十年。」長洲顧星橋云(3)：「渡江名士推前輩，扶輦門生半少年(4)。」王又云：「休誇翁子乘車日(5)，已是懸車十七年(6)。」三押「年」字，俱妙。金陵管松年云(7)：「四海文章經口貴，百年心事問花知。」無錫徐嵩云(8)：「姓氏直疑前代客，語言妙是一家詩。」青陽程蔚云(9)：「一將治績乘時著，便把塵緣當夢看。」

【箋注】

(1)觴：以酒待人。

(2)王陸禔：見卷五・五二注(5)。

(3)顧星橋：顧宗泰。見卷九・一一注(1)。

(4)扶輦：扶車。此指從政。

(5)翁子：朱買臣，字翁子。西漢會稽吳人。早年家貧好讀書，賣薪度日。漢武帝時官會稽太守、丞相長史，為文學侍從之臣。

(6)懸車：指退休或隱居不仕。

(7)管松年：清上元人。乾隆五十四年貢生。官南匯縣教諭。

(8)徐嵩：見卷七・一〇三注(1)。

(9)程蔚：未詳。

三四

以部婁擬泰山(1)，人人知其不倫。然在部婁，私心未嘗不自喜也。秋帆尚書德位兼隆(2)，主持風雅。枚山澤之癯(3)，何能及萬分之一？乃詩人好相提而並論。孫淵如太史云(4)：「惟有先生與開府(5)，許教人吐氣如虹。」徐朗齋孝廉云(6)：「弇山制府倉山叟(7)，海內龍門兩扇開。」

【箋注】

(1)部婁：小山丘。

(2)秋帆：畢沅。見卷二・一三注(4)。

(3)山澤之癯：山野清癯退隱之士。

(4)孫淵如：孫星衍。見卷五・六〇注(2)。

(5)開府：古代有權設置官署的官員。此指畢秋帆。

(6) 徐朗齋：徐鏴慶。見卷七・一〇三注(1)。

(7) 制府：明清兩代的總督稱制府。此指畢秋帆。倉山叟：指袁枚。因居江寧（今江蘇南京）小倉山隨園而自號。

三五

壬戌年(1)，余改官外出，客送詩者，動以王嬙見戲(2)。余因口號云(3)：「琵琶一曲靖邊塵，欲報君恩屢顧身。只是內家妝束改(4)，回頭羞見漢宮人。」後十年，再入朝，則鳳池諸客(5)，都非舊人。又戲吟云：「曉日曈矓玉殿開，春風回首認蓬萊(6)。三千宮女如花貌，都是明妃去後來(7)。」

【箋注】

(1) 壬戌：乾隆七年。

(2) 王嬙：王昭君。見卷二・三六注(5)。此處以昭君遠嫁塞外戲比袁枚改官外放。

(3) 口號：猶口占。作詩文不起草稿，隨口吟誦而成。

(4) 內家：指宮人。袁枚戲稱自己。

(5) 鳳池：指禁苑中池沼，唐詩多借指中書省所在地。見卷一・六六注(12)。

(6) 蓬萊：指蓬萊宮，唐宮名。此代指清宮。

(7) 明妃：王昭君。晉代為避晉帝司馬昭諱，改稱明君，後人又稱之為明妃。

三六

張文敏公同南華先生上朝(1)，值春雪初霽，南華見午門外簷下冰柱，賦七律一章。文敏公疑為宿構(2)。南華請面試。文敏出所佩小玉羊為題。南華應聲云：「宛爾成形質，居然或寢訛(3)。」方欲續下，而皇上有旨，命和〈湯圓〉詩。南華在朝房，立進二十四韻。警句云：「甘白俱能受(4)，升沉總不驚。」文敏嘆服曰：「不料倉卒間，先生猶能自見身份也(5)。」為序其集云：「春雨著物，萬花怒開；神工鬼斧，不可思議。似之者病，學之者死。」

【箋注】

(1) 張文敏：張照。見卷一・二四注(5)。南華先生：張鵬翀。見卷一・六五注(6)。

(2) 宿構：預先構思、草擬。

(3) 宛爾：真切貌。寢訛：用《詩經・小雅・無羊》典，後以「寢訛」指牛羊的臥息與活動。

(4) 甘白：《禮記・禮器》：「甘受和，白受采，忠信之人，可以學禮。」甘味可以調和出五味，白色可以調和出五彩，善良清白之人可以遵禮合道。

(5) 身份：指出身，人格，地位。

三七

秋帆尚書撫陜時(1)，有〈上元燈詞〉十首(2)，莊重高華，是金華殿上語(3)。一時幕中學士文人，俱不能和。為錄四章云：「碧樹紅闌萬點明(4)，戟門蓮漏轉三更(5)。交春便抱祈年意，不聽歌聲聽雨聲。」「鼓鉦殷地走輕雷，寶焰千枝百戲開。瞥見廣場波浪直(6)，雙龍爭挾火珠來。」「仙館明輝麗絳霄，銅駝四角綴瓊翹(7)。夜長樺燭添寒焰，春曉終南雪未消(8)。」「十年持節駐秦關，夢斷蓬瀛供奉班(9)。記得披香頻侍宴(10)，紅雲萬朵駕鼇山(11)。」

【箋注】

(1)秋帆：畢沅。見卷二・一三注(4)。

(2)上元：元宵節。

(3)金華殿上語：《世說新語・言語第二》：劉尹與桓宣武共聽講《禮記》。桓云：「時有入心處，便覺咫尺玄門。」劉曰：「此未關至極，自是金華殿之語。」

(4)紅闌：紅欄杆。

(5)戟門：此指官署。蓮漏：蓮花漏。古代狀如蓮花的漏水計時器。

(6)直：長。

(7)瓊翹：玉石鳥羽裝飾品。

(8)終南：終南山。

(9)蓬瀛：蓬萊和瀛洲。

(10)披香：漢宮殿名。借指清宮。

(11)鼇山：指堆疊成鼇形的燈山。為舊時元宵的一種燈景。

三八

裴二知中丞(1)，巡撫皖江，每至隨園，依依不去。舉家工琴，閨閣中淡如儒素(2)。其子婦沈岫雲能詩(3)，著有《雙清閣集》。〈途中日暮〉云：「薄暮行人倦，長途景尚賒(4)。條峰疏夕照(5)，汾水散冰花(6)。春暖香迎蝶，天空陣起鴉。此身圖畫裏，便擬問仙家。」〈在滇中送中丞柩歸〉云(7)：「丹旐秋風返故鄉(8)，長途淒惻斷人腸。朝行野霧籠殘月，暮宿寒雲掩夕陽。蝴蝶紙錢飄萬里，杜鵑血淚落千行。軍民沿路還私祭，豈獨兒孫意慘傷？」讀之，不特詩筆清新，而中丞之惠政在滇，亦可想見。余方采閨秀詩，公子取其詩見寄(9)，而夫人不欲以文翰自矜。公子戲題云：「偷寄香閨詩冊子，妝臺佯問目稍嗔。」亦佳話也。中丞名宗錫，山西人。公子字端齋。

【箋注】

(1) 裴二知：裴宗錫（1712-1779），字午橋，自號二知。山西曲沃大李村（今屬侯馬市）人。乾隆間曾任青州、濟南知府，安徽、貴州、雲南巡撫等。為官有實政。

(2) 儒素：儒家素質。

(3) 沈岫雲：沈在秀，字岫雲。清江蘇高郵人。有《雙清閣詩鈔》。

(4) 賒：空闊。

(5) 條峰：指中條山，在山西省西南部，主峰為雪花山。

(6) 汾水：汾河，黃河第二大支流，在山西省中部。

(7) 中丞：指裴宗錫。亡在雲南任上。

(8)丹旐（zhào）：舊時出喪所用紅色旗幡。

(9)公子：指裴二知之子裴正文，字端齋。即沈在秀夫婿。官戶部山東司員外郎。曾繼前輩編刻《裴氏世譜》。

三九

韓慕廬尚書(1)，雖為徐健庵司寇所識拔(2)，而在朝中立不倚，于牛、李之黨(3)，兩無所附，然官爵崇隆，終身平善，可知仕途之不須奔競也。近今張警堂先生(4)，以縣令起家，官至監司，皆委懷任運(5)，不營求而自得。詩才清妙。〈過盧生廟〉云(6)：「快馬衝風急，添衣御曉寒。平生無好夢，醒眼過邯鄲。」其襟懷之淡，定可知矣！又，〈宜城夜行〉云：「夜半張燈起，披衣上馬鞍。月明如欲曙，風斂不知寒。此景人誰見？長途心轉安。襄陽舊遊處，明日且盤桓。」劉霞裳秀才出公門下(7)，仿其意作〈鉛山夜行〉云：「車比黿尤仄(8)，心閑坐頗安。清冰明似鏡，凍月小於丸。燈遠知村到，更深喚渡難。漸看浮草白，霜重夜將闌。」可謂工於竊比者矣(9)。先生又過銅雀臺云：「可憐腸斷分香日(10)，輸與開門放婢人(11)。」使老瞞在九原(12)，為之汗下。先生名銘，江西己卯孝廉。

【箋注】

(1)韓慕廬：韓菼。見卷五・五〇注(4)。

(2)徐健庵：徐乾學。見卷二・五五注(5)。

(3) 牛李：以唐朝牛僧孺和李德裕之爭喻清朝明珠和索額圖兩黨之爭。

(4) 張警堂：張銘，字新盤，號警堂。江西南城人。乾隆二十四年舉人。官江南蘇松太兵備道。有《警堂漫存詩草》。

(5) 委懷任運：隨意寄情，聽憑命運安排。

(6) 盧生：為唐朝邯鄲「黃粱夢」中的人物。

(7) 劉霞裳：袁枚弟子。見卷二・三三注(2)。

(8) 龕：供奉神與佛的小閣子。

(9) 竊比：謙詞。私自比擬。

(10) 分香：陸機〈吊魏武帝文序〉引曹操遺令：「餘香可分與諸夫人，諸舍中無所為，學作履組賣也。」表現出曹操死前對衆妾的依戀之情。

(11) 放婢：指王敦貪戀女色身體受害開閤放婢十數人。其人助晉滅魏，為西晉重臣。

(12) 老瞞：曹操小名阿瞞，後人稱老瞞。

四〇

金陵張止原居士(1)，立身端謹，為秋帆尚書所重(2)，以家政托之。嘗臘底冒雨招余遊靈巖山館，其襟懷可想。舟中誦其〈春暮書事〉云：「山苑濃陰覆綠苔，意行敷坐自徘徊(3)。池邊柳弱鶯難駐，庭畔花殘蝶未回。酒盞怕空先料理，柴門喜靜且長開。人生得喪何須計(4)？一任浮雲過眼來。」〈步尚書〈青門柳枝〉韻〉云：「綠煙漠漠裊晴嵐，紫陌輕陰月正三。怕上樂游原上望，引人離恨到江南。」居士名復純，兼通醫理，工賞鑒。

【箋注】

(1)張止原：張復純，字止原，號仁齋。清江寧（今南京市）人。諸生。善鐫刻，工書法。有《潘宋夏承碑》傳於世。

(2)秋帆：畢沅。見卷二・一三注(4)。

(3)意行：信步。敷坐：設坐休息。

(4)得喪：得失。

四一

壬寅冬(1)，余遊雉臯(2)。何春巢引見其親家徐湘圃司馬(3)。其人吐氣如虹，不可一世；家有園亭之勝，招致名姝，宴飲竟夜。見贈云：「一病經年喜再生，西風吹客過江城。虎溪大笑酬前願(4)，雁宕閒遊寄遠情(5)。荒徑漫勞攜杖訪，傾心不待整冠迎。夜來天際文星聚，珠玉驚聞擲地聲。」「颯颯空林亂葉聲，相逢慰我寂寥情。多邀紅袖同行酒，小摘寒蔬為煮羹。對月且拚三五夜，看花莫問短長更。幽懷萬種愁千斛(6)，不遇先生不肯鳴。」

【箋注】

(1)壬寅：乾隆四十七年。

(2)雉臯：即今江蘇如臯。

(3)何春巢：何承燕。見本卷二・六注(1)。徐湘圃：徐觀政，字憲南，號湘浦。清如臯人。官浙江鹽運副使。有《洋程日記》。

(4)虎溪：溪名。在江西省九江市南廬山東林寺前。宋・陳舜俞《廬山記》卷二：「昔遠師送客過此，虎輒號鳴，故名焉。陶元亮居栗里，山南陸修靜亦有道之士，遠師嘗送此二人，與語合道，不覺過之，因相與大笑。」此處用來喻指交往之情誼。

(5)雁宕：在浙江東南部，是遊覽名山。

(6)斛：為古代量器。此處形容愁多。

一

戴喻讓有句云(1)：「夜氣壓山低一尺。」周蓉衣有句云(2)：「山影壓船春夢重。」皆妙在可解不可解之間。

【箋注】

(1)戴喻讓：見卷七・二〇注(4)。

(2)周蓉衣：周汾。見卷三・三〇注(1)。

二

人人共有之意，共見之景，一經說出，便妙。盛復初〈獨寐〉云(1)：「燈盡見窗影，酒醒聞笛聲。」符之恒〈湖上〉云(2)：「漏日松陰薄，搖風花影移。」女子張瑤英〈偶成〉云(3)：「短垣延月早，病葉得秋先。」鄭璣尺〈雪後遊吳山〉云(4)：「人來饑鳥散，日出凍雲升。」顧文煒〈立夏〉云(5)：「病骨先愁暑，殘花尚戀春。」女子孫雲鳳〈巫峽道中〉云(6)：「煙瘴寒雲起，灘聲驟雨來。」沈大成〈登淨慈寺〉云(7)：「花氣隨雙屐，湖光納一窗。」姜西溟〈野行〉云(8)：「橋欹眠折葦，檻倒坐雙鳧。」

【箋注】

(1)盛復初：見卷六・三九注(2)。

(2)符之恒：字聖幾，號南竹、南村。清仁和（今杭州）人。諸生。厲鶚弟子。有《秋聲館吟稿》。

(3) 張瑤英：見卷一〇・二五注(1)。

(4) 鄭璣尺：鄭江。見卷四・四六注(8)。

(5) 顧文煒：見卷五・二〇注(1)。

(6) 孫雲鳳：見卷二・三一注(2)。

(7) 沈大成：見卷二・五二注(1)。

(8) 姜西溟：姜宸英。見卷九・八六注(3)。此處所引詩，題一作〈宜亭〉。

三

有全首在人意中者：門生蔡家璋〈舟中〉云(1)：「孤客心情急去旌，榜人帶月趁宵征(2)。去舟時共來舟語，殘夢依稀聽不明。」汪舟次〈田間〉云(3)：「小婦扶犁大婦耕，隴頭一樹有啼鶯。兒童不解春何在，只向遊人多處行。」此種詩，兒童老嫗，都能領略。而竟有學富五車者，終身不能道隻字也。他如：湯擴祖之「事當失路工成拙，言到乖時是亦非」(4)；方子雲之「優孟得時皆貴客，英雄見慣亦常人」(5)；「酒常知節狂言少，心不能清亂夢多」；吳西林之「貧士出門非易事，豪門投刺豈初心」(6)：皆使聞者人人點頭。

【箋注】

(1) 蔡家璋：未詳。

(2) 榜人：船夫。

(3) 汪舟次：汪楫。見卷三・四八注(1)。

(4)湯擴祖：見卷五・二四注(2)。失路：喻不得志。乖時：違背時勢。

(5)方子雲：方正澍。見卷一・四五注(6)。優孟：春秋時楚國樂人，長八尺，多辯，常以談笑諷諫。楚莊王時，楚王心愛馬死，欲以大夫禮葬之，左右群臣上諫，王不納。優孟以機智上言，楚王納之。又曾作《優孟歌》勸諫楚王優禮孫叔敖後人。詳見《史記・滑稽列傳》。

(6)吳西林：吳穎芳。見卷五・五七注(1)。投刺：古指投遞名帖。

四

吾鄉鄭璣尺先生(1)，名江，康熙戊辰翰林。幼孤貧，里中有商人張靜遠者(2)，助其讀書。先生貌寢(3)，眇一目，湛深經學，而詩獨風騷。〈自嘲〉云：「自號小冠杜子夏(4)，人嗤一目江東王(5)。」藏花片於書中，題云：「卷裏崔徽帳中李(6)，何如通替見殷妃(7)？」

【箋注】

(1)鄭璣尺：鄭江。見卷四・四六注(8)。

(2)張靜遠：未詳。

(3)貌寢：相貌醜陋。

(4)杜子夏：漢代杜欽與杜鄴，同字子夏，皆以文才稱於世，時人因二杜齊名，同姓同字，無從區別，遂稱杜欽為「盲杜子夏」。杜欽恨人說他短處，特地自製小冠，戴著遊行都市，後被稱為「小冠杜子夏」。

(5) 江東王：此指南朝梁・蕭繹，幼年時封湘東王，盲一目，人稱湘東一目。見卷七・四五注(7)。

(6) 崔徽：唐歌妓名。曾與裴敬中相愛，既別，托畫家寫其肖像寄敬中曰：「崔徽一旦不及畫中人，且為郎死。」後抱恨而卒。事見唐・元稹〈崔徽歌並序〉。帳中李：用漢武帝在李夫人死後觀皮影招魂的故事。《太平御覽》卷六百九十九引桓譚《新論》：「置武帝李夫人神影于帳中，令帝觀見之。」

(7) 通替：指通替棺，一種像抽屜一樣可以隨意開閉的棺木。《南史・后妃傳上・宋孝武殷淑儀》：「及薨，帝常思見之，遂為通替棺，欲見輒引替覩屍，如此積日，形色不異。」殷妃：即殷淑儀。

五

詠雲者：吳尺鳧焯有句云(1)：「蘆花搖雪礙船過，雲葉隨風逐雁飛。」陳心田寅有句云(2)：「一雁披霜千樹冷，片雲移日半山陰。」嫌飯遲者：劉悔庵云(3)：「冷早秋衣薄，天陰午飯遲。」顧牧雲云(4)：「衣輕曉寒逼，薪濕午炊遲。」詠新僕者：汪舟次云(5)：「見事先人往，應門答語輕(6)。」吳野人云(7)：「長者尊難近，新名答尚疑。」四人皆無心之雷同而俱妙。又張哲士詠老僕云(8)：「曠職身常病，應門語每訛。」亦趣。

【箋注】

(1) 吳焯：字尺鳧。見卷三・六〇注(6)。

(2) 陳寅：字心田，號亦山。浙江海寧人。乾隆三十六年舉

人。歷任鹽官、廣東知縣。工詩。有《向日堂詩集》、《亦山小草》。

(3)劉悔庵：劉曾。見卷二・二八注(1)。

(4)顧牧雲：見卷五・二〇注(1)。

(5)汪舟次：汪楫。見卷三・四八注(1)。

(6)應門：照應門戶。指守侯和應接叩門的人。

(7)吳野人：吳嘉紀（1618-1684），字賓賢，號野人。江蘇泰州人。明諸生，入清不仕。晚居東陶，不交權貴。氣節文章，皆為時重。有《陋軒集》。

(8)張哲士：見卷七・一九注(4)。

六

六合彭厚村(1)，家資百萬，慷慨好施，年六十，而家資罄矣。不得已，辭家遠出，卒于乃弟孝豐署中。葛筠亭哭以詩云(2)：「頭盈白髮翻為客，手散黃金可築臺(3)。」又曰：「俠傳眾口難為富，患在無錢不認貧。」真厚村小傳。其弟迪庵，葛弟子也。葛往訪之，贈詩云：「笑隨童叟來聽政，要借雲山去賦詩。」〈在西湖夜望〉云：「月光山色靜窗扉，夜景空明水四圍。多少漁燈風不定，滿湖心裏作螢飛。」葛詩筆絕佳，半生為時文所累(4)；然高達夫五十吟詩(5)，故未遲也。

【箋注】

(1)彭厚村：如上。餘未詳。其弟彭克惠，字迪庵。江寧府六合縣人。乾隆三十六年順天鄉試舉人。官孝豐縣知

縣。

(2)葛筠亭：：葛國玢，字筠亭。清江寧人。乾隆甲辰歲貢生。工詩，善書畫。有《白下草》。

(3)築臺：戰國時期燕昭王高築黃金臺招賢納士。

(4)時文：此指舊時科舉應試的文體。

(5)高達夫：唐·高適，字達夫。唐渤海蓨人。少貧寒。後游河西，入哥舒翰幕為書記。歷淮南、西川節度使。終散騎常侍，封渤海縣侯。世稱高常侍。五十始學詩。曾三度出塞，以邊塞詩著稱，與岑參齊名。

七

有人畫七八瞽者(1)，各執圭、璧、銅、磁、書、畫等物(2)，作張口爭論狀，號《群盲評古圖》；其誚世也深矣(3)！劉鳴玉題云(4)：「耳聾偏要逢人聒，足跛轉喜登山滑。可惜不逢周師達(5)，眼珠個個金篦刮(6)。」

【箋注】

(1)瞽：目失明。

(2)圭：古代帝王諸侯所用玉製禮器。磁：指瓷器。

(3)誚世：譏諷世事。

(4)劉鳴玉：見卷七·八六注(2)。

(5)周師達：唐文宗時，同州（今陝西大荔）有石公集和周師達兩個民間醫生，專治白內障。

(6)金篦：古代治眼病的工具，用來刮眼膜。

八

又有人畫《牽車圖》，將妻子、奴婢、器具、食物，盡放車中，一枯瘦男子，牽長繩背負而走。空中一鬼，持鞭驅之。亦醒世意也(1)。余題云：「人世肩頭各一擔，梅花馱過杏花殘。暗中何必長鞭打？就作神仙懶亦難。」

【箋注】

(1)醒世：使人世驚醒。

九

寶意先生有女曰可(1)，字長白，有才而夭。詠〈苔〉云：「昨宵疑有雨，深院久無人。」〈題畫〉云：「黃雪褵褷點翠環，秋光一抹上房山(2)。彩雲飛盡碧天遠，半夜月明響珮環(3)。」寶意編其詩，號《曇花一現集》。

【箋注】

(1)寶意：商盤。見卷一・二七注(7)。商可：字長白。清會稽人。商盤長女，同縣王氏聘室。有《曇花一現集》。

(2)黃雪：喻月光。褵褷（líshī）：離披散亂貌。翠環：喻山環。房山：指山牆，上部呈山尖形的橫牆。

(3)珮環：喻月亮。

張麟圃計偕入都(1)，與某同寓。夢至大海，四望皆五色牡丹，鸞麟翔躍(2)，有女郎容貌絕世，袖中出碧玉版，如桐圭(3)，曰：「此『女媧箋』也(4)，求郎題詩。」張題一絕。女曰：「郎詩固佳，未慊妾意(5)。須倩某郎為之。」所云某者，即其同寓友也。次早起行，述所夢相同。是科張竟落第，而某捷南宮矣(6)。某所題僅記二句云：「淚花逗雨鮫珠死(7)，畫屏幾疊扶桑紫(8)。」

【箋注】

(1) 張麟圃：張逢堯，字天民，號麟圃。直隸滄州人。雍正六年舉人。官浙江蘭谿知縣、雲南按察使、江西四川貴州布政使。有《鶴汀草堂詩稿》。計偕：指舉人赴京會試。

(2) 鸞麟：鸞鳥與騏麟。

(3) 桐圭：指帝王封拜的符信。

(4) 女媧箋：傳說中女神的信箋。

(5) 未慊（qiè）：不滿足。

(6) 捷南宮：指科舉及第。南宮指尚書省。

(7) 鮫珠：傳說中鮫人淚珠所化的珍珠。

(8) 扶桑：傳說中的東方神樹。

一一

山陰女子陳淑旂〈晚思〉云(1)：「弱質怯春寒，名花帶月看。惜花兼惜影，不忍倚闌干。」

【箋注】

(1) 陳淑旂（qí）：字繡莊。清浙江上虞人。諸生陳志學女，山陰戴學連妻。早寡。有《繡莊詩草》。

一二

余乙卯科試(1)，考列前茅。其時，在帥學使幕中閱卷者(2)，邵君昂霄也(3)。相遇湖上，有所贈云：「韻到梅花清有骨，軟於楊柳怯當風。」余有知己之感，故至今誦之。

【箋注】

(1) 乙卯：指雍正十三年。袁枚十九歲。

(2) 帥學使：姓帥的學使。學使即督學使者，也稱提督學政。派往各省負責考試童生及生員。

(3) 邵昂霄：字麗寰、子政。浙江餘姚人。拔貢生。清朝天文曆算學家。有《萬青樓詩文殘編》。

一三

山陰沈冰壺(1)，字清玉，有《古調獨彈集》。以新樂府論古事，極有見解。如：辨永王璘之非反(2)，李白之受誣，作〈夜郎行〉；雪李贊皇之非黨(3)，作〈崖州行〉；笑隋主誅宇文(4)，身死于宇文，作〈南氏怨〉(5)。以何平叔之不父曹瞞為孝(6)，不從司馬為忠，其粉白不離手之說(7)，即梁冀誣李固之胡粉飾貌也(8)。人言崔浩毀佛遭禍(9)，乃詠〈崔浩〉云：「仙不能救，佛豈能阸(10)？」尤為超脫。

【箋注】

(1) 沈冰壺：字心玉、清玉，號梅史。浙江山陰人。貢生。乾隆元年舉博學鴻詞。有《抗言在昔集》、《古調自彈集》。

(2) 永王璘：李璘，唐玄宗第十六子。封永王。安祿山反，詔為四道節度使、江陵大都督。有窺江左之意，起兵不久而敗亡。李白因助永王璘曾被流放夜郎。

(3) 李贊皇：李德裕。見卷一・一九注(2)。主政期間，與牛僧儒、李宗閔為首的牛派之爭後被稱為牛李黨爭。

(4) 宇文：宇文化及，隋代郡武川人。隋煬帝時任右屯衛將軍。後叛殺煬帝，自立為帝。其父宇文述曾被煬帝貶為民。

(5) 南氏：古國名。《逸周書・史記解》：「昔有南氏有二臣貴寵，力鈞勢敵，競進爭權，下爭朋黨，君弗能禁，南氏以分。」此處喻指宇文氏。

(6) 何平叔：何晏，字平叔。三國魏南陽宛人。累官侍中尚書。美姿容，面白。尚魏公主。後欲反逆，為司馬懿所殺。

(7) 粉白：白粉，妝飾用品。裴松之注引三國魏魚豢《魏略》：「晏性自喜，動靜粉白不去手，行步顧影。」

(8) 梁冀：東漢安定烏氏人。居官暴恣驕橫，後被誅。李固：字子堅。東漢漢中南鄭人。官至太尉。後被梁冀所誣，下獄死。《後漢書・李固傳》梁冀等誣諂李固的匿名文書中說：「大行在殯，路人掩涕。固獨胡粉飾貌，搔首弄姿。」胡粉，即糊調鉛粉，用於傅面或繪畫。

(9) 崔浩：北魏清河東武城人。曾封爵東郡公，拜太常卿，制定《五寅元曆》，引薦道士寇謙之，助道抑佛。後因北人怨恨被誅。

(10) 阸（è）：困厄。

一四

湯中丞莘來聘〈湖上〉云(1)：「小橋隔岸時通馬，細柳如煙不礙鶯。」江西楊子載〈偶成〉云(2)：「漁燈欲滅見漁火，細雨無聲添落花。」

【箋注】

(1) 湯聘：字莘來，號稼堂。浙江仁和（今杭州）人。乾隆元年進士。官至湖北巡撫（清朝稱呼巡撫為中丞）。有《稼堂漫存稿》。此詩一題為〈重遊東皋即事呈同遊諸君〉。

(2) 楊子載：楊垕。見卷四・七四注(4)。

一五

胡偉然〈釣臺〉云(1)：「在昔披裘客(2)，浮名著意逃。江流日趨下，益見釣臺高。」錢相人方伯〈釣臺〉云(3)：「圖書功名安在哉？高風千古一漁臺。此情惟有江潮解，流到灘前便急回。」余過釣臺，見石刻林立；獨愛此二首。

【箋注】

(1)胡偉然：字益新。清紹興府蕭山（今杭州市蕭山區城廂鎮）人。有《永思集》。釣臺：即嚴子陵釣臺，在今浙江桐廬縣西錢塘江岸。

(2)披裘：東漢・嚴光歸隱披羊裘垂釣。後以披裘指歸隱。

(3)錢相人：錢琦。見卷三・二九注(6)。

一六

題畫詩最妙者：徐文長〈畫牡丹〉云(1)：「毫端頃刻百花開，萬事惟憑酒一杯。茅屋半間無住處，牡丹猶自起樓臺。」唐六如〈畫山水〉云(2)：「領解皇都第一名(3)，猖披歸臥舊茅衡(4)。立錐莫笑無餘地，萬里江山筆下生。」余之掃墓杭州也，蘇州陸生鼎畫扇贈云(5)：「一枝蘭槳鴨頭波(6)，兩個漁翁載酒過。好看舊山似新婦，迎門先為掃雙蛾(7)。」

【箋注】

(1)徐文長：徐渭。見卷六・三〇注(1)。

(2)唐六如：唐寅，字伯虎，號六如居士。明蘇州府吳縣人。弘治十一年舉人第一。著名畫家，明四家之一。詩文亦工。有《六如居士集》。

(3)領解：謂鄉試中舉。

(4)猖披：放蕩不羈的樣子。茅衡：茅舍衡門，指簡陋的房屋。

(5)陸鼎：字玉調，號鐵簫。清江蘇吳縣人。有《吾知錄》、《梅葉閣詩鈔》。（見《吳中兩布衣集》）

(6)鴨頭波：綠色水波。

(7)雙蛾：美女的雙眉。此處喻山色。

一七

詩中用虎點綴者最少。吳尊萊有句云(1)：「樵聲密雲隔，虎跡落花封。」雪嶠大師有句云(2)：「殘雪枝頭雪未消，熟眠老虎始伸腰。」唐人句云(3)：「夜深童子喚不起，猛虎一聲山月高。」

【箋注】

(1)吳尊萊：見卷二・一三注(1)。

(2)雪嶠大師：圓信（1571-1647），字雪嶠，號語風，俗姓朱。明僧。浙江寧波人。出主臨安徑山、會稽雲門等。

(3)唐人句：應是宋俞紫芝句，詩題為〈宿蔣山棲霞寺〉。另明・薛瑄有句：「武溪溪上烏臺夜，猛虎一聲山月高。」

一八

崔尚書應階督浙、閩(1)，自稱研露老人；書扇贈歌者櫻桃云(2)：「柳嚲花嬌已斷魂(3)，春風空自與溫存。歌筵一曲當年事，猶識金環舊指痕(4)。」

【箋注】

(1) 崔應階：見卷五・五三注(1)。

(2) 櫻桃：歌女名。

(3) 嚲（duǒ）：下垂；搖曳。

(4) 金環：金製的環。多作信物或妝飾品。

一九

松江何嘯客有《西湖詩》四十首(1)，或誦二首云：「秦亭山頭暖氣勻(2)，秦亭山下早梅新。嫁郎願嫁秦亭住，占得梅花第一春。」「長短蘭橈拂渚汀(3)，聲聲簫鼓集西泠(4)。為誰唱出《桃花曲》？盡着蕭郎簾外聽(5)。」

【箋注】

(1) 何嘯客：何時，字嘯客。清松江（今上海松江區）人。有《嘯客詩鈔》。

(2) 秦亭山：在西湖靈峰探梅景區東南一帶。山下的西溪自唐以來是賞梅勝地。

(3) 蘭橈：小舟的美稱。渚汀：近水的小塊平地。

(4) 西泠（líng）：橋名。亦指橋所在地。橋在杭州孤山西北盡頭處，是由孤山入北山的必經之路。

(5) 蕭郎：美好男子或女子愛戀的男子。

詩改一字，界判人天，非個中人不解(1)。齊己〈早梅〉云(2)：「前村深雪裏，昨夜幾枝開。」鄭谷曰(3)：「改『幾』字為『一』字，方是早梅。」齊乃下拜。某作〈御溝〉詩曰(4)：「此波涵帝澤，無處濯塵纓。」以示皎然(5)。皎然曰：「『波』字不佳。」某怒而去。皎然暗書一「中」字在手心待之。須臾，其人狂奔而來，曰：「已改『波』字為『中』字矣。」皎然出手心示之，相與大笑。

【箋注】

(1) 個中人：此中人。指在某方面體驗頗深和熟知內情的人。

(2) 齊己：唐僧，潭州長沙人，一說益陽人。常以竹枝畫牛背為詩。與鄭谷酬唱成編，號《白蓮集》。

(3) 鄭谷：唐詩人。見卷二・一二注(1)。

(4) 御溝：流經宮苑的河道。此為唐・王貞白詩，一題為〈御溝水〉。

(5) 皎然：唐僧。吳興人。謝靈運十世孫。詩文雋麗。有《詩式》及集。

二一

沈存中云(1)：「詩徒平正，若不出色，譬如三館楷書(2)，不可謂不端整；求其佳處，到死無一筆。」此言是也。然求佳句，詩便難作。戴殿撰有祺句云(3)：「但得閒身何必隱？不耽佳句易成詩。」

【箋注】

(1) 沈存中：沈括。見卷九・三六注(2)。

(2) 三館：唐有弘文(亦稱昭文)、集賢、史館三館，為朝廷所設編著之所。宋設廣文、大學、律學三館，為教育士子肄業之所。其楷書多求工整。

(3) 戴有祺：字丙章，號瓏巖。安徽休寧人，遷居松江。康熙三十年進士。授修撰。有《尋樂齋詩集》。

二二

宋人詠〈五月菊〉云：「為嫌陶令醉，來就屈原醒(1)。」詠〈十月桃〉云：「劉郎再來歲云暮，王母一笑天為春(2)。」兩用事，俱清切。近日姜紹渠詠〈諸葛菜〉云(3)：「至味於今思淡泊，軍行到處寓農桑。」

【箋注】

(1) 「為嫌」二語：宋人趙伯琳（宋太祖七世孫）句，後句第二字作「伴」字。陶令，指陶淵明。屈原：戰國時楚國人，名平。曾任左徒、三閭大夫。主張聯齊抗秦，

被楚襄王放逐於沅湘一帶。後投汨羅江而死。有〈離騷〉、〈九章〉、〈九歌〉等。屈原〈漁父〉：「舉世皆濁我獨清，衆人皆醉我獨醒，是以見放。」

(2)「劉郎」二語：元・李材（字子構，京兆人）詩句，「天為春」作「天回春」。劉郎，指唐劉禹錫。其詩句有：「種桃道士歸何處，前度劉郎今又來。」王母：傳說中地位崇高的女神。《太平廣記》卷三引《漢武內傳》載：西王母降，以仙桃四顆與帝……曰：「此桃三千年一生實。」

(3)姜紹渠：字敬銘，號醴堂。清江蘇華亭人。附監生。有《高鴻堂詩稿》。諸葛菜：《劉賓客嘉話錄》載「諸葛（亮）所止，令兵士獨種蔓菁」，蜀人呼為諸葛菜。

二三

己卯秋(1)，陳竹香從都門來(2)，替余長女成姑議婚。所議者曹來殷舍人也(3)。誦其句云：「水連鐵甕無邊白(4)，山到金陵不斷青。」余極賞之。陳以書寄曹。曹欣然允諾。兩家已有成說矣，適蘇州故人蔣誦先剔嬲不已(5)，遂定蔣而辭曹。嫁未半年，女與婿俱亡。數之不可挽也如是！曹旋入詞林(6)。

【箋注】

(1)己卯：乾隆二十四年。

(2)陳竹香：陳鳳翔，字竹香。清江西崇仁人。陳一章子。善畫山水人物，能繼父藝。由監生充國史館謄錄，議敘縣丞，歷官至江南河道總督。後革職，戍烏魯木齊，道卒。都門：借指京都。

(3) 曹來般：曹仁虎（1730-1786），字來殷，號習庵。江蘇嘉定人。乾隆二十六年進士。官至侍讀學士。有《宛委山房集》、《蓉鏡堂文稿》等。

(4) 鐵甕：即鐵甕城，三國吳所築京口子城，後為今江蘇鎮江市的別稱。

(5) 蔣誦先：蔣棨，字誦先。清長洲人。康熙五十八年從徐赤授經家塾。乾隆元年購置拙政園中部，改名復園。㔸䜩：猶糾纏。

(6) 詞林：翰林院的別稱。

二四

聖人稱詩「可以興」，以其最易感人也。王孟端友某在都娶妾(1)，而忘其妻。王寄詩云：「新花枝勝舊花枝，從此無心念別離。知否秦淮今夜月(2)，有人相對數歸期？」其人泣下，即挾妾而歸。

【箋注】

(1) 王孟端：王紱，字孟端，號友石生。明常州府無錫人。永樂中以薦入翰林為中書舍人。博學工詩，善書畫。有《王舍人詩集》。都：京城。

(2) 秦淮：河名。流經南京，是南京市名勝之一。

二五

杭州汪秋御夫人程慰良(1)，詠〈秧針〉云：「陌旁柳線穿難定，水面羅紋刺不禁。」可謂巧而不纖。

又有句云：「事從悟後言皆物，詩到工時心更虛。」真學者之言。有二女，皆能詩。長女妽(2)，和母句云：「松留石下千年藥，雨引池中二寸魚。」次女妕云(3)：「皓日穿窗飛野馬，平池貯水數浮魚。」

【箋注】

(1) 汪秋御：汪繩組（一作繩祖），字秋御。清杭州人。秀才。程慰良：字弱藻。清嘉定（今屬上海市）人。徵士宗傳女。汪繩祖繼妻。善為詩。有《吾土軒稿》。

(2) 汪妽：字巽為，號順哉。清浙江錢塘人。汪繩組前室女。

(3) 汪妕：程慰良女。與其姊同承慈訓，皆以詩名。

二六

王生同太守母夫人楊氏(1)，江都人，為昭武將軍諱捷者之女孫(2)。詠〈琴〉云：「遊魚浮水聽，大蟹出沙行。」年十九，生生同，十四日而亡。故生同有《十四日兒譜》行世。

【箋注】

(1) 王生同：王祖庚。見卷九・二四注(1)。

(2) 楊捷（1617–1690）：字元凱。明末清初義州人，祖籍寶應。降清後，授山西撫標中軍遊擊，累遷為副將。後任山東提督、福建提督。著有勞績，授為昭武將軍、光祿大夫兼太子太保，參加過平三藩、收臺灣、征準噶爾等許多重要戰爭。卒謚敏壯。

二七

余入學，年才十二。龔立夫名本者(1)，亦髫年(2)，同覆試時，立夫著繡領紅袴，為學使王交河先生所呵(3)。今五十餘年矣，老而不遇(4)。有人傳其〈看庭桂〉一首，云：「牡蠣牆陰碧蘚封(5)，連蜷古幹影重重。曉風吹過葉微動，夜雨漬來香更濃。好就曲欄敷坐具，時從幽境策吟笻(6)。天香滿院娛清晝，一任泥深斷客蹤。」

【箋注】

(1)龔立夫：龔本，字立夫，號東塢。清浙江仁和人。副貢。官仙居教諭。

(2)髫（tiáo）年：幼年。

(3)王交河：王蘭生（1679-1737），字振聲，一字信芳，號坦齋。直隸交河人。由諸生召直南書房，康熙五十二年賜舉人，六十年賜進士。官至刑部侍郎。有《律呂正義》、《數理精蘊》、《交河集》。

(4)不遇：不得志。

(5)牡蠣：一種帶殼的軟體動物，其殼堅硬。清・趙翼有詩句「牡蠣堅築牆」。

(6)吟笻：舊指詩人所攜之杖。

二八

余泊高郵，邑中詩人孫芳湖、沈少岑、吳螺峰招遊文遊臺(1)，是東坡、莘老、少游、定國四人遺

跡(2)。席間，沈自誦其〈春草〉云：「山經燒後痕猶淺，雪到消時色已濃。」余甚賞之。屏上有王樓村詩(3)，云：「落日倒懸雙塔影，晚風吹散萬家煙。」真臺上光景。螺峰云：「樓村以七律一聯，受知于宋商邱中丞(4)；遂聘在門牆，列江左十五子中(5)，大魁天下。詩云：『尊中臘酒翻花熟，案上春聯帶草書。』不過對仗巧耳。前輩之愛才如此。」十五子中，宰相、尚書，不一而足；惟李百藥一人以諸生終(6)。而詩尤超絕。

【箋注】

(1) 孫芳湖：孫仝銓，字芳湖。江蘇高郵人。嘉慶十三年歲貢。常自娛詩酒間。晚善岐黃術。有《筆山吟稿》，今存《映珠堂詩鈔》。沈少岑：沈荊漳，字廷璞，號東田、少岑。清江蘇高郵人。庠生。力敦學行，亦工詩詞。有《東田詩鈔》。吳螺峰：吳兆萱（管），字孝芳，號螺峰。高郵人。乾隆四十八年舉人。以大挑授金壇訓導。課士勤慎。有《依綠園詩鈔》。（均見道光二十五年刊《高郵州志》）。文遊臺：在今高郵市區東北、泰山廟（又名東嶽廟）後的東山頂端。

(2) 東坡：蘇軾。見卷一・二五注(4)。莘老：孫覺，宋高郵人，字莘老。官至御史中丞。少游：秦觀。見卷一・五六注(7)。定國：王鞏，字定國。宋莘縣（今屬山東）人。歷官太常博士、宗正寺丞等。詩文為蘇軾兄弟推重。

(3) 王樓村：王式丹。見卷二・七六注(3)。

(4) 宋商邱：宋犖。見卷一一・一三注(5)。

(5) 江左十五子：康熙四十二年宋犖編選出版《江左十五子詩選》。其十五人成為清初江南詩壇上一個群體。有

王式丹、吳廷楨、宮鴻瀝、徐昂發、錢名世、張大受、楊棆、吳士玉、顧嗣立、李必恒、蔣廷錫、繆沅、王圖炳、徐永宣、郭元釪。

(6) 李百藥：李必恒，字北岳，改字百藥，號樗巢。清高郵人。諸生。後獨未達，窮愁病聾以終。有《三十六湖草堂詩集》、《樗巢詩選》。

二九

熊觀察學驥(1)，字蔗泉，自楚中歸，兩目盲矣。其晉接周旋(2)，較勝有目者。居秦淮水閣(3)，與余晨夕過從，死前半月，賦〈秦淮雜詠〉，云：「秦淮三月畫簾開，便有遊人打槳來。燕子不歸春又暮，幾家閑煞好樓臺。」「笑語勾留畫舫停，紅粧綠鬢影娉婷。簾前燈映樓頭月，十里人家一畫屏。」亡後，余哭之哀，作挽聯云：「生祭有祠，楚國至今歌善政；風騷無主，秦淮那可喪斯人！」

【箋注】

(1) 熊學驥：見卷七・七七注(1)。

(2) 晉接：進見，交接。

(3) 秦淮：今江蘇南部秦淮河。此指秦淮河于南京市注入長江一帶。

三〇

六合孝廉張廷松(1)，清才不壽；詩不多，而饒有唐音。〈古意〉云：「荷葉風香隔水涯，吳姬蕩槳濕裙紗(2)。晚來滿載新蓮子，月上橫塘正到家(3)。」

【箋注】

(1) 張廷松：江寧府六合縣人。乾隆三十九年舉人。官咸安宮教習。

(2) 吳姬：泛指吳地之女。

(3) 橫塘：堤名。在南京市西南。

三一

金壇虞廣文景星(1)，康熙壬辰進士，年八十餘，與余相遇蘇州。詩才清妙，都未付梓。〈偶成〉云：「貧不賣書留子讀，老猶栽竹與人看。」「將雪論交人尚暖，與梅相對我猶肥。」〈解組〉云(2)：「人情驗自休官後，我意渾如出夢時。」〈訓兒〉云：「偶然為汝父，未免愛吾兒。」

【箋注】

(1) 虞景星：虞景興。見卷三・一二注(7)。廣文是「廣文先生」的簡稱。泛指清苦閒散的儒學教官。

(2) 解組：辭免官職。

三二

壬戌(1)，余與陶西圃鏞(2)，俱以翰林改官。陶先乞病。庚午(3)，余亦解組隨園(4)。陶與余同踏月，云：「偷得閒身是此宵，白門何處不瓊瑤(5)？芒鞋醉踏三更月，猶認霜華共早朝。」壬申(6)，余從陝西歸，陶方起病赴都，見贈云：「草草銷魂過白門，故人招我住隨園。同看昨歲此時雪，仍倒空山累夕尊。竹壓千竿青失影，峰鋪四面白無痕。君行萬里詩奇絕，何意重逢一快論！」余置酒，出路上詩相示。陶讀至〈扁鵲墓〉云(7)：「一坏尚起膏肓疾，九死難醫嫉妒心。」不覺淚下。詢其故，為一愛姬被夫人見逐故也。余欲安其意，適家婢招兒(8)，年將笄矣(9)，問：「肯事陶官人否？」笑曰：「諾。」遂以贈之。正月七日，方毓川掌科、王孟亭太守、朱草衣布衣、呂星垣進士(10)，添箱贈枕，各賦〈催妝〉。陶有詩云：「脫贈臨歧感故人(11)，相攜風雪不嫌貧。當他意處無多少，未老年華欲仕身。」余和云：「故人臨別最銷魂，萬里攜囊襆被身(12)。欲折長條無別物，自家山裏一枝春。」十餘年後，陶從山右遷楚中司馬，挈招兒再過隨園，則子女成行矣。子時行，小名佛保(13)，亦能詩。〈聽雨〉云：「連朝三日碧苔生，疏館蕭條夜氣清。紅燭當筵花拂帽，愛聽春雨到天明。」〈雨窗〉云：「照眼花枝亞短牆(14)，曉看風雨太顛狂。生憎簾捲危簷近，點點飄來濺筆床。」佛保入泮後(15)，年二十，以瘵疾亡(16)。

【箋注】

(1)壬戌：乾隆七年。

(2)陶鏞：號西圃。見卷五・二注(2)。

(3)庚午：乾隆十五年。

(4)解組：解下印綬。謂辭免官職。

(5)白門：南京舊時宣陽門的俗稱。瓊瑤：美玉。此形容月色。

(6)壬申：乾隆十七年。

(7)扁鵲：姓秦氏，名越人。戰國初齊國勃海鄭人。名醫。擅長各科。秦太醫李醯術不如而嫉之，乃使人刺殺之。

(8)招兒：婢女名。

(9)笄（jī）：古指女子十五歲成年。

(10)方毓川：方世儁，字毓川。安徽桐城人。乾隆四年進士。官戶部主事、太僕寺少卿、陝西布政使、貴州湖南巡撫。後因貪污伏法。王孟亭：王箴輿。見卷二・七六注(1)。朱草衣：朱卉。見卷三・一一注(4)。呂星垣（1753-1821）：字叔訥，一字叔諾，號應尾、映薇、湘臯。陽湖(今江蘇武進)人。乾隆間廩貢生。歷官直隸贊皇、河間知縣。工詩古文，善畫梅竹。有《白雲草堂集》。

(11)臨歧：原意為面臨歧路，後亦用為贈別之辭。

(12)襆被：鋪蓋卷，行李。

(13)時行：陶鏞之子。生平如上。

(14)亞：低垂。

(15)入泮：《禮記・王制》：「大學在郊，天子曰辟雍，諸侯曰泮宮。」故稱學校為泮宮。科舉時代學童入學為生員稱為「入泮」。見卷二・七二注(3)。

(16)瘵（zhài）：多指癆病。

三三

山東曾南村尚增(1)，風貌偉然，以庶常改知蕪湖(2)。嘗詩戲西圃云(3)：「幾載柴桑為刺史(4)，當年元亮是州民(5)。」因西圃居蕪湖故也。同舟訪余白下(6)，一路唱和，云：「潮通燕子趨京口(7)，帆帶峨眉認小姑(8)。」「風微漁火重生焰，寺僻鐘聲半代更。」皆佳句也。後刺郴州，署中不戒於火，女以救母故，與母俱焚。郴人為立孝女祠，南村亦以悸卒。

【箋注】

(1) 曾南村：曾尚增。見卷五・六注(1)。

(2) 庶常：庶吉士的代稱。

(3) 西圃：陶鏞。見卷五・二注(2)。

(4) 柴桑：地名。陶淵明是東晉潯陽郡柴桑縣（今九江市西南）人。

(5) 元亮：陶淵明的字。與「柴桑」均為喻指陶西圃。

(6) 白下：古地名。後用為南京的別稱。

(7) 燕子：指燕子磯，在今南京市東北長江南岸。京口：今江蘇鎮江。

(8) 峨眉：指安徽峨眉山。小姑：小孤山，俗名小姑山，原在江西彭澤縣北長江北岸，後陷入江中。

三四

漕帥楊清恪公錫紱(1)，德望冠時，而詩才清妙。〈夜行〉云：「好風潛入夜，明月正當頭。宇碧兼空

闊，舟輕足泳遊。微涼雙袖薄，小照一螢流。此意憑誰識？前磯有釣鈎。」〈楊村〉云：「微雲不成雨，片月復宵明。柳外煙無際，河邊市有聲。飛流緣漲急，氣肅為秋清。咫尺楊村近，吾宗有送迎。」〈泊北夏口〉云：「舟維涼雨後，人坐晚燈初。葉濕全低柳，波寒不上魚。攬衣嫌葛細，得酒愛更餘。亦有耽吟客，瑤篇孰起予(2)？」〈夕陽〉云：「一棹秋風裏，行行又夕陽。飛還鴉影亂，舞罷柳絲黃。客意銜山急，帆陰臥水涼。何人方獨立？覓句向蒼茫。」

【箋注】

(1)楊錫紱（1703-1769）：字方來，號蘭畹。江西清江人。雍正五年進士。歷任御史、道員，廣西、湖南、山東各省巡撫，官至漕運總督。卒謚勤慤。有《漕運全書》、《四知堂文集》。

(2)「瑤篇」句：（想寫出）秀美的詩篇，誰能給我以啟發呢？《論語·八佾》：子曰：「起予者商也，始可與言詩已矣。」

三五

裘文達公曰修(1)，與余同出蔣文恪公門下(2)。己未入都，過阜城(3)，悅女校書采玉(4)，意殊拳拳。後乞假歸覲(5)，余〈送行〉詩戲云：「阜陽女兒名采玉，當筵一曲歌《楊柳》。今日臨邛負弩迎(6)，可還杜牧尋春否(7)？」又十年，余入都補官，裘典試江南，相逢茌平道上(8)。見贈云：「車中遙指影翩

翩，忽訝相逢古道邊。粗問行藏知大概，諦觀顏色勝從前。南來我愧山濤鑒(9)，北去君誇祖逖鞭(10)。後會分明仍有約，歸程期在暮春天。」是夜，宿旅店，見余壁上有詩，和其後云：「漫空飛絮攪春情，十日都無一日晴。水斷虹橋迷古渡，雲埋雉堞隱孤城(11)。故人已別心猶惜，舊壁來看眼忽明。我正聳肩閑覓句，不勞津吏遠相迎。」己卯秋，裘又典試江南，到山中為余誦之。

公出使伊犁，襄贊軍事；〈在黃制府行臺即席有作〉云：「使相鈞衡大將旗(12)，西來賓閣喜追隨。談深席上杯行數，坐久窗間日過遲。任事肩無旁卸處，安邊功是已成時。天兵討叛非勤遠，此意須教萬姓知。」又〈元旦試筆〉云：「年年染翰揮毫手，乍喜金鞭控鐵驄。」嗚呼！以一書生，而能走萬里，贊軍機，與沈文慤公以詩人而受帝寵者(13)，皆近今所未有。可稱吾榜中得人最多，張乖厓不得擅美於前(14)。

【箋注】

(1) 裘文達：裘曰修。見卷一・六五注(17)。

(2) 蔣文恪：蔣溥。見卷一・六五注(24)。

(3) 阜城：今屬河北。

(4) 女校書：唐名妓薛濤有文才，時人稱為女校書。後亦喻女才子。

(5) 歸覲：此指歸鄉看望父母。

(6) 臨邛：今四川邛崍。負弩：古代背負弓箭，開路迎接貴賓之禮。漢司馬相如拜中郎將，建節至蜀。太守以下郊

迎。臨邛縣令負弩矢先驅。

(7)尋春：戲用杜牧〈悵詩〉意：「自是尋春去校遲，不須惆悵怨芳時。狂風落盡深紅色，綠葉成陰子滿枝。」

(8)茌平：今屬山東。

(9)山濤鑒：西晉·山濤善於選拔人才。

(10)祖逖鞭：以東晉·祖逖事蹟比喻奮勉爭先或先立功名。詳見卷九·九注(3)。

(11)雉堞：城牆。

(12)使相：清代用以稱呼兼大學士的總督。鈞衡：比喻擔負國家重任。

(13)沈文慤：沈德潛。見卷一·三一注(3)。

(14)張乖厓：張詠。見卷四·七三注(5)。

三六

盧雅雨先生轉運揚州(1)，以漁洋山人自命(2)，嘗賦〈紅橋修禊〉四章，一時和者千餘人。余俱未見。而先生原唱，余亦不甚愛誦也。及其致仕(3)，〈留別揚州〉詩，竟成絕調：真所謂歡愉之詞難工，感愴之言多妙耶？其詞曰：「脫卻銀黃敢自憐(4)？不才久任受恩偏。齒加孫冕餘三歲(5)，歸後歐公又九年(6)。犬馬有情仍戀主，參苓無效也憑天(7)。養疴得請懸車日(8)，五福誰云尚未全？」「平山迴望更關愁(9)，標勝家家醉墨留(10)。十里亭臺通畫舫，一年簫鼓到深秋。每看絳雪迎朱旆(11)，轉似青山戀白頭(12)。為報先疇墓田在，人生未合死揚州(13)。」

「長河一曲繞柴門，荒徑遙憐松菊存。從此風波消宦海，始知煙月足家園。歲時社集牛歌好，鄉里筵開鶴髮尊。癡願無多應易遂，杖朝還有引年恩(14)。」嗚呼！後公果將杖朝矣，乃竟不得考終(15)。余吊之曰：「潘岳閒居竟不終(16)，褚淵高壽真非福(17)。」《列子》云：「當生而生，福也；當死而死，福也。」其信然歟！

【箋注】

(1)盧雅雨：盧見曾。見卷二・九注(1)。

(2)漁洋山人：王士禛。見卷一・五四注(1)。王曾為揚州推官，輒召賓客，與諸詞人賦詩。

(3)致仕：辭去官職。

(4)銀黃：指高官所佩之銀印與金印。

(5)孫冕：字伯純。宋臨江軍新淦人。官尚書禮部郎中。後出守蘇州，剛到養老告退的年齡，即歸隱。

(6)歐公：宋・歐陽修，年六十五以觀文殿學士、太子少師致仕。見卷四・四七注(1)。

(7)參苓：人參與茯苓，有滋補健身作用。

(8)懸車：指辭官家居。

(9)平山：在今山東。指代山東故鄉。

(10)標勝：指高尚之道。

(11)絳雪：喻紅色花朵。朱旆（pèi）：紅色旌旗。

(12)青山戀白頭：指揚州青山似留戀我這白頭老人。

(13)先疇：先人留下的田地。唐・張祜〈縱遊淮南〉：「人生只合揚州死，禪智山光好墓田。」

(14) 杖朝：原指八十歲可拄杖出入朝廷，後為八十歲的代稱。引年：這裏指延長年壽。

(15) 考終：享盡天年。

(16) 潘岳：見卷一〇・二四注(4)。司馬倫執政時，其親信孫秀與潘有宿怨，誣以謀反誅之。

(17) 褚淵：字彥回。南朝宋、齊時河南陽翟人。曾與尚書令袁粲同輔蒼梧王，後又背袁粲助蕭道成代宋建齊。時人恥其背宋無節操，譏之云：寧為袁粲死，不作彥回生。

三七

余髫年入泮(1)，人來相賀，而余不知其何以賀也。讀宋人李昉〈贈賈黃中童子〉云(2)：「見榜不知名字貴，登筵未識管弦歡。」方知古人措詞之切。

【箋注】

(1) 髫（tiáo）年：幼年。入泮：科舉時代學童入學為生員稱為「入泮」。

(2) 李昉：見卷二・六注(6)。賈黃中：字媧民。宋滄州南皮人。六歲舉童子科，十五歲舉進士。太宗時官至禮部侍郎兼秘書監。

三八

聲音不同，不但隔州郡，並隔古今。《穀梁》云(1)：吳謂「善伊」為「稻緩」(2)。《淮南》(3)：人呼「母」為「社」。《世說》：王丞相作吳語

曰：「何乃渹(4)？」《唐韻》：「江淮以『韓』為『何』。」今皆無此音。

【箋注】

(1)穀梁：即《春秋穀梁傳》。

(2)「吳謂」句：吳國將「善」讀成「伊」，將「稻」讀成「緩」。

(3)淮南：指《淮南子》，高誘注。《說文》：「淮南謂母曰社。」

(4)王丞相：晉・王導。見卷六・一〇〇注(3)。渹(qìng)：古吳方言意為「冷」。

三九

偶見坊間俗韻，有以「真元」通「庚青」者，意頗非之。及讀《三百篇》，爽然若失。「山榛」、「隰苓」，「十蒸」通「九青」。「有鳥高飛，亦傅於天。彼人之心，於何其臻。曷予靖之，居以凶矜。(1)」是「一先」、「十一真」、「十蒸」俱通也。《楚辭》：「肇錫余以佳名」，「字余曰靈均」；「八庚」通「十蒸」也(2)。其他《九歌》、《九辨》，俱「九青」通「文元」。無怪老杜與某曹長詩(3)，「末」字韻旁通者六；東坡與季長詩(4)，「汁」字韻旁通者七。

【箋注】

(1)「有鳥」數語：《詩經·小雅·菀柳》中句。

(2)「十蒸」：嘉慶己巳年刊隨園藏版原刻中為「十真」，誤。

(3)與某曹長詩：詩題為〈七月三日亭午已後校熱退晚加小涼穩睡有詩因論壯年樂事戲呈元二十一曹長〉。可參閱。

(4)與季長詩：詩題似應為〈岐亭五首〉，是贈給好友陳慥（季常）。第一個韻字即「汁」字。

四〇

余祝彭尚書壽詩，「七虞」內誤用「餘」字(1)，意欲改之。後考唐人律詩，通韻極多，因而中止。劉長卿〈登思禪寺〉五律，「東」韻也，而用「松」字(2)。杜少陵〈崔氏東山草堂〉七律，「真」韻也，而用「芹」字(3)。蘇頲〈出塞〉五律，「微」韻也，而用「麾」字(4)。明皇〈餞王晙巡邊〉長律，「魚」韻也，而用「符」字(5)。李義山屬對最工，而押韻頗寬，如「東、冬」、「蕭、肴」之類，律詩中竟時時通用。唐人不以為嫌也。

【箋注】

(1)餘：在「六魚」韻部。

(2)松：在「二冬」韻部。

(3)芹：在「十二文」韻部。

(4) 麾：在「四支」韻部。

(5) 符：在「七虞」韻部。

四一

沈總憲近思(1)，在都無眷屬。項霜泉嘲之(2)，云：「三間無佛殿，一個有毛僧。」魯觀察之裕(3)，性粗豪而屋小，署門曰：「兩間東倒西歪屋；一個南腔北調人。」薛徵士雪善醫而性傲(4)，署門曰：「且喜無人為狗監(5)；不妨喚我作牛醫(6)。」

【箋注】

(1) 沈近思：見卷四・二注(5)。總憲，官名，明清時對都察院左都御史的別稱。

(2) 項霜泉：項溶，字霜田，一作霜泉。清錢塘人。沈近思內兄，為一方學霸。性磊落，下筆數千言，詩極雄麗。

(3) 魯之裕：魯亮儕。見卷四・一二注(2)。觀察，清代作為對道員的尊稱。

(4) 薛雪：見卷二・一九注(1)。

(5) 狗監：漢代主管皇帝獵犬與食犬的官。司馬相如曾得一狗監薦引。（詳《史記・司馬相如列傳》）。按：中國古代食狗之風頗盛，且是天子與貴族食用的上等珍品。《禮記・月令》載：「孟秋之月……天子食麻與犬。」、「仲秋之月……天子以犬嘗麻，先薦寢廟。」、「季秋之月……天子乃以犬嘗稻，先薦寢廟。」另外《禮記・王制》：「士無故不殺犬豕。」《文子・上仁篇》云：「先王之法……犬豕不期年不得食。」越王勾踐為雪恥復國，實行獎勵人口生育政策。

《國語・越語》載：「生丈夫，二壺酒，一犬；生女子，二壺酒，一豚。」可見狗肉較豬肉珍貴。《荀子・榮辱篇》：「今人之生也，方知畜雞狗豬彘，又畜牛羊。」《孟子・梁惠王上》云：「雞豚狗彘之畜無失其時，七十者可以食肉矣。」又，《史記・刺客列傳》和〈樊酈滕灌列傳〉提及聶政和樊噲皆曾以屠狗為業；漢景帝陽陵中的御府動物坑出土有大量的動物陶俑，其中有四百餘隻陶狗，與陶牛、陶羊、陶豬、陶雞等並列，可見當時人視狗肉如同牛羊豬肉一般。故漢代之狗監不僅主獵犬，亦主食犬。

(6) 牛醫：《後漢書・黃憲傳》：「世貧賤，父為牛醫。」

四二

同年成衛宗(1)，宰南安。小婢春桂於後園獲石印，文曰「忠孝傳家」，成題云：「孔龜張鵠難重覯(2)，此石摩挲亦頗宜。愧我平生期許在，盡教世守作良規。」余宰江寧時，聘史苕湄為記室(3)，成識之於署中。後為臺灣司馬，史館馮觀察家(4)，相見甚歡。秩滿將西渡(5)，留別史云：「卅年舊雨各西東(6)，忽漫相逢大海中。自是壯懷同作客，不堪衰鬢已成翁。世情轉燭貧交久(7)，物態浮雲老眼空。他日故園應聚首，一樽相對話松風。」

【箋注】

(1) 成衛宗：成城，字衛宗，號成山。浙江仁和人。乾隆三年與袁枚同榜舉人，二十五年進士。官郎中。晚年主講松林書院。有《慕嘯軒集》、《渤海吟》、《玉磬山齋

詩文集》。

(2) 孔龜：《搜神記》：「（孔）愉少時，嘗經行餘不亭。見籠龜于路者，愉買之，放於餘不溪中。龜中流，左顧者數過。及後以功封餘不亭侯。鑄印而龜鈕左顧，三鑄如初。印工以聞。愉乃悟其為龜之報，遂取佩焉。」張鵲：張華《博物志》卷七：「常山張顥為梁相，天新雨後，有鳥如山鵲，飛翔近地，市人擲之，稍下墮，民爭取之，即為一圓石。言縣府，顥令捶破之，得一金印，文曰『忠孝侯印』。」覯（gòu）：遇見，看見。

(3) 史茗湄：史正義。見卷一〇・四注(1)。記室：掌章表書記文檄之類的官。

(4) 館：教私塾。

(5) 秩滿：官吏任期屆滿。

(6) 舊雨：老朋友。

(7) 轉燭：風搖燭火。比喻世事變幻莫測。

四三

寇萊公夢中詩云(1)：「渡海只十里，過山已萬重。」後貶雷州渡海(2)，方悟前詩成讖(3)。范文正公詠〈月〉云(4)：「已知千里共，猶訝一分虧。」後終於參知政事(5)。

【箋注】

(1) 寇萊公：寇準。見卷二・一二注(7)。

(2) 雷州：治所在今廣東海康縣。

(3) 讖（chèn）：迷信的人指將來要應驗的預言、預兆。

(4)范文正：范仲淹。見卷一・二七注(5)。

(5)參知政事：指副相，僅次於宰相。

四四

姑母嫁沈氏，年三十而寡，守志母家。余幼時，即蒙撫養。凡浣衣盥面，事皆依賴于姑。姑通文史。余讀〈盤庚〉、〈大誥〉(1)，苦聱牙，姑為同讀，以助其聲。嘗論古人，不喜郭巨(2)，有詩責之云：「孝子虛傳郭巨名，承歡不辨重和輕。無端枉殺嬌兒命，有食徒傷老母情。伯道沉宗因縛樹(3)，樂羊罷相為嘗羹(4)。忍心自古遭嚴譴，天賜黃金事不平。」余集中有〈郭巨埋兒論〉，年十四時所作；秉姑訓也。

【箋注】

(1)盤庚、大誥：皆《尚書》篇名。

(2)郭巨：西漢河內隆慮（今河南林州）人。家貧，每供饌食，母必分與孫。郭巨欲埋其子，掘地而得黃金。

(3)伯道：晉鄧攸。見卷九・一六注(2)。

(4)樂羊：戰國時魏人。樂羊為魏將而攻中山。其子在中山，中山之君烹其子而遺之羹，樂羊坐於幕下而啜之，盡一杯。後來，魏文侯賞其功而疑其心。

四五

江西帥蘭皋先生，名念祖(1)，督學浙江，一時名宿(2)，都入網羅(3)；半皆蘇耕餘廣文為之先容(4)。蘇故癸巳進士(5)，長於月旦(6)，吾鄉名士，多出其門。惟余年幼未往。帥公來時，余年十九，考古學，賦〈秋水〉云：「映河漢而萬象皆虛，望遠山而寒煙不起。」公加嘆賞。又問：「『國馬』、『公馬』，何解？」余對云：「出自《國語》，注自韋昭。至作何解，枚實不知。」繳卷時，公閱之，曰：「汝輕年，能知二馬出處足矣；何必再解說乎？」曰：「『國馬』、『公馬』之外，尚有『父馬』；汝知之乎？」曰：「出《史記・平準書》。」曰：「汝能對乎？」曰：「可對『母牛』。出《易經・說卦傳》。」公大喜，拔置高等。蘇先生聞之，招往矜寵(7)，以不早識面為恨。先輩之愛才如此。後帥公為陝西布政使，竄死臺上。余賦五古哭之，末四句曰：「青蠅宦海飛(8)，白骨沙場拋。何當抱孤琴，塞外將魂招？」

【箋注】

(1) 帥念祖：字宗德，號蘭皋。江西奉新人。雍正元年進士。官禮科給事中、陝西布政使。緣事謫戍軍臺，卒於塞外。工時文，善指畫，亦為詩。有《樹人堂詩》。

(2) 名宿：素有名望的人。

(3) 網羅：聯絡，包羅。

(4) 蘇耕餘：蘇滋恢，字茂宏，一字耕餘。浙江餘姚人。康

熙五十二年進士。官杭州教授，秉鐸十餘年。廣文：「廣文先生」的簡稱。泛指清苦閒散的儒學教官。先容：原謂先加修飾，後引申為事先致意或介紹、推薦。

(5)癸巳：康熙五十二年。

(6)月旦：指品評人物。

(7)矜寵：特別寵愛。

(8)青蠅：喻指讒佞。

四六

詩有正喻夾寫(1)，似是而非之語，最妙。王介祉詠〈鐵馬〉云(2)：「依人簷宇下，底作不平鳴？」香亭〈阻風〉云(3)：「想通天上銀河易，力挽人間風氣難。」周之桂詠〈秋暑〉云(4)：「傍曉燈偏光焰大，罷官人更熱中多(5)。」董曲江太史〈過十八灘〉云(6)：「漫誇利涉乘風便，始信中流立腳難。」周詩成時，適有罷官者冒酷暑入都，讀者愈覺其佳。

【箋注】

(1)正喻夾寫：指一種正面喻示又夾有他意的巧妙曲折的表達方式，似是而非，似非而是。有味外味，旨外旨。

(2)王介祉：王陸禔。見卷五・五二注(5)。

(3)香亭：袁樹。見卷一・五注(3)。

(4)周之桂：字小山，一字玉犀。清上元人。乾隆五十九年舉人。以大挑知縣，分安徽，歷署歙縣、蒙城知縣。有政聲。

(5)熱中：喻指急切追逐名利權勢。此處雙關。

(6)董曲江：董元度。卷八・三〇注(1)。

四七

余少時氣盛跳蕩，為吾鄉名宿所排。惟柴秀才名致遠、號耕南者(1)，一見傾心。乙卯春，柴讀書孤山(2)，余寄札云：「秋將至矣，頗欲掩帷；春實佳哉，未能端坐。」餘數行，泛論友朋。柴答云：「赤煒未來(3)，青春可愛。足下端坐未能(4)，僕且懶索香熏矣。來書惓惓人物(5)，此間俗子如春萍，何從覓佳客？昨無聊，閒步登孤山之巔，折梅誰贈？可憐可憐！某某輩，僕不能定其為人。鄙意：以仲翔針芥之言求知己(6)，以君子全交之道待泛交：如是而已。晴日早來，當以此論，質之逋老(7)。」余愛其措詞雋雅，有谷子云筆札之妙(8)，藏篋中五十餘年。耕南〈夜遊孤山〉有句云：「月行疑踏水，花坐當熏衣。」後客死廣西。己亥年，余至其家，夫人出見，白髮蕭然，有陸魯望重過張處士故居光景(9)。

丙辰春，余欲西行，苦無路資。適耕南之兄東升就館高安(10)，挈余同至署中，贈金一笏，裁得裹糧至粵。一路舟中聯句。過鄱陽湖，野有樹，大可蔽牛，已朽折委地矣；旁一小枝，穿根而出，高十丈餘。相傳，明太祖與陳友諒戰時(11)，此樹代受炮，故封為「將軍」。至今尚有燒灼痕。柴首唱云：「大樹兵火餘，枯根尚委地。」余續云：「曾

抱紀信忠(12)，一死代漢帝。」柴云：「輪囷根盤存，焦枯枝葉棄。」余云：「叢叢莓苔痕，鬱鬱霜露氣。」柴云：「祖幹扶桑傾(13)，孫枝小龍繼。」余續云：「穿出盤古墳，猶作拏雲臂。」東升嘆曰：「二語險絕，可不必續成矣。」彼此一笑而罷。東升贈余五古，僅記二句云：「浩氣盤九疑，晴襟豁萬谷(14)。」嗚呼！當日無柴君，則余何由得見金公(15)？又何由得從粵西至都下哉(16)？後戊戌年，余往杭州訪柴。鄰人云：「全家都在廣東。」東升亡後，未曾歸葬。余哭以詩，載集中。

【箋注】

(1) 柴致遠：號耕南。浙江錢塘人。諸生。乾隆二十九年病故。

(2) 孤山：此指杭州孤山。

(3) 赤煒：指夏天。

(4) 足下：古代下稱上或同輩相稱的敬詞。

(5) 惓惓：深切思念。

(6) 仲翔：三國人虞翻。見卷二・四二注(3)。針芥之言：《吳書》曰：翻少好學，有高氣。年十二，客有候其兄者，不過翻，翻追與書曰：「僕聞虎魄（琥珀）不取腐芥，磁石不受曲針，過而不存，不亦宜乎！」（《三國志》裴注）。求知己：翻別傳曰：翻放棄南方，云：「自恨疏節，骨體不媚，犯上獲罪，當長沒海隅，生無可與語，死以青蠅為吊客，天下一人知己者足以不恨。」（《三國志》裴注）

(7) 逋老：林逋。見卷一・五四注(9)。

(8) 谷子云：西漢人谷永。見卷二・六一注(6)。《漢書・樓

護傳》：「長安號曰：『谷子云筆札，樓君卿脣舌』，言其見信用也。」

(9) 陸魯望：唐陸龜蒙。見卷一・二〇注(13)。張處士：唐張祜。見卷一・四二注(1)。故居在丹陽。

(10) 柴東升：清杭州處士。據袁枚〈訪柴東升墓不得〉詩，曾在一個稱李膺舟的主人家就館授徒。

(11) 陳友諒：元沔陽玉沙縣人。優於武藝。曾稱帝於采石磯，國號漢，盡有江西、湖廣。與朱元璋軍決戰，兵敗，中流矢卒。

(12) 紀信：西漢人。見卷一・四七注(5)。

(13) 扶桑：神話中的樹名。亦指日出處。

(14) 晴襟：開朗的胸懷。

(15) 金公：金鉷。見卷一・九注(2)。

(16) 都下：京都。

四八

余弱冠時(1)，與王復旦卿華為至交(2)。其父星望公官御史(3)。丙辰春，余從廣西入都。卿華舉浙江鄉試。漏盡，作家信，報其尊人(4)，猶再三道余不置(5)。已而同到京師，彼此失意，往來更密。其大父子堅先生(6)，亦以國士相待(7)。次年八月，卿華歸娶，同騎馬至彰儀門外，兩人泣別。戊午秋，星望公病篤，猶讀余闈墨(8)，許為第一。初十日，榜發，余獲雋(9)，而先生即於是日委化(10)。余感生平知己之恩，往視含殮，顏色慘淒。其戚唐某疑余落第，再三

道屈，坐客無不掩口而笑。卿華贈余改官云：「朝士盡將韓愈惜(11)，都人爭作李邕看(12)。」又數年，聞其再落第，縊死長安。余哭以七古一章，載集中。己亥春，余歸杭州，訪其墓，則四至埏道(13)，被勢家侵佔；為告之官，而斷還其後人。

【箋注】

(1)弱冠：古時稱男子二十歲為弱冠。

(2)王復旦：見卷四・七注(5)。

(3)王星望：王文璿，字星望，號誠齋。浙江海寧籍錢塘人。雍正八年進士。散館授編修。官至湖廣道監察御史。

(4)尊人：對他人或自己父母的敬稱。

(5)不置：不止。

(6)大父：祖父。子堅：見卷一六・四四注（3）。

(7)國士：一國中才能最優秀的人物。

(8)闈墨：指清代鄉試會試前，由主試者選刊中式者之作。

(9)獲雋：會試得中。

(10)委化：死亡的婉詞。

(11)「朝士」句：韓愈年輕時曾三次應進士試不第，及第後又三試博學宏詞未遇。四舉而後有成，亦未得仕。

(12)「都人」句：《舊唐書・文苑中・李邕》：「人間素有聲稱，後進不識，京、洛阡陌聚觀，以為古人。或將眉目有異，衣冠望風，尋訪門巷。」《新唐書・文藝列傳・李邕》：「邕蚤有名，重義愛士，久斥外，不與士大夫接。既入朝，人間傳其眉目瑰異，至阡陌聚觀，後生望風內謁，門巷填隘。」

(13)埏（yán）道：墓道。

四九

余六十三歲，方生阿遲。時家弟春圃觀察在蘇州(1)，勾當公事；接江寧方伯陶公飛檄文書(2)，意頗驚駭，拆之，但有紅箋十字云：「令兄隨園先生已得子矣。」常州趙映川舍人詩云(3)：「佳問有人馳驛報，賀詩經月把杯聽(4)。」

【箋注】

(1)春圃：袁鑒。袁枚堂弟。見卷五・一注(1)。

(2)陶公：陶鏞。見卷五・二注(2)。

(3)趙映川：趙懷玉。見卷七・二一注(1)。

(4)把杯：端著杯子。

五〇

余弱冠在都，即聞吳江布衣徐靈胎有權奇倜儻之名(1)，終不得一見。庚寅七月，患臂痛，乃買舟訪之，一見歡然。年將八十矣，猶談論生風，留余小飲，贈以良藥。門鄰太湖，七十二峰，招之可到。有佳句云：「一生那有真閑日？百歲仍多未了緣。」〈自題墓門〉云：「滿山靈草仙人藥，一徑松風處士墳。」靈胎有〈戒賭〉、〈戒酒〉、〈勸世道情〉，語雖俚，恰有意義。〈刺時文〉云：「讀書人，最不齊，爛時文，爛如泥。國家本為求才計，誰知道，變做了欺人技。三句承題，兩句破題，擺尾搖頭，便道

是聖門高弟。可知道『三通』、『四史』(2)，是何等文章？漢祖、唐宗，是那一朝皇帝？案頭放高頭講章，店裏買新科利器。讀得來肩背高低，口角噓唏。甘蔗渣兒嚼了又嚼，有何滋味？孤負光陰，白白昏迷一世。就教他騙得高官，也是百姓朝廷的晦氣！」

【箋注】

(1)徐靈胎（1693-1771）：徐大椿，曾名大業，字靈胎。江蘇吳江人。清代著名醫學家。業儒通經，博學多才，兼通天文、地理、數學、水利、文詞、音樂、武藝，尤以醫學著稱於世。另有《洄溪道情》。權奇倜儻：卓異非凡、豪爽灑脫。

(2)三通：指杜佑《通典》、鄭樵《通志》、馬端臨《文獻通考》。四史：指《史記》、《漢書》、《後漢書》、《三國志》。

五一

唐當治平時(1)，或詠所見，曰：「可惜數枝紅艷好，不知今夜落誰家(2)？」及世亂矣，或詠所見，曰：「無窮紅艷煙塵裏，驟馬分香散入營(3)。」

【箋注】

(1)治平：政治清平、社會安定。

(2)「可惜」二句：韋莊〈丙辰年鄜州遇寒食城外醉吟五首〉。

(3)「無窮」二句：司空圖〈南北史感遇十首〉。

五二

廣東稱妓為「老舉」，人不知其義。問土人，亦無知者。偶閱唐人《北里志》，方知唐人以老妓為都知(1)，分管諸姬，使召見諸客，一席四鐶(2)，燭上加倍，新郎君更加倍焉。有鄭舉舉者(3)，為都知；狀元孫偓頗惑之(4)。盧嗣業贈詩云(5)：「未識都知面，先輸劇罰錢(6)。」廣東至今有　「老舉」之名，殆從此始。

【箋注】

(1)都知：舊時妓院中的班頭，分管諸妓。

(2)鐶：銅錢。

(3)鄭舉舉：唐妓名。善令章，巧談諧。

(4)孫偓：字龍光。唐武邑（今河北武邑）人。僖宗乾符五年戊戌科狀元及第。累官戶部侍郎、同中書門下平章事、門下侍郎、禮部尚書。

(5)盧嗣業：唐河中蒲人。僖宗乾符五年進士。少有詞藝，無操守之譽。官都統判官、檢校禮部郎中。

(6)劇：應為「醵」，籌集。

五三

謝深甫云(1)：「詩之為道，標舉性靈，發舒懷抱，使人易於矜伐(2)。」此言是也。然如杜審言臨終謂宋之問曰(3)：「不見替人(4)，久壓公等。」袁嘏自稱己所作詩(5)，「須以大材迮之(6)，不爾，飛

去。」言雖誇，尚有風趣。漢桓帝時，馬子侯自謂知音(7)，彈《陌上桑》，左右盡笑，而子侯猶搖頭自得。則蚩獰太過矣(8)。今之未偕競病而詩狂欲上天者(9)，毋乃類是(10)？

【箋注】

(1) 謝深甫：字子肅。宋台州臨海人。歷任大理丞、參知政事、右丞相，封魯國公。

(2) 矜伐：恃才誇耀。

(3) 杜審言：祖籍襄陽，遷居河南鞏縣。杜甫的祖父。高宗咸亨進士。累官修文館直學士。唐代近體詩奠基人之一。宋之問：唐汾州（今山西汾陽）人。一說虢州（今河南靈寶）人。高宗上元二年進士。官至考功員外郎。宮廷侍臣。詩與沈佺期齊名。

(4) 替人：接替的人。

(5) 袁嘏：南朝齊陳郡人。曾任諸暨令。所引見《南齊書》卷五十二。

(6) 迮（zé）：以重物鎮壓使穩固。

(7) 馬子侯：漢桓帝時郎官。應璩《百一詩》云：「漢末桓帝時，郎有馬子侯。自謂識音律，請客鳴笙竽。為作《陌上桑》，反言《鳳將雛》。左右偽稱善，亦復自搖頭。」

(8) 蚩獰：庸劣，醜惡。

(9) 偕：諧和。競病：指作詩押險韻。《南史·曹景宗傳》：「詔令約賦韻。時韻已盡，唯餘競病二字。景宗便操筆，斯須而成，其辭曰：『去時兒女悲，歸來笳鼓競。借問行路人，何如霍去病？』帝嘆不已。」

(10) 毋乃：豈非。

五四

孫興公說曹輔佐(1)「如白地光明錦(2)，裁為負版褲(3)，雖邊幅頗闊，而全乏剪裁」。宋詩話云：「郭功甫如二十四味大排筵席(4)，非不華侈，而求其適口者少矣。」一以衣喻文，一以食喻詩：作者俱當錄之座右。

【箋注】

(1) 孫興公：孫綽，字興公。太原中都（今山西平遙）人。東晉詩人、辭賦家、駢文家。曾任著作佐郎、參軍長史、廷尉卿。此處引語出自《世說新語》，文字有出入。曹輔佐：曹毗（pí），字輔佐。東晉譙國（今安徽亳州）人。累遷太學博士、光祿勳，喜好典籍，擅長文辭。按：曹，嘉慶本原誤為高。據民國本改。

(2) 地：質地，底子。光明錦：應為明光錦，指明潔閃光之錦。

(3) 負版：指背負邦國圖籍的隸役人。

(4) 郭功甫：郭祥正。見卷一・二五注(6)。引語出自宋・趙與時《賓退錄》。文字有出入。

五五

淮南程氏雖業鹵莢甚富(1)，而前後有四詩人：一風衣，名嗣立(2)；一夔州，名崟(3)；一午橋，名夢星(4)；一魚門，名晉芳(5)。四人俱與余交，而風衣、夔州，求其詩不得。魚門雖呼午橋為伯父，意頗輕之。余曰：「午橋先生古風力弱，近體風華，不可

沒也。」如〈看花不果〉云：「蠟屐也思新草色(6)，病酲偏負曉鶯聲(7)。」〈贈僧〉云：「樓前常設留賓榻，岩下多栽獻佛花。」〈桐廬〉云：「百里煙深因近水，一年秋早為多山。」皆佳句也。

【箋注】

(1)耦荚：合算，合計。指經商。耦，同偶。

(2)程嗣立：字風衣，號篁村。清江蘇淮安人。貢生。有《水南遺稿》。

(3)程崟（yín）（1687-1767）：字平川，一字夔州，號二峰。江蘇山陽人，江都籍。康熙五十二年進士。官刑部郎中。有《二峰詩稿》。

(4)程夢星：見卷五・一九注(3)。

(5)程晉芳。見卷一・五注(1)。

(6)蠟屐：以蠟塗木屐。南朝宋・劉義慶《世說新語・雅量》：「或有詣阮(阮孚)，見自吹火蠟屐，因嘆曰：『未知一生當著幾量屐！』神色閑暢。」後指悠閒、無所作為的生活。

(7)病酲：病酒，醉酒。

五六

齊武帝於興光樓上施青漆(1)，謂之「青樓」。是青樓乃帝王之居，故曹植詩「青樓臨大路」(2)，駱賓王詩「大道青樓十二重」(3)，言其華也。今以妓為青樓，誤矣。梁劉邈詩曰(4)：「倡女不勝愁(5)，結束下青樓。」殆稱妓居之始。

【箋注】

(1)齊武帝：蕭賾，字宣遠。南朝齊皇帝。南蘭陵（今江蘇常州西北）人。按：據《南齊書》、《南史》所載，齊武帝蕭賾在位時期，體恤百姓，輕傜薄賦，務存節儉，下令禁奢，獎勵農桑，提倡學術。乃是元嘉之後難得之明君，有「永明之治」之稱。

(2)曹植：見卷二·四七注(9)。

(3)駱賓王：字觀光。唐婺州義烏（今屬浙江）人。七歲時即景賦〈詠鵝〉詩。歷任武功主薄、侍御史等職。晚年參予徐敬業揚州起兵，失敗後，下落不明。其詩擅長七言歌行，五言律時有佳作。作為「初唐四傑」之一，對蕩滌六朝文學頹波、革新初唐浮靡詩風有所貢獻。有《駱賓王文集》。

(4)劉邈：南朝梁彭城（今徐州）人。與侯景同時代。存詩數首。

(5)倡女：以歌舞娛人的妓女。

五七

《小雅》：「惟桑與梓(1)，必恭敬止。」考上下文，並無鄉里之說。張衡〈南都賦〉(2)：「永世克孝(3)，懷桑梓焉。真人南巡(4)，睹舊里焉。」後人因之，遂以桑梓為鄉里。

【箋注】

(1)桑梓：古代桑、梓多植於住宅附近，見之自然思鄉懷親。後遂成為故鄉的代稱。

(2)張衡：字平子。東漢南陽西鄂人。官太史令、侍中、河閭相、尚書。古代著名的科學家、數學家及文學家。創渾天儀、地動儀。作〈東京賦〉、〈西京賦〉。有輯本《張河間集》。

(3)克孝：能盡孝。

(4)真人：舊稱真命天子。此指漢光武帝。

五八

宋潛溪曰(1)：「人皆云：『陶淵明不肯用劉宋年號(2)，故編詩但書甲子(3)。』此誤也。陶詩中凡十題甲子，皆是晉未亡時，最後丙辰(4)，安帝尚存(5)，琅琊王未立(6)，安得棄晉家年號乎？其自題甲子者，猶之今人編年纂詩，初無意見(7)。」

【箋注】

(1)宋潛溪：宋濂，號潛溪。明初浦江（今浙江浦江）人。曾任翰林學士、侍講學士，知制誥。有《宋學士全集》。

(2)劉宋：南朝宋。劉裕於420年廢晉恭帝，稱帝，國號宋，年號永初。

(3)甲子：古人以天干和地支遞次相配，用以紀日或紀年。

(4)丙辰：指東晉義熙十二年。陶淵明有〈丙辰歲八月中於下溪舍獲〉一詩。

(5)安帝：晉司馬德宗。396-418年在位。

(6)琅琊王：安帝弟司馬德文。初封琅琊王，歷中軍將軍、大司馬。後劉裕立為帝，在位二年，又為裕所殺。

(7)意見：指對人對事不滿意的想法。

五九

黃魯直詩「月黑虎夔藩」(1)，用少陵〈課伐木〉詩序(2)，云：「有虎知禁」，「必昏黑摚突夔人屋壁(3)」。夔者，夔州人也。魯直以「夔」字當「窺」字解，為益公〈題跋〉所譏(4)。

【箋注】

(1) 黃魯直：黃庭堅。見卷一‧一三注(6)。此句引自〈宿觀音院〉詩。藩：藩籬。

(2) 少陵：杜甫。

(3) 摚突：衝撞。杜甫〈課伐木〉詩序原文及斷句應為：「山有虎，知禁，若恃爪牙之利，必昏黑摚突。夔人屋壁，列樹白菊，鏝為牆，實以竹，示式遏。」

(4) 益公：周必大。見卷二‧一二注(2)。南宋大臣、文學家。封益國公，卒賜文忠。後人編有《周益國文忠公全集》。

六〇

郭注《爾雅》(1)：「閼逢攝提格(2)，未詳。」司馬貞《索隱》以《爾雅》為近今所作(3)，所記年名不符古。鐘鼎從未有以閼逢攝提紀年者。鄭夾漈曰(4)：「今人編年，好用《爾雅》，名甲為閼逢，乙為旃蒙：是以一元大武為牛也(5)。夫隱語為智井逃難之言(6)，豈可施於簡編乎？」顧寧人有古人不以甲子紀歲之說(7)。又云：「古人不以王父字為字(8)。」

按《通志》歷舉春秋時以王父字為字者八十餘條。顧最博雅，竟不曾見過《通志》，何耶？

【箋注】

(1)爾雅：是我國現存的第一部訓詁專著。東晉郭璞注。

(2)閼逢攝提格：閼逢，十干（亦作十幹、十榦）中「甲」的別稱，用來紀年。攝提格，指寅年。

(3)司馬貞：唐朝史學家。字子正，河內（今河南沁陽）人。弘文館學士。著《史記索隱》，頗有創見。

(4)鄭夾漈：鄭樵。見卷一・一六注(8)。撰有《爾雅注》、《通志》。

(5)一元大武：古代祭祀用牛的別稱。

(6)眢井：廢井，枯井。用《左傳・宣公十二年》典「目於眢井而拯之。」指用眢井作為藏身處的隱語。

(7)顧寧人：顧炎武。見卷三・七注(2)。

(8)王父：祖父。此處所說「以王父字為字」，應與《通志》所說「以王父字為氏」概念不同。

六一

吳冠山先生言(1)：「散體文如圍棋，易學而難工；駢體文如象棋(2)，難學而易工。」余謂古詩如象棋(3)，近體如圍棋(4)。

【箋注】

(1)吳冠山：吳華孫，字冠山，號翼堂。安徽歙縣人。雍正四年舉人，八年進士。授翰林院編修。乾隆六年提督福

建學政。

(2)駢體文：以偶句為主、講究對仗和聲律的文體。

(3)古詩：古體詩。見卷五・四〇注(1)。

(4)近體：見卷五・四〇注(2)。

六二

何南園詠〈野菊〉云(1)：「絕無人處偏逢我，不寄籬邊獨羨君。」寫「野」字妙。李琴夫詠〈瓶菊〉云(2)：「未許園林終晚節，不妨風雨到重陽。」寫「瓶」字妙。李又有「風定雨絲直」，五字亦佳。

【箋注】

(1)何南園：何士顒。見卷一・三七注(1)。

(2)李琴夫：李御。見卷五・六二注(1)。

六三

魚門太史云(1)：「古文有可讀者(2)，有可觀者(3)。」余謂詩亦然，有可讀者，有可觀者。可觀易，可讀難。

【箋注】

(1)魚門：程晉芳。見卷一・五注(1)。

(2)可讀：似指文章富有聲韻節奏美，且富內涵，聲情並茂。

(3)可觀：似指文字及格式以外觀美取勝。

六四

鮑雅堂之妹(1)，詩人步江女也(2)，名季姒(3)，工吟詩。金棕亭贈云(4)：「續史正堪兄作伴，工吟恰好父為師。」

【箋注】

(1)鮑雅堂：鮑之鍾。見卷二・四九注(6)。

(2)步江：鮑皋。見卷一・四〇注(5)。

(3)季姒：鮑之芬（1761-1808），字佩芳，又字浣雲。清江蘇丹徒人。鮑皋第三女（季姒為曾用字），刺史徐彬室。有《藥繽吟稿》、《海天萍寄吟稿》、《三秀齋詩詞鈔》等。

(4)金棕亭：金兆燕。見卷五・一七注(3)。

六五

己卯冬，余在揚州，見門生劉伊有《游平山詩冊》(1)，作者十餘人，俱押「卮」韻。余獨賞如皋顧秀才駉「清響忽傳樓外笛，嚴寒爭避手中卮」之句(2)。後官湖北歸，卜築於如皋百步。余過其居，主人感二十年前知己，欣然款接，宴飲水窗，出新詩相示。〈西湖〉云：「白沙堤外蕩舟行，煙雨空濛畫不成。忽見斜陽照西嶺，半峰陰間半峰晴。」「花塢

斜連花港遙，夾堤水色淡輕綃。外湖艇子裏湖去，穿過湖西十二橋(3)。」〈虎丘〉云：「片石尚留金虎跡(4)，千花都是玉人魂(5)。」

【箋注】

(1)劉伊：字莘儒，號澹竺。江蘇南通州人。乾隆十七年進士。有《傳經堂詩集》。

(2)顧駉：字牧原，號木原。如皋（今江蘇如皋縣）白蒲人。乾隆二十六年進士。官湖北漢陽府同知、麻城令，歷署鄖陽、安陸太守。

(3)十二橋：蘇堤有六橋，宋蘇軾時建，名跨虹、東浦、壓堤、望山、鎖瀾、映波；裏湖有六橋，明楊孟時建，名環壁、流金、臥龍、隱秀、景行、濬源。

(4)金虎：《越絕書》：吳王闔閭葬虎丘山下，「葬三日，金精上騰為白虎，蹲踞於上。」詳見卷四・三六注(7)。

(5)玉人魂：虎丘有唐代名妓真娘墓，墓多花草，以蔽其上。詩人多題詠。

六六

余過如皋，訪冒辟疆水繪園(1)。荒草廢池，一無陳跡；惟敗壁上有斷句云：「月因戀客常行緩，風為吹花不忍狂。」劉霞裳有句云(2)：「一片亂紅吹滿地，看來最忍是東風。」正與此意相反。

【箋注】

(1)冒辟疆：冒襄（1611-1694），字辟疆，號巢民。江蘇如

皋人。崇禎十五年副榜貢生。明末清初文學家。有《宣爐歌注》、《影梅庵憶語》、《巢民詩集》等多種。

(2)劉霞裳：見卷二・三三注(2)。

六七

杭州何春巢年少耳聾(1)，而風情獨絕。有〈秦淮竹枝〉云：「猩紅一點着櫻唇，淡抹春山黛色勻(2)。壓鬢素馨三百朵，風來香撲隔河人。」「遠近聽來笑語聲，板橋西畔泛舟行。尋常一柄芭蕉扇，搖動春葱便有情(3)。」「蘭橈最是晚來多(4)，萬點紅燈映碧波。我已三更鴛夢醒(5)，猶聞簾外有笙歌。」「夕陽兩岸畫樓臺，紅藕香中一棹回。別有芳心卿不解，扁舟豈為納涼來？」

【箋注】

(1)何春巢：何承燕。見卷一一・二六注(1)。

(2)春山：春日山色黛青，喻女子秀眉。

(3)春葱：喻女子手指。

(4)蘭橈：小舟的美稱。

(5)鴛夢：比喻夫妻相會的夢境。

六八

吾鄉王百朋先生〈過李白廟〉云(1)：「氣吞高力士(2)，眼識郭汾陽(3)。」只此十字，可以概太白生

平。

【箋注】

(1) 王百朋：王錫，字百朋。浙江仁和人。諸生。康熙四十六年應南巡召試。有《嘯竹堂集》。

(2) 高力士：唐朝宦官。高州良德（今廣州高州東北）人。特受唐玄宗寵信。段成式《酉陽雜俎》：「李白名播海內。玄宗於便殿召見。神氣高朗，軒軒然若霞舉。上不覺忘萬乘之尊。因命納履。白遂展足與高力士曰：去靴。力士失勢，遽為脫之。」

(3) 郭汾陽：郭子儀。見卷一一·四注(3)。晚唐·裴敬〈翰林學士李公墓碑〉：「又嘗有知鑒，客并州，識郭汾陽于行伍間，為免脫其刑責而獎重之。後汾陽以功成官爵，請贖翰林(按指其從永王一案)，上許之，因免誅，其報也。」按：這聯詩應為舒遜〈李謫仙〉中詩句。遜為元明間徽州績溪人，字士謙，號可庵。有《搜括集》。

六九

郭明府起元(1)，字復堂，閩中孝廉，受業于蔡聞之宗伯(2)。蔡為理學名儒，而郭以任俠聞。蔡有家難，郭為證佐，至受官刑，交臂歷指(3)，口無二辭。後宰盱眙，與余同官。有〈客中秋思〉一絕云：「銷魂何處盼仙槎(4)？客鬢逢秋白更加。遙指斷橋垂柳岸，前年曾宿那人家。」〈贈方南堂〉云：「一瓢自可輕千乘(5)，三徑還堪抵十洲(6)。」〈比舍〉云：「熏衣香出紅窗外，鬥草聲喧綠樹邊(7)。」其母夫人

陳玉瑛(8)，自稱左芬侍史(9)。佳句云：「欲別難為別，吞聲古渡頭。妾心如此水，相送下渝州。」

【箋注】

(1)郭起元：字復齋，一作復堂。福建閩縣人。諸生。乾隆元年，舉博學鴻詞，不就。督學周學健以賢良方正薦，授安徽舒城知縣。歷官盱眙知縣、泗州知州、宿虹同知，皆有善政。工於詩，清和妍麗。有《介石堂詩文集》。

(2)蔡聞之：蔡世遠(1682-1733)，字聞之，號梁村。福建漳浦人。康熙四十八年進士。官至禮部侍郎。著名學者和教育家。有《二希堂文集》、《朱子家禮輯要》。

(3)交臂歷指：罪人雙手被交叉地綁在背後為交臂。捞（夾）指為歷指。

(4)仙槎：神話中能來往于海上和天河之間的竹木筏。

(5)一瓢：《論語・雍也》：「賢哉，回也！一簞食，一瓢飲，在陋巷，人不堪其憂，回也不改其樂。」後因以喻清貧生活。千乘：古以一車四馬為一乘。後因以喻位尊財富。

(6)三徑：指歸隱者的家園。十洲：道教稱大海中神仙居住的十處名山勝境。亦泛指仙境。

(7)鬥草：也稱鬥百草，一種遊戲，以花草為比賽物件。

(8)陳玉瑛：號左芬侍史。清福建侯官人。郭起元母。有《蘭居吟草》。

(9)左芬：字蘭芝。西晉齊國臨淄人。左思妹。富才華，善詩文，名僅次於兄。為晉武帝貴嬪。侍史：古代沒入官府為奴的罪犯家屬中，以年少較有才智的女子為侍史。

七〇

劉悔庵有句云(1)：「石交惟舊硯(2)，火伴是寒爐(3)。」陳古漁〈弔六朝松〉云(4)：「劇憐兒輩不及見，真似古人難再生。」俱有東坡風味。

【箋注】

(1)劉悔庵：劉曾。見卷二・二八注(1)。

(2)石交：交誼堅固的朋友。

(3)火伴：北魏時，軍中以十人為火，共竈炊食，故稱同火者為火伴。後泛指同伴。

(4)陳古漁：陳毅。見卷一・五二注(3)。

七一

霞裳與其父役于慈湖(1)，舟覆江中，時當臘月，兩人賴衣裘，故浮水不沉。有救船至，父曰：「我老矣，速救我兒！」兒曰：「不救吾父，我不受救！」父子推讓，適又有船來，遂得兩全。陶京山明府贈以詩曰(2)：「本是龍門客(3)，龍宮今到來(4)。孝慈應默佑，風浪不為災。」其孫渙悅亦贈云(5)：「從今吸盡西江水，吐屬文章更不同。」

【箋注】

(1)霞裳：劉霞裳。見卷二・三三注(2)。

(2)陶京山：陶紹景，字京山，號慕庭。江蘇上元人。乾隆三年戊午舉人。官臺灣知縣，升淡水同知。

(3)龍門客：劉義慶《世說新語・德行》載，李膺不妄交接，有被其容接者為登龍門。後因稱高門上客為「龍門客」。

(4)龍宮：指水域。

(5)陶煥（一作渙）悅：字觀文，號怡雲。清江寧人。嘉慶十二年舉人。官至戶部郎中。詩主性靈，得隨園衣缽。與洪亮吉友善。有《自怡軒詩》。

七二

程魚門〈覆舟〉詩原稿(1)，寫眼前驚悸情景最真。後改本有意修飾，轉不如前。今特錄其原作云：「揚州西去一宵程，小艇無端夜忽傾。制命不煩滄海潤(2)，澡身先試暮流清。詩書失後無餘本，戚友來時話再生。莫嘆遭逢磨蠍重(3)，世間風浪幾曾平？」「客舟猛疾勢如風，南北相持力不同。絕叫已驚身在水，舉頭猶見月如弓。慈航倏至關天幸(4)，隻履飄然悟大空。時失去一履。攬芷搴裳平日願(5)，險隨騷魄葬珠宮(6)。」余賦詩調之云：「《水經》注疏河渠考(7)，此後輸君閱歷深。」

【箋注】

(1)程魚門：程晉芳。見卷一・五注(1)。

(2)制命：此指敕命，明清贈封六品以下官職的命令稱敕命。

(3) 磨蠍：星宿「磨蠍宮」的省稱。舊時謂生平行事常遭挫折者為遭逢磨蠍。

(4) 慈航：佛教語。謂菩薩以慈悲之心度人，如航船濟衆，使脫離生死苦海。

(5) 攬芷搴裳：指一種高潔行為。攬芷，採摘白芷；搴裳，提起衣裳。指涉水。

(6) 騷魄：離騷之魂。指屈原精神。珠宮：喻水神所居的宮殿。

(7) 水經：中國第一部記述河道水系的專著。自唐以後，郭璞注本失傳。此書遂專附酈道元《水經注》流傳。

七三

善寫風水之險者，吾鄉糧道程公光鉅有〈華陽行〉云(1)：「滔滔汩汩長江水，扁舟一葉天涯子。船頭船尾白浪高，片雲黑處狂風起。舟子喧呼語未終，布帆半曳浪澆篷。桅竿百尺横斜立，欲臥不臥奔濤中。濤湧如山高莫比，青山頭落江心裏。一傾一仄強撐風，欲上船舷見船底。小兒無知向母啼，大兒解事欲登堤。面面相看心膽折，男號女哭一齊歇。翻身掙立喚鄰舟，鄰舟早向潮頭沒。須臾岸回風勢順，回首驚魂才一瞬。電掣雷轟萬馬驅，舉頭已到華陽鎮。華陽已到驚未平，老妻尚有念佛聲。」

【箋注】

(1) 程光鉅：字二至，號蔚亭。湖北孝感人。雍正二年進士。散館授檢討。官至江南蘇松糧道。華陽：今安徽望江縣東南華陽鎮。

七四

金陵張秀才培饒有風貌(1)。正月間，與畫師鄒若泉來(2)。余心識之。亡何(3)，又與常君得祿來(4)。余轉問：「可認張某乎？」已而知即前人，自慚老眼之昏。乃誦劉悔庵詩曰(5)：「閑行那可忘攜杖，欲揖還愁錯認人。」

【箋注】

(1)張培：字香岩。上元（今南京）人。嘉慶六年拔貢。官蒙城知縣。有《香岩詩存》。

(2)鄒若泉：鄒擴祖，字若泉。清安徽巢縣人，僑金陵。工山水、花鳥。亦善於寫意人物。

(3)亡何：不久。

(4)常得祿：未詳。

(5)劉悔庵：劉曾。見卷二・二八注(1)。

七五

杭州孫中翰傳曾(1)，與余三世通家(2)，詩才清逸。〈春朝〉云：「鶯啼迎曉霽，蝶夢怯花寒。」〈上巳〉云(3)：「人臨曲水偏愁雨，天惜桃花忽放晴。」

【箋注】

(1)孫傳曾：字誦芬，號燭溪。浙江仁和人。乾隆三十九年舉人。官內閣中書。有《碧山棲稿》。

(2)通家：世代有交情。

(3)上巳：漢以前以農曆三月上旬巳日為上巳，魏晉以後亦指三月三。

七六

近人起句之妙者：新安張節〈夜坐〉云(1)：「雨霽月忽滿，牆陰樹影搖。」陳月泉〈舟中〉云(2)：「獨起對江月，滿船聞睡聲。」某〈春早〉云：「不待清明近，鶯花已自忙(3)。」三起俱超。結句之妙者：「月中無事立，草上一螢飛(4)。」「殷勤語江嶺，歸夢莫相妨(5)。」「遠山深樹裏，鐘斷有餘聲。」三結俱超。惜忘題目及作者姓名。

【箋注】

(1)張節：字心在，號夢畹。安徽歙縣人。嘉慶間歲貢生。有《夢畹詩集》。

(2)陳月泉：陳法乾。見卷七・八六注(3)。

(3)「不待」聯：宋・蕭彥毓〈西湖雜詠〉。

(4)「月中」二語：宋桂林僧景淳〈絕句〉。「上」一作「際」。

(5)「殷勤」二語：五代宋初人徐鉉〈將過江題白沙館〉。

七七

丁未，余游武夷，夜泊江山，聞鄰舟有客說鬼，口杭音。余喜語怪，乃揖而進之。其人姓陸，名夢

熊(1)，字瑩若，乃吾鄉詩人也。別後蒙寄《晚香堂詩》二十餘卷。〈曉起見雪〉云：「夜靜無風冷莫支，簷前凍雀早應知。關心喜見頭番雪，掃徑先扶竹樹枝。紅友有情還愛我(2)，綠梅無夢亦相思。斷橋久廢衝泥屐，欲踏瓊瑤訪莫遲(3)。」〈鵝湖寺〉云：「地寒花未放，僧樸語無多。」皆妙。

【箋注】

(1) 陸夢熊：字瑩若，號古漁。清浙江錢塘人。恩貢，官西安訓導。有《晚香堂詩》、《黃鶴山農集》。

(2) 紅友：酒的別稱。

(3) 瓊瑤：以美玉喻雪。

七八

讀詩不讀史，便不知作者事何所指。李燾《長編》載(1)：宋真宗為李沆還債三十萬(2)。故宋人詩云：「新祠民祭祀，舊債帝償還(3)。」《唐書》載：王毛仲奏明皇(4)：願得宋璟為客(5)。帝許之。故徐騎省〈贈陳侍郎花燭〉云(6)：「坐客亦從天子賜，更籌須為主人留。」

【箋注】

(1) 李燾：字仁甫，號巽巖。南宋眉州丹棱（今四川丹棱）人。紹興進士。歷任秘書少監、禮部侍郎、敷文閣學士。有《續資治通鑑長編》九百八十卷。

(2) 李沆：字太初。宋洺州肥鄉（今屬河北）人。太平興國進士。歷任直史館、知制誥、翰林學士、給事中、參知政事等。嘗以四方艱難上奏，勸帝戒奢侈，稱為「聖相」。

(3)「新祠」聯：為魏野詩，並非寫李沆，而是寫雷有終。吳處厚《青箱雜記》：「有終有將略，自平蜀後，人為立祠。又嘗以私財犒士，貧不能足，貸錢以給，比捐館時，猶逋（尚欠）三萬緡，真宗特出內帑償之。故魏野哭有終詩曰：『聖代賢臣喪，何人不慘顏！新祠民祭祀，舊債帝填還。……』」宋・魏野《東觀集》同。

(4) 王毛仲：唐朝將領，高麗人。原為李隆基家奴。後任武衛大將軍、太僕卿。深得唐明皇歡心。因專權拔扈，為宦官忌嫉，遠貶自殺。

(5) 宋璟：見卷八・八七注(5)。唐朝大臣。開元名相之一。

(6) 徐騎省：徐鉉。見卷一・二〇注(2)。

七九

高文端公之父嵩瞻都統(1)，〈贈弟斌〉云(2)：「與君一世為兄弟，今日相逢第二場(3)。」想見勳貴家「國爾忘家」之義(4)。有《積翠軒詩集》。文端公屬余為注釋，編上、下兩卷。

【箋注】

(1) 高文端公：高晉。見卷六・四一注(1)。高嵩瞻：高述明，字東瞻，一作嵩瞻。清滿洲鑲黃旗人。官至涼州總兵。《積翠軒詩集》前有袁枚序。

(2) 高斌：見卷二・四七注(8)。

(3)「與君」二語：意謂雖為兄弟難得一見。

(4) 國爾忘家：一心為國，不顧家庭。《漢書・賈誼傳》：「則為人臣者主耳忘身，國耳忘家，公耳忘私，利不苟就，害不苟去，唯義所在。」

八〇

雅謔自佳(1)。或以詩示仲小海(2)。仲曰：「詩佳矣，可惜太甜。」其人愕然問故。曰：「有唐氣，焉得不甜？」蔡芷衫好自稱「蔡子」(3)，以詩示汪用敷(4)。汪曰：「打油詩也(5)。」蔡怒曰：「此《文選》正體，何名打油？」曰：「菜子不打油，何物打油？」

【箋注】

(1) 雅謔：趣味高雅的戲謔。

(2) 仲小海：仲蘊檠。見卷三・四五注(2)。

(3) 蔡芷衫：蔡元春。見卷三・一二注(9)。

(4) 汪用敷：未詳。

(5) 打油詩：舊體詩的一種。內容和詞句通俗詼諧、不拘於平仄韻律。相傳為唐代張打油所創。

八一

前朝說部，有俚語可存者。如：曉學仙者云：「服藥求長生，莫如孤竹子(1)。一食西山薇，萬古

長不死。」戒谿刻者云(2)：「倖門如鼠穴(3)，也須留一個。若皆堵塞之，好處都穿破。」刺暴貴者，詠〈鴟吻〉云(4)：「而今抬在青雲上，忘卻當年窰內時。」嘲官昏者，〈詠傘〉云(5)：「常時撐向馬前去，真個有天沒日頭。」刺好譖人者，〈詠蟬〉云(6)：「莫倚高枝縱繁響，也應回首顧螳螂。」刺代人劾友者，〈詠金〉云：「黃金自有雙南貴(7)，莫與遊人作彈丸。」

【箋注】

(1) 孤竹子：商朝孤竹君之二子伯夷、叔齊。西山采薇不食周粟的故事，傳為史話。此為元盧摯《采薇圖》詩。

(2) 谿刻：苛刻，刻薄。《庚溪詩話》以為唐・王梵志詩。

(3) 倖門：奸邪小人或僥倖者進身的門戶。

(4) 鴟（chī）吻：古代宮殿屋脊正脊兩端的一種飾物。初作鴟尾之形，象徵辟除火災。後來式樣改變，折而向上似張口吞脊，因名鴟吻。鴟，鷂鷹。此詩載《水東日記》卷二十一。

(5) 詠傘：元・柏子庭詩。見《元詩選》三集卷十六。

(6) 譖（zèn）人：讒毀他人。此為宋・陸蒙老詩。載《庚溪詩話》卷下。

(7) 雙南：雙南金，指優質銅，亦指優質黃金。此為宋・夏竦詩。載《東軒筆錄》卷二。

八二

元人〈弔脫脫丞相〉云(1)：「百千萬貫猶嫌少，堆積黃金北斗邊(2)。可惜太師無腳費，不能搬運到黃泉。」

【箋注】

(1) 脫脫：亦作托克托，字大用，蔑里乞氏。蒙古族。元朝末年任同知宣政院事、中政使、同知樞密院事、御史大夫、中書左丞相。後被彈劾，流放雲南，元順帝派人毒死。

(2) 北斗：指北斗七星。

按：元・陶宗儀《輟耕錄》載，為譏刺元・巴延太師詩。

八三

楊子載〈漫興〉云(1)：「客中恍過曾遊境，夢裏常逢未見書。」郭麐秀才見贈云(2)：「園疑曩昔曾窺處(3)，人似生平未見書。」

【箋注】

(1) 楊子載：楊垕。見卷四・七四注(4)。

(2) 郭麐（1767-1831）：字祥伯，號頻迦（伽）、復翁、復生，晚號蘧庵。江蘇吳江人。嘉慶間貢生。工畫竹石。有《靈芬館詩集》、《樗園消夏錄》等。

(3) 曩昔：往日，從前。

八四

耿上舍湘門〈題素齋舫壁〉云(1)：「背郭臨河靜不嘩，一軒深築抵山家。茶煙出戶常蒙樹，池水過籬欲漂花。小睡手中書欲墮，半酣窗下字微斜。叢蘭不合留香久，勾引遊蜂入幕紗。」

【箋注】

(1) 耿湘門：耿國藩，字介夫，號湘門。清湖南長沙人。監生。有《素舫齋詩鈔》。上舍，此處為監生的別稱。

八五

海寧陳心田寅(1)，與諸友以禁體詠〈梅〉云(2)：「已看無不憶，未見必先探。」汪秋白云(3)：「一枝懷故宅，幾度憶前生。」陳谷湖云(4)：「交枝香不斷，一白樹難分。」顧竹坡詠〈綠梅〉云(5)：「窺春自怯荷衣薄，倚竹誰憐翠袖寒？」俱妙。又有梅花宜稱諸詠(6)：〈夕陽〉云：「殘香漠漠山家暝，猶作宮人半額黃(7)。」〈疏籬〉云：「有客來探門未啟，先從罅眼認瓊枝(8)。」〈微雪〉云：「料峭寒凝天半黃，霏煙漠漠集池塘。是梅是雪兩三點，飛絮因風想謝娘(9)。」〈枰下〉云(10)：「花底消閒對弈時，稜稜石角擁寒枝。微風吹墮兩三朵，絕似山人落子時(11)。」

【箋注】

(1)陳寅：見本卷五注(2)。

(2)禁體：一種遵守特定禁例寫作的詩。

(3)汪秋白：汪大經（1741-1809），字書年，號秋白。浙江秀水籍，嘉興人。諸生。有《借秋山房集》。

(4)陳谷湖：陳培慶，字受宜，號谷湖。浙江海寧人。

(5)顧竹坡：顧增光，字淩云，號竹坡。長洲（江蘇蘇州境內）人。

(6)宜稱：適當的（狀態）。

(7)額黃：古代婦女的一種美容妝飾。初始是以黃色染料塗抹於額上，而後亦有以黃色花瓣飾物黏貼於額上，稱為花黃。唐・李商隱〈蝶詩三首〉之三：壽陽公主嫁時妝，八字宮眉捧額黃。

(8)麂（jǐ）眼：即麂眼籬，籬格斜方如麂眼，故名。瓊枝：喻嘉樹美卉。

(9)謝娘：晉才女謝道韞。見卷一〇・三六注(5)。

(10)枰：樹名，亦指棋盤、棋局。

(11)山人：隱于山中的士人。子：棋子。

八六

戊寅二月，過僧寺，見壁上小幅詩云：「花下人歸喧女兒，老妻買酒索題詩。為言昨日花才放，又比去年多幾枝。夜裏香光如更好，曉來風雨可能支？巾車歸若先三日，飽看還從欲吐時。」詩尾但書「與內子看牡丹」(1)，不書名姓。或笑其淺率。余曰：「一

片性靈，恐是名手。」乃錄稿，問人，無知者。後二年，王孟亭太守來看牡丹(2)，談及此詩，方知是國初逸老顧與治所作(3)。余自負賞識之不誤。王因云：「國初前輩，不登仕途，與老妻相對，往往有此清妙之作。」因誦吳野人〈壽內〉云(4)：「潦倒丘園二十秋(5)，親炊葵藿慰余愁(6)。絕無暇日臨青鏡(7)，頻過荒年到白頭。海氣荒涼門有燕，溪光搖蕩屋如舟。不能沽酒持相祝，依舊歸來向爾謀(8)。」覺風趣更出顧詩之上。

【箋注】

(1) 內子：自稱其妻。

(2) 王孟亭：王箴輿。見卷二・七六注(1)。

(3) 顧與治：顧夢游，字與治。江南江寧人。明貢生，入清不仕。有《茂綠軒集》。

(4) 吳野人：吳嘉紀。見本卷五注(7)。

(5) 丘園：家園，鄉村。轉稱隱居之地。

(6) 葵藿：葵與藿，均為菜名。

(7) 青鏡：青銅所做之鏡，亦即明鏡。

(8) 爾：你。

八七

尹文端公曰(1)：「言者，心之聲也。古今來未有心不善而詩能佳者。《三百篇》，大半賢人君子之作。溯自西漢蘇、李五言(2)，下至魏、晉、六朝、

唐、宋、元、明，所謂大家、名家者，不一而足。何一非有心胸、有性情之君子哉？即其人稍涉詭激，亦不過不矜細行，自損名位而已。從未有陰賊險狠，妨民病國之人。至若唐之蘇渙作賊(3)，劉叉攫金(4)，羅虯殺妓(5)：須知此種無賴，詩本不佳，不過附他人以傳耳。聖人教人學詩，其效可睹矣。」余笑問：「曹操何如？」公曰：「使操生治世，原是能臣。觀其祭喬太尉(6)，贖文姬(7)，頗有性情：宜其詩之佳也。」

【箋注】

(1) 尹文端：尹繼善。見卷一・一〇注(3)。

(2) 蘇李：漢・蘇武（見卷三・四一注(3)）、李陵（見卷三・四注(16)）。

(3) 蘇渙：唐四川人。勇武過人，善使白弩，曾在巴蜀一帶殺富濟貧，有「白跖」、「弩跖」之稱。後專心讀書，考中進士。累遷侍御史。至潭州，刺史崔瓘辟為幕府從事。與詩人杜甫有交往。瓘遇害後，渙與哥舒晃反，兵敗被殺。

(4) 劉叉：號彭城子。唐河朔人。少任俠，能為歌詩。聞韓愈接天下士，步歸之，後因不滿意韓愈為諛墓之文，攫取其為墓銘所得之金而去，曰：「此諛墓中人所得耳，不若與劉君為壽。」歸齊魯，不知所終。詩一卷。

(5) 羅虯：唐台州人。與羅隱、羅鄴齊名，世號三羅。累舉不第。為鄜州從事，對官妓杜紅兒愛而不得，竟「手刃紅兒，既而追其冤」。有《比紅兒詩》。

(6) 喬太尉：橋玄，字公祖。東漢梁國睢陽人。官縣功曹、太守、司徒、太尉。性剛急，清廉無餘財，時人稱之。

(7) 文姬：蔡琰，字文姬。東漢末陳留圉（今河南杞縣南）人。蔡邕之女。博學有才辯，妙解音律。中原戰亂，為南匈奴所俘，困十二年。後被曹操遣使以金璧贖還。著有《悲憤詩》、《胡笳十八拍》。

八八

余以雍正丁未年入泮(1)，今又丁未矣，戲倣重赴鹿鳴故事(2)，作〈重赴泮宮詩〉，云：「記得垂髫泮水遊(3)，一時佳話遍杭州。青衿乍著心雖喜(4)，紅粉爭看臉尚羞(5)。夢裏榮華如頃刻，人間花甲已重周。諸公可當同年看，替採芹香插白頭(6)。」杭州同入學者，只錢璵沙方伯一人(7)。和云：「歲歲黌門文運開(8)，劉郎老去又重來(9)。壺中日轉前丁未(10)，冊上名存舊秀才。兩領青衫真法物(11)，一頭白髮笑于𩯭(12)。平生幾枕邯鄲夢(13)，屈指黃粱第一回。」此外，和者百餘人。如毛俟園廣文云(14)：「久於館閣推前輩，又向宮牆領後生。」梅衷源云(15)：「錦袍笑赴青衿會，似把靈光照泮宮(16)。」盧元珩云(17)：「子衿一賦年周甲(18)，聖闕重來歲又丁。」

【箋注】

(1) 丁未：雍正五年。到乾隆丁未，整六十年。入泮：《禮記・王制》：「大學在郊，天子曰辟雍，諸侯曰泮宮。」，故稱學校為泮宮。科舉時代學童入學為生員稱為「入泮」。

(2) 鹿鳴：即鹿鳴宴。科舉時代，鄉舉考試後，州縣長官宴請得中舉子，或放榜次日宴主考、執事人員及新舉人。

(3) 垂髫：兒童或童年。

(4) 青衿：古代學子和明清秀才的常服。

(5) 紅粉：借指美女。

(6) 採芹：古時入學則可採泮水之芹以為菜，故稱入學為「採芹」、「入泮」。後亦指考中秀才，成了縣學生員。

(7) 錢璵沙：錢琦。見卷三・二九注(6)。

(8) 黌（hóng）門：學宮之門。借指學宮、學校。

(9)「劉郎」句：從唐・劉禹錫詩句「前度劉郎今又來」中取「又來」一義。

(10) 壺中：計時器漏壺中。

(11) 法物：宗教禮器、樂器及依法使用的器具。

(12) 于鬖：亦作于思。指鬍鬚。

(13) 邯鄲夢：唐・沈既濟《枕中記》載：盧生在邯鄲客店中遇道士呂翁，用其所授瓷枕，睡夢中歷數十年富貴榮華。及醒，店主炊黃粱未熟。後因以「邯鄲夢」喻虛幻之事。

(14) 毛俟園：毛藻。見卷二・二六注(1)。

(15) 梅衷源：未詳。袁枚《小倉山房尺牘》中有〈與梅衷源〉。

(16) 靈光：以魯靈光殿比喻碩果僅存的人或事物。

(17) 盧元珩：未詳。

(18) 子矜：指青年學子。

八九

余不喜時文(1)，而平生頗得其力。壬寅遊天台(2)，渡錢塘江，到客店，無舟可僱，遇查廣文耕經有赴任船(3)，用名紙借之，欣然來見，曰：「向讀先生文登第，讓船所以報也。」余贈詩云：「一隻孝廉船肯讓，期君還作後來人。」到新昌，邑令蘇公曜(4)，素不相識，遣車遠迎，供張甚飭(5)。余駭然，詢其故，如查所語。余贈詩云：「羈旅忽逢傾蓋客(6)，文章曾是受知人。」蘇宣化孝廉，作官有惠政，解餉入都(7)，後任反其所為，民苦之。余到時，適蘇回任，邑人爭迎，上匾云「還我使君」，對聯云：「三春花雨重攜鶴；百里笙歌早入雲。」不料新昌僻縣，竟有文人頌揚甚雅。

【箋注】

(1) 時文：時下流行的文體。舊時對科舉應試文體的通稱。明清時特指八股文。

(2) 天台：此指浙江天台縣北天台山，綿延寧海、東陽、新昌、奉化等縣市界。

(3) 查耕經：未詳。

(4) 蘇曜：宣化人。一作直隸東光人。乾隆四十一年任新昌知縣。袁枚另有〈謝新昌明府蘇公〉詩。

(5) 飭（shì）：致力。

(6) 傾蓋：指初次相逢或訂交。

(7) 解餉：運送銀糧。

九〇

余過處州(1)，想遊仙都峰(2)，以路遠中止。出縣城，到黃碧塘，將止宿矣，望前村瓦屋睪如(3)，隨緩步焉。與主人虞姓者，略通數語，即還寓，將弛衣眠，聞戶外人聲嗷嗷，詢之，則虞氏見余名紙，兄弟六七人來問：「先生可即袁太史耶？」曰：「然。」乃手燭上下照，詫曰：「我輩讀《太史稿》(4)，以為國初人。今年僅花甲，是古人復生矣，豈容遽去？願作地主(5)，陪遊仙都。」於是少者解帳，長者捲席，諸奴肩行李，相與舁至其家。余留詩謝云：「我是漁郎無介紹，公然三夜宿桃源。」

【箋注】

(1) 處州：治所在今浙江麗水市東南。

(2) 仙都峰：在浙江括蒼縣，亦名縉雲山。相傳黃帝煉丹於此。

(3) 睪如：高貌。睪，通「皋」。

(4) 太史稿：袁枚著《袁太史稿》。

(5) 地主：當地的主人，對來往客人而言。

九一

遊仙之夢，斑竹最佳(1)。離天台五十里(2)，四面高山亂灘，青樓二十餘家，壓山而建。中多女郎，簪山花，浣衣溪口，坐溪石上。與語，了無驚猜，亦

不作態，楚楚可人；釵釧之色，耀入煙雲，雅有仙意。霞裳悅蔣校書(3)，為留一宿。次日，天未明，披衣而至，云：「被四面灘聲驚醒。」余賦詩云：「茅屋背山起，山峰枕上看。飯香人弛擔，夢醒客聞灘。花野得真意，竹多生暮寒。青溪蔣家妹，歡喜遇劉安(4)。」

【箋注】

(1) 斑竹：村名。

(2) 天台：此指浙江天台縣北天台山。

(3) 霞裳：劉霞裳，袁枚弟子。見卷二・三三注(2)。校書：這裏指妓女。

(4) 劉安：見卷二・七〇注(3)。以西漢諸侯王、文士劉安喻指劉霞裳。

九二

溫州雖多佳麗，而言語不通。有織藤盤者，甚明媚，彼此寒暄，了不通曉。余戲贈云：「安得巫山置重譯(1)，替郎通夢到陽臺(2)？」

【箋注】

(1) 巫山：借宋玉〈高唐賦〉典故喻指男女幽會。重譯：負責傳譯的使者。

(2) 陽臺：即巫山陽臺。此指男女歡會之所。

九三

溫州風俗：新婚有坐筵之禮。余久聞其說。壬寅四月，到永嘉。次日，有王氏娶婦，余往觀焉。新婦南面坐，旁設四席，珠翠照耀，分已嫁、未嫁為東西班。重門洞開，雖素不識面者，聽入平視，了無嫌猜。心羨其美，則直前勸酒。女亦答禮。飲畢，回敬來客。其時向西坐第三位者，貌最佳。余不能飲，不敢前。霞裳欣然揖而釂焉(1)。女起立俠拜(2)，飲畢，斟酒回敬霞裳，一時忘卻，將酒自飲。擯相呼曰(3)：「此敬客酒也！」女大慚，嫣然而笑，即手授霞裳。霞裳得沾美人餘瀝以為榮(4)。大抵所延，皆鄉城粲者(5)，不美不請；請亦不肯來也。太守鄭公以為非禮，將出示禁之。余曰：「禮從宜(6)，事從俗：此亦亡於禮者之禮也(7)。」乃賦〈竹枝詞〉六章，有句云：「不是月宮無界限，嫦娥原許萬人看。」太守笑曰：「且留此陋俗，作先生詩料可也。」詩載集中。

【箋注】

(1)釂（jiào）：飲盡杯中酒。

(2)俠拜：古代婦女與男子為禮，女先拜，男子答拜，女又拜，謂之俠拜。

(3)擯相：負責婚禮的迎賓贊禮者。

(4)餘瀝：殘滴。常指喝剩的酒。

(5)粲者：美女。

(6)從宜：採取適宜的做法；怎麼適宜便怎麼做。《禮記・曲禮上》：「禮從宜，使從俗。」

(7)「此亦」句：語出《禮記・檀弓上》。意謂：這是不存在于常禮之中的禮節。

九四

雁宕觀音洞最高敞(1)，可容千人，石坡共三百七十七級，余賈勇登焉(2)。相傳：嘉靖三十年(3)，按察使劉允升偕二女(4)，成仙於此。塑像甚美。余低徊久之，下坡留戀，〈口號〉云：「垂老出仙洞，一步一躊躇。自知去路有，斷然來時無。」

【箋注】

(1) 雁宕：雁蕩山，在浙江樂清、平陽二縣境，屬括蒼山脈。

(2) 賈（gǔ）勇：鼓足勇氣。

(3) 嘉靖：明世宗朱厚熜的年號。

(4) 劉允升：《廣雁蕩山志》載，一說劉為宋郡守，一說為宋末邑人。郡志職官部查無此人，前說未免附會。

九五

余遊覽久，得人佳句，必手錄之。過安慶，見司獄許健庵扇上自題云(1)：「權支薄俸初成閣，自愛閑曹好種花(2)。」到黃公壚杏花村(3)，見陳省齋太守有對云(4)：「至今村釀黃公酒；依舊花開杜牧詩。」廬山開先寺見程巨山有對云(5)：「樹裏月光才露影；

山中雲氣不分層。」小姑山有俞楚江對句云(6)：「入寺恍疑雨；終宵只覺寒。」巨山姓程名巖，余己巳同年，官至少宰。

【箋注】

(1)許健庵：如上。餘未詳。

(2)閑曹：清閒的官署。

(3)黃公壚：「黃公酒壚」的略稱，指賣酒家，源于晉・王戎故事。唐・李頎〈別梁鍠〉詩：「朝朝飲酒黃公壚，脫帽露頂爭叫呼。」

(4)陳省齋：陳夢雷。見卷一一・二〇注(4)。

(5)程巨山：程巖（1714－1767），字巨山，號海蒼。江西鉛山人。乾隆三年進士。歷內閣學士、禮部侍郎、吏部右侍郎等官。

(6)俞楚江：俞瀚，字楚江，號楚善、壺山漁者。浙江紹興人。曾為尹繼善幕客，乾隆三十五年客死於蘇州。有《壺山詩鈔》。袁枚《小倉山房外集》卷三有〈俞楚江詩序〉。

九六

羅浮只華首臺、五龍潭數處(1)，景尚幽渺；其餘如梅花村、沖虛觀，平衍散漫，頗無足觀。不知何以洞天福地，負此盛名？節相李侍堯勒石云(2)：「黃土臥黑石，此外一無有。只可一回來，不堪再回首。」

【箋注】

(1) 羅浮：此指在廣東增城縣東的羅浮山。

(2) 李侍堯：字欽齋，一字昭信。漢軍鑲黃旗人。乾隆元年授六品蔭生。歷任雲貴、陝甘、兩廣、閩浙總督，官至武英殿大學士。卒謚恭毅。

九七

游武夷(1)，路過蘇嶺，見關廟中公卿題句甚多。莊培因太史云(2)：「竹林初過雨，僧寺乍生涼。」朱石君侍郎〈己亥過〉云(3)：「山僧談舊雨(4)，使者閱流星(5)。」〈癸卯再過〉云：「字跡驚分雁，參居竟隔星。」蓋第一次與其兄竹君作學使交代(6)，第二次傷竹君之已亡也。秦大士學士題云(7)：「幽境愛耽禪悅永(8)，老僧閱盡使星忙(9)。」

【箋注】

(1) 武夷：今福建、江西界上武夷山，主峰在福建武夷山市西南。

(2) 莊培因（1723-1759）：字本淳。清江南陽湖（今江蘇武進）人。乾隆十九年狀元。授翰林院修撰。歷任福建鄉試主考官、福建學政，官至翰林院侍讀學士。有《虛一齋集》。

(3) 朱石君：朱珪。見卷三・五八注(1)。

(4) 舊雨：往日的老朋友。

(5)「使者」句：《後漢書・李郃傳》：「和帝即位，分遣使者，皆微服單行，各至州縣觀采風謠。使者二人當到

益部，投郃候舍。時夏夕露坐……郃指星示云：『有二使星向益州分野。』」

(6) 竹君：朱筠。見卷六・二九注(1)。交代：指前後任相接替，移交。

(7) 秦大士：見卷一・四二注(6)。

(8) 禪悅：參禪開悟，心境常處於一種不為物擾、自由自在的狀態，心情隨之愉悅，稱為禪悅。

(9) 使星：常指奉命出使的使者為使星。

九八

武夷勝處，以第七曲天遊一覽亭為最(1)。寺中揭煉師字子文者(2)，頗能詩，留宿一宵。誦其〈自壽〉云：「病能自藥容身健，道不人談免俗譏。」庭柱有對云：「世間有石皆奴僕；天下無山可弟兄。」末署「毛大周題(3)」。

【箋注】

(1) 天遊一覽亭：天遊峰絕頂處建有一覽亭，登其亭可一覽武夷山全景。

(2) 揭煉師：姓揭的道士。煉師是對道士的尊稱。

(3) 毛大周：四川新都人。乾隆六年舉人。乾隆十五年任福建崇安知縣。曾親為履勘水災，捐修城垣，增築清獻陂，民被其惠。

一

李穆堂侍郎云(1)：「凡拾人遺編斷句，而代為存之者，比葬暴露之白骨，哺路棄之嬰兒，功德更大。」何言之沉痛也！余不能仿韋莊上表(2)，追贈詩人十九人。乃錄近人中其有才未遇者詩，號《幽光集》，以待付梓。採取未畢，姑先摘數首及佳句，存《詩話》中。歸安姚汝金(3)，字念慈，初名世鉌，性落拓，冠履欹斜，有南朝張融風味(4)。〈謝吳眉庵少司馬薦鴻博啟〉云：「十年老女，猶畫蛾眉；百戰將軍，空爭猿臂。」一時傳其工整。〈題《李將軍夜逢醉尉圖》〉云(5)：「隴西將軍雄且武，猿臂閒來聊射虎。良宵與客飲田間，飲罷歸遭亭尉侮(6)。將軍醉矣尉未醒，宿之亭下良復苦。羸馬單車野次偕(7)，昏燈淡月殘更吐。是時將軍正失官，意豈須臾忘滅虜？暫屈龍沙熊豹姿(8)，試聽鷺堠蝦蟆鼓(9)。畫師摹寫如目睹，面帶微酣色微怒。古者門官各有司，彼候人兮實主之。夜行必禁犯必罰，由來啟閉惟其時。今將軍尚不得爾，斯言良是非醉詞。黛師文帝獎細柳(10)，此尉應得蒙恩知。或如丙相恕酒失(11)，異日可藉聞邊機。請俱一旦快私忿，將軍之量宜偏裨(12)。」〈看劍〉云：「齊金楚鐵擅名高(13)，碧血模糊舊戰袍。不躍不鳴兼不化(14)，問渠何處異鉛刀(15)？」念慈受知于鄂文端公(16)。公卒，念慈哭云：「未報公恩徒一慟，自憐此淚亦千秋。」在山左時，有訛傳其死者。後入都，諸桐嶼太史贈詩云(17)：「學道終朝銀闕去(18)，入都快比玉門還。」念慈答云：「欠

來一事能逃否？聞到同心自愕然。」

【箋注】

(1) 李穆堂：李紱。見卷四・七三注(4)。

(2) 韋莊：見卷一〇・二〇注(3)。所謂上表一事見《唐摭言》「韋莊奏請追贈不及第人近代者」條。

(3) 姚汝金：見卷一・二四注(3)。

(4) 張融：字思光。南朝齊吳郡吳（今江蘇蘇州）人。入齊後累官太子中庶子、司徒左長史。文思敏速，行止特異。

(5) 李將軍：西漢名將李廣。見卷五・三一注(2)。

(6) 亭尉侮：《史記・李將軍列傳》：「家居數歲。廣家與故穎陰侯孫屏野居藍田南山中射獵。嘗夜從一騎出，從人田間飲。還至霸陵亭，霸陵尉醉，呵止廣。廣騎曰：『故李將軍。』尉曰：『今將軍尚不得夜行，何乃故也！』」

(7) 野次：止宿於野外。

(8) 龍沙：多指今河北喜峰口外盧龍山后的大漠，亦泛指塞外漠北邊塞征戰之地。

(9) 鷺堠：《魏書・官氏志》：「以伺察者為候官，謂之白鷺，取其延頸遠望。」後因以「鷺堠」指做伺察的人。蝦蟆鼓：《豹陳紀談》：「內樓五更絕，梆鼓交作，謂蝦蟆更。」

(10) 儻師：假若效法。文帝：漢文帝。細柳：細柳營。漢文帝時，周亞夫為將軍，屯軍細柳。帝自勞軍，至細柳營，因無軍令而不得入。於是使使者持節詔將軍，亞夫傳令開壁門。既入，帝按轡徐行。至營，亞夫以軍禮見，成禮而去。帝曰：「此真將軍矣！曩者霸上，棘門軍，若兒戲耳！」見《史記・絳侯世家》。

(11) 丙相：丙吉，字少卿。西漢魯國（今山東曲阜）人。漢宣帝時丞相。車夫嗜酒，曾醉酒後將酒吐在丞相車上，丙吉毫不計較。

(12) 偏裨：偏將，裨將。

(13) 齊金楚鐵：《國語・齊語》：桓公問曰：「齊國寡甲兵，為之若何？」管子對曰：「小罪讁以金分，宥間罪。……美金以鑄劍戟，試諸狗馬；惡金以鑄鉏、夷、斤、劚，試諸壤土。」《史記・范睢蔡澤列傳》：「昭王曰：『吾聞楚之鐵劍利，而倡優拙。』」後因以「楚鐵」借指利劍。

(14) 不躍不鳴：指平庸無奇。《世說新語・賞譽》：張華見褚陶，語陸平原曰：「君兄弟龍躍雲津，顧彥先鳳鳴朝陽，謂東南之寶已盡，不意復見褚生。」陸曰：「公未睹不鳴不躍者耳！」

(15) 鉛刀：鉛制的刀。鉛質軟，作刀不銳，故比喻無用的人和物。

(16) 鄂文端：鄂爾泰。見卷一・一注(7)。

(17) 諸桐嶼：諸重光（1721-1770），字申之，一字桐嶼。浙江餘姚人。乾隆二十五年進士。曾任湖南辰州知府。有《二研齋遺稿》。

(18) 銀闕：道家謂天上有白玉京，為仙人或天帝所居。

二

金陵劉春池，名芳，織造府計吏也(1)。不戒於火，將龍衣貢物，俱付焚如(2)。賠累後，既貧且老，而詩興不衰。如：「貧難好客如當日，老覺逢人羨少年。」「三間屋僅棲兒女，一領裘還共祖孫。」

「從古詩惟天籟好，萬般事讓少年為。」皆佳句也。其〈憶半野園舊居〉云：「半野園堪遂隱淪，山為屏障水為鄰。林亭已入天然畫，休息難終老去身。喬木昔曾經我種，好花今復為誰春？傷心最是重來燕，不見堂前舊主人。」〈弔香櫞樹〉云：「自別園林甫二旬，忽枯此樹是何因？伊如義不迎新主，我獨悲同哭故人。物與情通原有感，木經歲久豈無神？尚須留取根株在，猶望仍回舊日春。」劉以欠帑入獄，予向尹文端公誦其詩(3)。尹驚其才，即命寬限，一時傳為佳話。其子曾(4)，字悔庵，亦好吟詩，不省家事，人目為癡。然得一二句，便寫示余。〈歲晏〉云：「簷以低常暖，裘因敝轉輕。」見贈云：「新稿只呈蕭穎士(5)，長裾不謁鄭當時(6)。」嗚呼！胸襟如此，何得目為癡哉？

春池尚有佳句云：「道在己時惟自適，事求人處總難憑。」「衰齡轉作無家客，多壽還須有福人。」「異地幾忘身是客，禪門今已熟於家。」

春池富時，有窮胥倚以生活(7)，後竟負之。故詠〈落葉〉云：「積怨堆愁委地深，西風衰草亂蟲吟。此時狼籍無人問，誰記窗前借綠陰？」〈雨中海棠〉云：「黑雲若得明朝霽，紅雪猶餘未放枝。我獨笑花花笑我，今年俱未得逢時。」此雖仿羅隱〈贈妓〉詩意(8)，而運用恰新。

【箋注】

(1)劉春池：見卷三・七〇注(1)。計吏：州郡掌簿籍並負責

上計的官員。

(2) 焚如：謂火焰熾盛。

(3) 尹文端：尹繼善。見卷一・一〇注(3)。

(4) 劉曾：見卷二・二八注(1)。

(5) 蕭穎士：字茂挺。唐潁川（今河南許昌）人。開元中對策第一，補秘書正字。歷任秘書正字、集賢校理、廣陵參軍、史館待詔等職，均因不合於時而罷去。穎士樂聞人善，以推引後進為己任，名重於時。

(6) 長裾：長衣，長袖。指曳長裾出入王侯之門，依附權貴。鄭當時：西漢大臣。見卷九・一一注(3)。

(7) 窮胥：窮困小吏。

(8) 羅隱：唐詩人。見卷八・四二注(2)。〈贈妓雲英〉云：「我未成名君未嫁，可能俱是不如人？」

三

烏程淩雲(1)，字香坪，少有〈吳門紀事〉詩，極酒場花徑之樂。晚年就館李參戎家(2)，鬱鬱不得志而卒。〈胥門感舊〉云(3)：「金閶曾度五清明(4)，選勝攜朋取次行。楊柳堤邊調細馬(5)，杏花村裏聽嬌鶯。春風久負青山約，舊雨難尋白鷺盟(6)。今日胥江重艤棹(7)，斜陽芳草不勝情。」〈過分水龍王廟〉云(8)：「汶河西注水汪洋，南北中分界兩行。從此空彈遊子淚，隨波流不到家鄉。」他如：「雨積山多瀑，煙收樹滿村。」「魚跳驚燭影，雞唱亂箏音(9)。」俱有風味。

【箋注】

(1) 凌雲：字鳳超，號薌坪。清浙江烏程人。客吳閶五年。後之金陵。袁枚一見契之，招至隨園，日夕唱酬。有《鵬息齋詩注》、《薌坪詩草》、《雨窗隨筆》。（民國六年《雙林鎮志》卷二十）

(2) 李參戎：姓李的武官參將。

(3) 胥門：今江蘇省蘇州市城西門。《吳郡圖經續記》卷上：「胥門者，子胥居其旁，民以稱焉。」

(4) 金閶：今蘇州市舊時別稱。城西閶門內舊有金閶亭。

(5) 細馬：小駿馬。

(6) 白鷺盟：典出《列子》鷗鷺忘機。辛棄疾《水調歌頭·鷗盟》：「凡我同盟鷗鷺，今日既盟之後，來往莫相猜。白鶴在何處，嘗試與偕來。」

(7) 艤棹：划船靠岸。

(8) 分水龍王廟：位於山東濟寧市汶上縣南旺鎮小汶河與京杭運河交匯處，始建於明永樂九年。

(9) 拏（ráo）音：槳聲。

四

表弟章臒齋秀才(1)，名袁梓，性迂碎，有潔癖，好神仙吐納之術，自謂可長生，而卒不驗。〈睢陽客興〉云(2)：「幾度飄蓬動客嗟，況逢遲日感韶華(3)。階前杖響誰看竹，月下煙飛自煮茶。遊騎踏殘零露草，幽禽含過隔牆花。尋芳孺子知時節(4)，也著新衣到酒家。」〈對雪〉云：「素光燦爛映簷楹，未許疏狂嘆獨清。隔夜江山都改色，連朝猿鳥並無聲。

風飄墮瓦寒冰響，鼠滅殘燈外戶明。畫帳香茵初睡起(5)，舉頭錯認是天晴。」其他佳句云：「有梅人坐靜，踏雪鶴行徐。」「風枝挑瓦墮，石筍引藤纏。」「宵柝暗驚孤客夢(6)，寒雞時作故鄉聲。」「蜂能負子應知老(7)，燕屢升堂若賀貧(8)。」「花香夾路人歸緩，水影搖天月上遲。」「投杖驚逃穿屋鼠，圍棋引進過門人。」俱妙。

【箋注】

(1)章觼齋：見卷三・七四注(5)。

(2)睢陽：縣名・故城在今河南商丘縣南。

(3)遲日：《詩・豳風・七月》：「春日遲遲。」後以「遲日」指春日。

(4)孺子：此指清貧淡泊、隱居不仕者。

(5)香茵：美艷的坐墊。

(6)宵柝（tuò）：巡夜的梆聲。

(7)蜂能負子：《詩經・小雅・小宛》：「螟蛉有子，蜾蠃負之；教誨爾子，式穀似之。」意謂果蠃（細腰蜂）代養螟蛉（青蟲）之子，勸說人們應當教育好子孫，從而光大祖先的美德。

(8)「燕屢」句：《淮南子・說林訓》：「湯沐具而蟣虱相吊，大廈成而燕雀相賀，憂樂別也。」

五

高文照字東井(1)，少年韶秀，嶷嶷自立(2)。父植，宰德化(3)，有賢聲。所得俸，盡為東井買書。年

未二十，詩已千首。目空一世，於前輩中所心折者，隨園與心餘而已(4)。舉甲午鄉試，後卒於京師。詩稿不知流落何處。見贈云(5)：「萬壑千峰裏一門，仙家住老百花村。重開朱戶樓臺出，未改青山面目存。執手各探新得句，驚心難定舊離魂。憐才誰似先生切，替拭襟前積淚痕。」「宏獎何人得到斯(6)，文章風義一身持(7)。眼無後起偏憐我，座有先生敢論詩？轉柁風看收柁候(8)，在山泉話出山時(9)。才名官職誰多少，未要區區世上知。」「此身幾肯受人憐？低首為公拜榻前。不朽文章傳郭泰(10)，得聞絲竹許彭宣(11)。女嬃詈予申申日(12)，鄧禹嗤人寂寂年(13)。想到平生知己報，商量只有祖生鞭(14)。」其他佳句如：〈過衢州〉云：「水回雙碓落，灘急一篙爭。」〈壽山庵〉云：「一磬隔花出，片旛當殿陰。」〈送人〉云：「且將一點思鄉淚，灑向君衣好寄歸。」〈贈方子雲〉云(15)：「門外市聲三日雨，簾前風色一床書。」〈過阮懷寧故宅〉云(16)：「鳥語尚疑偷法曲，池波無復照明妝(17)。」

【箋注】

(1)高文照：見卷二・六七注(3)。

(2)嶷嶷（nì）：幼小聰慧貌。

(3)宰德化：指主宰德化（今江西九江）的知縣。

(4)心餘：蔣士銓。見卷一・二三注(2)。

(5)見贈：贈送給我。

(6)斯：此。

(7)風義：風操情誼。

(8)轉柁：以轉變船舵喻轉變方向。

(9)「在山」句：用杜甫〈佳人〉：「在山泉水清，出山泉水濁」詩意。

(10)郭泰：東漢太原界休人。二十行學至成皐屈伯彥精舍，三年畢業，博通經典，品學為時所重。性明知人，好獎訓士類，閉門教授，弟子數千。此處代指袁枚。

(11)彭宣：見卷六・三七注(9)。《漢書》卷八十一：「（張）禹成就弟子尤著者，淮陽彭宣至大司空，沛郡戴崇至少府九卿。宣為人恭儉有法度，而崇愷弟多智，二人異行。禹心親愛崇，敬宣而疏之。崇每候禹，常責師宜置酒設樂與弟子相娛。禹將崇入後堂飲食，婦女相對，優人管弦鏗鏘極樂，昏夜乃罷。而宣之來也，禹見之於便坐，講論經義，日晏賜食，不過一肉卮酒相對・宣未嘗得至後堂。」此處反用此典。

(12)女嬃：屈原的姐姐。〈離騷〉：「女嬃之嬋媛兮，申申其詈予。」此處以屈原被姐姐天天罵，比自己的性情不被親人理解。

(13)鄧禹：見卷一・一注(1)。《南史・王融傳》載：南朝齊王融年輕時自恃才高，急於做到公卿，曾撫案而嘆：「為爾寂寂，鄧禹笑人。」鄧禹輔佐漢光帝得天下，二十四歲即封酇侯，官拜大司徒。後因以「鄧禹笑人」慨嘆功名遲暮。

(14)祖生鞭：見卷九・九注(3)。

(15)方子雲：方正澍。見卷一・四五注(6)。

(16)阮懷寧：明・阮大鋮。見卷八・五八注(1)。

(17)法曲：此指梨園樂曲。明妝：明麗的妝飾。

六

崑山徐柱臣(1)，字題客，健庵尚書之孫(2)，余親家也。〈飲外舅張氏青山莊〉云：「東風報花信，春色來南枝。輟棹風漸細，到門香已知。綠野占勝跡，青山似昔時。登樓俯林杪(3)，雪影何離離(4)。」〈舟中晚眺〉云：「天垂餘靄橫(5)，船在鏡中行。拍手沙禽起，回頭明月生。向南寒氣減，入夜酒懷清。不有蘭陵釀，銜杯空復情。」題客性耽詞曲，晚年落魄揚州，為洪氏司音樂以終。惜哉！又有句云：「看慣舊書多脫線，移來新樹少開花。」

【箋注】

(1)徐柱臣：見卷二・五五注(5)。

(2)健庵：徐乾學。見卷二・五五注(5)。

(3)林杪（miǎo）：樹梢，林外。

(4)離離：隱約貌。

(5)餘靄：日落時未散去的雲煙。

七

徐緒字徵園(1)，蘇州人，貌短小，為李守備烱記室(2)。終日以酒一壺、杜詩一卷自娛。此外，不知有人間事。余題其小像云：「吳市布衣大，杜陵詩骨尊。」卒貧死。詩稿散失。余錄其〈雨阻胥江〉云：「擊柝嚴城閉，相依再宿舟。一天惟是雨，六月

竟如秋。漸覺江湖滿，能無稼穡憂？萍蹤憐乞食，華髮早盈頭。」〈移居〉云：「剝啄衡門啟(3)，時過話老農。卻欣環泮水(4)，不厭此萍蹤。對酒東鄰樹，催詩南寺鐘。隔城山色好，落日見芙蓉。」〈歸舟至盤溪〉云：「漂泊仍長鋏(5)，歸來買釣艖(6)。順流風勢緩，近岸雨聲多。小鳥銜煙起，低橋撥棹過。家人應識我，篷底遠聞歌。」〈盆菊〉云：「束瓦為花盎(7)，無須金屋藏(8)。帶霜移牖下，就日列階旁。種細開尤晚，名多記輒忘。到殘應匝月，不限舉壺觴。」〈寒簷〉云：「寒簷短景如風馳(9)，迢迢長夜占八時。弱女刺繡補不足，一燈豆大燃殘脂。呼兒劇論千古事，老妻來聒明朝炊。掩耳疾走且相避，隔屋吾弟能吟詩。不圖轉落乃嫂笑(10)，小郎亦有兒啼饑。」〈西鄰哭〉云：「夜聞西鄰哭，哭聲一何悲！云是母哭兒，聲聲哭入老夫耳。老夫亦有丈夫子(11)，同日辭家分路死。死弗及見哭憑棺，三月到今淚未乾。傷心有口那能言；君不見，烏生八九子(12)，一一飛上青林端。」〈新竹〉云：「森森碧玉已成行，一雨長梢盡過牆。微露粉痕初解籜(13)，疑君已帶九秋霜。」

【箋注】

(1)徐緒：如上。卷五・三九亦收有詩句。

(2)李炯：見卷五・三九注(7)。記室：官名。掌章表書記文檄。

(3)衡門：橫木為門。指簡陋的房屋。

(4)泮水：學宮前的水池，亦代指學宮。

(5)長鋏：戰國時齊人馮諼貧苦不能自存，寄居孟嘗君門下。因食無魚、出無車，無以為家，三彈其劍鋏，歌曰：「長鋏歸來乎！」後人因用為處境窘困而有所干求之典。

(6)釣艖：釣魚小船。

(7)花盎：花盆。

(8)金屋藏：以漢武帝金屋藏嬌典作映襯。

(9)短景：日影短。亦喻指時日無多的暮年。

(10)不圖：不料。

(11)丈夫子：兒子。

(12)烏：烏鴉。

(13)解籜（tuò）：謂竹筍脫殼。

八

杭州仲蘊檠(1)，字燭亭，與余同庚。雍正癸丑，兩人初學為詩，彼此吟成，便攜袖中，冒雨欣賞。後余官白下(2)，而燭亭亦就幕江南，常得把晤。歲辛卯，相見蘇州，怪其消瘦，不類平時壯佼；然意致尚豪，猶令小妻出拜，尚無子。亡何(3)，訃至。記其〈長至日飲隨園〉云：「老大空憐役庫車，清樽小語過精廬(4)。二千里客易中酒，半百外人無熟書。斷雁貼雲寒雨後，歸鴉擁樹晚晴初。今朝罨畫軒西醉(5)，覓句差貪一線餘(6)。」〈莫愁湖〉云(7)：「晴波嫩柳舊歌臺，一眺愁心略小開。湖影淡拖山色去，春煙冷送夕陽來。遊絲不綰金跳脫(8)，水調空沉

《阿濫堆》(9)。誰更風流問徐九(10)，銷魂無那索茶杯(11)。」〈郊行〉云：「雨霽郊圻笑語嘩(12)，裙腰碧過四娘家(13)。遊思解渴問荒店，春尚慰人留病花。遠寺鐘隨遲日度，隔江山挾晚青斜。零星滿地榆錢好，賤買村醪敵歲華。」他如：「月於低處作湖色，山漸暝時生水煙。」皆瘦硬自喜。

【箋注】

(1) 仲蘊檠：見卷三・四五注(2)。

(2) 白下：古地名。在今南京市西北。後用為南京的別稱。

(3) 亡（wú）何：不多久。

(4) 小語：細語，短暫交談。

(5) 罨（yǎn）畫：色彩鮮明的繪畫。多用以形容自然景物或建築物等的艷麗多姿。

(6) 覓句：構思、尋覓詩句。

(7) 莫愁湖：在今南京市西南。相傳莫愁女子舊居。

(8) 金跳脫：腕臂裝飾品。

(9) 阿濫堆：唐玄宗所作的曲名。本為鳥名。其鳴聲相續，至為動人，故以其聲翻曲。詳見南唐・尉遲偓《中朝故事》。

(10) 徐九：明中山王徐達十一世孫徐詠（徐九公子）。徐達，字天德。濠州鍾離（今安徽鳳陽東北）人。出身農家，少有大志。為明朝開國人物。曾任左相國、大將軍、中書右丞相，封魏國公。

(11) 無那：無可奈何。

(12) 郊圻（qí）：郊野，郊外。

(13) 四娘家：指農家。杜甫《江畔獨步尋花》：「黃四娘家花滿蹊，千朵萬朵壓枝低。」

九

余甲子分校南闈(1)，題〈樂則韶舞〉(2)。有一卷云：「一人奏琯(3)，而八伯歌風(4)。」愛其文有賦心，薦而未售(5)。出榜後，遇外監試商寶意先生(6)，曰：「我收卷，見一文絕麗，問之，乃吳梅村先生孫也(7)。我告之曰：『此文若遇袁太史，必能賞識。』」因誦此二句。予告以果力薦矣，彼此大喜，覺論文有心心相印之奇。未幾，吳到沭來謁(8)，貌如美女，年才弱冠，益器重之。癸酉，余從秦中歸隨園，而吳已中經魁(9)，來見，則嘔血失音，非復曩時玉貌。予心憂之。赴都會試，竟死場中，年二十七。其時同薦者，有松江廩生陳邁晴(10)，亦奇才也。場後賦百韻詩來謁，惜未存其稿，先吳卒。吳在席上題〈盆中飛白竹〉云(11)：「渭水清風譜(12)，流傳有別支。出藍誇逸品，飛白擅奇姿。名以中郎重(13)，根從子敬移(14)。森然一筆起，曖若八分披(15)。捲葉輕於縠，抽枝弱比絲。映花風獨轉，拂草露俱垂。細細分龍節，輕輕洗玉肌。生來鳳尾貴，不怕雀頭癡。影落屏風小，香傳棐几遲(16)。恰添承旨石(17)，同上伯英池(18)。專室居何愧？登床賞自奇(19)。地依蕭寺好(20)，人在晚晴宜。擢彼東南秀，珍逾十二時。品題無與可(21)，篤好有羲之(22)。北館承家學(23)，南宮得畫師(24)。綠窗窺窈窕，紅燭照參差。蘭墨傳新樣(25)，魚箋寫折枝(26)。好將端獻筆(27)，追取順陵碑(28)。」吳諱維鶚，太倉人。佳句尚多，僅錄其吉光片羽者，不料

其即赴玉樓也(29)。陳生五策，博引群書，兩主試愕然不知來歷(30)。余爾時年少氣盛，語侵主司，以故愈不得售；亦其命運使然耶？有〈哀兩生〉詩，存集中。

【箋注】

(1) 甲子：乾隆九年。分校：科舉時校閱試卷的各房官。南闈：明清科舉考試，稱江南鄉試為南闈，順天鄉試為北闈。

(2) 樂則韶舞：《論語・衛靈公》上的一句。稱樂則法《韶舞》的意思。

(3) 琯：玉管。古樂器。用來吹奏時觀測推算曆象氣候。

(4) 八伯：堯舜時指四方八州諸侯。

(5) 未售：此指應試未中。

(6) 商寶意：商盤。見卷一・二七注(7)。

(7) 吳梅村：吳偉業。見卷四・三四注(4)。

(8) 吳：吳維鶚。清太倉人。舉人。《太倉州志》「鶚」作「鍔」。吳彥遵子，吳暻孫。應為吳偉業重孫。沭：江蘇沭陽縣。袁枚此時任縣令。

(9) 經魁：明清科舉考試分五經取士，每科鄉試及會試的前五名即分別於五經中各取其第一名，稱為經魁。

(10) 陳邁晴：字春宇。清松江府婁縣人。有雋才。為文異采絕艷。

(11) 飛白竹：小小觀賞竹。或以飛白筆法所畫之竹。

(12) 渭水清風：指明代傳世繪竹名畫歸世昌作《渭水清風圖》軸。

(13) 中郎：指漢・蔡邕。相傳東漢靈帝時修飾鴻都門，匠人用刷白粉的帚寫字，蔡邕見後，歸作「飛白書」。這種

書法，筆劃中絲絲露白，像枯筆所寫。漢魏宮闕題字，曾廣泛採用。唐張懷瓘《書斷》上：「飛白者，後漢左中郎將蔡邕所作也。」

(14) 子敬：晉・王獻之，字子敬。王羲之子。官至中書令，時稱王大令。工草隸，善丹青。書法與父並稱二王。今存行書《鴨頭丸帖》等。

(15) 曖：溫潤。八分：漢字書體名。此指似漢隸的波折，向左右分開。「漸若八字分散」，故名八分。

(16) 棐几：用棐木做的几桌。亦泛指几桌。《晉書・王羲之傳》：「嘗詣門生家，見棐几滑淨，因書之，真草相半。」

(17) 承旨石：趙孟頫所畫石。趙，字子昂，號松雪道人。元吳興(今浙江湖州)人。宋宗室，官至翰林學士承旨。有《松雪齋文集》。其《蘭竹石圖》用草書筆法畫岩石，用行書筆法畫蘭葉和小草，勾勒中留飛白，體現出新境界。

(18) 伯英池：《晉書・衛瓘張華傳》：「弘農張伯英者，因而轉精甚巧。凡家之衣帛必書而後練之。臨池學書，池水盡黑。下筆必為楷則，號匆匆不暇草書。寸紙不見遺，至今世尤寶其書，韋仲將謂之草聖。」

(19) 登床：《唐會要》卷三十五：「上賜宴于元武門，太宗操筆作飛白書。群臣乘酒，就太宗手中相競。散騎常侍劉洎，登御床引手，然後得之。其不得者，咸稱洎登床罪當死，請付於法。太宗笑曰：『昔聞婕妤辭輦，今見常侍登床。』」

(20) 蕭寺：佛寺。見卷四・六六注(5)。上聯「專室」即指此。

(21) 與可：文同，字與可。北宋畫家與詩人，以畫竹著名，主張畫竹必先「胸有成竹」。

(22) 羲之：晉書法家王羲之。見卷三・三六注(4)。

(23) 北館：南朝宋．虞龢〈論書表〉：「子敬出戲，見北館新泥堊壁白淨，子敬取帚沾泥汁書方丈一字，觀者如市。羲之見嘆美，問所作，答云：七郎。羲之作書與親故云：『子敬飛白大有意。』」

(24) 南宮：宋．米芾，襄陽人。以工書善畫著名。曾官禮部員外郎，世稱米南宮。

(25) 蘭墨：書畫精品。

(26) 魚箋：古紙名。因紙面呈霜粒如魚子而得名。

(27) 端獻筆：宋端獻王趙頵，平居之時無所嗜好，獨左右圖書，與管城毛穎相周旋。作篆籀、飛白之書，而大小字筆力雄俊。以墨寫竹，其茂梢勁節、吟風瀉露、拂雲篩月之態，無不曲盡其妙。

(28) 順陵碑：武則天之母順陵碑，為唐睿宗李旦所書，其中有數字為飛白書，作禽鳥花竹之象。

(29) 玉樓：唐．李商隱〈李長吉小傳〉：「長吉將死時，忽晝見一緋衣人……笑曰：『帝成白玉樓，立召君為記。』」後因以為文士早死的典實。

(30) 兩主試：《批本隨園詩話》說，一為禮部侍郎鄧鍾岳，一為詹事府詹事葉一槐。

常熟王陸禔(1)，字介祉，瘦長骨立，兩眸熒然。家貧母老，又遭馮敬通之厄(2)，客死長沙，年三十二。其詩清麗。〈蘇臺紀事序〉云(3)：「僕本恨人(4)，尤希好事。趁蘭膏之餘焰(5)，述花月之新聞。則有參佐名流(6)，弘農妙裔(7)。王昌居處(8)，跡近金堂(9)；韓壽來時(10)，香通青瑣(11)。牆

頭一笑，秋風客鑽穴相窺(12)；枕畔五更，夜度娘鑿坏而遁(13)。不須青鳥(14)，為約佳期；何必玄駒(15)，始諧歡夢。手提金縷，逾沓冒以聲希(16)；懷落鈿釵，罥流蘇而影亂(17)。輕攏屈戍(18)，潛由顧愷之廚(19)；反合倉琅(20)，永匿梁清之洞(21)。遂致空閨大索，徒勞阿母闔門；鄰壁旁求，共訝彼姝履閾。倘屬無妻之牧犢(22)，或易牽絲；偏為有婿之羅敷(23)，難收覆水。霧生三里，葉不翳蟬；風掛一帆，花終戀蝶。可憐月姊，隨蟾魄以俱奔；詎耐冰人(24)，賦鼠牙而作訟(25)。謀成秘計，大都鸚鵡之禪(26)；下得官符(27)，不是鴛鴦之牒(28)。悵三生兮永別，未消圓澤之煙(29)；縱九死以無辭，難覓茅山之藥(30)。是則煉媧皇之石，莫補離天(31)；彎后羿之弓(32)，長仇怨日者矣。嗚呼！人生行樂，難禁贈芍遺椒(33)；我輩鍾情，未免焚芝嘆蕙(34)。觸哀弦於舊軫(35)，儂亦情狂；戒覆轍於前車，卿休放誕。不逢白傅(36)，誰裁〈長恨〉之歌？為語雙文(37)，我作《會真》之記。」

詩云：「東風如夢春如晝，蘿蔓須扶薇待架。黃雀飛飛鏡檻邊(38)，斑騅得得樓欄下(39)。綠楊門巷是兒家，青粉牆高隔亂鴉。惜艷羞窺留影鏡，耽閒懶逐鬥風車。柔懷脈脈慘幽獨，少小紅絲曾繫足(40)。蕭史遲吹引鳳簫(41)，馬卿忽奏《求凰曲》(42)。尋常聲息互知聞，促漏遙鐘兩斷魂。側帽望殘窗竹影，抽釵劃遍砌苔痕。蓬萊咫尺休嗟遠，綷縩輕裙便往返(43)。曉把豪犀故剔梳(44)，宵捫了鳥還加

鍵(45)。懷中轉側掌中檠，殷蒨難描媠婗形(46)。蛤帳霞光猶恍忽(47)，蜃窗日彩更晶熒(48)。刻骨恩同膠漆洽，迷藏秘戲貪嬉狎。連天夢雨罨陽臺，平地風波生楚峽。無端阿母喚匆匆，捲幔披帷室是空。鸚鵡攪翻脂盝粉(49)，狸奴搔亂繡床絨。侍兒尋覓爭牽惹，瞥見微光抽替閒(50)。間道斜通鳥鼠山(51)，頹垣近接鴛鴦社(52)。防閒始悔未週遭，直待亡羊與補牢。瓜字分明慚碧玉(53)，藕絲宛轉怨金刀。多生久作雙飛侶，豈忍禁持別離苦？攜手潛登范蠡舟(54)，齊眉共寄梁鴻廡(55)。夭桃已放出牆枝，元稹從題〈決絕詞〉(56)。無奈鴆媒偏作惡(57)，不容雁婿永追隨(58)。訴牒倥傯控花縣(59)，狐城兔窟徵求遍。里胥排日計郵籤，亭長分程馳驛傳。替戾岡旋劬禿當(60)，可憐屈體受鋃鐺(61)。淋鈴雨泣紅顏婦，貫索星臨白面郎(62)。鯽誓從今消舊寵(63)，刀環約在要離塚(64)。馱金縱許贖文姬(65)，化玉何時見韓重(66)？君不見雪絮漫空颺作塵，沾衣拂幌總前因。柳枝逸去樊娘嫁(67)，我亦情傷潦倒人。」

〈留鬚〉云：「漸看鬱鬱復離離，忍遣芟除累剃師？潘鬢見來增老態(68)，飛胡學得憶兒嬉(69)。依稀草活抽芽日，仿佛花殘露蒂時。猶自堪摩未堪捋，免教人把彥回嗤(70)。」「屬體風懷夢裏春，鬑鬑羞憶齧妃唇(71)。好陪覓句拈髭客，休對熏香薙面人(72)。青縷細含微見影，紫珍才展便傷神(73)。從渠長到星星日，敢向中涓戲效顰(74)？」〈詠題名錄〉云(75)：「倚棹向通津，紅箋鬨市塵。買時慚啟

齒，展處暗傷神。千佛名經錄，三生慧業因(76)。未看先鄭重，回視更逡巡。幾輩曾盟笠(77)，伊誰是積薪(78)？名場驚絕跡，號舍記比鄰(79)。藥銚相依切(80)，風簷問訊頻。獨憐叉手客(81)，未遇點頭人。何敢輕餘子(82)？徒教怨不辰(83)！窮通知有命，俯仰總嫌身。」〈孫園剪牡丹歸〉云：「尋春閒訪野人家，扶醉歸來日未斜。買得扁舟小於葉，半容人坐半容花。」其他如：〈落梅〉云：「驛使再來休問信，美人已嫁莫相思。」〈杏花〉云：「開當落日憐微倦，嫁與東風恐不甘。」〈偶成〉云：「誤書因想得，微倦覺眠佳。」

介祉好作無題詩，如：「衣上石華新唾跡，帳中霞采舊丰神。」「登牆不惜三年望，展畫誰甘百日呼。」人誚其輕薄，則云：「畢竟〈閒情〉累何德(84)？不言惟有息夫人(85)！」

【箋注】

(1) 王陸禔：見卷五‧五二注(5)。

(2) 馮敬通：馮衍，字敬通。後漢京兆杜陵（今陝西西安東南）人。博通群書，尤善辭賦。曾任曲陽令、司隸從事。明帝時遭讒毀，抑而不用。其妻悍忌，家道坎坷。遂失意潦倒而死。

(3) 蘇臺：即姑蘇臺。在蘇州西南姑蘇山上。相傳為春秋時吳王夫差所築。

(4) 恨人：失意抱恨之人。

(5) 蘭膏：用澤蘭子煉製的點燈油脂。

(6) 參佐：部下，僚屬。

(7)弘農：地名。故城在今河南靈寶南四十里。

(8)王昌：唐・崔顥〈王家少婦〉：「十五嫁王昌，盈盈入畫堂。」唐・唐彥謙〈離鸞〉：「聞道離鸞思故鄉，也知情願嫁王昌。」

(9)金堂：華麗宏偉之堂。

(10)韓壽：字德真。西晉南陽堵陽人。美姿容。賈充辟為司空掾。充女見而悅之，呼壽夕入。壽逾垣而至，充女密盜武帝所賜西域奇香送壽。充覺，遂以女妻之。

(11)青瑣：借指宮廷。

(12)牆頭一笑：宋玉〈登徒子好色賦〉：「嫣然一笑，惑陽城，迷下蔡，然此女登牆窺臣三年，至今未許也。」秋風客：秋風中的過客。漢武帝劉徹曾作〈秋風辭〉。

(13)夜度娘：《樂府詩集・西曲歌》有〈夜度娘〉篇，辭為：「夜來冒霜雪，晨去履風波。雖得敘微情，奈儂身苦何！」鑿坏（péi）：在屋後的牆上鑿洞。鑿坏而遁，原指隱居不仕。此為借用。

(14)青鳥：代指傳信的使者。

(15)玄駒：良馬名。

(16)金縷：指鞋。沓冒：代指臺階。沓，通「錔」。套。《漢書・外戚傳下・孝成趙皇后》：「（皇后）居昭陽舍，其中庭彤朱，而殿上髹漆，切皆銅沓黃金塗。」顏師古注：「切，門限也……沓，冒其頭也。」

(17)流蘇：穗狀垂飾物。亦指飾有流蘇的帷帳。

(18)屈戌：門窗、屏風、櫥櫃等的環紐、搭扣。

(19)顧愷之：東晉畫家，有「才絕、畫絕、癡絕」三絕之稱。珍品有《洛神賦圖》、《女史箴圖》。「《晉陽秋》曰：顧愷之尤好丹青，嘗以一廚畫寄桓玄，悉糊，題其前。玄乃發廚後而取之，封題如舊以還之。愷之見封題如初，但失其畫。直云：『妙畫通靈，變化而去，

猶人登仙也。』」（詳《太平御覽》卷七一三）

(20) 倉琅：裝置在大門上的青銅鋪首及銅環。亦代稱門。

(21) 梁清：《獨異志》引《東方朔內傳》云：秦并六國，太白星竊織女侍兒梁玉清、衛承莊，逃入衛城少仙洞，四十六日不出。

(22) 牧犢：古人名，即牧犢子，老而無妻。

(23) 羅敷：古美女名。秦氏，傳為戰國時趙國邯鄲人。為邑人千乘王仁妻。羅敷出採桑於陌上，趙王登臺見而悅之，因飲酒欲奪焉。

(24) 冰人：用《晉書・藝術傳・索紞》典，後稱媒人為冰人。

(25) 鼠牙：《詩・召南・行露》：「誰謂雀無角，何以穿我屋？誰謂女無家，何以速我獄……誰謂鼠無牙，何以穿我墉？誰謂女無家，何以速我訟？」原謂強暴侵凌引起爭訟。後因以「鼠牙雀角」比喻強暴勢力。

(26) 鸚鵡禪：即人云亦云，口頭禪。

(27) 官符：官府下行的文書。

(28) 鴛鴦牒：舊謂夙緣冥數註定作夫妻的冊籍。

(29) 圓澤：佛界人名。蘇東坡有〈僧圓澤傳〉。記載三生石的傳說。

(30) 茅山：山名。在江蘇省句容縣東南。原名句曲山。相傳有漢茅盈與弟衷、固采藥修道於此，因改名茅山。

(31) 離天：即離恨天。佛經謂須彌山正中有一天，四方各有八天，共三十三天。民間傳說：三十三天中，最高者是離恨天。後比喻男女生離，抱恨終身的境地。

(32) 后羿：神話中的人物。謂堯時十日並出，植物枯死，羿射去九日，民賴以安。見《淮南子・本經訓》、《淮南子・覽冥訓》。

(33) 贈芍遺椒：表示男女別離之情。《詩經・鄭風・溱洧》：「維士與女，伊其相謔，贈之以芍藥。」《詩經・陳風・東門之枌》：「視爾如荍，貽我握椒。」

(34) 焚芝嘆蕙：表示哀悼賢良的死者。

(35) 舊軫（zhěn）：隱痛，憫惜。

(36) 白傳：白居易。曾作〈長恨歌〉。

(37) 雙文：指唐傳奇小說人物崔鶯鶯，字雙文。唐・元稹曾作《鶯鶯傳》，又名《會真記》。此處用來比擬。

(38) 鏡檻：水邊欄杆。

(39) 斑騅：毛色青白相間的駿馬。

(40) 紅絲：舊為婚姻媒妁的代稱。

(41) 蕭史：傳說為春秋秦穆公時人，善吹簫，穆公以女弄玉妻之。數年後夫婦隨鳳凰飛去。

(42) 馬卿：漢・司馬相如字長卿，後人遂稱之為馬卿。

(43) 綷縩（cuìcài）：象聲詞。衣服摩擦聲。

(44) 豪犀：古時刷鬢的器具。

(45) 了鳥：門窗上的金屬搭扣。

(46) 殷蒨：南齊陳郡人。善畫，尤工肖像。婐妮（wǒnuǒ）：柔媚之貌。俗作婀娜。

(47) 蛤（gé）帳：像蛤一樣潔白晶瑩的帳子。

(48) 蜃窗：大蛤殼磨薄後鑲嵌以透明的窗子。

(49) 脂盝（lù）：化妝用的盒子。

(50) 抽替閜（xiǎ）：抽屜開。閜，大開。

(51) 鳥鼠山：古山名。在甘肅省渭源縣西。《書・禹貢》：「導渭自鳥鼠同穴。」孔傳：「鳥鼠共為雌雄，同穴處此山，遂名山曰鳥鼠，渭水出焉。」

(52) 鴛鴦社：男女歡會之所。

(53) 瓜字：舊稱女子十六歲為「破瓜」。「瓜」字拆開為兩個八字，即二八之年，故稱。晉・孫綽〈情人碧玉歌〉之二：「碧玉破瓜時，相為情顛倒。」（一說宋汝南王所作）

(54) 范蠡舟：用范蠡與西施泛舟五湖比喻私奔。

(55) 梁鴻：東漢扶風平陵人。娶孟光為妻，夫婦同入霸陵山中，以耕織為業，相敬相愛，舉案齊眉。

(56) 元稹：見卷一・二〇注(11)。此處所引詩題一作〈古決絕詞〉，見《全唐詩》卷四二二。內容表現的是男女之間的決絕情狀。

(57) 鳩媒：指善於言辭的媒人。

(58) 雁婿：李白〈山鷓鴣詞〉：「嫁得燕山胡雁婿，欲銜我向雁門歸。」

(59) 花縣：晉・潘岳為河陽令，滿縣遍種桃花，人稱「河陽一縣花」。後遂以「花縣」為縣治的美稱。

(60) 「替戾岡」句：少數民族羯語中的隱語。替戾岡，意謂「出」，劬禿當，意謂「捉」。全句謂逃出隨即被捉。見《晉書・藝術傳・佛圖澄》。

(61) 鋃鐺：鐵鎖鏈。拘繫罪犯的刑具。

(62) 貫索星：星座名。此喻牢獄。

(63) 鰂誓：《說郛》卷八十引《南越志》云：「烏鰂懷墨，江東人取墨書契，以紿人物，逾年墨消，空紙耳。」鰂，烏賊魚。

(64) 要離塚：在姑蘇舊城專諸巷的西城上。要離，春秋末吳國人。吳王闔閭使要離刺慶忌，要離詐以罪而逃，令吳王戮其妻子。後與慶忌同渡江，至吳地，刺殺慶忌後亦伏劍自殺。

(65)文姬：蔡琰。見卷一二・八七注(7)。

(66)韓重：《搜神記》中有〈紫玉韓重〉，記吳王夫差小女紫玉與童子韓重生死相戀的故事。

(67)樊娘：指歌妓。白居易家妓小蠻腰似柳枝，樊素善歌《楊柳枝》。

(68)潘鬢：謂中年鬢髮初白。見卷一〇・二四注(4)。

(69)飛胡：張飛鬍鬚。

(70)彥回：褚淵，字彥回。南朝宋、齊時河南陽翟人。官駙馬都尉、著作佐郎、吏部尚書等，後代宋建齊。時人恥其無節操。《南史》卷二十八：「山陰公主淫恣，窺見彥回悅之……彥回整身而立，從夕至曉，不為移志。公主謂曰：『君鬚髯如戟，何無丈夫意？』彥回曰：『回雖不敏，何敢首為亂階。』」此為早年故事。

(71)鬑鬑：鬚髮稀疏貌。

(72)薙（tì）面：刮臉。北齊・顏之推《顏氏家訓・勉學》：「梁朝全盛之時，貴遊子弟，多無學術……無不熏衣剃面，傅粉施朱。」

(73)紫珍：俗傳為後魏・王度家的寶鏡。持照病者，可愈。見《太平廣記》、《說郛》、《駢字類編》等。

(74)中涓：宦官。

(75)題名錄：古人為紀念科場登錄、旅遊行程等，在石碑或壁柱上題記姓名。

(76)慧業：佛教語。指智慧的業緣。

(77)盟笠：車笠之盟，比喻不因為富貴而改變貧賤之交。《太平御覽》卷四〇六引周處《風土記》：「卿雖乘車我戴笠，後日相逢下車揖；我雖步行卿乘馬，後日相逢卿當下。」

(78)積薪：比喻選用人才後來居上。

(79) 號舍：科舉考場中生員答卷和食宿之所。人各一小間，每間有編號。

(80) 藥銚（yáo）：藥鍋。

(81) 叉手客：指文思敏捷的人。用溫庭筠八叉手而八韻成典。

(82) 餘子：其餘的人。

(83) 不辰：不得其時。

(84) 閒情：此指寫男女之情的詩篇。

(85) 息夫人：見卷一一・一八注(5)。春秋戰國時息君的夫人，楚伐息，奪息夫人于後宮，她終不與楚王言語，趁楚王出遊，出宮與息侯相見，雙雙殉情自殺。

一一

常州李檢討英(1)，字芋圃，余甲子科所得士。為人醇古淡泊，一望而知為君子。年老乞歸，掌教六安州，過隨園，宿十日去，竟永訣矣！卒無子。〈歸雁〉云：「清秋雁聲落屋簷，春早急去程期嚴。此邦之人非汝嫌，高飛冥冥去且僉(2)。稻粱雖謀退亦恬，江湖暑濕難久淹(3)。吁嗟物性尚避炎！」〈春深〉云：「春深淹久客，門掩即山家。悶遣攤書坐，吟耽倚杖斜。晚風敲徑竹，微雨潤窗花。不覺蒼苔暗，深林已暮鴉。」〈僻處〉云：「僻處無喧囂，閒中耐寂寞。一卷味可耽，雙屐懶不著。荏苒春將殘，東風捲羅幕。庭前碧桃花，遲開亦遲落。」

【箋注】

(1) 李英：字御佐，一字芋圃，一說號蕷圃，晚號蠡塘。江蘇武進人，宜興籍。乾隆十年進士。官檢討。補左翼宗學教習，乞休主講海州六安書院。有《蠡塘詩鈔吟餘吟剩》八卷，今存《蠡塘詩》一卷。

(2) 僉：共同。

(3) 淹：逗留。

一二

丙辰在都(1)，詩人大會。有常州儲君師軾、字學坡者(2)，年最長，為坐中祭酒(3)。後三十年，會試出余門生李英名下，選作校官(4)，監鍾山書院。久不來見。余與莊君念農先往(5)，大呼而入，曰：「太老師來捉小門生矣！」彼此大笑。招飲隨園。見贈云：「廿年名姓達安昌(6)，應許彭宣到後堂(7)。問字久辭松徑杳(8)，傳觴重嗅竹林香。樓臺近水千層曲，草木連山一帶長。只恐徵書來北郭，未容老住白雲鄉(9)。」「高築天風百尺樓，憑欄懷古意悠悠。聲詩不墮開元後(10)，法物還從宣政收(11)。借箸風生磨盾鼻(12)，讀與某將軍書。登山雲起遂菟裘(13)。中林猿鶴無猜忌，繞樹銀燈蠟屐遊(14)。」卒，無子。詩多散失。

【箋注】

(1)丙辰：乾隆元年。

(2)儲師軾：字學坡。江蘇宜興人。乾隆十七年舉人，十九年明通榜。官泗州學正。（嘉慶二年《重刊宜興縣誌》）

(3)祭酒：此指年長者。

(4)校官：掌管學校的官員。

(5)莊念農：莊經畬。見卷三・五二注(3)。

(6)安昌：漢安昌侯張禹。見卷六・三七注(9)。此處比喻袁枚是自己的老師。

(7)彭宣：見卷六・三七注(9)。

(8)問字：據《漢書・揚雄傳》載，揚雄多識古文奇字，劉棻曾向揚雄學奇字。後來稱從人受學或向人請教為「問字」。

(9)白雲鄉：仙鄉。比隨園。

(10)開元：唐玄宗年號。代指盛唐。

(11)法物：指技藝製作之物。宣政：宋徽宗年號政和、宣和的並稱。

(12)借箸：指為人謀劃。磨盾鼻：指在盾牌的把手上磨墨寫字。唐・韓翃〈寄哥舒僕射〉詩：「郡公盾鼻好磨墨，走馬為君飛羽書。」

(13)菟裘：指告老退隱的居處。

(14)蠟屐：以蠟塗木屐。指悠閒、無所作為的生活。

一三

杭州潘涵(1)，字宇情，宰六合，以循吏稱(2)。兩子早卒，家竟絕嗣。甚矣天道之難知也！僅錄其〈隨園小集〉云：「安住林亭遠放舟，境隨人轉水隨鷗。好山剛近長江口，老屋深藏大樹頭。叱馭原同招隱別(3)，買園先為種花愁。解還墨綬銅章貴(4)，換得繁英與素秋。」「香名弱冠飲都城，壯志空山踽踽行。陶令穫田償酒債(5)，敬姜操績伴書聲(6)。漁童歌好垂絲聽，長者車來拂袖迎。一片倉山梅影水，回頭還比玉堂清(7)。」「西亭北榭鬥闌干，閣引天風獵獵寒。舊約飛魚傳去杳，新詩走馬借來看。風生咳吐追唐調，禮失威儀謝漢官(8)。笑我熱中心未死，偷閒來弄釣魚竿。」

【箋注】

(1)潘涵：見卷一・一二注(3)。

(2)循吏：守法循理的官吏。

(3)叱馭：指報效國家、不畏艱險。招隱：指徵召隱居者出仕。

(4)墨綬：為縣官及其職權的象徵。銅章：銅製的官印。用來稱郡縣長官或指相應的官職。

(5)陶令：晉・陶淵明。

(6)敬姜：即公父文伯母。春秋時魯國人。文伯退朝，見其母績麻，以為居官之家，不當如此。母遂告以應為官勤勞的道理。

(7)玉堂：指官署翰林院。

(8)謝漢官：指辭去官職。

一四

同年許朝(1)，字光庭，常熟人。詩似放翁(2)，歿後(3)，家無繼起者。錄其佳句云：「泉礙石流無意曲，草經霜隕不須芟(4)。」「倚床愛就肱邊枕，攬鏡貪看背後山(5)。」「得月便佳還值望，是山都好不須名。」「預思煮雪鑪先辦，不會栽花譜借抄。」五言如：〈病騾〉云：「眠沙深有印，齧草懶無聲。」〈山村〉云：「峰亂向人湧，泉分界石流。」又：「舟隔堤撐半露篙」，七字亦佳。

【箋注】

(1) 許朝：字光庭，號紅橋。江蘇常熟人。乾隆四年與袁枚同榜進士。歷官廣西懷遠知縣、山東濟南府通判。有《紅橋詩集》。

(2) 放翁：宋詩人陸游。

(3) 歿：去世。

(4) 芟（shān）：除草。

(5) 肱（gōng）邊：手臂旁邊。攬鏡：攬，嘉慶本作照。

一五

蘇州周鈺(1)，字其相，相遇于江雨峰家(2)，蒙一見傾心。每過蘇州，必主其家。家道甚豐，而性嗇且傲，卒無子；以葬親故，墜水死。見贈云：「零亂花飛又一年，思君時問北來船。隨園清夜三更月，應

照幽人獨自眠(3)。」「空吟場藿〈白駒〉詩(4)，往事傷心不可思。南國至今悲賈誼(5)，為他偏值聖明時。」詠〈落花〉云：「鶯從此日空啼樹，人到明朝懶上樓。」

【箋注】

(1) 周鈺：如上。餘未詳。

(2) 江雨峰：未詳。

(3) 幽人：幽居之士。

(4) 場藿：《詩・小雅・白駒》：「皎皎白駒，食我場藿。」後用為延攬賢才或思念賢者之典。

(5) 賈誼：見卷二・五〇注(2)。

一六

張長民秉政(1)，予表侄也。父灝，官侍讀學士。長民十五舉京兆，三十夭亡。送余出都云：「芙蓉雙闕致君身(2)，誤逐飄風落九旻(3)。丹穴有天翔鳳鳥(4)，金羈何術擾麒麟(5)？關前候吏覘青犢(6)，江介行舟蕩白蘋(7)。此去未須憐左授(8)，下方欲識謫仙人(9)。」

【箋注】

(1) 張長民：張秉政，字天民。浙江仁和人。雍正十三年舉人。其父張灝，雍正五年進士。

(2) 芙蓉雙闕：指皇宮。

(3) 九旻：九天。

(4) 丹穴：傳說中的山名。《山海經・南山經》：「丹穴之山……有鳥焉，其狀如雞，五采而文，名曰鳳皇。」

(5) 金羈：金飾的馬絡頭。借指馬。

(6) 青犢：青牛。《史記》司馬貞索隱引漢劉向《列仙傳》：「老子西遊，關令尹喜望見有紫氣浮關，而老子果乘青牛而過也。」

(7) 江介：江左。指長江以東之地。

(8) 左授：降職。

(9) 謫仙人：謫居世間的仙人。常用以稱譽才學優異的人。

一七

史梧岡進士，名震林(1)，湛深禪理(2)，半世長齋(3)。知余不喜佛，而愛與余談，以為頗得佛家奧旨。余亦終不解也。記其〈觀荷〉云：「露折朱霞裏旭開，淒涼心付蓼花猜(4)。銀河正曬天孫錦(5)，風雨欺香禁早來。」「蕊綻華峰鬥錦年，序班宜在牡丹先(6)。攜琴笑坐如船藕，去訪蓬萊海外天。」梧岡言：「修行無他慕，只求免入輪回(7)，少認世間無數爺娘耳！」

【箋注】

(1) 史梧岡：史震林（1692-1778），字公度，號梧岡。江蘇金壇人。乾隆二年進士。久客揚州。官淮安府教授。有《華陽散稿》、《西青散記》。

(2)禪理：佛學義理。

(3)長齋：謂佛教徒長期堅持過午不食。後多指長期素食。

(4)蓼花：水蓼。一年生草本植物，開紅花，生淺水中。全草入藥，味辛辣。也稱辣蓼。

(5)天孫錦：神話中的仙女（如織女）織錦。

(6)序班：官員的班行位次。此喻花期的先後次序。

(7)輪回：佛教認為眾生在六道中生死交替，旋轉不停。

一八

閩人劉南廬名芳(1)，貌若枯僧，以布衣雲遊，所到必棲深山古剎，受群僧供養。問何不還鄉，笑而不答。晚年卒於通州之狼山(2)。群僧為葬於駱右丞墓側(3)，置石碣焉(4)。丁丑九月，宿隨園，見贈七律，僅記中二聯云：「安仁尚有栽花興(5)，孟博全無攬轡心(6)。水影到窗知月上，松風攪枕信秋深。」〈焦山避暑〉云(7)：「千丈洪濤一小舠(8)，乘危逃暑到僧寮(9)。衣沾濕翠晴猶滴，榻拂涼雲午不消。壓檻有天連水閣，開門無路入塵囂。濁醪我欲酬高隱，千古幽魂未可招。」〈瓦官寺〉云(10)：「瓦官瓦破佛廬荒，三絕空懷舊講堂。曲徑雲深僧笠重，閒門花落客鞋香。行經河畔聞簫鼓，坐近臺邊想鳳凰。吊古一尊沽未至，煙鐘風磬立斜陽。」〈軍山夜坐〉云：「星辰夜影窗間落，江海秋潮枕上生。」

【箋注】

(1)劉南廬：劉芳，字南廬。閩人。乾隆初寓居通州軍山。卒於如臯雨香庵。有《五山志》、《寶華山志》、《金山志》。（據《通州直隸州志・僑寓傳》）

(2)通州：指今江蘇南通。

(3)駱右丞：駱賓王，初唐四傑之一。見卷一二・五六注(3)。

(4)石碣：圓頂石碑。

(5)安仁：潘岳。見卷一〇・二四注(4)。為河陽令時，栽花滿縣，人曰花縣。

(6)孟博：東漢汝南征羌人范滂，字孟博。舉孝廉。以清詔使到冀州，登車攬轡，慨然有志要澄清天下，後升光祿勳主事，因與太學生結交，反對宦官，延熹年間死於獄中。

(7)焦山：此指今江蘇鎮江市東北江中焦山。

(8)小舠：小船。

(9)僧寮：僧舍。

(10)瓦官寺：位於江蘇南京鳳凰台。東晉興寧二年，因慧力之奏請乃詔令施捨陶官之舊地以建寺，掘地得古瓦棺，因而得名。寺中有三絕：東晉・戴逵所鑄五方佛像、顧愷之所作維摩詰像壁畫、獅子國所贈白玉佛像。顧愷之又被稱為才、畫、癡三絕。

一九

湯西崖少宰(1)，幼有美人之稱。其幼子名學顯(2)，戊寅見訪，長身玉立，想見少宰風儀。有〈慧

山〉二首云(3)：「九峰鬱雲根，蜿蜒羅青蒼。夤緣入幽磴(4)，長史舊草堂(5)。只今法象空(6)，寶旛馴鴿翔(7)。葉落拂床塵，花放見佛光。癯僧不談禪，哦詩草木香。孤意與俱永，隨在如坐忘(8)。」「颯灑林風生，寒空弄清樾(9)。山禽隔葉鳴，好音聞不絕。訪碣剔煙蘿，釵腳半磨滅。蝶老抱秋花，松疏漏涼月。際此孰含毫(10)？秀采芙蓉發。」

【箋注】

(1)湯西崖：湯右曾。見卷三・一〇注(10)。少宰：吏部侍郎的別稱。

(2)湯學顯：字孔茹，號宜齋。清浙江仁和人。貢生。有《蓴鄉葉居集》。(見《民國杭州府志》)

(3)慧山：又名九龍山、惠山、歷山。即今江蘇無錫市西惠山。上有慧山寺。

(4)夤緣：攀援。

(5)長史：官名。南朝宋時建有司徒右長史湛茂之讀書處「歷山草堂」。劉宋景平年，草堂改作僧舍，稱「華山精舍」。梁大同三年，華山精舍改為慧山寺。

(6)法象：指帝王、聖賢之像。

(7)寶旛：佛寺中懸掛的旗幡。

(8)隨在：隨處，隨地。坐忘：道家謂物我兩忘、與道合一的精神境界。

(9)清樾：清涼的樹蔭。

(10)含毫：含筆於口中。比喻構思為文或作畫。

李嘯村最長絕句(1)，人有薄其尖新者(2)；不知溫子昇云(3)：「文章易作，逋峭難為(4)。」若嘯村者，不愧逋峭矣！其〈泰州舟次〉云：「煙汀月暈影微微(5)，辨得宵衣草上飛。垂髮女兒知蕩槳，不辭風露送人歸。」〈夜泛紅橋〉云：「天高月上玉繩低(6)，酒碧燈紅夾兩堤。一串歌喉風動水，輕舟圍住畫橋西。」〈廢園〉云：「誰家亭院自成春？窗有莓苔案有塵。偏是關心鄰舍犬，隔牆猶吠折花人。」〈青溪〉云：「粉牆經掃落花塵，一帶樓臺樹影昏。雨細風斜簾未捲，縱無人在亦消魂。」〈卻人寫真〉云(7)：「有影正嫌無處匿，不才尚覺此身多。」此是嘯村最佳詩；而歸愚《別裁集》只選〈上巳憶白門〉一首(8)，云：「楊柳晚風深巷酒，桃花春水隔簾人。」不過排湊好看字面，最為下乘。捨性靈而講風格者，往往捨彼取此。

【箋注】

(1)李嘯村：李葂。見卷五・四七注(1)。

(2)尖新：新穎，新奇。

(3)溫子昇：字鵬舉。濟陰冤句（今山東荷澤市）人。北魏文學家。與當時文學家邢劭、魏收合稱為「北地三才」。

(4)逋峭：謂文章曲折多姿。

(5)煙汀：煙霧籠罩的水邊平地。

(6)玉繩：星名。常泛指群星。

(7) 卻人：謝絕他人。

(8) 歸愚：沈德潛。見卷一・三一注(3)。

二一

白太傅云(1)：有唐衢者愛其詩(2)，亡何唐死；有鄧訪者愛其詩(3)，亡何鄧死。吾于金陵，得二人焉：一金光國(4)，一高步瀛(5)。詩筆超雋，受業未及三年，俱死。金之詩，惟存〈祝壽〉數章。高有《未灰稿》二編。〈晚春〉云：「百花開落草芊芊，傑閣層樓白石邊(6)。埋沒春光全是雨，初長天氣卻如年。客來未慣驚雛燕，人到無愁愛杜鵑。棐几一燈三徑晚(7)，垂簾影裏是茶煙。」七絕云：「風刀瘦剪綠楊絲，一路芳菲落日時。山曲不妨隨徑轉，隔雲早見酒家旗。」「靜裏消磨墨數升，封書遠問作詩僧。尋君曾到聞鐘後，流水村橋照蟹燈。」佳句云：「不是近霜偏愛菊，要需時日始看梅。」「燈非報喜花爭結，人慣離家夢轉無。」「同人催上馬，臨水廢觀魚。」「名每輸王後(8)，嫌終避膩前(9)。」皆有精心結撰，不入平淺一流。

【箋注】

(1) 白太傅：即白居易。

(2) 唐衢：唐人，世稱善哭。能為歌詩。曾客遊太原。

(3) 鄧訪：應為鄧魴。白居易〈與元九書〉原文是「不我非者，舉世不過三兩人。有鄧魴者，見僕詩而喜，無何魴

死。有唐衢者，見僕詩而泣，未幾而衢死。」

(4)金光國：字利賓，一字荔賓。江寧學生。

(5)高步瀛：未詳。

(6)傑閣：高閣。

(7)棐几：用棐木做的几桌。亦泛指几桌。

(8)王：指唐・王勃。《舊唐書・文苑傳》：「（楊）炯與王勃、盧照鄰、駱賓王以文詞齊名，海內稱為王楊盧駱，亦號為四傑。炯聞之，謂人曰：『吾愧在盧前，恥居王後。』」

(9)斶（chù）：指顏斶。齊國的名士。《戰國策・齊策》：齊宣王見顏斶，曰：「斶前！」斶亦曰：「王前！」宣王不悅。……斶對曰：「夫斶前為慕勢，王前為趨士；與使斶為趨勢，不如使王為趨士。」

二二

紹興布衣俞楚江，名瀚(1)，久客京師，金少司農輝(2)，薦與望山相公(3)。公稱其詩有新意，卒無所遇，賣藥虎邱而亡。〈登九龍山遇雨〉云：「浮生徒碌碌，冒雨渡寒津。策馬山頭過，雲橫不讓人。」〈偶成〉云：「安貧求自寡，書劍漫相從。且築數椽屋，將為一老農。亭空雲可貯，院小樹還容。居近開元寺，臥聽清夜鐘。」「戒飲原因病，村旗莫浪招(4)。忙酬花事畢，閒養睡魔驕。霜色歸蓬鬢，秋聲上柳條。竹爐茶未熟，一縷細煙飄。」他如：「誰與吾來往？西山一片雲。」「柳倦欲眠風勸舞，鳥歌未和雨催歸。」俱有意趣。

【箋注】

(1) 俞瀚。見卷一二・九五注(6)。

(2) 金輝：未詳。少司農，清代倉場侍郎的別稱。

(3) 望山：尹繼善。見卷一・一〇注(3)。

(4) 村旗：鄉村酒店懸掛的酒旗。

二三

儀真諸生張曰恒(1)，受知梁瑤峰學使(2)，寫詩一冊，屬尤貢父先容(3)，將來見余；呼舟未行，以暴疾亡，年未三十。冊書〈山中早春〉云：「不知芳信轉，但覺鳥聲和。倚檻聽溪水，紆行繞竹坡。池香生草細，樹暖著花多。雅意春風愜，還應倒白醝(4)。」〈青山守風〉云：「野戍依沙岸，孤帆守客塗(5)。勞心虛悵望，終夜戀菰蘆。江影時明滅，星光乍有無。曉風狂不定，神女弄波珠。」〈江令宅〉云(6)：「南都多舊第，江令最知名。長板雙橋合，青溪一水迎。仙臺廻騎杳，高樹晚鳩鳴。悵望城東路，年年春草生。」

【箋注】

(1) 張曰恒：字南坪，號寶山。江蘇儀徵人。乾隆三十年拔貢。多才好學，尤長於詩。有《南坪詩稿》。（見《淮海英靈集》乙集卷四）

(2) 梁瑤峰：梁國治。見卷一・三〇注(9)。

(3) 尤貢父：尤蔭。見卷九・五八注(2)。先容：本謂先加修

飾，後引申為事先為人介紹、推薦。

(4) 白醝（cuó）：白酒。亦作「白醝」。

(5) 客塗：即客途。

(6) 江令：即江總，字總持。南朝陳濟陽考城人。做過梁朝尚書僕射。侯景之亂，流寓嶺南。陳後主立，歷尚書令。陳亡入隋，為上開府。卒于江都。世稱江令。有《江令君集》輯本。其園宅名「江令宅」，是南京秦淮河畔的名園。

二四

杭州宋笠田明府，名樹穀(1)，宰蕪湖，有賢聲；罷官再起，補陝西兩當縣，過隨園一宿而別。聞為甘肅案，謫戍黑龍江，年近七旬，恐今生未必再見。幸抄存其詩。〈立秋柬顧孝廉〉云：「前宵白雨昨清風，爍石炎威轉眼空。萬竅商聲先蟋蟀(2)，一年落葉又梧桐。花開涼夜香偏久，吟入秋來句易工。為報湖頭二三子，好修遊屐理詩筒。」〈獨步淨業湖〉云(3)：「風吹堤柳綠斜斜，淨業湖波亂似麻。京國清明初斷雪，故園二月已飛花。青帘易買三升酒，白乳空思七碗茶。日暮一行飛雁落，知渠曾否過吾家？」〈山村小步〉云：「如此春光不自持，寬鞋短策步來遲。得時花柳有矜色，入畫雲山無定姿。佳節放閒村學散，豐年預兆老農知。日斜碧水橋頭坐，何處餳簫向客吹？」〈出京留別〉云：「六年燕市聚遊蹤(4)，酒席歌場處處同。一夕西風人去遠，便從天上望諸

公。」〈對月〉云：「桂花庭院晚風輕，簾捲西窗看月生。只費一鈎懸樹杪，已教秋思滿江城。」〈盆梅〉云：「數枝也復影橫斜，惹得羈人鄉夢賒(5)。拋卻西谿千樹雪，瓦盆三尺看梅花。」〈山塘閒步〉云：「疏狂猶記少年時，幾處歌場鬥雪詩。今日舊遊零落盡，酒痕只有故衫知。」「似此風光絕可憐，相攜朋好踏春煙。怪他楊柳舒青眼，只向長街看少年。」〈紅花埠題壁〉云(6)：「六年京國夢江城，此是江南第一程。為算還家多少事，昨宵枕上聽三更。」〈林處士墓〉云(7)：「巖居尚恨雲常出，世事惟餘詩未刪。」〈僧舍〉云：「新花倚石儼相待，古佛候門如欲迎。」〈近郊小飲〉云：「風吹池水干何事？人映桃花憶此門(8)。」

笠田詩甚多，子又年幼，慮其散失，故再錄其詠〈屋上草〉云：「秋雨積我簷，秋草繁我屋。分行隨瓦溝，踞勝等山麓。得天雖有餘，資地苦不足。踐踏幸免加，滋蔓遂逞欲。率爾占萬間，偶然餘一角。下止駭飛鳥，仰望饞奔犢。垂垂映垣衣(9)，密密成翠幄。高先偃疾風，柔能格響雹(10)。慣被炊煙遮，不受樵採辱。鴟吻日以藏(11)，龍鱗日以駁。省牽蘿補苴(12)，代索綯約束(13)。寧肯事剪除，留作百花褥。」

【箋注】

(1) 宋樹穀：見卷四‧三〇注(1)。

(2) 萬竅：指大地上大大小小的孔穴。商聲：此指秋聲。

(3)淨業湖：即今北京什剎海西海，因與淨業寺相近，明清時多稱之為淨業湖。

(4)燕市：指燕京，即今北京市。

(5)賒：情緒殷切。

(6)紅花埠：在山東郯城縣南四十里，當陸路要衝，清置驛於此。即在今山東與江蘇交界上的臨沂市內。

(7)林處士：即林逋。見卷一・五四注(9)。

(8)「人映」句：用唐・崔護〈題都城南莊〉：「人面桃花相映紅」典。

(9)垣衣：牆上背蔭處所生的苔蘚植物。覆蔽如人之衣，故名。

(10)格：限制。

(11)鴟（chī）吻：古代宮殿屋脊正脊兩端的一種飾物，其吻如鴟鳶，故名。

(12)補苴（jū）：補綴，縫補。

(13)索綯：制繩索。

二五

孤甥陸建與香亭弟同受詩于余(1)，而建早亡。余已梓《湄君集》行世矣。其弟炘，年未及冠而夭(2)。詠〈小滄浪〉云(3)：「十里橫塘路(4)，船搖明月春。鴛鴦相識否？前度採蓮人。」〈春暮〉云：「吟窗晝靜獨徘徊，綠上疏簾認翠苔。忽見飛花三兩片，回風舞過小溪來。」〈落花〉云：「傷春無奈落花紅，夾在〈離騷〉一卷中。葬汝自憐非玉匣(5)，開書到底見春風。」

【箋注】

(1)陸建：見卷四・五五注(2)。

(2)及冠：指男子年滿二十。古代男子二十歲行冠禮，故名。

(3)小滄浪：此指蘇州南一條青蒼色的小河流。

(4)橫塘：此處所指在今蘇州吳縣西南。

(5)玉匣：漢代帝王及大臣葬飾。此泛指權貴者葬飾。

二六

湖州進士沈瀾(1)，字惟涓，詩近皮、陸(2)，人多輕之；然典雅處，不可磨滅。〈寄懷杭堇浦〉云(3)：「休向江潭悵獨醒，青山偃蹇稱閒庭。枕函自秘《鄉嬛記》(4)，農社還修《耒耜經》(5)。小艇瓜皮乘月泛(6)，清歌菱角隔簾聽。朝衫拋卻饒幽興，好伴維摩著素屏(7)。」「步屧經過屢結趺(8)，同牀各夢一悲吁。謂舉陽馬事。篷窗聽雨都元敬(9)，酒郡移官張藐姑(10)。琴作家資空送別，鶴分俸料耐償逋(11)。偶耕他日期相訪，穩臥瓜牛號野夫(12)。」

【箋注】

(1)沈瀾：字維涓，號泊村，又號法華山人。浙江烏程籍，居歸安。雍正十一年進士。官江西瑞州知府。有《雙清草堂詩》。(《光緒烏程縣誌》卷十七〈人物六〉)

(2)皮陸：指晚唐詩人皮日休、陸龜蒙。

(3)杭堇浦：杭世駿。見卷三・六四注(1)。

(4) 枕函：中間可以藏物的枕頭。亦謂珍藏。嫏嬛記：元・伊世珍著筆記小說。

(5) 農社：古代農村中的互助組織。耒耜經：唐・陸龜蒙撰古農具專志。

(6) 瓜皮：形容簡陋小船。

(7) 維摩：即佛經中人名維摩詰，後常用以泛指修大乘佛法的居士。亦泛指佛經。

(8) 結趺：結跏趺，佛氏以盤足為跏趺。

(9) 都元敬：都穆，字元敬。吳縣人。明弘治十二年進士。歷吏部主客郎中，乞休，加太僕少卿致仕。齋居蕭然，放意山水。有《南濠詩略》、《聽雨紀談》等。

(10) 張藐姑：張慎言，字金銘，號藐姑。明山西陽城人。萬曆三十八年進士。有《泊水齋文鈔》。天啟中以忤魏閹，遣戍甘肅。嘗有寄友人書云：僕至酒泉即寓禪室。

(11) 償逋：償還拖欠。

(12) 偶耕：兩人並耕。瓜牛：瓜牛廬，形似蝸牛殼的小圓舍。泛指簡陋的居處。

二七

丹徒朱竹樓〈懷人〉云(1)：「何處飛來殘笛聲？西窗月落鳥爭鳴。誰言夏夜夜偏短？萬里夢回天未明。」

【箋注】

(1) 朱竹樓：朱鑣（biāo），號竹樓。清江蘇丹徒（今鎮江）人。布衣。工書，得米襄陽法。詩如其字，字如其人。

二八

蘇州汪縉(1)，詩學七子(2)。〈遊穹隆〉云(3)：「星滿天壇河瀉影，月離海嶠樹生煙。」〈棲霞〉云(4)：「雲埋大壑封秦樹，雷劈陰厓見禹碑。」乙酉秋闈，遺才不錄，遽登舟歸。余聞之，急往見學使彭公芸楣(5)。公謙云：「某在此衡文三年，得毋有人怨我乎？」答曰：「有。」彭駭然變色。余笑曰：「公毋驚也。詩人汪大紳，公不許其入場。何也？」彭更駭云：「此某所拔歲考案首也(6)，豈有遺才不取之理？」余云：「渠已買舟歸矣。」乃手書其名，補付提調，而遣人追之；時已八月初七日矣。傍晚，汪到。見謝詩云：「業已湛盧歸越國(7)，忽蒙追騎喚王孫(8)。」

【箋注】

(1)汪縉：見卷八・六九注(1)。

(2)七子：指明前七子、後七子。見卷一・三注(3)。

(3)穹隆：穹窿山，位於蘇州市藏書鎮西部，因其形狀像穹窿而得名。是姑蘇第一名山。

(4)棲霞：棲霞山，此指江蘇江寧縣攝山。

(5)彭芸楣：彭元瑞。見卷二・二六注(2)。

(6)歲考：明清兩代，每年對府、州、縣生員、廩生舉行的考試。

(7)湛盧：寶劍名。春秋時歐冶子所造。詳漢・袁康《越絕書・外傳記寶劍》。

(8)王孫：舊時對人的尊稱。

二九

考據家不可與論詩。或訾余〈馬嵬〉詩曰：「『石壕村裏夫妻別，淚比長生殿上多(1)。』當日貴妃不死於長生殿。」余笑曰：「白香山〈長恨歌〉『峨嵋山下少人行』，明皇幸蜀(2)，何曾路過峨嵋耶？」其人語塞。然太不知考據者，亦不可與論詩。余〈錢塘江懷古〉云：「勸王妙選三千弩，不射江潮射汴河(3)。」或訾之曰：「宋室都汴，不可射也。」余笑曰：「錢鏐射潮時(4)，宋太祖未知生否。其時都汴者何人，何不一考？」

【箋注】

(1) 石壕村：今河南陝縣東硤石鎮。杜甫有〈石壕吏〉詩。長生殿：在長安華清宮內。相傳李楊曾在此對天盟誓。

(2) 明皇：唐玄宗李隆基。

(3) 汴河：亦曰汴渠。故道有二，一為古汴河故道，一為隋以後汴河故道，隋煬帝往江都，唐宋漕運東南之粟入京師，皆由此。汴河流經汴州。五代後梁朱溫建都於此。

(4) 錢鏐（liú）：五代時吳越國王。建都杭州，在位四十一年，奉事中原朝廷以自保，興修水利，築捍海塘。傳說他「連射五潮，潮退避錢塘，東趨對岸西陵」。鎮海節度使判官羅隱勸說吳王鏐舉兵討梁，王心甚義之而未從。（見《資治通鑒》卷二百六十六、《十國春秋》卷七十七）

三〇

唐相陸扆云(1)：「士不飲酒，已成半士(2)。」余謂：詩題潔，用韻響，便是半個詩人。

【箋注】

(1) 陸扆（yǐ）：字祥文。唐蘇州吳人，徙居陝州。僖宗光啟二年進士。官戶部侍郎同中書門下平章事，進中書侍郎、判戶部。貶後，復拜相。

(2) 半士：半個士人（儒生）。

三一

蕪湖洪進士鑾(1)，以「江山好處渾如夢，一塔秋燈影六朝」句馳名(2)。沈歸愚愛其「夕陽無近色，飛鳥有高心」二句(3)。余道不如「窗邊落微雪，竹外有斜陽」之自然也。七言云：「人居客館眠常早，家寄空書寫最難。」

【箋注】

(1) 洪鑾：字步宸，一字輅門，號阮溪。安徽蕪湖人。乾隆二十八年進士。任山東博山令、東平知州。有《悔綺堂詩集》。（嘉慶重修《蕪湖縣誌》卷十三）

(2) 六朝：三國吳、東晉和南朝的宋、齊、梁、陳，相繼建都建康(吳名建業，今南京市)，史稱為六朝。

(3) 沈歸愚：沈德潛。見卷一・三一注(3)。

三二

王戌秋，余補官江寧(1)，涂逢豫長卿以弟子禮見(2)。其人修潔自好，以〈詠簾波〉為戴雪村先生所賞(3)。詩宗溫、李(4)。其〈秦淮曲〉云：「燈船歌吹酒船遲，天鼓聲閒唱《柘枝》(5)。石上暗潮嗚咽語，無人解拜侍中祠(6)。」可謂曲終奏雅矣(7)。詠〈竹床〉云：「微吟留枕席，殘夢入瀟湘。」

【箋注】

(1) 壬戌：此指乾隆七年。江寧：指江寧府。清歷為江南省、江蘇省治所。轄境相當今南京市及江寧、江浦、溧水、高淳等縣地。

(2) 涂逢豫：人名。見卷九・六注(1)。按：此處新出版本皆誤。人民文學出版社本將「豫長卿」誤標為人名，鳳凰出版社本把「涂」更誤改為「途」。

(3) 戴雪村：戴瀚。見卷一・六四注(5)。

(4) 溫李：指唐詩人溫庭筠和李商隱。

(5) 柘枝：柘枝舞的省稱。唐・章孝標有〈柘枝〉詩。

(6) 侍中祠：黃侍中祠，在南京三山門外柵洪橋。侍中名黃觀，字瀾伯，又字尚賓。明安徽貴池縣清江金墩人。建文初任右侍中，參與重要國事奏議。建文四年，朱棣以討伐齊泰、黃子澄為名，號稱「靖難」，起兵北平府（今北京），直逼南京，並公佈「文職奸臣」名單，黃觀名列第六。黃觀自知大勢已去，乃投江自盡。後人即其葬地為侍中立祠。

(7) 曲終奏雅：《史記・司馬相如列傳論》：「相如雖多虛辭濫說，然其要歸引之節儉，此與《詩》之風諫何異。揚雄以為靡麗之賦，勸百風一，猶馳騁鄭衛之聲，曲終

而奏雅，不已虧乎？」本謂相如的辭賦不夠完美，到了結尾才轉好，後多截取「曲終奏雅」轉指結局的精采。

三三

癸未四月，京口程君夢湘同游焦山(1)，一路論詩；渠最心折於吾鄉樊榭先生(2)，心摹手追，幾可抗手(3)。有絕句云：「昨宵忘記下簾鉤，吹得梅花滿竹樓。五夜蘭衾清似水，夢涼酒醒雪盈頭。」〈在隨園賞海棠〉云：「隔著紫玻璃一片，夕陽紅得可憐生。」又曰：「朦朧月色溫馨酒，錯認釵鈿列兩行。」嗚呼！有才如此，宰湘陰未二年(4)，以事罷官。〈口號〉云：「舌在猶生路(5)，詩多即宦囊。」甫四十歲而死，惜哉！然《松寥山房集》四卷，頗足不朽。君字荊南，天資絕高，好吟詩，畏作時文。壬午鄉試，向家人詭云入闈(6)，乃私匿隨園數日，為余斟酌詩集，頗受其益。

【箋注】

(1)程夢湘：見卷七・四六注(3)。

(2)樊榭：厲鶚。見卷三・六一注(1)。

(3)抗手：匹敵。彼此相當。

(4)湘陰：今湖南湘陰縣。

(5)舌在：《史記・張儀列傳》：楚相亡璧，門下意張儀，共執張儀，掠笞數百。其妻曰：「嘻！子毋讀書遊說，安得此辱乎？」張儀謂其妻曰：「視吾舌尚在不？」其

妻笑曰：「舌在也。」儀曰：「足矣。」

(6)入闈：指參加科舉考試。

三四

尹似村詩(1)，雖經付梓，而非其全集也。集外佳句云：「鵲非報喜何妨少，雨縱澆花也怕多。」「欲穿竹筍泥先破，才放春花蝶便忙。」「水去硯池防夜凍，春生布被藉爐溫。」「買將花種分兒女，試驗誰栽出最多。」〈接尚方伯書〉云：「惹得妻孥來笑我，柴門那說沒人敲。」數聯可謂專寫性情，獨近劍南矣(2)。

【箋注】

(1)尹似村：慶蘭。見卷二・三七注(1)。

(2)劍南：南宋詩人陸游。見卷一・二〇注(1)。陸有《劍南詩稿》。

三五

甲午二月，予過真州(1)，南監掣張東皋招觀並頭牡丹(2)。一時作詩者，無不以二喬為比(3)；獨楊鯤舉二句云(4)：「似承周召桃夭化(5)，絕勝漁陽麥兩岐(6)。」

【箋注】

(1) 甲午：乾隆三十九年。真州：即今江蘇儀徵。

(2) 南監掣（chè）：即淮南監掣同知。管理鹽斤之盤驗掣巡之事。按：此處除民國本外新出各本皆誤。將「南監」與前句誤連，「掣」字前斷開，致使文字誤解。張東皋：張景宗。漢軍鑲黃旗人。監生。乾隆三十六年始任淮南監掣同知。（見嘉慶十五年刊本《揚州府志》卷三十八）

(3) 二喬：指三國吳喬公二女大喬、小喬。

(4) 楊鯤舉：未詳。

(5) 周召：周成王時共同輔政的周公旦和召公奭的並稱。兩人分陝而治，皆有美政。《詩經・國風・周南・桃夭》：「桃之夭夭，灼灼其華。」寫后妃內修其化，使天下有禮，賢人衆多。《詩經・國風・召南・何彼襛矣》：「何彼襛矣，華如桃李？」喻以德正天下。

(6) 漁陽：東漢漁陽太守張堪有政績，百姓作歌頌揚：「桑無附枝，麥穗兩歧。」

三六

古名士半從幕府出(1)，而今則讀書不成，始習幕，此道漸衰。猶之古稱秀才，楊素以為惟周、孔可以當之(2)。非若今之讀時文諸生也。康熙、雍正間，督撫俱以千金重禮，厚聘名流。一時如張西清、范履淵、潘荊山、岳水軒等(3)，皆名重一時。范詩最清，無從訪覓。只記西清〈過潯陽〉云(4)：「潯陽江上客，一歲兩經過。去日梅花好，歸時楓葉多。櫓聲搖

夜月，帆影落晴波。為向山僧問，塵容添幾何(5)？」

【箋注】

(1)幕府：指在官衙署中充任參謀顧問及協助辦理公務的幕僚、幕賓人員。

(2)楊素：字處道。隋弘農華陰人。少好學有大志。從楊堅定天下，煬帝時拜太子太師，封楚國公。帝外示殊禮，內實猜忌。卒諡景武。周孔：周公和孔子。周公姓姬名旦，西周初期政治家。

(3)張西清：張有瀾，字西清。清江蘇武進人。貢生。曾入尹繼善幕。有《泛槎吟》，專記乾隆初年西北名勝及史地。范履淵：未詳。潘荊山：潘兆。清浙江人。孝廉。浙閩總督滿保辟入幕府。岳水軒：岳夢淵。見卷一〇‧一八注(1)。

(4)潯陽：今江西九江。

(5)塵容：塵俗的容態。

三七

楊蓉裳金陵鄉試(1)，偕舅氏顧公斗光來(2)。顧長不滿四尺，而詩筆特佳。仿鐵崖《詠史樂府》(3)，〈伏生女〉云(4)：「坑不得闥內儒(5)，燒不得腹中書。伏生父女皆口授，典謨訓誥如其初(6)。吁嗟伏生女！強記人不如。」〈漂母〉云(7)：「哀王孫，在淮陰，一飯之恩如海深。哀王孫，不求報，千金之贈不可少。千金容易一飯難，沛公家有轢釜嫂(8)。」

【箋注】

(1)楊蓉裳：楊芳燦。見卷一・二八注(17)。

(2)顧斗光（1724-1786）：字曜七，號諤齋。江蘇無錫人。乾隆四十五年貢生。有《翠茗軒詩》、《列女樂府》。

(3)鐵崖：指元・楊維楨。有《鐵崖先生古樂府》。見卷八・八〇注(3)。

(4)伏生：伏勝，字子賤。漢濟南人。原為秦博士，世稱伏生。始皇焚書，伏生藏書於牆壁間。漢朝建立後，年已老邁，令其女代言口傳，教《尚書》於齊魯諸生。

(5)閫（kǔn）內：古代婦女居住的內室。

(6)典謨訓誥：指《尚書》。典謨是《尚書》中〈堯典〉、〈舜典〉、和〈大禹謨〉、〈皋陶謨〉等篇的並稱。訓誥為《尚書》六體中訓與誥的並稱。訓乃教導之詞，誥則用於會同時的告誡。

(7)漂母：漂洗衣物的老婦。《史記・淮陰侯列傳》：「信(韓信)釣於城下，諸母漂，有一母見信饑，飯信，竟漂數十日。信喜，謂漂母曰：『吾必有以重報母。』母怒曰：『大丈夫不能自食，吾哀王孫而進食，豈望報乎！』」

(8)沛公：指漢高祖劉邦。轢釜嫂：用勺刮鍋的嫂子。《漢書・楚元王劉交傳》：「初，高祖微時，常避事，時時與賓客過其丘嫂食。嫂厭叔與客來，陽為羹盡，轑釜，客以故去。已而視釜中有羹，繇是怨嫂。」轢釜嫂：用勺刮鍋的嫂子。《漢書・楚元王劉交傳》：「初，高祖微時，常避事，時時與賓客過其丘嫂食。嫂厭叔與客來，陽為羹盡，轑釜，客以故去。已而視釜中有羹，繇是怨嫂。」

三八

吾鄉王麟徵秀才，名曾祥(1)，工古文，不甚作詩，而五言獨工。如：「星芒林際大，雪滴晚來疏。」〈慰某落第〉云：「曾說捐金能市馬，俄聞買櫝竟還珠(2)。」

【箋注】

(1)王麟徵：見卷六・二四注(3)。

(2)「曾說」句：用《戰國策》所載「以千金求千里馬」典。「俄聞」句：《韓非子・外儲說左上》：「楚人有賣其珠於鄭……鄭人買其櫝而還其珠，此可謂善賣櫝矣，未可謂善鬻珠也。」後以「買櫝還珠」喻捨本逐末，取捨不當。此處用出新意。

三九

山右王峩園先生名師(1)，為江蘇方伯(2)，為巡撫安公所劾(3)，奪職歸。余時宰江寧，賦詩送行云：「他日終為黃閣老(4)，此時權作白雲夫(5)。」公見答云：「期君遠作中流柱，愧我曾為上大夫。」嘗題書舍云：「曲院回廊留月久；中庭老樹閱人多。」

【箋注】

(1)王峩園：王師，字貞甫，號莪園。山西臨汾人。雍正八年進士。「乾隆十一年，遷浙江布政使，調江蘇，巡撫安寧劾，解任。」後官至江蘇巡撫。（詳《清史稿・列傳九十五》）

(2) 方伯：明清之布政使稱「方伯」。

(3) 安公：指安寧，乾隆十一年九月，署江蘇巡撫。

(4) 黃閣老：中書、門下省的官員稱「黃閣老」。門下省的別稱為黃門省。

(5) 白雲夫：仙人。《莊子・天地》：「乘彼白雲，遊於帝鄉。」後因以「白雲鄉」為仙鄉。

四〇

蘇州劉瀇(1)，字企山，有清才，與顧景岳齊名(2)。嘗因召試，來隨園。貌瘦而弱，旋以瘵亡(3)。僅記其〈晚步〉云：「缺月依橋斷，孤雲背郭流。」

【箋注】

(1) 劉瀇：字岐三，一作企山，號西濤。江蘇吳縣人。乾隆三十年拔貢生。從沈德潛學詩。與顧宗泰、施朝幹等稱江左十子。有《月纓山房集》。

(2) 顧景岳：顧宗泰。見卷九・一一注(1)。

(3) 瘵（zhài）：多指癆病。

四一

明鐵崖孝廉，性骯髒不羈(1)，年四十早亡。其兄竹岩為誦其〈落花〉云(2)：「薄命誰憐傾國色？受風偏是最高枝。」〈贈友〉云：「空腸得酒生芒角(3)，

交友因人判淺深。」

【箋注】

(1)明鐵崖：明亮。見卷二・六一注(2)。骯髒（kǎngzǎng）：剛直倔強貌。

(2)竹岩：明新。見卷二・六一注(1)。

(3)芒角：棱角。指人的鋒芒或銳氣。

四二

己未年(1)，余乞假歸娶，見呂觀察守曾於完顏臬使署中(2)。讀其《松坪集》，樂府最佳。如云：「雨雪思見晛，歡去淚如霰(3)。來時笑相迎，啼時歡不見。夏日冬之夜，猶有旦暮時。與郎情難滿，如酳釃漏巵(4)。」〈登雲山〉云：「石徑巉巖花氣紛，偶乘餘興送斜曛。不知絕壑何人嘯，遙帶鐘聲入暮雲。」未二年，署布政使，以盧案受內臣周內(5)，憤而雉經(6)，非其罪也。

【箋注】

(1)己未年：乾隆四年。

(2)呂守曾：字待孫，號松坪。河南新安人。雍正二年進士。官山西布政使。長於樂府。有《松坪詩草》。完顏：指完顏偉，滿洲鑲黃旗人。乾隆二年，授浙江海防道。調江南河務道，尋擢浙江按察使。臬使：即按察使。

(3)晛（xiàn）：視，看。歡：相愛男女的互稱。嘉慶十四

年刻本原為「觀」，疑誤。據叢書集成三編本改。

(4)醑：酒。釃：過濾。漏卮：底部有孔的酒器。

(5)盧案：盧焯案。盧焯，見卷五・四五注(2)。乾隆三年，調浙江巡撫，兼鹽政。六年，左都御史劉吳龍劾焯營私受賄，上解焯任，奪官刑訊。事連嘉湖道呂守曾、嘉興知府楊景震。守曾已擢山西布政使，逮至浙江，自殺。周內：亦作周納。彌補漏洞，使之周密。引申為羅織罪狀，陷人於罪。

(6)雉經：自縊而死。

四三

洞庭山人蔣愚谷喜吟詩(1)，致貧其家，以瘵疾亡。其〈成仁庵〉云：「心安靜看閒雲過，地僻渾忘夏日長。」〈虎邱〉云：「鳥棲深樹斜陽影，風過虛堂貝葉聲(2)。」愚谷每來隨園，往往有匆遽之色。死後，予挽聯云：「生為誰忙，學業未成家已破；死虧君忍，高堂垂老子初啼。」

【箋注】

(1)蔣愚谷：未詳。

(2)貝葉：古代印度人用以寫經的樹葉。亦借指佛經。

四四

余知江寧，過觀象臺(1)，見有題壁者云：「草色荒臺過雨遲，短牆古柏暮雲垂。桃花紅引遊人去，獨自斜陽讀斷碑。」問之僧人，乃嘉興夏培叔名復森者所題(2)。因聘修志書。耳聾興豪。一日，從嘉興還金陵，告余曰：「家中手植老梅一本，去冬為僮所伐，乃吊之云：『老梅移種廿餘載，客裏歸看已作薪。無復横斜舊時影，負他多少後來春。』」〈秦淮夏集〉云：「傍晚紛紛載酒卮，有箏琶處過船遲。一河風月無人管，都付橋南楊柳枝。」亡何，歸里卒。相隔三十餘年，聞其子鼎，中庚子副車(3)。余感詩人有後，為之狂喜。

【箋注】

(1)觀象臺：在今南京雞籠山上。

(2)夏復森：字培叔。清浙江嘉興人。

(3)庚子：乾隆四十五年。副車：清代稱鄉試的副榜貢生。

四五

沈歸愚選本朝詩(1)，不知杭州王百朋(2)，幾有遺珠之嘆。余告之曰：「百朋，諸生，名錫。毛西河高弟子也(3)。有《嘯竹軒集》。」〈無題〉云：「燈暗頻疑虛室響(4)，衾多不敵半床寒。」「金針入處心俱痛，素線添時恨共牽。」皆余幼時所熟誦句。其子

厚齋與余鄰居交好(5)，和余〈落花〉云：「乍驚彼美從天降，直覺斯文掃地來(6)。」余覺不祥，果一第而卒。厚齋名風淳。

【箋注】

(1)沈歸愚：沈德潛。見卷一・三一注(3)。

(2)王百朋：王錫。見卷一二・六八注(1)。

(3)毛西河：毛奇齡。見卷二・三六注(3)。

(4)虛室：空室。

(5)王厚齋：王風淳，字厚齋。杭州仁和人。乾隆九年舉人。

(6)斯文掃地：原謂文化或文化人不受尊重。亦謂文人自甘墮落。這裏喻落花。

四六

人但知商寶意先生以詩名海內(1)，而不知其弟名書、字響意者(2)，亦詩人也。作貴州吏目(3)。有〈消夏吟〉云：「雨後壑全響，日中崖半陰。壞簷蛛網結，嘉樹雀巢深。永日無公事，閒居有道心(4)。短衣隨意著，涼意滿衣襟。」又：「六月無三伏，一朝有四時。」「蜂巢當午鬧，蚓壤趁涼歌。」真能寫黔中風景。

【箋注】

(1)商寶意：商盤。見卷一・二七注(7)。

(2)商書：字響意、華伯。諸生。清浙江嵊縣人。官定番州吏目。有《畫圖山房詩鈔》。

(3)吏目：清太醫院、五城兵馬司及各州置吏目。其職除太醫院吏目與醫士類似外，其餘或掌文書，或佐理刑獄及官署事務。

(4)永日：整天，或多日。道心：悟道（天理、義理）之心。

四七

唐人詩中，往往用方言。杜詩：「一昨陪錫杖(1)。」「一昨」者，猶言昨日也。王逸少帖(2)：「一昨得安西六日書。」晉人已用之矣。太白詩：「遮莫枝根長百尺。」「遮莫」者，猶言儘教也。干寶《搜神記》(3)：「張華以獵犬試狐。狐曰：『遮莫千試萬慮，其能為患乎？』」晉人亦用之矣。孟浩然詩(4)：「更道明朝不當作，相期共鬥管弦來。」「不當作」者，猶言先道個不該也。元稹詩(5)：「隔是身如夢，頻來不為名。」「隔是」者，猶云已如此也。杜牧詩(6)：「至竟薛亡為底事？」「至竟」者，猶云究竟也。

【箋注】

(1)錫杖：僧人所持的禪杖。

(2)王逸少：王羲之。見卷三・三六注(4)。

(3)干寶：字令升。東晉汝陰新蔡人。曾任著作郎、散騎常侍。著《晉紀》、《搜神記》。

(4)孟浩然：見卷一〇・二一注(4)。

(5)元稹：見卷一・二〇注(11)。

(6)杜牧：見卷一・三一注(5)。

四八

《古樂府》：「碧玉破瓜時。」或解以為月事初來，如瓜破則見紅潮者，非也。蓋將瓜縱橫破之，成二「八」字，作十六歲解也。段成式詩(1)：「猶憐最小分瓜日。」李群玉詩(2)：「碧玉初分瓜字年。」此其證矣。又詩中用「所由」者，蓋本《南史・沈炯傳》。文帝留炯曰：「當敕所由，相迎尊累。」一解以為州縣官，一解以為里保。又，和凝詩(3)：「蝤蠐領上訶梨子。」人多不解。朱竹垞曰(4)：「訶梨，婦女之雲肩也(5)。」呂種玉《言鯖》云(6)：「祿山爪傷楊妃乳，乃為金訶子以掩之。或云即今之抹胸。」

【箋注】

(1)段成式：字柯古。唐齊州臨淄人。官尚書郎、吉州刺史、太常少卿等。著筆記小說《酉陽雜俎》。

(2)李群玉：唐詩人。見卷九・一九注(5)。

(3)和凝：字成績。五代時鄆州須昌人。後梁貞明二年進士。又歷經後唐、後晉、後漢，為後漢太子太傅，封魯國公。好修整，性樂善，常稱道後進。文章以多為富，長於短歌艷詞。有《宮詞》百首，與子合撰有《疑獄集》。

(4) 朱竹垞：朱彝尊。見卷一・二〇注(14)。

(5) 雲肩：婦女披在肩上的裝飾物。以護衣領，不使沾油。

(6) 呂種玉：字藍衍。清江蘇長洲人。著《言鯖》。《四庫全書總目》說：「是編皆訂正字義，考究事始，亦宋人《釋常談》之類，而語多習見，又往往昧其本原，或反滋顛舛。」

四九

偶讀馮益都相公集(1)，有〈吊明季楊左二公〉詩(2)，云：「忠魂莫再傷冤抑，今日猶能廑聖衷(3)。」下注：「面奉聖祖云(4)：『二臣死於廷杖，非死於獄也。』」

【箋注】

(1) 馮益都：馮溥（1609-1692），字孔博，一字易齋。明末清初山東益都人。生於明神宗萬曆三十七年，卒于清聖祖康熙三十年，年八十三歲。順治三年進士。授編修。康熙間累官至文華殿大學士。諡文毅。有《佳山堂集》。

(2) 楊左：指楊漣與左光斗。楊漣，字文孺，號大洪。明湖廣應山（今湖北廣水）人。萬曆三十五年進士。東林黨人，以敢言著稱。有《楊大洪集》。左光斗，字遺直。明桐城縣人。萬曆三十五年進士。東林黨人。二人因彈劾魏忠賢，遭酷法廷杖，慘死獄中。

(3) 廑（jǐn）：蒙受，接受。

(4) 面奉：當面呈獻。聖祖：康熙。

五〇

相傳世有空青(1)，人無瞽目(2)。其真者，余未之見也。惟南蘭張天池家藏一顆石(3)，巔趾僅寸許，面帶波痕，光彩空靈，中伏一兔。兔腹下藏銀母漿(4)，搖盪有聲。據云：其先人得自海上，傳家已三世矣。同年儲梅夫太史題七古云(5)：「白雲縹渺太素含(6)，波光隱現細浪蹙。入水能教霞彩生，舟行怕有饞龍逐。」《博物志》：龍嗜空青燕肉。

【箋注】

(1) 空青：孔雀石的一種。又名楊梅青。產於川贛等地。隨銅礦生成，球形、中空，翠綠色。可作繪畫顏料，亦可入藥。相傳病目者以水拭之即癒。

(2) 瞽目：瞎眼。

(3) 南蘭：指江蘇武進縣。南朝梁武帝將武進縣改名蘭陵縣，以示不忘山東祖籍地。後為區分，改名南蘭陵縣，屬南蘭陵郡。張天池：如上。餘未詳。

(4) 銀母：即白色雲母。晶體常成假六方片狀，集合體為鱗片狀。薄片有彈性。玻璃光澤，透明。

(5) 儲梅夫：儲麟趾。見卷二・五七注(1)。

(6) 太素：古代謂最原始的物質。

五一

海鹽馬世榮(1)，字煥如，墨林觀察之祖(2)，與陸稼書先生交好(3)。所著詩集，有《白生歌》

云：「白生者，蛇精也，化美男子，為錢千秋孝廉所狎(4)。孝廉謫戍出塞，白與偕行，情好綢繆。後遇赦歸。錢官司李(5)，白以手帕托錢求張真人用印(6)，事破受誅。乃乞錢以玉瓶裝其骨，道百年後，可仍還原身。」事甚詭誕。而馬乃理學人，非誑語者；惜詩有百韻，不能備錄。

【箋注】

(1) 馬世榮：字煥如，號倘浦。清浙江海鹽人。好與方外遊。有《倘浦詩鈔》。

(2) 馬墨林：馬維翰。見卷三・六三注(3)。

(3) 陸稼書：陸隴其，字稼書。清浙江平湖人。康熙九年進士。歷官江蘇嘉定、直隸靈壽知縣、監察御史。學術專宗朱熹。有《三魚堂文集》、《困勉錄》。

(4) 錢千秋：字真長。浙江海鹽人。明天啟間舉人。為錢牧齋弟子（據《批本隨園詩話》）。有《青崖集》。

(5) 司李：掌刑法斷案的官職。

(6) 張真人：傳說中的半人半仙。

五二

蘇州老紅豆惠周迪先生有句云(1)：「花浮小盞三投酒，乳撥深爐七品茶(2)。」人疑「七品」當是「七碗」之誤。余曰：非也。金人七品官，才許飲茶，事見《金史》。惟「三投酒」未詳所出，或是「三辰酒」之訛(3)。先生有〈香城驛〉一絕云(4)：「縵田乘雨破春耕(5)，落日柴車帶犢行。繞屋馬通高一

尺(6)，地名還自號香城。」

【箋注】

(1)惠周迪：一作惠周惕，原名恕，字元龍，號硯溪、紅豆主人。江蘇吳縣人。康熙三十年進士。官密雲知縣。有《硯溪先生全集》。家有紅豆樹，詩有〈紅豆詞〉，鄉人稱老紅豆先生。稱其孫惠棟小紅豆。

(2)三投酒：即蒙古所謂波爾打拉酥。以羊胎和高粱所造。七品茶：梅堯臣〈李仲求寄建溪洪井茶七品，云愈少愈佳，未知嘗何如耳，因條而荅之〉：「忽有西山使，始遺七品茶。末品無水暈，六品無沉柤。五品散雲腳，四品浮粟花。三品若瓊乳，二品罕所加。絕品不可議，甘香焉等差。」

(3)三辰酒：唐玄宗時酒名。後唐・馮贄《雲仙雜記》引《史諱錄》：「玄宗置麴清潭，砌以銀磚，泥以石粉，貯三辰酒一萬車，以賜當制學士等。」

(4)香城驛：在陝西朝邑縣東，渭水之北，蒲津之口。

(5)縵田：古代不作壟溝耕作的土地。

(6)馬通：馬糞。

五三

桐城二詩人，方扶南與方南塘齊名(1)。魚門愛扶南(2)。余獨愛南塘；何也？以其詩骨清故也。扶南苦學玉溪、少陵兩家(3)，反為所累，夭閼性靈(4)。南塘如：「風定孤煙直，天遙獨鳥沉。」「因潮通估客，隔葦見漁燈。」「閏年入夏花猶在，積雨逢晴草

怒生。」皆扶南所不能。至於「無意懷人偏入夢，未報恩門羞再入。」其妙在真。又：「清風時一來，悠然復徐歇。」真陶詩之佳者(5)。

【箋注】

(1) 方扶南：方世舉。見卷三・三五注(3)。方南塘：方貞觀。見卷八・九〇注(1)。

(2) 魚門：程晉芳。見卷一・五注(1)。

(3) 玉溪、少陵：唐詩人李商隱、杜甫。

(4) 夭閼（è）：摧折，遏止。

(5) 陶詩：陶淵明詩。

五四

顧俠君先生選《元百家詩》(1)，夢有古衣冠者數百人，拜而謝焉。杭州嚴曙聲烺贈云(2)：「但見三吳書板盛(3)，不知十載選樓忙(4)。」王介眉撰《通鑒》(5)，成而未梓。儲梅夫贈云(6)：「二十一史加前明，王郎鏤板胸中行。」

【箋注】

(1) 顧俠君：顧嗣立（1665-1672），字俠君，號閭丘，別號醉愚居士。長洲（今江蘇蘇州市）人。康熙五十一年進士，選庶吉士，改中書，以疾歸。有《秀野集》、《閭丘集》等。

(2) 嚴曙聲：嚴烺，字小農，一字曙升，亦作曙聲，號琅岩。清浙江仁和人。諸生。官至東河河道總督。有《晚

晴軒詩選》。

(3)書板：以雕板印刷術印書的底板。

(4)選樓：原指南朝梁昭明太子蕭統所建的文選樓。後泛指編選文章的地方。

(5)王介眉：王延年。見卷二・五六注(1)。《通鑒》：指增補《通鑒紀事本末》。

(6)儲梅夫：儲麟趾。見卷二・五七注(1)。

五五

凡詠險峻山川，不宜近體(1)。余游黃山，攜曹震亭、江鶴亭兩詩本作印證(2)。以為江乃巨商，曹故宿學(3)：以故置江而觀曹(4)。讀之，不甚慊意(5)，乃擷江詩，大為嘆賞。如：〈雨行許村〉云：「昨朝方戒途(6)，雨阻欲無路。今晨思啟行，開門滿晴煦。雨若拒客來，晴若招客赴。山靈本無心，招拒詎有故？」又曰：「非是山行剛遇雨，實因自入雨中來。」皆有妙境。〈雲海〉云：「白雲倒海忽平鋪，三十六峰遭吞屠。風帆煙艇雖不見，點點螺髻時有無(7)。一笑看塵中(8)，局縮轅下駒，曷不來此登斯須(9)？垣遮瓦壓胡為乎？」〈雲谷〉云：「領妙如悟禪，搜秘等居讐(10)。看山得是法，善刃無全牛(11)。」其心胸筆力，迥異尋常。宜其隱於禺筴(12)，而能勢傾公侯，晉爵方伯也(13)。卒無子，年逾六十而終。嗚呼！非余與交四十年，又誰知其能詩哉？

【箋注】

(1) 近體：指唐代定型並大量出現的律詩及絕句。見卷五・四○注(2)。

(2) 曹震亭：曹學詩（1697-1773），字震亭，又字以南，號香雪。安徽歙縣人。乾隆十三年進士。官麻城、崇陽知縣。有《香雪詩鈔》。江鶴亭：江春。見卷八・五注(10)。

(3) 宿學：學識淵博、修養有素的學者。

(4) 置：擱置，放下。

(5) 慊（qiè）意：滿意。

(6) 戒途：出發，準備上路。

(7) 螺髻：比喻聳起如髻的峰巒。

(8) 看：原缺此字。據民國本加。

(9) 斯須：須臾；片刻。

(10) 居讐：宋・陳造〈次韻徐秀才十首〉（其七）前四句：「鈎妙如悟禪，去瑕等居讐。學詩得是法，善刀無全牛。」

(11) 無全牛：《莊子・養生主》：「臣之所好者道也，進乎技矣；始臣之解牛之時，所見無非牛者，三年之後，未嘗見全牛也。」後用以喻技藝精純，到了得心應手的境界。

(12) 耦（ǒu）筴：合算，合計。此指經商。

(13) 晉爵：提升官職。

五六

正喻夾寫之詩(1)，前已載數條矣。茲又得黃莘田〈驟冷〉云(2)：「今日蒙茸昨絺綌(3)，炎涼只在一宵中。」闌乘僧〈園上〉云(4)：「縱教吹出桃花去，自有山風吹送回。」王雲〈上山行〉云(5)：「敢云閱歷多艱苦，最好峰巒最不平。」

【箋注】

(1)正喻夾寫：見卷一二・四六注(1)。

(2)黃莘田：黃任。見卷四・四九注(1)。

(3)蒙茸：蓬亂的樣子。高適〈營州歌〉：「狐裘蒙茸獵城下」。絺綌：葛布的統稱。葛之細者曰絺，粗者曰綌。引申為葛服。

(4)闌乘僧：未詳。

(5)王雲：字漢藻，號清癡、竹里。江蘇高郵人。康熙時馳名江淮。雍正十三年作群仙圖，時年八十四。按：此處疑指王雲上，本書多處提到此人。如卷六・一一及補遺卷七・三四。此處似可標點為「王雲〈上山行〉」。

五七

閩中鄭蘭州太守〈無題〉云(1)：「此身願化催歸鳥，到處逢人苦勸歸。」余仿其意，賀人致仕云(2)：「我是嘉賓慕高隱，喜人歸勝自家歸。」鄭有駢體自序云：「羊叔子不如銅雀妓(3)，雖近於諧；卓文君得嫁馬相如(4)，尚嫌其晚。」

【箋注】

(1) 鄭蘭州：鄭王臣。見卷六・九注(1)。

(2) 致仕：辭去官職。

(3) 羊叔子：羊祜，字叔子。泰山南城（今山東費縣西南）人。西晉征南大將軍。銅雀妓：曹操修建銅雀臺，要求死後把侍妾和歌舞妓安置在此臺上，定期為他表演歌舞。《世說新語・言語第二》：王子敬語王孝伯曰：「羊叔子自復佳耳，然亦何與人事，故不如銅雀臺上妓。」

(4) 卓文君：西漢蜀郡臨邛人。卓王孫女。貌美，有才學。善鼓琴，通音律。嫁司馬相如。後司馬相如喜新厭舊，欲納妾，文君憤作〈白頭吟〉。馬相如：司馬相如。見卷一・二二注(5)。于臨邛遇新寡家居之卓文君，攜以同奔成都。

五八

合肥才女許燕珍〈元夜竹枝〉云(1)：「䶬山煙火照樓臺(2)，都把臨街格子開。椒眼竹籃呼賣藕(3)，金錢抛出繡簾來。」題余三妹素文遺稿云(4)：「彩鳳隨鴉已自慚，終風且暴更何堪(5)？不須更道參軍好(6)，得嫁王郎死亦甘(7)。」嗚呼！班氏〈人物表〉(8)，原有九等。王凝之不過庸才中下之資，若妹所適高某者，真下下也。燕珍此詩，可謂「實獲我心」。

【箋注】

(1) 許燕珍：字儼瓊，一字靜含。清安徽合肥人。工詞賦及南北曲，詩多健句。有《鶴語軒詩集》、《漪餘小草》。

(2) 鼇山：指紮成神話中巨龜負載仙山的彩燈。

(3) 椒眼：如椒實大小的洞孔。

(4) 素文：袁機。袁枚三妹。見卷一〇・三六注(2)。

(5) 終風且暴：《詩經・邶風・終風》語。形容丈夫性情如大風既起又狂暴。

(6) 參軍：指南朝宋參軍鮑照那樣的人。鮑照，見卷四・二九注(1)。

(7) 王郎：指晉・王凝之那樣的人。王凝之，字叔平。王羲之次子。歷江州刺史、左將軍、會稽內史。亦工草隸，字法最密。《世說新語・賢媛》：「王凝之謝夫人既往王氏，大薄凝之。既還謝家，意大不說（悅）。」此處以晉代才女謝道韞比袁機，就是說像袁機這樣的淑女既然嫁不了鮑照那樣的人，即使許配給中庸之才的王凝之這類人，也算死而無恨。

(8) 班氏：《漢書》作者班固。書中有〈古今人表〉。

五九

同年錢文敏公維城(1)，在都時所居綠雲書屋，陳乾齋相國之故宅也(2)。公女浣青(3)，有詩才，與婿崔君龍見、弟維喬、戚里莊君炘、管君世銘五人倡和(4)。宅有古桑，綠陰毿毿，映一畝許，視其影將逾屋，則公必退朝，各呈詩請政(5)。公欣然為甲

乙之(6)。有《鳴秋合籟集》兩卷，真公卿佳話也。余嘗戲之曰：「唐、虞之際，于斯為盛；有婦人焉，四人而已(7)。」諸君詩不能備錄，惟摘浣青〈通天臺〉云(8)：「當塗代漢逾百年(9)，銅人之淚流作鉛(10)。移經灞水亦傷別(11)，回頭立盡東關煙。」〈華清宮故址〉云(12)：「新臺之水古所恥(13)，老奴遂為良娣死(14)。盛衰轉眼五十年，始知李嶠真才子(15)。」

【箋注】

(1)錢文敏：錢維城。見卷五・五五注(1)。

(2)陳乾齋：陳元龍。見卷四・二六注(1)。

(3)浣青：錢孟鈿。見卷五・五五注(1)。

(4)崔龍見：見卷五・五五注(2)。維喬：錢維城弟。見卷九・八一注(3)。莊炘（1735-1818）：字景炎，一字似撰，號虔庵。江蘇武進人。乾隆三十三年副貢。官邠州知州、榆林知府、興安知府。有《師尚齋詩集》、《寶繪堂集》。管世銘（1738-1798）：字緘若，號韞山。江蘇武進人。乾隆四十三年進士。官戶部主事、郎中，充軍機章京。工詩古文。有《韞山堂集》。

(5)請政：請改正、糾正。

(6)甲乙：評定優劣。

(7)「唐虞」數語：《論語・泰伯》：孔子曰：「才難，不其然乎？唐虞之際，于斯為盛。有婦人焉，九人而已。」

(8)通天臺：在陝西淳化縣西北甘泉山故甘泉宮中。漢武帝祭泰乙（天神），令人升通天臺以候天神，上有仙人承露盤。

(9) 當塗代漢：《三國志》：「代漢者，當塗高也。」這是東漢末年流行的一句讖語。曹丕的太史丞許芝強解為：「當塗高者，魏也；象魏者，兩觀闕是也。當道而高大者魏，魏當代漢。」

(10) 銅人：即通天臺上所鑄金銅仙人。東漢亡，遂為魏明帝曹叡所拆。《靖康緗素雜記》引《漢晉春秋》：「帝徙盤，盤折，聲聞數十里，金狄（即銅人）或泣，因留霸城。」唐・李賀作〈金銅仙人辭漢歌〉，中有「空將漢月出宮門，憶君清淚如鉛水。」

(11) 灞水：發源藍田縣東秦嶺北麓，流經長安城東。歷史上的霸城即在此一帶。

(12) 華清宮：在今陝西臨潼縣東南驪山西北麓，唐天寶六載以溫泉宮改名。

(13) 新臺：故址在今河南濮陽境。春秋時，衛宣公為兒子伋娶齊女，聞其貌美，欲自娶，遂於河邊築新臺，將齊女截留。後用以喻不正當的翁媳關係。此指唐明皇與楊貴妃。

(14) 老奴：為輕詆笑罵之詞。似指楊國忠。良娣：古代太子姬妾的稱號，位在妃下。似指楊玉環。

(15) 李嶠：字巨山。唐趙州贊皇人。年二十，擢進士第。官給事中、潤州司馬、鳳閣鸞臺平章事。玄宗時貶盧州別駕卒，年七十。工詩文，與蘇味道齊名，並稱蘇李。《唐才子傳》載：明皇將幸蜀，登花蕚樓，使樓前善《水調》者奏歌，歌曰：「山川滿目淚沾衣，富貴榮華能幾時。不見只今汾水上，惟有年年秋雁飛。」帝慘愴，移時，顧侍者曰：「誰為此？」對曰：「故宰相李嶠之詞也。」帝曰：「真才子！」不待終曲而去。——玄宗在位四十四年，唐由盛轉衰。

六〇

余甲子科從沭陽就聘南闈，過燕子磯，見秦秀才大士題詩壁上(1)，有「漁火真疑星倒出，鐘聲欲共水爭流」之句，心甚異之。次年，奉調江寧，秦以弟子禮見。見贈一律，中二聯云：「門生半為論文至，大吏都邀作賦還。玉麈清談時善謔(2)，烏紗習氣已全刪。」予月課多士，拔其尤者，如車研、甯楷、沈石麟、龔孫枝、朱本楫、陳製錦及秦君等(3)，共二十人，徵歌選勝，大會于徐園(4)。有伶人康某為余所賞，秦即席賦詩云：「秋雲冪歷午陰長(5)，舞袖風回桂蕊香。忘是將軍門下客，公然子細看康郎。」一坐為之解頤。余尤愛其〈游秦淮〉云(6)：「金粉飄零野草新，女牆日夜枕寒津(7)。興亡莫漫悲前事，淮水而今尚姓秦。」後中狀元，官學士。

【箋注】

(1) 秦大士：見卷一・四二注(6)。

(2) 玉麈：玉柄麈（一種獸）尾（用以驅蟲、撣塵）。東晉士大夫清談時常執之。後人相沿成習，為名流雅器。

(3) 車研：見卷九・六注(2)。甯楷（1712-1801）：字端文，號櫟山。江蘇江寧人，祖籍江西。幼年孤苦無告，曾於市中賣卜，而得知於縣令張嘉綸，方始專心於學。乾隆十八年鄉試中舉。翌年授涇縣教諭，後罷歸，曾掌教菊江、敬亭、灊川、正誼、蜀山五書院。年八十閉戶不出，享年九十。有《修潔堂全集》。沈石麟：見卷九・六注(2)。龔孫枝：見卷四・五九注(2)。朱本楫：字舟次。江蘇上元人。乾隆二十五年舉人，三十六年進士。官知縣。陳製錦：見卷一・三五注(1)。

(4) 徐園：位於南京城東南隅，是明中山王徐達後裔的別業，故稱為徐太傅園或徐中山園。

(5) 冪歷：彌漫籠罩貌。

(6) 秦淮：河名。流經南京。相傳秦始皇南巡至龍藏浦，發現有王氣，於是鑿方山，斷長壟為瀆入於江，以泄王氣，故名秦淮。

(7) 女牆：城牆上呈凹凸形的小牆。

六一

徐園高會時，余首唱一絕，諸生和者十九人。龔孫枝繪圖以記其勝(1)。掛冠後(2)，詩畫俱遺失，園亦荒圮。越四十年，有邢秀才作主人，葺而新之，求亭上對聯。余題曰：「舊地怕重經，記當年絲竹宴諸生，回頭似夢；名園須得主，看此日樓臺逢哲匠，著手成春。」

【箋注】

(1) 龔孫枝：見卷四・五九注(2)。

(2) 掛冠：辭官，棄官。

六二

庚申在京，余與裘叔度同年同車遇雨(1)，裘誦其師梁仙來太史一聯云(2)：「飛雨不到地，輕煙吹若塵。」太史名機，雍正癸卯翰林，外出為令，高安

相公薦鴻博(3)，入都，與余相遇於琉璃廠書肆中。詠〈桃花〉云：「渾疑人面隱，下馬誤題門(4)。」〈贈妓〉云：「欲作歌聲畏花落，選詞先唱《鎖南枝》(5)。」〈觱篥〉云(6)：「老去還嗟耳力退，自吹羌管不聞聲。」〈沙丘〉云(7)：「荊卿匕首漸離筑，可惜不逢祖龍三十六(8)。」

【箋注】

(1) 裘叔度：裘曰修。見卷一・六五注(17)。

(2) 梁仙來：梁機，字仙來。江西泰和人。康熙六十年進士。由庶吉士改補教授。有《三華集》、《北遊草》。

(3) 高安相公：指朱軾（1665-1736），字若瞻，號可亭。江西高安人。康熙三十三年進士。官奉天府尹、浙江巡撫、左都御史，雍正三年擢為大學士。

(4) 題門：唐・崔護〈題都城南莊〉：「去年今日此門中，人面桃花相映紅。」

(5) 鎖南枝：曲牌名。屬南曲雙調，共九句。

(6) 觱篥（bìlì）：古簧管樂器名。一名悲篥，其聲悲。出於西域龜茲，後傳入內地。

(7) 沙丘：指博浪沙。在今河南省原陽縣東南。張良與力士狙擊秦始皇于此。

(8) 祖龍：指秦始皇。祖，始。龍，帝王之象。荊軻的匕首、高漸離的筑、張良的鐵椎，都未能擊死秦始皇，終於到始皇三十六年死亡。

六三

揚州江賓谷白首名場(1)。余每過邗江，賓谷必呼子侄出見，曰：「余少時得見前輩某某，至今誇說於人。汝等不可與隨園先生當面錯過。」余感其意，錄其〈與弟蔗畦夜坐〉云(2)：「宵中更警嚴城柝(3)，暑退人親小室燈。」〈冬晴〉云：「剩菊尚支苔徑賞，凍蠅微觸紙窗聞。」詠〈古梅〉云：「乍見根疑石，旋驚雪作香。」

蔗畦名恂。詠〈穹廬雪〉云(4)：「穹廬雪，嚼復咽。氈毛已盡雪不歇，雪能冷骨不冷心，十九年來覺長熱。風沙大地慘無春，只有手中之節凍不折(5)。君節臣執臣不辭，臣節君薨君不知(6)。淚零紅雪吞不得，灑在茂陵松柏枝(7)。」蔗畦刺亳州，守徽州，俱有善政。所藏金石文字最多。

【箋注】

(1) 江賓谷：江昱。見卷三・二一注(1)。名場：指進科舉考場。

(2) 蔗畦：江恂。見卷八・三〇注(2)。

(3) 柝（tuò）：古代巡夜報更所敲的木梆。

(4) 穹廬：古代遊牧民族住的氈帳。亦指北方邊區少數民族。此詩寫漢中郎將蘇武出使匈奴被困，在冰天雪地中放羊北海，持節不屈。

(5) 節：符節。古代使臣所持以作憑證。所謂國之符信。

(6) 薨：諸侯帝王死亡之稱。此指漢武帝。

(7) 茂陵：漢武帝劉徹的陵墓。在今陝西省興平縣東北。

六四

余作〈春寒〉詩，黃星岩和云(1)：「寒深疑曆誤，春久沒花知。」何士顒和云(2)：「流細水初活，花遲春轉寬。」

【箋注】

(1)黃星岩：黃之紀。見卷三・四六注(1)。

(2)何士顒：見卷一・三七注(1)。

六五

常州徐太史昂發(1)，〈上韓慕廬尚書〉云(2)：「佳士姓名常在口，好官階級不關心(3)。」孔雩谷〈贈龍明府雨樵〉云(4)：「有意憐寒士，無心媚長官。」嗚呼！古之人歟！

【箋注】

(1)徐昂發：字大臨。江蘇崑山人。康熙三十九年進士。官翰林院編修、提督江西學政。有《畏壘山人詩集》、《畏壘筆記》。

(2)韓慕廬：韓菼。見卷五・五〇注(4)。

(3)階級：官的品位、等級。

(4)孔雩谷：孔繼榦，一作繼澣，字蔭泗，號雲谷，一作雩谷。山東曲阜人。乾隆舉人。歷任江都知縣、松江知府。工篆刻，喜畫梅，自署鐵骨道人。龍雨樵：龍鐸，字震升（振升），號雨樵。直隸宛平（今屬北京）人。乾隆二十四年舉人。官吳江令。

六六

丙戌三月，余過京口，宿茅耕亭秀才家(1)。庭宇幽邃，膳飲精妙，燈下出詩稿見示。余為加墨，記其佳句云：「鄰船通客語，虛枕納潮聲。」「千里月明天不夜，五更風急海初潮。」〈官亭道上〉一絕云：「細道繞平疇，時聽農歌起。回頭不見人，聲在禾麻裏。」未數年，秀才入詞林(2)。丁酉鄉試，作吾鄉副主考。

【箋注】

(1) 茅耕亭：茅元銘，字耕亭，號栗園。江蘇丹徒人。乾隆三十七年進士。官內閣學士，兼禮部侍郎。有《耕亭詩鈔》。

(2) 詞林：即翰林院。

六七

淮寧詩人黃浩浩〈秋柳〉云(1)：「小驛孤城風一笛(2)，斷橋流水路三叉。」余曰：「佳則佳矣，惜其似梅花詩。」有某公詠〈梅〉云：「五尺短牆低有月，一村流水寂無人。」或笑曰：「此似偷兒詩。」

【箋注】

(1) 黃浩浩：字嘯江。清安徽懷寧人。性不耐為制舉文。或勸應童子試，詩輒工，而文被黜。卒後，友人為其輯有《綠蘿館遺詩》。（民國《懷寧縣誌》卷十九〈文

苑〉）。此處「淮寧」為「懷寧」之誤。

(2)驛：驛站，旅店。

六八

許竹人侍御〈題路上去思碑〉云(1)：「君看去思官道石，深鐫鐫不到人心。」足補白太傅〈詠碑〉之所未及(2)。

【箋注】

(1)許竹人：許道基。見卷三·二四注(3)。去思碑：所謂紀念離任地方官的碑。去思，離思。

(2)白太傅：唐·白居易。

六九

壬寅春，余遊西湖，寓漱石居，閒步斷橋，遇一少年問路，愁容可掬。扣其故。曰：「我平湖秀才(1)，來遊湖上，進錢塘門，行李被竊，無處投宿。」予疑不實。問：「既是秀才，可能詩乎？」曰：「能。」命詠落花。操筆立就，有句云：「入宮自訝連城價，失路偏多絕代人(2)。」余大驚，留宿贈金而別。但記姓郁，忘其名。

【箋注】

(1) 平湖：今浙江平湖縣。

(2) 絕代：斷絕當代，舉世無雙。此處以美女詠落花。

七〇

余苦春寒不已。中州呂柏岩詩云(1)：「朔風烈烈知何意？不許江春入得來。」張自南云(2)：「春寒不逐早已去，今日又從何處來？」兩押「來」字，俱妙。

【箋注】

(1) 呂柏岩：呂宣曾。見卷九・二七注(2)。

(2) 張自南：未詳。袁枚業師史玉瓚的朋友。見卷六・五七。

七一

王中丞恕(1)，四川人，號樓山。〈過潮州感舊〉詩曰(2)：「金山遙對鳳凰洲(3)，策馬崆峒憶舊遊(4)。二十七年如昨日，八千里外是并州(5)。空餘大樹翻斜日(6)，尚有遺丁說故侯(7)。路過西州秋欲老(8)，舊參軍也雪盈頭。」通首唐音。許竹素先生為余誦之(9)。

【箋注】

(1)王恕（1622-1682）：字中安，一字瑟齋。山西太原人。一說四川安居(今重慶銅梁)人。康熙六十年進士。官至福建巡撫。少時讀書樓山，學者稱樓山先生。有《樓山集》。

(2)潮州：今廣東潮州市。

(3)金山：甘肅、江蘇、福建、四川等省皆有金山，此似指廣東潮州金城山。鳳凰洲：在今江西南昌市西贛江中。

(4)崆峒：此似應指今江西贛州市南之崆峒山。

(5)并州：在山西太原。似指作者的故鄉。賈島〈渡桑乾〉：「客舍并州已十霜，歸心日夜憶咸陽。無端更渡桑乾水，卻望并州是故鄉。」

(6)大樹：范曄《後漢書・馮異傳》：「諸將並坐論功，異常獨屏樹下，軍中號曰『大樹將軍』。」常用為謙遜而不居功之典。

(7)故侯：指秦廣陵人邵平。《史記・蕭相國世家》：「召平者，故秦東陵侯。秦破，為布衣，貧，種瓜於長安城東，瓜美，故世俗謂之『東陵瓜』，從召平以為名也。」東陵瓜後又稱故侯瓜。常用為隱居之典。故侯亦泛指曾任長官的人。

(8)西州：此指即今四川一帶。

(9)許竹素：許廷鑅。見卷三・二九注(5)。

七二

余嘗謂魚門云(1)：「世人所以不如古人者，為其胸中書太少。我輩所以不如古人者，為其胸中書太多。昌黎云(2)：『非三代、兩漢之書不敢觀(3)。』

亦即此意。東坡云(4)：『孟襄陽詩非不佳(5)，可惜作料少(6)。』施愚山駁之云(7)：『東坡詩非不佳，可惜作料多。詩如人之眸子，一道靈光，此中著不得金屑，作料豈可在詩中求乎？』予頗是其言。或問：『詩不貴典，何以少陵有讀破萬卷之說(8)？』不知『破』字與『有神』三字，全是教人讀書作文之法。蓋破其卷，取其神；非囫圇用其糟粕也。蠶食桑而所吐者絲，非桑也；蜂採花而所釀者蜜，非花也。讀書如吃飯，善吃者長精神，不善吃者生痰瘤。」

【箋注】

(1) 魚門：程晉芳。見卷一・五注(1)。

(2) 昌黎：唐韓愈。見卷一・一三注(1)。

(3) 三代：此指夏、商、周。

(4) 東坡：宋・蘇軾。見卷一・二五注(4)。

(5) 孟襄陽：唐・孟浩然。見卷一○・二一注(4)。

(6) 作料：材料，佐料。

(7) 施愚山：施閏章。見卷二・七八注(2)。

(8) 少陵：杜甫。見卷一・一三注(4)。

七三

嚴冬友曰(1)：「凡詩文妙處，全在於空。譬如一室內，人之所遊焉息焉者，皆空處也。若窒而塞之，雖金玉滿堂，而無安放此身處；又安見富貴之樂耶？鐘不空則啞矣，耳不空則聾矣。」范景文《對床錄》

云(2)：「李義山〈人日〉詩(3)，填砌太多，嚼蠟無味。若其他懷古諸作，排空融化，自出精神。一可以為戒，一可以為法。」

【箋注】

(1)嚴冬友：嚴長明。見卷一・二二注(6)。

(2)范景文：范晞文，字景文，號葯莊。宋錢塘（今浙江杭州）人。太學生。有《葯莊廢稿》、《對床夜語》。此處所引非原文。可參讀《對床夜語》。

(3)李義山：唐・李商隱。見卷一・二〇注(12)。

七四

保勵堂侍郎〈送人納妾〉七律(1)，後四句云：「席上偶然教進酒，燈前何敢遽呼郎？只因未識夫人性，試問明朝那様妝？」

【箋注】

(1)保勵堂：保成，字勵堂，佟佳氏。滿洲鑲紅旗人。由義學生考取中書。乾隆三十四年擢刑部郎中，五十二年授內閣學士，五十三年擢吏部右侍郎。

七五

明季用兵時(1)，有女子劉素素者(2)，被掠，題詩店壁云：「天明吹角數聲殘，將士傳呼上玉鞍。恰憶當時閨閣裏，曉妝猶怯露桃寒(3)。」

【箋注】

(1) 明季：明朝末年。

(2) 劉素素：未詳。

(3) 露桃：語本《樂府詩集・相和歌辭三・雞鳴》：「桃生露井上，李樹生桃旁。」後因用「露桃」稱桃樹、桃花。

七六

宛平袁明府增(1)，字保侯，宰江寧時，與余通譜(2)。有句云：「天遠望窮飛去鳥，春寒誤盡早開花。」〈詠瓶〉云：「飲水自知胸最冷，銜花應覺口常香。」

【箋注】

(1) 袁增：字保侯。順天府大興人。乾隆十三年進士。江寧知縣。

(2) 通譜：同姓的人互認為同族。

七七

先慈九十生日(1)，祝壽詩無慮百餘首；予獨愛龔旭開秀才五律一結云(2)：「為有稱觴客(3)，今朝戶不扃(4)。」淡而有味。

【箋注】

(1)先慈：稱亡母。

(2)龔旭開：龔元超。見卷三・一五注(2)。

(3)稱觴：舉杯祝酒上壽。

(4)不扃（jiōng）：不關閉門戶。

七八

杭州風俗：人家作醬，甕上鎮壓，必書「姜太公在此」五字(1)。余嘗疑之。孫文和秀才笑曰(2)：「君豈不知太公不能將兵，而善將將乎？」又過張息侯家(3)，見其奴攜燈籠來，上題「賴有此耳」四字(4)。兩用史書語，令人莞然。

【箋注】

(1)姜太公：呂尚，或作姜尚。姜姓，呂氏，名尚，字子牙，又稱太公望。西周東海人。佐周武王滅紂。封於齊營丘。民間多尊稱為姜太公。

(2)孫文和：未詳。此處所引，是套用史書語。《史記・淮陰侯列傳》：上問曰：「如我能將幾何？」信曰：「陛下不過能將十萬。」上曰：「於君何如？」曰：「臣多

多而益善耳。」上笑曰：「多多益善，何為為我禽？」信曰：「陛下不能將兵，而善將將，此乃言之所以為陛下禽也。」

(3)張息侯：未詳。

(4)賴有此耳：《晉書・石勒載記》：「嘗使人讀《漢書》，聞酈食其勸立六國後，大驚曰：『此法當失，何得遂成天下！』至留侯諫，乃曰：『賴有此耳。』」

七九

蔣戟門觀察招飲(1)，珍饈羅列，忽問余：「曾吃我手製豆腐乎？」曰：「未也。」公即著犢鼻裙，親赴廚下。良久擎出，果一切盤餐盡廢。因求公賜烹飪法。公命向上三揖，如其言，始口授方。歸家試作，賓客咸誇。毛俟園廣文調余云(2)：「珍味群推郇令庖(3)，黎祈尤似易牙調(4)。誰知解組陶元亮(5)，為此曾經三折腰(6)。」

【箋注】

(1)蔣戟門：蔣賜棨，字戟門。清江蘇常熟人。文淵閣大學士蔣廷錫之孫。授戶部右侍郎。

(2)毛俟園：毛藻。見卷二・二六注(1)。

(3)郇令：唐・韋陟，善文辭。官朝散大夫、禮吏二部尚書，襲封郇國公。廚中飲食精美，人稱郇公廚。

(4)黎祁：豆腐的別稱。易牙：春秋時齊桓公臣子，以善調百味而著名。

(5)陶元亮：陶淵明。見卷一・二七注(2)。解組，辭官。

(6) 折腰：原指屈身事人為官。陶淵明曾不為五斗米折腰。此喻指袁枚躬身求教。

八〇

南宋末年，士大夫簠簋不飭(1)。有鄭熏者(2)，素作賊，以軍功得主簿，眾不禮焉。鄭乃獻詩云：「鄭熏素行本非端，熏有狂言上眾官。眾官作官還作賊，鄭熏作賊還作官。」

【箋注】

(1) 簠簋（fǔguǐ）不飭：對做官不廉正者的一種婉轉的說法。簠與簋。兩種盛黍稷稻粱之禮器。飭，通飾，不整飭。

(2) 鄭熏：未詳。

八一

方亨咸《論畫》云(1)：「神品如孫、吳(2)。能品是刁斗森嚴之程不識(3)。逸品則解鞍縱臥之李將軍(4)。」又曰：「厚不因多，薄不因少。」余愛其言可通於詩，故錄之。

【箋注】

(1) 方亨咸：一作方咸亨，字吉偶，號邵村。安徽桐城人。順治丁亥進士。官至御史。工詩文，善書畫。

(2) 孫吳：孫，指孫武，著《孫子兵法》；吳，指吳起，著《吳子》。二書是戰國時期著名軍事著作。

(3) 程不識：西漢長樂衛尉，後為車騎將軍。與李廣同為漢武帝時名將。程治軍嚴整而規範，李治軍簡易而威猛。

(4) 李將軍：指李廣。見卷五・三一注(2)。此處以兵法論藝術。

八二

唐太宗云：「泥龍竹馬，兒童之樂也；翠羽明珠，婦女之樂也。」余亦云：「急流勇退，後起有人，士大夫之樂也。」今之人，惟揚州秦西巖先生以觀察致仕(1)，子又繼入翰林，宜其詩之自然駘宕也(2)。〈南莊題壁〉云：「郭繞村煙水繞堤，數椽屋可托卑棲。百年老樹留花塢，二頃荒田雜菜畦。庾信小園枝下上(3)，王珣別墅澗東西(4)。誰云巢許買山隱(5)？家在城南認舊溪。」「策杖登樓眼界寬，邗溝一水迅奔湍(6)。天邊漕運梯雲上，江外山光帶霧看。南北塔高雙鵠立，東西橋鎖九龍蟠。往來多少風帆急，孤棹何如斗室安？」

【箋注】

(1) 秦西巖：秦黌，字序堂，號西巖、石翁等。江蘇江都人。乾隆十七年進士。歷任山東鄉試正考官。其子秦恩復，字敦夫。乾隆五十二年進士，官編修。有《廣陵詩存》。

(2) 駘宕：無所局限、拘束。

(3) 庾信：見卷三・七一注(5)。有《庾子山集》。其中〈小園賦〉寫庾信宅。首句云：「若夫一枝之上，巢父得安巢之所。」

(4) 王珣：字元琳。東晉琅邪臨沂人。官至散騎常侍。在蘇州虎丘山建有別墅。稱舍山宅。

(5) 巢許：巢父與許由的並稱。均為堯時人，隱居不仕。後因以為隱士的代稱。

(6) 邗溝：春秋時吳王夫差為爭霸中原，引江水入淮以通糧道而開鑿的古運河。

一

嘉興江浩然幕遊江西(1)，於市上得一銀光箋楷書云：「妾年十五許嫁君，聞說君情若不聞。十七于歸見君面(2)，春風乍拂心長戀。為歡半載奈離何，千里江山渺綠波。未成錦字腸先斷(3)，零落胭脂淚更多。西江浙江隔一水，天上銀河亦如此。銀河猶有渡橋時，奈妾奄奄病將死。傷心未見寧馨育(4)，仰負高堂愆莫贖。倘蒙垂念舊時情，有妹長成弦可續。君年喜得正英英(5)，莫更蹉跎無所成。無成豈特違親意，泉下亡人亦不平。要知世事皆前定，明珠一粒遙相贈。非求見物便思人，結縭來世於今定(6)。」後書：「政可夫君。康熙癸酉仲夏，垂死妾顏玉斂衽(7)。」玩此詩，蓋有才女子也。第所謂政可者，不知何人。

【箋注】

(1) 江浩然（1690-1750）：字萬原，號孟亭。浙江嘉興人。康熙時諸生。與沈補愚等結詩社。有《北田集》。

(2) 于歸：出嫁。

(3) 錦字：指前秦蘇蕙寄給丈夫的織錦回文詩。後多用以指妻子給丈夫的表達思念之情的書信。

(4) 寧馨：指寧馨兒。對小孩子的美稱。《晉書・列傳第十三》：「衍字夷甫，神情明秀，風姿詳雅。總角嘗造山濤，濤嗟嘆良久，既去，目而送之曰：『何物老嫗，生寧馨兒！』」

(5) 英英：年華茂美。

(6) 結縭（lí）：指結婚。

(7) 斂衽：此指女子的拜禮。

二

選家選近人之詩，有七病焉；其借此射利通聲氣者(1)，無論矣。凡人全集，各有精神，必通觀之，方可定去取；倘捃摭一二(2)，並非其人應選之詩，管窺蠡測(3)：一病也。《三百篇》中，貞淫正變，無所不包；今就一人見解之小，而欲該群才之大(4)，於各家門戶源流，並未探討，以己履為式，而削他人之足以就之：二病也。分唐界宋(5)，抱杜尊韓(6)，附會大家門面，而不能判別真偽，採擷精華：三病也。動稱綱常名教，箴刺褒譏(7)，以為非有關係者不錄；不知贈芍采蘭(8)，有何關係？而聖人不刪。宋儒責蔡文姬不應登《列女傳》(9)；然則「十七史」列傳，盡皆龍逢、比干乎(10)？學究條規，令人欲嘔：四病也。貪選部頭之大，以為每省每郡，必選數人，遂至勉強搜尋，從寬濫錄：五病也。或其人才力與作者相隔甚遠，而妄為改竄；遂至點金成鐵：六病也。徇一己之交情，聽他人之求請：七病也。末一條，余作《詩話》，亦不能免。

【箋注】

(1)射利：謀取財利。

(2)捃摭（jùnzhí）：採取，採集。

(3)管窺蠡（lí）測：以管窺天，以蠡（瓠瓢）測海。比喻眼界狹小，見識短淺。

(4)該：包容，概括。

(5)分唐界宋：此指不恰當地劃分唐宋界限，妄加評論。

(6)抱杜尊韓：只推崇杜甫和韓愈。

(7)箴（zhēn）刺：指斥，規戒。

(8)贈芍：表示男女別離之情。《詩・鄭風・溱洧》：「維士與女，伊其相謔，贈之以勺藥。」采蘭：謂供養父母之事。《文選・束皙〈補亡詩・南陔〉》：「循彼南陔，言采其蘭。眷戀庭闈，心不遑安。」

(9)蔡文姬：蔡琰。見卷一二・八七注(7)。

(10)龍逢：即關龍逢。夏之賢人，因諫而被桀所殺。比干：商紂王的叔父，一說為紂庶兄。官少師。因屢次勸諫紂王，被剖心而死。墓在河南衛輝城北。此處以龍逢、比干代稱忠臣。

三

冬友侍讀昵伶人登元(1)，將之陝西，未能攜去；路上見籠中賣相思鳥者，戲題云：「同眠復同食，何處號相思？」

【箋注】

(1)冬友：嚴長明。見卷一・二二注(6)。伶人：歌舞藝人。登元：人名。

四

山右馮康齋觀察，名廷丞(1)，學頗淵博，居官以廉聞。其夫人為吾鄉周叔大太史之女(2)，亦好客，觀察詩云：「談經客過頻搜字，脫珥妻賢解治廚(3)。」

【箋注】

(1) 馮廷丞：字均弼，號康齋。山西代州人。乾隆十七年舉人，二十一年由蔭生授光祿寺署正，後歷任江南道員、江寧鹽法道、湖北按察使。觀察，對道員的尊稱。

(2) 周叔大：周玉章，字琡（叔）大，號葯闌（藥蘭）。浙江仁和人。乾隆二年進士。改庶吉士，散館授編修，官至侍讀學士。（《清代傳記叢刊‧詞科掌錄》）

(3) 脫珥：脫去珠玉做的耳飾。借指婦女具有懿德賢行。

五

丙辰召試，有康熙癸巳編修雲南張月槎先生，名漢(1)，年七十餘，重入詞館。先生以前輩自居，而丙辰翰林欲以同年視之，彼此牴牾。後五十年，余遊粵東，飲封川邑宰彭公竹林署中(2)。西席張旭出見(3)，詢知為先生嫡孫，急問先生遺稿，渠僅記〈秋夜回文〉一首云：「煙深臥閣草凝愁，冷夢驚回幾樹秋。懸壁四山雲上下，隔簾一水月沉浮。翩翩影落飛鴻雁，皎皎光寒靜斗牛。前路客歸螢點點，邊城夜火似星流。」余按：回文詩相傳始於蘇若蘭(4)，其實非也。《文心雕龍》云：「回文所興，道原為始(5)。」傅咸有回文反覆詩(6)，溫太真亦有回文詩(7)，俱在竇滔之前(8)。

【箋注】

(1) 張漢（1680-1759）：字月槎。雲南石屏人。康熙五十年進士。乾隆元年舉鴻博。授檢討，改監察御史。有《留

硯堂集》、《月槎集》。

(2)彭竹林：彭翥。見卷一〇・六四注(1)。

(3)西席：古人席次尚右，右為賓師之位，居西而面東。後尊稱受業之師或幕友為「西席」。張旭：未詳。

(4)蘇若蘭：蘇蕙，字若蘭。十六國時前秦始平人。秦州刺史竇滔妻，滔因罪被徙流沙，蘇氏思念感傷，織錦為回文《璇璣圖》詩以贈滔，辭甚悽楚。

(5)道原：人名。無可考。明・梅慶生《文心雕龍義注》以為指南朝宋・賀道慶。

(6)傅咸：見卷五・一八注(7)。

(7)溫太真：溫嶠，字太真。東晉太原祁縣人。官驃騎將軍、開府儀同三司。有〈回文虛言詩〉。

(8)竇滔：即蘇若蘭的丈夫。

六

真州張嘯門游鳩江(1)，遇鄰舟一女子，倚篷窗而哦，與語，淒絕不言。但見其〈題青羅帶寄人〉云：「扁舟一夜燈如雪，無限深情羞不說。東風何苦又天明，抵死催人江上別(2)。」

【箋注】

(1)張嘯門：清江蘇儀徵人。餘未詳。鳩江：在今安徽蕪湖市。

(2)抵死：急急。

七

詠史有三體：一借古人往事，抒自己之懷抱：左太沖之〈詠史〉是也(1)。一為隱括其事，而以詠嘆出之：張景陽之〈詠二疏〉、盧子諒之〈詠藺生〉是也(2)。一取對仗之巧：義山之「牽牛」對「駐馬」、韋莊之「無忌」對「莫愁」是也(3)。

【箋注】

(1)左太沖：左思。見卷一・一五注(3)。

(2)張景陽：張協，字景陽。西晉安平（今河北安平）人。官中書侍郎、河間內史。後避居草澤，拜黃門侍郎，託病不就，卒於家。〈雜詩〉為代表作。有《張景陽集》。所引詩題一作〈詠史〉，詠西漢名臣疏廣與疏受叔侄二人。盧子諒：盧諶，字子諒。西晉范陽涿人。官參軍、司空從事中郎。所引詩題多作〈覽古詩一首〉，詠趙相藺相如。

(3)義山：李商隱。見卷一・二〇注(12)。〈馬嵬二首〉：「此日六軍同駐馬，當時七夕笑牽牛。」韋莊：見卷一〇・二〇注(3)。〈憶昔〉：「西園公子名無忌，南國佳人號莫愁。」

八

周月東游海潮庵(1)，得謝文節公小方硯(2)，額鐫「橋亭卜卦硯」五字，背有元人程文海銘(3)。周珍重之，抱硯以寢；臨死，乃贈查恂叔(4)。一時題者如雲。錢辛楣云(5)：「眼中只有石丈人(6)，江南更無

廝養卒(7)。」紀心齋云(8)：「遠過一片韓陵石(9)，留伴千秋玉帶生(10)。」

尤貢甫在真州市得東坡石銚(11)，容水升許，以銅為提，鑄茨菰葉一瓣，上篆「元祐」二字：蓋即周穜所饋東坡物也(12)。鄭炳也題云(13)：「煉石天留雲氣古，煎茶人去水雲乾。」謝登雋云(14)：「毋矜酒戶大(15)，獨許石文深(16)。」未幾，有人買獻上方矣(17)。一硯一銚，主人俱繪形作冊，傳播藝林。余在揚州汪魯佩家(18)，見桓圭(19)，長七寸，葵首垂繅(20)，質粹沁紅，真三代物也。惜無人題詠，終年蘊櫝而藏。物亦有幸有不幸焉。

【箋注】

(1) 周月東：周焯，字月東，號七峰。直隸天津人。雍正十三年拔貢生。工詩。擅書法。有《卜硯山房集》。

(2) 謝文節：謝枋得。見卷八・七二注(8)。

(3) 程文海：程鉅夫，名文海，以字行，號雪樓、遠齋。元郢州京山人。宋末，降元。官集賢直學士。有《雪樓集》。

(4) 查恂叔：查禮。見卷四・五一注(3)。

(5) 錢辛楣：錢大昕。見卷二・四四注(4)。

(6) 石丈人：指硯。宋・史彌寧〈懶不作詩覺文房四友俱有慍色謾賦〉：「一毛不拔管城子，冷眼相看石丈人。急性陳玄楮居士，未分皂白也生嗔。」

(7) 廝養卒：即《戰國策》上所說廝養士。指劈柴養馬一類人。《史記・張耳陳餘列傳》載廝養卒另一故事。《宋史・謝枋得傳》：枋得遺書夢炎曰：「江南無人材，求一瑕呂飴甥、程嬰、杵臼廝養卒，不可得也。」

(8) 紀心齋：紀復亨，字元穉，號心齋、心庵、杼亭。浙江烏程人，河南商邱籍。乾隆十七年進士。官至鴻臚寺少卿。工詩善書。有《心齋集》。

(9) 韓陵石：嘉慶刻本原作「寒陵石」，據民國本改。唐・張鷟《朝野僉載》卷六：「梁庾信從南朝初至北方，文士多輕之。信將〈枯樹賦〉以示之，於後無敢言者。時溫子升作〈韓陵山寺碑〉，信讀而寫其本，南人問信曰：『北方文士何如？』信曰：『唯有韓陵山一片石堪共語。』」後因以「韓陵石」借指好文章。

(10) 玉帶生：宋・文天祥所用硯名。

(11) 尤貢甫：尤蔭。見卷九・五八注(2)。石銚（yáo）：陶製的小烹器。

(12) 周穜：字仁熟。宋泰州人。神宗熙寧九年進士。蘇東坡曾舉為鄆州教授。歷知揚、桂、廣等州。

(13) 鄭炳也：鄭虎文。見卷八・八七注(4)。

(14) 謝登雋：字才叔，號易堂、梅農。安徽祁門人。居蕪湖。乾隆三十六年舉人。官至宜昌知府。品學書畫，名著一時。有《退滋堂詩抄》。

(15) 酒戶：酒量。

(16) 石文：東周初秦國刻石文字。在十塊鼓形石上，用籀文分刻十首四言韻文，記述秦國國君的遊獵情況。

(17) 上方：借指佛寺。

(18) 汪魯佩：汪廷瑄，字魯佩，號樸園。清歙縣人。

(19) 桓圭：古代公爵所執玉圭，以為信符。

(20) 葵首：終葵首，即椎首。指圭上尖，首作椎形。

九

前明萬曆五年，常熟趙文毅公劾張江陵(1)，廷杖謫戍。其友庶子許國銘兕觥為贈(2)。蓋取神羊一角觸邪之義(3)。後流傳數易其主。五世孫王槐探知在山左顏衡齋家(4)，乃製玉觥銀船，托宮詹翁覃溪先生作詩(5)，請易之，竟得返璧。一時題詠如雲。覃溪作七古一篇，後八句云：「顏公奉觥向君笑，趙叟傾心誓相報。觥喜多年逢故人，叟泣還鄉告家廟。昔人贈觥事偶然，今日還觥世更傳。譜出兕觥新樂府，壓倒米家虹玉船(6)。」

【箋注】

(1)趙文毅：趙用賢，字汝師，號定宇。明蘇州府常熟人。隆慶五年進士。萬曆初，授檢討。疏論張居正父喪奪情，與吳中行同杖除名。歷官南京祭酒、吏部侍郎。謚文毅。工詩文。有《國朝典章》、《松石齋集》等。張江陵：張居正，字叔大，號太岳。明湖廣江陵人。嘉靖二十六年進士。官至首輔。在位十年，頗行改革。然持法嚴峻，怨者頗多。父喪不肯解職，以「奪情」留任，頗遭時議。卒謚文忠。彈劾者紛起，追奪官爵，又籍沒家產。後追復故官。有《張太岳集》。

(2)許國：字維楨。明徽州府歙縣人。嘉靖四十四年進士。累官至禮部尚書兼東閣大學士入參機務。有《文穆公集》。兕觥：古酒器。一般成帶角獸頭形。

(3)神羊：《後漢書・志第三十》：「獬豸神羊，能別曲直。」《異物志》：「東北荒中有獸名獬豸，一角，性忠。見人鬥則觸不直者，聞人論則咋不正者。」

(4)王槐：趙王槐（1719-1798），原名璟，字器梅，號者

庭。乾隆十年由宛平籍登明通榜。歷任山東冠縣、汶上知縣，卒年八十。有《歸觥集》。顏衡齋：顏崇槼，字運生，號心齋。山東曲阜人。乾隆三十五年舉人。官江蘇知縣。喜考訂金石，兼有墨癖，工書。

(5) 翁覃溪：翁方綱（1733-1818），字正三，號覃溪。順天大興人。乾隆十七年進士。授編修。官至內閣大學士。詩宗江西派。有《粵東金石略》、《復初齋詩文集》。宮詹，即太子詹事。屬東宮詹事府。

(6) 米家：米芾，初名黻，字元章，號鹿門居士。宋太原人，徙襄陽，後定居潤州丹徒（今江蘇鎮江）。官至書畫博士、禮部員外郎。宋代傑出書畫家。人稱米襄陽、米南宮。米芾富於收藏，宦遊外出時，往往隨其所往，在座船上大書一旗「米家書畫船」。虹玉，彩色的美玉。

一〇

安慶徐蘭坡(1)，少年好學，得余斷章零句，必手抄之。余遊黃山，來舟中誦所作。〈夏夜〉云：「螢火繞籬飛，風輕荷氣微。幾竿斜竹影，隨月上人衣。」〈偶成〉云：「屋邊松樹經春長，棲鳥不知巢漸高。」〈大觀亭宴集〉云(2)：「新舊痕留衣上酒，往來影亂席前船。」又：「綠楊深護倚樓人。」七字亦佳。

【箋注】

(1) 徐蘭坡：如上。餘未詳。

(2) 大觀亭：位於安徽安慶大觀亭街。明嘉靖年間為紀念元末郡守余闕所建。

一一

平湖張香谷(1)，與其兄斆坡最友愛(2)。斆坡歿後，香谷逾年亦病，臨終，有「清魂同到梅花下」之句。斆坡之子熙河孝廉(3)，繼先人之志，墓旁種梅三百樹，題云：「卜兆經營親負土(4)，栽花愛護當承歡。」可謂孝矣。熙河愛遊山，作《梅花詩話》一百卷，至隨園一宿，去登峨嵋絕頂，見懷云(5)：「峨嵋高絕天，八月雪浩浩。我持謫仙笻(6)，飄然上秋昊。眾星向簷低，群峰入望小。佛光日中明，聖燈夜半皎。五色兜羅綿(7)，疊疊岩前繞。蒼茫四顧間，忽憶隨園老。奇景不共賞，何以愜幽抱？焉得縮地方，與公立雲表？」熙河在峨嵋，見神燈佛光，又到淨土山下，觀小龍在池中，長四寸，五爪，攜過雷洞坪便死。佛光飛至臺上，掬之，乃木葉一片。

【箋注】

(1)張香谷：張世仁（1732-1772），字元若，一作園若，號香谷。清浙江平湖人。與其兄世昌詩合刻《對床吟》，另有《香谷詩鈔》。《清河五先生詩選》輯有《張元若詩選》。

(2)斆（xiào）坡：張世昌，字振西，號斆坡。清浙江平湖人。諸生。有《斆坡詩鈔》。《清河五先生詩選》輯入有《張振西詩選》。

(3)熙河：張誠（1749-1814），字希和，號熙河。浙江平湖人。世昌子。乾隆四十二年舉人。有《梅花詩話》、《嬰山小園集》。

(4)卜兆：占卜預測吉凶的徵兆。

(5)見懷：關心思念我。

(6)笻：笻竹做的手杖。自比放浪如謫居世間的仙人。

(7)兜羅綿：即兜羅樹（一名吉貝樹）子內的絮茸，可紡織為布。常用來喻雲。

一二

余知江寧時，胡秀才某招飲，席間出乃祖《甲戌臚唱圖》屬題(1)，係邗江王雲所畫(2)。卷首何義門云(3)：「鴻臚三唱名姓香，一龍驤首群龍翔。金吾仗引從天下(4)，長安門外人如堵。方山神秀信有鍾(5)，焦夫子後生胡公(6)。江左周星推首冠(7)，意氣肯輸渴睡漢(8)？」胡公名任輿，字芝山，康熙甲戌狀元，未十年而卒。同年高章之哭云(9)：「十年不分君終此，累月猶疑死未真。」卷中題者如彭定求、陳恂、楊仲訥(10)，大半追挽之章。余題云：「九闕天門蕩蕩開(11)，先皇親手策群才。南宮莫訝祥雲見，臣自白門江上來(12)。」「我亦曾追香案蹤(13)，卅科前輩企高風(14)。人間春夢醒何速，未了浮雲一夢中。」「名園晚到夕陽斜，老樹無聲覆落花。贏得兒童齊拍手，縣官還醉狀元家。」此乙丑冬月事也。詩不留稿，丙午閏七夕，重展此卷，為之憮然。

【箋注】

(1)臚唱：科舉時代，進士殿試後，皇帝召見，按甲第唱名傳呼，稱臚唱。

(2)王雲：見卷一三・五六注(5)。

(3)何義門：何焯。見卷五・八一注(2)。

(4)金吾：古官名。負責皇帝大臣警衛、儀仗以及徼循京師、掌管治安的武職官員。

(5)方山：在今江蘇省南京市東南。傳說為秦始皇鑿斷金陵山以疏淮水處，其地四方而峭絕，故名。鍾，鍾愛。

(6)焦夫子：焦竑。見卷六・一四注(2)。胡公：胡任輿，字孟行，號芝山。清江南上元（今江蘇南京）人。康熙三十三年狀元。授職翰林院修撰，掌修國史。官至翰林院侍講。

(7)周星：即歲星。歲星十二年在天空循環一周，因又借指十二年。

(8)渴睡漢：宋・歐陽修《六一詩話》載：宋・呂蒙正未第時，胡旦遇之甚薄。客有譽呂曰：「呂君工於詩，宜少加禮。」胡問詩之警句。客舉一篇，其卒章云：「挑盡寒燈夢不成。」胡笑曰：「乃是一渴睡漢耳。」後呂蒙正中狀元，使人告知胡曰：「渴睡漢狀元及第矣。」

(9)高章之：高其倬。見卷一・三三注(1)。

(10)彭定求（1645-1719）：字勤止，又字南昀，號訪濂，學人稱南畇先生。江蘇長洲（今屬蘇州）人。康熙二十五年進士。有《陽明釋毀錄》、《儒門語法》、《南畇文集》等。陳恂：字相宜，又字餘昌，號緘庵。浙江錢塘人。康熙三十三年進士。官翰林院侍讀學士。有《清照堂集》。楊仲訥：楊中訥，字耑木，號拙宜主人。浙江海鹽籍，海寧人。康熙三十年進士。授編修。擢中允，出視江蘇學政。有《蕪城校理集》、《春帆別集》。

(11)九闕：指皇城。

(12)白門：代稱南京。

(13)香案：此指殿上放置香爐燭臺的條桌。

(14)卅科：似指康熙三十年代科舉。

一三

葉書山侍講(1)，常為余誇陶京山同年之孫、名渙悅者(2)，英異不群，時才八九歲。稍長，好吟詩，尤好余詩，大半成誦。〈偶成〉云：「午課初完臥短床，立春節過晝微長。高簷向日難留雪，小室藏花易貯香。階下綠初浮遠草，路旁青未上垂楊。呼僮添貯爐中火，午後溫馨薄暮涼。」又：「人因待月窗常啟，書是傳詩口不封。」賀余生子云：「公有未全天必補，老猶得見子非遲。」俱有劍南風味(3)。惜侍講先亡，未之見也！

【箋注】

(1)葉書山：葉酉。見卷五・四〇注(4)。

(2)陶京山：陶紹景。見卷一二・七一注(2)。渙悅：見卷一二・七一注(5)。

(3)劍南：宋・陸游。

一四

中州呂公滋(1)，字樹村，宰介休歸；因從子仲篤宰上元(2)，來游白下。見贈云：「地兼白下三山勝，詩比黃初七子工(3)。」讀三妹集云：「鴛鳥飛來因繡好，蠹魚仙去為香多(4)。」年未老而乞病。有勸其再出者，乃作〈老女嫁〉云：「自製羅紈五色裳，晶簾低捲繡鴛鴦。不如小妹于歸日(5)，阿母殷勤為理妝。」「檢點新妝轉自思，於今花樣不相宜。嫁衣肥瘦憑誰剪，羞問鄰家小女兒。」〈戲仲篤〉云：「憐余增馬齒(6)，看爾奏牛刀(7)。」〈潼關〉云：「三峰天外立，一騎雨中行。」

【箋注】

(1) 呂公滋：字樹村。河南新安（今屬洛陽）人。乾隆三十七年進士。山西介休知縣。有《碩亭本草》、《春秋本義》。

(2) 仲篤：呂燕昭，字仲篤，號玉照、福堂。清河南新安人。乾隆三十六年舉人。官江蘇上元知縣、江甯知府。

(3) 黃初七子：指建安七子與黃初時期詩歌。

(4) 蠹魚：俗名書蟲，嗜蛀書籍。又代稱鑽研詩書的人。

(5) 于歸：出嫁。

(6) 馬齒：謙詞。借指自己的年齡。

(7) 牛刀：語出《論語・陽貨》：「子之武城，聞弦歌之聲。夫子莞爾而笑曰：『割雞焉用牛刀？』」後常以喻大材器。

一五

唐李揆自負才望(1)，嘲人云：「龍章鳳姿士不見用(2)，獐頭鼠目乃欲求官耶(3)？」或反其意，贈相士云(4)：「相法於今大不倫，我將秘訣告諸君。要看世上公侯相，先取獐頭鼠目人。」

【箋注】

(1) 李揆：字端卿。唐隴西成紀人。玄宗開元末進士。官中書侍郎同中書門下平章事、尚書左僕射。《舊唐書・李揆傳》：「揆美風儀，善奏對……肅宗賞嘆之，嘗謂揆曰：『卿門地、人物、文章，皆當代所推。』故時人稱為三絕。」

(2) 龍章鳳姿：喻風采不凡。

(3) 獐頭鼠目：獐頭小而尖，鼠目小而圓，本形容人的寒賤相，後多用以形容人的面目猥瑣、心術不正。

(4) 相士：舊時以談命相為職業的人。

一六

余游武夷，過浦城，遇鈕明府之弟閬圃(1)，有詩三冊求閱。〈七夕〉云：「黃昏無伴說牽牛，獨對江山半壁愁。今夕盧家樓上月(2)，莫愁未必不知愁。」又句云：「星沉殘水魚吞餌，月上空廊犬吠花。」皆可誦也。余按宋曾三異云(3)：「莫愁乃古男子，神仙隱逸者流，非女子也。楚石城有莫愁石像，男子衣冠。見劉向《列仙傳》(4)。」語雖不經(5)，亦可存

此一說。猶之龍陽君、鄭櫻桃(6)，古皆以為女妃：一見《國策》鮑注(7)，一見《十六國春秋》(8)。

【箋注】

(1)鈕明府：鈕琨。順天府大興舉人。乾隆四十七年任浦城知縣。鈕閬圃：未詳。

(2)盧家：古樂府中相傳有洛陽女子莫愁，嫁于豪富盧氏夫家。

(3)曾三異：字無疑，號雲巢。宋臨江軍新淦（今江西新干）人。孝宗淳熙中三舉鄉貢。官承務郎、秘閣校勘、太社令。著《新舊官制通考》、《通釋》。

(4)劉向：西漢人。見卷七・四三注(2)。

(5)不經：謂不見於經典，沒有根據。

(6)龍陽君：戰國時魏王的男幸，像美女一樣婉轉媚人，得寵于魏王。鄭櫻桃：東晉列國後趙石季龍所寵愛的優僮。參閱《晉書・石季龍載記上》。後用為男寵之典。唐詩人李頎有《鄭櫻桃歌》。

(7)鮑注：即宋紹興年間鮑彪注。書名為《鮑氏戰國策注》。

(8)十六國春秋：記載十六國（304-439）歷史的紀傳體史書，託名為北魏・崔鴻所撰。

一七

錫山錢秀才泳(1)，字立群，居梅里。丙午臘月七日，張止原居士招游靈岩(2)，與秀才兩宿舟中，談古文金石之學，極淵博。〈遊西湖〉云：「十年不識錢

塘路，今到翻疑是夢中。巒翠難分南北寺，舟輕易颺往來風。數灣碧水通仙宅，一帶蒼煙沒宋宮。何處吾家表忠觀(3)？幾回搔首問漁翁。」「躍馬登山松四圍，梵王宮殿鬱崔巍(4)。老僧迎客來幽徑，少女焚香上翠微。鷲嶺樓高滄海闊(5)，冷泉水急濕雲飛。何當端坐三生石(6)，說破遊人去路非！」是日，舟泊木瀆鷺飛橋。秀才往訪其友孫鏡川(7)。俄而同至舟中，見余即拜，背小倉山房古文，琅琅上口，亦奇士也。

【箋注】

(1)錢泳（1759-1844）：字立群，號梅溪。清江蘇金匱人。諸生。官候選府經歷。有《梅花溪詩鈔》、《蘭林集》。

(2)張止原：張復純。見卷一一・四〇注(1)。靈岩：此指江蘇省蘇州市吳中區木瀆鎮附近的靈岩山。

(3)表忠觀：宋熙寧十年，詔以杭州龍山廢佛祠妙音院為表忠觀，旌錢氏功德。蘇軾撰〈表忠觀碑〉，立於錢塘錢氏墳。（詳見宋・潛說友《咸淳臨安志》）

(4)梵王：指色界初禪天的大梵天王。亦泛指此界諸天之王。按:此處應指佛教寺院。

(5)鷲嶺：靈鷲山相傳為釋迦牟尼在印度講經的傳教名勝。此為仿造，指西湖靈隱寺前的飛來峰。

(6)三生石：舊詩文中指友人今生來世相會處。

(7)孫鏡川：未詳。

一八

新安王氏，一家能詩。葑亭〈李夫人歌〉曰(1)：「生能一顧留君心，死不肯一顧留君憶。乃知結君自有術，擅寵非徒在顏色。君不見，生長門(2)，死鉤弋(3)！」其兄于庭比部(4)，不輕作詩，而多佳句。〈病起〉云：「修竹似憐人病起，青青垂葉不搖風。」〈示兒〉云：「寸陰勸汝須知惜，到底秋花總讓春。」其子名養中者(5)，〈醉歸〉云：「不是老奴扶住好，模糊幾打別人門。」〈詠蝦〉云：「鬚髯似戟雙睛瞪，失水蛟龍見亦驚。」其弟孔祥(6)，年十七，亦有句云：「見月忙將蒲扇掩，怕教花影上身來。」

【箋注】

(1) 葑亭：王友亮。見卷六‧六六注(3)。李夫人：此指漢武帝夫人，妙麗歌舞。早卒，帝圖其形於甘泉宮。

(2) 長門：漢宮名。漢武帝陳皇后，以惑于巫祝，廢居長門宮。後指失寵女子居住的冷宮。

(3) 鉤弋：指鉤弋夫人。漢武帝寵妃趙氏的稱號。武帝晚年，將立昭帝為太子，恐其生母鉤戈夫人專恣亂國，下獄致死。

(4) 于庭：王廷享（1732-1787），字于庭，一字星源，號約齋。婺源漳溪人，寄籍江寧。乾隆五十年選授工部虞衡司員外郎。有《約齋詩集》。

(5) 養中：王煊，字養中。漳溪人。廷享長子。候選巡道。誥授中憲大夫。

(6) 孔祥：王麟生，字孔翔，號香圃。安徽婺源人。乾隆間諸生。友亮仲子。官河北道。貤贈中憲大夫。與張問陶往還甚密。卒年三十一。有《補梅書屋詩草》，附于其父王友亮《雙佩齋文集》。（見光緒九年《婺源縣誌》）

一九

《荊楚歲時記》以七月八日雨為「灑淚雨」，說本荒唐。然賦詩非失之笨，便失之迂，將錯就錯，以偽為真，方有風味。一說煞味又索然。余與香亭同作(1)，忽王甥健庵有句云(2)：「不解女牛分別意，一年有淚一年無。」兩人嘆其超絕。

【箋注】

(1)香亭：袁樹。見卷一・五注(3)。

(2)王健庵：見卷八・一一注(2)。

二〇

馬相如有〈漁父〉詩(1)，云：「自把長竿後，生涯即水涯。尺鱗堪易酒(2)，一葉便為家(3)。曬網炊煙起，停舟月影斜。不爭魚得失，只愛傍桃花。」真王、孟也(4)。有人傳其「月影分別三李白，水光蕩漾百東坡(5)」，則弄巧而反拙矣。

【箋注】

(1)馬相如：馬樸臣。見卷一〇・八一注(1)。

(2)尺鱗：一尺來長的魚。

(3)一葉：喻指小船。

(4)王孟：指唐王維、孟浩然山水田園詩風。

(5)「月影」句：用李白〈月下獨酌〉詩「舉杯邀明月，對影成三人」典。「水光」句：用蘇東坡〈泛潁〉詩「散為百東坡，頃刻復在茲」句意。

二一

福建布政使張廷枚(1)，有〈瓶花絕句〉云：「垂簾莫放西風入，留取寒香在草堂。」吾鄉詩人沈方舟主於其家(2)，遺稿在焉。張三使高麗(3)，杭堇浦贈云(4)：「一參羽獵長楊乘(5)，三繪《宣和奉使圖》(6)。」

【箋注】

(1)張廷枚：字卜臣。清錦州隸漢軍旗人。累官福建布政使。曾三次出使朝鮮。有《春暉堂詩鈔》。

(2)沈方舟：沈用濟。見卷六・九六注(1)。主：寓居。

(3)高麗：即朝鮮。

(4)杭堇浦：杭世駿。見卷三・六四注(1)。

(5)羽獵：帝王出獵，士卒負羽箭隨從。長楊：長楊宮。以秦漢宮名代稱清朝皇宮。古代乘車，尊者在左，御者在中，一人在右陪坐，稱「參乘」。

(6)宣和奉使圖：宋代徐兢曾奉使高麗，並著《宣和奉使高麗圖經》。此以宋喻清。

二二

詠始皇者：朱排山先生云(1)：「詩書何苦遭焚劫？劉項都非識字人(2)。」崔念陵進士云(3)：「劉項生長長城裏，枉用民膏築萬里。」

【箋注】

(1)朱排山：朱楓，字近漪，一字排山，號柑園、青岑。清浙江錢塘人。有《排山小集》。此處所引詩句仿自唐章碣〈焚書坑〉：「坑灰未冷山東亂，劉項原來不讀書。」

(2)劉項：劉邦、項羽。

(3)崔念陵：崔謨。見卷二·六四注(1)。

二三

劉介石請仙(1)，忽乩盤大書云(2)：「眼如魚目徹宵懸，心似柳條終日掛。月明風緊十三樓(3)，獨自上來獨自下。」眾人驚曰：「此縊鬼詩也！」至夜，果有紅妝女子犯之。乃急毀其盤而遷寓焉。

【箋注】

(1)劉介石：劉涵，字舒黃，別號介石。河北遷安縣人，一

說陝西涇陽人。康熙五十一年任藍山知縣，在任六年。

(2)乩（jī）盤：一種迷信活動。扶乩時依法請神，在沙盤上畫字，以示神意。

(3)十三樓：泛指供遊樂的名樓。

二四

寫懷，假託閨情最蘊藉。仲燭亭在杭州(1)，余屢為薦館；最後將薦往蕪湖，札問需修金若干。仲不答，但寄〈古樂府〉云：「託買吳綾束，何須問短長？妾身君慣抱，尺寸細思量。」宋笠田宰鳩江(2)，官罷，想捐復。余勸其不必再出山。已而宰兩當，以事謫戍，悔不聽余言，亦札外寄前人〈別妓〉詩云：「昨日笙歌宴畫樓，今宵揮淚送行舟。當時嫁作商人婦，無此天涯一段愁。」某明府欲聘陳楚南(3)，以路遠不決。陳寄〈商婦怨〉云：「淚滴門前江水滿，眼穿天際孤帆斷。只在郎心歸不歸，不在郎行遠不遠。」

【箋注】

(1)仲燭亭：仲蘊檠。見卷三・四五注(2)。

(2)宋笠田：宋樹穀。見卷四・三〇注(1)。參讀卷一三・二四。

(3)陳楚南：見卷三・一七注(5)。

二五

鮑步江〈有贈〉云(1)：「雙煙已換博山香，正對金荷卸晚妝(2)。手剔蘭煤須仔細(3)，好留半焰解衣裳。」

【箋注】

(1)鮑步江：鮑皋。見卷一・四〇注(5)。

(2)博山：指博山爐，古香爐名。因爐蓋上的造型似傳聞中的海中名山博山而得名。樂府〈楊叛兒〉：「歡作沈水香，儂作博山爐。」李白〈楊叛兒〉：「博山爐中沉香火，雙煙一氣淩紫霞。」金荷：燭臺上承燭淚的器皿。形如蓮葉，用金、銀或銅製成，亦借指燭。

(3)蘭煤：蘭燭燈花。

二六

安慶魯鳳藻〈有贈〉云(1)：「攜得芳枝返故村，悔將玉貌共花論。低聲還向小姑囑，阿母跟前莫要言。」陳夢湘〈嘲某〉云(2)：「畫鸞衫子褪輕紅，料峭春寒豆蔻風(3)。雙鬟亂雲堆未穩，日高猶是背人攏。」商寶意〈喜環娘到〉云(4)：「藥餌急須調病後，珮環親自解燈前。」金台衡〈贈妓〉云(5)：「春葱欲送玫瑰酒，冷暖先教櫻口嘗。」皆善言兒女之情。

【箋注】

(1)魯鳳藻：疑為魯琢號。琢字研山。安慶府懷寧人。乾隆二十一年舉人。曾任雲南浪穹知縣，後考任鳳陽府訓導。有《南莊詩鈔》、《如圃詩話》、《林下清談》。備考。

(2)陳夢湘：未詳。

(3)豆蔻：多年生草本植物。高丈許，秋季結實。詩文中常用以比喻少女。

(4)商寶意：商盤。見卷一・二七注(7)。

(5)金台衡：號石樓。清儀徵諸生。能詩工書。子章采輯其詩為《清華閣遺草》一卷。（據《淮海英靈集》丁集卷四）

二七

寫景有句同而意不同者，元人云：「石壓筍斜出(1)。」宋人云：「斷橋斜取路(2)。」近人劉春池云(3)：「鳥喧晴樹樂於人。」魯星村云(4)：「炎天几席熱於人。」嘯村云(5)：「雪中無陋巷。」星村云：「遠岸無高樹。」皆句同而意不同也。亦有句不同而意同者，如：「岸闊樹難高」、「遠樹浪頭生」，與「遠岸無高樹」意思相同，皆不害其為佳也。

【箋注】

(1)「石壓」句：非元人句。宋・羅大經《鶴林玉露》即載此語。

(2)「斷橋」句：出自宋・陳起〈旅次〉。

(3)劉春池：劉夢芳。見卷三・七〇注(1)。

(4)魯星村：魯璸。見卷三・三七注(2)。

(5)嘯村：李葂。見卷五・四七注(1)。

二八

余有句云：「人無風趣官多貴。」一時不得對。周青原對(1)：「案有琴書家必貧。」吳元禮對(2)：「花太嬌紅子必稀。」

【箋注】

(1)周青原：周發春。見卷四・七四注(1)。

(2)吳元禮：字經伯（一作百）。蕭縣人。雍正十三年舉人。當選縣令，以母老未赴。

二九

雍正乙卯春，余年二十，與周蘭坡先生同試博學鴻詞於杭州制府(1)。其時主試者：總督程公元章(2)，學使帥公念祖(3)。詩題是〈春雪十二韻〉，因試日下雪故也。先生有句云：「堆從梨蕊銷難辨，迸入梅花認亦稀。」今乾隆戊申矣，其孫雲翮為上海令(4)，招余入署，謀刻先生詩集，因得重讀一過。追憶五十四年前同試光景，宛然在目。

【箋注】

(1)周蘭坡：周長發。見卷五・二五注(6)。博學宏詞：科舉名目的一種。清乾隆年間因避乾隆諱而改為博學鴻詞科。也稱博學鴻儒。

(2)程元章（1683-1767）：字冠文，號坦齋。河南上蔡人。康熙六十年一甲三名進士。授編修。歷任侍講學士、少詹事、浙江布政使、安徽巡撫，官至吏部侍郎。有《師洛堂詩集》。

(3)帥念祖：見卷一二・四五注(1)。

(4)周雲翮（hé）：浙江山陰（紹興）人。監生。乾隆五十一年任上海縣令。

余方送魯星村出門(1)，而雨勢將下。魯吟云：「雨聲猶在雲，風色已到樹。」余為擊節，命司閽者錄登門簿中(2)。魯曰：「我不料公之愛詩若此也。」大笑去。

【箋注】

(1)魯星村：見卷三・三七注(2)。

(2)司閽（hūn）：看門，守門。

三一

余泊舟滕王閣下，有揚州孫生名湘者見訪(1)，自言相慕垂三十年。見示《蕉窗八詠》，〈蠅〉云：「飛揚莫入幽人室，一種芬芳不稱君。」〈蝶〉云：「偶因誤墮金錢劫，恥逐青蚨一處飛(2)。」孫故庠生(3)，工吟詠，為人司禺筴事(4)，既而悔之，故寄託如此。

【箋注】

(1)孫湘：清江蘇揚州人。諸生。

(2)青蚨：傳說中的蟲名，可以化錢，後因用以指錢。

(3)庠生：明清時秀才的別稱。

(4)禺筴：合計，合算。相當於統計、會計一類職務。

三二

余在南昌，謝蘊山太守招飲(1)，以詩見示。題其妾姚秀英小照云：「宜男花小最宜春(2)，故故相偎意態真。併作一身形與影，不應僅號比肩人。」太守有〈升官圖〉五排最佳(3)，警句云：「森森羅眾宿(4)，粲粲列周廬(5)。考制遵三百，登賢占一隅。憑陵爭入局(6)，將相遂分途。唾手功名得，推班氣象殊(7)。握拳矜後獲，制勝在中樞。偶爾觀成敗，從何論智愚？雲泥區尺幅(8)，升降在須臾。」

【箋注】

(1) 謝蘊山：謝啟昆（1737-1802），字蘊山，號蘇潭。江西南康人。乾隆二十五年進士。歷官編修、鄉試主考、知府、按察使、布政使、巡撫等職。有《樹經堂集》、《西魏書小學考》、《粵西金石志》等。

(2) 宜男：指多子的婦人。

(3) 五排：五言排律詩。除首尾兩聯外，全用對偶。

(4) 衆宿：衆星。喻群官。

(5) 周廬：古代皇宮周圍所設警衛廬舍。

(6) 憑陵：淩駕，超越。

(7) 推班：可解為由推選而入朝班的行列。

(8) 雲泥：雲在天，泥在地。比喻相去甚遠，差異很大。

三三

余七十以後，遇宴飲太飽，夜輒不適。讀黃莘田詩曰(1)：「老似嬰兒防飲食，貧如禁體作文章(2)。」嘆其立言之妙。然不老亦不能知。古漁有句云(3)：「老似名山到始知。」

【箋注】

(1) 黃莘田：黃任。見卷四・四九注(1)。

(2) 禁體：一種遵守特定禁例寫作的詩。其禁例大略為不得運用通常詩歌中常見的名狀體物字眼。

(3) 古漁：陳毅。見卷一・五二注(3)。

三四

譏刺語用比興體(1)，便不露。英夢堂云(2)：「桃花嗜笑非無故，燕子矜飛太自輕。」陳古漁云(3)：「無名草長非關雨，得暖蟲飛不待春。」皆有所指也。

【箋注】

(1) 比興體：《詩》六義中「比」和「興」的並稱。比，以彼物比此物；興，先言他物，以引起所詠之辭。用比興方法構思寫作的詩即為比興體詩。

(2) 英夢堂：英廉。見卷三・一五注(1)。

(3) 陳古漁：陳毅。見卷一・五二注(3)。

三五

余遊天台(1)，詩人張雨村外出(2)，其子秀墀，極盡東道之誼。雨村寄詩，有「千山結翠延詞客，一杖挑雲過石梁」之句。余讀其《天台遊稿》，一路訪求，如得導師焉。

【箋注】

(1) 天台：此指今浙江天台縣北天台山，綿延寧海、東陽、新昌、奉化等縣市界。

(2) 張雨村：張廷俊，字彥超，號雨村。清浙江仁和人。世業鹽，僑居台州，寄籍黃巖。考授州同知。有《天台遊草》、《雁宕遊草》、《涵遠山房詩集》。（見民國《台州府志・寓賢錄》）

三六

李竹溪守廣東惠州(1)，〈歸贈〉云：「此行曾向貪泉過(2)，留得冰心見故人(3)。」嗚呼！竹溪真能不愧此言，故記之。

【箋注】

(1)李竹溪：李棠。見卷八・三〇注(7)。

(2)貪泉：泉名。在廣東省南海縣。東晉吳隱之為廣州刺史，取之獨酌，以廉潔稱。

(3)冰心：純淨高潔的心。唐・王昌齡〈芙蓉樓送辛漸〉：「洛陽親友如相問，一片冰心在玉壺。」

三七

嚴冬友嘗誦厲太鴻〈感舊〉云(1)：「『朱欄今已朽，何況倚欄人？』可謂情深。」余曰：「此有所本也。歐陽詹〈懷妓〉云(2)：『高城不可見，何況城中人？』」或稱東坡「凍合玉樓寒起粟，光搖銀海炫生花(3)。」余曰：「此亦有所本也。晚唐裴說詩(4)：『瘦肌寒起粟，病眼餧生花。』」

【箋注】

(1)嚴冬友：嚴長明。見卷一・二二注(6)。厲太鴻：厲鶚。見卷三・六一注(1)。

(2)歐陽詹：字行周。唐泉州晉江人。德宗貞元八年進士，與韓愈、李觀等聯第，時稱「龍虎榜」。官終國子監四

門助教。有《四門文集》。所引此詩，題為〈初發太原途中寄所思〉，原句曰：「驅馬覺漸遠，回頭長路塵。高城已不見，況復城中人。」蘇東坡〈法惠寺橫翠閣〉云：「雕欄能得幾時好，不獨憑欄人易老。」此處合二者語意為一。

(3) 玉樓：道教語。指肩。粟：皮膚觸寒而收縮起粒。銀海：道家、醫家稱人的眼睛。

(4) 裴說：五代時桂州人。少逢唐末亂世，哀帝天祐三年，以狀元及第。後梁時，官至禮部員外郎。有詩名。《全唐詩》編其詩為一卷。

三八

錢竹初題〈豫讓橋〉云(1)：「愛士須愛徹，畜馬盡馬力。長芻數束豆數升(2)，縱有驊騮氣先塞(3)。」余亦題〈養馬圖〉云：「一挑芻草三升豆，莫想神龍輕死生。」

【箋注】

(1) 錢竹初：錢維喬。見卷九・八一注(3)。豫讓橋：在河北邢臺北。春秋時晉國人豫讓欲刺趙襄子為智伯報仇，伏於橋下，未成，被獲，自刎而死。見《史記・刺客列傳》。

(2) 長芻：長草稈。

(3) 驊騮：周穆王八駿之一。泛指駿馬。

三九

近人懷古詩，有絕佳者，不能全錄。如：光祿沈子大〈赤壁〉云(1)：「漫訝東風燒北岸，可知赤帝在南軍(2)？」太史杜紫綸〈戲馬臺〉云(3)：「盡教宿土歸劉氏(4)，剩有斯臺與項王(5)。」王麟照侍郎〈平原村〉云(6)：「八王兵甲無臣主(7)，兩晉文章有弟兄。晚節不堪思鶴唳，舊交聞已賦蓴羹(8)。」姜西溟〈烏江詩〉云(9)：「《虞歌》曲盡怨天亡，潮落沙平舊戰場。千里江東羞不渡，六朝曾此作金湯。」

【箋注】

(1)沈子大：沈起元。見卷六・九〇注(1)。赤壁：指東漢建安十三年孫權與劉備聯軍大敗曹操之赤壁。一說即今湖北武昌縣西赤磯山。一說即今湖北蒲圻市西北赤壁鎮北赤壁山。

(2)赤帝：即祝融氏。後世以為火神。《淮南子・時則訓》：「南方之極……赤帝祝融之所司者，萬二千里。」

(3)杜紫綸：見卷七・六五注(1)。戲馬臺：在今江蘇宿遷市西。此地為項羽故里。

(4)宿土：以前所有的土地。

(5)項王：秦末農民起義軍首領項羽。

(6)王麟照：王圖炳，字麟照，號澄川。江蘇華亭人。康熙五十一年進士。官禮部侍郎，加詹事銜。有《樱香書屋詩》。平原村：《江南通史》：「平原村，在婁縣機山下，陸機曾為平原內史，故名。」西晉文學家張翰曾居於此。

(7) 八王：西晉宗室。指汝南王亮、楚王瑋、趙王倫、齊王冏、長沙王乂、成都王穎、河間王顒、東海王越。八王為爭奪皇權而變亂，史稱八王之亂。

(8) 蓴羹：用蓴菜烹製的羹。《晉書‧陸機傳》：「嘗詣侍中王濟，濟指羊酪謂機曰：『卿吳中何以敵此？』答云：『千里蓴羹，未下鹽豉。』時人以為名對。」沈文季也說過「千里蓴羹」一語。張翰（見卷六‧九注(7)）曾被八王之一的齊王召為大司馬東曹掾。因秋風起而思吳中蓴羹鱸魚，棄官歸鄉。均以此喻思鄉或歸隱之念。

(9) 姜西溟：姜宸英。見卷九‧八六注(3)。烏江：指楚漢爭霸時項羽自刎之烏江，位於今安徽和縣東北四十里長江岸的烏江浦。

四〇

漢軍劉觀察廷璣(1)，號葛莊，康熙間詩人。或嫌其詩過輕俏，然一片性靈，不可磨滅。〈漁家〉云：「一家一個打魚舟，結得姻盟水上浮。有女十三郎十五，朝朝相見只低頭。」〈偶成〉云：「閒花只好閒中看，一折歸來便不鮮。」

【箋注】

(1) 劉廷璣：字玉衡，號在園。先世居河南開封，後遷遼陽，編入漢軍旗。靠先人功績，循例入官，曾任內閣中書、浙江括州(今麗水)知府、浙江觀察副使。康熙間詩人。有《葛莊分類詩鈔》。

四一

沈椒園太史所居爛麵胡同(1)，接葉亭湯西厓少宰之故居也(2)。丁巳，余主其家(3)，記其〈秋夜〉云：「薄病閒身坐小廳，鄉心三度見流螢。水雲涼到庭前樹，一夜秋聲帶雨聽。」

【箋注】

(1)沈椒園：沈廷芳。見卷一・六五注(11)。

(2)湯西厓：湯右曾。見卷三・一〇注(10)。

(3)主：寓居。

四二

布衣史青溪詩云(1)：「多情自古空餘恨，好夢由來最易醒。」余反其意云：「只求無好夢，轉覺醒時安。」唐人〈詠夢〉云(2)：「乍覺猶言是，沉思始覺空。」

【箋注】

(1)史青溪：未詳。

(2)唐人：唐・沈佺期〈驩州南亭夜望〉：「忽覺猶言是，沉思始悟空。」

四三

宋牧仲撫蘇州(1)，為唐六如修墓(2)。韓宗伯慕廬題云(3)：「在昔唐衢常慟哭(4)，只今宋玉與招魂(5)。」俗傳太白捉月而死。李孚青〈題太白樓〉云(6)：「脫身依舊歸仙去，撒手還將月放回。」余按：《宋史》有唐寅，名伯虎(7)，亦在《文苑傳》。

【箋注】

(1)宋牧仲：宋犖。見卷一一・一三注(5)。

(2)唐六如：明代唐寅。見卷一二・一六注(2)。

(3)韓慕廬：韓菼。見卷五・五〇注(4)。

(4)唐衢：見一三・二一注(2)。代指唐寅。

(5)宋玉：戰國時楚國鄢人。楚頃襄王時為大夫。以賦見稱，作《九辯》，述屈原志以悲之。另有《招魂》。此處代指宋犖。

(6)李孚青：字丹壑。河南永城人，一說合肥人。康熙十八年進士。改庶吉士，授編修。有《野香亭集》。太白樓：位於安徽古鎮采石西南一公里處，為紀念李白所建。

(7)伯虎：《宋史・文苑・唐庚傳》附唐伯虎：「庚兄弟五人，長兄瞻，字望之，後名伯虎，字長孺。治《易》、《春秋》皆有家法。」

四四

蒲城雷國楫(1)，字松舟，撰《龍山詩話》二卷，官松江丞。有「雲行花蕩水，風動草浮山」之句。彭芝亭先生贈以詩云(2)：「官閣哦詩思不群，一編風雅抗吾軍。情親吳會山間友(3)，身帶函關馬上雲(4)。吊古頻懷楊伯起(5)，論詩應繼杜司勳(6)。篋中劍氣雙龍躍，那向江頭看夕曛。」

【箋注】

(1)雷國楫：字松舟，號龍山。清陝西蒲城人。僑居吳門。候補州佐。有《龍山詩話》。

(2)彭芝亭：彭啟豐。見卷七・一一注(2)。

(3)吳會：本為東漢吳、會稽二郡的合稱。唐以後又專指今江蘇蘇州市。

(4)函關：函谷關。位於豫陝晉三省交界處。

(5)楊伯起：楊震，字伯起。東漢弘農華陰人。明經博覽，時稱「關西孔子楊伯起」。官至太尉。因上書切諫，被中常侍樊豐所誣罷官，憤而自殺。

(6)杜司勳：唐・杜牧。見卷一・三一注(5)。

四五

凡詩帶桀驁之氣，其人必非良士。張元詠〈雪〉云(1)：「戰罷玉龍三百萬，敗鱗殘甲滿天飛。」詠〈鷹〉云：「有心待捉月中兔，更向白雲高處飛。」韓、范為經略(2)，嫌其投詩自媒，棄而不用。張乃投

元昊(3)，為中國患。後岳武穆駐兵之所(4)，江禁甚嚴。有毛國英者投詩云(5)：「鐵鎖沉沉截碧江，風旗獵獵駐危檣。禹門縱使高千尺，放過蛟龍也不妨。」岳公笑曰：「此張元輩也。」速召見，以禮接之。

【箋注】

(1) 張元：宋華州（今陝西華縣）人。與吳昊、姚嗣宗負氣倜儻，因失意遁入西夏，以抗宋廷。

(2) 韓范：指宋・韓琦、范仲淹。二人為經略安撫使。

(3) 元昊：夏景宗，即李元昊。西夏皇帝。宋稱趙元昊，小字嵬理。李（趙）德明子。即位後，改姓嵬名，改名曩霄。後與宋議和。終被子寧令哥刺死。

(4) 岳武穆：指宋代名將岳飛。武穆為其謚號。

(5) 毛國英：宋衢州江山（今屬浙江）人。毛滂從子。事見宋・趙與虤《娛書堂詩話》卷上。

四六

詠雪佳句：繆雪莊云(1)：「捲簾半樹帶花落，吹燭一窗如月明。」章智千云(2)：「伏枕旅人驚看月，掃階童子學為山。」陳明卿云(3)：「填平世上嶔崎路，冷到人間富貴家。」皆昔人所未有。

【箋注】

(1) 繆雪莊：繆謨，字丕文，一字虞皋，號雪莊。生於康熙六年。江蘇華亭（今上海市松江縣）人。諸生。以薦入律呂館，不久即歸。詩文清麗，尤工詞，亦善畫山水。

有《繆雪莊詩集》、《著簪集》。

(2)章智千：未詳。

(3)陳明卿：陳仁錫，字明卿，號芝臺。明末長洲（今蘇州）人。天啟二年進士。有《無夢園集》、《古文奇賞》、《史品》等。

四七

遊山詩貴寫得出。陶庭珍〈盤豆驛〉云(1)：「叢山如破衣，人似虱緣縫。盤旋一線中，欲速不得縱。」沈石田〈天平山〉云(2)：「登臨風扶身，談笑雲入口。直上忽左旋，方塞復旁剖。」洪稚存〈林屋洞〉云(3)：「盤渦既深入，覆釜不獲仰。微白怳來蹤，捫黑摵虛象。憑湍同矢注，轉徑識虵枉(4)。不惜口耳濡，驚此腹背響。」梅岑〈極樂峰〉云(5)：「碎石隨足動，危徑不容步。支筇愁孤撐，捫葛等懸度。欲止勢難留，將前意終怖。」萬柘坡〈盤山〉云(6)：「青山喜客來，馬首相拱揖。中峰極雲深，旁嶺儼魚立。行人踏樹梢，飛鳥觸屐齒。後來用尾銜，先到試足揣。」宗介颿〈磨盤山〉云(7)：「分明尋丈恰隔里，指點平夷偏落陡。東西俄轉望若失，呼應已逼待還久。中央簇簇攢牛宮(8)，四角層層布魚笱(9)。更疑去路即來處，幾訝迷途欲退走。入世敢云肱折三，立峰頓覺腸回九。」沈樹本〈磨盤山〉云(10)：「回顧不見入山處，此身已在盤中住。百千旋折眼生花，三五廻環神失據。才思左往復右行，正欲仰登先俯

注。坡平幸獲尋丈寬，徑仄只留分寸度。鞭絲帽影蟻懸窗，馬足車輪蛇繞樹。乍陰乍陽日向背，在前在後風來去。山遠不逾三十里，山高不越萬餘步。從卯到酉歷未窮(11)，自壯至老陟猶誤。」

【箋注】

(1)陶庭珍：字效川，號午莊。浙江會稽人。乾隆三十六年舉人。官肅州州同。有《天目遠遊》、《雞肋》、《仇池》、《關河》等集。盤豆驛：在潼關外。

(2)沈石田：沈周。見卷三・一七注(1)。天平山：在江蘇吳縣西。

(3)洪稚存：洪亮吉。見卷七・二一注(4)。林屋洞：在蘇州洞庭湖中。

(4)虵：同「蛇」。

(5)梅岑：陳熙。見卷一・五注(2)。極樂峰：在今北京宛平縣西南。

(6)萬柘坡：萬光泰。見卷一・五二注(1)。盤山：在天津薊縣城西北。

(7)宗介颿：宗聖垣。見卷一〇・八二注(9)。磨盤山：在吉林磐石市東北。

(8)牛宮：古代國家飼養禽畜的處所。亦專指牛欄。

(9)魚笱：漁具。編竹成簍，口有向內翻的竹片，魚入簍即不易出。

(10)沈樹本：見卷四・三四注(2)。

(11)卯：早上五時至七時。酉：十七時至十九時。

四八

余常勸作詩者，莫輕作七古(1)。何也？恐力小而任重，如秦武王舉鼎(2)，有絕臏之患故也。七古中，長短句尤不可輕作。何也？古樂府音節無定而恰有定，恐康崑崙彈琴(3)，三分琵琶，七分箏弦，全無琴韻故也。初學詩，當先學古風(4)，次學近體(5)，則其勢易。倘先學近體，再學古風，則其勢難。猶之學字者，先學楷書，後學行草，亦是一定之法。杭堇浦先生教人多作五排(6)，曰：「五排要對仗，不得不用心思。要典雅，不得不觀書史。但專作五言八韻之賦得體(7)，則終身無進境矣。」

【箋注】

(1) 七古：七言古體詩。

(2) 秦武王：戰國時秦國國君，名蕩。有力好戲，與力士孟說舉鼎，絕臏（膝蓋骨）而死。在位四年。

(3) 康崑崙：唐時西域康國人。善彈琵琶。德宗貞元間，有長安「第一手」之稱。

(4) 古風：古體詩。見卷五・四〇注(1)。

(5) 近體：一稱今體詩。見卷五・四〇注(2)。

(6) 杭堇浦：杭世駿。見卷三・六四注(1)。五排：為五言律詩的鋪排延長。南朝宋時已出現，盛行于唐，元代始確立此詩體名稱。每首至少十句。除首尾兩聯外，中間各聯都要求對仗。亦稱「五言長律」。

(7) 五言八韻：科舉考試採用的詩體。稱試帖詩，也叫「賦得體」，以題前常冠以「賦得」二字得名。乾隆期間於鄉會試加試五言八韻（每句五言、平聲押八韻）詩。格

式限制比前代更嚴，出題用經、史、子、集語，或用前人詩句、成語；韻腳在平聲各韻中出一字，故應試者須能背誦平聲各韻之字；詩內不許重字；語氣必須莊重；題目之字，須在首次兩聯點出，又多用歌頌皇帝功德之語。

四九

湯擴祖〈春雨〉云(1)：「一夜聲喧客夢搖，春風送雨夜瀟瀟。不知新水添多少，漁艇都撐進板橋。」莊廷延〈聽雨〉云(2)：「梅花風裏雨霏霏，人臥空堂靜掩扉。一夜滄浪亭畔水(3)，料應陡沒釣魚磯。」二詩相似，均有天趣。

【箋注】

(1)湯擴祖：見卷五・二四注(3)。

(2)莊廷延：未詳。

(3)滄浪亭：在今江蘇蘇州市內。北宋建。蘇舜欽有《滄浪亭》詩。

五〇

有中丞某，自稱平生不好名。余戲之曰：「人之所以異於禽獸者，以其好名也。孔子曰：『君子去仁，惡乎成名？』又曰：『君子疾沒世而名不稱焉。』大聖人尚且重名如此！後世人不好名而別有所

好，則鄙夫事君，無所不至矣。」屈悔翁云(1)：「才子多貪色，神仙不好名！」不如司空表聖曰(2)：「名能不朽輕仙骨，理到忘機近佛心(3)。」高東井〈贈方子雲〉曰(4)：「從來貧士貪留客，未有庸人解好名。」

【箋注】

(1)屈悔翁：屈復。見卷一・二九注(2)。

(2)司空表聖：司空圖。見卷五・三三注(4)。

(3)忘機：消除機巧之心。常用以指甘於淡泊，與世無爭。

(4)高東井：高文照。見卷二・六七注(3)。

五一

王次回詩(1)，往往入人心脾。余年衰無子，賓朋來者，動以此事相詢，貌為關切。余深厭之，有詩云：「厭聽人詢得子無，些些小事不關渠(2)。逍遙公有兒孫累(3)，未必雲煙得自如。」後見次回句云：「最是厭人當面問，鳳凰何日卻將雛？」余評女以膚如凝脂為主。次回亦有句曰：「從來國色玉光寒，晝視常疑月下看。」

【箋注】

(1)王次回：王彥泓。見卷一・三一注(1)。

(2)渠：他。

(3)逍遙公：北周・韋夐的賜號。夐志尚夷簡，淡於榮利，

所居之宅，枕帶林泉，敻對玩琴書，蕭然自樂。明帝敕有司，日給河東酒一斗，號之曰逍遙公。晚年惟以習靜為務。見《周書・韋敻傳》。

五二

《愛日齋叢談》云(1)：「《琵琶記》為明初王四棄妻而作(2)。太祖惡之，謫戍海外，致伯喈賢者(3)，蒙此惡聲。」不知南宋時，有詩刺高宗云：「陌頭盲女無愁恨，猶抱琵琶說趙家。」放翁亦云：「身後是非誰管得？沿村聽唱蔡中郎。」似乎《琵琶記》宋時已作。

【箋注】

(1) 愛日齋叢談：未詳。據四庫全書總目提要，有《愛日齋叢鈔》，為宋末人所撰。

(2) 琵琶記：元末南戲，高明撰。寫漢代書生蔡伯喈與趙五娘悲歡離合的故事，被譽為傳奇之祖。清・周召撰《雙橋隨筆》卷六：「高明者，溫州瑞安人，寓明州櫟社，以詞曲自娛，因感劉後村之詩『死後是非誰管得，滿城爭唱蔡中郎』之句，乃作《琵琶記》。有王四者，以學聞，則誠與之友善，勸之仕，登第後即棄其妻，而贅於太師不花家。則誠悔之，因作此記以諷諫，名之曰琵琶者，取其上四王字為王四云耳。」

(3) 伯喈：漢・蔡邕，字伯喈。東漢陳留圉人。少博學，好辭章，妙操音律。董卓專權時，曾任左中郎將。卓誅，死獄中。有《蔡中郎集》，今存輯本。

五三

厲太鴻《宋詩紀事》(1)，採取最博。余閱《北盟會編》(2)，為補所未採者，如：徽宗在五國城詩曰(3)：「噬臍有愧平燕日(4)，嘗膽無忘在莒時(5)。」李若水曰(6)：「五鼓可回千里夢，一官妨盡百年身。」宇文虛中云(7)：「傳聞已築西河館(8)，自許能肥北地羊。」皆佳句也。金主亮中秋無月詞云(9)：「(惟)恨劍鋒不快，一一揮斷紫雲根，要見嫦娥體態。」亦頗豪氣逼人。

【箋注】

(1)厲太鴻：厲鶚。見卷三・六一注(1)。

(2)北盟會編：宋・徐夢莘撰《三朝北盟會編》，所紀史實自政和七年海上之盟，迄紹興三十一年。

(3)五國城：遼代剖阿里、盆奴里、奥里米、越那篤、越里吉五城的總稱。其中越里吉（今黑龍江依蘭縣）為五國頭城，宋徽宗被金人俘後，囚死於此。此處所引並非徽宗詩，而是孫覿詩。《三朝北盟會編》引呂本中《痛定錄》曰：「前此上在青城齋宮，無聊，何栗奏宜賦詩以遣興。乃以孫覿、汪藻應制，上命用時字韻。覿詩曰：『噬臍有愧平燕日，嘗膽無忘在莒時。』……」

(4)噬臍：自齧腹臍。喻後悔不及。

(5)在莒時：唐・吳兢《貞觀政要》卷三：「昔齊桓公與管仲、鮑叔牙、寧戚四人飲，桓公謂叔牙曰：『盍起為寡人壽乎？』叔牙奉觴而起曰：『願公無忘出在莒時，使管仲無忘束縛於魯時，使寧戚無忘飯牛車下時。』」莒，春秋時邑名。原為莒國領地，後屬魯，又屬齊。在今山東省莒縣。齊桓公早年曾漂泊於此地。

(6) 李若水：字清卿。宋洺州曲周人。官太學博士、吏部侍郎。京師陷，從欽宗赴金營，遇害。所引為〈奉使太原途中呈王坦翁副使〉中詩句。

(7) 宇文虛中：字叔通。宋成都華陽人。徽宗大觀三年進士。官中書舍人。使金被留。後又欲謀反，全家焚死。所引為〈虜中作三首〉中詩句。

(8) 西河館：《春秋左傳·昭公十三年》：韓宣子使叔魚歸季孫曰：「歸子而不歸，鮒也聞諸吏，將為子除館於西河，其若之何？」

(9) 金主亮：金廢帝完顏亮，字元功。弒熙宗而自立。後大舉伐宋，兵敗。為下所殺。在位十二年。

五四

作詩能速不能遲，亦是才人一病。心餘〈賀熊滌齋重赴瓊林〉云(1)：「昔著官袍誇美秀，今披鶴氅見精神(2)。」余曰：「熊公美秀時，君未生，何由知之？赴瓊林不披鶴氅也。」心餘曰：「我明知率筆，然不能再構思。先生何不作以示我？」余唯唯(3)。遲半月，成七絕句，心餘以為佳。余乃出簏中廢紙示之(4)，曰：「已七易稿矣。」心餘嘆曰：「吾今日方知先生吟詩刻苦如是；果然第七回稿勝五六次之稿也。」余因有句云：「事從知悔方徵學(5)，詩到能遲轉是才。」

【箋注】

(1) 心餘：蔣士銓。見卷一·二三注(2)。重赴瓊林：見卷四·一五注(6)。

(2)鶴氅：鳥羽製成的裘。用作外套。

(3)唯唯：恭敬的應答聲。

(4)簏（lù）：竹編的盛器。

(5)徵：證明。

五五

黃莘田〈重赴鹿鳴〉云(1)：「得染新香本舊栽(2)，桂花重為故人開。月宮不是玄都觀(3)，也學劉郎去又來。」「雲階月地事如何(4)？誰共《霓裳》詠大羅(5)？未免被他猿鶴怨(6)，小山連日有笙歌(7)。」

【箋注】

(1)黃莘田：黃任。見卷四・四九注(1)。重赴鹿鳴：見卷四・一五注(3)。

(2)舊栽：喻指以前栽培的官員。

(3)月宮：喻宮殿。玄都觀：北周、隋、唐道觀名。唐・劉禹錫〈戲贈看花諸君子〉詩：「玄都觀裏桃千樹，儘是劉郎去後栽。」

(4)雲階：高階。喻宮殿臺階。

(5)霓裳：指霓裳羽衣舞。大羅：大羅天。道教所稱三十六天中最高一重天。

(6)猿鶴：借指隱逸之士。

(7)小山：指辭賦文體名。

五六

《全唐詩》凡和尚道士仙人，都無好詩。不如才鬼山魈(1)，卻有佳句。

【箋注】

(1)才鬼：指才氣怪譎、詩風奇詭者。山魈（xiāo）：喻隱于山野的怪才。

五七

詩人筆太豪健，往往短於言情；好徵典者(1)，病亦相同。即如悼亡詩，必纏綿婉轉，方稱合作。東坡之哭朝雲(2)，味同嚼蠟，筆能剛而不能柔故也。阮亭之〈悼亡妻〉(3)，浮言滿紙，詞太文而意轉隱故也。近時杭堇浦太史〈悼亡妾〉詩(4)，遠不如樊榭先生(5)，今摘數首為比例。厲〈哭月上〉云(6)：「一場短夢七年過，往事分明觸緒多。搦管自稱詩弟子，散花相伴病維摩(7)。半屏涼影頹低髻，三徑春風曳薄羅。今日書堂覓行跡，不禁雙鬢為伊皤。」「無端風信到梅邊，誰道蛾眉不復全？雙槳來時人似玉，一奩去後月如煙(8)。第三自比清溪妹(9)，最小相逢白石仙(10)。十二碧欄重倚遍，那堪腸斷數華年！」「病來倚枕坐秋宵，聽徹江城漏點遙。薄命已知因藥誤，殘妝不惜帶愁描。悶憑盲女彈詞話，危托尼姑祝夢妖(11)。幾度氣絲先訣別，淚痕兼雨灑芭蕉。」「郎

主年年耐薄遊，片帆望盡海西頭。將歸預想迎門笑，欲別俄成滿鏡愁。消渴頻煩供茗碗，怕寒重與理薰篝。春來憔悴看如此，一臥楓根尚憶否(12)？」廖古檀〈悼亡〉云(13)：「合歡花瓣委輕塵，風雨邊城不見春。苦憶小窗扶病起，脂殘粉褪寫遺真。」商寶意〈哭環娘〉云(14)：「待年略住娉婷市，卻聘曾嫌富貴家。」「還余清淨三生體，欠汝滂沱淚數行。」寶山黃燮鼎〈悼亡〉云(15)：「無多奠酒諳卿量，未就埋香諒我貧。」皆言情絕調。

【箋注】

(1)徵典：徵引典故。

(2)朝雲：王朝雲，字子霞。宋浙江錢塘人。蘇東坡侍妾，相伴二十三年，忠敬如一，卒于惠州西湖。

(3)阮亭：王士禛。見卷一・五四注(1)。

(4)杭堇浦：杭世駿。見卷三・六四注(1)。

(5)樊榭：厲鶚。見卷三・六一注(1)。

(6)月上：朱滿娘，字月上。清浙江烏程人。錢塘厲鶚側室。能畫梅，嫁厲鶚後，始學作詩。厲曾為繪《碧湖雙槳圖》，一時題者甚衆。（見《清畫家詩史》）

(7)維摩：見卷四・三三注(2)。據《維摩經》記載，佛教人物維摩居士饒益衆生，以身疾廣為說法。曰：「從癡有愛則我病生。以一切衆生病，是故我病。若一切衆生病滅，則我病滅。」此處以天女散花與此故事並用。

(8)奩：古代盛梳妝用品的器具。

(9)第三：《南史・柳世隆傳》：常自云：馬矟第一，清談第二，彈琴第三。此以「第三」指彈琴。清溪妹：張允滋，字滋蘭，號清溪，別號桃花仙子。清江蘇吳縣人。

諸生任兆麟之妻。有《潮生閣集》。作為盟主組織清溪詩社，時稱之為「吳中十子」。

(10) 白石仙：浙江寧波谷子湖北面白石山上白石仙坪，傳說兩位仙姑在坡上奕棋，偶為牧童窺見，識破天機。此指棋藝。

(11) 尼姏（mán）：尼僧姏母一類老年婦女。

(12) 楓根：牛耳楓根，中草藥，治癆咳及熱瀉。

(13) 廖古檀：廖景文，字琴學，一字覲揚，號檀園、古檀氏。江蘇婁縣（今上海松江）人，一說青浦（今屬上海）人。乾隆十二年舉人。官合肥知縣。有《清綺集》、《吟香集》、《古檀詩草》、《罨畫樓詩話》等。

(14) 商寶意：商盤。見卷一・二七注(7)。

(15) 黃燮鼎：黃臣燮，原名燮鼎，字蕙芬。羅田縣人，居江東。嘉慶二十一年歲貢生。入故人眉州知州趙某幕。遍遊川蜀，所至多吟詠。（據光緒八年《寶山縣誌》）

五八

堇浦先生詩(1)，以《嶺南集》為生平極盛之作。〈題陳元孝遺像〉云(2)：「南村晉處士(3)，汐社宋遺民(4)。湖海歸來客，乾坤定後身。竹堂吟暮雨，山鬼哭蕭晨(5)。莫向厓門去(6)，霜風正撲人。」「秋井苔花漬，荒爐蜃氣蒸。飛潛兩難問(7)，憂患況相仍(8)。拄策非關老(9)，裁衣只學僧。淒涼懷古意，豈是屈、梁能(10)？」「巢覆仍完卵，皇天本至公。〈蓼莪〉篇久廢(11)，薇蕨採應空(12)。劫已歸龍

漢(13)，家猶祭鬼雄。等身遺著在，泉下告而翁。」「袁粲能無傳(14)？嵇康亦有兒(15)。古人誰汝匹？信史豈吾欺！寂寞徒看書，蒼涼祇益詩。懷賢兼論世，淒絕卷還時。」此種詩，悲涼雄壯，恐又非樊榭、寶意所能矣(16)。

【箋注】

(1) 堇浦：杭世駿。見卷三・六四注(1)。

(2) 陳元孝：陳恭尹。見卷三・六三注(1)。

(3) 南村：即栗里。在今江西九江南陶村西。晉・陶潛〈移居〉詩之一：「昔欲居南村，非為卜其宅。聞多素心人，樂與數晨夕。」此以陶淵明比陳元孝。

(4) 汐社：宋遺民謝翱創立的文社名。此以謝翱比陳為明末遺民。

(5) 蕭晨：淒清的秋晨。

(6) 厓門：在廣東省新會縣南，珠江三角洲西南側。厓門三忠祠，祀宋末文天祥、陸秀夫、張世傑三名臣。陳恭尹有〈厓門謁忠祠〉。

(7) 飛潛：指鳥和魚。喻人事升沉。

(8) 相仍：相繼。

(9) 拄策：拄手杖。

(10) 屈梁：指屈大均（字介子，號翁山。番禺人。明末諸生。）和梁佩蘭（見卷七・一四注(14)）。嶺南三家指明末清初屈大均、陳恭尹、梁佩蘭等三位廣東詩人。

(11) 蓼莪：指《詩經・小雅・蓼莪》，寫孝子深感長大無成，愧對父母，不得報答養育之恩。

(12)「薇蕨」句：用伯夷、叔齊不食周粟，隱於首陽采薇而食的典故。此指歸隱不能。

(13)龍漢：道教謂元始天尊年號之一。又為五劫之始劫。

(14)袁粲：南朝宋陳郡陽夏人。官尚書吏部郎。嘗著《妙德先生傳》以續嵇康《高士傳》。袁粲討蕭道成不克，與子最俱死於石頭城。《南史》卷七十二：「武帝使太子家令沈約撰《宋書》，疑立袁粲傳，以審武帝。帝曰：『袁粲自是宋家忠臣。』」

(15)嵇康：見卷八・七五注(2)。嵇康死後，兒子嵇紹由山濤照顧。

(16)樊榭：厲鶚。見卷三・六一注(1)。寶意：商盤。見卷一・二七注(7)。

五九

金陵何南園、陳古漁俱能詩而貧(1)，余不能資助，嘗誦唐人句云(2)：「相知惟我獨，無補與人同。」又〈自訟〉云：「蘭草同心多半弱，海棠自恨不能香。」

【箋注】

(1)何南園：何士顒。見卷一・三七注(1)。陳古漁：陳毅。見卷一・五二注(3)。

(2)唐人：應為元・李存〈別黃俊昭〉詩：「深知疑我獨，無補與人同。」

六〇

詩者，人之精神也；人老則精神衰葸(1)，往往多頹唐浮泛之詞。香山、放翁尚且不免(2)，而況後人乎？故余有句云：「鶯老莫調舌(3)，人老莫作詩。」

【箋注】

(1) 衰葸（xǐ）：懈怠畏懼。

(2) 香山、放翁：唐・白居易和宋・陸游。

(3) 調舌：啼鳴。

六一

勸人知足者，杭州汪積山先生有句云(1)：「盈虛物理都如許，那有東餐宿又西(2)。」楚中戴喻讓孝廉有句云(3)：「天地猶憾堯舜病(4)，人生何必為其盡？」二意相同，而俱足以醒世。戴屢赴禮闈(5)，不第，歸顏其室曰「佳士軒」(6)。人問：「君自命為佳士乎？」曰：「非也。『佳』字不成 『進』字，為欠一『走』耳。」

【箋注】

(1) 汪積山：汪惟憲（1681-1742），字子直，一字積山，號水蓮。浙江仁和（今杭州）人。雍正七年拔貢生。有《尊聞錄》、《積山詩文集》。

(2) 東餐西宿：《風俗通》曰：俗說齊人有女，二人求之，東家子醜而富，西家子好而貧，父母疑不能決，問其

女定所欲適，難指斥言者，偏袒令我知之，女便兩袒，怪問其故，云欲東家食，西家宿，此為兩袒者也。（見《藝文類聚》卷四十）

(3)戴喻讓：見卷七・二〇注(4)。

(4)病：憂，以為不足。《論語・雍也第六》：「子貢曰：『如有博施於民而能濟衆，何如？可謂仁乎？』子曰：『何事於仁！必也聖乎！堯舜其猶病諸！……』」

(5)禮闈：指古代科舉考試之會試，因其為禮部主辦，故稱禮闈。

(6)顏：指題字於匾額或書籍封面上。

六二

本朝高文良公(1)，詩為勳業所掩；不知一代作手，直駕新城而上(2)。如：〈值夜〉云：「一驀新寒雨後生，宮槐黃葉下重城(3)。意中故國偏無夢，風裏銀河似有聲。萬馬夜嘶秋待獵，一封宵奏遠論兵。杞人孤坐聽殘角(4)，落月光中太白明(5)。」其他佳句，雄壯則：「宴罷白沉千帳月，獵回紅上六街燈。」「自在騎牛今豎子，苦辛逐鹿昔英雄(6)。」奇警則：「風鐸閒同山魅語(7)，鬼燈紅出寺門遊(8)。」「萬點城烏驚曙鼓，一壚村酒閃風燈。」綿麗則：「白蘋風細魚苗長，紅杏花深燕子低。」「老樹無花三月半，舊遊如夢六年餘。」委婉則：「白月無聲秋漏永，紅燈有影夜樓深。」「天涯日日思歸日，覺有歸期日倍長。」淡宕則：「長河暫伏潛仍出，高嶺遙看到恰平。」「才穿雲過捫衣潤，欲覓詩

行任馬遲。」至於「東南生意偕誰計？數仰江雲掉白頭」，則又大臣報國憂民，深情若揭矣。

本朝賞花翎、黃馬褂(9)，最難著筆。公詩云：「冠飄孔翠天風細(10)，衣染鵝黃御氣濃(11)。」莊雅獨絕。

【箋注】

(1)高文良：高其倬。見卷一・三三注(1)。

(2)新城：指王士禛。見卷一・五四注(1)。

(3)重城：指宮城。

(4)杞人：借指無端憂慮的人。

(5)太白：星名，即金星。又名啟明、長庚。古星象家以為太白星主殺伐，故多以喻兵戎。

(6)豎子：此指小孩子。逐鹿：比喻群雄並起，爭奪天下。《史記・淮陰侯列傳》：「秦失其鹿，天下共逐之，於是高材疾足者先得焉。」

(7)風鐸：殿閣塔簷的懸鈴，風吹發出響聲。山魅：傳說中的山中精怪。

(8)鬼燈：磷火。

(9)花翎：清代官吏禮帽上裝飾的孔雀翎或鶡尾翎。黃馬褂：滿清官員制服的一種。皇帝近身的侍衛，或者獲皇帝特別賞賜者所穿。

(10)孔翠：孔雀、翠鳥的羽毛。

(11)御氣：帝王氣象。

六三

望海詩：朱草衣云(1)：「地影全無著，天形轉不高。」沈子大云(2)：「天水無邊孤月在，魚龍欲起大風生。」王次岳云(3)：「曉傳鼉吼占風起(4)，夕閃魚睛訝日生。」江舟次云(5)：「萬里全憑針作路(6)，六時只見浪搖天。」

【箋注】

(1)朱草衣：朱卉。見卷三・一一注(4)。

(2)沈子大：沈起元。見卷六・九〇注(1)。

(3)王次岳：王岱。見卷六・一一注(1)。

(4)鼉（tuó）：揚子鱷。也稱鼉龍、豬婆龍。

(5)江舟次：疑應為汪舟次。見卷三・四八注(1)。

(6)針：指南針。

六四

詩文之道，全關天分。聰穎之人，一指便悟。霞裳初見余時(1)，呈詩十餘首。余不忍拂其意(2)，盡粘壁上，渠亦色喜。遂同遊天台，一路唱和，恰無一言及其前所呈詩也。往反兩月，霞裳歸家，急奔園中，取壁上詩，撕毀摧燒之，對余大笑。余亦戲作桓宣武語(3)，曰：「可兒！可兒(4)！」

【箋注】

(1)霞裳：劉霞裳。見卷二・三三注(2)。

(2)拂：逆，違背。

(3)桓宣武：桓溫，字元子。東晉譙國龍亢（今安徽懷遠西北龍亢集）人。官琅琊太守、荊州刺史、大司馬、平北將軍。卒賜宣武，追贈丞相。

(4)可兒：可愛的人，能人。此為桓溫稱讚王敦語。南朝宋劉義慶《世說新語・賞譽》：「桓溫行經王敦墓邊過，望之云：『可兒！可兒！』」

六五

蘇州汪端揆秀才(1)，與婢小珠有情。詠〈秋海棠〉云：「海棠花嫩不禁秋，小朵含煙月下愁。記得舊時庭院裏，憑人看殺只垂頭(2)。」

【箋注】

(1)汪端揆：汪廷楷，字端揆，號籍庵，別號節安居士。江蘇元和（今蘇州舊城區）人。廩貢生。道光元年舉制科。書學退谷，行書極得其神。有《節安堂詩集》。

(2)殺：表示程度深。

六六

陳魯齋太守夢人贈句云(1)：「夢回碧落三千里(2)，筆瀉銀河十二時。」醒後，不解。後守端州，

卒於亥年。「十二時」，亥也；碧落山，在端州。

【箋注】

(1)陳魯齋：陳士璠。見卷一〇・五二注(1)。

(2)碧落：道教語。天空，青天。

六七

余幼〈詠懷〉云：「每飯不忘惟竹帛(1)，立名最小是文章。」先師嘉其有志。中年見查他山〈贈田間先生〉云(2)：「語雜詼諧皆典故，老傳著述豈初心？」近見趙雲松〈和錢嶼沙先生〉云(3)：「前程雲海雙蓬鬢，末路英雄一卷書。」皆同此意。

【箋注】

(1)竹帛：指書籍、史乘。

(2)查他山：查慎行。見卷三・一二注(1)。田間：錢澄之，字飲光，號田間。安徽桐城人。明末清初人。有《田間易學》、《田間詩學》、《藏山閣詩存》等。

(3)趙雲松：趙翼。見卷二・三三注(3)。錢嶼沙：錢琦。見卷三・二九注(6)。

六八

洪素人朴(1)，性冷，官京師，獨與陳梅岑最厚(2)，督學楚中，寄詩云：「三十六湖湖水清，使君

鑒此自分明。琉璃硯匣生花筆，詩為懷人倍有情。」洪在部時，某相國問：「汝向人說我剛愎自用(3)。有之乎？」曰：「然。」相國怒曰：「汝是我門生，乃謗我？」洪謝曰：「老師只有一『愎』字，何曾有『剛』字？門生因師生故，妄加一『剛』字耳！」

【箋注】

(1) 洪素人：洪朴，字素人，號伯初。安徽歙縣人。乾隆三十六年進士。官吏部郎中，典湖南鄉試，視學湖北，補刑部郎中，出為直隸順德知府。有《伯初詩鈔》。（見《民國歙縣誌》卷六〈人物誌〉）

(2) 陳梅岑：陳熙。見卷一・五注(2)。

(3) 剛愎（bì）自用：倔強固執，自以為是。愎，任性，執拗。

六九

尹氏昆季皆能詩(1)，而推三郎兩峰為最(2)。一日文端公退朝(3)，召兩峰曰：「今日我憊矣。皇上命和〈春雨〉詩，我不及作，汝速擬一稿，我明早要帶去。」兩峰搆成送上，公已酣寢。黎明公盛服將朝，諸公子侍立階下，兩峰惴惴，慮有嗔喝。忽見公向之拱手，曰：「拜服！拜服！不料汝詩大好。」回頭呼婢曰：「速煨我所喫蓮子，與三哥兒喫。」兩峰大喜過望。四公子樹齋笑曰(4)：「我今日卻又得一詩題。」諸公子問何題。曰：「〈見人吃蓮子有感〉。」兩峰名慶玉。

【箋注】

(1) 昆季：兄弟。長為昆，幼為季。

(2) 兩峰：慶玉。見卷四・三二注(1)。

(3) 文端公：尹繼善。見卷一・一〇注(3)。

(4) 樹齋：慶桂。見卷四・六注(5)。

七〇

如皋布衣江干(1)，字黃竹，貌陋家寒。詠〈疲驢〉云：「落葉踏不碎，四蹄今可知。」詠〈巢〉云：「草窮一生力，風碎五更心。圓影月中墮，凍痕霜外深。」〈登大觀臺〉云：「殘夜海明知月上，隔江風遠送鐘來。」又：「飄零何地託孤踪？古佛門空或見容。」俱有孟郊風味(2)。

【箋注】

(1) 江干：字片石，號黃竹。清江蘇如皋人。貢生。好苦吟。有《片石詩鈔》。

(2) 孟郊：唐詩人。見卷三・六五注(3)。

七一

余遊天台諸寺，僧多撞鐘鼓，請余禮佛。余不耐煩，書扇示之云：「逢僧我必揖，見佛我不拜。拜佛佛無知，揖僧僧現在。」王夢樓見之(1)，笑曰：

「君不好佛，而所言往往有佛意。」陳梅岑〈贈朱竹君〉云(2)：「游山靈運常攜客(3)，闢佛昌黎也愛僧(4)。」

【箋注】

(1)王夢樓：王文治。見卷二・三〇注(1)。

(2)陳梅岑：陳熙。見卷一・五注(2)。朱竹君：朱筠。見卷六・二九注(1)。

(3)靈運：謝靈運。見卷四・二九注(1)。

(4)闢（pì）佛：斥佛教，駁佛理。昌黎：韓愈。見卷一・一三注(1)。韓愈〈原道〉，痛闢佛老，有「人其人，火其書，廬其居」之語。也有〈送浮屠文暢師序〉、〈送張道士序〉、〈送高閒上人序〉等篇。

七二

杭州應仔傳秀才〈過弋陽〉云(1)：「沙清魚上晚，春冷燕來稀。」〈郊外〉云：「斷崖殘照晚將入，隔岸野風波欲秋。」

【箋注】

(1)應仔傳：應澧，字仔傳，一字叔雅，號藕泉、潛齋。清浙江仁和（屬杭州）人。官安吉教諭。有《闇然室詩存》。弋陽：縣名。在今江西東北部。

七三

余赴廣東，過鳩江，適梅岑官其地(1)。與之別，揚帆二十里矣，梅岑遣人追送肴烝，剪江而至(2)。余詩謝云：「遠寄荒江酒一尊，一帆穿破水雲奔。蛟龍知是先生饌，白浪如山不敢吞。」霞裳亦謝云(3)：「羹調金屋裏，香入浪花中。」

【箋注】

(1) 梅岑：陳熙。見卷一・五注(2)。

(2) 肴烝（yáozhēng）：指酒肉類食品。剪江：謂船破浪行于江面。

(3) 霞裳：袁枚弟子劉霞裳。見卷二・三三注(2)。

七四

唐荊川云(1)：「詩文帶富貴氣者，便不佳。」余道不然。金檜門總憲〈郊西柳枝〉云(2)：「西直門邊柳萬枝，含煙帶露拂旌旗。長是至尊臨幸地(3)，世間離別不曾知。」程午橋太史〈菊屏〉云(4)：「低枝芬馥當書幌，細蕊離披近筆床。六曲屏風花萬疊，人間何處五更霜？」兩絕句俱富貴，何嘗不佳？又記宋人富貴詩曰(5)：「踏青駙馬未還家，公主傳宣賜早茶。十二闌干春似海，隔窗閒殺碧桃花。」「畫燭燒闌暖復迷，殿帷深鎖下銀泥(6)。開門欲作侵晨散，已是明朝日向西。」「千官已醉猶教坐，百戲皆呈未放休。

共看拜恩侵曉出，金吾不敢問來由(7)。」

【箋注】

(1)唐荊川：唐順之，字應德，一字義修，號荊川。明常州府武進人。嘉靖八年會試第一。官右僉都御史、鳳陽巡撫。文武兼備。提倡唐宋散文。有《荊川先生文集》。

(2)金檜門：金德瑛（1702-1762），字汝白，一字慕齋，號檜門。浙江仁和人。乾隆元年狀元。授修撰。官至左都御史。工詩書。有《檜門詩疑》。

(3)臨幸：謂帝王親臨。帝王車駕所至曰「幸」，故稱。亦特指皇帝與嬪妃同宿。

(4)程午橋：程夢星。見卷五・一九注(3)。

(5)宋人：此處有誤。所引第一首為明・孫蕡〈訪某駙馬不遇題壁〉，第二首為唐・薛能〈吳姬十首〉之一，第三首為唐・張籍〈寒食內宴二首〉中詩句。文字亦皆有出入。

(6)銀泥：一種用銀粉調成的塗飾衣物和面部的顏料。亦借指銀飾的衣裙。

(7)金吾：負責皇帝大臣警衛、儀仗以及徼循京師、掌管治安的武職官員。

七五

趙雲松觀察謂余曰(1)：「我本欲占人間第一流，而無如總作第三人。」蓋雲松辛巳探花，而於詩只推服心餘與隨園故也(2)。雲松才氣，橫絕一代；獨王夢樓不以為然(3)。嘗謂余云：「佛家重正法眼藏(4)，不重神通。心餘、雲松詩，專顯神通，非正

法眼藏。惟隨園能兼二義，故我獨頭低，而彼二公亦心折也。」余有愧其言。然吾鄉錢璵沙前輩讀《甌北集》而奇賞之(5)，寄以詩云：「忽墮文星下斗台，聲華藉藉冠蓬萊(6)。探花春看長安遍，投筆身從絕域回。風雅名誰爭後世？乾坤我欲妒斯才。登壇老將推袁久(7)，不道重逢大敵來。」

【箋注】

(1)趙雲松：趙翼。見卷二・三三注(3)。

(2)心餘：蔣士銓。見卷一・二三注(2)。

(3)王夢樓：王文治。見卷二・三〇注(1)。

(4)正法眼藏：佛教語。禪宗用來指全體佛法(正法)之核心精要。朗照宇宙謂眼，包含萬有謂藏。亦借指事物的訣要或精義。

(5)錢璵沙：錢琦。見卷三・二九注(6)。甌北集：趙翼著。

(6)蓬萊：蓬萊本是傳說中的仙山，多藏寶典秘錄。東漢時稱國家藏書處為蓬萊山。這裏用來代指清代詩文。

(7)袁：指袁枚。

七六

常州楊青望〈南澗晚歸〉云(1)：「嶽寺風聲起暮鐘，殘陽歸去興尤濃。停車欲認登臨處，忘卻西南第幾峰。」陳郁庭〈造假山〉云(2)：「歷盡嶙峋興愈濃，歸來猶自憶芙蓉(3)。階前疊石呼僮問，認是曾遊第幾峰？」兩首相似，俱有「羚羊掛角」之意(4)。

【箋注】

(1)楊青望：未詳。

(2)陳郁庭：陳芳。見卷二・二三注(3)。

(3)芙蓉：李白〈登廬山五老峰〉：「廬山東南五老峰，青天削出金芙蓉。」

(4)羚羊掛角：見卷二・八注(3)。

七七

癸未，聖駕南巡。尹太保欲覓任書記者(1)。莊念農太守薦其族弟炘(2)。尹公甚重之。亡何，試京兆，不第。趙雲松〈送行〉云(3)：「科因一士關輕重，跡有群公問去留。」想見在都文名之盛。其子伯鴻(4)，有父風，詠〈簾鈎〉云：「待引春雲入檻不？高懸畫閣結青樓。心通恨隔玲瓏望，腕弱憐將窈窕收。多宛轉時能約束，未團圓處好勾留。漫言眼底除牽掛，放下依然萬縷愁。」

【箋注】

(1)尹太保：尹繼善。卒贈太保。見卷一・一〇注(3)。

(2)莊念農：莊經畬。見卷三・五二注(3)。莊炘：見卷一三・五九注(4)。

(3)趙雲松：趙翼。見卷二・三三注(3)。

(4)莊伯鴻：莊逵吉，字伯鴻。清江蘇武進人。官潼關同知。有《吹香閣詩草》。

七八

郭秀才麟〈彭城中秋〉云(1)：「西風連袂鹿城秋(2)，舊侶偕行話舊遊。羅襪雙鈎人半臂，夜深誰立板橋頭？」詩非不幽豔，而覺有鬼氣。吳竹橋〈法源寺〉云(3)：「街頭日仄漸風沙，步屧閒尋古寺花(4)。一樹綠陰兩黃鳥，春深門巷是誰家？」同一風調，恰是人間光景。

【箋注】

(1)郭麟：一作郭麐。見卷一二・八三注(2)。彭城：今江蘇徐州市。

(2)連袂（mèi）：衣袖相聯。喻攜手偕行。鹿城：在今江蘇吳縣西南洞庭西山。

(3)吳竹橋：吳蔚光。見卷一・四一注(3)。

(4)步屧（xiè）：漫步。

七九

名士氣習多傲兀，惟錫山之顧立方進士(1)、嘉定之李書田孝廉(2)，恂恂訥訥(3)，慮以下人(4)。顧〈不雨嘆〉云：「外河水淺今成溝，內河水涸今成丘。螺蚌紛紛雜瓦石，童稚踏歌橋下游。大船抽卻舵，小船沙上過。長年袖手篙師餓，估客篷窗三月坐(5)。清晨婦子喜，濃雲在天雨至矣。雨不來，風颸颸，先訛作烏尾，後渙作魚鱗，六龍躍出光陸離。朝

不雨，夕不雨，老農低頭淚如雨，浮雲閒閒自來去。安得儂家稻，多於原上草？有雨固佳晴亦好。安得儂家田，生近滄海邊？朝潮暮汐高於天。無水不可車，有稻不可割，路逢一士大笑樂，先世薄田今賣卻。」李見贈云：「一百八十八徵士(6)，只有先生最少年。風雅偏能兼樂壽，聰明直欲傲神仙。官如抱朴懷勾漏(7)，人指棲霞作洞天。若使懸車須此歲(8)，轉因簪笏誤林泉(9)。」

【箋注】

(1)顧立方：顧敏恒。見卷八・六四注(3)。

(2)李書田：李賡芸（1753-1817），字生甫，一字書田，號許齋、生軒。江蘇嘉定人。乾隆五十五年進士。官至福建布政使。有《稻香吟館集》。

(3)恂恂訥訥：溫順恭謹，而且說話謹慎。

(4)下人：百姓，下屬。

(5)估客：商人。

(6)徵士：指受朝廷徵召之士。

(7)抱朴：以晉抱朴子葛洪喻指袁枚。《晉書・葛洪傳》：「以年老，欲煉丹以祈遐壽，聞交阯出丹，求為勾漏令。」勾漏，在廣西。

(8)懸車：辭去官職。

(9)簪笏：冠簪和手版。古代仕宦所用。比喻官員或官職。林泉：指隱居於山水園林之間。

八〇

某畫《折蘭小照》，求題七古。余曉之曰：「蘭為幽靜之花，七古乃沉雄之作，考鐘鼓以享幽人(1)，與題不稱。若必以多為貴，則須知米豆千甔(2)，不若明珠一粒也。刀槍雜弄，不如老僧之寸鐵殺人也(3)。世充萬言，何如阮咸三語(4)？成王冠(5)，周公使祝雍作祝詞曰(6)：『達而勿多也。』此貴少之證也。若夫謝艾雖繁不可刪(7)，王濟雖少不能益(8)，則各極其妙，亦在相題行事耳。唐人句云：『藥靈丸不大，棋妙子無多(9)。』」或問：「如先生言，簡固佳乎？」余曰：「是又不可以有意為也。宋子京修《唐書》，有意為簡(10)，遂硬割字句，幾于文理不通。顧寧人摘出數條(11)。余摘百十餘條，載《隨筆》中。」

【箋注】

(1) 幽人：隱居之人，僻靜居處之人。

(2) 甔（dān）：陶制罌類容器。亦用作量詞。

(3) 寸鐵殺人：宋·羅大經《鶴林玉露》乙編卷一：「宗杲論禪云：『譬如人載一車兵器，弄了一件，又取出一件來弄，便不是殺人手段。我則只有寸鐵，便可殺人。』」

(4) 世充：王世充，字行滿，本姓支，祖籍西域，遷新豐，父為王姓養子，因姓王。隋煬帝時官至江都通守，後擁立楊侗，又廢楊自立，國號鄭。充好舞弄文墨，每聽朝，殷勤誨諭，言詞重複，千端萬緒，侍衛之人不勝倦弊，百司奏事，疲於聽受。然性如是，終不能改。阮咸：字仲容。西晉陳留尉氏人。阮籍侄。歷仕散騎侍

郎。善彈琵琶，不交人事，不拘禮法。為竹林七賢之一。此處似有誤。應為阮修或阮瞻。南朝宋・劉義慶《世說新語・文學》：「阮宣子有令聞，太尉王夷甫見而問曰：『老莊與聖教同異？』對曰：『將無同。』太尉善其言，辟之為掾。世謂『三語掾』。」《晉書・阮瞻傳》亦載此事，但王衍作王戎，阮修作阮瞻。

(5) 成王冠：指周成王舉行冠禮。冠禮是古代標誌男子成年所舉行的一種結髮戴冠的禮儀，一般人都在二十歲時舉行，天子、諸侯的兒子受到的教育好而早成，所以在十九歲時就舉行冠禮。

(6) 周公：姬旦。見卷五・三七注(5)。祝雍：西周人。祝，官名，即太祝。名雍。引語見《大戴禮記・公符》。

(7) 謝艾：十六國時前涼人。官主簿、酒泉太守、左長史。明識兵略。

(8) 王濟：字武子。西晉太原晉陽人。官中書郎、侍中、國子祭酒。善《易》、《老》、《莊》，長於清言，修飾辭令。《文心雕龍・熔裁》：「昔謝艾、王濟，西河文士，張駿以為艾繁而不可刪，濟略而不可益，若二子者，可謂練熔裁而曉繁略矣。」

(9)「藥靈」二語：唐・徐仲雅〈贈江處士〉詩。

(10) 宋子京：宋祁。見卷一・四六注(13)。

(11) 顧寧人：顧炎武。見卷三・七注(2)。

八一

人言黃鶴樓無佳對，惟魯亮儕觀察一聯云「到來徑欲淩風去；吟罷還思借笛吹」差勝(1)。魯星村云(2)：「『淩風』二字，改『乘雲』二字，更佳。」

【箋注】

(1) 魯亮儕：見卷四・一二注(2)。「到來」句：唐・崔顥：「昔人已乘黃鶴去……白雲千載空悠悠。」「吟罷」句：李白：「黃鶴樓中吹玉笛，江城五月落梅花。」

(2) 魯星村：魯璸。見卷三・三七注(2)。

八二

文字之交，有無端而契合者；殆佛家之所謂緣耶？乙酉秋試，四方之士，來修士相見禮者甚多(1)。予答拜章姓，誤投刺于張秀才處(2)。張大驚，次日來答。見其儀容秀整，遂招飲之。張贈詩云：「僦得瀕江小屋居，敢將蹤跡混樵漁？平生不識金閨彥(3)，剝啄無端到敝廬(4)。」「籃輿款款赴清涼(5)，夾路松花聞稻香。一院青山人不見，飛來嵐翠滿衣裳。」「折柬招邀酌舊醅(6)，主人原是掞天才(7)。兩江月旦歸名士(8)，又報文星入座來。」時梁階平先生適至。「《霓裳》曲度廣寒宮(9)，鑒檻銀燈照碧空(10)。夜半酒闌星斗醉，天風吹墮小池中。」秀才名邦弼，蘇州人。

【箋注】

(1) 修士：謂修養道德、精潔操行之人。

(2) 投刺：投遞名帖。張秀才：張邦弼，字青城、青臣，號補梧。江蘇長洲人。乾隆四十五年舉人。有《補梧詩鈔》，輯入《同音集》。

(3)金閨：指金馬門。亦代指朝廷。彥：賢人，才士。指袁枚。按：漢代待詔金馬門者多為一時俊傑，最為人所知者為武帝時之東方朔。據《漢書》所載，僅西漢一朝，曾待詔金馬門者就有孫弘、東方朔、主父偃、嚴安、徐樂、蘇武、劉向、劉歆、翼奉、賈捐之、王褒、張子僑、華龍、柳褒、聊蒼、鄭朋等人，也因此金馬門亦被用為借指英才俊傑集中之地，此在唐人詩作中屢見不鮮，如李白〈古風〉：「但識金馬門，誰知蓬萊山。」又〈玉壺吟〉：「世人不識東方朔，大隱金門是謫仙。」劉禹錫〈寄上都同舍〉：「通籍金馬門，家在銅駝陌。」錢起〈送鄔三落第還鄉〉：「荷衣垂釣且安命，金馬招賢會有期。」後代亦多以金馬門借指翰林院。

(4)剝啄：象聲詞。此指敲門聲。

(5)籃輿：古代供人乘坐的交通工具，類似轎子。

(6)折柬：指書札或信箋。

(7)掞天：光芒照天。

(8)月旦：謂品評人物。

(9)廣寒宮：傳說月中宮殿名。喻袁府。

(10)鑒檻：閃光發亮的欄杆。

八三

河東君藏一唐鏡(1)，背銘云：「照日菱花出(2)，臨池滿月生。官看巾帽整，妾映點妝成。」查他山〈金陵雜詠〉刺之云(3)：「宗伯奩清世莫知(4)，菱花初照月臨池。點妝巾帽俱新樣，不用喧傳鏡背詞。」

【箋注】

(1)河東君：柳如是。見卷七・四一注(1)。

(2)菱花：古代銅鏡名。鏡多為六角形或背面刻有菱花者名菱花鏡。

(3)查他山：查慎行。見卷三・一二注(1)。

(4)奩清：此指錢謙益降清為官。奩，嫁妝。錢謙益，見卷一・三注(5)。

八四

詩以進一步為佳：杜門懸車(1)，高尚也；而張寶臣〈致仕〉云(2)：「門為看山寧用杜？車還駕鹿不須懸。」別離，苦事也；而黃石牧〈送別冊子〉云(3)：「一度送行傳一畫，人生那厭別離多。」《寄衣》，古曲也；而盛青嶁〈出門〉云(4)：「檢點篋中裘葛具，早知別後寄衣難。」「打起黃鶯兒」，懼驚夢也；而朱受新〈春鶯〉云(5)：「任爾樓頭啼曉雨，美人夢已到漁陽(6)。」

【箋注】

(1)杜門：閉門，堵門。《史記・陳丞相世家》：「陵怒，謝疾免，杜門竟不朝請。」宋・陸游〈春晚即事〉詩之三：「殘虜游魂苗渴雨，杜門憂國復憂民。」懸車：致仕。古人一般至七十歲辭官家居，廢車不用，故云。亦指隱居不仕。

(2)張寶臣：張廷璐。見卷二・六三注(1)。

(3)黃石牧：黃之雋。見卷三・一二注(2)。

(4) 盛青嶁：盛錦，字廷堅，號青嶁。清江蘇吳縣人。諸生。詩沉鬱頓挫。有《青嶁詩鈔》。

(5) 朱受新：字念祖，號木鳶。清江蘇長洲人。有《木鳶詩集》、《賦稿》。

(6) 漁陽：泛指北方古戰地。

八五

春學士臺(1)，常言其門人謝又紹侍郎乞病養母(2)。人問：「何不奏終養而奏病耶？」曰：「為人子，養可也；聞『終』字，便傷心耳。」其〈憶母〉詩云：「兒來前，自堯經今凡幾年？兒可記，自堯經今凡幾帝？兒時應對稍逡巡(3)，母怒變色旋喝嗔。陳篋遜志學人責(4)，稽古胡不如婦人(5)？吁嗟！母言在耳，兒顏猶泚(6)，安得吾母常嗔兒常泚？於今勸學無聞矣！」嗚呼！今上大夫溺于時文之學，談及史鑒，褎如充耳(7)；讀先生詩，能無怍乎(8)？先生名道承，福建晉安人。

【箋注】

(1) 春臺：見卷六・七三注(9)。

(2) 謝又紹：謝道承，字又紹，號古梅。福建閩縣人。康熙六十年進士。官至內閣學士。有《小蘭陔詩集》。

(3) 逡巡：徘徊，拖延。

(4) 陳篋：擺開書箱。意謂努力讀書。遜志：謙遜好學。

(5) 稽古：考察古事。

(6)泚（cǐ）：冒汗，汗顏，表示羞愧。

(7)褎（yòu）如充耳：謂服飾尊盛而德行不能相稱。《詩·邶風·旄丘》：「叔兮伯兮，褎如充耳。」褎如，服飾盛美的樣子。充耳，塞耳，無所知聞。

(8)怍（zuò）：羞慚。

八六

解中發秀才(1)，館尹文端公家(2)。一日，鮑雅堂來訪，見十四公子慶保(3)。問年幾何。曰：「十四歲。」鮑戲出對云：「十四世兄年十四。」解應聲曰：「三千弟子路三千。」杭州沈既堂在高相公署中(4)，公出對云：「可能子面如吾面？」沈應聲曰：「未必他心即我心。」

【箋注】

(1)解中發：見卷八·一四注(3)。

(2)尹文端：尹繼善。見卷一·一〇注(3)。

(3)鮑雅堂：鮑之鍾。見卷二·四九注(6)。慶保：應為尹繼善十三公子，十四公子名慶禧，官至總兵。（據《批本隨園詩話》）

(4)沈既堂：沈業富（1732-1807），字方穀，號既堂。江蘇高郵人。乾隆十九年進士。曾任江西鄉試副考官、安徽太平知府、河東鹽運使。有《味鐙齋詩文集》。高相公：高晉。見卷六·四一注(1)。

八七

永安寺壁上有梅田女史題詩云(1)：「靈妃齊駕玉龍回(2)，留得清陰滿綠苔。來歲春風一相待，囊琴便約懶仙來。」所云懶仙，不知何人。

【箋注】

(1) 梅田女史：未詳。

(2) 靈妃：泛指仙女。

八八

金姬小妹鳳齡(1)，幼鬻吳門作婢，余為贖歸，年十四矣，明眸巧笑，其姊勸留為簉室(2)，鳳齡意亦欣然。余自傷年老，不欲為枯楊之稊(3)，因別嫁隋氏，為大妻所虐，雉經而亡(4)。余哭以詩。一時和者甚多。新安巴雋堂中翰云(5)：「粉蛾貼幛塵沾幕，綽約佳人嗟命薄。惱鴉打鳳海難填，桃葉離根淚珠落(6)。往事泥中善說詩(7)，吳音嬌軟含春姿。因情割愛反成悔，締非其偶尤堪悲。駑材詎足親仙骨(8)？獅子何曾憐委髮(9)？風傳柑果味全殊，雨暗合歡花不發。鋤蘭門內影竛竮(10)，傷哉逝水難歸瓶！芳魂仍返倉山早(11)，虛廊欹欹鳴幽篠(12)。」

楊蓉裳亦有〈鳳齡曲〉云(13)：「汝南太史人中傑(14)，文采風流世無敵。羊侃筵前舞袖圍(15)，馬融帳外金釵列(16)。我是彭宣到後庭(17)，隔幃絲竹

許同聽。酒酣悵觸平生事(18)，向我低徊說鳳齡。鳳齡本是蘇臺女(19)，貧向豪家傍門戶。牙郎那解惜娉婷(20)，竈妾由來耐辛苦。擕出淤泥一瓣蓮，青衣乍脫便登仙(21)。漫拈郭璞三升豆(22)，判費初明十萬錢(23)。闞情三五韶年紀，逋髮初齊試羅綺。碧玉嬌癡未有夫，桃根宛轉長依姊。愛惜盈盈掌上身，恐教辜負永豐春(24)。誰言絡秀堪同老(25)？願把西施別贈人。堂前文宴多賓從，隋郎風貌偏殊眾。照影人誇城北徐(26)，嬉春女愛牆東宋(27)。珍偶相看已目成，許將紅粉嫁書生。重重錦幔憑私語，叩叩香囊易定情。蘭期初七銀河度(28)，啼痕滿面登車去。從此茫茫萬劫塵，回頭迷卻仙山路。銅街別館貯嬌姿，蹤跡難教大婦知。綃帳香濃檀枕暖，一絇絲絡幾多時。宜城郡主威名重(29)，搜牢驚破巫雲夢。浪說王家九錫文(30)，短轅長柄成何用？架上抛殘金縷衣，篋中奪去紫鸞篦。粉痕狼籍雲鬟卸，扶入車中不敢啼。檀郎隔絕無由見(31)，秋雨秋風閉空院。九轉柔腸對暗燈，千行愁淚吟團扇。絕粒非關愛細腰，典衣何計度寒宵？膚凝寒玉心還熱，口嚼紅霞怨不銷。忍苦含辛經半載，九死窮泉更何悔！只是難忘舊主恩，留將一線殘魂待。更念同根兩地分(32)，蘭幃應亦痛離群(33)。一朝噩夢花辭樹，百種癡情泥憶雲(34)。誰知路比蓬山峻(35)，更無青鳥通芳訊(36)。繡幰頻迎那許還(37)，黃柑遙贈知無分。二句用本事。絜果蘭因去住難(38)，拚將弱息自摧殘。腰間三尺冰文練(39)，百轉千回掩淚看。黃昏人靜重門閉，逡巡竟向南枝繫。紅蠟才灰輾轉心，冰蠶永斷纏綿意。鬱鬱

埋香土一坏，長干西去板橋頭。空林鵑語三生恨，幽壙螢飛獨夜愁(40)。浮花浪蕊消彈指(41)，畢竟韶顏為誰死？殺粉親書墮淚碑，燃脂好續傷心史。只悔當初作鴆媒(42)，生將珠玉委蒿萊。縱教採盡中州鐵(43)，鑄錯無成劇可哀。」洪稚存嫌蓉裳詩(44)，多肉少骨。余曰：「張燕公評許景先豐肌膩理(45)，惜乏風骨；李華文詞綿麗(46)，氣少雄傑。宋子景亦云(47)：『恃華者質少，好麗者壯違。』人各有性之所近也。」蓉裳年十六，即來受業，為余注四六文方半(48)，而出宰甘肅矣。與陳梅岑皆翰林才，而困於風塵俗吏，亦奇！

【箋注】

(1) 金姬：蘇州人。袁枚繼室。

(2) 簉室：謂娶為小妻。

(3) 枯楊之稊：比喻老翁娶少女為妻妾。稊，植物的嫩芽。特指楊柳的新生枝葉。

(4) 雉經：用繩索自勒其頸而死。

(5) 巴雋堂：巴慰祖(1744-1793)，字雋堂，一字予藉。清安徽歙縣人。候補中書。家富有，喜交遊。工隸書，通文藝。

(6) 惱鴉：烏鴉。舊時世人惡之，故稱。此喻大妻。桃葉：晉王獻之愛妾名。借指愛妾或所愛戀的女子。

(7) 泥中：《世說新語》：「鄭玄家奴婢皆讀書。嘗使一婢，不稱旨，將撻之。方自陳說，玄怒，使人曳著泥中。須臾，復有一婢來，問曰：『胡為乎泥中？』（語出《詩經．邶風．式微》）答曰：『薄言往愬，逢彼之怒。』（語出《詩經．邶風．柏舟》）」

(8)駑才：平庸低劣之材。

(9)獅子：比喻妒悍的妻子。用「河東獅子吼」典。見宋・洪邁《容齋三筆・陳季常》。委髮：《世說新語・賢媛》：「桓宣武平蜀，以李勢妹為妾，甚有寵，常著齋後。主始不知，既聞，與數十婢拔白刃襲之。正值李梳頭，髮委藉地，膚色玉曜，不為動容，徐曰：『國破家亡，無心至此，今日若能見殺，乃是本懷。』主慚而退。」

(10)竛竮（língpīng）：孤單貌。

(11)倉山：指小倉山，隨園所在。

(12)幽篠：微弱的小竹子。

(13)楊蓉裳：楊芳燦。見卷一・二八注(17)。

(14)汝南太史：此以東漢汝陽人袁安（見卷一一・二〇注(3)）代指袁枚。袁枚曾入翰林院，明清時翰林院掌編修國史及草擬制誥等,故明清時俗稱翰林為太史。

(15)羊侃：羊侃（同侃）。南朝梁梁甫人。官徐州刺史、都官尚書、侍中軍師將軍。性豪侈，善音律。姬妾侍列，窮極奢靡。

(16)馬融：字季長。東漢扶風茂陵人。官議郎、南郡太守。才高博洽，為世通儒，生徒千餘。常坐高堂，施絳紗帳，前授生徒，後列女樂。

(17)彭宣：見卷六・三七注(9)。

(18)棖（chéng）觸：感觸。

(19)蘇臺：借姑蘇臺代指蘇州。

(20)牙郎：即牙人。舊時居於買賣雙方之間，從中撮合，以獲取傭金的人。

(21)青衣：青色或黑色的衣服。漢以後，多為地位低下者所穿。

(22) 郭璞：見卷六・一〇〇注(2)。《晉書・列傳第四十二》載：（璞）行至廬江……愛主人婢，無由而得，乃取小豆三斗，繞主人宅散之。主人晨見赤衣人數千圍其家，就視則滅，甚惡之，請璞為卦。璞曰：「君家不宜畜此婢，可于東南二十里賣之，慎勿爭價，則此妖可除也。」主人從之。璞陰令人賤買此婢。

(23) 初明：沈炯，字初明。南朝陳吳興武康人。《南史・列傳第五十九》：炯少有俊才，為當時所重。仕梁為尚書左戶侍郎、吳令。……子仙愛其才，終逼之令掌書記。及子仙敗，王僧辯素聞其名，軍中購得之，酬所獲者錢十萬，自是羽檄軍書，皆出於炯。

(24) 永豐：白居易年既高邁，而姬人小蠻方豐豔，因作〈楊柳枝詞〉以託意：「一樹春風千萬枝，嫩如金色軟如絲。永豐西角荒園裏，盡日無人屬阿誰？」（唐・孟啟《本事詩・事感》）

(25) 絡秀：晉・周顗母李氏，名絡秀，汝南人。自許周浚為妾。（《晉書・列傳第六十六》）後因以指有才識之女子。此處比鳳齡。

(26) 城北徐：即城北徐公，齊國美男子。見《戰國策・齊策・鄒忌諷齊王納諫》。

(27) 牆東宋：用宋玉〈登徒子好色賦〉典：「此女登墻窺臣三年，至今未許也。」喻美麗女子傾心於男子。

(28) 蘭期：相約的佳期。

(29) 宜城郡主：《新唐書》卷八十三：「宜城公主，始封義安郡主。下嫁裴巽。巽有嬖姝，主恚，刖耳劓鼻，且斷巽髮。帝怒，斥為縣主，巽左遷。」此喻指隋家大妻。

(30) 九錫文：古代天子賜給諸侯、大臣九種器物，是一種最高禮遇。其詔書為九錫文。《晉書・王導傳》：「曹氏性妒，導甚憚之，乃密營別館，以處衆妾。曹氏知，將往焉。導恐妾被辱，遽令命駕，猶恐遲之，以所執麈尾

柄驅牛而進。司徒蔡謨聞之，戲導曰：『朝廷欲加公九錫。』導弗之覺，但謙退而已。謨曰：『不聞餘物，惟有短轅犢車，長柄麈尾。』」

(31) 檀郎：婦女對夫婿或所愛慕的男子的美稱。見卷八・六八注(7)。

(32) 同根：喻兄弟。

(33) 蘭幃：指女子居處。喻姊妹。

(34) 泥憶雲：「雲」為尊稱他人，「泥」為謙稱自己。亦指有所思憶而如雲泥相隔。

(35) 蓬山：即蓬萊山。相傳為仙人所居。喻路遠難以到達之地。

(36) 青鳥：信使的代稱。

(37) 繡幰：有繡簾的車子。

(38) 絮果蘭因：比喻男女婚事初時美滿，最終離散。以蘭花之馨香喻美好之前因，以飛絮之飄泊喻離散之後果。

(39) 冰文練：指有人字形傘蓋狀花紋的白布帶子。

(40) 幽壙：墓穴。

(41) 浮花浪蕊：比喻漂泊無依。

(42) 鴆媒：指善於言辭的媒人。

(43) 中州鐵：改用「六州鐵」典，《資治通鑒・唐昭宣帝天祐三年》載：「全忠留魏半歲，羅紹威供億，所殺牛羊豕近七十萬，資糧稱是，所賂遺又近百萬，比去，蓄積為之一空。紹威雖去其逼，而魏兵自是衰弱。紹威悔之，謂人曰：『合六州四十三縣鐵，不能為此錯也！』」後以「六州鐵」指鑄成重大而無可挽回的錯誤。

(44) 洪稚存：洪亮吉。見卷七・二一注(4)。

(45) 張燕公：指張說。見卷二・六注(1)。許景先：唐代義

興人。官虢州刺史、岐州刺史、吏部侍郎等。有《訓詁集》。

(46) 李華：字遐叔。唐趙州贊皇人。玄宗天寶間官監察御史、侍御史、禮吏二部員外郎。有《李遐叔文集》。

(47) 宋子景：宋子京，宋祁。見卷一・四六注(13)。

(48) 四六文：駢文的一體。因以四字六字為對偶，故名。

八九

斷句入耳，有終身不能忘者。言情，則周蘭坡〈送別〉云(1)：「臨行一把相思淚，當作珍珠贈故人。」寫景，則周起渭〈西湖〉云(2)：「若把西湖比明月，湖心亭是廣寒宮。」寄託，則朱贊皇〈詠牡丹〉云(3)：「漫道此花真富貴，有誰來看未開時？」感慨，則徐方虎〈贈冒辟疆〉云(4)：「人逢滄海遺民少(5)，語聽開元舊事多(6)。」

【箋注】

(1) 周蘭坡：周長發。見卷五・二五注(6)。

(2) 周起渭（1662-1714）：字漁璜，號桐野。貴州貴陽人。康熙三十三年進士。累官詹事府詹事。工詩。有《桐野詩鈔》。

(3) 朱贊皇：朱襄，字贊皇。清江蘇無錫人。諸生。工詩，亦通經學。有《續碧山吟》。

(4) 徐方虎：徐倬（1624-1713），字方虎，號蘋村。浙江德清人。康熙十二年進士。官侍讀。工詩文。有《蘋村集》。冒辟疆：冒襄。見卷一二・六六注(1)。

(5)滄海：喻社會動盪。

(6)開元：指開國。

九〇

人必先有芬芳悱惻之懷，而後有沉鬱頓挫之作。人但知杜少陵每飯不忘君；而不知其于友朋、弟妹、夫妻、兒女間，何在不一往情深耶？觀其冒不韙以救房公(1)，感一宿而頌孫宰(2)，要鄭虔于泉路(3)，招李白于匡山(4)：此種風義，可以興，可以觀矣。後人無杜之性情，學杜之風格，抑末也！蔣心餘讀陳梅岑詩(5)，贈云：「一代高才有情者，繼袁夫子是陳君。」

【箋注】

(1)房公：房琯，字次律。唐河南人。玄宗時，官文部尚書、同中書門下平章事。肅宗時，官至刑部尚書。房曾為肅宗所貶，杜甫上疏力諫，得罪肅宗，幾遭刑戮。

(2)孫宰：見卷一・二七注(4)。

(3)鄭虔：唐河南滎陽人。官協律郎、廣文館博士，時號鄭廣文。與李白、杜甫等友善。工詩、書、畫。杜甫曾在二十多首詩中述及或追憶鄭虔。鄭虔以罪被貶謫為台州司戶參軍，杜甫聽說老友暮年獲罪，遂作〈送鄭十八虔貶台州司戶，傷其臨老陷賊之故，闕為面別，情見於詩〉，詩云：「便與先生應永訣，九重泉路盡交期！」泉路：泉下，地下。指陰間。

(4)匡山：匡盧，今江西省廬山。杜甫〈不見〉：「匡山讀書處，頭白好歸來。」

(5)蔣心餘：蔣士銓。見卷一・二三注(2)。陳梅岑：陳熙。見卷一・五注(2)。

九一

何義門曰(1)：「馮定遠謂(2)：『熟觀義山詩(3)，可免江西粗俗槎枒之病(4)。』余謂熟觀義山詩，兼悟西崑之失(5)。西崑只是雕飾字句，無義山之高情遠識；即文從字順，猶有間也(6)。」

【箋注】

(1)何義門：何焯。見卷五・八一注(2)。

(2)馮定遠：馮班。見卷七・五八注(1)。

(3)義山：唐・李商隱。見卷一・二〇注(12)。

(4)江西：指江西詩派，見卷八・六一注(2)。

(5)西崑：宋初詩歌流派。見卷一・一三注(6)。

(6)間：差別，距離。

九二

彭尺木進士(1)，為大司馬芝亭先生之子，生長華腴，而湛深禪理，中年即茹素(2)，與夫人別屋而居。每朔望(3)，即相勖曰(4)：「大家努力修行。」彼此一見而已。後閉關西湖(5)，恰不廢吟詠。嘗作〈錢塘旅舍雜句〉云：「處士當年百不營(6)，偏于梅鶴劇多

情。梅枯鶴去人何在？冷徹孤亭月四更。」「結趺終夕復終朝(7)，眼底空華瞥地消。尚有閒情消不得，起尋松子當香燒。」「酸齏薄粥少人陪(8)，雪齋南窗晝懶開。不是一枝梅破萼，阿誰與我報春回？」〈病起〉云：「簾深蠅自迸，花盡蝶無營。」皆見道之言，不著人間煙火。

【箋注】

(1)彭尺木：彭紹升。見卷一〇・八九注(2)。

(2)茹素：吃素食，不沾腥葷。

(3)朔望：朔日和望日。舊曆每月初一日和十五日。

(4)相勗（xù）：互相勉勵。

(5)閉關：謂佛教徒閉居一室，靜修佛法。

(6)處士：指有才德而隱居不仕的人。此指宋代林逋隱居杭州西湖孤山，無妻無子，種梅養鶴以自娛。

(7)結趺（fū）：佛教徒坐禪法，即交疊左右足背於左右股上而坐。

(8)酸齏（jī）：切成細末的鹹菜。

九三

龍鐸(1)，字震升，號雨樵，宛平己卯舉人。十二歲時，杭州老宿朱桂亭先生命即席賦瓜子皮(2)。應聲曰：「玉芽已褪空餘殼，纖手初拋乍有聲。莫道東陵無托意(3)，中間黑白儘分明。」朱嘆曰：「此子將來必以詩名。」〈觀魚〉云：「子不知魚樂，君其問水

濱。」〈題畫〉云：「亂泉尋石竇，歸霧斷山腰。」〈贈友〉云：「篷轉三年雨，蘭言一夕秋(4)。」皆少作也。後宰吳江。余掃墓杭州，必過其署。美膳橫列，如入護世城中(5)；豪氣飛騰，勝坐元龍床上(6)：洵風塵中一奇士也。

【箋注】

(1) 龍鐸：見卷一三・六五注(4)。

(2) 朱桂亭：未詳。

(3) 東陵：指東陵瓜。見卷一三・七一注(7)。

(4) 蘭言：情投意合之言。

(5) 護世：佛教稱四天王為「護世」。《法苑珠林》云「護世城雨美膳」。雨者，被其惠，猶言賜也。

(6) 元龍：《三國志》卷七：「陳登者，字元龍，在廣陵有威名。……許汜與劉備並在荊州牧劉表坐，表與備共論天下人，汜曰：『陳元龍湖海之士，豪氣不除。』……備問汜：『君言豪，寧有事邪？』汜曰：『昔遭亂過下邳，見元龍。元龍無客主之意，久不相與語，自上大床臥，使客臥下床。』」

九四

小伶鳳珠，善歌，能解人意。雨樵即席賦《浣溪沙》(1)，以「鳳珠可兒」為韻。詞云：「彩雲么夢(2)，何處飛來紅玉鳳。笑倩人扶，一曲《梁州》一斛珠(3)。　眉歡目妥(4)，教人坐立如何可？偏解相思，學語雛鶯小意兒(5)。」

【箋注】

(1) 雨樵：即龍鐸。浣溪沙：詞牌名。此處有誤，應為《減字木蘭花》。

(2) 么：那么。

(3) 梁州：唐教坊曲名。後改編為小令。

(4) 目妥：垂視。

(5) 小意兒：小心；小殷勤。

九五

康熙間，汪東山先生繹(1)，精星學。桐城吳貢生某以女命與算。汪云：「此一品夫人命也，但必須作妾。」吳愕然怒，以為輕己。汪曰：「我早知君之必怒也。然君不信我言，請待我某科中狀元時，君方信我。」及期，果中狀元。吳再問汪。汪曰：「勿急。待我再算郎君命中有一品者，而後許之。」半年後，走告吳曰：「桐城張相國之子名廷玉者(2)，將來官一品。現在覓妾。君何不以女歸之？」吳從之。遂生若靄、若澄(3)，受兩重誥封。汪題其燈籠曰「候中狀元某」，人多笑之。在京師與方靈皋、蔣南沙、湯西厓齊名(4)。三人皆疏放，而方獨迂謹，時相抵牾。堂上掛沈石田芭蕉一幅(5)，所狎二美伶來，錯呼白菜；人因以「雙白菜」呼之。方大加規諫。先生厭之，乃署其門曰：「候中狀元汪，諭靈皋，免賜光。庶幾南蔣，或者西湯；晦明風雨時來往，又何妨？雙雙白菜，終日到書堂。」先生自知不壽，〈自贈〉云：

「生計未謀千畝竹，浮生只辦十年官。」又嘗望岱云(6)：「閒雲莫戀山頭住，四海蒼生正望君。」

【箋注】

(1) 汪繹（1671-1706）：字玉輪，號東山。江蘇常熟人。康熙三十九年狀元。自稱為官十年，因人排擠，僅三年便告歸。有《秋影樓集》。

(2) 張廷玉：見卷一・一注(12)。

(3) 若靄：字萬泉，號晴嵐。清江南桐城人。雍正十一年進士。授編修。入直南書房。累遷內閣學士。若澄：字鏡壑，號款花廬主人。清江南桐城人。乾隆十年進士。改庶吉士，命直南書房。十二年授編修。累遷內閣學士。

(4) 方靈皋：方苞。見卷一・二九注(1)。蔣南沙：蔣廷錫。見卷二・四七注(1)。湯西厓：湯右曾。見卷三・一〇注(10)。

(5) 沈石田：沈周。見卷三・一七注(1)。

(6) 岱：泰山。

九六

錢塘令曹江廬明府，有子名一熊(1)，乳名順生，聰穎異常，有李鄴侯、晏元獻之風(2)。對客揮毫，賦〈秋聲〉云：「西風颯颯日相催，桐葉飄搖滿綠苔。最愛秋霜添逸韻，樹中傳出一聲來。」其時，曹公方逐土娼。客問：「娼應逐否？」笑曰：「好事者為之也。」客又問：「汝想作官否？」曰：「要作，又不要作。」問：「何也？」曰：「學而優則仕；學

而不優則不仕。」問：「作官可要錢否？」曰：「要錢，又不要錢。」問：「何也？」曰：「取之而燕民悅(3)，則取之；取之而燕民不悅，則不取。」

【箋注】

(1) 曹江廬：曹庠業，字孝倫。江西新建人。乾隆四十二年拔貢。乾隆五十六年任錢塘縣令。後知瀘州，署夔州事。卒於忠州舟次。（據同治十二年《南昌府志》、《民國杭州府志》）曹一熊：曹熊，字占吉。庠業子。江西新建人。嘉慶十四年進士。授內閣中書，擢御史，掌江南道。嘗一充會試同考官，得士多名宿。（據同治十二年《南昌府志》）

(2) 李鄴侯：李泌，字長源。唐遼東襄平人。少聰穎，及長，博涉經史，善屬文，尤工詩。天寶間待詔翰林，後曾任中書侍中、同平章事。封鄴侯。晏元獻：宋・晏殊。見卷一・四六注(15)。

(3) 燕民：春秋時燕國國民。此處用孟子答齊宣王語。

九七

宋元俊作四川提督(1)，有恩威，苗人畏而愛之。王師征金川，頗立功。以性剛犯上，被劾。臨訊時，苗民護從者千餘人，揮之不散。宋公怒，取其頭目杖四十，終不忍去。有參戎哈某(2)，宋素輕之。哈畫牡丹花於扇。宋戲題曰：「已綰征西節，新吹幕府笳。如何貪富貴，又畫牡丹花？」哈銜之刺骨，卒為所搆(3)。

【箋注】

(1) 宋元俊：字甸芳。安徽懷遠人。乾隆元年武進士。乾隆三十六年從征大小金川，擢松潘鎮總兵。後被制府所劾革職。

(2) 參戎：明清武官參將，俗稱參戎。

(3) 銜：懷恨。搆：誣陷。

九八

揚州洪錫豫(1)，字建侯，年甫弱冠，姿貌如玉；生長於華腴之家，而性耽風雅，以詩書為鼓吹，與名流相過從。昔人稱謝覽芳蘭竟體(2)，知其得於天者異矣。為余梓尺牘六卷，寄詩請益(3)。其〈暮雨〉云：「衰柳拂西風，蟲鳴亂葉中。片雲將暮雨，吹送小樓東。螢火生寒碧，簷花墜小紅。那堪終夜裏，蕭瑟傍梧桐。」〈春日〉云：「青蓑白袷了春耕(4)，上塚人歸月二更。燈影半殘眠未穩，碧空吹落紙鳶聲。」意思蕭散，真清絕也。

【箋注】

(1) 洪錫豫：字建侯。清江蘇江都人。曾任廣西鹽法道事候補道，改廣東。

(2) 謝覽：字景滌。南朝梁陳郡陽夏人。官駙馬都尉、太子舍人、中書侍郎、吏部尚書。美風神，善辭令。芳蘭竟體：香氣滿身。比喻舉止閒雅。《南史・謝覽傳》：「意氣閒雅，視瞻聰明，武帝目送良久，謂徐勉曰：『覺此生芳蘭竟體。』」

(3)請益：請加以指教。

(4)白袷（jiá）：白色夾衣。舊時平民的服裝。

九九

蘇州閨秀江銘玉有〈堂上視膳〉詩云(1)：「明知溫凊時時缺，隱懼春秋漸漸高(2)。」真能道人子之心。余讀之，為泣下。

【箋注】

(1)江銘玉：號愫齋。清江蘇元和人。諸生汪蘭芳室。年十九而寡。茹苦一生。有《愫齋組餘》。堂上：正廳上。指父母居室。

(2)溫凊：冬溫夏凊，冬天使父母溫暖，夏天使父母涼爽。指人子孝道。春秋：年齡。

如皋張乾夫有《南坪集》八卷(1)。其子竹軒太守，托其宗人荷塘明府索序于余(2)。余適撰《詩話》，為摘一二，以志吉光片羽之珍。其〈荊溪〉云：「離墨山前路(3)，千林望鬱蒼。人煙聚茶市，沙鳥繞漁梁。白雨江聲急，孤舟水氣涼。今宵高枕夢，不減在瀟湘。」〈不寢〉云：「春更隱隱夜迢迢，愁不能祛酒易消。斷送落花窗外雨，生憎一半在芭蕉。」〈夜出南郊〉云：「霜華散白滿長堤，堤柳

蕭蕭帶月低。樹上凍鴉棲不定，屢驚人影過橋西。」〈慕園即事〉云：「松影平分半窗月，漏聲散作滿城霜。」〈癸酉除夕〉云：「要問春從何處到，開元寺裏一聲鐘。」皆可愛也。

【箋注】

(1) 張乾夫：張學舉，字南坪，號乾夫、雪舫。江蘇如皋人。雍正十三年順天舉人。官福建古田知縣、福州府知府，終福建鹽法道。有《南坪詩鈔》。

(2) 張竹軒：張朝樂，字子長，號竹軒。乾隆五十六年官江西廣信知府。以母憂，公私交集，卒於官署。荷塘：張五典。見卷三·七八注(1)。

(3) 離墨山：在今江蘇宜興市西南，又名離里山、國山。相傳仙人鍾離墨在此修煉得道，故名。

一〇一

仁和高氏女，與其鄰何某私通。女已許配某家，迎娶有日，乃誘何外出，而自懸于梁。何歸，見之大慟，即以其繩自縊。兩家父母惡其子女之不肖，不肯收殮。邑宰唐公柘田(1)，風雅士也，為捐貲買棺而雙瘞之；作四六判詞，哀其越禮之無知，取其從一之可憫。城中紳士，均為賦詩。余按此題著筆，褒貶兩難。獨女弟子孫雲鶴詩最佳(2)。詞曰：「由來情種是情癡，匪石堅心兩不移(3)。倘使化魚應比目，就令成樹也連枝。紅綃已結千秋恨，青史難教後代知。賴有神君解憐惜，為營鴛塚播風詩。」後四句，八

面俱到，尤為得體。錢謝葊枚(4)，璵沙方伯第五子也，亦有句云：「解識巫山雲雨意(5)，始知唐勒是騷人(6)。」亦佳。

【箋注】

(1)唐柘田：唐仁植，一作仁埴，字凝厚，號柘田。江蘇江都人。乾隆五十二年進士。授浙江嵊縣知縣，官至開歸陳許道，賜按察使銜。

(2)孫雲鶴：見卷一〇・二三注(12)。

(3)匪石：非石，不像石頭那樣可以轉動。形容堅定不移。

(4)錢謝葊：錢枚，字枚叔，又字謝盦。浙江仁和人。嘉慶四年進士。官吏部主事。有《齋心草堂詩鈔》、《微波亭詞》。

(5)巫山雲雨：指男女幽會。用楚襄王夢遇神女典。詳宋玉〈高唐賦〉序。

(6)唐勒：戰國時楚國人。任大夫。好為辭賦，以屈原為楷模，與宋玉、景差並稱。作品已佚。

一〇二

近見作詩者好作拗語以為古(1)，好填浮詞以為富：孟子所謂「終身由之而不知其道」者也。朱竹君學士督學皖江(2)，來山中論詩，與余意合。因自述其序池州太守張芝亭之詩(3)，曰：「《三百篇》專主性情。性情有厚薄之分，則詩亦有淺深之別。性情薄者，詞深而轉淺；性情厚者，詞淺而轉深。」余道：「學士腹笥最富(4)，而何以論詩之清妙若此？」竹君曰：「某所論，即詩家唐、宋之所由分也。」因誦

芝亭〈過望華亭〉云：「昨夜望華亭，未睹九峰面。肩輿復匆匆，流光如掣電。當境不及探，過後心逾戀。」「九疊芙蓉萬壑深，登臨不到幾沉吟。何當直上東峰宿？海月天風夜鼓琴。」又，〈江行〉云：「犬吠人歸處，燈移岸轉時。」〈端陽〉云：「看人懸艾虎(5)，到處戲龍舟。」〈太白樓〉云：「何時江上無明月，千古人間一謫仙。」〈同人自齊山泛舟〉云：「聊以公餘偕舊友，須知興到即新吾。」皆極淺語，而讀之有餘味。昔人稱陸遜意思深長(6)，信然。芝亭字仲謨，名士範，陝西人，今觀察蕪湖。其長君汝驤亦能繼聲繼志(7)。〈題署中小園〉云：「風吹花氣香歸硯，月過松心涼到書。」〈將往邳州〉云：「此去正過桃葉渡，歸來不負菊花期。」又，〈華蓋寺〉云：「曲徑松遮洞，岩深寺隱山。」皆清雅可傳。

【箋注】

(1) 拗語：格律詩中不合常規平仄格律的句子。

(2) 朱竹君：朱筠。見卷六・二九注(1)。

(3) 張芝亭：張士範。見卷六・三二注(1)。

(4) 腹笥：腹藏詩書學問。

(5) 艾虎：古俗，端午日採艾製成虎形的飾物，佩戴之謂能辟邪袪穢。

(6) 陸遜：三國吳吳郡吳人。孫策婿。官至丞相。《三國志・吳志・陸遜傳》載，呂蒙曾對孫權說：「陸遜意思深長，才堪負重，觀其規慮，終可大任。」

(7) 長君：公子。張汝驤：字堯山。陝西蒲城人。乾隆五十七年舉人。歷官福建延建邵道。能文且工書，人比之米顛。

一

元相〈連昌宮詞〉(1)：「夜半月高弦索鳴，賀老琵琶定場屋(2)。」因《隋書・音樂志》：每歲正月十五日，「於端門外、建國門內，綿亙八里，列為戲場，百官起棚夾路，從昏達旦以縱觀之」，謂之「場屋」故也。今誤稱場屋為試士之處。

【箋注】

(1) 元相：指唐・元稹。見卷一・二〇注(11)。

(2) 賀老：賀懷智，一作賀申智，唐玄宗時以彈琵琶著名。場屋：戲場，亦稱科場。

二

今人動稱「勾欄」為教坊(1)。《甘澤謠》辨云(2)：「漢有顧成廟，設勾欄以扶老人。非教坊也。」教坊之稱，始於明皇，因女伎不可隸太常(3)，故別立教坊。王建〈宮詞〉、李長吉〈館娃歌〉(4)，俱用「勾欄」為宮禁華飾。自義山倡家詩有「簾輕幕重金勾欄」之詞(5)，而「勾欄」遂混入妓家。

【箋注】

(1) 教坊：古時管理宮廷音樂的官署。專管雅樂以外的音樂、舞蹈、百戲的教習、排練、演出等事務。

(2) 甘澤謠：唐・袁郊撰。自序謂春雨澤應，甘澤成謠，故以名書。

(3) 太常：為專掌祭祀禮樂之官。

(4) 王建：唐詩人。見卷一・二〇注(5)。李長吉：李賀。見卷一・一六注(6)。

(5) 義山：李商隱。見卷一・二〇注(12)。倡家：歌舞妓女。

三

今人以荷包為荷囊，蓋取劉偉明詩曰「西清寓直荷為橐，左蜀宣風繡作衣」之句(1)。按：紫荷者(2)，以紫為袷囊，服外，加于左肩，是周公負成王之服，一名「契囊」，見張晏注〈丙吉傳〉(3)。《宋書・禮志》：「朝服肩上有紫生袷囊，綴之朝服外，俗呼曰『紫荷』。以盛奏章。」是紫荷非今之荷包明矣。惟《三國志》云：「曹操好佩小鞶囊(4)。」似今之荷包。

【箋注】

(1) 劉偉明：劉弇，字偉明。宋吉州安福（今屬江西）人。神宗元豐二年進士。官峨眉知縣、太學博士、著作佐郎、實錄院檢討。有《龍雲集》。所引為〈上熊待制生辰二首〉中句。西清：指帝王宮內遊宴之處。清代亦指宮廷內南書房。橐（tuó）：囊，袋子。左蜀：蜀地的東部。宣風：宣揚教化的美好風俗。

(2) 紫荷：古時尚書令、僕射、尚書等高官朝服外負于左肩上的紫色囊。

(3) 張晏：字子博。三國魏中山（今河北唐縣西南）人。有《漢書音釋》。

(4) 鞶（pán）囊：革制的囊。用以盛手巾細物。

四

柴欽之年少貌美(1)，賦詩自誇云：「即今叔寶神清少，敢坐羊車有幾人(2)？」余按：《漢書》注：「羊車，定張車也。非羊所牽之車也。」然晉武帝在宮中乘羊車遊(3)，宮人以竹葉灑鹽以引羊。是牽車者羊也。猶之如淳注(4)：「《楚歌》，《雞鳴歌》也；非楚人所歌也。」然高帝謂戚夫人曰(5)：「若為吾楚歌，吾為若楚舞。」又明是楚人之歌。

【箋注】

(1) 柴欽之：未詳。

(2) 叔寶：西晉河東安邑人衛玠。見卷二・三三注(4)。羊車：漢代小車名。宮中所用。《周禮・考工記・車人》「羊車二軻」。漢鄭玄注：「羊，善也。善車，若今定張車。」《晉書・列傳第六》：「玠字叔寶……總角乘羊車入市，見者皆以為玉人，觀之者傾都。」

(3) 晉武帝：司馬炎，晉開國君主，司馬昭之子。河內溫縣人。晚年耽於佚樂。

(4) 如淳：三國魏馮翊人。仕魏陳郡丞。注《漢書》。

(5) 戚夫人：即戚姬。西漢濟陰定陶人。漢高祖劉邦寵姬。善歌舞。

五

《魏書・禮志》曰：「徒歌曰謠(1)，徒吹曰和(2)，比音而樂之及干戚羽毛謂之樂(3)。」然則素琴以示終(4)，笙歌以告哀(5)，不可謂之樂也。宋〈王黼傳〉(6)，遭欽聖之喪(7)，猶召樂妓，舞而不歌，號曰「啞樂」。余故題〈息夫人廟〉有「簫鼓還須啞樂迎」之句(8)。

【箋注】

(1) 徒歌：指無樂器伴奏的歌。

(2) 徒吹：指單獨用吹奏樂器演奏。

(3) 比音：配合各種聲音，使其諧和。干戚：盾與斧。古代的兩種兵器。亦為武舞所執的舞具。羽毛：指羽旄，樂舞時所執的雉羽和旄牛尾。

(4) 素琴：不加裝飾的琴。《禮記・喪服》：「喪不過三年，苴衰不補，墳墓不培，祥之日，鼓素琴。」

(5) 笙歌：合笙之歌。亦謂吹笙唱歌。《禮記・檀弓》：「孔子既祥，五日彈琴而不成聲，十日而成笙歌。」

(6) 王黼：宋開封府祥符縣（今屬河南開封）人。崇寧進士。為人多智善佞，寡學術。按：此處有誤，應為王繼先，開封人。奸黠善佞。建炎初以醫得幸，世號王醫師。官開州團練使、武功大夫。《宋史・列傳第二百二十九》：侍御史杜莘老劾其十罪，大略謂：「繼先廣造第宅，占民居數百家，都人謂之『快樂仙宮』；奪良家婦女為侍妾；鎮江有娼妙於歌舞，矯御前索之；淵聖成喪，舉家燕飲，令妓女舞而不歌，謂之『啞樂』……」

(7) 欽聖：指宋欽宗趙桓。

(8) 息夫人：春秋時息國人。見卷一一・一八注(5)。

六

人疑東坡詩云「龍鍾三十九，勞生已強半」(1)，三十九不得稱「龍鍾」。按：蘇鶚《演義》(2)：「龍鍾，謂不昌熾、不翹舉之貌。」《廣韻》：「龍鍾，竹名。老人如竹搖曳，不能自持。」唐人《談錄》載：「裴晉公未第時(3)，過洛中，有二老人言：『蔡州未平，須待此人為相。』僕聞，以告。公笑曰：『見我龍鍾，故相戲耳。』」王忠嗣以女嫁元載(4)，歲久，見輕(5)，遊學于秦，為詩曰：「年來誰不厭龍鍾？雖在侯門似不容。」二人皆于少年未第時，自言龍鍾。

【箋注】

(1) 龍鍾：此謂潦倒失意的樣子。

(2) 蘇鶚：字德祥。唐京兆武功人。僖宗光啟進士。仕履無考。有《杜陽雜編》、《蘇氏演義》。

(3) 裴晉公：裴度。見卷五・四六注(3)。

(4) 王忠嗣：原名王訓。唐太原祁縣（今山西省祁縣）人，後遷居華州鄭縣（今陝西華縣）。唐開元、天寶年間著名軍事將領。元載：字公輔。唐鳳翔岐山人。歷玄宗、肅宗、代宗三朝。官戶部侍郎、同中書門下平章事。後擅權不法，賜自盡。所引詩句，題為〈別妻王韞秀〉。

(5) 見輕：被看輕。

七

張平子〈歸田賦〉(1)：「仲春令月，時和氣清。」蓋指二月也。小謝詩因之(2)，故曰：「首夏猶清和，芳草亦未歇。」今人刪去「猶」字，而竟以四月為「清和」。

【箋注】

(1)張平子：東漢・張衡。見卷一二・五七注(2)。

(2)小謝：指謝惠連。見卷七・九注(2)。此處有誤。所引詩句應為謝靈運詩，題為〈遊赤石進帆海〉。

八

今動以「苜宿」、「廣文」稱校官(1)。余按非也。唐開元中，東宮官僚清淡，薛令之為左庶子(2)，以詩自悼曰：「朝日上團團，照見先生盤。盤中何所有？苜蓿上闌干(3)。」蓋是東宮詹事等官，非今之學博也(4)。說見宋林洪《山家清供》(5)。杜詩曰：「諸公袞袞登華省，廣文先生官獨冷。」按《唐書》：「明皇愛鄭虔之才(6)，欲置左右，以不事事，更為置廣文館，以虔為博士。虔聞命，不知廣文曹司何在(7)，訴之宰相。宰相曰：『上增國學，置廣文館以居賢者。令後世言廣文博士自君始，不亦美乎？』虔始就職。」是「廣文」者，乃明皇為虔特設之館，非今之學官也。

【箋注】

(1)校官：古代的學官。掌管學校的官員。

(2)薛令之：字珍君，號明月先生。唐福建長溪（今屬福安市）人。中宗神龍進士。官右補闕兼侍讀。所著《明月先生集》和《補闕集》，今已無存。《全唐詩》僅錄其〈自悼〉和〈靈巖寺〉二詩。左庶子：太子官署中官名。

(3)上：《全唐詩》為「長」。闌干：縱橫。

(4)詹事：官名。職掌皇后、太子家事。無實職。學博：即學官。

(5)林洪：字龍發，號可山。宋泉州人。理宗淳祐間以詩名。著有《茹草紀事》、《山家清供》、《西湖衣缽》等。

(6)鄭虔：見卷一四・九〇注(3)。

(7)曹司：官署。

九

今人動以「金馬玉堂」稱翰林(1)。余按：宋玉〈風賦〉(2)：「徜徉中庭，比上玉堂。」《古樂府》：「黃金為君門，白玉為君堂。」泛稱富貴之家，非翰林也。漢武帝命文學之士(3)，待詔金馬門。「金馬」二字，與文臣微有干涉。至於谷永對成帝曰(4)：「抑損椒房玉堂之盛寵。」顏師古注(5)：「玉堂，嬖幸之舍也(6)。《三輔黃圖》曰：『未央宮有殿閣三十二，椒房、玉堂在其中。』」是「玉堂」

乃宮闈妃嬪之所，與翰林無干。宋太宗淳化中賜翰林「玉堂之署」四字(7)，想從此遂專屬翰林耶？

【箋注】

(1) 翰林：指官署翰林院。明清時為外翰官署，掌編修國史及草擬制誥等，其長官為掌院學士。

(2) 宋玉：見一四・四三注(5)。

(3) 漢武帝：劉徹。西漢皇帝。在位五十四年。

(4) 谷永：見卷二・六一注(6)。

(5) 顏師古：見卷五・七五注(1)。

(6) 嬖（bì）幸：寵愛。多指帝王寵愛嬪妃。

(7) 宋太宗：趙炅。原名匡義、光義。太祖弟，開寶九年即位，改元太平興國。在位二十二年。

今稱人遷官曰「鶯遷」(1)，本《詩經》「遷於喬木」之義。按〈伐木〉章：「鳥鳴嚶嚶，出自幽谷，遷於喬木。」是「嚶」字不是「鶯」字。「嚶」乃鳥之鳴聲耳。「綿蠻黃鳥」(2)，當是鶯，而又無「遷喬」字樣。然唐人有〈鶯出谷〉詩題，〈盧正道碑〉有「鴻漸於磐，鶯遷於木」之文(3)：則以「嚶」為「鶯」，自唐已然。

【箋注】

(1) 遷官：晉升官爵。或貶官、降職。

(2)綿蠻：指小鳥或鳥鳴聲。

(3)鴻漸：謂鴻鵠飛翔從低到高，循序漸進。後比喻仕宦升遷。磐：指紆回層疊的山石。

一一

〈生民〉之詩曰(1)：「誕彌厥月(2)。」《毛箋》：「誕，大也。彌，終也。」此詩下有八「誕」字：「誕置之隘巷」，「誕置之平林」。朱子以「誕」字為發語詞。今以生日為誕日，可嗤也(3)！余又按：古人以宴享為禮，而以介壽為節文(4)。故《詩》、《書》所稱，逐日可以為壽(5)。今人以生日為禮，而以宴飲為節文，故介壽必生日。

【箋注】

(1)生民：《詩經·大雅》篇名。

(2)誕彌厥月：意謂懷胎十月已滿產期。

(3)可嗤：可笑。

(4)介壽：祝壽。節文：禮節，儀式。

(5)逐日：任何一天。

一二

《珍珠船》言(1)：「萱草，妓女也。人以比母，誤矣。」此說蓋本魏人吳普《本草》(2)。按：《毛

詩》：「焉得萱草，言樹之背。」注云：「背，北堂也。」人蓋因「北堂」而傅會於母也(3)。《風土記》云(4)：「婦人有妊，佩萱則生男。故謂之宜男草。」《西溪叢語》言(5)：「今人多用『北堂萱堂』于鰥居之人(6)，以其花未嘗雙開故也。」似與比母之義尚遠。

【箋注】

(1)珍珠船：明・陳繼儒撰。雜采小說家言，湊集成編。

(2)吳普：三國魏廣陵人。曾從華佗學醫。

(3)傅會：牽強附會。

(4)風土記：晉・周處撰。

(5)西溪叢語：南宋・姚寬著。

(6)鰥（guān）居：謂獨身無妻室。

一三

戴氏《鼠璞》云(1)：「《魯頌》所稱『泮宮』者(2)，泮，魯水也，非學宮也。若以泮水為半水，則下文『泮林』，豈是半林乎？況《魯頌・泮宮》詩，乃是僖公獻馘演武之所(3)，非尚文之地。〈王制〉(4)：『天子曰辟雍(5)，諸侯曰泮宮(6)。』是漢儒誤解《魯頌》，而至今因之。」

【箋注】

(1)戴氏：戴埴，字仲培。宋慶元府鄞縣人。理宗嘉熙二年進士。所著《鼠璞》持論多精審。

(2) 魯頌：指《詩經・魯頌・泮水》。

(3) 獻馘（guó）：古時出戰殺敵，割取左耳，以獻上論功。馘，被殺者之左耳。亦泛指奏凱報捷。

(4) 王制：據說為西漢文帝令博士們所撰。

(5) 辟雍：此指天子所設大學。

(6) 泮（pàn）宮：此指諸侯所設大學。

一四

杜詩有「起居八座太夫人」之句(1)。今遂以八人扛輿者為八座(2)。按宋、齊所云「八座」者：五尚書、二僕射、一令。《唐六典》曰：「後漢以令、僕射、六曹尚書為八座。今以二丞相、六尚書為八座。唐不置令。」考《宋書》、《六典》之言，是「八座」者，八省之官；非八人舁之而行之謂也(3)。南齊王融曰(4)：「車前無八騶(5)，何得稱丈夫？」是則有類今所稱「八座」之說矣。

【箋注】

(1) 杜詩：杜甫詩，所引題為〈奉送蜀州柏二別駕將中丞命赴江陵起居衛尚書太夫人，因示從弟行軍司馬位〉。八座：官名合稱。歷代所指不同。隋唐以六尚書、左右僕射及令為「八座」。

(2) 扛輿：抬轎子。

(3) 舁（yú）：抬，扛。

(4) 王融：字元長。南朝齊琅邪臨沂人。曾官太子舍人、寧朔將軍。富文才，為永明體代表作家。有《王寧朔集》。

(5) 騶（zōu）：古時掌管養馬並管駕車的人。此指騎馬前導之卒。

一五

「老泉」者，眉山蘇氏塋有老人泉，子瞻取以自號(1)，故子由〈祭子瞻文〉云(2)：「老泉之山，歸骨其旁。」而今人多指為其父明允之稱(3)：蓋誤于梅都官有老泉詩故也(4)。

【箋注】

(1) 子瞻：蘇軾。見卷一・二五注(4)。

(2) 子由：蘇轍，字子由，一字同叔，號潁濱遺老。北宋眉州眉山人。蘇軾弟。嘉祐進士，復舉制科。官至大中大夫致仕。其文汪洋澹泊，為唐宋八大家之一。有《欒城集》、《詩集傳》、《春秋集傳》等。

(3) 明允：蘇洵，字明允。北宋眉州眉山人。蘇軾、蘇轍的父親。除試秘書省校書郎。長於古文，議論暢明。為唐宋八大家之一。有《嘉祐集》。

(4) 梅都官：梅堯臣。見卷四・一七注(2)。因做都官員外郎，被世人稱做「梅都官」。所說詩為梅堯臣《宛陵集》卷五十九〈題老人泉寄蘇明允〉。

一六

今人稱伶人女妝者為「花旦」(1)，誤也。黃雪槎《青樓集》曰(2)：「凡妓以墨點面者號花旦。」蓋是女妓之名，非今之伶人也。《鹽鐵論》有「胡蟲奇妲」之語(3)。方密之以「奇妲」為小旦(4)。余按：《漢郊祀志》：「樂人有飾女妓者。」此乃今之小旦、花旦。「奇妲」二字，亦未必作小旦解。

【箋注】

(1)伶人：戲劇演員。

(2)黃雪槎：此誤。元末陶宗儀輯《說郛》，收有《青樓集》一書，因卷首朱（邾）經序文內所用「商顏黃公」的一個典故，便誤認署名「雪蓑」的是一個姓黃的人。此處又誤作「雪槎」。《青樓集》應為元・夏庭芝撰，引語在此書「李定奴」條。庭芝，字伯和，號雪蓑，別署雪蓑釣隱。江蘇華亭人。約生活於元晉宗泰定末年至文宗至順元年間，明朝初年仍在世間。

(3)鹽鐵論：西漢・桓寬著。胡蟲奇妲（dàn）：此處有誤，應為「奇蟲胡妲」。奇蟲：指魚龍之類的遊戲。胡妲：漢代歌舞百戲中的女伎。

(4)方密之：方以智。見卷一・四六注(23)。

一七

程綿莊云(1)：「孔子廟有櫺星門(2)，其誤已久，不可不知。《詩經》小序云：『〈絲衣〉，繹賓尸也(3)。』高子曰(4)：『靈星之尸也(5)。』漢高

祖始令天下祀靈星。《後漢書》注云：『靈星，天田星也。欲祭天者，先祭靈星。』《風俗通》：『縣令問主簿：「靈星在城東南，何法？」曰：「惟靈星所以在東南者，亦不知也。」』《宋史·禮志》云：『仁宗天聖六年，築南郊壇，外壝周以短垣(6)，置靈星門。』夫以郊壇外垣為靈星門者，所以象天之體，用之於聖廟，蓋以尊天者尊聖也。其移用之始，始于宋。《景定建康志》、《金陵新志》並言：『聖廟立靈星門。』惟《元志》誤以『靈』作『櫺』，後人承而用之，則不知義之所在矣。《晉史·天文志》云：『東方角二星為天闕，其間天門也。』與《後漢書》注正相印證。俗儒解『櫺星』，以為養先於教，猶知『櫺』之為『靈』也。今竟解作疏通之義，則大謬矣！」余戲題云：「繹祭靈星有樂章(7)，故將聖廟比天閶(8)。如何解作疏通義？鑽入窗櫺上講堂。」

【箋注】

(1)程綿莊：程廷祚。見卷五·一一注(2)。

(2)櫺星門：舊時學宮孔廟的外門。原名靈星門。

(3)繹賓尸：周代貴族在祭祀祖先的次日，為了酬謝尸(代表死者受祭的人)的辛勞，設酒食請尸來吃，叫做賓尸。一說為祭祀名，指卿大夫于祭祀的次日再祭。

(4)高子：戰國時齊國人。曾學於孟子。學未成，半道而去。

(5)靈星：星名。又稱天田星、龍星。主農事。古代以壬辰日祀于東南，取祈年報功之義。祭靈星時，以人為尸。

(6)外壝（wēi）：圍繞祭壇的矮土牆。亦泛指祭壇。

(7) 繹祭：古代祭祀的一種儀式。正祭之次日續祭稱「繹祭」。

(8) 天閶（chāng）：傳說中的天門。

一八

劉孝威〈結客少年場〉云(1)：「少年李六郡。」李，使也。故《左氏》(2)：「不使一介行李告於寡君(3)。」杜注(4)：「李，使人也。」凡言信者，亦使人也。《古樂府》：「有信數寄書，無信長相憶。」今誤以「行李」為作客之衣裝。

【箋注】

(1) 劉孝威：南朝梁彭城人。晉安王蕭綱法曹、主簿、率更令、中庶子兼通事舍人。為高齋學士之一。

(2) 左氏：指春秋末期史官左丘明著《左傳》。亦稱《左氏春秋》、《春秋左氏傳》。

(3) 行李：使人。即受命出使者。

(4) 杜注：即杜預注。杜預，字元凱。西晉京兆杜陵（今陝西西安東南）人。著《春秋左傳注疏》。

一九

今稱夫妻為「結髮」，女拜曰「斂衽」(1)，皆誤也。按〈李廣傳〉(2)：「廣自結髮與匈奴戰。」蘇武詩(3)：「結髮為夫妻。」泛稱自幼束髮之意，非

指稱結兩人之髮也。成婚之夕，男左女右，合其髻曰「結髮」，始于劉岳《書儀》(4)。《戰國策》：「江乙謂安陵君曰(5)：『國人見君，莫不斂衽而拜。』」〈留侯世家〉曰(6)：「陛下南面稱霸，楚君必斂衽而朝。」皆指男子也。今稱女拜為「斂衽」，不知始於何時。

【箋注】

(1) 斂衽：整飭衣襟，表示恭敬。元以後亦指女子的拜禮。明・高廉《玉簪記・假宿》：「我把秋波偷轉屏後邊，何處客臨軒，斂衽且相見。」參閱清・趙翼《陔餘叢考・斂衽》。

(2) 李廣：西漢名將。見卷五・三一注(2)。

(3) 蘇武：西漢名臣。見卷三・四一注(3)。

(4) 劉岳：字昭輔。五代時洛陽人。舉進士。官翰林學士、吏部侍郎、太常卿。敏于文辭，通於典禮。撰《新書儀》。

(5) 江乙：戰國時魏國人。事楚宣王，善計謀。安陵君：名壇。戰國時楚國封君。楚貴族後裔。江乙為之出謀獻策，因諂王，得封為安陵君。

(6) 留侯世家：見《史記》。張良，封留侯。見卷五・五九注(5)。

今人稱詩題為「題目」。按：二字始見於《世說》(1)：「山司徒前後選百官(2)，舉無失才，凡所

題目，皆如其言。」又：「時人欲題目高坐上人而未能(3)。桓公曰(4)：『精神淵箸(5)。』」是「題目」者，品題之意，非今之詩題、文題也。

【箋注】

(1)世說：指南朝宋・劉義慶《世說新語》。

(2)山司徒：山濤，字巨源。西晉河內懷縣人。竹林七賢之一。在魏代曾任尚書吏部郎，到晉武帝時又任吏部尚書，後來升司徒。

(3)高坐上人：和尚名號。

(4)桓公：東晉・桓溫。見卷九・八三注(8)。

(5)淵箸：深沉而明澈。

二一

余到南海，閱《粵嶠志》(1)：「景炎二年，端宗航海(2)，有香山人馬南寶獻粟助餉(3)，拜工部侍郎。帝幸沙浦，與丞相陳宜中、少傅張世傑即主其家。居數日，廣州陷。南寶募鄉兵千人，扈送至香山島。元兵追至硇州，陳宜中走占城求救。帝崩。衛王昺立，走厓山，以曾子淵充山陵使，奉梓宮(4)，殯于南寶家。宋亡，南寶泣不食。作詩曰：『目擊厓門天地改，寸心不與夜潮消。』又曰：『眾星耿耿滄波底，恨不同歸一少微(5)。』後卒殉節。」其詩其事，正史不傳，故志之。

【箋注】

(1)粵嶠志：亦作《越嶠書》、《粵嶠書》。明‧李文鳳撰。文鳳字廷儀，宜山（治今廣西壯族自治區宜州市慶遠鎮）人。嘉靖壬辰進士，官至雲南按察司僉事。粵嶠，指五嶺以南地區，包括華南沿海諸島。

(2)端宗：南宋端宗趙昰。即位于福州，改元景炎。元軍入福建，逃至海上，流亡飄徙。欲往占城不果，病死硇州。

(3)馬南寶：宋香山（今廣東中山）人。恭宗德佑二年端宗過邑時，獻粟千石供軍，拜權工部侍郎。帝昺祥興二年與元兵戰，被執，不屈死。

(4)梓宮：皇帝、皇后的棺材。

(5)少微：星座名，共四星，代表士大夫。亦喻指處士、隱士。

二二

李太守棠〈喜晤故人〉云(1)：「問年人是舊，見面老驚新。」儲宗丞麟趾〈落齒〉云(2)：「失輔悲新別(3)，觀頤念舊勳(4)。」

【箋注】

(1)李棠：見卷八‧三〇注(7)。

(2)儲麟趾：見卷二‧五七注(1)。

(3)輔：指頰骨，與牙相倚。

(4)頤：下頷，俗稱下巴。

二三

江南俗例：登科報捷者，例用紅綾書喜帖。方近雯方伯家本寒素(1)，舉京兆，報到，夫人倉猝無力買綾，不得已，截衫袖付之。家婢戲云：「留取一半，待明年中進士作賞。」先生聞之，在長安寄詩云：「朔風寒到柔荑手(2)，憶殺麟衫兩袖紅(3)。」次年，果宴瓊林(4)。先生又寄詩云：「榜下憶來常欲泣，朝中說去半能知。」

【箋注】

(1)方近雯：方覲。見卷八・二五注(2)。

(2)柔荑：喻指女子柔嫩的手。

(3)麟衫：麟服，繡有麒麟的官服。

(4)宴瓊林：瓊林宴。指賜宴新進士。

二四

詩人能武藝，自命英雄，晚年有王處仲擊唾壺之意(1)。許子遜〈詠飛將〉云(2)：「垂老猶橫槊，窮愁未廢詩。薦章終日上，不到傅修期(3)。」沈子大〈詠懷〉云(4)：「落筆一身膽，結交寸心血。」薛生白〈詠馬〉云(5)：「爾不嘶風吾老矣，可知俱享太平時。」

【箋注】

(1) 王處仲：東晉大臣王敦。見卷一・五六注(4)。每酒後，輒詠（曹操詩句）：「老驥伏櫪，志在千里。烈士暮年，壯心不已。」以如意擊唾壺，壺口盡缺。

(2) 許子遜：許廷鑅。見卷三・二九注(5)。飛將：李廣。《史記・李將軍列傳》：「廣居右北平，匈奴聞之，號曰『漢之飛將軍』。」

(3) 傅修期：傅永，字修期。北魏清河人。拳勇過人，且涉獵經史，兼有才筆。時人贊之曰：「上馬能擊賊，下馬作露布。」官至左將軍、南兗州刺史。

(4) 沈子大：沈起元。見卷六・九〇注(1)。

(5) 薛生白：薛雪。見卷二・一九注(1)。

二五

西林相公勳業巍巍(1)，而賦詩時有感慨。〈石橋掃墓〉云：「石橋西下白楊堆(2)，宿草初從暖氣回。一陌紙錢三滴酒，幾家墳上子孫來？」

【箋注】

(1) 西林相公：鄂爾泰。見卷一・一注(7)。

(2) 堆：丘阜，高地。

二六

詩有無意相同者：徐太夫人詠〈蝶〉云(1)：「試向青陵臺上望(2)，可曾飛上別家枝？」王次岳詠〈蝶〉云(3)：「果是青陵舊魂魄，不應到處宿花房。」

【箋注】

(1)徐太夫人：徐德音。見卷二・五三注(5)。

(2)青陵臺：在今河南封丘縣東北。一說在鄆州須昌縣。《搜神記》：韓憑妻美，宋康王（戴偃）奪之。憑自殺，其妻自投臺下而死。遺書願與憑合葬，王怒，使埋之二塚相望。宿昔便有文梓生二塚之端，上下根枝交錯。有鳥恒棲其樹，朝暮悲鳴。唐・李商隱有〈青陵臺〉詩。

(3)王次岳：王岱。見卷六・一一注(1)。

二七

《封氏聞見錄》曰(1)：「切字始于周顒(2)。顒好為體語(3)，因此切字，皆有紐(4)，紐有平上去入之分。沈約遂因之(5)，而撰《四聲譜》。」沈括、曾慥俱以切字始於西域佛家(6)。漢人訓字，止曰讀如某字而已，無反切也。吳獬以為始于後魏校書令李啟撰《聲韻》十卷(7)、夏侯詠撰《聲韻略》十二卷(8)。李涪《刊誤》亦主其說(9)。至於叶韻之說，古人所無。顧亭林以為始于顏師古、章懷太子二人(10)。王

伯厚以為始于隋陸法言撰《切韻》五卷(11)。余按：漢末涿郡高誘解《淮南子》、《呂氏春秋》(12)，有「急氣、緩氣、閉口、籠口」之法。蓋反切之學，實始於此。而孫叔然炎猶在其後(13)。

【箋注】

(1)封氏聞見錄：唐代筆記小說集。封演撰。

(2)切字：即反切。用兩個字拼切出另一字的讀音。周顒：見卷六・一五注(2)。

(3)體語：指魏晉南北朝時的一種反切隱語。即以兩個字先正切，再倒切，成為另外兩個字。又稱反語。

(4)紐：漢語音韻學術語。即聲母。漢字音節開頭部分的輔音。又稱聲紐。

(5)沈約：南朝梁文學家。見卷三・四三注(6)。

(6)沈括：見卷九・三六注(2)。曾慥：字端伯，號至游居士。宋泉州晉江人。博學能詩。有《類說》、《高齋漫錄》、《樂府雅詞》等。

(7)吳獬：見卷一・四六注(9)。李啟：一作李登，三國魏人。官至左校令。撰有《聲類》，以五聲命字，已佚，有輯本。

(8)夏侯詠：一作夏侯該，南朝梁人。撰《四聲韻略》。

(9)李涪：唐人。昭宗時歷官至詹事府丞。善考究典故。撰《刊誤》。

(10)顧亭林：顧炎武。見卷三・七注(2)。顏師古：見卷五・七五注(1)。章懷太子：李賢，字明允。唐高宗第六子。讀書一覽不忘。上元二年，立為皇太子。曾招諸儒注《後漢書》。後被廢為庶人。武則天立，迫令自殺。睿宗時，追謚章懷，世稱章懷太子。

(11) 王伯厚：王應麟，字伯厚，號深亭居士。宋慶元鄞縣人。理宗淳祐元年進士。官至禮部尚書兼給事中，後辭官還鄉。有《玉海》、《困學紀聞》、《玉堂類稿》、《漢藝文志考》、《深寧集》等。陸法言：隋魏郡臨漳人。音韻學家。撰《切韻》。

(12) 高誘：東漢涿郡涿縣人。任司空掾、東郡濮陽令。有《呂氏春秋注》、《淮南子注》、《戰國策注》等。

(13) 孫炎：字叔然。三國魏樂安人。受學鄭玄之門，稱東州大儒。有《周易春秋例》、《爾雅音義》。

二八

詩賦為文人興到之作，不可為典要(1)。上林不產盧橘(2)，而相如賦有之(3)。甘泉不產玉樹(4)，而揚雄賦有之(5)。簡文〈雁門太守行〉而云「日逐康居與月氏」(6)；蕭子暉〈隴頭水〉而云「北注黃河，東流白馬」(7)：皆非題中所有之地。蘇武詩(8)，有「俯看江漢流」之句。其時武在長安，安得有江漢？《爾雅》：「山有穴為岫。」謝玄暉詩(9)：「窗中列遠岫。」徐浩文(10)：「孤岫龜形。」皆誤指為山巒。劉琨〈答盧諶〉詩(11)：「宣尼悲獲麟，西狩涕孔丘。」宣尼即孔丘也。謝朓〈秋懷〉詩(12)：「雖好相如色，不同長卿慢。」長卿即相如也。康樂(13)：「揚帆採石華，掛席拾海月。」「揚帆」即「掛席」也。孟浩然：「竹間殘照入，池上夕陽微。」「夕陽」即「殘照」也。使後人為之，必有「關門閉戶掩柴扉」之誚矣！杜少陵〈寄賈司馬〉詩：「諸生老伏

虔。」東漢服虔並不老。所云伏虔者，伏生也；伏生不名虔。〈示僚奴阿奴〉云：「曾驚陶侃胡奴異。」胡奴，侃之子；非奴僕也。「不聞夏殷興，中自誅褒妲。」褒、妲是殷周人，與夏無干。

杜詩：「乘槎消息近，無處問張騫。」此即世俗所傳張騫乘槎事也。然宋之問詩云：「還將織女支機石，重訪成都賣卜人。」是明用《荊楚歲時記》織女教問嚴君平事。獨不知君平為王莽時人，張騫乃武帝時人：相去遠矣！

汪韓門云(14)：「〈檀弓〉：『齊莊公襲杞。杞梁死焉。其妻迎其柩于路而哭之哀。』《孟子》：『杞梁妻善哭其夫，而變國俗。』《左傳》但言杞妻辭齊侯之吊，而不言哭。〈檀弓〉、《孟子》雖言哭，未言崩城事也。《說苑・立節篇》云：『其妻聞夫亡而哭，城為之阤。』《列女傳》云：『枕其夫之屍於城下，哭十日而城崩。』亦未言長城也。長城築于齊威王時(15)，去莊公百有餘年(16)；而齊之長城，又非秦始皇所築長城。唐釋貫休乃為詩曰(17)：『秦人築土一萬里，杞梁貞婦啼嗚嗚。』則竟以杞梁為秦時築城之人，而其妻所哭崩，乃即秦之長城矣。」

俗傳梁灝八十登科(18)，有「龍頭屬老成」七言詩一首。《黃氏日抄》、《朝野雜記》俱駁正之，以為灝中狀元時，年才二十六耳。余按《宋史》灝本傳：雍熙二年舉進士，賜進士甲科，解褐(19)，大名

府觀察推官。景德元年卒，年九十二。雍熙至景德相隔只十餘年，而灝壽已九十二，則八十登科之說，未為無因。

【箋注】

(1)典要：可靠的根據。

(2)上林：古宮苑名。秦舊苑，漢初荒廢，至漢武帝時重新擴建。故址在今西安市西及周至、戶縣界。

(3)相如：漢・司馬相如。見卷一・二二注(5)。寫有〈上林賦〉。

(4)甘泉：宮名。故址在今陝西淳化西北甘泉山。本秦宮。漢武帝增築擴建，在此朝諸侯王，饗外國客；夏日亦作避暑之處。

(5)揚雄：見卷三・五八注(4)。

(6)簡文：梁簡文帝，即蕭綱，字世纘。南朝梁武帝第三子。在位二年，廟號太宗。好詩文，愛結交文人。以輕艷文辭描述宮廷生活，時稱宮體詩。明人輯有《梁簡文帝集》。日逐：匈奴日逐王，統領西域諸國。康居：漢時西域國名。月氏：漢時西域國名。

(7)蕭子暉：字景光。南朝梁南蘭陵人。官終驃騎長史。涉書史，有文才，性恬靜，寡嗜欲。有集已佚。白馬：白馬河，在阿北饒陽縣南。

(8)蘇武：西漢名臣。見卷三・四一注(3)。

(9)謝玄暉：謝脁。見卷一・二二注(4)。

(10)徐浩：字季海。唐越州郯縣人。玄宗開元五年，擢明經第。官集賢校理、國子祭酒、工部吏部侍郎。所引句見〈寶林寺作〉詩。

(11)劉琨：字越石。西晉中山魏昌（今河北無極）人。官司

隸從事、并州刺史、大將軍、太尉。有《劉越石集》輯本。

(12) 謝朓：應為謝惠連。南朝宋陳郡陽夏人。謝靈運族弟。與謝靈運亦並稱「大小謝」。曾在彭城王府任法曹參軍。所作〈祭古塚文〉、〈雪賦〉為傳世名篇。有明人輯《謝法曹集》。所引詩句，「色」應為「達」。

(13) 康樂：謝靈運。見卷四・二九注(1)。

(14) 汪韓門：汪師韓。見卷四・三注(7)。

(15) 齊威王：即田因齊。戰國時齊國國君。

(16) 莊公：齊莊公，即田光。春秋時齊國國君。

(17) 貫休：五代時僧人。婺州蘭溪人。有詩名。著《禪月集》。

(18) 梁灝：多作梁顥，字太素。宋鄆州須城（治所在今山東東平州城鎮）人，出身官宦之家。雍熙二年狀元。曾任翰林學士、宋都開封知府等職。世傳梁顥八十二歲及第，《宋史》本傳謂卒年九十二，皆誤。宋・洪邁《容齋隨筆》卷十四、清・俞正燮《癸巳存稿》卷八等有辯甚詳。

(19) 解褐：謂脫去布衣，擔任官職。

二九

班史稱霍光不學無術(1)，故不知伊尹放太甲之事(2)。乃《西京雜記》載光〈答攣生兄弟書〉，先引殷王祖甲(3)，再引許釐公一產二女(4)，楚唐勒一產二子(5)，事甚博雅。《蜀志》：劉巴輕張飛云(6)：「大丈夫何暇與兵子語？」似飛椎魯無文(7)。乃涪陵

有飛所作〈刁斗銘〉(8)，流江縣有飛所書題名石。前明張士環有詩云(9)：「江上祠堂橫劍珮，人間刁斗重銀鈎(10)。」

【箋注】

(1) 班史：指《漢書》。為班固所作，故稱。霍光：見卷一・一六注(2)。

(2) 伊尹：商代人，名伊。湯時大臣。尹，官名。佐商滅夏，綜理國政。太甲立，不遵湯法，不理國政，為伊尹放逐於桐。一說，太甲當立而伊尹篡位自立，放逐太甲。太甲：商代帝王。成湯孫，太丁子。被伊尹放逐後復位，勵精圖治，諸侯歸殷，百姓以寧。稱太宗。在位十二年。

(3) 祖甲：又稱作且甲或帝甲，商朝國王，姓子名載。商王武丁第三子，商王祖庚之弟，祖庚死後繼位，在位三十三年。按：祖甲在位期間曾進行過一次大規模的改革，包括文字、祀典、卜事等方面的改革，其中尤以祀典方面的改革影響最大，殷商的祀典原本包含上甲以前的先公遠祖，而在祖甲改革之後的祀典，則始於先公近祖的上甲，不包含上甲以前的先公遠祖。並改革舊有的祭祀，其中有八種祭祀不為新派所接受，新派另訂五種祭祀。祭祀的對象關係到現實的政治利益和王位繼承的資格，因此在政治上逐漸形成新舊兩派的黨爭，兩派互相傾軋一百六十餘年，直至滅亡。在舊派的眼中，主張新派的祖甲和紂王自然是荒政禍民，然在《尚書・無逸篇》中，周公評價祖甲「能保惠於庶民，不敢侮鰥寡。」在《論語・子張篇》中，子貢已經懷疑紂王無道之事是否真是如此？商人原是一個富於進取的民族，《尚書・盤庚上篇》：「人惟求舊，器非求舊，惟新。」〈湯之盤銘〉曰：「苟日新、又日新、日日新。」商王朝歷經長久的統治之後，必有新的課題與時

代處境的挑戰須要面對，因此第廿四代商王祖甲起而改革，然而改革必然會影響到許多的既得利益者，必然引來保守勢力的反對，縱觀歷代以來的變法，主張變法者多難以善終。因此在舊派的眼中，祖甲與紂王的評價便是怠於祭祀、斥逐老成、荒政刑酷。其實多是眾惡歸之，千載積毀之詞。

(4)許釐公：漢・劉歆撰《西京雜記》卷三載為許釐莊公。據盧本「莊」為衍文。《容齋隨筆・五筆》卷一載為許莊公。莊公釐公皆為春秋諸侯國許國君主。釐公為莊公子。許為周時諸侯國名，姜姓。

(5)唐勒：見卷一四・一〇一注(6)。

(6)劉巴：字子初。三國蜀零陵烝陽人。歸劉備，辟為左將軍西曹掾。累遷尚書、尚書令。與諸葛亮共造《蜀科》。清儉不治產業，恭默守靜。張飛，字益德，俗作翼德。三國蜀涿郡人。為巴西太守、車騎將軍，封西鄉侯。

(7)椎魯：愚鈍，魯鈍。

(8)涪陵：地名。今屬重慶。刁斗：古代行軍用具。斗形有柄，銅質；白天用作炊具，晚上擊以巡更。

(9)張士環：疑誤。宋・王象之《輿地紀勝》卷一七四《夔州路・涪州》載此詩，說是魏國張士瓌〈和白君〉詩：「天下英雄只豫州，阿瞞不共戴天仇。山河割據三分國，宇宙威名丈八矛。江上祠堂嚴劍佩，人間刁斗見銀鉤。空餘諸葛秦州表，左袒何人復為劉。」《全宋詩》收入卷三七四四。

(10)銀鉤：比喻遒媚剛勁的書法。

三〇

宋人多稱曾子固不能詩(1)。乃〈上元祥符寺宴集〉云：「紅雲燈火浮滄海，碧水瑤臺浸遠空。」又，〈享祀軍山廟歌〉：「土膏起兮，流泉駛兮。」凡二百餘言，俱不減作者(2)。

【箋注】

(1) 曾子固：曾鞏，字子固，世稱南豐先生。宋建昌軍南豐人。仁宗嘉祐二年進士。官至中書舍人。多有政績。尤擅散文，為唐宋八大家之一。追諡文定。有《元豐類稿》。

(2) 作者：稱在藝業上有卓越成就的人。

三一

或問唐沈佺期詩云(1)：「不如黃雀語，能免冶長災(2)。」余按皇侃《論語義疏》云(3)：「冶長從衛還魯，見老嫗當道哭，問：『何為哭？』云：『兒出未歸。』冶長曰：『頃聞烏相呼，往某村食肉，得毋兒已死耶(4)？』嫗往視，得兒尸，告村官。官曰：『冶長不殺人，何由知兒尸？』遂囚冶長。且曰：『汝言能通鳥言，試果驗，裁放汝。』冶長在獄六十日，聞雀鳴而大笑。獄主問何笑。冶長曰：『雀鳴嘖嘖唶唶(5)，白蓮水邊，有車翻黍粟，牡牛折角(6)，收斂不盡，相呼往啄。』獄主往視，果然。乃白村官而釋之。」余愛雀言音節天然，有類古樂府。

【箋注】

(1) 沈佺期：字雲卿。唐相州內黃人。高宗上元二年進士。官通事舍人、給事中、考功員外郎、中書舍人、太子詹事。工詩，尤長七言，始定七律體制。詩與宋之問齊名，時號沈宋。

(2) 冶長：公冶長，字子長。春秋時齊國人。一作魯國人，名萇，字子芝。傳通鳥語。孔子以女妻之。

(3) 皇侃：南朝梁吳郡人。任國子助教、員外散騎侍郎。有《論語義疏》、《禮記義疏》等。

(4) 得毋：莫非。

(5) 嘖嘖（zé）唶唶（jí）：象聲詞。鳥鳴聲。

(6) 牡牛：公牛。

三二

蕭子榮〈日出東南隅〉云(1)：「三五前年暮，四五今年朝。」梁元帝〈法寶聯璧序〉云(2)：「相兼二八，將兼四七。」此等算博士語(3)，最為可笑。其濫觴蓋起於東漢〈唐君頌〉(4)，曰：「五六六七，訓道若神。」用曾點「冠者五六人，童子六七人」也(5)。〈棠邑費鳳碑〉曰(6)：「菲五五。」言居喪菲食二十五月也(7)。皆割裂太過，不成文理。

【箋注】

(1) 蕭子榮：一作蕭子顯。子顯字景陽。南朝梁南蘭陵人。歷侍中、國子祭酒、吏部尚書。官終吳興太守。精史學。今僅存《南齊書》。引詩中「三五」應作

「三六」。

(2)梁元帝：即蕭繹。見卷七・四五注(7)。

(3)算博士：算學博士。用以譏嘲詩文中濫用數目字的人。

(4)濫觴：比喻事物的起源、發端。

(5)曾點：孔子弟子。見卷五・三六注(5)。

(6)費鳳：字伯蕭。東漢吳郡吳興人。言不失典，行不越規。舉孝廉，拜郎中，除陳國新平長。後任棠邑宰。卒于任。此碑於東漢靈帝熹平六年立。棠邑，在今江蘇六合縣西北。

(7)菲食：粗劣的飲食。

三三

或問：「梅定九先生詩云(1)：『乾道炎三伏(2)，坤靈樂四遊(3)。』作何解？」余按《史記》秦德公二年「初伏」注：「三伏始于秦，周無伏也。」劉熙《釋名》云(4)：「金氣伏藏也(5)。故三伏皆庚。」王大可云(6)：「三伏者，庚金伏于夏火之下。金畏火，故曰伏。」惟「四遊」不得其解。後見《尚書考靈曜》曰(7)：「地體雖靜，而終日旋轉，如人坐舟中，舟自行動，人不能知。春星西游，夏星北遊，秋星東遊，冬星南遊。一年之中，地有四遊。」此定九先生之所本也。

【箋注】

(1)梅定九：梅文鼎。喜觀天象，兼通數學。見卷一・六四注(1)。

(2)乾道：天道，陽剛之道。

(3)坤靈：古人對大地的美稱。

(4)劉熙：字成國。東漢北海人。有《釋名》，用音訓推求事物所命名之由來，為探求語源、辨證古音之重要著作。

(5)金氣：秋氣。

(6)王大可：一作王可大，字元簡。江蘇吳江人，祖籍應天。明嘉靖癸丑進士。官至台州知府。有《國獻家猷》、《三山匯稿》。

(7)尚書考靈曜：漢代緯書。明・孫瑴輯。此處所引非原文。

三四

毛西河以詩賦為試帖(1)。按唐「明經」(2)：先帖文，然後試帖經之法，以所習經，帖其兩端，中留一行試之，非指詩賦也。然「明經」亦有試詩者：王貞白有〈帖經日試宮中瑞蓮詩〉(3)。

【箋注】

(1)毛西河：毛奇齡。見卷二・三六注(3)。試帖：源于唐代，受「帖經」影響而產生，為科舉考試所採用。其詩大都為五言六韻或八韻的排律，以古人詩句或成語為題，冠以「賦得」二字，並限韻腳。清代試帖詩，格式

限制尤嚴，內容大多直接或間接歌頌皇帝功德，並須切題。

(2) 明經：科舉科目之一。以經義、策問取士。

(3) 王貞白：字有道，號靈溪。信州永豐（今江西廣豐）人。唐乾寧二年進士，七年後授職校書郎。常與羅隱、方干、貫休等名士同游唱和。自編《靈溪集》七卷已佚，《全唐詩》存詩一卷，《全唐詩補編》存詩十二首。

三五

今舉子於場前揣主司所命題而預作之，號曰「擬題」。按：宋何承天私造《鐃歌》十五篇(1)，不沿舊曲，而以己意詠之，號曰「擬題」，此二字之始。今遂以為士子揣摩之稱。

【箋注】

(1) 何承天：南朝宋東海郯(今山東郯城西南)人。官至廷尉、國子學博士。有〈達性論〉、〈與宗居士書〉、〈答顏光祿〉、〈報應問〉等。鐃歌：軍中樂歌。傳說黃帝、岐伯所作。漢樂府中屬鼓吹曲。馬上奏之，用以激勵士氣。也用於大駕出行和宴享功臣以及奏凱班師。

三六

俗傳黃崇嘏為女狀元(1)。按《十國春秋》：「崇嘏好男裝，以失火繫獄，邛州刺史周庠愛其丰采(2)，

欲妻以女。乃獻詩云：『幕府若容為坦腹(3)，願天速變作男兒。』庠驚，召問，乃黃使君女也。幼失父母，與老嫗同居。命攝司戶參軍，已而乞罷歸，不知所終。」今世俗訛稱女狀元者，以其獻詩時，自稱「鄉貢進士」故也。嚴冬友曰(4)：「徐文長《四聲猿》劇(5)，末一折為《女狀元》，即崇嘏事。此俗稱所始。」

【箋注】

(1)黃崇嘏（gǔ）：五代時前蜀女子。常扮男裝，遊歷兩川。雅善琴弈，妙書畫。

(2)周庠：字博雅。唐末五代時人。初仕唐，後佐王建，拜中書侍郎、同平章事，進司徒。官終武平軍節度使。

(3)坦腹：南朝宋・劉義慶《世說新語・雅量》：「郗太傅在京口，遣門生與王丞相書求女婿……門生歸，白郗曰：『王家諸郎，亦皆可嘉，聞來覓壻，咸自矜持。唯有一郎在東床上坦腹臥，如不聞。』郗公云：『正此好！』訪之，乃是逸少，因嫁女與焉。」

(4)嚴冬友：見卷一・二二注(6)。

(5)徐文長：徐渭。見卷六・三〇注(1)。

三七

孔毅夫《雜說》稱退之晚年服金石藥致死(1)。引香山詩「退之服硫黃，一病訖不痊」為證(2)。呂汲公辨之云(3)：「衛中立字退之(4)，餌金石，求不死反死。中立與香山交好，非韓退之也。韓公之痛詆

金石，已見李虛中諸人墓誌矣(5)：豈有身反服之之理？」

【箋注】

(1) 孔毅夫：孔平仲，字義甫、毅父。宋臨江新淦人。英宗治平二年進士。官秘書丞、集賢校理、戶部金部郎中。長於史學，工文詞。有《孔氏談苑》、《續世說》、《朝散集》等。退之：指韓愈。見卷一・一三注(1)。

(2) 香山：白居易。見卷一・二〇注(6)。

(3) 呂汲公：呂大防，字微仲。宋京兆藍田人。仁宗皇祐初進士。哲宗時為翰林學士、吏部尚書、尚書右丞、中書侍郎，封汲郡公。元祐三年，為尚書左僕射兼門下侍郎。有《呂汲公文錄》、《韓吏部文公集年譜》等。

(4) 衛中立：字退之。衛中行兄。唐河東安邑人。曾任監察御史。韓愈有〈唐故監察御史衛府君墓誌銘〉文。

(5) 李虛中：字常容。唐進士及第。官至殿中侍御史。死後韓愈作墓誌。世傳《李虛中命書》，署名「鬼谷子撰，虛中注」。

三八

近人新婚，賀者作催妝詩(1)，其風頗古。按：《毛詩》「間關車之舝兮」一章(2)，申豐曰(3)：「宣王中興，士得行親迎之禮，其友賀之而作是詩。」北齊婚禮，設青廬(4)，夫家領百餘人，挾車子，呼新婦，催出來。唐因之有催妝詩。中宗守歲(5)，以皇后乳媼配竇從一(6)，誦〈卻扇詩〉數

首(7)。天祐中(8)，南平王鍾女適江夏杜洪子，時已昏暝，令人走乞〈障車文〉於湯篔(9)。篔命小吏四人執紙，倚馬而成：即催妝也。

《芥隱筆記》、《輟耕錄》俱云(10)：今新婦至門，則傳席以入，弗令履地。唐人已然。白樂天〈春深娶婦〉詩云(11)：「青衣捧氈褥，錦繡一條斜。」

兩新人宅堂參拜，謂之拜堂。唐人王建〈失釵怨〉(12)：「雙杯行酒六親喜，我家新婦宜拜堂。」

【箋注】

(1)催妝詩：舊俗，成婚前夕，賀者賦詩以催新婦梳妝，稱催妝詩。

(2)「間關」句：見《詩經・小雅・車舝》。間關，車行時發出的聲響。舝，同「轄」，車軸頭的鐵鍵。

(3)申豐：春秋時魯國人。季武子家臣。

(4)青廬：青布搭成的篷帳。古代北方民族舉行婚禮交拜時用。

(5)中宗：李顯，原名李哲，唐高宗第七子，武則天第三子。即嗣位，母武后臨朝稱制，廢之為廬陵王。復位後，韋后與武三思等專權。在位七年，為韋后及安樂公主毒死。

(6)竇從一：竇懷貞，字從一。唐京兆始平人。中宗神龍時官左御史大夫，續娶韋后乳母王氏。性諂詐，善結權貴。

(7)卻扇：古代行婚禮時新婦用扇遮臉，交拜後去之。後用以指完婚。

(8)天祐：唐昭宗年號。

(9) 障車：唐人婚嫁，候新婦至，衆人擁門塞巷，至車不得行，稱為障車。湯篔：唐潤州丹陽人。善為書記應用文。數在官府做從事，皆掌書奏，未嘗有倦色。

(10) 芥隱筆記：宋・龔頤正撰。頤正字養正。處州遂昌人。為國史院檢討官。芥隱，書室名。輟耕錄：元末明初人陶宗儀著。宗儀字九成，號南村。浙江黃巖人。

(11) 白樂天：白居易。見卷一・二〇注(6)。

(12) 王建：唐詩人。見卷一・二〇注(5)。

三九

詩能令人笑者必佳。雲松〈詠眼鏡〉云(1)：「長繩雙目繫，橫橋一鼻跨。」古漁〈客邸〉云(2)：「近來翻厭夢，夜夜到家鄉。」張文端公云(3)：「姑作欺人語，報國在文章。」尹似村〈詠貧〉云(4)：「笥能有幾衣頻典(5)，錢值無多畫幸存。」劉春池〈立春〉云(6)：「門前久已無車馬，尚有人來送土牛(7)。」古漁〈哭陳楚竒〉云：「才可閉門身便死(8)，書生強健要饑寒。」蔣心餘詠〈京師雞毛炕〉云(9)：「天明出街寒蟲號，自恨不如雞有毛。」

香亭和余詠〈帳〉云(10)：「垂處便宜人語細。」余乍讀便笑。香亭問故。余曰：「縱粗豪客，斷無在帳中喊叫之理。」又，詠〈杖〉曰：「隔戶聲先步履來。」皆真得妙。

【箋注】

(1) 雲松：趙翼。見卷二・三三注(3)。

(2) 古漁：陳毅。見卷一・五二注(3)。

(3) 張文端：張英。見卷二・五五注(3)。

(4) 尹似村：慶蘭。見卷二・三七注(1)。

(5) 笥：盛衣物或飯食等的方形竹器。典：抵押，典當。

(6) 劉春池：劉夢芳。見卷三・七〇注(1)。

(7) 土牛：用泥土製的牛。古代在農曆十二月出土牛以除陰氣。後來，立春時造土牛以勸農耕，象徵春耕開始。

(8) 才可閉門：宋・徐度《卻掃編》卷中：「（陳師道，字無己）與諸生徜徉林下，或愀然而歸，徑登榻，引被自覆，呻吟久之，矍然而興，取筆疾書，則一詩成矣。」黃庭堅〈病起荊江亭即事〉有「閉門覓句陳無己」之語。

(9) 蔣心餘：蔣士銓。見卷一・二三注(2)。雞毛炕：一作雞毛坑，專為乞丐而設，冬夜無火，以雞毛圍身，相依而眠。

(10) 香亭：袁樹。見卷一・五注(3)。

四〇

曹震亭與史梧岡潛心仙佛(1)，好為幽冷之詩。曹云：「肅肅秋乾風，蕭曠野無已。橋孤朽柱搖，落日動野水。」史云：「一峰兩峰陰，三更五更雨。冷月破雲來，白衣坐幽女(2)。」皆陰氣襲人。曹又有句云：「秋陰連朔望(3)，黯黯白雲平。似聽前村裏，呼雞有婦聲。」此首便冷而不陰。

【箋注】

(1) 曹震亭：曹學詩。見卷一三・五五注(2)。史梧岡：史震林。見卷一三・一七注(1)。

(2) 幽女：幽居無偶的女子。此處有誤，《西青散記》卷四史與曹遊西山戒壇時，見石上有五言絕句「一峰兩峰陰」云云，並非史作。

(3) 朔望：朔日和望日。舊曆每月初一日和十五日。此處引詩作者亦有誤，《西青散記》卷一、卷三皆載此詩，說是趙闇叔所作〈秋日〉詩，非曹震亭作。闇叔，見卷一・七注(1)。

四一

詩有聽來甚雅，恰行不得者。金壽門云(1)：「消受白蓮花世界，風來四面臥中央。」詩佳矣，果有其人，必患痎瘧(2)。雪庵僧云(3)：「半生客裏無窮恨，告訴梅花說到明。」詩佳矣，果有其事，必染寒疾。

【箋注】

(1) 金壽門：金農。見卷三・七二注(2)。

(2) 痎瘧（jiēnüè）：瘧疾的通稱。亦指經年不愈的老瘧。

(3) 雪庵僧：釋惟謹，號雪庵。永嘉（今浙江溫州）人。宋孝宗乾道、淳熙間僧。《全宋詩》錄詩五首。

四二

今人稱曲之高者，曰「郢曲」(1)，此誤也。宋玉曰(2)：「客有歌於郢中者。」則歌者非郢人也。又曰：「《下里》、《巴人》(3)，國中屬和者數千人。《陽春》、《白雪》(4)，和者不過數十人。引商刻羽(5)，雜以流徵(6)，則和者不過數人。」是郢之人能和下曲，而不能和妙曲也。以其所不能者名其俗，不亦訛乎？

【箋注】

(1)郢（yǐng）曲：泛指樂曲。郢，古邑名。春秋戰國時楚國都城。今湖北省江陵縣紀南城。

(2)宋玉：見卷一四・四三注(5)。引文見宋玉〈對楚王問〉。

(3)下里巴人：古代民間通俗歌曲。下里，鄉里；巴，古國名，地在今川東、鄂西一帶。

(4)陽春白雪：戰國時楚國的高雅歌曲名。

(5)商羽：五音中的商聲和羽聲，商音高昂，羽音慷慨。

(6)流徵（zhǐ）：徵音流暢。

四三

《毛詩》：「流離之子(1)。」《鄭箋》(2)：「流離，鳥名。」今訛以為離散之詞。猶之「狼狽」，獸名也；今訛以為困頓之詞。「瑣尾」二字，

《箋》：「美好也。」今亦訛為瑣碎之詞。

【箋注】

(1) 流離：梟的別名。此句見《詩經‧邶風‧旄丘》。

(2) 鄭箋：漢‧鄭玄所作《毛詩傳箋》的簡稱。鄭玄，見卷一‧四六注(24)。

四四

謝位聯〈賀進士〉云(1)：「赴宴瓊林早，題名雁塔高(2)。」余有舊搨《雁塔題名記》十餘張，皆縉紳大夫、僧流羽士之名(3)，非止新進士也。唐進士於曲江宴賞之餘(4)，多有各題名姓者。今人遂以「雁塔題名」為稱賀進士之言。

【箋注】

(1) 謝位聯：未詳。

(2) 雁塔：即今陝西西安市大雁塔，位於城南慈恩寺內。又稱慈恩寺塔。李肇《唐國史補》：「既捷，列書其姓名於慈恩寺塔，謂之題名會。」

(3) 縉紳：指官吏或較有聲望、地位的知識份子。羽士：道士的別稱。

(4) 曲江：此指曲江池，也稱曲水。在今陝西西安市東南曲江鎮一帶。唐時考中的進士，放榜後大宴於曲江亭，謂之曲江會。

四五

世傳蘇小妹之說，按《墨莊漫錄》云(1)：「延安夫人蘇氏，有詞行世，或以為東坡女弟適柳子玉者所作。」《菊坡叢話》云(2)：「老蘇之女幼而好學，嫁其母兄程濬之子之才。先生作詩曰：『汝母之兄汝伯舅，求以厥子來結姻(3)。鄉人婚嫁重母族，雖我不肯將安云。』」考二書所言，東坡止有二妹：一適柳，一適程也。今俗傳為秦少游之妻，誤矣！或云：「今所傳蘇小妹之詩句對語，見宋林坤《誠齋雜記》(4)，原屬不根之論。猶之世傳甘羅為秦相(5)。」按《國策》(6)：「甘羅年十二，為少庶子，請張卿相燕(7)。又事呂不韋(8)，以說趙功(9)，封上卿(10)。」並無為秦相之說。然《儀禮疏》亦云：「甘羅十二相秦。」則以訛傳訛久矣。

【箋注】

(1) 墨莊漫錄：宋・張邦基著。張字子賢。高郵(今屬江蘇)人。此處引文應為：「延安夫人蘇氏，丞相子容妹，曾子宣內也，有詞行於世。或以為東坡女弟適柳子玉者所作，非也。」

(2) 菊坡叢話：明・單宇撰。字時泰，號菊坡。臨川人。正統己未進士，官侯官縣知縣。

(3) 厥：其。代詞。表示領屬關係。

(4) 誠齋雜記：元・林坤撰。字載卿，自號誠齋。會稽人。曾官翰林。

(5) 甘羅：戰國時楚國下蔡人。秦相甘茂孫。

(6) 國策：即《戰國策》，西漢末劉向根據皇家藏書編訂，內容多為記錄戰國時縱橫家的政治主張和外交策略。

(7) 張卿：張唐，秦昭王時為將軍，曾率兵攻魏、趙等地。相燕：為燕相。

(8) 呂不韋：戰國末衛國濮陽人。原為大商人，設策使秦公子異人嗣位。後任秦相，封文信侯。

(9) 說：讀shuì。勸說別人聽從自己的意見。

(10) 上卿：古官名。周制天子及諸侯皆有卿，分上中下三等，最尊貴者謂「上卿」。

四六

張翰詩(1)：「黃花若散金。」菜花也。通首皆言春景，宋真宗出此題(2)，舉子誤以為菊，乃被放黜(3)。

【箋注】

(1) 張翰：西晉人。見卷六・九注(7)。

(2) 宋真宗：北宋皇帝趙恒。《能改齋漫錄》說是宋仁宗（趙禎）時期秋試進士題。

(3) 放黜（chù）：放逐黜免。

四七

外祖章師鹿詩云(1)：「高足多金紫，先生已白頭。」人問「高足」出處。按《世說新語》：「鄭

康成在馬融門下，三年不得相見；高足弟子傳授而已。」言融不能親教，使高弟子傳授之耳。然顏師古注〈高祖本紀〉云(2)：「凡乘傳者(3)，四馬高足為置傳(4)，四馬中足為驛傳(5)，四馬下足為乘傳(6)。」是「高足」二字，在漢時以之名馬；而《世說》竟以之稱弟子，何也？師鹿先生年八十四，猶冒雨著屐，赴康熙庚子鄉試。使遇今上，必受殊恩無疑也。〈與及門遊西湖〉云：「師弟同遊興不孤，呼僮挈榼更提壺(7)。分明柳暗花明處，年少叢中一老夫。」

【箋注】

(1) 章師鹿：「鹿」一作「祿」。浙江錢塘人。諸生。袁枚的外祖父。

(2) 顏師古：見卷五・七五注(1)。

(3) 乘傳：乘坐驛車。傳，驛站的馬車。乘，讀chéng，乘坐。

(4) 置傳：漢代駕以四匹良馬的驛車。

(5) 驛傳：傳舍；驛站。為我國歷代封建政府供官員往來和遞送公文用的交通機構，又為封建制度下對平民的一種徭役。清末舉辦郵局後始廢除。

(6) 乘傳：此指古代驛站用四匹下等馬拉的車子。乘，讀shèng，車子。

(7) 挈榼：攜帶盛酒或貯水的器具。

四八

今人稱女子加笄為「上頭」(1)。按《南史・孝義傳》：「華寶八歲，父成往長安(2)，臨別曰：『須我還，為汝上頭。』長安陷，父不歸。寶年至七十，猶不冠。」是「上頭」者，男子之事。今專稱女子，心頗疑之。讀《晉樂府》云：「窈窕上頭歡，那得及破瓜(3)？」則主女說亦可。

【箋注】

(1) 加笄（jī）：謂以簪束髮。古時女子十五歲始加笄，表示成年。

(2) 父成：父名成。此誤。「成」為「戍」之誤。《南史》原文為：「華寶，晉陵無錫人也。父豪，晉義熙末戍長安。」

(3) 破瓜：舊稱女子十六歲為「破瓜」。「瓜」字拆開為兩個八字，即二八之年，故稱。

四九

唐耿緯〈長門怨〉云(1)：「聞道昭陽宴(2)。」楊衡云(3)：「望斷昭陽信不來。」劉媛云(4)：「愁心和雨到昭陽。」按：昭陽為成帝時趙氏姊妹所居(5)，與武帝之陳后長門無涉(6)。

【箋注】

(1) 耿緯：多作耿湋，字洪源。唐河東人。代宗寶應二年進

士。官右拾遺。工詩，與錢起、盧綸、司空曙諸人齊名，為大曆十才子之一。

(2) 昭陽：漢宮殿名。後泛指后妃所住的宮殿。

(3) 楊衡：字中師。唐鳳翔陳倉人。德宗貞元年間進士。曾任桂陽郡從事、郴州倉曹參軍。官至試大理評事。

(4) 劉媛：唐女詩人。生活年代在光化前，餘無考。所引句一作劉皂詩。

(5) 趙氏姊妹：指西漢成帝皇后趙飛燕，與其妹趙合德專寵十餘年。

(6) 陳后：漢武帝時陳皇后，名阿嬌。因失寵退居長門宮，愁悶悲思。聞蜀郡成都司馬相如天下工為文，奉黃金百斤，為相如、文君取酒，求解悲愁之辭。司馬相如為作〈長門賦〉，帝見而傷之，復得親幸。

五〇

章槐墅觀察曰(1)：「泰山從古迄今，皆言自中幹發脈(2)。聖祖遣人從長白山(3)，踪至旅順山口，龍脈入海，從諸島直接登州(4)，起福山而達泰山(5)，鑿鑿可據。」余雖未至旅順福山，然山左往來，不惟岱岳位震而兌(6)，即觀汶、泗二水源流(7)，亦皆自東而西：則泰山不從中幹發脈，又一確證也。因紀以詩云：「兩條汶、泗朝西去，一座泰山渡海來。笑殺古今談地脈，分明是夢未曾猜。」

【箋注】

(1) 章槐墅：未詳。

(2) 中幹：指中部。或指崑崙山系，或指陝西、河南一帶山系。

(3) 聖祖：指康熙。

(4) 登州：指山東牟平一帶。

(5) 福山：此似指天柱山。在今遼寧瀋陽市東北，上有福陵，即清太祖努爾哈赤墓。隔海峽相望，恰在今山東煙臺市西福山城北亦有福山。

(6) 位震而兌：位於東而向西。震，指東方；兌，指西方。

(7) 汶泗：汶水，即今山東西部大汶河。泗水，源自今山東泗水縣東蒙山南麓，西流經泗水、曲阜、兗州等縣市。

五一

《樂府》云：「五馬立躊躕。」香山詩云(1)：「五匹鳴珂馬，雙輪畫戟車。」註：「五馬者，不一其說。按《漢官儀》：四馬載車，惟太守出，則增一馬。故稱太守曰五馬。」此一說也。程氏《演繁露》以為始于《毛詩》(2)：「良馬五之。」亦一說也。《南史‧柳元筴傳》：「兄弟五人，同為太守，各乘一馬出入。時人榮之，號柳氏門庭，五馬委蛇(3)。」則又一說矣。

【箋注】

(1) 香山：白居易。所引詩句見〈和春深二十首〉。「戟」一作「軾」。

(2) 程氏：程大昌，字泰之。宋徽州休寧人。高宗紹興二十一年進士。官至龍圖閣學士。平生篤學，長於考訂

名物典故。有《禹貢論》、《易原》、《演繁露》等。

(3) 委蛇（yí）：雍容自得貌。

五二

《古樂府》：「十五府小史(1)，三十侍中郎。」似令史之年輕者名小史，即今之小書辦也。張翰有〈周小史詩〉(2)，曰：「翩翩周生，婉孌幼童(3)。年甫十五，如日在東。」謝惠連有〈贈小史杜德靈〉詩(4)，似乎褻狎(5)。然吳祐舉孝廉(6)，乃越道，共雍丘小史黃真歡語移時(7)，人以為榮。則小史又以人重矣。高俅為東坡小史(8)，後見蘇氏子孫執禮猶恭。

【箋注】

(1) 小史：官名。此指漢代及魏晉郡縣屬吏中最卑微的職吏，處理雜務。

(2) 張翰：見卷六・九注(7)。

(3) 婉孌：年輕貌美。

(4) 謝惠連：見本卷二八注(12)。

(5) 褻狎：輕慢，不莊重。

(6) 吳祐：字季英。東漢陳留長垣人。舉孝廉，遷膠東侯相、齊相，有治績。後出為河間相，自請免歸。

(7) 黃真：字夏甫。東漢陳留雍丘人。為郡小史，後舉孝廉為新蔡長，世稱其清節。

(8) 高俅：宋人，初為蘇軾小史，工筆札，後事樞密都承旨王晉卿。以善蹴鞠，為徽宗所寵信，官至殿前都指揮使、開府儀同三司。

五三

唐人爭取新進士衣裳以為吉利。張文昌詩曰(1)：「歸去惟將新誥命(2)，後來爭取舊衣裳。」唐宣宗自稱「鄉貢進士李道隆」(3)。進士之榮，至於天子慕之。宋時尤重出身，無出身者，不得入相。故欲相此人，必先賜同進士出身，而後許其入相。其重如此。然亦有時而賤。李贊皇不中進士(4)，故不喜科目，曰：「好騾馬不入行。」金衛紹王喜吏員(5)，不喜進士，曰：「高廷玉人才非不佳(6)，可惜出身不正。」嫌其中進士故也。

【箋注】

(1) 張文昌：唐詩人張籍。見卷九・八六注(4)。所引詩句見〈送李餘及第後歸蜀〉。

(2) 誥命：《全唐詩》作「誥牒」，指皇帝新頒發的科考及第的憑證。

(3) 唐宣宗：即李忱。即位後，罷斥李德裕黨，重用牛僧孺黨。在位十三年。李道隆：《天中記》作李道龍。應為化名。

(4) 李贊皇：唐・李德裕。見卷一・一九注(2)。

(5) 衛紹王：即完顏永濟。初名允濟，小字興勝。金世宗子。金章宗叔。曾封衛王。在位六年。柔弱無能。

(6) 高廷玉：字獻臣。恩州（治所在今河北清河縣西）人。金大定末進士。貞佑中自左右司郎官出為河南府治中。被陷殞於獄。

五四

宋咸淳辛未(1)，正言陳伯大議(2)：考試士子，諸路運司牒州縣(3)，先置士籍，編排保伍(4)，取各人戶貫三代年甲(5)，書明所習經書；年十五以上能文者，許其鄉之貢士結狀保送。一樣四本，分送縣、州、漕、部。臨唱名時，重行編排保伍，各人親書家狀，以驗筆跡。士人苦之，賦詩云：「劉整驚天動地來(6)，襄陽城下哭聲哀。廟堂束手全無策(7)，只把科場鬧秀才。」

【箋注】

(1) 咸淳：宋度宗趙禥的年號。

(2) 陳伯大：江西新淦人。南宋理宗開慶元年進士。曾官右正言兼侍講、禮部侍郎。為賈似道黨。

(3) 運司：古代官名。轉運使司轉運使、鹽運使司鹽運使的省稱。牒：官府公文的一種。此指發文、行文。

(4) 保伍：古代民人五家為伍，又立保相統攝，因以「保伍」泛稱基層戶籍編制。

(5) 年甲：年齡。

(6) 劉整：字武仲。宋元間鄧州穰城人。降元後入朝，進言滅宋當先攻襄陽。授任為都元帥，與阿術圍襄陽。襄樊既破，請以所練水軍，長驅滅宋。

(7) 廟堂：指朝廷。所引詩見《癸辛雜識・別集卷下》。

五五

邵又房〈贈友〉云(1)：「《廣陵散》裏求知己(2)，不特彈無聽亦無。」余歎其意包括甚廣。按《文苑英華》顧況序(3)：彈琴者王女繼之，名「日宮」、「月宮」；有《歸雲引》、《華嶽引》諸曲，皆《廣陵散》之遺音。是叔夜所彈，未嘗絕也。《唐書・韓皋傳》，解《廣陵散》為嵇康思魏之意。因毌邱儉、諸葛誕俱起兵於廣陵(4)，思興復魏室，而兵皆散亡，故曰從此絕矣。非專指琴也。

【箋注】

(1) 邵又房：邵元齡，字右房（又房）。江蘇長洲人，大興籍。乾隆三年舉人。官大荔知縣。

(2) 廣陵散：琴曲名。三國魏嵇康善彈此曲，秘不授人。後遭讒被害，臨刑索琴彈之，曰：「《廣陵散》於今絕矣！」（見《晉書・嵇康傳》）嵇康，字叔夜。見卷八・七五注(2)。

(3) 顧況：字逋翁。唐蘇州人。肅宗至德二載進士。官著作郎。善為歌詩，工畫山水。有《華陽集》。

(4) 毌邱儉：字仲恭。三國魏河東聞喜(今山西聞喜縣)人。父毌邱興，魏文帝時為武威太守，官至將作大匠，封鄉侯。毌邱儉襲父爵，先後任文學教授、羽林監、州刺史、將軍等職。因起兵反對司馬氏集團兵敗而死於草莽之中。諸葛誕：字公休。三國魏琅邪陽都人。官滎陽令、御史中丞尚書、征東大將軍。後據壽春反，稱臣於吳，為司馬昭擊敗，被殺。

五六

或問：「楊升庵有句云(1)：『一桶水傾如佛語，兩重紗夾起江波。』應作何解？」余按：徐騎省不喜佛經(2)，常云：「《楞嚴》、《法華》(3)，不過以此一桶水，傾入彼一桶中。傾來倒去，還是此一桶水。識破毫無餘味。」此升庵所本也。方空紗用一層糊窗，原無波紋；夾以兩層，必有閃爍不定之波。恐升庵即事成詩，未必有本。余亦有句云：「水痕瀉地方圓少，雪片經風厚薄多(4)。」一用《世說》，一用《東坡志林》。

【箋注】

(1)楊升庵：楊慎。見卷二・四二注(5)。

(2)徐騎省：徐鉉。見卷一・二〇注(2)。

(3)楞嚴、法華：兩部佛經名。

(4)「水痕」聯：上句見《世說新語・文學》：劉尹答曰：「譬如寫水著地，正自縱橫流漫，略無正方圓者。」下句據《東坡志林・雪堂問潘邠老》文意。

五七

熊蔗泉觀察〈聽雪〉云(1)：「一夜朔風急，重衾尚覺寒。料應階下白，及早起來看。」童二樹〈盼月〉云(2)：「佳絕娟娟月，秋窗逼曉開。臥看桐竹影，漸上臥床來。」兩首格調相同。商寶意〈顧曲〉

云(3)：「一曲明光三十段，自彈先要聽人彈。」趙雲松〈論詩〉云(4)：「背人恰向菱花照(5)，還把看人眼自看。」兩首用意相反。

【箋注】

(1)熊蔗泉：熊學驥。見卷七・七七注(1)。

(2)童二樹：童鈺。見卷二・七八注(1)。

(3)商寶意：商盤。見卷一・二七注(7)。顧曲：指欣賞音樂、戲曲。見卷九・九三注(9)。

(4)趙雲松：趙翼。見卷二・三三注(3)。

(5)菱花：指菱花鏡。亦泛指鏡。

五八

詩文自須學力，然用筆構思，全憑天分。往往古今人持論，不謀而合。李太白〈懷素草書歌〉云(1)：「古來萬事貴天生，何必公孫大娘渾脫舞(2)？」趙雲松〈論詩〉云：「到老始知非力取，三分人事七分天。」

【箋注】

(1)懷素：唐朝僧人。字藏真，俗姓錢。長沙人。以善狂草出名。承張旭而有發展，並稱「顛張醉素」。

(2)公孫大娘：唐舞蹈家。教坊妓。善舞劍器，技冠一時。吳人張旭善草書，曾於鄴縣屢觀大娘舞西河劍器，自此草書大進。渾脫：舞曲名。

五九

士大夫熱中貪仕，原無足諱(1)；而往往滿口說歸(2)，竟成習氣，可厭。黃莘田詩云(3)：「常參班裏說歸休(4)，都作寒暄好話頭。恰似朱門歌舞地，屏風偏畫白蘋洲(5)。」

【箋注】

(1) 諱：隱諱，回避。

(2) 歸：指歸鄉，歸隱。

(3) 黃莘田：黃任。見卷四・四九注(1)。

(4) 常參：群臣每日於前殿朝見皇帝稱常參，屬員依一定時間謁見上官亦稱常參。

(5) 白蘋洲：長滿白色蘋花的沙洲。泛指送別之地。唐・李益〈柳楊送客〉詩：「青楓江畔白蘋洲，楚客傷離不待秋。」

六〇

近人佳句，常摘錄之，以教子弟，過時一觀，亦有吹竹彈絲之樂。明知收拾不盡，然捃摭一二(1)，亦聖人「舉爾所知」意也(2)。毛琬云(3)：「乍寒童子怯，將雨野人知。」童鈺云(4)：「病聞新事少，老別故人難。」張節云(5)：「行善最為樂，觀書動畜疑。」孔東堂云(6)：「縴低時掠水，帆飽不依桅。」廖古檀云(7)：「山風枯硯水，花雨慢琴

弦。」王卿華云(8)：「斷香浮缺月，古佛守昏燈。」汪可舟云(9)：「客久人多識，年高眾病歸。」吳飛池云(10)：「涼風不管征衣薄，落日方知行路難。」李穆堂云(11)：「雲在岫無爭出意，石當流有不平鳴。」何南園云(12)：「閒愁早釋非關酒，舊學重溫為課孫。」楊次也云(13)：「淺水戲魚如可拾，密林藏鳥只聞聲。」周青原云(14)：「鳥自下山人自上，一齊穿破白雲過。」劉果云(15)：「花間看竹嫌逢主，夢裏聞雞似到家。」章智千〈送春〉云(16)：「青山駐景如留客(17)，綠樹成陰已改妝。」姚念慈〈哭孫虛船〉云(18)：「有淚直從知己落，無文可共別人論。」尹似村〈送南園出京〉云(19)：「乍親丰采歸偏速，不慣風塵住自難。」袁蕙纕云(20)：「功名何物催人老？車馬無情送客多。」寶意〈哭環娘〉云(21)：「乍分煙島情猶戀，略享春風死未甘。」香亭〈渡淮〉云(22)：「田家飯麥風仍北，遊女拖裙俗漸南。」春池〈順風〉云(23)：「天上鳥爭帆影速，岸邊人恨馬行遲。」又有五七字單句亦妙者。魯星村之「老怕送春歸」(24)，楊守知之「隨身只有影同來」(25)，王家駿之「園不栽梅覺負春」(26)，嘯村之「諱老偏逢人敘齒」(27)，飛池之「孤鴻與客爭沙宿」(28)：皆是也。

【箋注】

(1)捃摭：採取，採集。

(2)舉爾所知：孔子語。原意為「選拔你所知道的（賢才）」。

(3)毛琬：未詳。

(4)童鈺：見卷二・七八注(1)。

(5)張節：見卷一二・七六注(1)。

(6)孔東堂：孔尚仁。見卷一・七注(3)。

(7)廖古檀：廖景文。見卷一四・五七注(13)。

(8)王卿華：見卷四・七注(5)。

(9)汪可舟：汪舸。見卷五・四注(2)。

(10)吳飛池：吳龍光。見卷九・五四注(2)。

(11)李穆堂：李紱。見卷四・七三注(4)。

(12)何南園：何士顒。見卷一・三七注(1)。

(13)楊次也：楊守知。見卷一・一一注(2)。

(14)周青原：周發春。見卷四・七四注(1)。

(15)劉果（1627-1699）：字毅卿，號蕪園、木齋、十柳堂。山東諸城人。順治十六年進士。官太原推官、河間知縣、江南提學道僉事。有《十柳堂詩集》、《蕪園集鈔》。

(16)章智千：未詳。

(17)駐景：猶駐顏。使容顏不衰老。

(18)姚念慈：姚汝金。見卷一・二四注(3)。

(19)尹似村：慶蘭。見卷二・三七注(1)。

(20)袁蕙纕：袁穀芳，字慧相（蕙纕），號實堂。安徽宣城人。嘉慶十七年恩科舉人。授蘇州震澤學訓導。有《秋草文隨》、《歸耷詩稿》等。

(21)寶意：商盤。見卷一・二七注(7)。

(22)香亭：袁樹。見卷一・五注(3)。

(23)春池：劉夢芳。見卷三・七〇注(1)。

(24)魯星村：魯璸。見卷三・三七注(2)。

(25)楊守知：見前楊次也。

(26)王家駿：見卷八・一一注(2)。

(27)嘯村：李葂。見卷五・四七注(1)。敘齒：按年齡的長幼而定席次。

(28)飛池：見前吳飛池。

六一

孔子曰：「剛毅木訥近仁(1)。」余謂：人可以木，詩不可以木也。人學杜詩，不學其剛毅，而專學其木；則成不可雕之朽木矣。潘稼堂詩(2)，不如黃唐堂(3)：以一木而一靈也。余選錢文敏公詩甚少(4)，家人誤抄十餘章，余讀之，生氣勃勃，悔知公未盡。居亡何，有人云：「此孫淵如詩也(5)。」余自喜老眼之未昏。

【箋注】

(1)木訥：指人質樸而不善辭令。

(2)潘稼堂：潘耒。見卷八・四五注(4)。

(3)黃唐堂：黃之雋。見卷三・一二注(2)。

(4)錢文敏：錢維城。見卷五・五五注(1)。

(5)孫淵如：孫星衍。見卷五・六〇注(2)。

六二

余嘗極賞健庵甥詠〈落花〉云(1)：「看他已逐東流去，卻又因風倒轉來。」或大不服，曰：「此孩童能說之話，公何以如此奇賞？」余曰：「子不見張燕公爭魏元忠事乎(2)？燕公已受二張囑託矣(3)！因宋璟一言而止(4)。一生名節，從此大定。在甥作詩時，未必果有此意；而讀詩者，不可不會心獨遠也。不然，《詩》稱『如切如磋』，與『貧而無諂』何干(5)？《詩》稱『巧笑倩兮』，與『繪事後素』何干(6)？而聖人許子夏、子貢『可與言詩』：正謂此也。」

【箋注】

(1)健庵：王健庵。袁枚外甥。見卷八・一一注(2)。

(2)張燕公：張說。見卷二・六注(1)。魏元忠：本名真宰。唐宋州宋城（今河南商丘）人。官至中書令，封齊國公。

(3)二張：武則天的寵臣張易之、張昌宗。

(4)宋璟：見卷八・八七注(5)。《舊唐書・姚崇宋璟傳》：「幸臣張易之誣構御史大夫魏元忠有不順之言，引鳳閣舍人張說令證之。說將入於御前對覆，惶惑迫懼，璟謂曰：『名義至重，神道難欺，必不可黨邪陷正，以求苟免。若緣犯顏流貶，芬芳多矣。或至不測，吾必叩閤救子，將與子同死。努力，萬代瞻仰，在此舉也。』說感其言。及入，乃保明元忠，竟得免死。」

(5)貧而無諂：見《論語・學而》。子貢說：貧而無諂，富而無驕。孔子說：未若貧而樂，富而好禮。於是子貢悟出《詩經》所謂「如切如磋，如琢如磨」的重要性，即

明理要精益求精。

(6)繪事後素：見《論語・八佾》。子夏問曰：「『巧笑倩兮，美目盼兮，素以為絢兮。』何謂也？」子曰：「繪事後素。」意謂先以粉地為質，而後施五采，猶人有美質，然後可加文飾。於是子夏悟出「禮後於素」的重要性，即禮必以忠信為質，猶繪事必以粉素為先。——子貢因論學而知詩，子夏因論詩而知學，故皆可與言詩。

六三

高文良公巡撫江蘇(1)，為制府某所淩(2)，勢岌岌乎殆矣，而公聲色不動，詠〈天平山〉云：「倚天峭壁無塵玉，墮地孤留不動雲。」其時沈子大先生在幕府(3)，和云：「白浪靜教翻石下，碧雲高不受風移。」

【箋注】

(1)高文良：高其倬。見卷一・三三注(1)。

(2)制府：明清兩代總督的尊稱。

(3)沈子大：沈起元。見卷六・九〇注(1)。

六四

闡乘上人〈對月弔以中〉云(1)：「共玩君何往？江頭獨愴神。難將一片月，分照九泉人。」余在小市，買一古鏡，背有詩云：「寶匣初離水，寒光不染

塵。光如一輪月，分照兩邊人。」毛西河詠〈鏡〉云(2)：「與余同下淚，惟有鏡中人。」三押「人」字，俱佳。

【箋注】

(1) 闌乘上人：未詳。卷一三・五六也收有詩句。

(2) 毛西河：毛奇齡。見卷二・三六注(3)。

六五

高翰起司馬〈路上喜晴〉云(1)：「聲傳乾鵲喜(2)，步覺蹇驢輕(3)。」喬慕韓〈舟中〉云(4)：「雨聲篷背重，鷗影浪頭輕。」

【箋注】

(1) 高翰起：高瀛洲。見卷五・二一注(1)。

(2) 乾鵲：即喜鵲。其性好晴，其聲清亮，故名。

(3) 蹇（jiǎn）驢：跛蹇駑弱的驢子。

(4) 喬慕韓：喬億。見卷四・七四注(5)。

六六

有人過劉智廟(1)，見壁上題云：「明時如此拔幽淪(2)，薦禰須看士貢身(3)。敢擬石渠容散木(4)，竟教塵海作勞薪(5)。變名梅尉非無地(6)，捧檄毛生

尚有親(7)。異日〈儒林〉與〈循吏〉，一編位置聽他人。」詩尾署「竹初」二字。自命如此，可想見其不凡。

【箋注】

(1) 劉智廟：鎮名。在今山東德州境內。相傳以劉智僧人而得名。

(2) 幽淪：沉淪，隱蔽。

(3) 薦禰（mí）：漢末孔融有〈薦禰衡表〉。禰衡，字正平。東漢平原般(今山東樂陵縣西南)人。少有才辯，為孔融所器重。士貢：即貢士。指所薦舉之人。

(4) 石渠：石渠閣，西漢皇室藏書之處，在長安未央宮殿北。散木：原指因無用而享天年的樹木。後多喻天才之人或全真養性、不為世用之人。

(5) 勞薪：舊時木輪車的車腳吃力最大，使用數年後，析以為燒柴，稱勞薪。

(6) 梅尉：對縣尉的美稱。西漢九江壽春人梅福，曾為南昌尉。敢正言切諫。王莽專政時，別妻子，離九江。有人見之於會稽，變姓名，為吳市門卒。

(7) 毛生：用後漢廬江人毛義「家貧親老，不擇官而仕」的典故。見《後漢書・列傳第二十九》。

六七

王夢樓作雲南太守(1)，有納樓夷民李鶴齡獻詩云(2)：「玉堂老鳳留衣缽(3)，滄海長虹卷釣絲。」夢樓喜，即用其二句為起句，續六句以贈別云：「舊

事都隨雲變滅，新詩喜見錦紛披。殊方那易逢佳士(4)，識面無如是別時(5)。自負平生能說項(6)，珊瑚幾失網中枝。」

【箋注】

(1)王夢樓：王文治。見卷二・三〇注(1)。

(2)納樓：地名。在今雲南省建水縣境內。夷民：指彝族人。李鶴齡：未詳。

(3)玉堂：泛指宮殿、官署。衣缽：喻指傳承的思想、學問、作風。

(4)殊方：遠方，異域。

(5)無如：無奈。

(6)說項：唐會昌三年，浙江台州仙居詩人項斯，攜詩拜謁國子祭酒楊敬之，楊苦愛之，並贈詩：「平生不解藏人善，到處逢人說項斯。」後來，人們將讚美他人稱為「逢人說項」。

六八

昌黎云(1)：「橫空盤硬語(2)。」硬語能佳，在古人亦少。只愛杜牧之云(3)：「安得東召龍伯公(4)，車乾海水見底空。」又云：「鯨魚橫脊臥滄溟，海波分作兩處生。」宋人句云：「金翅動身摩日月，銀河翻浪洗乾坤(5)。」本朝方問亭〈卜魁雜詩〉云(6)：「龍來陰嶺作遊戲，雷電光中舞雪花。」趙秋谷〈秋雨〉云(7)：「油雲潑濃墨，天額持廣帕。風過日欲來，艱難走雲罅。」〈大雨〉云：「日月皆

歸海，蛟龍亂上天。」趙雲松〈從李相國征臺灣〉云(8)：「人膏作炬燃宵黑(9)，魚眼如星射水紅。」趙魯瞻云(10)：「江星動魚脊，山果落猿懷。」

【箋注】

(1)昌黎：唐・韓愈。

(2)硬語：剛勁的語言；生硬的詞句。此處特指剛勁新奇之語。

(3)杜牧之：唐・杜牧。見卷一・三一注(5)。

(4)龍伯：傳說中的龍伯國巨人。

(5)「金翅」二語：沈彬詩句。沈為五代時洪州高安人，南唐校書郎，以吏部郎中致仕。

(6)方問亭：方觀承。見卷一・三〇注(8)。卜魁：即黑龍江省齊齊哈爾。

(7)趙秋谷：趙執信。見卷五・二九注(2)。

(8)趙雲松：趙翼。見卷二・三三注(3)。

(9)人膏：人魚膏，鯢魚的脂膏，可以點火照明。

(10)趙魯瞻：見卷一一・二一注(2)。

六九

丙辰召試鴻詞(1)，到丙申四十餘年矣。申笏山在都中(2)，與錢籜石、曹地山小集(3)，賦詩云：「尺五城南逐散仙(4)，歡場一散似飛煙。多生那得離文字，後死何容卸仔肩(5)？醉後吟聲驚戶外，雨餘山色入窗前。百人尚有三人在，似得天憐亦自憐。」嗚

呼！笏山歿又十餘年矣！今海內召試者，只余與籜石二人尚在。而近聞其年過八十，亦已中風。然則「天憐自憐」，能無再三誦之乎？

【箋注】

(1)鴻詞：科舉名目「博學鴻詞科」的省稱。

(2)申笏山：見卷一・六六注(11)。

(3)錢籜石：錢載。見卷八・二九注(1)。曹地山：曹秀先（1708-1784），字恒所，一字冰持，號地山。江西新建人。乾隆元年舉鴻博，未試，成進士。授編修。官至禮部尚書、上書房行走，為總師傅。卒賜文恪。有《賜書堂稿》、《依光集》、《使星集》、《地山初稿》等。

(4)尺五：一尺五寸。極言離高處距離近。散仙：比喻放曠不羈、自由閒散的人。

(5)仔肩：謂擔負，承擔。

七〇

周青原詠〈楊妃〉云(1)：「綵輿花下祿兒狂(2)，此說終疑是渺茫。惟小劉郎曾愛惜(3)，坐懷親為畫眉長。」用史事，補前人未有。將錄寄秋帆中丞(4)，鐫楊妃墓上。

【箋注】

(1)周青原：周發春。見卷四・七四注(1)。

(2)祿兒：指安祿山。《資治通鑒》卷二百一十六載：「召

祿山入禁中，貴妃以錦繡為大襁褓，裹祿山，使宮人以彩輿舁之。上聞後宮喧笑，問其故，左右以貴妃三日洗祿兒對。」

(3) 小劉郎：唐・鄭綮撰《開天傳信記》：劉晏年八歲，獻〈東封書〉，唐明皇命宰相出題，就中書試驗。並引晏於內殿六宮觀看，楊貴妃讓晏坐於膝上親為畫眉。

(4) 秋帆：畢沅。見卷二・一三注(4)。

七一

水仙花詩無佳者，惟楊次也先生七律(1)，前半首云：「汀蘅洲草伴無多(2)，以水為家奈冷何？生意不須沾寸土，通詞直欲托微波(3)。」余按：《焦氏易林》云(4)：「鳧雁啞啞，以水為家。」楊暗用之，而使人不覺：可為用典者法。

【箋注】

(1) 楊次也：楊守知。見卷一・一一注(2)。

(2) 汀蘅：水邊平地上的杜蘅。杜蘅，香草。常用以比喻君子、賢人。

(3) 通詞：傳話。

(4) 焦氏易林：西漢・焦延壽著。

七二

趙雲松太史入闈分校(1)，作〈雜詠〉十餘章，足以解頤。〈封門〉云：「官封恰似懸符禁，人望居然入海深。」〈聘牌〉云：「金熔應識披沙苦(2)，禮重真同納采虔(3)。」〈供給單〉云：「日有雙雞公膳半，夜無斗酒客談孤。」〈分經〉云(4)：「多士未遑談虎觀(5)，考官恰似劃鴻溝(6)。」〈薦條〉云：「品題未便無雙士(7)，遇合先成得半功。佛海漸登超渡筏，神山猶怕引回風。」〈落卷〉云：「落花退筆全無艷(8)，食葉春蠶尚有聲。沉命法嚴難自訴，返魂香到或重生。」〈撥房〉云(9)：「未妨蜾蠃螟生子(10)，笑比琵琶別過船。」

【箋注】

(1) 趙雲松：趙翼。見卷二・三三注(3)。入闈：指科舉考試時考生或監考人員等進入考場。分校：此指科舉時校閱試卷的房官。

(2) 披沙：淘去泥沙。比喻閱卷。

(3) 納采：古婚禮六禮之一。男方向女方送求婚禮物。比喻發給的「聘牌」。

(4) 分經：按考試經學門類分開閱卷。

(5) 多士：指衆多的賢士。虎觀：白虎觀的簡稱。為漢宮中講論經學之所。後泛指宮廷中講學處。

(6) 鴻溝：楚漢相爭時曾劃鴻溝為界。比喻教官的隔離。

(7) 無雙：獨一無二；沒有可比。

(8) 退筆：用舊的筆；禿筆。

(9) 撥房：科舉時代鄉試，試卷分房審閱，由房官推薦給主考決定取捨。因每房錄取名額各有定數，而每房試卷好壞不一，往往形成多寡不均。將超額房內的試卷，撥入合格試卷少的房內，通過該房推薦錄取，謂撥房。

(10) 蜾蠃（guǒluǒ）：寄生蜂的一種。以泥土築巢於樹枝或壁上，捕捉螟蛉等害蟲，為其幼蟲的食物，古人誤以為收養幼蟲。

七三

余自幼聞「月華」之說(1)，終未見也。同年王大司農秋瑞夢月華而生(2)，故小字華官。後見平湖陸陸堂先生云(3)：「康熙辛酉八月十四夜，曾見月當正午，輪之西南角，忽吐白光一道。已而紅黃紺碧，約有二十餘條，下垂至地。良久結輪三匝，見月不見天矣。」先生賦云：「今宵才見月華圓，織女張機也失妍。五色流蘇齊著地，三重輪廓欲彌天。」先生名奎勳，掌教桂林，作《禮經解義》，請序于金中丞(4)。中丞命余代作，先生誇不已。中丞以實告之。先生曰：「此古文老手，不似少年人所作也。」記先生有句云：「簷低絲網蛛常斷，沼淺蓮房子半空。」

先生祖名棻(5)，字義山。當國初鼎革時，馬將軍兵破平湖，掠其父，將殺之。棻才九歲，伏草中，跳出，抱將軍膝求代。將軍愛其貌韶秀，取手扇示之曰：「兒能讀扇上詩，即赦汝父。」棻朗誦曰：「『收兵四解降王縛，教子三登上將臺。』此宋人贈

曹武惠王詩也(6)。將軍不殺人，即今之武惠王矣。」將軍大喜，抱懷中，辟咡曰(7)：「汝能隨我去，為我子乎？」曰：「將軍赦吾父，即吾父也。」遂哭別其父而行。將軍為之淚下。已而將軍身故，菜得脫歸。康熙己未，舉鴻博，入詞林。聖祖愛其才，一日七遷，從編修、贊善、庶子，授內閣學士。才一年，先生引疾歸。又十年，卒。自題華表云：「一日七遷千古少；周年致政寸心安。」有病不治，吟曰：「無藥能延炎帝壽，有人曾哭老聃來(8)。」

【箋注】

(1) 月華：月亮周圍的五彩光環。由月亮光線通過雲層內小水滴或細小冰晶，經衍射所致。

(2) 王秋瑞：王際華，字秋瑞。浙江錢塘人。乾隆十年進士。歷工、刑、兵、戶、吏各部侍郎，官至戶部尚書。修四庫全書，充總裁。並兼武英殿事。卒賜文莊。

(3) 陸陸堂：陸奎勳。見卷四・四六注(1)。

(4) 金中丞：金鉷。見卷一・九注(2)。

(5) 陸菜（1630-1699）：原名世枋，字次友，一字義山，號雅坪。浙江平湖人。康熙六年進士。官至內閣學士。有《雅坪詩文稿》。

(6) 曹武惠王：曹彬，字國華。宋真定靈壽人。由後周入宋，任左神武將軍，兼樞密承旨。征南唐，克金陵，不妄殺一人。官至檢校太師、同平章事、樞密使。卒謚武惠。所引為宋・陶弼〈觀曹武惠畫像〉中詩句。

(7) 辟咡（èr）：指耳語。

(8) 炎帝：傳說中上古姜姓部族首領。一說炎帝即神農氏。始嘗百草，始有醫藥。老聃：李耳，字伯陽，世稱老

子，又叫老聃。春秋時期陳國人，出生在河南鹿邑縣東。早年擔任東周守藏史。老聃死，生前的友人秦佚吊之，三號而出。此處所吟籍以傳達破除對生死執著的意念。

七四

相傳「天開眼」，余亦未之見也。平湖張斆坡(1)，曉步於庭，天無片雲，忽聞有聲剨然(2)，天開一縫，當中寬，兩頭狹，狀類大船。寬處有圓睛閃閃，光芒照耀，似電非電。眼旁碎芒，如人之有睫毛。良久乃閉。斆坡賦詩曰：「霹靂年年響，何曾殛惡來(3)？今朝才省悟，天眼不輕開。」

【箋注】

(1)張斆（xiào）坡：見卷一四・一一注(2)。

(2)剨（huò）然：象聲形容詞。

(3)殛（jí）惡：懲罰罪惡。

七五

詩含兩層意，不求其佳而自佳。或詠〈太行山〉云：「但有路可上，再高人也行(1)。」詠〈燭〉云：「只緣心尚在，不免淚長流。」詠〈相見坡〉云：「勸君行路存餘步，山水還留相見坡。」

【箋注】

(1)「但有」二語：龔霖詩句。霖為五代時人。進士及第。能詩。（據陸游《老學庵筆記》）

七六

余十二歲入學，廩生程鄜渠云(1)：「渠甥吳冠山(2)，名華孫，亦以髫年入學(3)。今已賦鹿鳴(4)，年才十五。」袖文一冊示余。余讀之，望若天人(5)。及余登詞館(6)，先生督學閩中，無由相見。五十年後，先生致仕在家，年八十矣。余游黃山，新安何素峰秀才招游仇樹汪園(7)，離先生所居，僅十里餘，竟未走謁。別後，心悁悁如有所失。乃作詩寄之。先生見和云：「英才碩望是吾師，咫尺相逢願又違。自昔直廬欣識面(8)，己未科，收掌試卷，公所相識。於今花徑少摳衣(9)。屢想訪隨園未果。無人不挹神仙度(10)，獨我偏教遇合稀。猶憶神交年尚幼，兩株弱柳共依依。」

【箋注】

(1) 廩生：由公家給以膳食的生員。程鄜渠：程川。見卷五・一一注(1)。

(2) 渠甥：大外甥。吳冠山：吳華孫。見卷一二・六一注(1)。

(3) 髫年：幼年。

(4) 賦鹿鳴：指參加科舉考試。

(5) 天人：仙人。不同凡俗的人。

(6) 登詞館：入翰林院。

(7) 何素峰：一作何數峰。清新安人。諸生。汪園：即修園，在歙縣富堨鎮稠墅（仇樹）村的汪氏別業。

(8) 直廬：侍臣值宿之處。

(9) 摳衣：提起衣服前襟。古人迎趨時的動作，表示恭敬。

(10) 挹：推崇。

七七

張儀封觀察謂余曰(1)：「李白〈清平調〉三章，非詠牡丹也。其時武惠妃薨(2)，楊妃初寵，帝對花感舊，召李白賦詩。白知帝意，故有『巫山斷腸』、『雲想衣裳』之語，蓋正喻夾寫也(3)。至於『名花傾國』，則指貴妃矣。」余按《唐書・李白傳》稱：「帝坐沉香亭，意有所感，乃召李白。」則觀察此說，未為無因。張名裕穀，字詒庭。

【箋注】

(1) 張儀封：張裕穀，字詒庭，號適園。清河南儀封人。以官蔭仕至雲南分巡道。有《退圃消日集》、《後食堂詩存》。

(2) 武惠妃：唐玄宗的寵妃。死後，玄宗追贈為貞順皇后。葬於敬陵，並立廟祭祀。

(3) 正喻夾寫：見卷一二・四六注(1)。

七八

曹子建〈美女篇〉押二「難」字(1)。謝康樂〈述祖德〉詩押二「人」字(2)。阮公〈詠懷〉押二「歸」字(3)。以故，杜甫〈飲中八仙歌〉、香山〈渭村退居〉、昌黎〈寄孟郊〉詩，皆沿襲之。

【箋注】

(1) 曹子建：曹植。見卷二・四七注(9)。

(2) 謝康樂：謝靈運。見卷四・二九注(1)。

(3) 阮公：阮籍。見卷七・四五注(5)。

七九

田實發云(1)：「我偶一展卷，頗似穿窬入金谷(2)，珍寶林立，眩奪目精；時既無多，力復有限，不知當取何物，而雞聲已唱矣。」此語甚雋。魚門〈曬書〉詩云(3)：「老饕對長筵，未啖空頤朶(4)。」

【箋注】

(1) 田實發：見卷三・一六注(1)。

(2) 穿窬（yú）：挖牆洞和爬牆頭。金谷：晉・石崇築金谷園。代指豪華館所。

(3) 魚門：程晉芳。見卷一・五注(1)。

(4) 老饕（tāo）：指貪食的人。頤朶：即朶頤。鼓腮嚼食。亦謂嚮往，羡饞。

如皋布衣林鐵簫有「老至識秋心」五字(1)，余頗賞之。〈與吳松崖看海棠〉云(2)：「萬朵仙雲輕欲滴，多情紅向白頭人。」松崖云：「嬌來渾欲睡，愁殺倚欄人。」兩押「人」字，俱妙。林名李，買得古鐵簫，能吹變徵之音(3)，因字鐵簫，蓋取王子淵「願得諡為洞簫」之意云(4)。

【箋注】

(1) 林鐵簫：林李，字九標，號鐵簫。清江蘇如皋人。布衣。工詩，精書法，善醫。寓居江都。卒於上元。

(2) 吳松崖：吳寶書，字松崖，號籜仙。清江蘇無錫人。善畫花果蘭竹，尤精士女。晚年好寫墨梅，深自矜重。有《桐華樓詩詞稿》。

(3) 變徵：我國古代七聲聲階中的第四個音級。比徵低半音。

(4) 王子淵：王褒，字子淵。西漢犍為資中人。官諫大夫。以辭賦著稱。其《洞簫賦》云：「幸得諡為洞簫兮，蒙聖主之渥恩。」

八一

乩仙詩(1)，都無佳者；惟盱眙許家有仙降壇，詠〈燕〉云：「燕子銜泥認舊巢，飛來飛去暮連朝。哺兒不耐秋風老，回首空梁月正高。」讀者云：「詩雖佳，恐非吉兆。」果未十年，許零落殆盡。當許與

仙倡和時，分詠「薛濤箋」(2)，限「陵」字。諸客擱筆。仙云：「便宜節度高千里(3)，錯過詩人杜少陵(4)。」

【箋注】

(1) 乩（jī）仙：一種迷信活動，指扶乩時請托的神靈。

(2) 薛濤箋：唐女詩人薛濤，晚年寓居成都浣花溪，自製深紅小彩箋寫詩，時人稱為「薛濤箋」。

(3) 高千里：高駢，字千里。唐幽州人。歷天平、劍南、鎮海、淮南節度使，加諸道行營都統、鹽鐵轉運使。薛濤曾陪酒作詩，經常來往。

(4) 杜少陵：杜甫。薛濤晚于杜甫。

八二

余不解詞曲。蔣心餘強余觀所撰曲本(1)，且曰：「先生只算小病一場，寵賜披覽。」余不得已，為覽數闋。次日，心餘來問：「其中可有得意語否？」余曰：「只愛二句，云：『任汝忒聰明，猜不出天情性。』」心餘笑曰：「先生畢竟是詩人，非曲客也。」余問何故。曰：「商寶意〈聞雷〉詩云(2)：『造物豈憑翻覆手，窺天難用揣摩心。』此我十一個字之藍本也(3)。」

【箋注】

(1) 蔣心餘：蔣士銓。見卷一・二三注(2)。

(2) 商寶意：商盤。見卷一・二七注(7)。

(3) 藍本：著作所根據的底本。

八三

余梓詩集十餘年矣，偶爾翻擷(1)，誤字尚多；因記椒園先生詠〈落葉〉云(2)：「看月可知遮漸少，校書真覺掃猶多。」

【箋注】

(1) 翻擷：翻檢。

(2) 椒園：沈廷芳。見卷一・六五注(11)。

八四

王載揚接家信(1)，知兩子孿生，喜賦詩以寄云：「可無致語來清照(2)，會有明妝避伯喈(3)。」用典切而雅。

【箋注】

(1) 王載揚：王藻。見卷四・三四注(1)。

(2) 清照：女詩人李清照，號易安居士。宋齊州章丘人。工詩文，以詞擅名。南宋婉約派宗主。後人輯有《漱玉集》。據《瑯嬛記》，李清照有〈賀人孿生啟〉云：「無午未二時之分，有伯仲兩喈之似。」

(3) 伯喈：《太平御覽》卷三百九十六引《風俗通》曰：「陳國張伯喈弟仲喈婦炊於竈下，至井上，謂喈曰：『我今日妝好不？』伯喈曰：『我伯喈也。』婦大慚愧。其夕時，伯喈到，更衣，婦復逐牽其背曰：『今旦大誤，謂伯喈為卿。』答曰：『我故伯喈也。』」

八五

崑山城隍祠四宜軒有積土，道士將築亭其上，階石甫甃(1)，雷擊之，三甃三擊，掘地，乃是黃子澄墓(2)。邑志載：公被戮，其門下士拾骨葬此。錢溉亭進士詩云(3)：「昔時誅戮無遺嬰，此日風雷護殘骨。」

【箋注】

(1) 甫甃（zhòu）：剛剛壘砌。

(2) 黃子澄：名湜，字子澄。以字行。明江西分宜人。洪武十八年會試第一。官修撰、翰林學士。與齊泰同參國政，主張削諸藩王。燕王朱棣起兵，攻破京師，子澄被捕，抗詞不屈，磔死。遺骨葬崑山（今屬江蘇）馬鞍山下。

(3) 錢溉亭：錢塘（1735-1790），字學淵，一字禹美，號溉亭。江蘇嘉定人。乾隆四十五年進士。官江寧府學教授。有《律呂古義》、《溉亭述古錄》等。

一

徐朗齋嵩曰(1)：「有數人論詩，爭唐、宋為優劣者，幾至攘臂(2)。乃授嵩以定其說。嵩乃仰天而嘆，良久不言。眾問何嘆。曰：『吾恨李氏不及姬家耳！倘唐朝亦如周家八百年，則宋、元、明三朝詩，俱號稱唐詩，諸公何用爭哉？須知論詩只論工拙，不論朝代。譬如金玉，出於今之土中，不可謂非寶也。敗石瓦礫，傳自洪荒，不可謂之寶也。』眾人聞之，乃閉口散。」余謂詩稱唐，猶稱宋之斤、魯之削也(3)，取其極工者而言，非謂宋外無斤、魯外無削也。朗齋，癸卯科為主考謝金圃所賞(4)，已定元矣，因三場策不到而罷。謝刊其薦卷，流傳京師，故朗齋詠〈唐寅畫像〉云(5)：「錦瑟華年廿五春，虎頭金粟是前身(6)。虛名麗六流傳遍，下第江南第一人。」「麗六」者，其場中坐號也。次科亦即登第。

【箋注】

(1)徐朗齋：徐鏴慶，本名嵩。見卷七・一〇三注(1)。

(2)攘臂：捋起衣袖，伸出胳膊。常形容激奮貌。

(3)宋斤魯削：宋國產的斧頭和魯國產的曲刀。比喻當地特產的精良工具。語出《周禮・冬官考工記序》：「鄭之刀、宋之斤、魯之削、吳粵之劍，遷乎其地而弗能為良，地氣然也。」

(4)謝金圃：謝墉（1719-1795），字崑城，號金圃，又號東墅。浙江嘉善人。乾隆十七年進士。官至吏部左侍郎。有《安雅堂詩文集》、《四書義》、《六書正說》。

(5)唐寅：見卷一二・一六注(2)。

(6) 虎頭：東晉畫家顧愷之，小字虎頭。金粟：指金粟如來。佛名。即維摩詰大士。維摩，意為淨名。按：詩句明詠唐寅，實喻自己。

二

明季士大夫，學問空疏，見解迂淺，而好名特甚。今所傳三大案，惟「移宮」略有關係(1)。然擁護天啟(2)，童昏瞀亂(3)，遂致亡國，殊覺無謂。楊慎《大禮》一議(4)，本朝毛西河、程綿莊兩先生引經據古(5)，駁之甚詳。「梃擊」一事(6)，則漢、晉《五行志》中，此類狂人，不一而足。焉有一妄男子，白日持棍，便可打殺一太子之理？蘄州顧黃公詩云(7)：「天倫關至性，張桂未全非(8)。」又曰：「深文論宮闈(9)，習氣惱書生。」議論深得大體。黃公與杜茶村齊名(10)；而今人知有茶村不知有黃公。因《白茅堂詩集》貪多，稍近於雜，閱者寥寥；然較《變雅堂集》，已高倍蓰矣(11)。

黃蒙聖祖召見，寵問優渥，以老病乞歸，再舉鴻詞，亦不赴試：有楊鐵崖「白衣宣至白衣還」之風(12)。〈憶內〉云：「靜夜停金剪，含情對玉釭。數聲風起處，花雨上紗窗。」〈觀姬人睡〉云：「玉腕明香簟，羅帷奈汝何？不知夢何事，微笑啟腮窩。」風韻獨絕。余嘗見小兒睡中，往往啟顏而笑，訝其不知緣何事而喜。今讀先生詩，方知眼前事，總被才人說過也。

【箋注】

(1) 明三大案：《明史》上曾提到「梃擊」、「紅丸」、「移宮」三大案。此處下文未提「紅丸案」，而以「議大禮案」代之。紅丸案即光宗病痢、李可灼進藥、帝崩一案。移宮：明光宗時，太子朱由校由李選侍撫養。光宗死後，李氏欲居乾清宮，以把持朝政。吏部尚書周嘉謨、都給事中楊漣、御史左光斗等，為防其干預朝事，迫其移居噦鸞宮。此案成為官僚派系鬥爭的內容之一。

(2) 天啟：明熹宗朱由校年號，凡七年。

(3) 童昏瞀亂：愚昧昏亂。指朱由校當政時好聲色犬馬，寵信乳母客氏和太監魏忠賢，屢興大獄，迫害東林黨人。遼東屢敗于後金（清），白蓮教揭竿於山東，陝西爆發流民起義。

(4) 楊慎：見卷二・四二注(5)。明武帝崩，無子，世宗入嗣，詔議追崇所生，改稱孝宗曰皇伯考，稱興獻王曰皇考。楊慎等三十六臣上疏爭議。因違背世宗意願受廷杖，楊慎謫戍雲南永昌衛。史稱議大禮案。

(5) 毛西河：毛奇齡。見卷二・三六注(3)。程綿莊：程廷祚。見卷五・一一注(2)。

(6) 梃擊：萬曆四十三年五月，一男子名張差，手持木棍，闖進太子朱常洛居住的慈慶宮，擊傷守門太監，至前殿時被執。經審訊，供係鄭貴妃手下太監龐保、劉成指使。神宗與太子不願深究，以瘋顛奸徒罪殺張差，斃龐保、劉成於內廷。

(7) 顧黃公：顧景星。有《白茅堂詩集》。見卷一〇・五四注(2)。

(8) 張桂：指明嘉靖時的張璁、桂萼，在「梃擊案」發生之前，嘉靖皇帝召張璁、桂萼由南京遷升北都，張桂二人支持嘉靖為父母力爭尊號。

(9) 宮閫（kǔn）：指宮中軍政事務。

(10)杜茶村：杜濬。有《變雅堂詩文集》。見卷九・七六注(1)。

(11)倍蓰（xǐ）：謂數倍。倍，一倍；蓰，五倍。

(12)楊鐵崖：楊維楨。見卷八・八〇注(3)。明太祖召諸儒纂禮樂書，維楨再三推辭，不得已而詣闕廷，留百有一十日，所纂敘便例定，即謝病遷還。宋濂贈之詩曰：「不受君王五色詔，白衣宣至白衣還。」（詳《明史》卷二百八十五）

三

同年楊大琛太史(1)，在部以聾告歸，專心攻詩，見示一冊。有句云：「金釧手搖春水影(2)，玉樓簾捲賣花聲。」風致嫣然。惜未錄其全稿。今太史已亡，詩稿不知散落何處。太史字寶岩，蘇州人。

【箋注】

(1)楊大琛：字寶岩（一作研），號兼山（一作謙）。江蘇吳縣人。乾隆四年進士。官至户部員外郎。有《古香堂詩稿》。

(2)金釧：金屬臂鐲。

四

古人詩集之多，以香山、放翁為最。本朝則未有多如吾鄉吳慶伯先生者(1)。所著古今體詩一百三十四

卷，他文稱是，現藏吳氏瓶花齋。先生乳哺時，啞啞私語，皆建文遜國之事(2)。年過十歲，方閉口不言。初為前朝馬文忠公世奇所知(3)，晚為本朝李文襄公之芳所知(4)。康熙戊午，薦鴻詞科，不遇而歸。少時，在陳公函暉家作詩會(5)，以〈芙蓉露下落〉為題(6)，操筆立就，贈陳云：「一輩少年爭跋扈(7)，明公從此願躬耕(8)。」陳大奇之。惜其集浩如煙海，不能細閱，欲梓而存之，非二千金不可。著述太多，轉自累也。

【箋注】

(1) 吳慶伯：吳農祥（1632-1708），字慶百，號星叟。清浙江錢塘（今杭州）人。諸生。康熙十八年舉鴻博，未中。與毛奇齡等館大學士馮溥邸第，稱「佳山堂六子」。工詩文，熟于明代史事。有《金陵集》、《心蘇集》、《秋鈴集》、《南歸集》、《雪鴻集》、《未忘集》、《京江集》、《綺霞集》、《梧園集》、《蕭臺集》、《澄觀堂詩鈔》、《唐詩辨疑》等。

(2) 建文遜國：建文，明惠帝年號，凡四年。遜國，謂把國家的統治地位讓給別人。指燕王朱棣推翻其父朱元璋親手傳承的建文皇帝朱允炆而自立為帝的史事。

(3) 馬文忠：馬世奇，字君常。明常州府無錫人。幼穎異，嗜學，有文名。崇禎四年進士。官至左庶子。李自成破京師時自縊死。

(4) 李文襄：李之芳，號鄴園。清山東武定人。順治四年進士。官至吏部尚書，授文華殿大學士。卒賜文襄。有《棘聽集》等。

(5) 陳函暉：原名煒，字木叔，號寒椒道人。明浙江臨海人。崇禎七年進士。官靖江知縣。有《寒山集》。

(6) 芙蓉露下落：北朝齊隋間文人蕭慤〈秋思〉中句，下句為「楊柳月中疏」。因而吳詩又用到「張緒柳」和諸葛亮躬耕的典故。此即是「陳大奇之」的原因。《南史·列傳第二十一》：「緒吐納風流，聽者皆忘饑疲，見者肅然如在宗廟。……劉悛之為益州，獻蜀柳數株，枝條甚長，狀若絲縷。時舊宮芳林苑始成，武帝以植於太昌靈和殿前，常賞玩咨嗟，曰：『此楊柳風流可愛，似張緒當年時。』其見賞愛如此。」

(7) 跋扈：飛揚貌。

(8) 明公：對有名位者的尊稱。

五

余在廣東新會縣，見憨山大師塔院(1)，聞其弟子道恒(2)，為人作佛事，誦詩不誦經。和王修微女子〈樂府〉云(3)：「剝去蓮房蓮子冷，一顆打過鴛鴦頸。鴛鴦頸是睡時交，一顆留待鴛鴦醒。」殊有古趣。圓寂後，顧赤方徵士哭之云(4)：「已沉千日磬，猶滿一床書。」

【箋注】

(1) 憨山大師：明僧。法名德清，字澄印，號憨山。俗姓蔡，全椒（今屬安徽）人。曾被誣入獄，以私造寺罪，流放廣東雷州。遇赦，入匡廬。後又應粵人請，再住曹溪。有《楞伽筆記》、《夢遊集》等。

(2) 道恒：似指西吾衡上人，道衡，字平方，號西吾。明虞山（江蘇常熟）李氏子。薙染于武林。與名士交好，游於浙西。善詩。見《列朝詩集·閏集第三》。

(3) 王修微：王微，字修微，自號草衣道人。明末廣陵（今揚州）詩妓。為一代才女。

(4) 顧赤方：顧景星。見卷一〇・五四注(2)。

六

丹陽鮑氏女自稱聞一道人(1)，遭難流離，嫁竟陵陸蒉雲，年二十四而夭。詠〈溪鐘〉云：「溪外聲徐疾，心中意斷連。是聲來枕畔，抑耳到聲邊？」頗近禪理。昔朱子在南安聞鐘聲(2)，矍然曰：「便覺此心把握不住。」即此意也。

【箋注】

(1) 鮑氏：自號聞一道人。清江蘇丹徒人。丈夫遭家難，不知何往。孤身流離，習禪寂以終。

(2) 朱子：指宋理學家朱熹。錢鍾書在《談藝錄》中說：「《楞嚴經》卷三云：『汝更聽此祇陀園中，食辦擊鼓，衆集撞鐘。鐘鼓音聲，前後相續。此等為是聲來耳邊，耳往聲處。』鮑女之句，蓋全襲此。」又說：「朱子《語類》卷一百四記少時同安聞鐘鼓，一聲未絕，而此心已自走作；乃指人心之出入無時，飄迅不測，鐘鼓動而有聲，然心之動更疾於鐘鼓之動。」這與鮑女詩所云不是一回事。

七

康熙時，吾鄉女子卞夢珏有句云(1)：「夕陽交代笙歌月，曙色輕移燈火樓。」又曰：「花謝六橋春色暗，雨來三竺遠山無(2)。」

【箋注】

(1)卞夢珏：一作卞夢鈺，字玄文，號篆生。清江寧人。太平縣丞江寧卞琳長女，母吳山，江都舉人劉峻度（一作劉師峻）繼室。翰墨詞章，流傳吳越。有《繡閣集》。

(2)三竺：浙江杭州靈隱山飛來峰東南的天竺山，有上天竺、中天竺、下天竺三座寺院，合稱「三天竺」，簡稱「三竺」。

八

吳文溥詠〈月〉云(1)：「清暉半邊缺，似妾獨眠時。」顧赤方詠〈月〉云(2)：「不分月宮人耐老(3)，蛾眉一月一回新。」

【箋注】

(1)吳文溥：見卷四・三注(3)。

(2)顧赤方：顧景星：見卷一〇・五四注(2)。

(3)不分：不服。

九

國初說書人柳敬亭(1)、歌者王紫稼(2)，皆見名人歌詠。王以黯昧事，為李御史杖死(3)，有燒琴煮鶴之慘。顧赤方哭之云(4)：「崑山腔管三弦鼓(5)，誰唱新翻《赤鳳兒》(6)？說着蘇州王紫稼，勾欄紅粉淚齊垂(7)。」王送公卿出塞，必唱驪歌(8)，聽者不忍即上馬去；故又云：「廣柳紛紛出盛京(9)，一聲嗚咽最傷情。行人怕聽《陽關曲》(10)，先拍冰輪上馬行。」悼王郎詩，只宜如此，便與題相稱。乃龔尚書竟用「墜樓」、「賦鵩」之典(11)，擬人不倫，悖矣！御史名森先，字琳枝，性雖伉直，詩恰清婉。〈過雲間亭〉云：「空亭積水松陰亂，小閣張燈夜氣清。」卒以忤眾罷官。

【箋注】

(1) 柳敬亭：名逢春，本姓曹。明末清初江南泰州人。擅長說書，傾動松江、揚州、杭州、南京一帶。曾入左良玉幕府。

(2) 王紫稼：名稼，以字行，又作子嘉、子玠。明末清初江南蘇州人。伶人。曾遊京師，後歸里，縱恣不法。御史李森先巡按江南，以黯昧罪名枷死蘇州。

(3) 李御史：李森先，字琳枝，或作琳芝。明末清初山東掖縣人。明崇禎進士。入清，為監察御史。

(4) 顧赤方：見卷一〇·五四注(2)。

(5) 崑山腔管：指明代以來南戲聲腔的一大流派，初流行於江蘇崑山一帶，名崑山腔。

(6) 赤鳳兒：樂曲名。赤鳳，漢成帝皇后趙飛燕所通宮奴

名。後喻指情夫。此處即喻男女情事。

(7) 勾欄：指各種伎藝演出場所。

(8) 驪歌：告別的歌。

(9) 廣柳：廣柳車。載運棺柩的大車。柳為棺車之飾。

(10) 陽關曲：指送別曲。

(11) 龔尚書：龔鼎孳。見卷七・四一注(2)。墜樓：指晉石崇歌妓綠珠跳樓自殺事。賦鵩（fú）：漢・賈誼〈鵩鳥賦〉序：「誼為長沙王傅。三年，有鵩鳥飛入誼舍，止於坐隅。鵩似鴞，不祥鳥也。誼既以謫居長沙，長沙卑濕，誼自傷悼，以為壽不得長，乃為賦以自廣。」後遂用「賦鵩」指仕途失意。

龔芝麓尚書失節本朝(1)，又娶顧橫波夫人(2)，物論輕之。顧黃公為昭雪云(3)：「天壽還陵寢(4)，龍輤葬大行(5)。義聲歸御史，疏稿出先生。浮議千秋白(6)，餘生七尺輕。當年溝瀆死，苦志竟誰明？」「憐才到紅粉，此意不難知。禮法憎多口，君恩許畫眉。王戎終死孝(7)，江令苦先衰(8)。名教原瀟灑，迂儒莫浪訾。」文士筆墨，能為人補過飾非，往往如是。

【箋注】

(1) 龔芝麓：見卷七・四一注(2)。

(2) 顧橫波：顧媚。見卷七・四一注(1)。

(3) 顧黃公：顧景星：見卷一〇・五四注(2)。

(4) 天壽：山名。明自成祖以下諸帝陵建於此。在昌平東北。

(5) 龍輀（ér）：帝王的喪車。大行：古代稱剛死而尚未定謚號的皇帝、皇后。

(6) 浮議：沒有根據的議論。

(7) 王戎：字濬沖。西晉琅邪臨沂人。竹林七賢之一。襲父爵。任河東太守、荊州刺史、豫州刺史。封安豐縣侯。在職無殊能，苟媚取容，性貪吝。王戎和和嶠同時喪母，和嶠極盡禮數，但不傷身體，王戎則過分悲哀，幾近於死。時人稱和嶠生孝、王戎死孝。

(8) 江令：指江總。見卷一三・二三注（6）。為人寬和溫裕。好學，能屬文，工於詩。陳後主之世，雖當要職，不務朝政，遊宴後庭，號為狎客。

一一

余過于忠肅公墓(1)，題詩甚多；惟山陽阮中翰紫坪五排最佳(2)，警句云：「漢統愁中絕，周京喜再昌(3)。股肱知已竭(4)，日月得重光。天意還思禍，星纏又告祥(5)。遯荒非太伯(6)，守節異曹臧(7)。未睹遺弓劍，先聞缺斧斨(8)。三章憑翕訿(9)，一劍答忠良。象少祈連塚(10)，歌憐石子岡(11)。誰憐十世宥(12)，難贖百夫防(13)？」

【箋注】

(1) 于忠肅：于謙。見卷二・六二注(4)。墓在杭州西湖邊三台山麓。

(2) 阮紫坪：阮芝生，號紫坪。江蘇山陽人。乾隆二十二年

進士。歷官永定河同知。有《聽潮集》。

(3)周京：代指周代業績。

(4)股肱：大腿與臂膀。比喻輔佐之臣，或拱衛京都的地方。

(5)星纏：列星環繞。

(6)遯（dùn同遁）荒：隱居荒野。太伯：泰伯，商代人。姬姓。周太王古公亶父長子，季歷之長兄。為讓王位，與弟仲雍避至江南，自號句吳。後建立吳國。此處指明英宗親征瓦剌時兵敗被俘，弟郕王即位，後英王復辟，史稱「奪門之變」。絕不像太伯一樣三讓其位。故在郕王監國時任兵部尚書的于謙亦被治罪除死。

(7)曹臧：春秋時曹宣公陣亡後，公子負芻殺太子而自立。二年後，諸侯伐曹，俘虜曹成公負芻，欲立曹臧（負芻庶兄），曹臧為保守節義，於是離開曹國，逃到宋國。諸侯無法，放回曹成公負芻。事詳《左傳・成公十三年、十五年、十六年》。

(8)斧斨（qiāng）：各種斧頭。《詩經・豳風・破斧》：「既破我斧，又缺我斨。周公東征，四國是皇。」詠周公東征管叔、蔡叔事。

(9)三章：法律規章。翕訿：謂小人相互勾結，朋比為奸。

(10)象：古代歌頌武功的舞蹈。祈連塚：西漢・霍去病征匈奴建大功，死後葬長安茂陵園，為冢狀如祁連山。唐・薛逢詩〈君不見〉：「碑文半缺碑堂摧，祁連塚象狐兔開。」

(11)石子岡：在建康（今南京）城南梓桐山北，三國孫吳時為亂葬之地。《三國志》卷六十四：「先是，童謠曰：『諸葛恪，蘆葦單衣篾鉤落，於何相求成子閣。』成子閣者，反語石子岡也。」

(12)宥：寬仁，厚待。

(13)百夫防：一人能當百夫的傑出人才。

一二

庚午春，蘇州韓立方先生掌教鍾山(1)，以其姑名韞玉者《寸草軒詩集》見示(2)，慕廬宗伯之季女也(3)。詩只十一首，而風秀可誦。〈病中〉云：「月落霜寒葉滿墀(4)，臥痾正及晚秋時。風簷網結長垂幌，硯匣塵封久廢詩。瘦影怕從明鏡見，淚痕空有枕函知(5)。何因乞得青囊術(6)？擬向《南華》叩靜師(7)。」又有顧頡亭之妻黃汝蕙、字仙佩者(8)，有〈送春絕句〉云：「九十春光暗裏催，花飛紅雨變芳埃。流鶯日日枝頭喚，底事東皇駕不回(9)？」「柳絮穿簾燕撲衣，林園紅瘦綠偏肥。可憐花底多情蝶，猶戀殘香繞樹飛。」

【箋注】

(1) 韓立方：韓彥曾，字瀝芳（立方）。江蘇長洲人。雍正八年進士。官至洗馬。

(2) 韓韞玉：清江蘇長洲人。尚書韓菼女，知縣顧渭熊室。有《寸草軒詩》。

(3) 韓慕廬：韓菼。見卷五・五〇注(4)。

(4) 墀：臺階上面的空地。亦指臺階。

(5) 枕函：中間可以藏物的枕頭。

(6) 青囊術：指醫術。

(7) 南華：《南華經》，本名《莊子》，是戰國早期莊子及其門徒所著，到了漢代道教出現以後，便尊之為《南華經》，且封莊子為南華真人。

(8) 黃汝蕙：字仙佩。清江蘇元和人。監生顧日學（bó）

室。好讀書，精《文選》，工韻語，善丹青。有《延綠閣遺稿》。

(9) 東皇：指司春之神。

一三

萬華亭云(1)：「孔子『興於詩』三字(2)，抉詩之精蘊。無論貞淫正變，讀之而令人不能興者，非佳詩也。」華亭，進士，名應馨。

【箋注】

(1) 萬華亭：萬應馨，字華亭。江蘇宜興人。乾隆五十四年進士。官仁化知縣。有《雞肋編》。

(2) 興於詩：指由詩受到感化，而興起好善惡惡的純正情志。

一四

毗陵黃仲則有〈歲暮懷人〉詩(1)，懷隨園云：「近來詞賦諧兼則(2)，老去心情宦作家(3)。建業臨安通一水(4)，年年來往看梅花。」

【箋注】

(1) 黃仲則：黃景仁。見卷七・二一注(2)。

(2) 近來：一作興來。諧兼則：詼諧而又有法度。莊諧並重。

(3) 宦作家：把仕宦之處作為家園。袁枚在江寧為令，辭官後築隨園於城西，以為久居之地。

(4) 建業：東漢縣名。後稱南京。臨安：南宋府名。後稱杭州。

一五

「小姑嫁彭郎」(1)，東坡諧語也。然坐實說，亦趣。胡書巢〈過小姑山〉云(2)：「小姑眉黛映秋空，衫影靴紋碧一弓。不識彭郎緣底事，憑他抛擲浪花中。」

【箋注】

(1) 小姑：指小孤山，又名海門山、髻山，俗名小姑山，原在今江西彭澤縣北長江北岸，明成化中陷入江中，南與澎浪磯（彭郎磯）相對。彭郎：戲稱彭浪磯。

(2) 胡書巢：胡德琳。見卷二・一六注(2)。

一六

義山譏漢文(1)，召賈生「問鬼神」，「不問蒼生」(2)。此言是也。然鬼神之禮不明，亦是蒼生之累。嗣後武帝巫蠱禍起(3)，父子不保；其時無前席之問故耳。余故反其意題云：「不問蒼生問鬼神，玉溪生笑漢文君。請看宣室無才子(4)，巫蠱紛紛死萬人。」

【箋注】

(1) 漢文：漢文帝，即劉恒。西漢皇帝。高祖中子。輕傜薄賦，提倡農耕，經濟恢復，社會安定，景帝因之，史稱文景之治。在位二十三年。但漢文帝迷信，夜半召見有治國之才的賈誼，卻不問國計民生之策，只問鬼神之事。李商隱作〈賈生〉詩予以諷刺：「可憐夜半虛前席，不問蒼生問鬼神。」

(2) 賈生：賈誼。見卷二・五〇注(2)。

(3) 巫蠱禍：漢武帝征和元年，因宮中有刺客，疑為奸鬼為祟，從此巫蠱禍起，牽連死者有戾太子、衛皇后，公孫賀、劉屈氂二丞相，諸邑、陽石二公主和三皇孫，還牽涉到許多公卿大臣。

(4) 宣室：指漢代未央宮中之宣室殿。

一七

丁未八月，余答客之便，見秦淮壁上題云：「一溪煙水露華凝，別院笙歌轉玉繩(1)。為待夜涼新月上，曲欄深處撤銀燈。」「飛盞香含豆蔻梢，冰桃雪藕綠荷包。榜人能唱湘江浪(2)，畫槳臨風當板敲。」「早潮退後晚潮催，潮去潮來日幾回。潮去不能將妾去，潮來可肯送郎來？」三首深得《竹枝》風趣。尾署「翠雲道人」。訪之，乃織造成公之子嘯厓所作，名延福(3)。有才如此，可與雪芹公子前後輝映(4)。雪芹者，曹練亭織造之嗣君也。相隔已百年矣。

【箋注】

(1) 玉繩：星名。常泛指群星。

(2) 榜人：船夫。

(3) 成延福：號嘯厓。江寧織造成善之子。與袁枚有交遊、唱和。

(4) 雪芹：與《紅樓夢》作者是否為一人，有爭論。

一八

吳門張瘦銅中翰(1)，少與蔣心餘齊名(2)。蔣以排奡勝(3)，張以清峭勝(4)；家數絕不相同，而二人相得。心餘贈云：「道人有鄰道不孤，友君無異黃友蘇(5)。」其心折可想。〈過比干墓〉云(6)：「只因血脈同先祖，真以心肝奉獨夫(7)。」〈新豐〉云(8)：「運至能為天下養，時衰拚作一杯羹(9)。」讀之，令人解頤(10)。瘦銅自言，吟時刻苦，為鍾、譚家數所累(11)。又工於詞，故詩境瑣碎，不入大家。然其新穎處，不可磨滅。詠〈風箏美人〉云：「只想為雲應怕雨，不教到地便升天。」〈借書〉云：「事無可奈仍歸趙(12)，人恐相沿又發棠(13)。」真巧絕也。至於「酒瓶在手六國印(14)，花露上身一品衣(15)」，則失之雕刻，無游行自在之意。

【箋注】

(1) 張瘦銅：張塤（xūn），字商言，號瘦桐。江蘇吳縣人。

乾隆三十四年進士。官內閣中書。工詩，少與蔣士銓齊名。有《竹葉庵集》。

(2) 蔣心餘：蔣士銓。見卷一・二三注(2)。

(3) 排奡（ào）：剛勁有力；豪宕。

(4) 清峭：清麗挺拔。

(5) 黃、蘇：指宋朝黃庭堅與蘇軾。

(6) 比干：商代人。見卷一四・二注(10)。

(7) 獨夫：指殘暴無道、衆叛親離的統治者。此指殷紂王。

(8) 新豐：鎮名，在今臨潼縣東北十五里，古代以出產美酒而聞名。劉邦定都關中後，其父太公思念故里，劉邦命令在秦國故地驪邑仿家鄉豐地佈局重築新城，並將太公故舊遷居於此。後將驪邑改名為新豐。

(9) 一杯羹：《史記・項羽本紀》：彭越數反梁地，絕楚糧食。項王患之，為高俎，置太公其上，告漢王曰：「今不急下，吾烹太公。」漢王曰：「吾與項羽俱北面受命懷王，曰『約為兄弟』，吾翁即若翁。必欲烹而翁，則幸分我一杯羹。」

(10) 解頤：開顏一笑。

(11) 鍾譚：指晚明詩人鍾惺和譚元春。見卷一・三注(4)。

(12) 歸趙：謂原物歸還本人。用藺相如完璧歸趙典。

(13) 發棠：《孟子・盡心下》：「齊饑。陳臻曰：『國人皆以夫子將復為發棠，殆不可復。』」棠，齊地名。孟軻為推行仁政，曾就齊饑勸齊宣王發放棠城積穀賑濟貧民。後因謂開倉賑濟為「發棠」。

(14) 六國印：戰國時蘇秦游說燕、韓、趙、魏、齊、楚六國合縱盟約共拒強秦，慶典宴會上，蘇秦佩起六國相印。

(15) 一品衣：唐肅宗李亨夜坐地爐，自燒二梨賜給鄴侯李泌，與諸王聯句。其中信王一聯是：夜抱九仙骨，朝披一品衣。

一九

近日十三省詩人佳句(1)，余多采錄《詩話》中。惟甘肅一省，路遠朋稀，無從搜輯。戊申春，忽江寧典史王柏厓光晟見訪(2)，貽五律四首，一氣呵成，中無雜句。余灑然異之，問所由來。云：「幼講詩於吳信辰進士(3)。」吳詩奇警。詠〈蠟梅〉云：「陽春如開闢，盤古即梅花。牡丹僭稱王，富貴何足誇？群芳訴天帝，鵝雁紛喧嘩。乃呼羅浮仙(4)，冒雪詣殿衙。帝曰咨爾梅(5)，首出冠群葩。白袷與絳襦(6)，何以黴奇邪。梅花未及對，黃袍已身加。」〈榆錢曲〉云：「桃花笑老榆，汝是搖錢樹。不解濟王孫(7)，飛來復飛去。」〈午夢〉云：「竹徑涼飆入，芸窗午夢遲(8)。偶然高枕處，便是到家時。」〈木蘭女〉云(9)：「絕塞春深草不青，女郎經久戍龍庭。軍中萬馬如撾鼓，只當當窗促織聽(10)。」或訾其存詩太多，乃答云：「詩自心源出，妍媸惑愛憎。譬如不才子，撾殺竟誰能？」或訾其存詩太少，又答云：「詩似朱門宴，誰甘草具餐？三千隨趙勝(11)，選俊一毛難。」吳名鎮，甘肅臨洮人。

唐高駢節度西川(12)，又調廣陵。詠〈風箏〉云：「依稀似曲才堪聽，又被風移別調中。」吳官山左，又調楚江。〈詠懷〉云：「阿婆經歲撫嬰孩，饑飽寒暄總費猜。才識呱呱真痛癢，家人又報乳娘來。」兩意相同。余雅不喜陳元禮逼死楊妃(13)。〈過馬嵬〉云：「將軍手把黃金鉞，不管三軍管六宮。」吳〈過馬嵬〉云：「桓桓枉說陳元禮(14)，

一矢何曾向祿山？」亦兩意相同。吳又有〈韓城行〉云：「良人遠賈妾心哀(15)，秋月春花眼倦開。忍死待郎三十載，歸鞍馱得小妻來。」詠〈虞美人花〉云：「怨粉愁香繞砌多，大風一起奈卿何？烏江夜雨天涯滿(16)，休向花前唱楚歌。」

柏厓〈送客〉云：「握手才經歲，含情復送君。不堪秋色老，重使雁行分。嶽麓山前月，崇臺嶺外雲。都添孤客恨，回首念同群。」詩甚清老，不料衙官中乃有此人(17)。

【箋注】

(1) 十三省：明代，全國除直屬京師的南北兩直隸外，共分十三省。後用以代指全國。

(2) 王柏厓：王光晟，字立夫，號柏厓。清皋蘭（今甘肅蘭州）人。康熙間舉人王綬之之孫。廩貢生。官江寧典史。工詩文，妙書法。

(3) 吳信辰：吳鎮，字信辰，號松崖，別號松花道人。甘肅狄道（今臨洮）人。乾隆十五年舉人。歷官沅州知府。有《松花庵全集》。

(4) 羅浮：羅浮山，在今廣東博羅縣西北。

(5) 咨爾：表示讚嘆或祈使。

(6) 白袷：白色夾衣。絳繻：深紅色繒帛做的衣服。

(7) 王孫：舊時對人的尊稱。

(8) 芸窗：指書齋。

(9) 木蘭女：民間傳說人物。曾女扮男裝，替父從軍。故事最早見於北朝民歌《木蘭詩》。

(10) 促織：蟋蟀的別名。鳴聲如促織。

(11) 趙勝：戰國時趙國平原君趙勝，養士三千，其中毛遂歷來不受器重，毛不得不自薦，按劍而上，說服楚王與趙合縱，從此脫穎而出，被平原君待為上賓。

(12) 高駢：見卷一五・八一注(3)。

(13) 陳元禮：即陳玄禮。唐玄宗時宿衛宮禁，為右龍武將軍。《舊唐書・后妃上》：「及潼關失守，從幸至馬嵬，禁軍大將陳玄禮密啟太子，誅國忠父子。既而四軍不散，玄宗遣力士宣問，對曰『賊本尚在』，蓋指貴妃也。力士復奏，帝不獲已，與妃詔，遂縊死於佛室。」

(14) 桓桓：威武貌。

(15) 賈：經商。

(16) 烏江：指楚霸王項羽兵敗烏江，四面楚歌，死別虞姬。

(17) 衙官：下屬小官。

李義山詩云：「願得化為紅綬帶，許教雙鳳一齊銜(1)。」黃甘泉秀才〈途中〉詩云(2)：「悃悃行百里，多情毋乃太(3)。安得籠鵝生，全家口中帶(4)？」風趣殊佳。甘泉名世塏，徽州人。

【箋注】

(1)「願得」二語：見李商隱〈飲席代官妓贈兩從事〉詩。紅綬帶，唐代官服上青鳥銜綬帶的圖案。雙鳳，喻兩從事。

(2) 黃甘泉：黃世塏，字甘泉，號愓齋。清徽州人，居金陵。常與袁枚詩文唱和。

(3) 惘惘：遑遽而無所適從。毋乃：無可奈何。太：極大。

(4)「安得」二語：借用陽羡書生典。詳見南朝梁・吳均《續齊諧記》。

二一

盧江孫嘯壑工琴(1)，有《琴餘集》。詠〈薔薇〉云：「半紅半白裊風條(2)，雨後春光未寂寥。自笑看花人漸老，讓他一歲一回嬌。」〈夜吟〉云：「有燈相對好吟詩，準擬今宵睡更遲。不道興長油已沒，從今打點未乾時(3)。」余愛其結句，頗近禪悟，故錄之。又：「得意水流壑，無心雲出山。」亦佳。

【箋注】

(1) 孫嘯壑：孫取匯，號嘯壑。清安徽盧江人。工琴，兼善吟詠。有《邇言錄》、《琴草二集》。（見《光緒盧江縣誌》）

(2) 風條：風中的枝條。

(3) 打點：早作安排，考慮。

二二

杭州秋闈榜發(1)，仁、錢兩縣，往往中者五六十人，赴鹿鳴宴時(2)，傾城士女，垂簾而觀，見美少年，則嘖嘖嘆羨。戊午科，年少尤多。有周孝廉名鼎者(3)，年才三十，而滿面于鬟(4)，嘗謂余曰：

「人以赴鹿鳴為樂，我以赴鹿鳴為慘。」余問：「何也？」曰：「余在路上揭簾坐，則兒童婦女嚄唶曰(5)：『大鬍子，何必赴鹿鳴？』余下轎簾，則又簇簇然笑指曰(6)：『此人不敢揭簾，定坐一白髮翁矣。』豈非教我進退兩難乎？」徐朗齋有句云(7)：「有酒休辭連夜飲，好花須及少年看。」真閱歷語。又句云：「幽榻琴書偏愛夜，異鄉風月不宜秋。」「新涼半床月，殘醉一簾花(8)。」皆可愛也。

【箋注】

(1) 秋闈：指各省為選拔舉人所進行的考試。因於秋季舉行，故稱。

(2) 鹿鳴宴：鄉舉考試後，州縣長官宴請得中舉子，或放榜次日宴主考、執事人員及新舉人，歌《詩・小雅・鹿鳴》，作魁星舞，故名。

(3) 周鼎：仁和人。乾隆二十五年舉人。官上蔡知縣。

(4) 于鬈：俗稱連鬢鬍。

(5) 嚄唶（huòjiè）：大聲談論。

(6) 簇簇然：紛紛。

(7) 徐朗齋：徐鏴慶。見卷七・一〇三注(1)。

(8) 殘醉：酒後殘存的醉意。

二三

山左李呈祥少詹謫戍時(1)，有李現田者贈云：「洗耳自同高士潔(2)，披襟不讓大王雄。」及到遼

東，押解者姓高名士潔。抵戍所，後至者為侍郎王舜，舜初名雄。歸後偶話其事。尤展成曰(3)：「二句是余戲作『浴乎沂，風乎舞雩』詩也(4)。」

【箋注】

(1) 李呈祥：字吉津。明末清初山東沾化人。明崇禎十六年進士。入清為官，順治初至少詹事。因條陳部院衙門應裁去滿官，專用漢人，流徙盛京（山海關外）。居八年，釋還。有《東村集》。

(2) 洗耳：表示厭聞污濁之聲。《孟子・盡心上》：「古之賢士，何獨不然。」漢・趙岐注：「樂道守志，若許由洗耳，可謂忘人之勢矣。」

(3) 尤展成：尤侗。見卷一・六二注(3)。

(4) 沂：水名，在魯城南，有溫泉。風：乘涼。舞雩（yú）：祭天禱雨之處。此語為《論語・先進》中曾點回答孔子的話。

二四

膠州李世錫進士(1)，字霞裳，詠〈甘草〉云(2)：「歷事五朝長樂老(3)，未曾獨將漢留侯(4)。」借人詠藥，真甘草身份。又有人詠〈菊枕〉云：「野人枕此增顏色，似有床頭未盡金。」亦酷是菊枕。

【箋注】

(1) 李世錫：字帝侯，號霞裳，晚號溪南老衲。山東膠州人。順治十八年進士。官嘉魚知縣。有《綺存集》。

(2) 甘草：多年生草本植物，根有甜味，可以入藥。性平無毒，能隨諸藥之性，解金石草木之毒，俗語叫做『國老』。

(3) 長樂老：五代時宰相馮道，一生仕後梁、後唐、後晉、後漢、後周五朝，相六帝，因自號「長樂老」。

(4) 漢留侯：漢張良運籌帷幄，佐劉邦平定天下，以功封留侯。見卷五・五九注(5)。

二五

馮益都相國溥(1)，訪高念東侍郎于松雲僧舍(2)，竟日留連。高賦絕句云：「戶倚雙扉禪宇開，無人知是相公來。相看一笑忘塵市，風味依然兩秀才。」馮答曰：「隱几僧寮戶不開(3)，天親無著憶從來(4)。而今相對渾忘卻，但識維摩是辯才(5)。」相傳：公二十一歲，鄉舉報到，而公酣眠不醒。太夫人大驚，以水噀面，乃張目，曰：「夢登泰山，雲氣擁身而行，至一殿上，碧霞元君迎之(6)，置錦幔，張樂飲酒，未終，見海日如車輪，大驚而醒。」醒時猶帶酒氣。

【箋注】

(1) 馮益都：馮溥。見卷一三・四九注(1)。

(2) 高念東：高珩（1611-1696），字蔥佩，別字念東，晚號紫霞道人。明末清初山東淄川人。崇禎十六年進士。入清授檢討，官至刑部侍郎。工詩，文有典則。有《棲雲閣集》。

(3)僧寮：僧舍。

(4)天親無著：二兄弟名。無著，古印度大乘佛教瑜伽宗開創者，為兄；天親，即世親。古印度佛教哲學家，為弟。

(5)維摩：佛教中人名。見卷四・三三注(2)。辯才：佛教語。謂善於宣講佛法之才。

(6)碧霞元君：道教女神名。女子成仙者美稱為元君。

二六

李杜字雲帆(1)，山陰人，貧不能自存，流轉燕、趙、吳、楚間，依僧而居。年三十餘，卒於京師。性耽吟詠，嘗有「黃河水闊秋飛雁，銀漢風疎夜墮星」之句。友人某書之扇頭，過查樓(2)，有江南顧姓者，見而愛之，詢姓名，往訪，知其寒困，為贈金置衾而去：殊難得也。雲帆又有〈題伍大夫廟〉詩云(3)：「入吳雖是成兄志，破楚終非望子心。」〈客懷〉云：「一江涼月呼同載，到處名山恨獨看。」皆有逸氣。

【箋注】

(1)李杜：如上。餘未詳。

(2)查樓：坐落於北京前門肉市。原為明巨室查氏所建戲樓。

(3)伍大夫：伍子胥。見卷七・二一注(12)。

二七

元遺山惜義山詩無人箋注(1)。漁洋先生亦有「一篇錦瑟解人難」之句(2)。近時，馮養吾太史注《玉溪集》(3)，斷定以為此悼亡之詩。「思華年」，原擬偕老也；「莊生曉夢」，用鼓盆事(4)；「藍田日暖」，用吳宮事(5)。皆指夫婦而言。曰「無端」、曰「不憶」者，云從何得此佳婦。曰「惘然」者，早知好物不堅牢。《湘素雜記》以「錦瑟」為令狐家青衣者(6)，非也。又注〈漫成〉五章，專為李衛公雪冤而作(7)。「代北」二句，為石雄發(8)。「韓公」、「郭令」(9)，推尊德裕也(10)。以史證之，殊為確切。

【箋注】

(1)元遺山：元好問，見卷二・三八注(4)。其〈論詩絕句〉云：「詩家總愛西崑好，只是無人作鄭箋。」

(2)漁洋：王士禛。見卷一・五四注(1)。

(3)馮養吾：馮浩（1719-1801），字養吾，號孟亭。浙江桐鄉人。乾隆十三年進士。由編修官御史。丁憂後不復出，家居四十年。注李商隱詩文有成績。有《孟亭居士詩文稿》。玉溪集：全名為《玉溪生詩集箋注》。

(4)鼓盆：敲瓦罐子。《莊子・至樂》：「莊子妻死，惠子吊之，莊子則方箕踞鼓盆而歌。」

(5)吳宮事：馮浩注為：吳王夫差小女曰玉，悅童子韓重，許為之妻；王怒不與，玉結氣而死。後，玉梳妝忽見……夫人聞之，出而抱之，玉如煙然。

(6)令狐家：指唐・令狐楚家。

(7) 李衛公：李靖，字藥師。唐雍州三原人。官刑部尚書、兵部尚書、西海道行軍大總管。封衛國公。後人錄《李衛公兵法》。

(8) 石雄：唐徐州人。敢毅善戰。擊回鶻有功。官至檢校兵部尚書。李靖、石雄曾遭排斥，馮注認為李商隱〈漫成五章〉是借為二人鳴冤而自敘一生淪落之感。

(9) 韓公：指唐朔方總管張仁鳳，封韓國公。郭令，指唐中書令郭子儀。見卷一一・四注(3)。

(10) 德裕：唐・李德裕。見卷一・一九注(2)。馮注認為李商隱借詠韓公、郭令二語推崇李德裕為相時並非窮兵黷武。

二八

壽光安致遠詩曰(1)：「試罷三雅與『五經』(2)，密雲小酌付樵青(3)。」「雅」字讀平聲，人以為疑。按劉表「三雅」之說(4)，出於《典論》。一作「盃」，《方言》曰：「盃、杯也。秦晉三郊謂之盃。」《周禮》：「大胥、小胥」，即《詩》之《大雅》、《小雅》也。《詩》曰：「籩豆有且，侯氏宴胥(5)。」《太玄》曰：「不宴不雅。」宴胥猶宴雅也。

【箋注】

(1) 安致遠（1628-1701）：字靜子，別號拙石老人。清山東壽光縣安家莊人。順治十一年拔貢，有《紀城文稿》、《紀城詩稿》、《玉磑集》。

(2) 三雅：《太平御覽》卷八四五引《典論》：「劉表有酒爵三，大曰伯雅，次曰仲雅，小曰季雅。伯雅容七升，仲雅六升，季雅五升。」後以「三雅」泛指酒器。五經：指酒器。見補遺卷六・六注（5）。

(3) 密雲：「哭而無淚」的歇後隱語。意思是故作悲淒之態，而實則並不悲傷。語本《易・小畜》：「密雲不雨。」樵青：唐・顏真卿〈浪跡先生玄真子張志和碑〉：「肅宗嘗錫奴婢各一，玄真配為夫妻，名夫曰漁僮，妻曰樵青。」後因以指女婢。

(4) 劉表：字景升。東漢末山陽高平人。任荊州刺史、鎮南將軍、荊州牧，封成武侯。

(5) 「邊豆」二語：《詩經・大雅・韓奕》中句。「邊」應為「籩」。籩豆：竹木食器。且：衆多的樣子。侯氏：指韓侯。宴胥：安樂。

二九

孫子未先生襄幼孤貧(1)，鬻某家為青衣(2)，聰穎非凡。伴主人之子讀書，代其作文。塾師大奇之，告知主人，養為己子。遂中康熙乙丑進士，官至通政司參議。以時文名重天下，詩亦清超。有《鶴侶齋集》。〈次漁洋〈謝公村〉〉云：「荒涼九龍口，寂寞謝公村。溪水空浮岸，風帆不到門。」馬墨麟維翰與盧抱孫見曾未第時(3)，出公門。公贈云：「盧仝馬異總能詩(4)，韓孟雲龍意可師(5)。交比芝蘭投臭味(6)，韻將絲竹迭參差。古人不作原無恨，此日齊名更勿疑。老去自憐才力盡，恰欣二妙正同時(7)。」

【箋注】

(1)孫子未：孫勷（1657-1740），字子未，號莪山，又號誠齋。山東德州人。康熙二十四年進士。官大理寺少卿，終通政司參議。有《鶴侶齋文稿》、《鶴侶齋詩稿》。

(2)青衣：此指穿青衣的侍童。

(3)馬墨麟：馬維翰。見卷三・六三注(3)。盧抱孫：盧見曾。見卷二・九注(1)。

(4)盧仝：見卷三・一七注(2)。馬異：唐河南人。一說睦州人。德宗興元元年進士。工詩，尚險怪。與盧仝友善，常以詩贈答。

(5)韓孟：指唐・韓愈、孟郊，文學主張相近，詩風亦相似，均好用硬語，追求奇險。雲龍：喻朋友相得。

(6)芝蘭：香草名。喻才質之美。

(7)二妙：稱同時以才藝著名的二人。《晉書・衛瓘傳》：「瓘學問深博，明習文藝，與尚書郎敦煌索靖俱善草書，時人號為『一臺二妙』。」

余幼時聞吾鄉督學何公世璂之賢(1)，和若春風，廉如秋月。世宗時，總督直隸，贈尚書，謚端簡。漁洋先生之高弟子也(2)。有〈暢春苑〉詩云(3)：「出郭逢新霽，垂鞭信馬蹄。松林微見日，沙路淨無泥。鳥語含風軟，楊花撲水低。不妨隨意歇，流水小橋西。」〈詠史〉云：「丞相安知獄吏尊(4)，將軍爭似外家親(5)。七諸侯破亞夫死(6)，社稷臣非少主臣。」

【箋注】

(1)何世璂（1666-1729）：字澹庵，一字坦園，號鐵山。康熙四十八年進士。雍正間歷兩淮鹽運使、貴州巡撫、吏部侍郎、署直隸總督。卒賜端簡。

(2)漁洋：王士禛。見卷一・五四注(1)。

(3)暢春苑：康熙中建皇家林園。在今北京西北海淀。

(4)「丞相」句：當年周勃出獄後曾說：「吾嘗將百萬軍，然安知獄吏之貴乎！」周亞夫因其子買兵器作葬器而入獄後，獄吏喝斥道：「君侯縱不反地上，即欲反地下耳。」（均见《史記》卷五十七）

(5)「將軍」句：指竇太后要景帝封皇后之兄王信為侯，亞夫勸阻，結下禍胎。

(6)亞夫：周亞夫，西漢沛人。周勃子。文帝時，以河內太守為將軍，防守細柳，軍紀嚴明，拜為中尉。景帝時，吳楚反，以太尉平七國之亂。拜丞相。後因諫廢栗太子和王信封侯等事觸犯景帝，梁孝王又言其短，致遭猜忌。後其子為人告發盜買官器，受牽連入獄，不食嘔血死。

三一

余幼時府試，見杭州太守李慎修(1)，長不滿三尺，而判事明決，膽大於身，吏民畏之。與盧雅雨同年(2)，一時有「兩短人」之號。李喜步韻(3)。盧道：「非古也。」規以詩云：「每以歌行矜短李(4)，笑將月旦詡前盧(5)。」李初不以為然，後和「盧」字，屢押不妥，乃喟然服曰：「君言是也。」引見

時，嘗勸上勿以吟詠勞聖躬。上嘉納之。出外，不言。後恭讀《御製初集》(6)，始知有此奏：其慎密如此。

【箋注】

(1) 李慎修：字思永。山東章丘人。康熙五十一年進士。官內閣中書、杭州知府、刑部郎中、江西道監察御史。

(2) 盧雅雨：盧見曾。見卷二・九注(1)。

(3) 步韻：用他人詩之韻腳的原字及其先後次第來寫詩唱和。

(4) 短李：指唐代詩人李紳。《新唐書・李紳傳》：「李紳，字公垂。……為人短小精悍，于詩最有名，時號短李。」此兼指李慎修。

(5) 前盧：指唐詩人盧仝。見卷三・一七注(2)。

(6) 御製初集：指《御製詩初集》，清高宗弘曆撰，蔣溥等編，清乾隆十四年武英殿刻本。

三二

徐公士林(1)，巡撫蘇州，凡讞決(2)，先摘定案大略，牌示於外，而後發繕文冊：所以杜書吏之影射也(3)。世宗謂曰(4)：「爾風格凝重，當為名臣。」程中丞元章薦三人(5)：一公，一盧雅雨，一陳文恭公也(6)。後皆稱職。盧贈云：「賢名久訝龍圖近(7)，異相應從麟閣看(8)。」

【箋注】

(1)徐士林：見卷三・三八注(1)。善治獄，多決疑案。

(2)讞（yàn）決：判決。

(3)杜：斷絕，禁止。影射：蒙混；假冒。

(4)世宗：清世宗雍正，愛新覺羅氏，名胤禛，是康熙帝第四子。在位十三年。

(5)程元章：見卷一四・二九注(2)。

(6)陳文恭：陳宏謀。見卷八・七八注(1)。

(7)龍圖：代稱高層權力機構。

(8)麟閣：代指卓越功勳和最高榮譽。

三三

李遠敬太史以剛直將被劾(1)，惠半農先生救之(2)，得免。或謂曰：「何不勸以和柔？」曰：「渠尚不肯為朱考亭折腰(3)，何能降心當道耶？」其〈詠懷〉云：「臨風一杯酒，對水一曲琴。嵇生禽鹿性(4)，莊叟濠魚心(5)。」自成沖淡一家。註書與朱子不合。

【箋注】

(1)李遠敬：未詳。

(2)惠半農：惠士奇。見卷四・四六注(8)。

(3)朱考亭：朱熹。見卷二・四四注(3)。

(4)嵇生：指晉・嵇康。見卷八・七五注(2)。嵇康〈與山巨源絕交書〉：「此由禽鹿少見馴育，則服從教制，長

而見羈，則狂顧頓纓，赴蹈湯火，雖飾以金鑣，饗以嘉肴，逾思長林，而志在豐草也。」

(5) 莊叟：用《莊子・秋水》「莊子與惠子游于濠梁」典。

三四

王清範太守(1)，觀察浙江，月課諸生。余以童子受知。後落職再起，來守江寧，到園文宴，自誦其〈海塘〉詩云：「滄桑直似爭三島(2)，捍禦時防潰六州(3)。」公名斂福，與盧抱孫辛丑同年(4)，時相過從。盧贈云：「席當散後猶呼坐，馬到門前總不行。」

【箋注】

(1) 王清範：王斂福，字清範，號鳳山、凝箕。山東諸城人。康熙六十年進士。官兵部主事、文選司考功郎、江南知府、海寧兵備道等。有《鳳山詩集》。

(2) 三島：指傳說中的蓬萊、方丈、瀛洲三座海上仙山。亦泛指仙境。

(3) 六州：指古代九州中的六州。《逸周書・程典解》：「維三月既生魄，文王合六州之侯，奉勤于商。」

(4) 盧抱孫：盧見曾。見卷二・九注(1)。

三五

余在李晴洲家(1)，見高南阜山人小像(2)，鬚眉奇偉，頗似先大夫。晴洲為言：山人宰歙縣時，人誣以贓。盧抱孫轉運兩淮，營救甚力，有指為黨者，並盧謫戍。故山人詩云：「幾曾連茹茅同拔(3)，卻為鋤蘭蕙並傷。」盧和云：「不妨李固終成黨(4)，到底曾參未殺人(5)。」山人詩才敏捷，制府尹文端公試以「雁字」(6)，操筆立就，警句云：「無意回波風錯落，有時潑墨雨模糊。」又曰：「落霞點出簪花格(7)，驟雨催成急就章(8)。」尹公喜，將欲薦拔之，而公調雲貴矣。在獄中詩云：「敢道案無三字定(9)，終期心有一人知。」

山人〈泰州題壁〉曰：「鳶墮無端逢腐鼠(10)，角觸那信有神羊(11)。」按：「觸」字韻本無平聲，惟毛西河引〈西京賦〉(12)：「百獸淩遽，騤瞿奔觸。喪精忘魄，失歸妄趨。」作平聲押。其博覽如此。〈遊孤山〉云：「寒香飛盡不成花，何處清風問水涯？石罅竹根殘雪裏，還留數點認林家(13)。」山人落魄揚州，適盧守永平(14)，貧不自聊，乃以書告急，盧尚未答，而山人化去矣。盧哭云：「巫咸不為劉蕡下(15)，邑宰誰迎杜甫來(16)？」

【箋注】

(1)李晴洲：李朗。見卷一〇・一注(4)。

(2)高南阜：高鳳翰。見卷二・一〇注(3)。

(3)連茹：語本《易・泰》：「拔茅茹以其彙，征吉。」王弼注：「茅之為物，拔其根而相牽引者也。茹，相牽引之貌也。」後因以「連茹」表示擢用一人而連帶起用其他人。

(4)李固：字子堅。東漢漢中南鄭人。官至太尉，參錄尚書事。因反對梁冀立桓帝，被梁冀所誣，下獄死。

(5)曾參：曾子，名參，字子輿。春秋末魯國南武城（今山東嘉祥）人。孔子弟子。以孝行見稱。主張慎終追遠，民德歸厚。相傳著《大學》。當時有一同名者殺人。人或告曾子母曰「曾參殺人」。母信非己子，織自若。有頃再告，母猶自若。再頃復告，曾子母懼，以為果己子，投杼逾牆而走。見《史記》卷七十一。

(6)尹文端：尹繼善。見卷一・一〇注(3)。

(7)簪花格：指書法娟秀工整。

(8)急就章：比喻匆促完成的文章。

(9)三字：宋秦檜以「莫須有」誣陷岳飛。後以「三字獄」為冤獄的代稱。

(10)腐鼠：喻指賤物。

(11)神羊：獬豸的別稱。傳說是一種能以其獨角辨別邪佞的神獸。

(12)毛西河：毛奇齡。見卷二・三六注(3)。

(13)林家：宋・林逋於杭州孤山種梅養鶴。見卷一・五四注(9)。

(14)永平：治所在盧龍縣（今河北盧龍縣）。盧為永平知府。

(15)巫咸：傳說中遠古神人。能用祝咒法延人之福，愈人之病。劉蕡：見卷五・七四注(3)。劉蕡後來終被宦官誣以罪，貶柳州司戶參軍，卒。李商隱〈哭劉蕡〉：「上帝深宮閉九閽，巫咸不下問銜冤。」反用宋玉〈招魂〉

中的故事，說上帝高居深宮，重門緊閉；巫咸也不下到人間為含冤負屈的人伸冤。此處喻高南阜之死。

(16) 邑宰：杜甫在安史之亂中帶着全家逃難到陝西彭衙時，曾得到孫宰的熱情接待。

三六

牛進士運震(1)，字階平，號真谷，學問淵雅，年五十有三，無疾而終。未死前一月，屢夢遊金碧樓臺，光華照耀。一日謂家人曰：「昨夜我又遊前庭，殆將復位(2)。臨去時，汝輩慎毋驚我。」次日，無疾而終。余得公文集，未得其詩，但見〈題畫〉一絕云：「潑墨似雲林(3)，秋意森滿幅。石氣翻空青，古樹寒如束。樵徑寂無人，西風下叢竹。」

【箋注】

(1) 牛運震（1706-1758）：字階平，號空山，又號真谷。山東滋陽人。雍正十一年進士。乾隆間任甘肅秦安、平番知縣，有善政。遭劾免官。嘗主晉陽、河東兩書院，世稱空山先生。有《空山堂易解》、《春秋傳》、《金石圖》、《空山堂文集》等。

(2) 復位：恢復職位。

(3) 雲林：指倪瓚，字元鎮，號雲林。江蘇無錫人。元代畫壇四家之一。畫山水意境幽深，以蕭疏見長。

三七

孫子未先生嘗于其師秀水徐華隱坐中(1)，見一貧客，乃徐年家子也(2)。先生仰體師意，留養家中，待之甚厚。忽謂孫公曰：「受恩未報，明年當生公家。」未幾卒，公果生女。六歲時，戲抱之謂家人曰：「此華隱師客也，說來報恩。乃是女兒，恐報恩之說虛矣。」女勃然曰：「爺憎我女耶？當再生為男。」逾十日，以痘殤。明年，公果舉子，頂有痘瘢。名于盙，字莊天，雍正乙卯舉人。有〈織錦詞〉一首，載《山左詩鈔》；詩不佳，故不錄。

【箋注】

(1) 孫子未：孫勷。見本卷二九注(1)。徐華隱：徐嘉炎（1631-1703），字勝力，號華隱。浙江秀水人。康熙十八年試鴻博，授檢討。官至內閣學士兼禮部侍郎，充三朝國史及《會典》、《一統志》副總裁。有《抱經齋集》。

(2) 年家子：科舉時代稱同年登科者兩家的晚輩。

三八

功臣子孫封蔭多襲武職，其中頗多文學之士，用違其才。然唐以前，文武原無分途；具韜略者，未嘗不雅歌投壺也(1)。吾所交好者，如威信公岳公之三子瀞、昭武將軍楊公之玄孫大壯(2)，皆官參戎，賓賓好學。現任贛州總鎮王午堂先生(3)，世襲冠軍侯，尤好

吟詩。〈登雞母澳演炮〉云：「小隊來秋閱，窮崖出石陘。沙喧山雨白，龍過海天青。遠艄千帆掛，蒼溟一氣停。自慚非鎖鑰，烽靜仰皇靈。」又，〈黃岡即事〉云：「賈航風是路，蛋戶水為家(4)。」俱有唐音。公諱集，正紅旗人。楊〈巡海〉云：「欲回刁悍俗，將吏先和衷。多謝良守令，君子之德風。」其胸次可想。

【箋注】

(1) 雅歌投壺：《後漢書・祭遵傳》：「遵為將軍，取士皆用儒術，對酒設樂，必雅歌投壺。」

(2) 岳公：岳鍾琪。見卷二・四九注(3)。岳瀞：見卷二・四九注(3)。楊公：楊捷。見卷一二・二六注(2)。楊大壯：字貞吉，一字竹廬。清江蘇甘泉人。以世襲起家，官至安徽參將。以病回籍，日讀古經注疏，尤精曆算律呂之學。

(3) 王午堂：王集。見卷八・九六注(1)。

(4) 蛋戶：南方沿海從事漁業的水上居民。蛋，同「蜑」。

三九

吾鄉高翰起司馬(1)，髫年入學，會稽王瞻山廣文命賦〈琢玉亭聽雨詩〉(2)，有「未見草逾碧，先看花減紅」之句。王大奇之，許以少女，未婚而卒：方知詩已成讖也。高同余舉戊午鄉試，而入學則後余一年。和余〈重赴泮宮詩〉云：「難老依然在泮身(3)，飛騰逸樂兩奇人。璵沙方伯與子才同入學。我嗟遲暮呼庚

癸(4)，歲到明年又戊申。蒲柳滋生空度日(5)，鷽鳩決起不離塵(6)。只餘往事堪追想，琢玉亭邊雨後春。」

【箋注】

(1)高翰起：高瀛洲。見卷五・二一注(1)。

(2)王瞻山：未詳。廣文：儒學教官。

(3)難老：猶長壽。在泮：在學宮。泮，古代學宮。稱童生考入縣學為生員，亦即考中秀才。

(4)庚癸：原為古代軍中隱語。謂告貸糧食。後稱向人告貸為「庚癸之呼」。

(5)蒲柳：即水楊。一種入秋就凋零的樹木。因以比喻未老先衰，或體質衰弱。

(6)鷽（xué）鳩：即斑鳩。也稱鳴鳩。多用以比喻小人。此用《莊子・逍遙遊》中「學鳩」典，藉以自嘲。

四〇

余向讀孫淵如詩(1)，嘆為奇才。後見近作，鋒鋩小頹。詢其故，緣逃入考據之學故也。孫知余意，乃見贈云：「等身書卷著初成，絕地通天寫性靈。我覺千秋難第一，避公才筆去研經。」

【箋注】

(1)孫淵如：孫星衍。見卷五・六〇注(2)。

四一

投贈佳句，余摘錄甚多，今又得常州鈕牧村云(1)：「一語慣申寒士氣，五雲常護老人星(2)。」年家子管粵秀云(3)：「刻鵠每為童稚喜(4)，登龍還仗祖宗緣(5)。」孫鍵云(6)：「比紅得句尋花笑(7)，飛白揮毫對雪書(8)。」郭麐云(9)：「生尚見公休恨晚，天留此老亦多情。」

【箋注】

(1) 鈕牧村：鈕思孝，字牧村。清江蘇武進人。有選評《漢魏詩鈔》。

(2) 五雲：五色瑞雲。多作吉祥的徵兆。

(3) 管粵秀：字南英，號甌山。清甘泉(今江蘇揚州)人。乾隆五十七年舉人。曾游楚越間，譽望日起。晚年選奉賢縣訓導，因病未赴任。有《易認舉要》、《春秋釋例辨》、《甌山詩集》。（據光緒十一年《增修甘泉縣誌》）

(4) 刻鵠：喻仿效前賢。

(5) 登龍：比喻得到有名望者的接待和援引而提高身價。

(6) 孫鍵：未詳。

(7) 比紅：唐・羅虯有〈比紅兒詩〉。後以此稱尊題格詩，即用「強此弱彼」的寫法。

(8) 飛白：一種特殊的書法。筆劃中絲絲露白，像枯筆所寫。

(9) 郭麐：見卷一二・八三注(2)。

四二

杭州錢進士圯(1)，號北庭，過隨園，余晨臥未起，乃題壁而去。亡何，患奇疾，一日夜飲三石水(2)，猶道渴甚，遂卒。其詩云：「三徑亭臺水一隈(3)，蕭蕭落葉點莓苔。小舟隔岸穿花出，怪樹當門揖客來。看竹何妨人竟入，題詩好是雨先催。袁安穩臥雲深處(4)，怕引西風戶未開。」北庭乃璵沙方伯之族弟(5)，在隨園賞梅，一見陳梅岑(6)，即妻以女。梅岑大父省齋，向作江寧司馬，余舊長官也。梅岑年十五，即攜至山中，命受業門下，曰：「此兒聰明跳蕩，非隨園不能為之師。」果一見相得。為取名曰熙，其梅岑則渠所自號也。性愛吟詩，不愛時文。余每見其詩必喜，見其文必嗔。嘗規之曰：「此事無關學問，而有係科名，奈何勿習耶？」卒以此屢困場屋(7)。後受知于李香林河督(8)，得官河廳司馬，亦以詩也。

【箋注】

(1)錢圯：一作錢玘，號北庭。清錢塘人。乾隆二十二年進士。

(2)三石（今讀dàn）：三十斗。

(3)三徑：指歸隱者的家園。

(4)袁安：見卷一一・二〇注(3)。代指袁枚。

(5)璵沙：錢琦。見卷三・二九注(6)。

(6)陳梅岑：陳熙。見卷一・五注(2)。

(7)場屋：科舉考試。

(8)李香林：李奉翰。見卷二・三五注(1)。

四三

吳涵齋太史女惠姬(1)，善琴工詩，嫁錢公子東(2)，字袖海。伉儷篤甚。錢善丹青，為畫探梅小照。亡何，錢入都應試，而惠姬亡，像亦遺失。錢歸家，想像為之，終於不肖。忽得之於破簏中，喜不自勝，遂加潰治，遍求題詠，且載其《鴛鴦吟社箋詩稿》。〈贈夫子〉云：「白雲紅葉青山裏，雙隱人間讀道書(3)。」後入夢云：「已托生吳門趙氏。郎可以玉魚為聘。」錢因自號玉魚生，賦詩云：「可憐女士已成塵，翻使蕭郎近得名(4)。聽說只今吳下路，歌場人說玉魚生。」

【箋注】

(1)吳涵齋：吳以鎮，字瑾含，號涵齋。清江南歙縣人。乾隆十七年進士，授編修。吳惠姬：吳申，字蕙姬。歙縣人。善琴詩，亦能水墨花卉。著有《雙梧閣小草》。

(2)錢東(1752-1817)：字東皐，一字杲桑，號袖海、玉魚生。清浙江仁和（今杭州）人。僑寓揚州。工詩，尤長詞曲，善書畫。

(3)道書：道家或佛家的典籍。

(4)蕭郎：《梁書・武帝紀上》：「儉一見（蕭衍）深相器異，謂廬江何憲曰：『此蕭郎三十內當作侍中，出此則貴不可言。』」本為對姓蕭男子的敬稱，後轉指女子愛戀的男子。

四四

龔端毅公《定山堂集》(1)，有〈觀袁凫公水部演西樓傳奇〉一首(2)。所云「虞叔夜」者，即凫公之託名，蓋康熙初年事也。王子堅先生曾親見凫公(3)，短身赤鼻，長於詞曲。莫素輝亦中人之姿(4)，面微麻，貌不美，而性耽筆墨。故兩人交好。為趙某所忌，故假趙伯將以刺之(5)。龔詩云：「詞客幸隨明月在，新聲應逐彩雲飛。」

【箋注】

(1) 龔端毅：龔鼎孳。見卷七・四一注(2)。

(2) 袁凫公：袁于令，原名晉，字令昭，號籜庵、幔亭歌者、凫公。明末清初江南吳縣人。諸生。官湖北荊州知府。以忤上官被罷黜。工隸書，精詞曲、音律。有《西樓記》、《金鎖記》、《長生樂》等傳奇。

(3) 王子堅：王鉽，字子俊（與子堅有出入）。浙江仁和人。例貢。康熙四十五年任瀘溪知縣。禮賢下士，鼓厲文風，去弊甚力。乾隆初，其子文璿官御史。（據同治九年《瀘溪縣誌》、袁枚《子不語》「曾虛舟」條）

(4) 莫素輝：《西樓記》中人物名妓穆素徽的原型。

(5) 趙伯將：《西樓記》中人物。

四五

常州鈕牧村(1)，天才縱逸，倜儻不羈。壬申歲，在蘇州福仁山邑宰幕中，與余元旦登妓樓，遍召諸

姬，評花張飲。今三十六年矣，歷幕楚、粵、中州，為督撫上客，忽來見訪。見贈云：「才子神仙且莫論，襟期當代有誰倫(2)？驚人眉宇光先照，傳世文章筆有神。天下已無書可讀，意中惟有物同春。香山蘊藉東坡達(3)，知是前身是後身？」「昔年吳下許從遊，元日尋春上酒樓。桃葉嬌持名士筆(4)，梅花親插美人頭。板橋歌舞輕雲散，莊令(按：或為「念」之誤。)農席上。鈴閣壺觴逝水流。謂望山相公署中。忽漫相逢懷舊侶，空餘江上幾沙鷗。」牧村名孝思，受業于李芋圃檢討(5)。李故余本房弟子(6)，牧村亦自稱弟子。或訾之。牧村曰：「曾晳、曾參同事孔子(7)，未聞有太老師之稱。」人莫能難。余亦鄂文端公之小門生也(8)，公命稱師，曰：「太老師尊而不親，不必從俗。」

【箋注】

(1)鈕牧村：見本卷四一注(1)。

(2)襟期：襟懷、志趣。

(3)蘊藉：寬和有涵容。指袁枚蘊藉如白居易。達：放達。指袁枚放達如蘇東坡。

(4)桃葉：借指愛妾或所愛戀的女子。

(5)李芋圃：李英。見卷一三・一一注(1)。

(6)本房：指鄉、會試考官分房批閱考卷，稱考官所在的那一房為本房。

(7)曾晳、曾參：父子二人。見卷五・三六注(5)及本卷三五注(5)。

(8)鄂文端：鄂爾泰。見卷一・一注(7)。

四六

余嘗謂：美人之光，可以養目；詩人之詩，可以養心。自格律嚴而境界狹矣(1)；議論多而性情漓矣(2)。

【箋注】

(1)狹：狹隘窄小。

(2)漓：背離，喪失。

四七

吾鄉王文莊公際華(1)，與余有總角之好(2)。余遊粵西，借其手抄《韓昌黎集》，久假不歸；詩學因之大進。同舉戊午科，與羅在郊三人為車笠之會(3)。後三十年，余乞養隨園，而公官司農，典試江南，班荊道故(4)。今公委化已久(5)，次子朝颺選江寧司馬(6)，來修通家之禮(7)，與談竟日，清遠絕塵，真《孟子》所謂「無獻子之家者也」(8)。見贈云：「夢想名園二十年，今朝花裏識神仙。欵門行處真如畫(9)，入勝渾疑別有天。檻外煙雲饒供奉，榻前圖史任丹鉛(10)。久知福慧雙修到，贏得聲名海內傳。」「先生風味愛林泉，循吏詞林總偶然(11)。杖履晚遊天下半，文章早列古人前。三層樓閣居宏景(12)，一卷『嫏嬛』記茂先(13)。公著《子不語》。我勸上清姑少待，緩迎公返四禪天(14)。今年二月八日，公夢有僧道二人，

來請公復位。」

【箋注】

(1)王文莊：王際華。見卷一五・七三注(2)。

(2)總角：借指童年。

(3)羅在郊：未詳。車笠：乘車、戴笠。喻貴賤貧富不移的深厚友誼。見卷一三・一〇注(77)。

(4)班荊道故：形容好友相逢，用荊鋪在地上坐談別後情景。班：鋪開；道：敍說。《左傳・襄公二十六年》：「伍舉奔鄭，將遂奔晉。聲子將如晉，遇之於鄭郊，班荊相與食，而言復故。」

(5)委化：謂隨任自然的變化。引申為死的婉詞。

(6)王朝颺：清浙江錢塘人。監生。任江寧管糧同知。

(7)通家：猶世交。

(8)「無獻子」句：意謂（孟獻子是有車百輛的大夫，同五位朋友相交），心目中並不存有自己是大夫的觀念。

(9)款門：敲門。

(10)丹鉛：指點勘書籍用的朱砂和鉛粉。亦借指校訂之事。

(11)循吏：守法循理的官吏。

(12)宏景：陶弘景。見卷一・四六注(22)。此處以陶比袁。

(13)嫏嬛：神話中天帝藏書處。張華曾夢遊之。茂先：張華，字茂先。西晉范陽方城人。官至侍中、司空，封壯武郡公。性好人物，誘進不倦，博學善文。家無餘財，文史充棟。有《博物志》、《張司空集》輯本。此以張茂先著《博物志》記怪異之事比袁枚著《子不語》。

(14)四禪天：佛教有三界諸天之說。三界，指欲界、色界、無色界。四禪天為色究竟天，即色界的極處。此處為亡故的美稱。

四八

余讀《錢注杜詩》(1)，而知錢之為小人也。少陵「鄜州月」一首(2)，所云「兒女」者，自己之兒女也。錢以為指肅宗與張后而言，則不特心術不端，而且與下文「雙照淚痕乾」之句，亦不連貫。善乎黃山谷之言曰(3)：「少陵之詩，所以獨絕千古者，為其即景言情，存心忠厚故也。若寸寸節節，皆以為有所刺；則少陵之詩掃地矣！」

【箋注】

(1) 錢注杜詩：錢謙益注杜甫詩。錢謙益，見卷一・三注(5)。

(2) 鄜州月：見杜甫〈月夜〉詩。天寶十五載六月，安史叛軍破潼關，玄宗奔蜀，杜甫只得攜眷北行，至鄜州暫住。七月，肅宗李亨即位靈武，杜甫隻身前去投奔，途中被叛軍擄至長安。這首詩就是身陷賊營的杜甫八月在長安想念家人所作。

(3) 黃山谷：黃庭堅。見卷一・一三注(6)。

四九

余幼時賦〈古別離〉云(1)：「無情生山川，無情造舟車。今日君與妾，遂至淚盈裾。」後五十年，見陳楚南有句云(2)：「天不欲人別，星辰分方隅(3)。地不欲人別，山河界道塗。吁嗟古聖賢，乃造舟與車！」

【箋注】

(1) 古別離：樂府篇名。內容多寫離情別意。後人據古詩意擬作。

(2) 陳楚南：陳浦。見卷三・一七注(5)。

(3) 方隅：四方和四隅。

五〇

余每作詩，將草稿交阿通謄正(1)。通不識草書，往往誤寫。劉悔庵句云(2)：「詩稿兒童猜草字，書聲病婦笑華顛(3)。」嘆其真實情實事。

【箋注】

(1) 阿通：袁枚的嗣子袁通。見卷八・四三注(5)。

(2) 劉悔庵：劉曾。見卷二・二八注(1)。

(3) 華顛：白頭。

五一

沭陽呂觀察名昌際(1)，字嶧亭，出身非科目，而詩似香山，字寫東坡，好談史鑒：真豪傑之士也。乾隆癸亥，余宰沭陽。觀察尊人又祥為功曹(2)，有異才，相得甚歡，官至常德太守。其時觀察才四歲，今作冀寧道，養母家居，書來見招。余欣然命駕。則鬚已斑白，相對憮然。主於其家，園亭軒敞，

膳飲甘鮮，致足感也。因賦詩云：「黃河水照白頭顱，重到潼陽認故吾(3)。竹馬兒童三世換，琴堂書吏一人無(4)。笑非丁令身為鶴(5)，喜是王喬舄化鳧(6)。四十六年如頃刻，滄桑何處問麻姑(7)？」「此邦賴有呂公賢(8)，肯讀淮南〈招隱〉篇(9)！舊雨不忘雲外客(10)，官聲久付晉陽煙(11)。蕭齋論史燈花落(12)，子舍承歡彩服鮮。我奉慈雲三十載(13)，喜君追步到林泉(14)。」一時和者如雲。錢接三文學云(15)：「百姓謳歌隨路有，使君城府一分無(16)。」吳南畇中翰云(17)：「胸中武庫誰能測(18)，天下名山歷盡無？」余因近體易招人和，故草草賦此二章，而別作五古四首，存集中。

嶧亭聞余到，以詩迎云：「使回捧讀五雲箋，如獲珍珠滿百船。引領南天非一日(19)，者番望月月才圓(20)。」「膏澤流傳五十年，甘棠蔽芾已參天(21)。忽聞召伯重來信(22)，父老兒童喜欲顛。」又和余〈留別〉云：「半月追陪興正豪，平生饑渴一時消。相逢不敵相思久，忍聽驪歌過野橋？」「河橋送別滿城悲，駐馬臨風怨落暉。人影卻輸原上草，江南江北傍征衣。」

【箋注】

(1) 呂昌際（1735-1807）：字嶧亭，號萊園。清江蘇沭陽人。官中憲大夫、山西按察使，分守冀寧道。詩、書、畫三絕，負譽海內。著有《易守》。

(2) 呂又祥：字鳳圖。清沭陽人。與袁枚結下師生之誼，後又隨袁枚到江寧學詩多年，終成一家。受袁枚舉薦，曾

任曹州府同知、常德知府。

(3) 潼陽：位於沭陽西北部。故吾：過去的我。袁枚曾任沭陽知縣。

(4) 竹馬兒童：《後漢書》卷三十一：「（郭）伋前在并州，素結恩德，及後入界，所到縣邑，老幼相攜，逢迎道路。……始至行部，到西河美稷，有童兒數百，各騎竹馬，道次迎拜。」琴堂：《呂氏春秋・開春論・察賢》：「宓子賤治單父，彈鳴琴，身不下堂而單父治。」後遂稱州、府、縣署為琴堂。參見卷七・一五注(2)。

(5) 丁令：即丁令威，傳說是漢遼東人，學道於靈虛山，成仙化鶴歸來。後用以比喻人世的變遷。

(6) 王喬舃（xì）：傳說東漢明帝時葉縣令王喬有神術，嘗化兩舃（鞋）為雙鳧，乘之至京師。後因用為縣令的故實。

(7) 麻姑：神話中仙女名。

(8) 呂公：指呂又祥。

(9) 招隱：漢淮南王劉安所作。言山中不可以久留。

(10) 舊雨：老友的代稱。

(11) 晉陽：今山西太原。代指山西。

(12) 蕭齋：此指書齋。

(13) 慈雲：佛教語。比喻慈悲心懷如雲之廣被世界、衆生。

(14) 林泉：幽居之地。指隨園。

(15) 錢接三：未詳。

(16) 使君：對人的尊稱。城府：城池和府庫。比喻人的心機。

(17) 吳南畇：吳甸華，字南畇。沭陽人。乾隆三十六年舉人，四十五年進士。任內閣中書、歙縣知縣。

(18)武庫：稱譽人的學識淵博，幹練多能。

(19)引領：伸頸遠望。多以形容期望殷切。

(20)者番：這番，這次。

(21)甘棠蔽芾（茂盛貌）：稱頌循吏的美政和遺愛。見卷九・三三注(15)。

(22)召伯：即決獄政事甘棠樹下的燕召公。代指袁枚。

五二

沭陽教諭朱㵾(1)，字竹江，江陰詩人也。聞余至，朝夕過從，間一日不至，余與呂公必遣人促之。詠〈落花〉云：「名園酒散春何處？剩有歸來屐齒香(2)。」〈春草〉云：「萋萋那得不關情？畫裙拂遍花時節(3)。」皆清麗可愛。為余送別云：「世間皆小住，詩卷已長留。」和五古四章尤佳，因太長，載《續同人集》中。

【箋注】

(1)朱㵾：朱黼（1729-1822），初名芾，字大米，改名後字與持，號畫亭。清江蘇江陰人。乾隆三十年拔貢。以沭陽教諭歷官四川蘆山知縣。晚僑居沭陽。工詩，善畫。有《畫亭詩鈔》。

(2)屐齒：木制鞋，底大多有二齒，以行泥地。

(3)畫裙：繡飾華麗的裙子。

五三

有禮房吏張朝魁者(1)，年八十三矣，甲子科(2)，因其工書，攙入秋闈(3)；此番獻詩云：「南天旭日光同翥(4)，靈鵲驚飛噪高樹。恍似青牛紫氣來(5)，那知舊尹幨帷駐。三門初見城四圍(6)，黃童白叟未全非(7)。漢南依依柳將落，東籬團團菊正肥。憶昔瀛洲推獨步(8)，殿前曾作摩空賦(9)。讓他老鳳蹲池邊，著我雙凫下雲路。蓬萊頂上飛朱霞，散作河陽一縣花(10)。仁風不負東山扇(11)，甘雨真隨百里車(12)。爾時給役有小吏，簿書堆裏常陪侍。眼看剖決速如流(13)，直疑手口同遊戲。藥籠參苓得士賒(14)，探珠幾輩握靈蛇(15)。爭褰夫子扶風帳(16)，不睐歐陽貢舉紗(17)。出宰郎官移列宿(18)，嘆息當年難借寇(19)。豈料暌違五十年，尚教胥吏瞻依就(20)。喜見商山採藥行(21)，敢隨杖履話平生。仙人不棄凡雞犬，許向雲中作吠鳴。」

【箋注】

(1) 禮房：清代為中央和地方官署中書吏的辦事機構，協助長官經管春秋祭祀及考試等事。張朝魁：沭陽人。禮房書吏。餘未詳。

(2) 甲子：乾隆九年。

(3) 秋闈：指各省為選拔舉人所進行的考試。因於秋季舉行，故稱。

(4) 翥：飛舉。

(5) 青牛紫氣：漢・劉向《列仙傳》：「老子西遊，關令尹喜望見有紫氣浮關，而老子果乘青牛而過也。」

(6)三門：泛指大門或外門。

(7)黃童白叟：孩子和老人。唐・韓愈〈元和聖德〉詩：「卿士庶人，黃童白叟。踴躍歡呀，失喜噎歐。」

(8)瀛洲：唐太宗為網羅人才，設置文學館，任命十八名文官為學士，訪以政事，討論典籍。時人慕之，謂「登瀛洲」。後人常用「登瀛洲」、「瀛洲」比喻士人獲得殊榮，如入仙境。

(9)摩空賦：唐・李賀〈高軒過〉：「殿前作賦聲摩空，筆補造化天無功。」宋・杜範〈又和鄭府判韵〉：「佇看飛詔自天來，殿前賸作摩空賦。」

(10)河陽一縣花：見卷二・三一注(6)。

(11)東山：《孟子・盡心上》：「孔子登東山而小魯。」後以東山代指魯地或孔子學說。

(12)百里：借指縣令。

(13)剖決：剖斷，決斷。

(14)藥籠：盛藥的器具。比喻儲備人才之所。《新唐書・儒學傳下・元行沖》：「仁傑笑曰：『君正吾藥籠中物，不可一日無也。』」得士：指獲得賢士。

(15)探珠：即「探驪得珠」。喻應試得第或吟詩作文能抓住關鍵。靈蛇：指靈蛇之珠。珍奇的寶物。比喻胸中藏有錦繡文才的人。

(16)褰：張開。扶風帳：見卷二・六〇注（2）。

(17)歐陽：宋・歐陽修多年知貢舉，以非凡的眼光、涵養，舉薦人才，不遺餘力。此處以歐陽比袁枚。

(18)列宿：衆星宿。此喻官位。

(19)借寇：《後漢書・寇恂傳》載恂曾為潁川太守，頗著政績，後離任。百姓遮道謂光武曰：「願從陛下復借寇君一年。」後因以「借寇」為地方上挽留官吏的典故。

(20) 暌違：離別。瞻依：瞻仰依恃。表示對尊長的敬意。

(21) 商山：在今陝西商縣東。地形險阻，景色幽勝。秦末漢初四皓曾在此隱居。

五四

又有吳廷貢秀才者(1)，贈詩云：「五十年來跡已陳，新侯不及故侯親(2)。追思竹馬歡迎日(3)，一世人如兩世人。」

【箋注】

(1) 吳廷貢：清沭陽秀才。餘未詳。

(2) 侯：對士大夫的尊稱。

(3) 竹馬：見本卷五一注(4)。

五五

〈金陵懷古〉詩，最難出色。皖江潘蘭如瑛云(1)：「《玉樹庭花》唱已遙(2)，金陵王氣又重消。龍蟠不去懷雙闕(3)，牛首空回望六朝(4)。故壘雲低天漠漠，荒林秋盡雨瀟瀟。石頭城畔多情月，夜夜來看江上潮。」通首音節清蒼。又，〈宛轉歌〉云：「宛轉松上蘿，松枯蘿色喜。同體不同心，安望同生死？」殊堪風世。又：「船頭山月落，人指海雲生。」活對亦佳。

【箋注】

(1) 潘蘭如：潘瑛，字蘭如，別號十四洞天人。江蘇江都人。居懷寧。乾隆間貢生。有《晉希堂詩集》。

(2) 玉樹庭花：即《玉樹後庭花》，宮體詩，南朝最後一個皇帝陳後主陳叔寶作。後稱為亡國之音。

(3) 龍蟠：南京鍾山如龍蟠。形容地勢雄壯險要，宜作帝王之都。雙闕：借指京都宮門。

(4) 牛首：即牛首山，在今南京市西南。六朝：見卷一・一三注(9)。

五六

新安方如川秀才(1)，來金陵鄉試，贈墨百螺，上鐫「隨園先生著書之墨」。余不覺驚喜，覺弟子束脩(2)，未有雅如秀才者。錄其〈席間有贈〉云：「煙籠明月月籠煙，十里湘簾捲畫船(3)。阿翠不知秋已老，調箏猶唱杏花天。」

【箋注】

(1) 方如川：字鴻錫。歙縣巖鎮人。嘉慶貢生。侯選訓導。

(2) 束脩（修）：古代敬師的禮物。

(3) 湘簾：用湘妃竹做的簾子。

五七

曹劍亭侍御〈胥江〉云(1)：「市近人聲雜，船多夜火明。」王廷取太守〈沙河〉云(2)：「危巢雙燕宿，破屋一驢鳴。」汪守亨秀才〈佛寺〉云(3)：「塔影衝霄直，亭陰向午圓。」王麓臺司農〈題畫〉云(4)：「蛟龍疑有窟，風雨若聞聲。」此數聯皆聞人傳誦，而余愛之，故摘記者也。曹又有〈送梁階平司農隨駕木蘭〉云：「獵獵旌旗擁玉珂(5)，森森帳殿碧嵯峨。三秋月色臨邊早，萬馬風聲出塞多。晨捧金泥隨輦草(6)，暮翻玉靶落天鵝(7)。知君奏罷〈長楊賦〉(8)，合有新詩寄薜蘿(9)。」通首唐音。

【箋注】

(1) 曹劍亭：曹錫寶（1719-1792），字鴻書，號劍亭，晚號容圃。江蘇上海人。乾隆二十二年進士。歷官刑部主事、國子監司業、陝西道監察御史。

(2) 王廷取：字又介，一字濯亭。文光長子，贈承德郎。清婺源（今江西婺源縣）人。隆師好客，藏書萬卷，豪於詩酒。任鹽源、雅安知縣，馬邊、嘉定、順慶通判。有《抱冬齋俳語》、《行路吟》。（光緒九年《婺源縣誌》）按：此處稱太守，似應為王廷取堂兄王廷言。見補遺卷六・三六注(1)。

(3) 汪守亨：未詳。

(4) 王麓臺：王原祁。見卷六・八九注(1)。

(5) 玉珂：代指高官顯貴。

(6) 金泥：以水銀和金粉為泥，作封印之用。

(7) 玉靶：鑲玉的劍柄。借指寶劍。

(8) 長楊賦：漢・揚雄〈長楊賦〉：「振師五柞，習馬長楊。」

(9) 薜蘿：借指隱者或高士的住所。

五八

宋荔裳〈贈犬〉云(1)：「榻邊飽飯垂頭睡，也似英雄髀肉生(2)。」高念東〈過邯鄲〉云(3)：「願作盧生不願寤(4)，飽食黃粱追夢去。」皆讀之令人欲笑。

【箋注】

(1) 宋荔裳：宋琬。見卷三・二九注(3)。

(2) 髀（bì）肉：即「髀肉復生」的簡縮。謂因久不騎馬，大腿上肉又長起來了。

(3) 高念東：高珩。見本卷二五注(2)。

(4) 盧生：為典實「黃粱夢」中人物。盧生在邯鄲客店遇道士呂翁，生自嘆窮困，翁探囊中枕授之曰：枕此當令子榮適如意。時主人正蒸黃粱，生夢入枕中，享盡富貴榮華。及醒，黃粱尚未熟。寤：睡醒。

五九

余常謂收帆須在順風時，急流勇退，是古今佳話；然必須嘿而不言(1)，趁適意之際，毅然引疾(2)，則人不相疑。若時時形諸口角，轉覺落套：

而上游聞之(3)，以為飽則思颺，翻致掛礙矣。錢竹初擅「鄭虔三絕」之才(4)，抱梁敬叔州郡之嘆(5)，屢次書來，欲賦遂初(6)。余寄聲規其濡滯(7)。今秋才得解組(8)，余賀以詩。渠答云：「海上秋風江上蓴(9)，塵顏久已悵迷津。竊公故智裁今日(10)，勸我抽身有幾人？世事楸枰留黑白(11)，老懷齏臼雜酸辛(12)。退閑自此陪裙屐，長作田間識字民。」「勞生那復計年華，歸識吾生本有涯。未定新巢同燕子，早營孤塚付梅花。千秋欲借先生筆，十畝從添處士家(13)。他日並登皇甫《傳》(14)，始知真契在煙霞。」

【箋注】

(1)嘿：同默。不說話，不出聲。

(2)引疾：託病辭官。

(3)上游：上司，上級。

(4)錢竹初：錢維喬。見卷九・八一注(3)。鄭虔三絕：唐・鄭虔善圖山水，好書，嘗自寫其詩並畫以獻，唐玄宗大署其尾曰：鄭虔三絕。見《新唐書・鄭虔傳》。

(5)梁敬叔：梁竦，字叔敬（敬叔，誤）。東漢安定烏氏人。著《七序》。梁叔敬自負其才，鬱鬱不得意，登山遠望，輒嘆息言曰：「大丈夫居世，生當封侯，死當廟食。如其不然，閒居可以養志，《詩》、《書》足以自娛，州郡之職，徒勞人耳。」（《後漢書・列傳第二十四》）

(6)賦遂初：晉代孫綽作〈遂初賦〉，反映作者樂於隱居生活，後因以「賦〈遂初〉」借指辭官隱居。

(7)寄聲：托人傳話。

(8) 解組：解下印綬。謂辭免官職。

(9)「海上」句：用晉代張翰於秋風中思念家鄉蓴羹、鱸膾、菰菜而辭官歸隱典。

(10) 故智：曾經用過的計謀；老辦法。

(11) 楸枰：棋盤。古時多用楸木製作，故名。

(12) 齏臼：即裝五種辛辣調味品的食器。曹操領兵出潼關，過曹娥碑下，看見蔡邕在碑上寫的「黃絹幼婦，外孫齏臼」。楊修解釋說：「『齏臼』，受辛也，于字為辤。」（見《世說新語・捷悟》）

(13) 處士家：用宋代林逋植梅杭州孤山典。見卷一・五四注(9)。處士，指有才德而隱居不仕的人。

(14) 皇甫：皇甫濂，明蘇州長洲人。嘉靖二十三年進士。好學工詩。有《逸民傳》。此書編采歷代逸民事蹟，人各為傳。起晉・孫登，迄宋・林逋，凡百人。

六〇

詩餘之佳者(1)，余已附載數首入《詩話》矣。茲檢舊冊，又得蔣用庵侍御送余出都《沁園春》二首(2)，時侍御尚作秀才也。其詞云：「聊作粗官，蕭然一琴，五月治裝(3)。正中朝元老，聞而扼腕；西林、鐵崖兩相公。一時學者，望輒沾裳。僕竊有言：先生此去，厚意還須識彼蒼(4)。江南好，舍驚才絕代，管領誰當。　　江山東晉南唐，便雨打風吹未就荒。更畫船七里，燈烘虎阜(5)；珠簾二月，花繡雷塘(6)。洗馬愁乎，阿龍超矣(7)，人物由來數過江。憑君到，把斜陽草樹，收入春光。」「一代詞場，誰則如君，

歷落多姿。每奮衣而起，詞都滾滾；酒酣以往，語更霏霏。隨意判花(8)，閒情顧曲(9)，贏得三生杜牧之(10)。今行矣，剩東塗西抹，付并州兒(11)。城南頻歲棲遲(12)，笑末坐偏容平子知(13)。記絳紗剪燭(14)，縱橫商略；平臺啜茗，次第敲推。儂本阿蒙(15)，君將南去，肯向緇塵戀染衣(16)？須記取，待杏花春雨(17)，予亦遄歸。」又，周之桂作《金縷曲・送同劉郎遊天台》云(18)：「春是先生主，怎頻年尋春不倦，又搖柔櫓？家有梅花愁輕別，一半嬌波不語。看瘦減雲英如許(19)，只有多情新桃李，逐春風、還共尋南浦(20)。楊柳餞(21)，柘枝舞(22)。　誰知密意留行苦，似花神從天暗乞，者回風雨。煙水彌人應難出，況是江流寒阻。喚不到吳娘六柱(23)。我本衝泥遙相送，乍聞言、也覺寬離緒。歌《水調》，且延佇。」及余返棹，周喜，又贈《沁園春》云：「如此先生，老更清豪，行歌採芝(24)。正西湖妝靚，重牽鄉夢；天台花笑，易惹遊思。足任生雲，懷堪貯月，萬壑千巖一杖攜。掀髯處，每逢人誇健，涉險忘疲。　文章流播天涯，聽處處推袁事更奇。恁瓣香爭奉(25)，人間香祖(26)；一經難質，曠代經師。忽拜靈光，都疑絳歲(27)，苦向三生認鬢絲。歸來笑，似還鄉羽客，出夢希夷(28)。」

【箋注】

(1)詩餘：詞的別稱。

(2)蔣用庵：蔣和寧。見卷一・六五注(15)。

(3)治裝：整理行裝。指袁枚於乾隆七年由翰林改官下放任

江南溧水縣令。

(4) 彼蒼：《詩經・秦風・黃鳥》：「彼蒼者天，殲我良人。」後因以代稱天。

(5) 虎阜：山名。在江蘇省蘇州市西北，亦名海湧山。

(6) 雷塘：地名。在江蘇揚州城北。隋唐時為風景勝地。

(7) 洗馬：晉・衛玠，官太子洗馬。見卷二・三三注(4)。南朝宋・劉義慶《世說新語・言語》：「衛洗馬初欲渡江，形神慘悴，語左右云：『見此茫茫，不覺百端交集。苟未免有情，亦復誰能遣此！』」阿龍：晉丞相王導的小名。見卷六・一〇〇注(3)。《世說新語・企羨》：「王丞相拜司空，桓廷尉作兩髻葛帬，策杖路邊窺之，嘆曰：『人言阿龍超，阿龍故自超。』」超，出衆。

(8) 判花：在文書上簽花押。

(9) 顧曲：即善於欣賞音樂、戲曲。見卷九・九三注(9)。

(10) 杜牧之：唐詩人杜牧。喻指袁枚。

(11) 并州兒：指北方邊地并州的豪俠少年。

(12) 棲遲：遊息。

(13) 末坐：座次的末位。指作者自己。平子：西晉琅邪臨沂人王澄，字平子。《世說新語・賞譽》：王夷甫語樂令：「名士無多人，故當容平子知。」意謂四海人士一經王平子品評過，王夷甫便不再置評。

(14) 絳紗：猶絳帳。對師門、講席之敬稱。

(15) 阿蒙：指三國吳・呂蒙。孫權勸呂蒙「宜學問以自開益。」呂蒙苦學，篤志不倦，學識大進。後用以謙稱自己為沒有學識的一介武夫。

(16) 緇塵：黑色灰塵。常喻世俗污垢。

(17) 杏花春雨：元代詩人虞集〈風入松・寄柯敬仲〉結句：

「報道先生歸也，杏花春雨江南。」畫家柯敬仲要回江南，虞集寫詞相送，篇中流露出厭倦官場生活、亟望歸老田園的心情。

(18) 周之桂：見卷一二・四六注(4)。

(19) 雲英：泛指歌女或成年未嫁的女子。

(20) 南浦：南面的水邊。《楚辭・九歌・河伯》：「子交手兮東行，送美人兮南浦。」後常用稱送別之地。

(21) 楊柳餞：指侍妾具酒食果品為之餞行。

(22) 柘枝舞：指女伎以西北民族歌舞為之送別。

(23) 六柱：即吳地六柱船。（見宋・范成大《吳郡志》）

(24) 採芝：指《採芝操》，歌名。古以芝草為神草，服之長生，故常以「採芝」指求仙或隱居。

(25) 瓣香：喻崇敬的心意。

(26) 香祖：指早於衆花開放的花。

(27) 絳歲：古傳絳縣老人高壽，後以絳歲稱高壽之人。（見《左傳・襄公三十年》）

(28) 羽客：指仙人道家。希夷：陳摶。見補遺卷四・七注(4)。陳摶隱居華山雲臺觀，又止少華石室，每寢處，多百餘日不起。太平興國中來朝，太宗待之甚厚。賜號希夷先生。數月放還山。（詳《宋史・列傳・隱逸上》）

六一

先君子幕游楚南(1)，舊主人高公名清者(2)，在衡陽九年，亡後，以虧帑故，妻子下獄。先君子出全力援之，竟得歸殯。有楊朗溪太史贈詩云(3)：「袁

夫子，當今真義士。一雙冷眼看世人，滿腔熱血酬知己。恨我相見今猶遲，湘江傾蓋締蘭芝(4)。」余時尚幼，讀而記之，今忘其全首矣。太史名緒，武陵人，權奇倜儻，詩宗少陵，字寫《爭坐位》(5)。雍正間，苗民蠢動，王師征之，未捷，公學酈生(6)，單身入洞說之，群苗羅拜乞降。亦奇士也。

【箋注】

(1) 先君子：指自己去世的祖父，亦多稱亡父。此謂袁枚父袁濱，性格豪爽，擅刑名之學，幕游楚、粵、滇、閩等地。

(2) 高清：字漣漪。如皋人。太學生。康熙三十六年隨白將軍西征，論功授北直內黃知縣，後任衡陽知縣。（嘉慶十三年《如皋縣誌》）

(3) 楊朗溪：楊緒，字朗溪。湖南武陵人。康熙四十二年進士。官編修。

(4) 傾蓋：指相逢訂交。

(5) 爭坐位：唐・顏真卿行草書墨蹟。蒼秀流利，舒卷有度。

(6) 酈生：酈食其，號廣野君。西漢陳留高陽人。為劉邦定計下陳留。常為漢王說客，使諸侯。楚漢戰爭中，曾奉使說齊王田廣歸漢。

六二

康熙間，山左名臣最多，如：相國李文襄公之芳之功勳(1)；湖廣總督郭瑞卿琇之剛正(2)；兩江總督董公訥之經濟(3)：皆赫赫在人耳目；而皆能詩。

世人不知者，為其名位所掩也。李〈與施愚山陪祀郊壇〉云：「太乙瑤壇接露臺(4)，龍旌遙拂翠華來(5)。仙韶細度《雲門》奏(6)，玉殿初明泰畤開。千尺爐煙天外轉，九重環佩月中回。祠官解有登封意(7)，獨愧甘泉作賦才(8)。」董〈興化道中〉云：「村從煙際出，草逼浪頭生。」〈沅州道中〉云：「雲裏諸峰堪入畫，雨中無樹不含秋。」郭撰〈太皇太后挽詞〉云(9)：「撫孤三十載，兩世際和豐。渭水開姬歷(10)，塗山助禹功。雞鳴問曙切，烏哺報劉同(11)。遙想含飴日(12)，徽音宛在躬(13)。」又，〈偶成〉云：「去官人易懶，無累病常輕。」皆可誦也。相傳：郭公之劾納蘭太傅也(14)，趁其慶壽日，列款奏之。旋帶疏草，登門求見。太傅疑此人崛強，何以忽來稱祝。延之入，長揖不拜，而屢引其袖。太傅喜曰：「御史公亦有壽詩見贈乎？」曰：「非也，彈章也。」太傅讀未畢，公從容曰：「郭琇無禮，應罰！」自飲一巨觥，趨而出。滿座愕然。少頃，太傅廷訊之旨下矣。一說：郭初宰吳江，簠簋不飭(15)，聞湯潛庵來撫蘇州(16)，自陳改悔之意，請另擇日到任，果聲名大震。湯遂薦之。後湯為太傅所傾；郭故劾之報師恩，亦以申公論也。

【箋注】

(1) 李文襄：李之芳。見本卷四注(4)。

(2) 郭瑞卿：郭琇（1638-1715），字瑞甫，號華野。山東即墨人。康熙九年進士。授江南吳江知縣，有循吏之名。歷官僉都御史、左都御史、湖廣總督。劾明珠、余國

柱，直聲震天下。

(3) 董訥（1639-1701）：字默庵，號俟翁。山東平原人。康熙六年進士。歷官江南江西總督、侍讀學士、漕運總督。有《柳村詩集》、《督漕疏草》。

(4) 太乙：天神名。古稱太乙神居於北極星。瑤壇：對祭壇的美稱。

(5) 翠華：御車或帝王的代稱。

(6) 雲門：周六樂舞之一。用於祭祀天神。相傳為黃帝時所作。

(7) 登封：登山封禪。指古帝王登泰山祭天祭地。

(8) 甘泉：漢·揚雄奏〈甘泉賦〉。後因以喻指進獻主上而受到賞識的文章。

(9) 太皇太后：指孝莊文皇后。先後扶助其子福臨、其孫康熙均在幼年登上皇位並執掌朝政。被康熙尊稱為太皇太后。

(10) 姬歷：指周代。以比清朝。

(11) 報劉：西晉·李密父早亡母改嫁，祖母劉氏把李密從四歲撫養成人，李密在〈陳情表〉中說：「臣密今年四十有四，祖母劉今年九十有六，是臣盡節于陛下之日長，報劉之日短也。烏鳥私情，願乞終養。」

(12) 含飴：含着飴糖逗小孫子。

(13) 徽音：仁德慈祥的音容笑貌。

(14) 納蘭太傅：明珠。見卷一·五三注(3)。為郭琇所劾，革大學士，尋授內大臣。

(15) 簠簋（fǔguǐ）不飭：對做官不廉正者的一種婉轉的說法。簠與簋，兩種盛黍稷稻粱之禮器。

(16) 湯潛庵：湯斌。見卷三·三八注(2)。

六三

久聞廣東珠娘之麗。余至廣州，諸戚友招飲花船，所見絕無佳者，故有「青唇吹火拖鞋出，難近多如鬼手馨」之句(1)。相傳：潮州六篷船人物殊勝，猶未信也。後見毘陵太守李寧圃〈程江竹枝詞〉云(2)：「程江幾曲接韓江，水膩風微蕩小艭(3)。為恐晨曦驚曉夢，四圍黃篾悄無窗(4)。」「江上蕭蕭暮雨時，家家篷底理哀絲(5)。怪他楚調兼潮調，半唱消魂絕妙詞。」讀之，方悔潮陽之未到也。太守尤多佳句：〈潞河舟行〉云(6)：「遠能招客汀洲樹(7)，豔不求名野徑花。」〈姑蘇懷古〉云：「松柏才封埋劍地(8)，河山已付浣紗人(9)。」皆古人所未有也。又，〈弋陽苦雨〉云(10)：「水驛蕭騷百感生(11)，維舟野戍聽雞鳴。愁時最怯芭蕉雨，夜夜孤篷作此聲。」〈珠梅閘竹枝詞〉云：「野花和露上釵頭，貧女臨風亦識愁。欲向舵樓行復止，似聞夫婿在鄰舟。」

【箋注】

(1) 鬼手馨：南朝宋・劉義慶《世說新語・忿狷》：「冷如鬼手馨，彊來捉人臂。」馨，語助詞。猶今「般」、「樣」。

(2) 李寧圃：李廷敬，字景叔，號寧圃。直隸滄州人。乾隆四十年進士。官至江蘇按察使。有《平遠山房詩鈔》。程江：源出今廣東平遠縣西北，東南流至梅州市城匯梅溪入韓江東入於海。

(3) 小艭（shuāng）：小船。

(4)篾：薄竹片。

(5)哀絲：指哀婉的弦樂聲。

(6)潞河：一作潞水。即今北京市通縣以下白河。

(7)汀洲：水中小洲。

(8)埋劍地：指蘇州虎丘劍池。

(9)浣紗人：指西施。

(10)弋陽：縣名。治所即今江西弋陽縣。

(11)水驛：水路驛站。蕭騷：蕭條淒涼。